Im Glanz und Schatten des Regenbogens

**Ein Rückblick
auf die Rad-Weltmeisterschaften im Rennsport,
die seit 1895
in ganz Deutschland durchgeführt wurden**

Aufgezeichnet von
WERNER RUTTKUS und WOLFGANG SCHOPPE
mit Fotos von HANS-ALFRED ROTH

Dank

Ein herzlicher Dank gebührt allen,
die diese Zusammenfassung über
die Rennsport-Weltmeisterschaften in Deutschland mit Rat und Tat
unterstützten und den Autoren ihre Hilfe zuteil
werden ließen.
Besonderer Dank geht an
die Berliner 6-Tage-Rennen GmbH, die das Projekt
in allen Phasen des Entstehens
nachhaltig förderte und auch andere dafür
zu begeistern wußte!

Spiegelbild der Entwicklung einer populären Sportart

Kein anderes Land in der Welt vermag im 20.Jahrhundert auf eine so wechselhafte Geschichte zu verweisen wie Deutschland. Kaiserreich und bürgerliche Republik, das faschistische Deutsche Reich und die Teilung Deutschlands in Bundesrepublik Deutschland und Deutsche Demokratische Republik sowie letztlich die Vereinigung des deutschen Vaterlandes im Oktober 1990 bestimmten die Jahrzehnte dieses Jahrhunderts.

Die gesellschaftlichen Verhältnisse haben auch den Sport geprägt und seine Entwicklung beeinflußt - auch den Radsport als eine der populärsten Sportarten in Deutschland.

Allein in der Geschichte der Weltmeisterschaften, die in Deutschland ausgetragen wurden, spiegelt sich auch die Geschichte der Internationalen Radsport-Union (UCI) wider, die im Jahr 2000 ihr hundertjähriges Bestehen feiert. Die Weltmeisterschaften wurden schon unter den ersten Vorläufern eines Weltverbandes eingeführt. Sie sind bis heute das alljährliche Leistungskriterium geblieben, das mit der Vergabe der Trikots mit den Brustringen in den Farben des Regenbogens den Zusammenhalt der Völker aller Kontinente symbolisiert.

In den Disziplinen und im Umfang der seit 1893 ausgetragenen Weltmeisterschaften - um so deutlicher aufgezeigt an den Meilensteinen der in beinahe regelmäßigen Abständen in Deutschland durchgeführten Titelkämpfe - wird klar, welche rasante Entwicklung diese Sportart insbesondere in der zweiten Hälfte des Jahrhunderts genommen hat. Die Anzahl der Weltmeister-

schafts-Disziplinen wuchs, der Frauen-Rennsport wurde seit 1958 ein fester Bestandteil der Titelkämpfe und nicht zuletzt haben die inzwischen wieder verschwundenen Teilverbände der Amateure (FIAC) und Berufsfahrer (FICP) positiven Einfluß auf die Entwicklung des Radsports in der Welt genommen.

Das alte Deutschland und später die Bundesrepublik Deutschland und die Deutsche Demokratische Republik haben am Aufblühen dieser Sportart ihren besonderen Anteil. Das beweist die große Anzahl von Weltmeisterschaften, die unter dem Patronat der jeweiligen Gesellschaftsform zu den Wettkämpfen auf deutschem Boden einluden.

An der Schwelle des neuen Jahrhunderts hat sich Berlin als Veranstalter der Weltmeisterschaften im Bahnradsport 1999 bewährt und damit symbolisch den großen Bogen geschlossen.

Die nachfolgenden Seiten sollen an die Weltmeisterschaften in deutschen Landen erinnern, die in den über einhundert Jahren von Köln im Jahre 1895 bis Berlin 1999 veranstaltet wurden.

Die Autoren haben sorgsam recherchiert, die Fülle der Materialien bewertet und die hier vorgestellte Auswahl getroffen. Zugleich sollte mit der Schilderung der vielfach so spannenden Entscheidungen an große Stunden des Radsports erinnert werden. Für Hinweise, Ergänzungen und Korrekturen sind sie jederzeit dankbar.

Die Autoren

Ein Rennfahrer kann nicht immer gewinnen, er muß auch mit seinen Niederlagen leben. Wichtig aber ist, daß er aus diesen lernt, um sich noch besser auf die nächsten Wettkämpfe vorzubereiten.

Jan Ullrich hat dies nachdrücklich bewiesen. Das zeigten der Sieg in der Vuelta a Espana '99 und der Gewinn des Weltmeistertitels im Einzelzeitfahren!

Mit einer hervorragenden Leistung sicherte sich Jan Ullrich im Oktober 1999 im italienischen Treviso den Weltmeistertitel im Einzelzeitfahren. Dies war bereits das zweite Regenbogentrikot für den besten deutschen Straßenfahrer, der dem Team Deutsche Telekom angehört. Das erste hatte „Ulli" als 19jähriger 1993 in Oslo als Weltmeister der Amateure errungen.

Besonders populär wurde der gebürtige Rostocker, der nach sportlicher Zwischenstation in Hamburg jetzt in Merdingen beheimatet ist, durch seine Erfolge in der Tour der France. Nachdem er bei seinem Premierenstart sensationeller Zweiter war, konnte er dieses berühmteste aller Etappenrennen im Juli 1997 als erster Deutscher gewinnen.

Jan Ullrich

Weltmeister 1993 und 1999
Tour-de-France-Sieger 1997
Gewinner der Vuelta a Espana 1999
Deutscher Meister 1998

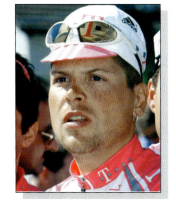

Hallo, liebe Radsportfreunde und Fans!

Cool! Jetzt liegt ein Buch vor, aus dem Radsportgeschichte spricht. Hier kann man nachschlagen und über die alten Recken staunen, die einst mit ihren Leistungen Tausende auf die Radrennbahnen und an den Straßenrand lockten.

Als ich noch Junge war und gerade mit dem Radfahren begonnen hatte, habe ich alles gelesen, ja geradezu verschlungen, was ich über meinen Sport und seine Vergangenheit finden konnte. Sagenhafte Geschichten über Thaddäus Robl oder die ersten Helden der Tour. Über die großen Sprinter und Sechstagefahrer, oder über die unglaublichen Strapazen der Straßencracks, die damals noch keine Schaltung kannten und doch vieles mit Willen und Energie meisterten. Leider gab es viel zu wenig darüber...

Begeistert haben mich auch die großen Erfolge von Täve Schur und Rudi Altig, die Art, in der sie errungen wurden. Das war Motivation! Und ganz besonders natürlich Olaf Ludwigs spektakuläre Friedensfahrtsiege, die mich jungen Burschen faszinierten. Wie stolz war ich, als ich mein Vorbild Olaf endlich kennenlernte. Von ihm habe ich viel gelernt, vor allem als wir gemeinsam im Team Deutsche Telekom fuhren.

Vorbilder sind wichtig für junge Sportler! Und auch das Wissen um die eigene Sportart. Deshalb freue ich mich, daß dieses Buch vorliegt, das in die Vergangenheit blickt und gleichzeitig die Gegenwart beleuchtet. Geschichte der Weltmeisterschaften in Deutschland... Ist es nicht erstaunlich, wie viele Titelkämpfe hier schon seit 1895 stattfanden? Vor unserer Haustür und vor unseren deutschen Fans...

Die Weltmeisterschaften haben etwas Magisches. Wer es einmal in die Spitze geschafft hat, träumt von diesem Trikot mit den Farben des Regenbogens. Das habe ich ganz tief empfunden, als ich als Junior und Amateur sowie im Kreise der weltbesten Profis dabei war. Ihr Radsportfans wißt ja, wie es ausgegangen ist und auch, wie es danach in vielen großen Rennen lief.

Mir scheint wichtig, daß sowohl Historie als auch die heutige Zeit des Radsports festgehalten werden. Im Interesse unseres Sport und seiner Anhänger. Deshalb finde ich diesen Rückblick auf die Weltmeisterschaften in Deutschland super. Man sollte ihn haben...

Titel-kämpfe über elf Jahr-zehnte: Von Köln bis Berlin...

Jahr	Ort	Disziplin	Kategorie	WM
1895	Köln	Bahn	Berufsfahrer und Amateure	Sprint, Steher
1901	Berlin-Friedenau	Bahn	Berufsfahrer und Amateure	Sprint, Steher
1902	Berlin-Friedenau	Bahn	Berufsfahrer und Amateure	Steher
1908	Berlin	Bahn	Berufsfahrer	Sprint, Steher
	Leipzig-Lindenau	Bahn	Amateure	Sprint, Steher
1913	Leipzig-Lindenau	Bahn	Berufsfahrer	Sprint, Steher
	Berlin-Deut. Stadion	Bahn	Amateure	Sprint, Steher
1927	Köln	Bahn	Berufsfahrer und Amateure	Sprint
	Elberfeld	Bahn	Berufsfahrer	Steher
	Nürburgring	Straße	Berufsfahrer und Amateure	Einzelrennen
1930	Leipzig	Radball	Männer	Zweier
1934	Leipzig	Bahn	Berufsfahrer und Amateure	Sprint
		Bahn	Berufsfahrer	Steher
		Straße	Berufsfahrer und Amateure	Einzelrennen
1934	Leipzig	Radball	Männer	Zweier, Sechser
1954	Köln	Bahn	Berufsfahrer und Amateure	Sprint, EV
	Wuppertal	Bahn	Berufsfahrer	Steher
	Solingen	Straße	Berufsfahrer und Amateure	Einzelrennen
1954	Köln	Hallenradsport	Männer und Frauen	WM-Disziplinen
1955	Saarbrücken	Querfeldein	Berufsfahrer (Offen)	
1958	Leipzig	Bahn	Amateure	Steher
1958	Karl-Marx-Stadt (Chemnitz)	Hallenradsport	Männer und Frauen	WM-Disziplinen
1959	Stuttgart	Hallenradsport	Männer und Frauen	WM-Disziplinen
1960	Leipzig	Bahn	Berufsfahrer, Amateure, Frauen	WM-Disziplinen
	Chemnitz	Bahn	Berufsfahrer	Steher
	Sachsenring	Straße	Berufsfahrer, Amateure, Frauen	Einzelrennen
1961	Hannover	Querfeldein	Berufsfahrer (offen)	
1966	Frankfurt/Main	Bahn	Berufsfahrer, Amateure, Frauen	WM-Disziplinen
	Köln	Straße	Amateure	100 km MZ
	Nürburgring	Straße	Berufsfahrer, Amateure, Frauen	Einzelrennen
1966	Köln	Hallenradsport	Männer und Frauen	WM-Disziplinen
1968	Kassel	Hallenradsport	Männer und Frauen	WM-Disziplinen
1969	Magstadt	Querfeldein	Berufsfahrer und Amateure	
1969	Erfurt	Hallenradsport	Männer und Frauen	WM-Disziplinen
1972	Offenburg	Hallenradsport	Männer und Frauen	WM-Disziplinen
1976	Münster	Hallenradsport	Männer und Frauen	WM-Disziplinen
1977	Hannover	Querfeldein	Berufsfahrer und Amateure	
1978	Stuttgart	Querfeldein	Junioren	
1978	München	Bahn	Berufsfahrer, Amateure, Frauen	WM-Disziplinen
	Köln-Brauweiler	Straße	Amateure, Frauen	100 km u. Einzel
	Nürburgring	Straße	Berufsfahrer und Amateure	Einzelrennen
1981	Leipzig	Bahn/Straße	Junioren	WM-Disziplinen
1982	Wiesbaden	Hallenradsport	Männer und Frauen	WM-Disziplinen
1985	München	Querfeldein	Berufsfahrer, Amateure, Junioren	
1985	Stuttgart	Bahn/Straße	Junioren	WM-Disziplinen
1988	Ludwigshafen	Hallenradsport	Männer und Frauen	WM-Disziplinen
1991	Stuttgart	Bahn/Straße	Berufsfahrer, Amateure, Frauen	WM-Disziplinen
1994	Saarbrücken	Hallenradsport	Männer und Frauen	WM-Disziplinen
1995	Großheubach	Off road	Trial	WM-Disziplinen
1995	Kirchzarten	Off road	Mountainbike, Männer, Frauen, Junioren	WM-Disziplinen
1997	München	Querfeldein	Berufsfahrer, Elite U 23, Junioren	
1999	Berlin-Velodrom	Bahn	Männer und Frauen	WM-Disziplinen

Zusätzlich zu den nebenstehend aufgeführten Titelkämpfen gab es im Jahre 1911 die inoffiziellen Bahn-Weltmeisterschaften in Dresden-Reick

Positive Entwicklung und Tradition sind uns Verpflichtung !

Von Werner Göhner
Vizepräsident der Union Cycliste Internationale
Präsident der Europäischen Radsport-Union
Ehrenpräsident des Bundes Deutscher Radfahrer

Die nebenstehende Übersicht über die in Deutschland ausgetragenen Rad-Weltmeisterschaften kann mit Genugtuung und Stolz erfüllen. Mit Stolz auf den nicht zu übersehenden, umfangreichen Beitrag, den Deutschlands Radsport zur internationalen Entwicklung dieser Sportart und für die Stärkung der Organisation des Weltradsports, die Internationale Radsport-Union (UCI), geleistet hat.

Mögen die verschiedenen Meisterschaften in den mehr als hundert vergangenen Jahren auch unter unterschiedlichen Vorzeichen gestanden haben, sie waren stets ein Forum der Besten der Welt, die in ihren Disziplinen um Titel und Siege kämpften. Dabei war der Regenbogen, der sich über diese und andere Meisterschaften in der Welt spannte, durchaus sowohl von Glanz als auch von Schatten gekennzeichnet. Dem frohen, sportlichen Wetteifer unserer Zeit gingen auch düstere Jahre voraus, in denen man in Deutschland und anderswo die Bedeutung des Sports als völkerverbindenden und friedlichen Wettstreit ignorierte. Auch die Weltmeisterschaften wurden für nationalistische Tendenzen und die Verherrlichung politischer Systeme mißbraucht. Und nicht zuletzt sei daran erinnert, daß in zwei sinnlosen Weltkriegen Millionen Men-

schen starben, unter ihnen Tausende und Abertausende von Sportlerinnen und Sportlern. In der Folge dieser Kriege war der deutsche Radsport über Jahre aus der UCI ausgeschlossen und mußte sich neu das Vertrauen erwerben, Mitglied des Weltradsports zu sein.

All dies ist uns Verpflichtung, die positiven Traditionen des deutschen Radsports zu wahren und fortzuführen für den friedlichen Wettstreit - so wie wir ihn als erneute Gastgeber für die Radsportler aller Länder bei den Weltmeisterschaften im Bahnradsport 1999 im neuen, modernen Velodrom in Berlin erlebten!

Dieses Buch ist dem Rückblick auf die Vielzahl von Weltmeisterschaften im Radrennsport auf deutschem Boden gewidmet. Es erinnert an die Anfänge im vergangenen Jahrhundert und beleuchtet die Gegenwart dieser Titelkämpfe, berichtet von den Bemühungen um den Radsport im alten Deutschland, in der ehemaligen DDR und in der Bundesrepublik.

Das statistische Material, das erstmals in dieser Form und Gründlichkeit vorgestellt wird, macht überaus deutlich, welches großes Leistungspotential der Radrennsport in Deutschland besaß und besitzt. Den Autoren gebührt Dank für ihre umfassende und präzise Arbeit.

Werner Göhner gehört seit vielen Jahren den leitenden Gremien des deutschen und internationalen Radsports an. Ab 1972 fungierte er als 1. Vizepräsident des BDR und leitete diesen von 1981 bis 1997 als Präsident.

In der UCI wurde Werner Göhner 1979 in das Direktionskomitee berufen und 1981 zum Vizepräsidenten gewählt. Seit Gründung der Europäischen Radsport-Union (UEC) im Jahre 1990 ist er deren Präsident.

Unter der Leitung von Werner Göhner leistete die BDR mit der Ausrichtung von 14 Weltmeisterschaften in den verschiedensten Bereichen einen wichtigen Beitrag für den Weltradsport.

Die beste Radsport-Adresse in Berlin: Das Velodrom im Europa Sport Park

Das Velodrom bildet an der Landsberger Allee einen neuen Kristallisationspunkt für die Berliner Bezirke Prenzlauer Berg und Friedrichshain; direkt an der Nahtstelle zwischen gründerzeitlicher Stadtentwicklung und Nachkriegsstädtebau.

Ein wesentliches Merkmal des Standorts ist die unmittelbare Anbindung der Halle über Tunnel und Brücke an die S-Bahn-Station Landsberger Allee. Barrierefrei erreichen die Besucher die dreigeschossige, 17 m tief abgesenkte Anlage, die durch einen aufwärts führenden Treppen- und Rampenkranz gefaßt ist.

Umgeben ist das Velodrom vom Europa Sport Park, in dem sich auch die im November 1999 eingeweihten Schwimmhallen befinden.

Das neue Velodrom im Januar '97 im Glanz des 86.Berliner Sechstagerennens. Gefeierte Sieger: Olaf Ludwig und Jens Veggerby.

Als im Oktober 1996 das Direktionskomitee der Union Cycliste Internationale (UCI) in Lugano beschloß, die Weltmeisterschaften 1999 an Berlin zu vergeben, war das Velodrom noch eine riesige Baustelle. Roher Beton bestimmte das Bild, wohin man auch schaute, nur das futuristische Dach mit der beeindruckenden Stahlkonstruktion ließ erahnen, wie großartig die modernste Radsportarena des Kontinents werden würde. Ein Vierteljahr später feierten 70.000 begeisterte Berliner die Wiedergeburt des Berliner Sechstagerennens, das die neue Halle auf einen Schlag bekannt machte. Ganz fertig war da die von der Olympische Sportstättenbauten GmbH errichtete

Arena noch nicht, aber der Name Velodrom stand bereits fest, und die Begeisterung ließ über so manche noch vorhandenen Mängel hinwegblicken.

Zu den Europameisterschaften im September 1997 wurden weitere Schritte zum modernsten Anforderungsprofil geebnet, so daß die nachfolgenden Sechstagerennen und der Weltcup '98 bereits auf die idealen Bedingungen verweisen konnten, die auch für die Weltmeisterschaften 1999 galten. Einmütig das Urteil der Sportler und Fachleute des Radsports: Berlin besitzt eine der schönsten Arenen der Welt, und die von den berühmten Bahnkonstrukteuren Herbert und Ralph Schürmann konzipierte Piste aus Nordi-

BERLIN

Die Radrennbahn in Fakten

Velodrom im Europa Sport Park

Architekt:	Dominique Perrault
Bahnkonstrukteure:	Herbert und Ralph Schürmann
Länge des Ovals:	250,00 m
Belag:	Nordische Fichte
Breite der Fahrfläche:	8,10m
Kurvenüberhöhung:	45,10 Grad
Geradenwinkel:	13,01 Grad
Höchstgeschwindigkeit:	85 km/h
Baubeginn:	12.06.1993
Einweihung:	23.01.1997
Höhepunkte:	EM '97, Weltcup '98, WM '99, DM '99; Six days 1997-99

scher Fichte gehört zu den schnellsten, die es gibt. Der einstige Weltmeister Jan Derksen prophezeihte bei seinem Besuch: „Die Bahn braucht ihre Zeit, um völlig zu trocknen. Aber dann werden die Rekorde nur so purzeln...“ Schnelle Zeiten wurden bereits bei allen nationalen und internationalen Wettbewerben registriert, die Bahnrekorde haben internationales Niveau.

Errichtet wurde das Velodrom an einer historischen Stätte, an der zuvor die Werner-Seelenbinder-Halle stand. Sie war von 1950 bis Ende 1989 eine führende Adresse des Bahnradsports in der Welt. Auf der 171 Meter langen Winterbahn, die immer ausverkauft war, traf sich die Radelite der Welt. Von Peter Post bis Gösta Pettersson, von Peter Tiefenthaler bis Daniel Morelon kamen die Besten, um vor sportbegeistertem Publikum spannende Rennen zu liefern. Internationale Meisterschaften im Sprint, im Omnium, der Steher und im Zweier-Mannschaftsfahren sorgten dafür, daß die weltbekannte Halle als ein „Mekka des Amateurbahnsports“ bezeichnet wurde. Eine verpflichtende Tradition!

1993 war Baubeginn für das neue Berliner Velodrom: UCI-Präsident Hein Verbruggen (2. v. re.) und UEC-Präsident Werner Göhner (2. v. li.) vor dem Modell. Links Gerhard Passow, damaliger BRV-Präsident.

Die ersten Meter auf der neuen Piste fuhren im November '96 Carsten Podlesch, Jan Ullrich und Eyk Pokorny (von links). An ihrer Seite: Sechstage-Chef Heinz Seesing und das Berliner Radidol Otto Ziege (rechts).

So traut vereint hat man selten eine Gruppe von Weltmeistern in ihren Regenbogentrikots gesehen. Sie gehörten als Sieger von Bordeaux '98 ohne Zweifel zum Favoritenkreis für die Weltmeisterschaften 1999 im Bahnradsport im Berliner Velodrom:
Vorn Teodora Ruano (Spanien/Punktefahren); 2. Reihe (von links): Lucy Tyler-Sharman (Australien/Verfolgungsfahren), Jens Fiedler (Deutschland/Keirin), Etienne de Wilde (Belgien/Zweier-Mannschaftsfahren) und Juan Llaneras (Spanien/Punktefahren); 3. Reihe: die Mitglieder des siegreichen Bahnvierers der Ukraine.

Der Staffelstab kam aus Bordeaux...

Lange hatten sich die Radsportfans auf die Titelkämpfe in Berlin gefreut, wo vom französischen Bordeaux der Staffelstab für die Ausrichtung der Titelkämpfe übernommen wurde, der inzwischen für das Jahr 2000 nach Manchester weitergereicht ist.

Die Weltmeisterschaften 1999 im Bahnradsport waren die letzten des zuende gehenden 20. Jahrhunderts, und sie erinnerten natürlich an die vorangegangenen. Denn schon 1901 waren in Berlin Bahn-Weltmeisterschaften ausgetragen worden. Die große Tradition des Radsports reicht aber noch weiter zurück, denn Berlin vereinte von 1886 bis 1922 mit 28 Titelkämpfen die meisten Europameisterschaften des Kontinents im Bahnradsport und Einerkunstfahren.

Auch in der Chronik der Sechstagerennen ist der Name Berlins mit goldenen Lettern verzeichnet. Seit dem Jahre 1909 - als die Sixdays in Europa ihre Premiere erlebten - wurden in der Spreemetropole mehr Sechstagerennen als in jeder anderen Stadt der Welt ausgerichtet. Es gab in Berlin 27 Radrennbahnen, die große Rennen erlebten, wie beispielsweise bei den Olympischen Sommerspielen 1936. Die schönste Anlage aber ist das Velodrom, das den Ansprüchen für das neue Jahrtausend gerecht wird...

WM'99
BERLIN

3 Titel für die Gastgeber:
Jens Fiedler
Robert Bartko
und der Vierer

Bahn-Weltmeisterschaften
im 100. Jahr des Bestehens
der Union Cycliste Internationale
in Berlin

12 Entscheidungen - 8 bei den Männern und 4 bei den Frauen - fielen auf dem 250-m-Oval des modernen Velodroms im Nordosten Berlins. Es war ein weiterer Höhepunkt des internationalen Bahnradsports in dieser neuen Arena, nachdem dort bereits die Europameisterschaften 1997 und der Weltcup 1998 sowie drei Sechstagerennen ausgetragen wurden.

Berlin

20. - 24.
Oktober 1999

Im großen Zweikampf behauptete sich Frankreich erneut vor den Gastgebern

Genau elf Monate vor den Olympischen Spielen in Sydney erfolgte in Berlin, der Stadt, die der australischen Metropole bei der Olympiabewerbung unterlegen war, der Startschuß zu den Weltmeisterschaften im Bahnrennsport. Akteure aus 33 Ländern betraten die Bühne, die sich hier als das supermoderne Velodrom mit der schnellen 250-m-Piste aus Nordischer Fichte präsentierte. Eine gute, eine starke Besetzung, denn diese Titelkämpfe waren zugleich für viele nationale Verbände auch die Qualifikation für die Teilnahme bei Olympia. Diese ist wiederum in den meisten Ländern gleichbedeutend mit der staatlichen Förderung und Unterstützung des Leistungssports.

Derartige Sorgen hatten wohl die Franzosen als die großen Gewinner der Vorjahrstitelkämpfe in Bordeaux und die deutschen Gastgeber, als die seit Jahren führenden Verbände im internationalen Bahnradsport, nicht. Aber schon bei den Italienern, einer ebenfalls großen Radsportnation, war beispielsweise hinter vorgehaltener Hand zu hören, daß im Sprint mindestens ein vierter Platz vonnöten sei, um auch in Sydney das azurblaue Trikot an den Start zu bringen...

Drei Titel und 8 Medaillen für den BDR!

Der 29jährige Chemnitzer Jens Fiedler (1.Foto rechts), der zu den Dauerbrennern im deutschen Bahnradsport-Team gehört, hatte intensiv für die Titelkämpfe in Berlin, wo er über zehn Jahre beheimatet war, trainiert.

"Meine Vorbereitung verlief optimal, so daß ich zuversichtlich wie noch nie zuvor bei einer Weltmeisterschaft an den Start gehe. Gerade vor eigenem Publikum bin ich motivierter denn je", unterstrich Fiedler vor dem Championat, in dem er zwar sein Traumziel, den Sprinttitel zurückzuerobern, nicht erfüllen, sich aber wieder als Weltmeister im Keirin durchsetzen konnte.

Der zweimalige Olympiasieger im Sprint ist damit auch bei den Weltmeisterschaften nach den gewonnenen Medaillen – insgesamt 9, darunter viermal Gold – in der deutschen Rangliste ganz weit nach vorn gerückt. Nur sein Sprint-Kollege Michael Hübner mit 16 Medaillen (7 Weltmeistertitel) und der Querfeldeinspezialist Rolf Wolfshohl mit 12 Medaillen (3 Titel) rangieren sich vor ihm ein.

Jeweils neun Medaillen gewannen auch der viermalige Querfeldein-Weltmeister Klaus-Peter Thaler und der Steher-Spezialist Rainer Podlesch (2 mal Gold).

Eine Tatsache, die besonderes Engagement der Teilnehmer und hohe Leistungen in den Wettkämpfen versprach. Zugleich hatte der Vorsitzende der Bahnkommission der Union Internationale de Cyclisme (UCI), BDR-Präsident Manfred Böhmer, schon vor den Titelkämpfen die Hoffnung zum Ausdruck gebracht, daß die internationale Spitzenklasse einen Zuwachs durch Athleten weiterer Länder erfahren möge, um das Interesse am internationalen Bahnsport und seiner Zukunft wachzuhalten.

Für die Zukunft des Bahnradsports waren die Titelkämpfe in Berlin zweifelsohne ein wichtiger Meilenstein. Der Präsident der UCI, der Niederländer Hein Verbruggen, würdigte, angesichts des hohen Zuschauerzuspruchs und der Objektivität des begeistert mitgehenden Publikums, Berlin als Welthauptstadt des Bahnradsports. Diese Aussage kommt nicht von ungefähr. Verbruggen kennt den Berliner Radsport seit Jahrzehnten. Er war in der alten Werner-Seelenbinder-

Halle zu Gast, die als das Mekka des Amateur-Bahnradsports bezeichnet wurde, gehörte zu den Persönlichkeiten bei der Grundsteinlegung des neuen Velodroms an der gleichen historischen Stelle und sammelte in dieser modernsten Radsportarena des Kontinents auch Eindrücke beim Highlight Berliner Sechstagerennen. Sein Urteil zu den Welttitelkämpfen war keine Höflichkeitsfloskel, sondern ein Dank an die Organisatoren. "Ich bin beeindruckt von der perfekten Organisation und dem fairen, fachkundigen Publikum", betonte Hein Verbruggen. "Hier erlebten wir eine der besten Weltmeisterschaften in der Geschichte der UCI!"

Das Verdienst dafür gebührt ohne Zweifel einem Berliner. Der 52jährige Burckhard Bremer hatte als Leiter des Organisationskomitees die Fäden in der Hand und gestaltete dank der Unterstützung der maßgeblichen Stellen des Berliner Senats und des Bundes Deutscher Radfahrer mit einem eingespielten Mitarbeiterstab die Titel-

kämpfe zu einem vollen Erfolg. Geprobt für die Weltmeisterschaften hatte der ehrgeizige Funktionär, der als Straßenfahrer das Deutsche Meistertrikot trug und in großen Etappenrennen wie der Friedensfahrt seine Erfahrungen sammelte, mit seinen Mitarbeitern schon in den beiden Jahren zuvor, als in der neuen Arena zuerst die Europameisterschaften und dann der Weltcup die wohl besten Athleten der Welt vereinten. In der Organisation bereits stimmig und mit erstklassigen Leistungen der Elite belohnt, waren mangelnde Zuschauer die Wermutstropfen. Nun aber erlebten Bremer & Co. eine Genugtuung, denn an den fünf Oktobertagen kamen rund 28 000 begeisterte Radsportfans in das Berliner Velodrom!

Auch in sportlicher Hinsicht wurden die Erwartungen übertroffen. Frankreichs Athleten behaupteten zwar erneut mit sieben Goldmedaillen die Spitzenposition in der Welt, aber ebenso deutlich landeten die Akteure des Bundes Deutscher Radfahrer auf dem Ehrenplatz der besten Nationen. Sie gewannen dreimal Gold durch Jens Fiedler (Keirin), Robert Bartko (Einzelverfolgung) und den überragenden Vierer, mit dessen Erfolg zugleich ein großes Leistungspotential im Ausdauerbereich bestätigt wurde.

Hinter den beiden führenden Nationen, die 21 von 36 möglichen Medaillen gewannen, teilten sich 13 Länder die restlichen Medaillen. Durch Punktefahrer Bruno Risi kam die Schweiz, durch die Zweier-Mannschaftsfahrer Juan Llaneras/Isaac Galvez Spanien zu den beiden übrigen Weltmeistertiteln, während sich weitere elf Länder die restlichen 13 Medaillen teilten. Erstaunlich, daß dabei Länder wie Südkorea und China gegen die renommierten Nationen aufzutrumpfen verstanden.

Eine kleine Vorschau auf Olympia 2000 in Sydney gestatteten sich die Vertreter Australiens und Neuseelands, die jeweils zwei Medaillen in Richtung des fünften Kontinents entführten...

Insgesamt 70 Fahrerinnen und 222 Fahrer aus 33 Ländern beteiligten sich an den Weltmeisterschaften 1999 im Bahnradsport in Berlin.

Absagen kamen in letzter Minute vom Exweltmeister im Verfolgungsfahren und Stundenweltrekordler Christopher Boardman (Großbritannien), dem französischen Vierer-Olympiasieger Christophe Capelle und der kubanischen Nationalmannschaft.

WM-Asse 1999:
Jens Fiedler
Laurent Gané
Bruno Risi
Marion Clignet

Medaillen-Gewinner

Berlin

MÄNNER - ELITE

1000 m Zeitfahren

1. Arnaud Tournant
   (Frankreich)
2. Shane Kelly
   (Australien)
3. Stefan Nimke
   (D - Schwerin)

Ein ausführlicher Ergebnisspiegel aller beschriebenen Weltmeisterschaften ist im Statistikteil zu finden!

Auf Siegesfahrt: der 21jährige Arnaud Tournant, der seinen Erfolg von Bordeaux erfolgreich verteidigte. Bei der Siegerehrung nahmen der Australier Shane Kelly (links) Silber und der Schweriner Stefan Nimke (rechts) Bronze entgegen.

Der Deutsche Meister Stefan Nimke (Foto rechte Seite) hatte schon 1997 WM-Bronze gewonnen und war im Vorjahr in Bordeaux Vierter.

Arnaud Tournant aus der „Hölle des Nordens" verteidigte den Titel

Traditionell fiel im 1000 m Zeitfahren die erste Entscheidung der Weltmeisterschaften. 18 Fahrer bewarben sich um den Titel, der für den besten Vier-Runden-Dauerspurt vergeben wurde. Von Tempo Null auf mehr als 65, 70 Sachen, so daß schließlich nur wenig mehr als eine Minute Fahrzeit herauskommen sollte.

Der stämmige 1,98 m große Heidenauer Carsten Bergemann eröffnete die Hatz über den Olympischen Kilometer. Er hatte in dieser WM-Saison bereits ausgezeichnete Zeiten erreicht. Diesmal jedoch schien das große Ereignis die Nerven des 20jährigen zu lähmen. Er startete zwar kraftvoll, erreichte aber nicht die nötige Geschwindigkeit, um im Konzert der Spezialisten ein gewichtiges Wort mitzureden. Seine 1:05,354 Minuten lagen rund eine Sekunde über der persönlichen Bestmarke, die er auf diesem Oval markiert hatte. Im WM-Geschehen wurde diese Zeit in der ersten Hälfte des Starterfeldes zwar nur einmal, von dem Franzosen John Giletto, unterboten, aber da sollten alle Favoriten noch kommen.

Daniel Morelons Schützling Herve Thuet erreichte als erster Fahrer eine Superzeit, die Hoffnungen auf einen Medaillengewinn weckten. 1:03,163 Minuten ließ er notieren. In die Nähe dieser Zeit kam auch der Brite Jason Queally, doch dann richtete sich das Augenmerk auf die letzten vier Starter. Von ihnen ging Sören Lausberg, der bärenstarke Wahl-Berliner, als erster an den Ablauf. Er wollte seine Laufbahn, die ihm im Kilometerwettbewerb schon zwei Silbermedaillen gebracht hatte, in diesem Championat endlich krönen. Seine berechtigten Hoffnungen und das solide Selbstvertrauen beruhten auf den erstklassigen Leistungen der Saison, in der er in der Gesamtwertung von vier Weltcup-Rennen die Spitze eingenommen hatte. Als die

Stefan Nimke ein Muster an Beständigkeit: Bronze

Startmaschine in diesem spannenden Moment sein Rad freigab, schien der wuchtige Antritt ins Leere zu gehen. Der ohrenbetäubende Beifall erstarb, als Lausbergs Maschine für einen Augenblick förmlich stand, bis er wieder Druck auf die Pedalen geben konnte. Aber dann setzten die Anfeuerungsrufe und das Rasseln sofort wieder ein und trieben den 30jährigen voran, der nun mit doppelter Energie Zeit gut machen wollte. Trotz des Mißgeschicks am Anfang lag er nach 500 Metern und auch nach der dritten Runde noch gut, aber auf der letzten Bahnlänge spürte man den großen Kampf, sah man, wie die Kräfte schwanden und Sören mit

letzter Energie ins Ziel kam. Es reichte nicht für den sympathischen Recken. Er blieb noch hinter der Zeit von Thuet und Queally zurück...

Direkt nach ihm hielt Stefan Nimke, der Deutsche Meister, das Publikum in Atem. Er war im Jahr zuvor in Bordeaux Vierter gewesen, hatte mit 1:02,688 Minuten dort seine persönliche Bestzeit erreicht. Der Schweriner kam gut vom Start weg, langsamer allerdings als Thuet absolvierte er die erste Runde, hatte nach der Hälfte auf den führenden Franzosen noch 52 Hundertstelsekunden Rückstand. Nach drei Bahnlängen war sogar noch eine Hundertstel dazugekommen, aber dann legte der 21jährige einen packenden Schlußspurt hin, fuhr die letzte Runde in 15,3 Sekunden – so schnell waren selbst die nachfolgenden Shane Kelly und Arnaud Tournant nicht – und war schneller als Thuet. Damit konnte Stefan Nimke, dessen WM-Jahr wegen Krankheit keineswegs optimal begonnen hat-

te, mit seinen 1:03,110 Minuten bereits über einen Medaillengewinn jubeln. Nur welche Farbe das Edelmetall haben würde, das er in die Box-Hochburg Schwerin, aus der bislang im Rennsport nur ein Heinz Wahl (WM-Zweiter der Steher 1958) seinen Weg genommen hatte, mußte sich noch entscheiden.

Der Australier Shane Kelly, Zweiter des Vorjahres, ließ keinen Zweifel an seinen Ambitionen, den Titel, den er 1995 in Bogota dem Franzosen Florian Rousseau abgejagt und dann zweimal erfolgreich verteidigt hatte, erneut gewinnen zu wollen. Er fuhr die besten Zwischenzeiten des Tages und unterbot am Ende nicht nur den führenden Stefan Nimke, sondern auch den Bahnrekord, den Arnaud Tournant im Juni '98 beim Weltcup erzielt hatte, um eine halbe Sekunde!

Das war ein Achtungszeichen, das der Franzose, Schützling des französischen Spitzentrainers Gerard Quintyn, nicht übersehen durfte. Der 21jährige aus dem radsportträchtigen Roubaix in Nordfrankreich ging das Rennen wie schon bei seinem Sieg 1998 in Bordeaux als Schnellster an, lag bis zur dritten Runde 37 Hundertstel vor Kelly in Front, mußte dann aber seinem riesigen Tempo sichtlich Tribut zollen. Auf diesen letzten 250 Metern büßte er gegen den Australier zwar Zeit ein, aber es reichte immer noch zum deutlichen Sieg. In die Chronik gingen 1:02,231 Minuten als Siegerzeit des neuen Weltmeisters ein. Damit holte sich der junge Mann aus der legendären „Hölle des Nordens" in Berlin erneut seinen Platz im „Radsport-Olymp"...

"Mit dieser Medaille habe ich überhaupt nicht gerechnet", beteuerte der Schweriner Stefan Nimke nach seinen Bronze-Erfolg im 1000 m Zeitfahren. Der 21jährige Bundeswehrangehörige hatte sich im Vorfeld der Weltmeisterschaften mit einer fiebrigen Erkältung herumgeplagt.

Dann aber hieß es für den Europameister '99 alles oder nichts. "Ich mußte also voll auf Risiko fahren und hatte mit 98 Zoll einen so hohen Gang gekettet, wie ich ihn nie zuvor gefahren bin." Als er ihn aber in Schwung gebracht und die 4-Runden-Distanz absolviert hatte, winkten ihm Bronze und der errungene Startplatz für Olympia 2000 in Sydney als Lohn.

Sieben vom Weltverband UCI sowie zwölf vom Bund Deutscher Radfahrer benannte Kommissäre sorgten bei der WM '99 dafür, daß die Wettkämpfe korrekt abliefen.

Als Präsident der Jury fungierte der Italiener Giovanni Meraviglia aus Arese bei Mailand.

Medaillen-Gewinner

Berlin

MÄNNER - ELITE

Sprint

1. Laurent Gané
   (Frankreich)
2. Jens Fiedler
   (D - Chemnitz)
3. Florian Rousseau
   (Frankreich)

Ein neuer Sprinterstern und ein enttäuschter Jens Fiedler

Der erste Weltmeister aus Neu-Kaledonien heißt Laurent Gané! 26 Lenze zählt der 1,76 m große und 79 kg schwere Ozeanier, der von Daniel Morelon in die Geheimnisse des Sprints eingewiesen wurde. Bereits im vergangenen Jahr konnte Gané mit dem Gewinn der Bronzemedaillen im Sprint und im Keirin auf sich aufmerksam machen. Im WM-Jahr 1999 war er noch stärker. Das mußte schon bei den französischen Meisterschaften der bislang als schier unschlagbar geltende Florian Rousseau anerkennen.

Und nun krönte Gané bei den Weltmeisterschaften seine bisherige Laufbahn...

In das Halbfinale waren neben Gané auch seine Landsleute Florian Rousseau, der Sprint-Titelverteidiger, und Arnaud Tournant, der 1000-m-Weltmeister, vorgestoßen. Eine Sensation, die an die Auftritte der überlegenen DDR-Sprinter um Lutz Heßlich und Michael Hübner erinnerte. Der Vierte im Bunde des Halbfinals war Jens Fiedler. Der Chemnitzer hatte sich das Ziel gestellt, in Berlin Weltmeister zu werden. Darauf hatte der zweimalige Olympiasieger und Sprint-Vizeweltmeister 1997 und 1998 lange und hart hingearbeitet. Mit Trainer Karsten Schmalfuß erreichte er in der Saison spürbare Fortschritte an Kraft und Schnelligkeit, die ihm das nötige Selbstvertrauen gaben. Auch der in der 200-m-Qualifikation bei den Deutschen Meisterschaften in Berlin aufgestellte Bahnrekord, den er Florian Rousseau

abgejagt hatte, bestärkte das in dieser Disziplin so nötige Selbstvertrauen.

Bei den Weltmeisterschaften rückte der 29jährige Fiedler auch sofort selbstbewußt in die erste Reihe der Favoriten. Die Franzosen hatten in der Qualifikation schon ihre Stärke bewiesen: der nahezu unbekannte Mickael Bourgain hielt die Bestzeit, bis Laurent Gané Fiedlers Bahnrekord nur um zwei Tausendstel verfehlte. Der aber jagte als vorletzter Starter im D-Zugtempo von 71,571 km/h um die Bahn und markierte mit 10,060 Sekunden wiederum eine neue Bestleistung! An diese kam selbst Rousseau, der im Bereich des alten Rekords lag - er war zwei Tausendstel schneller – nicht heran.

Auf den nachfolgenden Plätzen reihten sich die bekannten Sprintgrößen ein, die Exweltmeister Martin Nothstein und Darryn Hill, der Italiener Roberto Chiappa und der wieder verbesserte Berliner Eyk Pokorny, der sich vor dem Erfurter Junioren-Weltmeister 1995 und 1996, Rene Wolff, behauptete. Nur WM-Neuling Carsten Bergemann gehörte zum Zehnerfeld derjenigen, die sich nicht mehr für den Sprint qualifizieren konnten.

Für Talent Rene Wolff kam allerdings schon in der ersten Runde das Ende. Er unterlag dem alten und neuen 1000-m-Champion Arnaud Tournant und vermochte im Hoffnungslauf auch den versierten Letten Viesturs Berzins nicht zu überflügeln. Tournant setzte für Eyk Pokorny ebenfalls das Schlußzeichen, als er im Viertelfinale beide Läufe sicher gegen den Berliner gewann. Dieser hatte zuvor dem Tschechen Pavel Buran und – überraschend – mit einem Supersprint im Achtelfinale dem US-Amerikaner Martin Nothstein das Nachsehen gegeben. Am Ende sprang für "Pocke" der sechste WM-Rang heraus.

Ohne Probleme ließ Jens Fiedler seine Rivalen Craig McLean (Großbritannien), Pavel Buran und den über den Hoffnungslauf ins Viertelfinale gekommenen Martin Nothstein, seinen Olympia-Rivalen im Finale 1996 in Atlanta, hinter sich. Voll

Das Glück über den Erfolg stand auch Daniel Morelon ins Gesicht geschrieben. Der sonst so beherrschte Coach lachte und winkte entspannt in die Menge, die seinen Schützling feierte.

den hartnäckigen Widerstand, der Fiedler erhebliche Kraft kostete, bis er seinen Kontrahenten noch auf der Zielgeraden niedergerungen hatte.

Diese Kraft fehlte wohl im Endlauf gegen Laurent Gané. Dieser ging nach seinem Sieg über Rousseau unbekümmert ins Rennen; er hatte mit der Finalteilnahme schon mehr erreicht als im Vorjahr. Doch da kam ihm Fiedler noch entgegen. Bei der Eröffnung des Sprints eine Runde vor Schluß kreuzte der vorn liegende Chemnitzer die Fahrlinie des Franzosen und drängte ihn – völlig unbeabsichtigt - von der Bahn. Er gewann zwar

Mit einer Hiobsbotschaft begannen die Weltmeisterschaften in Berlin für die deutschen Sprinter. Bei einem von der UCI angeordneten Bluttest wurde der Dudenhofener Jan van Eijden wegen eines zu hohen Hämatokritwertes von der Teilnahme ausgeschlossen. Bei Jan van Eijden wurde ein Wert von 51,5 festgestellt.

Wird der Grenzwert 50 überschritten, müssen Fahrer "aus gesundheitlicher Fürsorge" eine Wettkampfpause von zwei Wochen einlegen. "Ich habe nichts Verbotenes eingenommen", erklärte das hoffnungsvolle Sprinttalent, bei dem erst einige Wochen zuvor beim Weltcup bei einer Kontrolle der Wert 47 nachgewiesen worden war.

Da die Ursachen für den gemessenen Wert unklar blieben, hinterließ die Nachricht von Ausschluß Jan von Eijdens sowie der Litauerin Edita Kubielskiene einen bitteren Beigeschmack. Denn ein erhöhter Wert kann auch Indiz für die Einnahme des Dopingmittels Epo sein, was allerdings aus beiden Mannschaftskreisen ausgeschlossen wurde. Zu den kontrollierten Athleten gehörte auch Jens Fiedler. Dessen Befund fiel negativ aus.

gefordert wurde er erst von den eindrucksvoll auftrumpfenden Franzosen.

Während Laurent Gané sich auf seinem Vorwärtsgang auch von Florian Rousseau nicht aufhalten ließ und diesen - wie bei der Landesmeisterschaft - mit 2:1 Läufen bezwang, mußte Jens Fiedler im ersten Lauf gegen Arnaud Tournant eine knappe Niederlage hinnehmen. Es schien, als habe der Chemnitzer seinen Kontrahenten unterschätzt. Als dieser von der Spitze einen langen Spurt anzog, kam Fiedler auf den letzten Metern zwar förmlich herangeflogen, aber am Ziel fehlte ihm eine Handbreite zum Sieg. So mußte er alle Kraft und Konzentration aufbieten, um den 21jährigen Franzosen in den nächsten beiden Läufen zu bezwingen und ins Finale zu kommen. Besonders in der "Belle", dem Entscheidungslauf, leistete Tournant mit seinem harten Temposprint über eineinhalb Run-

den Lauf gegen den noch einmal stark aufkommenden Gané, wurde dann aber reglementgemäß distanziert. Mußte er noch einmal über drei Läufe wie gegen Tournant?

Die Entscheidung nahm ihm der auf der Erfolgswoge schwimmende Neu-Kaledonier ab. Er überraschte im zweiten Lauf mit einem so harten Antritt, daß Fiedler diesen nicht parieren konnte. Jetzt fehlte die Kraft. Er vermochte nur hinterdrein zu schauen, wie der Franzose dem sicheren Sieg entgegenfuhr...

"Im Vorfeld der Weltmeisterschaft hätte ich mich über die Aussicht auf Silber gefreut. Jetzt, wo ich im Endlauf stand, kann ich das nicht mehr sagen. Es war für mich nicht das glücklichste Finale", bestätigte ein enttäuschter Jens Fiedler, während der neue Weltmeister jubelte: "Super, wahnsinnig, Fiedler zu Hause vor eigenem Publikum zu schlagen."

Dramatisches Finale als Schlußpunkt der WM '99 in Berlin

Medaillen-Gewinner

Berlin

MÄNNER - ELITE

Keirin

1. Jens Fiedler
   (D - Chemnitz)
2. Anthony Peden
   (Neuseeland)
3. Frederic Magne
   (Frankreich)

Der Zieleinlauf des denkwürdigen letzten WM-Wettbewerbs 1999: In diesem Keirin-Finale setzte sich Jens Fiedler (links) vor dem „schwarzen Blitz" aus Neuseeland, Anthony Peden, und dem Franzosen Frederic Magne durch. Der US-Amerikaner Martin Nothstein, der neben Fiedler als Zweiter die Ziellinie überfuhr, wurde wegen seiner Welle distanziert. Hinter Nothstein kommt der Japaner Shinichi Ota und hinter Magne der Italiener Roberto Chiappa ins Ziel.

Jens Fiedler verteidigte seinen Keirin-Titel erfolgreich

Es hätte keine bessere Einstimmung des Finales der Weltmeisterschaften geben können als Paul Linckes "Das ist die Berliner Luft", bei dessen Klängen das ohnehin begeisterte Publikum im Velodrom vor dem Endlauf lautstark mitging. Und dann krönte ein packender Endlauf der Keirin-Spezialisten den Abschluß der Bahn-Weltmeisterschaften 1999 in Berlin. Es war die allerletzte WM-Entscheidung des Jahrhunderts!

Fast auf einer Linie stürmte der kleine Pulk der Medaillenaspiranten in der Schlußrunde dem Zielstrich entgegen. Der Amerikaner Martin Nothstein hatte sich mit prächtigem Antritt einige Zentimeter Vorsprung verschafft, aber von links wurde er von dem ganz innen spurtenden Franzosen Frederic Magne bedrängt, rechts kam Titelverteidiger Jens Fiedler aus den zweiten Reihe förmlich herangeschossen, und dahinter lauerte im vollen Spurt der Neuseeländer Anthony Peden auf jede sich bietende Lücke. Die tat sich in dem Sekundenbruchteil auf, als Nothstein versuchte, Fiedlers Fahrlinie zu kreuzen. Peden schoß in diese Lücke und konnte auf den letzten Metern den Oldie Magne, der schon 1992 seine erste Keirin-Medaille gewonnen hatte, noch um Zentimeter überflügeln.

Die Zuschauer in der ausverkauften Halle, die dieser Kampf von den Sitzen riß, hatten dies wohl kaum bemerkt. Denn sie konzentrierten sich auf den Zweikampf, den sich Nothstein und Fiedler lieferten. Sie gingen vehement mit ihrem Liebling Jens Fiedler mit, der wie um sein Leben kämpfte. Die mächtige Welle, die ihm Nothstein verpaßte, hatte ihn offenbar unbeeindruckt gelassen. Denn er scherte in diesem Augenblick sogar noch weiter als nötig nach rechts aus und hatte dann außen völlig freie

tritts bewußt – immer wieder dem applaudierenden Publikum zuwandte...

In Fiedlers Jubel stimmten auch Anthony Peden und Fredric Magne ein, denn die Jury entschloß sich, Martin Nothstein wegen seines unübersehbaren Fahrfehlers zu distanzieren. Der zweimalige Weltmeister wurde auf den sechsten und letzten Platz relegiert. Peden quittierte überglücklich: "Im vergangenen Jahr in Bordeaux wurde ich gemaßregelt und verlor so eine Medaille, jetzt brachte mir Nothsteins Distanzierung Silber. Ich wußte, daß Jens Fiedler in Berlin kaum zu schlagen ist und hatte mir deshalb sein Hinterrad gesucht. Das war wohl richtig..."

Der Franzose Magne, der nun in den Genuß der Bronzemedaille kam, hatte von dem Gerangel, das außer seinem Blickfeld lag, kaum etwas bemerkt und sah sich gemüßigt, diese Disziplin, in der mit Haken und Ösen gekämpft wird, zu verteidigen: "Das war ein gutes, klares und sauberes Rennen, wie man es selten in den letzten Jahren gesehen hat. Das poliert das Image des Keirin auf. Ich bin ein wenig von meinem dritten Platz enttäuscht, denn eigentlich war ich angetreten, um zu gewinnen."

Nicht nur in Berlin bestätigte sich, daß die weltbesten Keirin-Fahrer – die erstmals nicht hinter einem knatternden Derny, sondern einem fast lautlosen Yamaha-Elektrofahrrad in die ersten Runden starteten – längst nicht mehr aus dem Geburtsland dieser Disziplin, aus Japan, kommen. Shinichi Ota, der als einziger Vertreter des Landes der Morgenröte das Finale erreicht hatte, wurde nur Vierter. Und so bleibt auch nach der im Berliner Velodrom zum zwanzigsten Male ausgetragenen Keirin-Entscheidung der Sieg von Harumi Honda aus dem Jahre 1987 der einzige japanische Goldstreif am

Berlin war wieder einmal eine Reise wert. Das bestätigte sich schon während der Vorbereitungen auf die Weltmeisterschaften, denn im Organisationsbüro gab es eine immense Nachfrage aus vielen Ländern sowie aus ganz Deutschland nach den Eintritts-Tickets. Organisationschef Burckhard Bremer und seine rund 90 Helfer sahen ihre Anstrengungen mit vollen Tribünen belohnt. An den beiden letzten Tagen der Titelkämpfe war das Velodrom mit jeweils 6.000 Zuschauern völlig ausverkauft. Insgesamt hatten 28.000 Radsport-Fans die Weltmeisterschaften 1999 im Bahnradsport miterlebt, damit wurden die Erwartungen deutlich übertroffen.

Der zweimalige Olympiasieger Lutz Heßlich gehörte als Co-Moderator von Klaus Angermann bei Eurosport zu den prominentesten Kommentatoren. Gleichen fachlichen Rat aus erster Hand erteilten auch der Sechstagekaiser Patrick Sercu und die Olympiasiegerin von 1996 im Punktefahren der Frauen, Nathalie Lancien.

Bahn, um den führenden Nothstein doch noch um Handbreite niederzuringen. Schon im Ziel riß der Chemnitzer jubelnd die Arme hoch: Er hatte seinen Titel erfolgreich verteidigt und damit auch für sich, nach der entgangenen Goldmedaille im Sprint, einen befriedigenden Schlußpunkt gesetzt. Überglücklich segelte er unter dem Jubel der Zuschauer noch einmal um die Bahn, drückte auf der Zielgeraden nur kurz die ihm entgegengestreckte Hand von Freund und Coach Karsten Schmalfuß und stürzte sich an der Ziellinie noch einmal auf die Bahn, auf die Bretter, die sein Leben bedeuten. Das Rad trudelte den heranstürmenden Bildreportern entgegen, die den alten und neuen Weltmeister umkreisten und fast erdrückten, während er sich – seines einzigartigen Auf-

Eine Premiere bei Weltmeisterschaften 1999 waren die zuschauerfreundlichen Logen im Innenraum. Nach längeren Verhandlungen mit dem Weltverband UCI erhielt das Berliner Organisationskomitee als erster Veranstalter überhaupt die Genehmigung zur Einrichtung von Logen im Innenraum bei einer Weltmeisterschaft. 30 Tische für jeweils 10 Personen standen für die Gäste auf einem erhöhten und von den Sportlern abgetrennten Bereich.

Als Auflagen hatte die UCI in dieser Zone ein Rauchverbot sowie ein begrenztes Gastronomieangebot vorgegeben. "Selbstverständlich genießt der Sport die Priorität", unterstrich Burckhard Bremer, der Organisationschef und Vizepräsident des gastgebenden Bundes Deutscher Radfahrer, „aber mit diesen Logen bieten wir dem Publikum im Velodrom die hervorragende Möglichkeit, Sport und Sportler einmal hautnah zu erleben!"

Medaillenhorizont. Es bestätigte sich einmal mehr, daß die gelehrigen ausländischen Schüler ihre Lehrmeister, die sich in Japan alljährlich in wochenlangen Wettkampfserien erproben, seit langem überflügelt haben. So auch Jens Fiedler...

Wer solche Erfahrungen im Keirin-Mutterland nicht oder zuwenig gesammelt hat, blieb im Gerangel von Qualifikation, erster Runde, Hoffnungsläufen und Halbfinale auf der Strecke. Das mußten nicht nur der zweifelsohne robuste neue Sprint-Weltmeister Laurent Gané und Australiens 1000-m-Recke Shane Kelly feststellen, sondern auch die beiden Berliner Eyk Pokorny und Sören Lausberg. Während "Pocke" seinen Vorlauf wegen Distanzierung von Ozeanien-Meister Peden gewann, mußte Lausberg in den Hoffnungslauf, in dem er sich aber vor dem Italiener Roberto Chiappa durchsetzte. Beide erreichten das Halbfinale, dessen schwereren ersten Lauf Nothstein vor Fiedler gewann. Laurent Gané als Dritter hatte zuvor den blauen Innenstreifen, den Teppich befahren, und wurde auf den letzten Platz gesetzt, so daß statt seiner Shinichi Ota das Finale erreichte. Sören Lausberg konnte hier nur mitfahren und hatte keine Chance weiterzukommen. Sein Teamgefährte Eyk Pokorny verkaufte sich im anderen Halbfinale dagegen so teuer wie möglich. Hinter dem sicher gewinnenden Magne kämpfte er eingangs der Zielgeraden noch mit dem Italiener Chiappa um Rang zwei und drei. Eine Welle des Azzurri irritierte Pokorny jedoch, so daß auf den letzten Zentimetern der findige Peden noch vorbeischlüpfen konnte. Da Chiappa mit einer Verwarnung davonkam, konnte Eyk Pokorny im Finale nur zuschauen und seinem Freund Jens Fiedler die Daumen drücken...

Der konstatierte nach seinem Erfolg: "Ich bin froh, daß die WM vorbei ist. Der Sieg im Keirin ist eine Entschädigung für die entgangene Goldmedaille im Sprint. Jetzt freue ich mich auf die Olympischen Spiele im nächsten Jahr!"

Frankreich feierte einen Hattrick

Seit 1995 erst steht der Olympische Sprint bei Weltmeisterschaften auf dem Programm. In Bogota, bei der Premiere, hatte sich das deutsche Team mit Jens Fiedler, Michael Hübner, Sören Lausberg und dem in den ersten beiden Läufen eingesetzten Jan van Eijden den Titel gesichert. Hauchdünn geschlagen landeten die Franzosen mit ihrem Top-Sprinter Florian Rousseau auf dem Ehrenplatz.

Ein Jahr später konnte in Manchester Australien die Regenbogentrikots vor dem BDR-Trio Fiedler, Hübner, Lausberg erobern, und dann katapultierte sich Frankreich an die Spitze. Sowohl 1997 in Perth als auch 1998 in Bordeaux war die Trikolore-Besetzung Vincent Lequellec, Florian Rousseau und Arnaud Tournant in dem publikumswirksamen, gut überschaubaren Drei-Runden-Kampf nicht zu bezwingen. Geschlagen waren beide Male – im Wechsel der Plazierungen – Australien und Deutschland, so daß auch für die Titelkämpfe in Berlin mit dem Dreigestirn Frankreich, Australien und Deutschland gerechnet werden mußte.

In der Qualifikation wurden diese drei Vertretungen auch ihrer Favoritenrolle gerecht und setzten sich an die Spitze der 16 Mannschaften. Frankreichs Top-Trainer Daniel Morelon und Gerard Quintyn hatten ihre Mannschaft neu formiert: Sprinthoffnung Laurent Gané, dessen große Stunde im Kampf gegen Jens Fiedler erst zwei Tage später schlagen sollte, machte auf der ersten Runde das Tempo, gefolgt vom ebenso schnellen wie ausdauernden Florian Rousseau. Und als Dritter im Bunde sorgte wie bei den beiden vorherigen Titelkämpfen der frischgebackene 1000-m-Weltmeister Arnaud Tournant für das tolle Finale. Dabei unterboten die Titelverteidiger den Bahnrekord, den das BDR-Team 1998 als Weltcup-Gewinner aufgestellt hatte, bereits zum

Nur für den Wettbewerb im Berliner Velodrom tauschten die Franzosen die Weltmeistertrikots gegen ihren Nationaldreß ein. Nach der Siegerehrung konnten die alten und neuen Weltmeister wieder die Regenbogenfarben präsentieren: Laurent Gané, Arnaud Tournant und Florian Rousseau (von links).

Auftakt sehr deutlich. Die Gastgeber hatten mit dem startenten Eyk Pokorny, mit Sören Lausberg und Stefan Nimke ihre ersten Erwartungen erfüllt.

Auch in der zweiten Runde, in der nach den gefahrenen Zeiten die Teilnehmer für die Finals um die Plätze 1/2 und 3/4 ermittelt wurden, hatte Frankreich keinerlei Probleme, seine Position zu behaupten. Als Überraschung entpuppten sich jedoch die Briten, die erstmals in den Medaillenbereich vorstießen. Sie waren schneller als Australien und das BDR-Team und standen damit bereits als sichere Silbermedaillengewinner fest. Pech für die deutschen Fahrer, daß ihre Lauf-Rivalen aus Polen stürzten und der im Höchsttempo aus der Kurve heranschießende Sören Lausberg mit Stefan Nimke im Schlepp plötzlich ungewarnt die Gestürzten vor sich in der Fahrlinie sah. Das Ausweichen war kein Problem, aber der nur Augenblicke zählende Zeitverlust ließ erneut nur die drittbeste Zeit – eine Zehntelsekunde hinter Großbritannien – zu. Das bedeutete: Endlauf passé, Kampf um Bronze.

Kontrahenten des kleinen Finals waren die Australier. Sie erwiesen sich nach der ersten Startrunde auf die Tausendstelsekunde ebenbürtig und lagen auch nach der zweiten Bahnlänge nur um eine Zehntelsekunde zurück. Im Duell der Kilometermänner wuchs aber dann Stefan Nimke gegen Shane Kelly über sich hinaus und baute den knappen Vorsprung zum Gewinn der Bronzemedaille aus. Wie sich zeigen sollte, waren Pokorny, Lausberg und Nimke sogar noch schneller als das zweitplazierte britische Team.

Der Endkampf um die Regenbogentrikots war für das französische Dreigestirn eine klare Sache. Zwar waren die Briten in der ersten Runde schneller, aber da hatten sie sich wohl übernommen. Denn sie bauten deutlich ab, während die Titelverteidiger souverän mit der zweitbesten Turnierzeit siegten. Frankreichs Jungen hatten einen beeindruckenden Hattrick gelandet!

Medaillen-
Gewinner

Berlin

MÄNNER - ELITE

Olympischer Sprint
1. Frankreich
    (Laurent Gané,
    Florian Rousseau,
    Arnaud Tournant)
2. Großbritannien
    (Chris Hoy,
    Craig McLean,
    Jason Queally)
3. BR Deutschland
    (Eyk Pokorny,
    Sören Lausberg,
    Steffen Nimke)

Medaillen-Gewinner

Berlin

MÄNNER - ELITE

4000 m Verfolgung

1. Robert Bartko
   (D - Berlin)
2. Jens Lehmann
   (D - Engelsdorf)
3. Mauro Trentini
   (Italien)

Weltklasse bewiesen Jens Lehmann (unten) und Robert Bartko als die stärksten Einzelverfolger, die am Ende mit Mauro Trentini auf dem Podest standen.

Robert Bartko und Jens Lehmann: Mit Traumzeiten zum Doppelsieg

Zu erkennen war der neue Weltmeister Robert Bartko bislang stets an dem Silberhelm, den er als einziger im deutschen Team trug. Nach dem überzeugenden Final-Sieg über seinen Teamkameraden Jens Lehmann riß sich der jubelnde Berliner den Helm vom Kopf und warf ihn dem Betreuer zu. Diesem rutschte er aus der Hand und zerbrach. Der nüchterne Kommentar: „Das war Pech, aber Robert braucht jetzt ohnehin einen Goldhelm!"

In den kühnsten Träumen hatte man vor den Titelkämpfen solch einen furiosen Auftakt für die deutschen Einzelverfolger nicht erwartet. Denn der 23jährige Berliner Robert Bartko und sein neun Jahre älterer Teamkamerad Jens Lehmann aus Engelsdorf bei Leipzig setzten sich schon in der Qualifikation mit Traumzeiten an die Spitze der 22 Teilnehmer.

Im direkten Duell mit dem französischen Titelverteidiger Philippe Ermenault hatte sich Robert Bartko bereits optisch als klar überlegen erwiesen. Als die Uhren nach dem Absolvieren der 4000-m-Distanz stehenblieben, verkündeten sie für ihn mit 4:18,188 Minuten eine Bestzeit, die zugleich neuen Deutschen Rekord bedeutete. Bartkos Gegner Ermenault, Weltmeister 1997 und 1998 in dieser Disziplin, landete mit über sechs Sekunden Rückstand auf Rang sechs der Qualifikation. Robert Bartko schien sich aber nicht einmal sonderlich verausgabt zu haben. "Mein Ziel habe ich erst einmal erreicht", freute er sich, eigentlich hatte er nur damit gerechnet, angesichts der starken Konkurrenz gerade so ins Halbfinale hineinzurutschen. "Es war für Bartko ein Vorteil, sofort gegen Ermenault zu fahren, auch wenn ich angesichts der Auslosung die Hände überm Kopf zusammengeschlagen habe", kommentierte Bundestrainer Robert Lange. "Der Sieg über den Titelverteidiger und die Bestätigung der Leistung durch den neuen Rekord zahlten sich mit der Stärkung des Selbstvertrauens aus."

Auch Jens Lehmann hatte zwei Läufe zuvor an das Spitzenniveau angeknüpft. Der 32jährige Engelsdorfer, der 1991 Weltmeister der Einzelverfolger war, überraschte angenehm, denn mit seinen 4:19,806 Minuten blieb auch er unter seinem alten Rekord von 4:19,992 Minuten, den er bei seinem Sieg bei den Deutschen Meisterschaften im Juli an gleicher Stätte erzielt hatte und bewies, wie gut er sich für die Weltmeisterschaften motivieren konnte.

Damit zogen die beiden BDR-Vertreter als mit deutlichem Abstand Beste der Qualifikation in das Halbfinale ein und hatten sich dort mit dem italienischen Exweltmeister aus dem Bahnvierer Mauro Trentini sowie Alexej Markow (Rußland) auseinanderzusetzen. Gescheitert waren neben Vorjahrsweltmeister Ermenault auch sein Landsmann Francis Moreau, der WM-Zweite 1998, sowie der italienische Olympiasieger Andrea Colinelli, die sich mit mageren Plazierungen zufrieden geben mußten.

Das Halbfinale war für die beiden Akteure des Gastgeberteams kein Problem. Jens Lehmann hatte kaum Mühe, sich gegen den St. Petersburger Alexej Markow durchzusetzen. Dessen Vater Michail war übrigens einst ein sehr bekannter Steher, der auf DDR-Bahnen stets durch Kampfgeist imponiert und seine Laufbahn mit WM-Silber 1967 in Amsterdam – an der Rolle von Bruno Walrave – gekrönt hatte. Sohn Alexej wurde unter besseren Bedingungen im St. Petersburger Team von Alexander Kusnezow noch erfolgreicher. Er gewann mit dem russischen Bahnvierer 1996 in Atlanta Silber und war ein Jahr später in Perth Vizeweltmeister in der Einzelverfolgung.

Im anderen Lauf wehrte sich Mauro Trentini tapfer gegen einen entfesselten Robert Bartko. Aber dieser war nicht zu stoppen und holte den Azzurri dreieinhalb Runden vor dem Ziel ein. Der Italiener hatte auf den letzten Metern keine Gegenwehr mehr geleistet und die Kräfte für das kleine Finale gespart, in dem er Markow knapp besiegen konnte.

Im Finale, das für die beiden deutschen Akteure Gold und Silber bereithielt, hatte Robert Bartko mit einem Blitzstart einen Vorteil gegen Jens Lehmann herausgeholt. Meter um Meter schob er sich dann näher an seinen Teamkameraden heran und holte ihn schließlich drei Runden vor Ablauf der Distanz ein. Das Rennen wurde somit vorzeitig abgeschossen – was Bartkos Freunde auf der Tribüne bei aller Freude etwas wehmütig quittierten. "Ja, auf die Superzeit Roberts für die vier Kilometer wäre ich schon gespannt gewesen", strahlte Heimtrainer Uwe Freese, der die Zwischenzeiten mitgestoppt und eine weitere Bestzeit erwartet hatte. "Das Wichtigste aber ist der Weltmeistertitel", unterstrich Dieter Stein, der gemeinsam mit Freese den neuen Weltmeister im PeugeotTeam Berlin betreut, in dem die besten Sportler der Hauptstadt zur Leistungsförderung zusammengefaßt sind. "Das bringt für unsere Mannschaft einen Motivationsschub, den wir für Berlin als Hochburg des deutschen Bahnradsports unbedingt brauchen", betonte er.

Große Anerkennung wurde aber nicht nur dem neuen Weltmeister, sondern auch dem "Vize" Jens Lehmann zuteil. "Wahnsinn, was so ein Oldie wie Lehmann aus sich herausholt", freute sich Robert Lange. Der Bundestrainer hatte im Gegensatz zu anderen nie ein Hehl daraus gemacht, daß nicht das Alter, sondern die Leistung über einen Platz im WM-Team zu entscheiden habe. Denn für die jüngeren Athleten muß es ein Ansporn sein, sich schon im nationalen Maßstab gegen die älteren durchzusetzen. Was im Falle des neuen Weltmeisters Robert Bartko nachdrücklich bewiesen wurde!

Medaillen-Gewinner

Berlin

MÄNNER - ELITE

4000 m Mannschaft

1. BR Deutschland
   (Robert Bartko*,
   Daniel Becke*,
   Guido Fulst*,
   Christ.Lademann,
   Jens Lehmann*,
   Olaf Pollack)
2. Frankreich
   (Cyril Bos,
   Philippe Ermenault,
   Francis Moreau,
   Jerome Neuville)
3. Rußland
   (Wladyslaw Borissow,
   Eduard Gritsun,
   Alexej Markow,
   Denis Smyslow)

* = Diese Sportler waren im Finale eingesetzt; gemäß UCI-Reglement erhalten alle Fahrer, die mindestens 2 Läufe bestritten haben, die von ihrem Team gewonnene Medaille.

Volle Fahrt für das BDR-Quartett, das in der Qualifikation die zweitbeste Zeit fuhr und sich dann so enorm steigerte.

Die glorreichen Sieben

Das Vierermannschaftsfahren gehört zu den Domänen des deutschen Radsports. Bei Weltmeisterschaften steht diese Disziplin seit 1962 auf dem Programm und in den 32 Entscheidungen gab es nicht weniger als 15 Siege der Fahrer aus den deutschen Verbänden. Zu den herausragendsten Leistungen, mit denen je ein Sieg errungen wurde, gehört der jüngste Erfolg bei den Weltmeisterschaften 1999 in Berlin.

Bundestrainer Robert Lange hatte im Verlaufe der vergangenen Jahre an der Seite des bewährten Berliners Guido Fulst ein junges Team aufgebaut, das sich in den verschiedensten Zusammensetzungen schon auszuzeichnen vermochte. Dafür stand auch der Gewinn der Silbermedaille 1998 in Bordeaux und nicht zuletzt der im Weltcup '99 errungene Sieg. Darauf wollte man auch in Berlin bauen, um vor heimischer Kulisse einen weiteren Schritt in Richtung Goldmedaille zu vollziehen.

Als im September, wenige Wochen vor den Titelkämpfen, die Hiobsbotschaft vom Schlüsselbeinbruch des wohl weltbesten Anfahrers Guido Fulst eintraf, war guter Rat teuer. Aber Robert Lange wußte sich zu helfen. Zu dem Stamm der jungen Akteure, die er schon als Nachwuchstrainer des BDR betreut und in die Medaillenränge geführt hatte, holte er sich den bei den Junioren als Bahnspezialisten bewährten Olaf Pollack, der inzwischen viele Erfolge als erstklassiger Straßensprinter aufzuweisen hatte.

Gemeinsam mit dem genesenden Fulst sowie mit den jungen Akteuren Daniel Becke, Christian Lademann und Thorsten Rund wurde ein Quintett zusammengeschmiedet, das durch die versierten Einzelverfolger Robert Bartko und Jens Lehmann noch verstärkt werden konnte. Aber über deren Einsatz wollte Robert Lange erst während der Berliner WM-Tage entscheiden...

Diese Entscheidung brachte ihm einige graue Haare ein. Für die endgültige namentliche Mel-

dung des Teams hatte er ohnehin schon einen seiner Fahrer streichen müssen, der zuletzt vielleicht nur ein Fünkchen seines Könnens zu wenig aufleuchten ließ... Es betraf den Cottbuser Thorsten Rund, der seinen Kameraden nur noch die Daumen drücken konnte.

Das mußte wohl geholfen haben, denn schon in der Qualifikation der 15 Mannschaften, die zum Kampf um den Titel 1999 antraten, konnte das äußerst harmonisch wirkende deutsche Team in der Besetzung Becke, Fulst, Lademann und Pollack die zweitschnellste Zeit erreichen. Es gab auf dem 250 m langen Lattenoval des Velodroms eine Fülle erstklassiger Zeiten, die den allgemeinen Leistungsanstieg in dieser Disziplin in aller Welt bestätigten. Allein fünf Mannschaften blieben unter der magischen 4:10-Minuten Grenze. Was diese Zeiten Wert waren, beweist das Beispiel der Squadra Azzurra. Die Weltmeister von 1996, die mit den auch in Berlin startenden Adler Capelli und Mauro Trentini in Manchester den sagenhaften Weltrekord von 4:00,985 Minuten erzielt hatten, mußten sich mit Rang zehn begnügen!

Angeführt wurde die Liste der letzten Acht, die das Viertelfinale bestreiten durften, von den Franzosen vor Deutschland, Titelverteidiger Ukraine und Rußland, die dann auch als Gewinner ihrer Läufe das Halbfinale erreichten. Mit ihrem Vordringen unter die Besten hatten aber auch Australien, Großbritannien, Neuseeland und Spanien ein Achtungszeichen gesetzt!

Im Viertelfinale wurden die zuvor erreichten Zeiten noch einmal verbessert. Rußland als Gewinner über Australien und der wieder überaus starke ukrainische Vierer, der Großbritannien bezwang, überzeugten ebenso wie die französischen Fahrer, die als Olympiasieger von Atlanta 1996 und Weltmeister 1997, eindeutig auf ihre Favoritenposition pochten. Die Schützlinge von Jacky Mourioux bewiesen bei ihrem Sieg über Spanien mit 4:03,623 Minuten, daß sie den Gastgebern das Feld im Kampf um

Gold nicht freiwillig räumen würden.

Die deutsche Mannschaft war in ihrem Rennen gegen Neuseeland furios gestartet. Unter dem anspornenden Beifall des begeistert mitgehenden Publikums absolvierten sie den ersten Kilometer in 1:03,620 Minuten, um sich dann auf eine am Deutschen Rekord (4:03,855 Minuten – 1998 in Bordeaux) orientierte Zeit einzupegeln. Wieder stimmte es genau bei den Ablösungen, wieder erwiesen sich alle vier zusammen als überzeugendes Quartett, das auch nicht durcheinanderkam, als die Neuseeländer eingeholt und überholt wurden. Dabei wurden sicher Sekundenbruchteile verschenkt, doch am Ende gab es mit 4:03,469 Minuten eine lautstark bejubelte neue Rekordleistung!

Für Robert Lange bedeutete das in der Nacht vor der Entscheidung wenig Schlaf und sicher eine weitere Bereicherung der graumelierten Schläfen. Seine Gedanken kreisten immer um das eine Thema: Was soll ich machen? Kann man denn einen Rekord fahrenden Vierer noch einmal um-

Deutschlands Weltmeister im Mannschaftsverfolgungsfahren 1999 in der Stunde ihres Erfolgs. Als Gewinner von Goldmedaille und Regenbogentrikot wurden ausgezeichnet (von links): Daniel Becke, Jens Lehmann, Christian Lademann, Olaf Pollack, Robert Bartko und Guido Fulst.

Immer wieder wanderte der Blick von Robert Lange (oben) während des Endlaufes auf die Gegenseite zu den Franzosen, die alles gaben, sich aber diesmal mit Silber begnügen mußten (rechts).

Am Ende hielt es den Bundestrainer nicht mehr. Er stürmte auf die Bahn, versuchte vergeblich, jedem aus dem noch mit hohem Tempo ausrollenden Quartett die Hand zu drücken, schnappte wenigstens einen Helm und strahlte...

stellen?, grübelte er immer wieder. Andererseits hatte er die beiden weltbesten Verfolger in petto, die ihrer Konkurrenz um Längen davongefahren waren. "Die Weltspitze ist so eng beisammen, daß man jeden Vorteil nutzen muß, wenn man gewinnen will", entschied er schließlich. Das be-

deutete, daß die Mannschaft zum Halbfinale in der Besetzung Daniel Becke, Guido Fulst, Robert Bartko und Jens Lehmann antrat. Bartko hatte ohnehin die gesamte Mannschaftsvorbereitung mitgetragen, und alle Bedenken über Lehmann, der 1995 sein letztes Rennen im Auswahlvierer bestritten hatte, zertreute Robert Lange mit dem Hinweis auf die sprichwörtliche Zuverlässigkeit des Engelsdorfers.

Der fundierte Optimismus des Bundestrainers wurde im Kampf um den Einzug ins Finale belohnt. Wieder brillierte Frankreich mit einer selten erreichten Spitzenzeit über Titelverteidiger Ukraine. Aber auch für die Männer in den blauweißen Trikots gab es den erhofften Leistungssprung. Nahtlos fügten sich die beiden Einzelverfolger in das Team ein und katapultierten gegen die tapfer kämpfenden russischen Akteure die Bestzeit auf diesem Oval auf 4:02,659 Minuten. In dieser Besetzung war ein Sieg über die starken Franzosen möglich!

Es war ein denkwürdiges Finale, in dem sich das deutsche Quartett und die französische Equipe einen harten Kampf um den Titel lieferten. Erneut gingen die Deutschen sehr schnell an und rasten dann mit einem Schnitt von mehr als 60 Stundenkilometern um das Oval. In einem Tempo, das in noch besseren Zwischenzeiten als beim Weltrekord der Italiener gipfelte! Die französischen Rivalen steckten trotz offensichtlichen, aber knappen Rückstands nie auf und hielten auf dem zweiten und dritten Kilometer mit großem Kampfgeist und einem ebenfalls sehr gut harmonierenden Quartett den Abstand, so daß die Spannung bis zum letzten Meter erhalten blieb.

Für die Zuschauer jedenfalls, die das Velodrom in einen Hexenkessel verwandelt hatten und in dem begeisternden Zweikampf ihrer deutschen Mannschaft die Daumen drückten. Für die Männer des deutschen Quartetts aber war der Kampf

Volker Winkler
Weltmeister 1977, 1978, 1979 und 1981 Olympiazweiter 1980 mit dem Bahnvierer

entschieden. Als Jens Lehmann seine letzte starke Führung absolviert hatte, verfolgte er von ganz oben aus dem Lattengebirge den Siegeszug, sah, wie Guido Fulst schon auf der Gegengeraden jubelnd den Arm hochriß als die drei dem Zielstrich entgegensprinteten!

Die Klasse-Zeiten, die von den Hallensprechern Charly Schlott und Peter Brennecke für die beiden weltbesten Teams verkündet wurden, gingen fast unter im ohrenbetäubenden Jubel...

Doch sie waren natürlich festgehalten für die goldene Chronik des Radsports. Mit 4:03,965 Minuten erkämpfte sich Frankreichs Equipe mit Cyril Bos, Philippe Ermenault, Francis Moreau und Jerôme Neuville die Silbermedaillen. Die siegreichen Deutschen waren noch weitaus schneller. Mit 4:01,144 Minuten verbesserte das Quartett, das sich in der Stunde der Entscheidung als ideale Mischung aus Youngstern und Routiniers bewährte, erneut den Deutschen Rekord und verfehlte den Weltrekord nur um 18 Hundertstelsekunden. Um einen Wimpernschlag nur...

Auf den Rängen hatten ein paar Fans ja schon ein Plakat mit der Aufschrift „4:00,00", mit der Forderung nach dieser Traumzeit, entrollt. „Wir wollten gewinnen, nicht unbedingt auf Zeit fahren. Und den Weltrekord hatten wir nicht als Ziel gestellt", kommentierte Robert Lange. Und Jens Lehmann ergänzte: "Man pokert nicht so sehr um die Zeit. Lieber mit 4:10 Minuten Weltmeister werden, als mit Risiko einen Weltrekord angehen und vielleicht alles zu verlieren." Im großen Glück spielte die Zeit wirklich keine Rolle. Einbezogen waren alle in den Erfolg. Denn dem Reglement gemäß erhalten alle Fahrer einer Mannschaft, die im WM-Turnier zwei Läufe bestritten haben, ebenfalls die am Ende erkämpfte Medaille. Der Bund Deutscher Radfahrer hat in dieser Disziplin also sechs Weltmeister, da neben den Endlaufteilnehmern auch Christian Lademann und Olaf Pollack ausgezeichnet wurden. Verständlich, daß in dieser Situation dem Cottbuser Thorsten Rund die Tränen in den Augen standen. Klar, errungen wurde der Titel mit dem Power der Finalisten, aber der Anteil daran wird auch an der schweren Vorbereitungszeit gemessen, in der dieser Fahrerkreis der deutschen Verfolger zur Weltklasse heranreifte. Und so darf Bundestrainer Robert Lange weiter auf seine „glorreichen Sieben" setzen, während sich jeder dieser Akteure für die Zukunft seine persönlichen Aufgaben stellen wird...

„Das war eine Klasseleistung des deutschen Vierers. Solch eine homogene Mannschaft hat man selten gesehen. Es war eine Super-Harmonie, es gab keinen einzigen Wackler. Damit wären wohl auch solche Leistungen nicht zu erreichen gewesen. Die Jungen haben den Titel auch von den gefahrenen Zeiten her verdient. Die Zeiten sind überhaupt viel schneller geworden. Es werden ja weitaus höhere Gänge gefahren als zu unserer Zeit, und beim Rennmaterial ist unheimlich viel verbessert worden.
Auch bei uns gab es Jahre, in denen es, wie hier in Berlin bei unserem neuen Weltmeisterteam, alles auf den Punkt gestimmt hat. Besonders 1978 in München, als wir auch Weltrekord fahren konnten."

Berlin

MÄNNER - ELITE

Punktefahren

1. Bruno Risi
   (Schweiz)
2. Wassil Jakowljew
   (Ukraine)
3. Ho Sung Cho
   (Südkorea)

Der Kölner Andreas Kappes verpaßte in Berlin im Punktefahren hauchdünn eine Medaille. Der Vizeweltmeister von Bordeaux mußte sich diesmal - punktgleich mit dem Dritten - mit dem vierten Rang begnügen.

Eidgenosse mit Drang zum Sieg

"Ich muß dem Berliner Publikum ein riesiges Kompliment machen. Es feuert nicht nur begeistert die eigenen Leute an, sondern genauso auch die ausländischen Fahrer!" Diese Feststellung darf getrost weitergegeben werden, denn sie stammt von einem ganz Großen des Radsports, von Bruno Risi. Der Eidgenosse aus Erstfeld, einem Ort südlich des Vierwaldstätter Sees, überzeugte in Berlin mit dem Gewinn des Weltmeistertitels im Punktefahren. Es war bereits sein vierter Erfolg in dieser Disziplin, die selten durch Zufälle, aber um so häufiger durch das Geschick des Athleten entschieden wird.

Insgesamt 24 Teilnehmer – einer je Land – gingen auf die 40-km-Jagd, das heißt 160 Bahnlängen. Der Australier Brett Aitken war nach zehn Runden Gewinner der ersten Wertung, die auch zu den ersten scharfen Attacken führte. Der Däne Michael Sandstöd, James Carney (USA) und Wassil Jakowljew aus der Ukraine stürmten davon, entschieden den nächsten Wertungsspurt unter sich und wurden eingeholt.

Dann versuchte es Bruno Risi gemeinsam mit dem starken Franzosen Francis Moreau. Aber hier paßten die anderen auf, ließen die gefährlichen Kontrahenten nicht weg. Im Gegensatz dazu konnte der Kolumbianer mit dem klangvollen Namen Marlon Alirio Perez Arango allein davonziehen. Noch vor der dritten Wertungsabnahme übernahm er die Spitze, fuhr eine halbe Bahnlänge heraus, schaffte den Rundengewinn. Bahnte sich hier eine Überraschung an?

Immer wieder versuchte Bruno Risi sich in Szene zu setzen, aber die Verfolger hatten ihn im Visier, so daß er zwar Wertungspunkte für sich verbuchte, aber stets wieder eingeholt wurde. Immerhin brachten seine Attacken Bewegung ins Feld, rissen es weit auseinander. Einige Akteure verloren sogar eine Runde. Unter ihnen auch der Kolumbianer, dessen kurzer Traum vom Sieg schon bei Halbzeit des Wettbewerbs wieder ausgeträumt war.

Dafür gaben andere keine Ruhe. Der Argentinier Juan Curuchet drückte aufs Tempo, sah sich bei seinem Vorstoß in Begleitung des Titelverteidigers Juan Llaneras. Aber wieder schloß eine Verfolgergruppe auf, in der Andreas Kappes mit guter Übersicht das Rennen kontrollierte. Hier fehlte nur Risi. Aber er hatte die Gefahr erkannt und vollzog gemeinsam mit dem Dänen Michael Sandstöd wieder den Anschluß. Kaum hatten sie die Spitze erreicht, da zog Sandstöd allein weiter. Er hatte das Glück, daß sich dieses Mal keine Verfolger formierten, und schaffte mit furiosem Spurt in kurzer Zeit den Rundengewinn. Der Däne hatte bereits 1996 in Manchester als Silbermedaillengewinner geglänzt, und deshalb war seine Führung wohl schon eine Vorentscheidung. Doch längst war eine erneute Jagd durch Moreau entfesselt, die das Feld wieder zerriß und die auch dem neuen Leader Sandstöd den Atem nahm. Der Däne hatte sich übernommen und konnte nach der gewaltigen Anstrengung das Tempo im Pulk nicht mehr halten. Er mußte im Feld abreißen lassen, scherte schließlich aus und gab überraschend das Rennen auf.

Damit war wieder alles gleichauf, und es schien, daß nur die Punk-

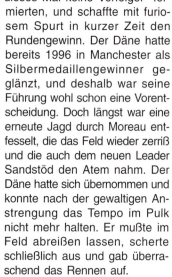

te entscheiden würden. Aber diese Jagd führte dazu, daß urplötzlich erst sechs, dann acht Fahrer in Front lagen. Diesen Akteuren, den stärksten im Peloton, gelang es, einen Rundengewinn zu vollziehen. Dabei waren mit Bruno Risi, Silvio Martinello und dem Titelverteidiger Juan Llaneras gleich drei Weltmeister dieser Disziplin. Dazu kam der vorjährige Vizeweltmeister Andreas Kappes, der Verfolgerchampion von Stuttgart 1991, Francis Moreau, sowie drei vermeintliche Außenseiter: der Österreicher Franz Stocher, Ho-Sung Cho aus dem südlichen Korea und auch der aktive Ukrainer Wassil Jakowljew, der 1993 schon Bronze gewonnen hatte und 1996 in Atlanta Vierter gewesen war.

Vor allem die beiden Letztgenannten sorgten ebenso wie Risi und Kappes ständig für Zuwachs auf ihrem Punktekonto. Während aber Kappes nicht ganz die Stärke des Vorjahres erreichte, wuchs der Ukrainer über sich hinaus, rückte nach Punkten sogar an die Spitze. Das veranlaßte Bruno Risi noch einmal zu einem Vorstoß. Wieder wurde er eingefangen, so daß er sich nun auf die Punktesprints, und besonders auf die entscheidende letzte Wertung mit doppelter Punktzahl konzentrierte. Beide Male gewann Risi, und vor allem der Schlußsprint, der an seine bei Sechstagerennen so eindrucksvollen Vorstellungen erinnerte, wurde unter dem Jubel des begeisterten Publikums eine sichere Beute des förmlich dahinfliegenden Eidgenossen!

Das Punktefahren 1999 war das Rennen der Überraschungen, und die letzte gab es nach dem Einlauf. Denn hinter den beiden Führenden Risi und Jakowljew hatte sich der Südkoreaner Ho-Sung Cho, punktgleich mit Andreas Kappes, die Bronzemedaille gesichert. Auch für ihn war es eine Sensation. "Es ist die erste WM-Medaille überhaupt für Korea", freute er sich.

Gewonnen hatte letztlich mit Bruno Risi der aktivste und stärkste Fahrer des Feldes. Genau wie bei dem zuletzt in Deutschland ausgetragenen Titelkampf: 1991 in Stuttgart....

Ein Favorit als Titelträger und zwei überraschende Medaillengewinner: der neue Weltmeister Bruno Risi, flankiert von Wassil Jakowljew und Ho-Sung Cho.

Verbissen kämpfte der Schweizer Bruno Risi. Immer wieder stieß er vor. Als der alleinige Rundengewinn nicht gelang, setzte er erfolgreich auf die Punkte.

Berlin

MÄNNER - ELITE

Zweier-Mannschaft
1. Juan Llaneras/
   Isaac Galvez Lopez
   (Spanien)
2. Jimmi Madsen/
   Jakob Piil
   (Dänemark)
3. Andreas Kappes/
   Olaf Pollack
   (D - Köln/Cottbus)

*Dieser Sturz rüttelte
das deutsche Team
wach. Rechts Olaf Pol-
lack, vorn Bruno Risi.*

Llaneras Taktik ging wieder auf

Große Augen. Die machte sowohl der Riesenteddy, den jeder Weltmeister als symbolischen Gruß der Stadt Berlin erhalten hatte, als auch der kleine Pau. Der zweijährige Sohn des frischgebackenen Titelträgers Juan Llaneras saß auf dem einen Knie, der Berliner Bär auf dem anderen, und es war sofort zu erkennen, daß beide unzertrennliche Freunde werden würden. Sehr zur Freude des Papas...
Die familiäre Unterstützung durch Ehefrau und Sohn mag ein Aspekt für die gute Leistung des Spaniers gewesen sein, sein Können zweifelsohne der andere, wichtigere. Denn der am 17. Mai 1969 auf den Balearen geborene Athlet hat sich seit 1996 bei jeder Weltmeisterschaft einen Titel gesichert – in schöner Abwechslung zwischen Punktefahren (1996 und 1998) und Zweier-Mannschaftsrennen (1997 und 1999). Gestrickt waren alle Erfolge nach dem gleichen Muster: Rundengewinne gehen über alle Punkte!
Insgesamt 240 Bahnlängen gleich 60 Kilometer hatten die 18 Paarungen im Velodrom zu absolvieren, bevor den Besten die Medaillen winkten. Von Anbeginn gab es ständige Aktionen, die das Feld nie zur Ruhe kommen ließen. Die erste Wertung sicherten sich die knapp enteilten Neuseeländer Tim Carswell und Greg Hendersen. Die argentinischen Gebrüder Juan und Gabriel Curuchet, die 1999 zwei Weltcups gewonnen hatten, versuchten ebenso zu enteilen wie Juan Llaneras mit Partner Isaac Galvez. Aber im Pulk war man wachsam

und ließ keine Mannschaft zu weit weg. So mußten vorerst die Punkte für die nötige Rangordnung sorgen. Und da sammelten die Dänen Jimmi Madsen und Jakob Piil sehr fleißig. Als sie die vierte Wertung für sich entschieden, war das deutsche Team Andreas Kappes/Olaf Pollack auf Rang zwei erstmals plaziert. Nachdem es zuvor nie geklappt hatte, vor dem Punktesprint rechtzeitig eine gute Position vorzubereiten, konnte Pollack diese Zähler erst mit einem Gewaltsprint aus siebenter Position einheimsen.
Als nach einem Reifenschaden mehrere Fahrer, darunter auch Olaf Pollack und Bruno Risi, auf die Latten purzelten, war es für die Deutschen wie ein Wachrütteln. Denn Pollack biß trotz der Schmerzen die Zähne zusammen und spurtete immer besser, und Kappes sorgte mit seiner guten, in den Sechstagerennen erworbenen Übersicht für die idealen Ausgangspositionen. Doch die gerade gestürzten Teams wurden in ihrem Tatendrang noch einmal gebremst. Das Wettkampfgericht nahm Pollack als Gewinner der siebenten Wertung heraus, weil er gegen die Kontrahenten zu forsch gesprintet war, und Risi erfuhr just bei einem aussichtsreichen Vorstoß, als er schon eine halbe Runde gewonnen hatte, über den Lautsprecher von seinem Landsmann, dem Speaker Charly Schlott (der Goldenen Stimme von Oerlikon), daß er mit Partner Kurt Betschart mit einer Strafrunde belegt worden war, weil Betschart nach dem Sturz nicht sofort das Rennen aufgenommen hatte. Während die Eidgenossen hierauf völlig resignierten, kämpfte das deutsche Paar, das 1999 gemeinsam für Brandenburgs Team Agro Adler in die Pedalen trat, um so energischer weiter. Denn in allen verbleibenden Wertungssprints sicherten sie sich Punkte. Die schienen auch nötig, um am Ende in die Entscheidung eingreifen zu können. Die Dänen Madsen/Piil und die Australier Scott McGrory/Brett Aitken lagen lange in Front und wechselten sich in der Führung ab, bis Aitken in einen schweren Sturz verwickelt war und sein Partner das Rennen allein zuende fahren

Die neuen Weltmeister Isaac Galvez und Juan Llaneras (rechts) auf Rundenjagd.

Immer besser harmonierten im Verlauf des Rennens Andreas Kappes (unten) und Olaf Pollack. Am Ende gewannen sie nach knappem Einlauf Bronze.

mußte. Von den früheren Weltmeisterpaaren enttäuschten die Titelträger 1995 und 1996, die Italiener Silvio Martinello/Marco Villa, die nur einen einzigen Punkt erspurteten, und auch die Titelverteidiger Etienne de Wilde (der auf dieser Bahn im Januar '99 das Sechstagerennen gewonnen hatte) und Matthew Gilmore vermochten sich nur selten in den Wertungen zu plazieren, schienen aber ebenso wie Madsen/Piil und Kappes/Pollack Medaillenkurs zu steuern.

Doch dann wurden alle durch den gut plazierten Vorstoß der Spanier überrascht. Im Nu hatten diese solch einen Vorsprung herausgefahren, daß im großen Pulk alle wie gelähmt schienen und nicht mehr nachsetzten. Damit war der Rundengewinn nur noch Formsache und das Rennen um die Regenbogentrikots eigentlich entschieden.

Nur die abschließende doppelte Wertung sorgte noch einmal für Turbulenzen, als sich die Curuchets, die 1999 die Gesamtwertung der fünf Weltcups in dieser Disziplin gewonnen hatten, mit einem vehementen Schlußspurt an die Spitze setzten und die Punkte im Doppelpack einheimsten.Mit einem Supersprint war Olaf Pollack noch einmal aus dem Feld nach vorn geschossen, aber nicht mehr an die Argentinier herangekommen. Damit wurde die Chance auf Silber knapp verpaßt; das winkte, weil sich die Dänen in dieser letzten Wertung nicht plazieren konnten. Die Südamerikaner jedoch schoben sich dank der zehn Punkte noch vor die belgischen Titelverteidiger auf Platz vier.

Olaf Pollack, der schon mit dem Bahnvierer seinen schönsten Erfolg geholt hatte, freute sich auch über Bronze. "Dieser dritte Platz ist für mich fast so schön wie ein Sieg. Wir haben um diese Medaille wirklich gekämpft", bekannte er. Und der großartige Taktiker Juan Llaneras, der sich nach unbefriedigendem Abschneiden im Punktefahren nun schadlos gehalten hatte, strahlte: "Anfangs habe ich kaum an unsere Chance geglaubt, aber dann ist unser vorher gehegter Plan für den Rundengewinn doch noch aufgegangen!"

Nobody Isaac Galvez
In Berlin stellte sich Juan Llaneras mit einem neuen Partner vor, nachdem er zuvor meist mit Miguel Alzamora gestartet war und mit ihm 1997 in Perth das Regenbogentrikot gewonnen hatte. Nun kam er mit dem 24jährigen Isaac Galvez Lopez.

Galvez, der sich vom Juniorenmeister im Sprint zum beständigen Viererspezialisten entwickelte, ist den heutigen Elitefahrern schon seit den Junioren-WM 1993 in Perth ein Begriff. Da hatte er den ersten Vorlauf des Punktefahrens vor Robert Bartko für sich entschieden, ging dann aber im Finale (1. Thorsten Rund) unter. Bei den Weltmeisterschaften der Elite startete Galvez seit 1995. Neben dem Bahnvierer war er zweimal in der Americaine dabei, aber die Ausbeute war mit Alzamora (1995: 11.) und Llaneras (1996: 8.) zu gering, um hier weitere Hoffnungen zu hegen. Erst als er 1998 in dieser Disziplin spanischer Meister wurde, gab es eine Neuauflage der Paarung mit Juan Llaneras, die auch eine Bewährungsprobe beim Weltcup '98 im kanadischen Victoria mit Rang zwei erfolgreich bestand. Nachdem dieses Duo auch beim Weltcup-Finale im September '99 in Cali siegte, war die Konkurrenz in Berlin eigentlich nachhaltig gewarnt!

Medaillen-Gewinner

Berlin

FRAUEN

Sprint

1. Felicia Ballanger
(Frankreich)
2. Michelle Ferris
(Australien)
3. Tanya Dubnicoff
(Kanada)

Felicia - die Glückliche

So kann sich nur jemand freuen, der den Sport verinnerlicht hat und jeden Erfolg neu erkämpft. Die Französin Felicia Ballanger zeigte es. Von der Qualifikation an, und vom ersten bis zum letzten Lauf des Sprints war sie trotz ihrer Überlegenheit ein Beispiel für die mustergültige Erfüllung ihrer Aufgaben. "Ich wußte, daß ich in Form war, aber man muß auch entschlossen und konzentriert sein", betonte der Schützling von Nationaltrainer Daniel Morelon. Und begründete: "Es gibt keine leichte WM. Ich bin nicht allein auf der Welt. Was mich durcheinanderbringen kann, ist, daß eine Konkurrentin mir einen Lauf abnimmt." Aber das gelang auch diesmal keiner ihrer Rivalinnen. Und deshalb wird sich so manche freuen, wenn Felicia – die ihrem Namen "die Glückliche" alle Ehre macht – ihren nach dem Sieg geäußerten Entschluß in die Tat umsetzt: "Dies war

meine letzte WM. Ich höre nächstes Jahr nach den Olympischen Spielen in Sydney auf."
Bis dahin aber müssen die Sprinterinnen mit der überlegenen Weltmeisterin, die in Berlin ihr zehntes Regenbogentrikot gewann, leben und ihr noch möglichst viel abschauen.
Auch die deutschen Mädchen, betreut von Bundestrainer Detlef Uibel, haben da Nachholbedarf. In der Qualifikation – dem traditionellen 200 m Zeitfahren mit fliegendem Start - wurde bereits deutlich, daß bis zur Weltspitze noch eine Lücke klafft. Denn die vier zeitschnellsten Fahrerinnen machten am Ende auch die ersten Plätze unter sich aus. Für die beiden ehemaligen Junioren-Weltmeisterinnen Kathrin Freitag aus Frankfurt/Oder und Katrin Meinke aus Cottbus war das Erreichen des Viertelfinales, der Runde der letzten Acht, eine Mindestzielstellung, die sie auch erreichten. Für die 25jährige Frankfurterin, die nach gesundheitlichen Problemen von ihrem Heimtrainer Jörg Winkler wieder in gute Form gebracht worden war, erwiesen sich weder die Australierin Lyndelle Higginson in der 1. Runde noch die Asienmeisterin Cuihua Jiang aus China im Achtelfinale als Stolpersteine. Sie beendete ihre Läufe in sicherer Manier als Gewinnerin.
Für ihre Namensvetterin, die im kleinen mecklenburgischen Röbel mit dem Radsport begonnen hatte, war der Weg steiniger, denn sie mußte nach Niederlagen gegen die renommierten Magali Faure (Frankreich) und Vizeweltmeisterin Michelle Ferris (Australien) zweimal in den Hoffnungslauf, setzte sich dann aber durch. Doch das Viertelfinale hielt für die 20jährige, die in Cottbus bei Exweltmeister Volker Winkler trainiert, dann ein unüberwindliches Bollwerk bereit: Felicia Ballanger.
Es war herzerfrischend, mit welchem Elan Katrin Meinke die Favoritin herausforderte, was zwar am Ausgang des Rennens nichts änderte, aber für ein gesundes Selbstvertrauen sprach. Mit die-

sem Elan ging sie auch in das Finale um die Plätze 5 bis 8 und gewann nach energischem Antritt diesen Lauf vor ihrer Teamgefährtin Kathrin Freitag, die wiederum gekonnt die anderen Rivalinnen Oksana Grischina (Rußland) und Magali Faure in Schach hielt. Leider hatte die Cottbuserin bei ihrer Attacke den kürzesten Weg über den blauen "Teppich" an der Innenkante der Bahn genommen. Sie wurde nachträglich von der aufmerksamen Jury distanziert und auf den letzten Platz gesetzt, so daß in der Bilanz für die BDR-Vertreterinnen bei dieser Sprint-Weltmeisterschaft die Plazierungen fünf und acht heraussprangen.

Im Kampf um die Medaillen bezwang im Halbfinale Felicia Ballanger ihre Vorgängerin in der Chronik der Weltmeisterinnen, Tanya Dubnicoff, so klar wie alle anderen. Die Kanadierin, die zuvor gegen Kathrin Freitag gewonnen hatte, sicherte sich dann die Bronzemedaille gegen die Chinesin Yan Wang. Diese hatte ihre Bezwingerin in Michelle Ferris gefunden, die damit zum dritten Male hintereinander gegen Ballanger im Finale stand. Die Französin ließ sich in den beiden Endläufen auf keinerlei taktische Spielchen ein. Konsequent setzte sie sich an die Spitze und behauptete diese nach energischen Antritten auch

sehr sicher mit ihrer weitaus höheren Endgeschwindigkeit. Damit standen in Berlin die Medaillengewinnerinnen in der gleichen Reihenfolge wie im Vorjahr in Bordeaux auf dem Siegerpodest.

Eine der aufmerksamsten Beobachterinnen des Sprints hatte in der Kurve hinter dem Ziel gesessen und ließ sich nichts entgehen. Eine Frau vom Fach: Sie hatte bei den ersten fünf Weltmeisterschaften der Frauen von 1958 bis 1963 jeweils die Bronzemedaille gewonnen: die Engländerin Jeanne Dunn, Ehefrau des Klasse-Verfolgers Ian Alsop. Gemeinsam mit ihrer Freundin Valerie Rushworth war sie von der Insel gekommen, um die deutschen Freundinnen aus einstigen Länderkämpfen zu treffen und mit ihnen die Titelkämpfe hautnah zu erleben. Sie kamen dabei voll auf ihre Kosten und waren total begeistert: Jane und Andrea, Karin und Heidi, Valerie und Dora...

"Felicia Ballanger war heute einfach zu gut", urteilte die 23jährige Michelle Ferris über ihre Rivalin, die sie zum dritten Male in der Sprint-Weltmeisterschaft auf den Ehrenplatz verwies. Optimistisch ergänzte sie: "Ich gebe die Hoffnung nicht auf, sie doch noch zu besiegen. Vielleicht klappt es in Sydney..."

Start zum Viertelfinale: rechts Katrin Meinke mit Detlef Uibel, links das Erfolgs-Duo Ballanger/Morelon.

Felicia Ballanger auch ohne neuen Weltrekord sichere Siegerin

Berlin

FRAUEN

500 m Zeitfahren

1. Felicia Ballanger
   (Frankreich)
2. Cuihua Jiang
   (China)
3. Ulrike Weichelt
   (D - Erfurt)

Mit einer erneuten Steigerung ihrer Bestleistung sicherte sich Ulrike Weichelt die Bronzemedaille der Weltmeisterschaft Da auch die anderen deutschen Mädchen gut plaziert waren, dürften hier bald noch weitere Verbesserungen möglich sein.

Dieses war der fünfte Streich...

Zum fünften Male stand bei den Frauen das 500 Meter Zeitfahren auf dem Programm der Weltmeisterschaften. Und – um es gleich vorweg zu nehmen – es gab in allen fünf Entscheidungen die gleiche Siegerin: die Französin Felicia Ballanger! Nachdem sie am Vortag bereits ihren fünften Sprinterfolg gefeiert hatte, gewann Felicia Ballanger auf der 2-Runden-Distanz des Berliner Velodroms ihr zehntes Regenbogentrikot.

Die 28jährige, die vom einstigen Weltklasseathleten Daniel Morelon trainiert wird, bestätigte damit einmal mehr ihre eigene Ausnahmestellung im Kurzzeitbereich des Frauen-Radsports. Sie war mit 17 Jahren bereits Junioren-Weltmeisterin im Sprint, brauchte dann aber geraume Zeit, um sich bei den Frauen richtig in Szene zu setzen. Noch 1990 und 1991 verpaßte sie als Vierte den Sprung auf das Ehrenpodest. 1994 in Palermo erkämpfte sie Silber. Ein Jahr später stand sie ganz oben auf dem Podest und gab diese Position bis heute bei Weltmeisterschaften und bei Olympia 1996 in Atlanta nicht mehr ab. Ein weiterer Olympiasieg in Sydney soll zugleich Abschluß und Krönung ihrer Karriere werden...

Den Wettkampf der 18 Athletinnen hatte Katrin Meinke eröffnet. Die Sprint-Junioren-Weltmeisterin 1997 aus dem mecklenburgischen Grabow, die ihre sportliche Heimat in Cottbus bei Bundestrainer Detlef Uibel gefunden hat, verbesserte ihre persönliche Bestzeit auf 35,567 Sekunden. Und diese Marke hielt überraschend lange dem Ansturm der Rivalinnen stand. Erst Kathrin Freitag, die Teamkameradin aus Frankfurt/Oder, vermochte als zwölfte Starterin, diese Zeit zu unterbieten. Die

dreimalige Junioren-Weltmeisterin im Sprint, die nach längeren verletzungsbedingten Pausen mit ihrem Coach Jörg Winkler wieder das Spitzenniveau erreicht hat, konnte sich damit auch Hoffnungen auf eine Medaille machen. Immerhin war sie bis auf eine Zehntelsekunde an ihren eigenen Deutschen Rekord herangekommen, den sie erst im Mai '99 in der Höhenlage von Cali beim Weltcup erzielt hatte.

Bangen und Hoffen im deutschen Lager. Jeder Start einer weiteren Konkurrentin wurde mit Argusaugen verfolgt und deren Zeit aufmerksam registriert. Freude bei Kathrin Freitag, als die Französin Magali Faure und die vorjährigen Medaillengewinnerinnen Tanya Dubnicoff (Kanada) und Michelle Ferris (Australien) hinter ihr zurück blieben; Enttäuschung bei Katrin Meinke über jeden Rang, den sie noch verlor. In den Medaillenkampf konnte nur noch die dreimalige Deutsche Meisterin Ulrike Weichelt eingreifen. Die 22jährige gebürtige Dresdnerin, vor Jahren aus Sachsen in die Erfurter Talenteschmiede von Jochen Wilhelm delegiert, krönte ihren Leistungsanstieg nach zwei Europameistertiteln nun mit dem Gewinn einer Medaille. Ihre respektable Anfangszeit, als erste Teilnehmerin fuhr sie die erste Runde knapp unter 20 Sekunden, und eine gute Einteilung der Kräfte verhalfen der auf diese Disziplin spezialisierten, aber im Vergleich zu den Konkurrentinnen grazil wirkenden Ulrike Weichelt zur neuen Bestzeit von 35,166 Sekunden.

Damit unterbot Ulrike ihre persönliche Bestleistung um vier Zehntelsekunden und kam bis auf acht Hundertstel an den Bahnrekord der Ausnahmeathletin Felicia Ballanger heran, den diese 1998 beim Weltcup erzielt hatte.

Nur knapp an der Medaille vorbei! Die Frankfurterin Kathrin Freitag erkämpfte einen ausgezeichneten vierten Rang im 500 m Zeitfahren.

Der Sieg war der seit Jahren deutlich überlegenen Französin Felicia Ballanger (großes Foto) nicht zu nehmen. Sie wurde im Berliner Velodrom mit neuem Bahnrekord ihrer Favoritenrolle gerecht.

Ihre Führung in dieser Entscheidung mußte Ulrike Weichelt schon im nächsten Lauf an die Chinesin Cuihua Jiang abgeben, als die Vorjahrs-Fünfte die 35-s-Grenze unterbot. Sie gewann damit die erste Medaille im Radsport für China! Und erwartungsgemäß war dann Felicia Ballanger – die sichtlich den stärksten Eindruck hinterließ - mit der besten Zwischenzeit für die erste Runde (19,436 s) schneller, so daß die Erfurterin als Dritte auf das Siegertreppchen klettern durfte. Kathrin Freitag als Vierte und Katrin Meinke als Siebente bestätigten das hohe Niveau der deutschen Teilnehmerinnen in dieser Disziplin.

Im vergangenen Jahr hatte Felicia Ballanger in Bordeaux bei ihrem 500-m-Sieg einen neuen Weltrekord aufgestellt. Diese 34,010 Sekunden waren wohl der eigene Maßstab für sie und Trainer Morelon. Doch diesmal reichte es nicht ganz. "Ich wußte ja, daß Berlin eine schnelle Bahn besitzt, und wollte eigentlich Rekord fahren", meinte die alte und neue Weltmeisterin. "Aber schon beim Aufwärmen spürte ich, daß dieses Vorhaben nur schwer zu realisieren sein würde, denn ich hatte den Sprinterwettbewerb noch in den Beinen." Nun, Felicia Ballanger mag sich mit dem neuen Bahnrekord von 34,477 Sekunden und der Gewißheit trösten, bei allen fünf WM-Siegen die 35 Sekunden klar unterboten zu haben.

Medaillen-Gewinner

Berlin

FRAUEN

3000 m Verfolgung

1. Marion Clignet
   (Frankreich)
2. Judith Arndt
   (D - Frankfurt/O)
3. Rasa Mazeikyte
   (Litauen)

Judith Arndt war erste Gratulantin ihrer Bezwingerin Marion Clignet. Glücklich über ihren Ehrenplatz scherzte sie: "Nach Gold und Bronze habe ich nun mit Silber den Medaillensatz komplett. Das war genau berechnet..." Ihr Ziel sind die Olympischen Spiele in Sydney, wo sie ihre 1996 in Atlanta gewonnene Bronze vergolden will. Die Maßstäbe für die dort zu erwartenden Leistungen wurden in Berlin gesetzt...

Die Medaillengewinnerinnen in der Einzelverfolgung. Unten: Marion Clignet.

Ein erfolgreiches Comeback

Die Qualifikation hatte im 3000 m Verfolgungsfahren der Frauen darüber zu entscheiden, welche vier der 18 Teilnehmerinnen als zeitschnellste um die Medaillen der Weltmeisterschaften kämpfen würden. Hätte man Wetten abgeschlossen, so wären zweifelsohne die Namen von Leontien Zijlaard-Van Moorsel und Judith Arndt am häufigsten als Favoritinnen gefallen. Die Holländerin hatte gerade zuvor bei den Straßen-Weltmeisterschaften ihre große Form bewiesen und sich das Regenbogentrikot im Einzelzeitfahren gesichert. Sogar auf das Straßenrennen verzichtete sie, um sich besser auf die Titelkämpfe in Berlin vorbereiten zu können. Die andere Aspirantin auf den Titel war ohne Zweifel die 23jährige Judith Arndt, von der Trainer Hans-Joachim Hartnick vor dem Championat andeutete, daß sie ihrem Verband viel Freude bereiten werde.

In der Tat hatte sich die Sportsoldatin, die wie so viele deutsche Athleten von der Bundeswehr gefördert wird, in dieser Saison in den Straßenwettbewerben eine solide Grundlage geschaffen. Da sie auch in ihrer Spezialdisziplin einen Leistungsanstieg nachwies, pendelten die Gedanken schon häufiger zurück zu der Goldmedaille, die sie 1997 im australischen Perth als Weltmeisterin im Verfolgungsfahren errungen hatte.

Bevor sie selbst an den Start ging, drückte Judith Arndt aber ihrer Freundin Anke Wichmann die Daumen. Was würde die Cottbuserin vor beinahe heimischer Kulisse erreichen? Als einzige deutsche Verfolgerin vermochte Anke in den zurückliegenden Jahren einigermaßen Schritt zu halten mit Judith Arndt, profitierte vom gemeinsamen Training und hatte in der Saison '99 auch im Weltcup ansprechende Ergebnisse erreicht. In ihrem Duell gegen Rußlands Meisterin Jelena Tschalych, einer Rivalin aus der Juniorenzeit, kämpfte die angehende Physiotherapeutin tapfer. Aber die Abstände offen-

barten bereits klar, daß zur Weltspitze ein deutlicher Abstand besteht. Anke Wichmann verbesserte sich gegenüber dem Vorjahr in Bordeaux zwar um drei Sekunden, aber selbst das reichte nicht für einen Vorderplatz. Jelena Tschalych fuhr neun Sekunden schneller als sie und wurde dennoch nur Fünfte.

Dafür sorgte auch Jelenas Landsfrau Olga Slussarewa, die schon im nächsten Lauf eine ausgezeichnete Leistung bot. Vielen Fachleuten war sie noch als erstklassige Sprinterin bekannt, die 1995 Vizeweltmeisterin war und bis heute als Weltrekordlerin im 200 m Zeitfahren mit unerreichten 10,831 s – erzielt im April 1993 in Moskau-Krylatskoje – geführt wird. Olga hatte ein Babyjahr eingelegt und sich dann bei den Europameisterschaften 1997 in Berlin zurückgemeldet. Bereits da testete sie sich im Ausdauer-Omnium, ein Jahr später – 1998 in Szczecin – wurde sie nach einem harten Duell mit Leontien van Moorsel Europameisterin.

In der Einzelverfolgung hätte man ihr diesen Leistungssprung wohl aber nicht zugetraut.Olga Slussarewa aber setzte sich durch: Mit 3:36,796 Minuten, einer Zeit, die 1997 zum Titel und vor einem Jahr zu Silber gereicht hätte, klopfte sie in Berlin energisch an die Medaillentür. Kaum schwächer war die Litauerin Rasa Mazeikyte, die vor zwei Jahren auf dieser Piste im Velodrom Verfolger-Europameisterin der U 23 geworden war und diesmal nur um 16 Hundertstelsekunden hinter Slussarewa zurückgeblieben war.

Den Kurs auf Gold, auf das Regenbogentrikot, bestimmte aber eine andere: die Französin Marion Clignet. Die zweimalige Weltmeisterin in dieser Disziplin stellte sich nach zweijähriger Krankheitspause besser denn je vor, spulte die drei Kilometer in stilistisch sauberer Fahrt herunter. Für sie blieben die Uhren bei 3:32,953 Minuten stehen. Im Durchschnitt war sie mit 50,715 km/h mehr als einen Kilometer besser als alle Rivalinnen. Damit setzte die 35jährige den Maßstab, an dem sowohl

die Olympiasiegerin Antonella Bellutti aus Italien als auch die beiden Besten des Vorjahres, die Titelverteidigerin Lucy Tyler-Sharman (Australien) und Vizeweltmeisterin Leontien Zijlaard-Van Moorsel, scheiterten. Deren Start hatte Judith Arndt mit Bangen und Hoffen verfolgt. Die Deutsche Meisterin konnte in ihrem Lauf gegen die ehemalige Stunden-Weltrekordlerin Yvonne McGregor (Großbritannien) sicher gewinnen, aber die Führende Olga Slussarewa nach schlechteren Zwischenzeiten nur durch einen energischen Schlußspurt noch um zwei Zehntelsekunden überflügeln. Was war ihre Zeit von 3:36,584 Minuten diesmal wert? Als die vorjährigen Finalistinnen nur auf den Plätzen 7 und 12 landeten, entspannten sich die Mienen im deutschen Lager. Judith Arndt war nach der Qualifikation sogar Zweite hinter Clignet! Das Halbfinale brachte ihr die Herausforderung durch Olga Slussarewa. Diese erwies sich als nahezu ebenbürtig, denn trotz einer halben Sekunde Rückstand kämpfte sie unbeirrt und holte am Ende durch einen bemerkenswerten Schlußspurt deutlich auf. Für Judith Arndt, die in der Nähe von Berlin geborene und aufgewachsene heutigeOderstädterin, reichte es in dieser Kraftprobe aber für das Finale. Während sie noch nicht alles gegeben hatte, sorgte Marion Clignet wiederum für Furore. Sie marschierte im anderen Lauf ihr Tempo über die volle Distanz, ohne Rücksicht darauf, daß die Rivalin Rasa Mazeikyte längst geschlagen war.

Nachdem Mazeikyte im kleinen Endlauf über sich hinauswuchs und mit persönlicher Bestzeit die erste WM-Medaille für Litauen gewann, reichte im Kampf um den Titel auch Judith Arndt nicht an das Leistungsvermögen der vor Selbstvertrauen strotzenden Marion Clignet heran. Auf dem ersten Kilometer des Finales hielt sie das Rennen noch offen, dann zog die Französin so deutlich davon, daß die Deutsche Meisterin am Ende nicht mehr mit voller Kraft fuhr. Die da schon feststehende neue Weltmeisterin aber absolvierte konsequent ihr Pensum und erreichte noch einmal hervorragende 3:33,012 Minuten!

Frankreich super!

Mit dem Sieg von Arnaud Tournant leitete die französische Nationalmannschaft auch in Berlin eine Siegesserie ein, mit der sie ihre Super-Bilanz '98 aus dem heimatlichen Bordeaux sogar noch um einen Titel übertraf!

Daniel Baal, UCI-Vizepräsident und Präsident der Fédération Francaise de Cyclisme, war des Lobes voll.

„Vor der ausgezeichneten Kulisse des sachkundigen Publikums und auf dieser erstklassigen Bahn im neuen Berliner Velodrom mußten wir so gut fahren!", betonte er und verband dabei das Kompliment für die Gastgeber mit dem Stolz auf die Leistungen der Trikolore-Equipe.

Sieben Weltmeistertitel nahmen die Franzosen für die wiederum beste Bahn-Nation aus Berlin mit nach Hause. Neben den herausragenden Damen Felicia Ballanger und Marion Clignet, die je zweimal Gold gewannen, zeichneten sich auch Arnaud Tournant (1000 m) und der Sprinter Laurent Gané als Doppel-Weltmeister aus. Beide gewannen gemeinsam mit Florian Rousseau auch den Olympischen Sprint.

Medaillen- Gewinner

Berlin

FRAUEN

Punktefahren

1. Marion Clignet
   (Frankreich)
2. Judith Arndt
   (D - Frankfurt/O)
3. Sarah Ulmer
   (Neuseeland)

Druckvoll auf Titeljagd: Marion Clignet. Judith Arndt hatte sich hier ihr Hinterrad gesichert.

Der Wille zum Sieg belohnt

Es war offensichtlich, daß die neue Verfolger-Weltmeisterin Marion Clignet auch im Punktefahren der Frauen, das am Schlußtag des Berliner Championats ausgetragen wurde, etwas vorhatte. Sie hielt sich aus den ersten Geplänkeln heraus und pendelte mit einigen Metern Abstand hinter dem Pulk ihrer 17 Kontrahentinnen. Nach genau dem ersten Drittel des Rennens, als zum vierten Male in einem Wertungsspurt die Punkte vergeben waren, schoß die Französin nach vorn. Spielend holte sie das ausgerissene aussichtsreiche Duo Teodora Ruano Sanchez (Spanien) und Belem Guerrero Mendez (Mexiko), das sich zur Verteidigung der im Vorjahr in Bordeaux errungenen beiden ersten Plätze gefunden hatte, ein und ließ es förmlich stehen. Im Nu hatte sie eine halbe Runde gewonnen und katapultierte sich mit den Punkten aus den nächsten beiden Wertungen an die Spitze.

Der Rundengewinn wurde nur durch die Deutsche Meisterin Judith Arndt vereitelt, die die Verfolgung organisierte, damit das Feld schneller machte. Judith fuhr schließlich ebenfalls allein davon und holte die Französin ein. Gemeinsam machten sie auch die nächste Wertung noch unter sich aus, bevor das Feld 24 Bahnlängen vor Schluß wieder aufschloß. Ihre Attacke hatte bewirkt, daß die beiden besten Verfolgerinnen dieser Weltmeisterschaft auch in dieser Disziplin die Spitze übernommen hatten. In der achten Wertung konnte die Frankfurterin sogar einen Punkt aufholen und lag damit nur noch einen Zähler hinter Clignet.

Als sie dann aber wieder im Feld untertauchten, wurde deutlich, wer taktische Erfahrungen besser umsetzen konnte. Während sich Marion Clignet, die erst ihr fünftes Punktefahren überhaupt bestritt, ganz vorn einreihte, ließ sich Judith viel zu weit zurückfallen, um reagieren und ihre Chancen wahrnehmen zu können. Sie verpaßte damit auch den erneuten Vorstoß der Französin, die sich ganz energisch um den nächsten Wertungssieg bemühte und mit diesen weiteren fünf Zählern bereits das Siegkonto buchte. Clignets Wille zum Sieg war in dieser Phase belohnt worden.

Judith Arndt, die es dennoch in den Beinen hatte, den Titel noch aus eigener Kraft zu gewinnen, schien in dieser Phase zu resignieren.

"Ich wußte, daß ich in diesem Jahr keine Chance gegen die unerhört starke Marion Clignet hatte. Deshalb bin ich mit dieser Silbermedaille glücklich", schätzte sie nach dem Championat ein. Um dieses Silber hatte sie allerdings noch bangen müssen. Denn eine ganze Reihe von Fahrerinnen hatte sich besonders für die Schlußwertung, in der es ja doppelte Punkte gab, etwas vorgenommen.

In diesem letzten heißen Sprint schob sich auch die Neuseeländerin Sarah Ulmer nach vorn. "Ich hatte mir nie eine Chance auf eine Medaille ausgerechnet. Aber dann bot sich mir im Schluß-

spurt die Chance, die Wertung gegen die vorn fahrende Russin, die die letzte Attacke eingeleitet hatte, zu gewinnen. Da habe ich getreten, was ich konnte". Sarah Ulmer fuhr in diesem Finale als Erste über die Ziellinie, dicht gefolgt von der Kolumbianerin Maria Luisa Calle, von der noch einmal alle Kräfte mobilisierenden Judith Arndt und der noch überspurteten Jelena Tschalych. Dahinter trudelte – aller Sorgen ledig – die neue Weltmeisterin Marion Clignet über die Linie. Mit

den letzten Punktgewinnen hatten sich Judith Arndt und Sarah Ulmer ganz knapp ihre Plätze auf dem Siegerpodest gesichert, während die Kolumbianerin sich nur um einen Zähler geschlagen, mit Rang vier begnügen mußte.
Die beiden Erstplazierten des Vorjahres, die spanische Titelverteidigerin Teodora Ruano und die Vizeweltmeisterin Belem Guerrero Mendez aus Mexiko, mußten sich mit den wenigen Zählern aus ihrem Vorstoß mit hinteren Plätzen begnügen.

Eindrucksvoller Sieg über einen unsichtbaren Feind

Sie war glücklich, aber sie vergaß dabei auch nicht die bitteren Stunden. "Ich hatte zwei Jahre gesundheitliche Probleme. Ich habe wirklich gekämpft. Es gab Leute, die mich fallengelassen hatten, als ich krank war, aber viele haben mir auch geholfen. Mit dem Titel heute habe ich mich bei all jenen bedankt, die zu mir standen. Es ist auch der Sieg über die Krankheit!", erklärte Marion Clignet nach ihrem eindrucksvollen Sieg in der Einzelverfolgung.
Es ist nicht nur das gemeinsame Geburtsland USA, das an einen anderen großartigen Sportler erinnert, der in diesem gleichen Jahr nach seinem persönlichen, krankheitsbedingten Tief einen herausragenden Erfolg feierte: Lance Armstrong. Der 28jährige Texaner gewann im Sommer '99 überlegen die Tour de France, nachdem er den Krebs besiegt hatte. Die sieben Jahre ältere Marion Clignet, die in Hydepark/Illinois als Tochter einer Französin und eines Amerikaners das Licht der Welt erblickte, kehrte nach erfolgreicher Behandlung der Epilepsie in den Hochleistungssport zu-

rück. Das Hochgefühl des Sieges bei den Weltmeisterschaften als Lohn für ihre Anstrengungen wird nun mehr denn je ihr Lebensgefühl stärken.
Als Marion Clignet vor nahezu einem Jahrzehnt nach Frankreich übersiedelte, war sie 1989 und 1990 bereits zweimalige US-Meisterin im Straßen-Mannschaftsfahren. Auf Anhieb eroberte sie einen Platz in der französischen Nationalmannschaft, zeichnete sich vor allem durch hervorragende Zeitfahrleistungen – also der sprichwörtlichen Härte gegen sich selbst - aus. Bei der ersten Teilnahme an den französischen Meisterschaften besiegte sie 1991

alle Rivalinnen im Straßenrennen und in der Einzelverfolgung (vor Jeannie Longo!), untermauerte im gleichen Jahr ihre Leistungen mit dem Sieg in der Tour de Canada, der Tour de la Drome und der Embrach-Rundfahrt in der Schweiz. Sie glänzte im Verfolger-Weltcup in Hyeres. Krönung ihrer ersten Saison in Frankreich war aber in Stuttgart der Gewinn des Weltmeistertitels mit dem Straßenvierer und der Bronzemedaille in der Einzelverfolgung. In der Neckarstadt freute sich Marion Clignet über den außerordentlichen Sieg und bezeichnete sich damals als gutes Beispiel dafür, daß man auch mit dieser Krankheit leben kann.
Marion wurde 1994 und 1996 Weltmeisterin in der Einzelverfolgung, gewann in Atlanta olympisches Silber in dieser Disziplin. Dann kam die große zweijährige Pause. Bis 1999. Da holte sie Jacky Mourioux, der einstige Sechstagesieger und heutige Nationaltrainer Frankreichs im Ausdauerbereich, zurück auf die Bahn. Marion Clignet wurde mit neu geweckten Lebensmut besser denn je und erkämpfte überlegen gleich zwei der begehrten Regenbogentrikots!

JAHN BAUMANAGEMENT

Die Koordination professioneller Bauleistungen gehört zu den vordringlichen Aufgaben der Jahn Baumanagement GmbH. Dabei kann sie auf jahrzehntelange Erfahrung im gesamten Instandsetzungsbereich zurückgreifen. Aus technischer und kaufmännischer Sicht haben die ehemaligen Euroteam-Eigentümer, die Gebrüder Jahn, ihre in mehr als 30 Jahren bauspezifischer Tätigkeit erworbene Kompetenz mit unzähligen Referenzen unter Beweis gestellt.

Klaus-Jürgen Jahn mit den Weltmeistern Guido Fulst und Robert Bartko (re.)

Jahn Baumanagement GmbH · Thyssenstraße 7 - 17 · D-13407 Berlin · Tel. (030) 40 80 70 · Fax (030) 4 08 07 28

BERLINER

6

TAGE RENNEN

Tradition mit Zukunft

Berliner Sechstagerennen

Das Berlin-Highlight mit

Spitzensport,
Show, Unterhaltung!

Als erstes europäisches und deutsches Sechstagerennen im Jahre 1909 begründet - seit 1997 in Europas modernstem Velodrom

Schultheiss

Berliner 6-Tage-Rennen GmbH · Oderbruchstraße 10, 10369 Berlin · www.sechstagerennen-berlin.de

Drei Generationen der Schürmanns:
Sie bau(t)en die besten Bahnen der Welt

Schürmänner:
Clemens
(1888 - 1957)
Herbert
(1925 - 1994)
Ralph
(geboren 1953)

Seit dem Jahre 1926, als in Krefeld eine offene, 300 m lange Holzpiste ihrer Bestimmung übergeben wurde, tragen die besten Bahnen der Welt das Gütesiegel „Schürmann". Drei Generationen der Münsteraner Architekten prägten seither den internationalen Bahnradsport mit. Denn nahezu alle Bahnen, auf denen seit den dreißiger Jahren Weltmeisterschaften und olympische Wettbewerbe ausgetragen wurden und werden, sind mit ihrem Schaffen verknüpft. Clemens Schürmann eröffnete diese Tradition, die vom Sohn Herbert fortgeführt wurde und vom Enkel Ralph bis heute erhalten wird.

Es sind das Know how in der Konstruktion und in der Ausführung sowie die besondere Qualität ihrer Rennbahnen, die die Schürmanns bekannt und berühmt machten. Heute reicht die Liste ihrer Referenzen bereits bis zur 110. Radrennbahn, unter denen die Mailänder Vigorelli-Bahn als sprichwörtlicher "Tempel der Rekorde" ebenso einen besonderen Platz einnimmt wie die Olympia-Radrennbahnen von Berlin (1936), Rom (1960), Mexiko-Stadt (1968), München (1972), Seoul (1988), Barcelona (1992) und das neue Berliner Velodrom, das für die olympischen Wettbewerbe 2000 geplant war und mit den Weltmei-

sterschaften 1999 seinen vorläufigen Höhepunkt erlebte.

"Alles hat mit Großvater Clemens begonnen", resümiert Ralph Schürmann. "Dieser gehörte um 1910 zu den besten Sprintern der Welt. Was für ihn als Hobby begann, setzte er als Berufsfahrer fort, um sein Architekturstudium zu finanzieren."

Als Junge hatte der im Mai 1888 geborene Clemens Schürmann bereits die ersten Fahrräder – noch ein Novum in jener Zeit – kennengelernt, denn der Vater besaß sowohl ein Hochrad als auch ein modernes Niederrad. Vom älteren Bruder, der als eifriger Velocipedist immer wieder neue Modelle testete, erwarb Clemens die Leidenschaft für das Radfahren. Es dauerte, bis er das erste Rad sein eigen nennen konnte, aber dann begann ein unaufhaltsamer Triumphzug. Mit 15 Jahren legte er täglich mehrmals den Weg zur Lehre bei einem Architekten per pedale zurück und tummelte sich sonntags auf der Sportbahn. Die Entwicklung zum Rennfahrer kam von selbst, als er zu Vergleichen aufgefordert wurde. In seinen Erinnerungen stellte Clemens Schürmann fest: "1907 im Frühjahr bestritt ich die ersten Berufsfahrerrennen, um et-

Im Berliner Velodrom vollendete Architekt Ralph Schürmann das Projekt, das er mit seinem Vater Herbert begonnen hatte. Die 250-m-Piste gehört zu den schnellsten der Welt.

Deutsche Olympia- und WM-Bahnen aus dem Hause Schürmann

Berlin - Olympia-Radstadion (erbaut 1936)
Chemnitz - Sportforum (erbaut 1950)
Frankfurt/Main - Waldstadion (Neubau 1966)
München - Olympia-Radstadion (erbaut 1972)
Stuttgart - H.-M.-Schleyer-Halle (erbaut 1983)
Berlin - Velodrom (erbaut 1996)

In Erwartung des Starts: Clemens Schürmann neben Walter Rütt (2. und 3. von links). Schürmann (3) gehörte zu den herausragenden Sprintern zum Anfang des Jahrhunderts. Seine nachhaltigen Erfahrungen flossen ein in den Bau moderner Velodrome.

Mit Walter Rütt, dem Sprinter-Weltmeister von 1913, verband Clemens Schürmann eine lebenslange Freundschaft. Die Hochachtung der beiden bedeutenden Männer des deutschen Radsports voreinander, die so vieles gemeinsam erlebt hatten, ließ sie dennoch nie vom „Sie" abgehen.

Ralph Schürmann erinnert sich daran, daß ein von Walter Rütt geschenktes Taschenmesser zuhause als ein besonderes Kleinod galt und wie ein Augapfel gehütet wurde.

was mehr Betätigung zu haben, ebenso, auf Wunsch der Rennleitung, alle Dauerrennen hinter Motoren auf meiner Heimatbahn. Über aller Sportbegeisterung stand mir aber noch meine Berufsausbildung." Und so schlugen immer zwei Herzen in seiner Brust: Das Radfahren, insbesondere der Fliegersport, mit der ersten Teilnahme an den Weltmeisterschaften 1908 in Berlin und dem Gewinn der Silbermedaille bei den Europameisterschaften 1908 in Leipzig hinter Ellegaard, als auch die Ausbildung zum Architekten.

Der erste Weltkrieg warf alle Lebensplanungen über den Haufen. Erst die nach einem Kniegelenkschuß verordnete Therapie – Radfahren – brachte ihn seinem einstigen Sport wieder näher. Da die Bautätigkeit nahezu ruhte, wurde Clemens nach dem Krieg wieder Rennfahrer und konnte sich bis zu seinem Abschied 1927 in der ersten Reihe der deutschen Fahrer halten. Dann aber begann die Zeit als Baumeister. Es lag nahe,

daß der erfahrene Rennfahrer Schürmann als Architekt beauftragt wurde. "Ich finde erfreulicherweise bei allen neuen Projekten Anregung genug, um die immer wieder begünstigenden Doppelerfahrungen als Architekt und Rennfahrer zu verwerten", urteilte er nach den ersten Aufträgen, als er in 15 deutschen Städten Rennbahnen errichtet hatte. Sein 16. Projekt, das schon auf dem guten Ruf seiner Bahnen fußte, war die Radrennbahn für die Weltmeisterschaften 1932 in Rom. Der Wunsch, die ewige Stadt kennenzulernen, stand über allen finanziellen Interessen. Es wurde eine meisterliche Bahn, die auch mit dem Sieg Albert Richters auf dem 400 m langen Lattenoval einen überragenden Erfolg für die deutschen Sprinter brachte. Diese Bahn wurde zwei Jahre später nach Mailand umgesetzt und von Clemens Schürmann erneuert. Es wurde die Vigorelli-Rekordbahn, die berühmte „La pista magica"... Der 1925 geborene Sohn Herbert wuchs unter

Ralph Schürmann setzt die stolze Familientradition fort

dem Eindruck dieser Zweisamkeit von beruflicher und sportlicher Aktivität auf, durfte den Vater stets begleiten und eigene Erfahrungen sammeln. An der Seite des Vaters, der in seiner Heimatstadt Münster später auch als strenger und souveräner Sportlicher Direktor der Sechstagerennen fungierte, wuchs Herbert Schürmann in die Welt des Bahnradsports hinein. Als er die Laufbahn als Architekt einschlug und in den Familienbetrieb eintrat, erarbeitete er gemeinsam mit dem Vater Dutzende von Projekten.

Herbert Schürmann war es auch, der nach dem Ableben des Vaters die bislang im Herzen Europas beheimateten Schürmann-Projekte weltweit etablierte und hervorragende Bahnen auf allen Kontinenten errichtete. Zu seinen Verdiensten gehören auch die Orientierung auf kostengünstigere und zuschauerfreundliche kürzere Bahnen und die Veränderungen im UCI-Reglement, nach denen Weltmeisterschaften auch auf Pisten von 285 und 250 m Länge ausgetragen werden dürfen.

Als sich Herbert Schürmann Anfang der neunziger Jahre zurückzog und dem ältesten Sohn Ralph die Firmengeschäfte übertrug, hatte er allein 55 Radrennbahnen konstruiert. Sein letztes großes Projekt, das er gemeinsam mit dem Sohn realisieren wollte, war die Radrennbahn in Berlin. Es war die siebente, die die „Schürmänner" in Berlin bauten, und es sollte die schönste und schnellste werden. Der Grundstein für den Bau wurde 1993 gelegt. Als Herbert Schürmann ein Jahr später verstarb, führte Ralph das Projekt zuende. "Die Tradition unserer Familie ist ein verpflichtender Auftrag", bekannte er. "Denn Qualität muß höchstem Anspruch gerecht werden!" Ralph Schürmann stellte sich dieser Aufgabe, obwohl er sich zuerst nach seinem Architekturstudium, das er mit Diplomen an der Universität Münster und der Technischen Universität Aachen abschloß, in einem größeren Büro vom Einfamilienhaus bis zum Großprojekt allen Sparten des Berufes gewidmet hatte. Aber die gemeinsame Arbeit mit dem Vater,

Mit den Sportlern, den Nutzern seiner Bahnen, stets auf Du und Du: Herbert Schürmann mit den erfolgreichen Australiern Danny Clark (links) und Don Allan.

dem er schon als Schüler bei technischen Berechnungen half, ebnete seinen Weg zu den heute sehr vielseitigen Rennbahn- und Sportprojekten.

Nun bewahrt und erweitert er das Wissen der Väter. Ihre Tradition, die in den besonders gelungenen technischen Ausführungen gipfelte. "Das Geheimnis der Schürmann-Projekte liegt in den Kurven!", hieß es stets. Der junge Architekt aus Münster erweitert die praktischen Erfahrungen vor allem durch die wissenschaftliche Fundierung der Erkenntnisse. Sein Meisterprojekt von Hamar, dem WM-Ort 1993, wo es vier Weltrekorde gab, und die gelungene 250-m-Bahn im Berliner Velodrom haben bewiesen, daß sie sich einreihen in die Ehrenliste der besten Bahnen.

Bei den Weltmeisterschaften im Oktober 1999 meinte Ralph Schürmann: „Ich bin sehr zufrieden mit der Bahn in Berlin. Sie hat sich als sehr schnell erwiesen. Zu den vielen ausgezeichneten Leistungen fehlt nur noch ein Weltrekord. Dem deutschen Bahnvierer wäre er fast gelungen. Nur ein Tritt hatte gefehlt..."

110 Schürmann-Radrennbahnen

Deutschland	55
Argentinien	1
Australien	2
Belgien	3
Dänemark	4
Frankreich	9
Großbritannien	2
Italien	6
Kolumbien	1
Malaysia	1
Mexiko	2
Neuseeland	1
Niederlande	4
Norwegen	1
Österreich	3
Panama	1
Saudi-Arabien	2
Schweiz	3
Slowenien	1
Spanien	4
Südkorea	1
Tschechien	1
USA	2

Köln 1895

Berlin 1901

Berlin 1902

Berlin/Leipzig 1908

Dresden 1911

Leipzig/Berlin 1913

Die Entstehung und Entwicklung der Weltmeisterschaften im Radsport

Schon 1883: „Meisterschaft der Welt" - Gründung der International Cyclists Association - Erster offizieller WM-Titelkampf 1893 in Chikago - Deutsche Initiativen mit Weltmeisterschaft 1895 belohnt - 1900 Gründung der UCI

Autor dieses Beitrages: Fredy Budzinski (1879 - 1970)

Der berühmte Berliner Radsport-Experte und Chefredakteur der „Bundes-Zeitung", des offiziellen Organs des Bundes Deutscher Radfahrer, Fredy Budzinski, schrieb diesen (leicht gekürzt abgedruckten) Artikel als eine Vorbetrachtung auf die Rad-Weltmeisterschaften 1927 in Deutschland.

Der Wunsch, im Kampfe Mann gegen Mann die Kräfte zu messen, ist so alt wie das Fahrrad. Die Jünger des Freiherrn von Drais hatten diesen Wunsch, als sie unter dem Gespött ihrer Zeitgenossen um die Wette „ritten", und Herr von Drais nutzte diesen Wunsch für seine Erfindung aus. Durch die Veranstaltung der Draisinen-Rennen wurde der badische Forstmeister nicht nur der Vater des Radrennsports, sondern auch der Vater der Weltmeisterschaften, denn in Wien und Paris, in London und in Amerika warb er für seine Idee und entfachte in den Herzen der Sportsleute unbewußt das Feuer der Begeisterung für den sportlichen Kampf.

Diese Idee wäre wohl schon nach dem Erscheinen der „Michauline" ihrer Verwirklichung nähergekommen, hätte nicht der Krieg im Jahre 1870 die Radsportbewegung auf dem Festlande aufgehalten. Die Ende der sechziger Jahre des vergangenen Jahrhunderts gegründeten Radfahrervereine konnten sich erst nach dem Kriege entfalten, und in dieser Zeit hatten die Engländer im Fahrradbau und in der Sportbewegung einen großen Vorsprung gewonnen. Im Mutterlande des Sports wurden in den siebziger Jahren viele Rennen bestritten und die ersten Weltrekorde registriert. Diesem englischen Einfluß konnte man sich auf dem Kontinent nicht entziehen, und die Folge war eine Anlehnung an die englischen Sportgesetze und eine rege Nachfrage nach englischen Fahrrädern.

In der Hauptsache kamen Hochräder in Frage, da der Radsport in erster Linie ein Sport der Jugend war und die jungen Leute am Kampf auf dem Hochrad mehr Freude hatten als am Wanderfahren auf dem Dreirad. Es gab lange Rennen, kurze Rennen, Rekordfahrten und Meisterschaftswettbewerbe, und dieser Sportbetrieb schuf den Engländern eine Reihe hervorragender Fahrer. Gegen die Vorherrschaft der Engländer erhob sich zu Beginn der achtziger Jahre auf dem Festlande Widerstand. Namentlich Frankreich wollte die englische Vorherrschaft nicht anerkennen, und die ihrer Sache sicheren Engländer schlugen einen Austausch der Kräfte vor. Die Franzosen waren einverstanden, und da andere Konkurrenten für die Engländer damals nicht zu existieren schienen, wurde das im Jahre 1883 in Leicester in England veranstaltete Rennen

„Meisterschaft der Welt"

betitelt. Alle englischen und französischen Fahrer von Ruf trafen in Leicester zusammen und, stolz in der Brust, siegesbewußt, traten die Engländer den Herren vom Kontinent entgegen. Die „Meisterschaft der Welt" brachte den Engländern aber eine herbe Enttäuschung. Nicht einer der ihrigen siegte, sondern der Franzose de Civry wurde Meisterfahrer der Welt auf dem Hochrade. Das über 50 englische Meilen führende Rennen hatte den Engländern nicht nur eine Lehre hinsichtlich der vermeintlichen Vorherrschaft gegeben, sondern ihnen etwas gezeigt, was ihnen in dieser Vollkommenheit noch nicht bekannt ge-

Der Franzose war Sieger der (inoffiziellen) "Meisterschaft der Welt" 1883 in Leicester.
De Civry stammte in direkter Linie von den Herzögen von Braunschweig ab. Er galt als "Gentleman auf dem Rennrad" und als großer Taktiker.

Er war Sieger der 1881 erstmals durchgeführten französischen Meisterschaft über 10 km und verteidigte diesen Sieg 1882 erfolgreich.
Hinter Schrittmachern eroberte er 1886 und 1887 die Landestitel über 100 km.
Am 17. Mai 1886 stellte de Civry in München einen Hochrad-Weltrekord über 1 km mit 1:41 Min. (hinter Schrittmachern mit Hochrädern) auf.
Graf Frederic de Civry verstarb bereits im Alter von 32 Jahren.

International Cyclists Association

Gegründet am 23./24. November 1892. Erster Vorsitzender war der Kanadier Dr. P.E. Doolittle.

wesen war. Die französischen Fahrer hatten neben der Schnelligkeit eine Renntechnik entwickelt, derer die Engländer nicht Herr werden konnten, und das Mutterland des Sports mußte die Erfahrung machen, daß es auch im Sport noch etwas lernen konnte.
Ob die Niederlage der Engländer in der „Meisterschaft der Welt" oder andere Dinge eine Wiederholung des Rennens unter dem gleichen Titel verhindert haben, hat sich nicht ergründen lassen. Tatsache ist, daß eine Meisterschaft der Welt, die einigermaßen Anspruch auf diesen Titel haben konnte, nicht wieder veranstaltet worden ist.
Ihre Wiederholung wurde dadurch erschwert, daß Deutschland als Konkurrent im Radsport auftrat und durch die

Gründung des Deutschen Radfahrer-Bundes im Jahre 1884

seinen Willen, im Rat der Radsportvölker anerkannt zu werden, kundtat. Der Bund veranstaltete seine Meisterschaftsrennen und brachte eine so große Anzahl erstklassiger Fahrer heraus, daß man Deutschland bei einer Weltmeisterschaft nicht hätte übergehen können. Der Gedanke an eine Weltmeisterschaft lebte auch in den Reihen des sportfreudigen Bundes, aber erst das Erscheinen eines Fahrers vom Range August Lehrs ließ eine Beteiligung an der Weltmeisterschaft für Deutschland erfolgreich erscheinen.
Neben dem Problem, eine Einigkeit unter den Radsport treibenden Nationen zu erzielen, beschäftigte die Radsportkreise das Problem der finanziellen Lösung. Man kannte damals nur Amateure, und es war den Verbänden nicht ohne weiteres möglich, eine Weltmeisterschaft mit einer größeren Anzahl von Fahrern zu beschicken, aber die Lösung dieses Problems rückte bei der Opferwilligkeit der dem Radsport zugetanen Kreise immer mehr in den Bereich der Möglichkeit, als das

Problem einer internationalen Verständigung über die Weltmeisterschaftsfrage.
In den achtziger Jahren wurde der Plan eines internationalen Radsport-Verbandes vielfach erwogen. Und anfangs der neunziger Jahre schlug der Deutsche Radfahrer-Bund die Gründung eines internationalen Verbandes vor.
Die Anregung ging von Otto Weber (M.-Gladbach) aus, der im Namen des Bundes an alle Radsportverbände eine Einladung zu einem Kongreß in Köln ergehen ließ, aber von England und Frankreich nicht unterstützt wurde.
Der englische Verband antwortete nicht einmal auf das Schreiben, reagierte aber insofern, als in England die

International Cyclists Association

gegründet wurde, die mit den Gedanken Webers auf dem Plan erschien und die Veranstaltung einer Weltmeisterschaft anregte. Wortführer der I.C.A. war der Engländer (Henry) Sturmey, der indessen in seinem eigenen Lande nicht die Anerkennung fand, die er nach der Gründung des „Weltverbandes" erhofft hatte. Dem Bunde erschien in der Person des holländischen Delegierten (Franz) Netscher ein Verteidiger. Herr Netscher brachte auf dem ersten Kongreß seine Meinung deutlich zum Ausdruck. Er betonte, daß der Deutsche Radfahrer-Bund der Vater des Gedankens gewesen sei und bezweifelte den Erfolg einer Weltmeisterschaft in Amerika, wie sie von der I.C.A. geplant war. Er führte aus, daß die europäischen Fahrer kaum das Geld besitzen dürften, um eine Weltmeisterschaft in der neuen Welt zu bestreiten, drang aber mit seinen Ausführungen nicht durch. Bezeichnend war bei diesem Austausch der Meinungen der Streit über den Begriff Amateur, und bereits damals fielen die harten Worte vom „Berufsamateurismus" und vom „Scheinamateur".
Es wurde vorgeschlagen, den Begriff Amateur

Arthur Zimmermann eröffnete 1893 die offiziellen Titellisten

Historie

und Professional fallen zu lassen und die nach ihren Leistungen für den Weltmeistertitel in Frage kommenden Fahrer in einem Rennen zusammenzuführen. Holland schlug vor, die Amerikaner Zimmermann und Windle, die Engländer Harris und Shoffield, die Franzosen Desgrange und Hermet, die Holländer de Koning und Rademaker, die Belgier Protin und Houben und die Deutschen August Lehr und Alwin Vater um die Titel kämpfen zu lassen. Trotz dieses zweifellos sportlich guten Vorschlages konnte sich die International Cyclists Association zu einer solchen Weltmeisterschaft nicht entschließen und beschloß auf einem Kongreß in London, die

erste offizielle Meisterschaft der Welt im Jahre 1893 in Chicago

zum Austrag bringen zu lassen. Startberechtigt sollten nur Herrenfahrer sein, die von der I.C.A. anerkannten Verbänden angehörten.

Maßgebend für den Beschluß, Chicago zum Schauplatz der Weltmeisterschaft zu machen, war die Stiftung von 1200 Dollar für einen Ehrenpreis, der indessen weniger den Zweck haben sollte, dem ersten Weltmeister eine Freude zu machen, als vielmehr durch seine Höhe Eindruck auf die bis dahin wenig Interesse für das Radrennen zeigenden Amerikaner zu machen.

Die erste Weltmeisterschaft gestaltete sich zu einem Fiasko. Von den gemeldeten europäischen Fahrern erschien keiner am Start, und die Meisterschaft der Welt sank zu einer Meisterschaft von Amerika herab. Der einzige Trost war der

Sieg des Amerikaners Zimmermann,

der in den Jahren vor der Weltmeisterschaft allen Fahrern sich überlegen gezeigt hatte und den Sieg wohl auch im Kampfe mit allen Matadoren der Welt errungen haben würde. Die englischen Sportkreise begnügten sich aber nicht mit dieser Genugtuung, sondern nahmen Stellung gegen die Weltmeisterschaft von Chicago.

Der Beschluß, die Weltmeisterschaften für 1894

auf dem Festlande abzuhalten und für Amateure und Professionals auszuschreiben, war den in der I.C.A. vereinigten Verbänden weit sympathischer, als der Vorschlag, sie wieder in Chicago zu veranstalten. Bei der Beratung über die Weltmeisterschaftsstadt fiel die Wahl auf Antwerpen, und mit Eifer gingen die Belgier an die Vorbereitungen. Leider wurde der belgische Verband insofern enttäuscht, als für die Berufsfahrer-Weltmeisterschaft kein Interesse vorhanden war, und diese Meisterschaften aus Mangel an Meldungen ausfallen mußten. Um so besser waren die Meisterschaften der Amateure besetzt, und wenn es bei diesen Meisterschaften auch umgekehrt kam, wie es im Jahre 1893 gekommen war, so konnte man doch von einer Weltmeisterschaft sprechen. Die Amerikaner hatten nämlich auf eine Teilnahme verzichtet, und so kam es, daß kein Fahrer aus dem Jahre 1893 im Jahre 1894 die Weltmeisterschaften bestritt. Für Deutschland hatten die Weltmeisterschaften in Antwerpen insofern eine besondere Bedeutung, als

August Lehr Meisterfahrer der Welt

werden konnte. Die im Jahre 1893 von dem Südafrikaner Laurens Meintjes gewonnene Meisterschaft über 100 km fiel im Jahre 1894 an den Norweger Wilhelm Henie und die Meisterschaft über 10 km an den Holländer Jaap Eden.

Am 28. November 1894 hielt die International Cyclists Association in London einen Kongreß

ARTHUR-AUGUST ZIMMERMANN
Geboren am 11. Juni 1869 in Camden; verst. am 22.Oktober 1936 in Atlanta. Ihm war es 1893 in Chikago vorbehalten, die offizielle Chronik der Weltmeister zu eröffnen. Er war ein Könner, der die 200m bereits in 12,0 Sekunden sprintete. Sein 1894 aufgestellter 1000-m-Rekord von 1:09,2 Min. hatte über 20 Jahre Bestand.

Sie holten die WM nach Deutschland:

August Gärtner

In der Blütezeit des Bahnrennsports war Gaertner Leiter der Radrennbahnen Halensee und Kurfürstendamm. Unter seiner Regie fand 1898 der erste Große Preis von Deutschland statt, der im Duell der Sprint-Weltmeister von Willy Arend gegen Paul Bourillon gewonnen wurde. Dieser von Gaertner veranstaltete Grand Prix wurde bis 1902 auf der Kurfürstendamm-Bahn ausgetragen.

Nach jahrelanger Pause trat Gaertner 1914 noch einmal als Veranstalter des 7. Berliner Sechstagerennens an die Öffentlichkeit. Er verstarb 1917.

Georg Hölscher

Als Leiter des Sportparks Friedenau hat sich Hölscher, von Beruf Apotheker, mit großen Veranstaltungen wie den Weltmeisterschaften und den Goldenen Rädern (Steher) und Großen Preisen (Sprint) ebenso um die Entwicklung des Radsports verdient gemacht, wie als erster Veranstalter und Begründer des Berliner Sechstagerennens im März 1909.

ab, um über die Weltmeisterschaften des Jahres 1895 zu beraten.

Auf diesem Kongreß war der Deutsche Radfahrer-Bund durch die Herren Otto Weber (M.-Gladbach) und Martin Windbichler (Frankfurt a.M.) vertreten. Diesen Herren gelang es, die Veranstaltungen der Weltmeisterschaften 1895 für den D.R.B. zu erlangen, aber ein bitterer Tropfen fiel in den Becher der Freude, als die I.C.A. August Lehr zum Berufsfahrer erklärte und Deutschland für 1895 keinen im Range Lehrs stehenden Amateur ins Treffen schicken konnte. Der Bund hoffte auf das Erstehen eines neuen Fahrers und auf den Sieg Lehrs in der Berufsfahrer-Weltmeisterschaft, die zusammenzubringen der Bund in London sich verpflichtete.

Neue Weltmeisterschafts-Distanzen

Auf dem Londoner Kongreß war beschlossen worden, die Weltmeisterschaft über 10 km fallen zu lassen und für Berufsfahrer und Amateure je eine Meisterschaft über die kurze Strecke und über 100 km zum Austrag bringen zu lassen.

Als Austragungsort für die Weltmeisterschaften wurde Köln bestimmt, wo in den Tagen vom 17. bis 19. August 1895 die zweiten Weltmeisterschaften der I.C.A. und die ersten Weltmeisterschaften für die Geldpreisfahrer zum Austrag gelangten, zu denen August Lehr nicht am Start erschien. Der Sieg in der Fliegermeisterschaft für Berufsfahrer fiel an den Belgier Protin, der den klar in Front liegenden, sich aber im Ziel irrenden Amerikaner Banker auf dem Bande abfangen konnte. Der Sieg Protins wurde angezweifelt und von der I.C.A. eine neue Weltmeisterschaft für Paris angesetzt, zu der indessen nur Banker erschien und im Alleingang „Weltmeister" wurde.

Die 100-km-Meisterschaft der Amateure gewann der Holländer Cordang, die der Berufsfahrer der Engländer Michael. In der Fliegermeisterschaft der Amateure siegte der im Jahr 1894 von Lehr geschlagene Holländer Jaap Eden, der bereits als

Schlittschuhschnelläufer die Meisterschaft der Welt gewonnen hatte.

Vom Jahr 1895 an blieb die Einteilung der Weltmeisterschaften gleich und in den Jahren 1897 und 1898 konnte der Deutsche Radfahrer-Bund

mit **Willy Arend und Paul Albert**

neue Siege in der Weltmeisterschaft erringen. Deutschlands Stellung im Weltverbande befestigte sich in dem Maße, in dem der Weltverband zu wanken begann. Eine Reihe von Mitgliedern der I.C.A. war mit den Maßnahmen des englisch orientierten Verbandes nicht einverstanden und im Jahre 1899 erfolgte ein Sturmangriff unter Führung der Franzosen. Nach kurzem Kampfe unterlag die International Cyclists Association, und am 14. April 1900 wurde die

Union Cycliste Internationale

gegründet.

Der neue Weltverband befaßte sich sofort mit der Veranstaltung der Meisterschaften 1900, übergab sie der Union Velocipédique de France, die sie für Paris ansetzte und den August als Austragungsmonat bestimmte. Alles ging so schnell und mit einer solchen Sicherheit vor sich, daß die I.C.A. keine Zeit fand, ihre Mannen zu sammeln, und sang- und klanglos verschwand sie vom Schauplatz ihrer siebenjährigen Tätigkeit.

Der Deutsche Radfahrer-Bund ist in den stürmischen Sitzungen in Paris, die die I.C.A. das Leben kosteten, nicht vertreten gewesen, aber auf dem ersten Kongreß der U.C.I. am 11. August 1900 in Paris erschienen als Vertreter Deutschlands die Herren Gaertner und Hölscher vom Verband Deutscher Radrennbahnen, der am 17. März 1900 in Berlin das Licht der Welt erblickt hatte. Die deutschen Vertreter beantragten die Übertragung der Weltmeisterschaften für 1901 nach Deutschland und erhielten sie nach kurzer Debatte zugesprochen.

Mit der Übernahme der Weltmeisterschaften durch die U.C.I. trat Ruhe im internationalen Radsport

Von Köln 1895 via Berlin erneut zur Bahn-WM 1999 in Spreeathen

ein, wenn auch die neue Richtung nicht allen Sportsleuten zusagte. Es machte sich eine Herrschaft der von Unternehmern betriebenen Radrennbahnen geltend und der Deutsche Radfahrer-Bund hatte alle Mühe, sich gegen diese neue Phalanx zu behaupten.

Erstes Weltchampionat in Berlin

Die Weltmeisterschaften fanden im Jahre 1901 in Berlin statt, und zwar auf der Rennbahn des Sportparks Friedenau, wo auch im Jahre 1902 die 100-km-Meisterschaft ausgetragen werden mußte,

weil die von der U.C.I. ausgewählte Rennbahn in Rom für die modernen Dauerrennen sich als ungeeignet erwies. Deutschland stellte mit dem Münchener Berufsfahrer Robl und den Berliner Amateuren Sievers und Görnemann in den Jahren 1901 und 1902 drei Weltmeister....

∎

Die Weltmeisterschaften machten in Deutschland häufig Station. Berlin stand als Gastgeber am Beginn und am Ende des Jahrhunderts.

Die Übersicht über die ständige Erweiterung des Weltmeister-schaftsprogramms der Männer bei den in Deutschland durchgeführten Titelkämpfen macht die rasante Entwicklung des Weltradsports deutlich.

Frauen-WM werden seit 1958 durchgeführt.

Disziplinen, die bei den Weltmeisterschaften in Deutschland ausgetragen wurden (Männer)

Jahr	Ort	BERUFSFAHRER					AMATEURE									
		Sprint	Steher	EV	Pktf	Str.E	Sprint	Steher	EV	Vierer	Tand.	1 km	Pktf.	Keirin	Str.E	MZ
1895	Köln	x	x				x	x								
1901	Berlin	x	x				x	x								
1902	Berlin		x					x								
1908	Berlin	x	x													
1908	Leipzig						x	x								
1913	Leipzig	x	x													
1913	Berlin						x	x								
1927	Köln (1)	x	x			x	x									x
1934	Leipzig	x	x			x	x	x								x
1954	Köln (2)	x	x	x		x	x	x	x							x
1958	Leipzig							x								
1960	Leipzig (3)	x	x	x		x	x	x	x						x	
1966	Frankfurt/M	x	x	x		x	x	x	x	x	x	x			x	x
1978	München (4)	x	x	x		x	x	x	x	x	x	x	x		x	x
1991	Stuttgart	x	x	x	x	x	x	x	x	x	x	x	x	x	x	x

Anmerkungen:
(1) Bahnwettbewerbe in Köln, Steherrennen in Elberfeld, Straße auf dem Nürburgring bei Adenau
(2) Bahnwettbewerbe in Köln, Steherrennen in Wuppertal, Straße auf dem Klingenkurs Solingen
(3) Bahnwettbewerbe in Leipzig, Steher (Pro) in Chemnitz, Straße auf dem Sachsenring Hohenstein-Ernstthal
(4) Bahnwettbewerbe in München, Straßen-Einzelrennen auf dem Nürburgring, Straße MZ in Köln-Brauweiler

August Lehr - Deutschlands erster Weltmeister auf dem Rade

Geboren am 26. Februar 1871 in Frankfurt/Main, verstorben am 15. Juli 1921 - beigesetzt in Berlin-Wannsee. Die Grabrede hielt sein Freund und Förderer Louis Stein.

Aktiv 1880 bis 1898.

Weltmeister der Amateure 1894 (Sprint); 6 x Europameister der Amateure 1888, 1889, 1890, 1891 (jeweils Hochrad), 1893 und 1894 (jeweils Niederrad); Deutscher Meister der Amateure 1890 (10 km), 1890, 1891, 1892 (Hochrad), 1893, 1894 (Niederrad, jeweils Sprint); Deutscher Meister der Berufsfahrer 1895 (Sprint) Internationaler Meister von Großbritannien 1889 (Sprint)

Der Frankfurter August Lehr war ohne Zweifel einer der herausragendsten Athleten der „Gründerjahre" des internationalen Radsports. Er beherrschte das Hochrad ebenso wie das Niederrad meisterhaft und fuhr Erfolge in Serie heraus. Als er 1894 in Antwerpen - beim ersten Championat auf europäischem Boden - Weltmeister wurde, hatte er bereits sechs Europameistertitel und die kaum minder angesehene Internationale Meisterschaft von Großbritannien gewonnen.

Entdeckt wurde August Lehr von einem Rennfahrer, der auch zu seinem Lehrmeister wurde: von Louis Stein. Dieser - im gleichen Jahre 1877 als Deutscher Meister geehrt - hatte auf einer Trainingsfahrt einen jungen Burschen überholt, der sich nicht mehr abschütteln ließ. Gerade 16 Jahre alt war Lehr zu diesem Zeitpunkt. Fortan wurde er von Louis Stein trainiert und mit den Feinheiten des Radsports vertraut gemacht.

Noch im gleichen Jahr fuhr August Lehr sein erstes Rennen und - gewann. Eine große Laufbahn hatte begonnen. Ein Jahr später, 1888, wurde der junge Bursche aus der Mainstadt schon Deutscher Meister, als er in Wien alle Favoriten über 10 Kilometer schlug. Wenig später gewann er in Berlin auch den sehr begehrten Kaiserpreis. 1889 wurde Lehr vierfacher Deutscher Meister und siegte bei einem großen Match in England. Ein Jahr später wurden nicht weniger als 41 Siege gezählt, und 1891 eroberte Lehr erneut den Titel als Meisterfahrer Deutschlands.

All diese Erfolge hatte der Frankfurter auf dem Hochrad errungen. Das Niederrad mußte sich erst seinen Anhängerkreis schaffen, setzte sich aber mehr und mehr durch. Angesichts der Entwicklung wechselte auch August Lehr 1893 auf das Nieder-

Auth Willy Arend sah in August das große Vorbild

rad. Seine Klasse bestätigte er auf Anhieb. Mit seinem berühmten „Kopfnickerspurt" ließ er auch auf dieser Rennmaschine die Spezialisten wie Oskar Breitling und Fritz Opel in der Deutschen Meisterschaft und bei den Europameisterschaften in seiner Vaterstadt Frankfurt am Main hinter sich.

Altmeister Willy Arend war einer derjenigen, der als Junge durch das Vorbild August Lehrs zum Radsport gekommen war. Der einstige Weltmeister konnte sich auch Anfang der fünfziger Jahre noch gut an Lehr erinnern: „Man soll heute nicht sagen, daß wir uns als Schuljungen nicht schon für irgendwelchen Sport interessiert hätten. Mir hatte es der Radsport angetan, und mit Spannung verfolgte ich die noch spärlichen Nachrichten über die Erfolge meines Vorbildes August Lehr. Ich war dabei, als er in manchen Rennen die Elite schlug, und glaube, einer der eifrigsten 'August-Rufer' gewesen zu sein. Wenn Lehr - er wurde ja auf den Rennbahnen nie so bezeichnet, denn sein Name war eben August - um die Bahn flog und bei jedem Tritt mit dem Kopf dazu im gleichen Takt nickte, gerieten alle förmlich aus dem Häuschen, und die Schreie 'August! August!' wollten kein Ende nehmen. Ich glaube, er war überhaupt der populärste Fahrer, den es gegeben hat, und das bei seiner übergroßen Bescheidenheit. Jedenfalls verschlang ich von Woche zu Woche die Nachrichten. In der Schule gründete ich sogar einen 'August-Lehr-Verein'."

Seinen größten Erfolg errang August Lehr 1894. Nach seinen Erfolgen war auch er zur Meisterschaft der Welt in Antwerpen eingeladen worden. Sein Ziel war klar: Nach der inoffiziellen Weltmeisterschaft, die er auf dem Hochrad errungen hatte, wollte er diesen Titel endgültig erringen. Seine Stärke war der lange Sprint, und seinem klugen, taktischen Verhalten war es zu verdanken, daß er seine Kontrahenten mit langen, kraftvollen Spurts bezwang. Diese „vergaßen" in der Bedrängnis ihre eigene Stärke, den kurzen, schnellen Sprint.

In Antwerpen mußten auch Jaap Eden und der Südafrikaner Broadbridge diese Stärke anerkennen. Eden hatte versucht, den Spurt hinauszuzögern, doch er wurde von Lehrs Antritt überrascht, der schon 500 Meter vor dem Ziel mit energischem Tempo die Spitze übernahm. Der Deutsche hielt trotz der langen Distanz durch, obwohl Eden noch sehr stark aufkam, und überquerte als Erster die Ziellinie. Er war Weltmeister!

Verteidigen konnte er den Amateur-Titel nicht, weil ihn die Internationale Cyclists Association zum Berufsfahrer erklärte. In Köln trat Lehr jedoch nicht an, weil er wegen seiner beruflichen Verpflichtungen als Fahrrad-Fabrikant nicht ausreichend trainiert hatte. Dennoch sah man ihn noch bei vielen weiteren Rennen im In- und Ausland - häufig als Sieger!

Im Jahre 1898 nahm August Lehr Abschied von der Rennbahn. In elf Jahren hatte er 260 Siege in den größ-

ten Rennen herausgefahren und über 50 zweite und dritte Plätze erkämpft. Sein Verzicht auf die Rennen war aber nicht der Abschied von Sport.

In Berlin widmete er sich dem Wanderrudern und war zugleich Mitglied im 1883 gegründeten Berliner Bicycle Club Germania, aus dem später der heutige RC Charlottenburg hervorging.

An einem Julitage des Jahres 1921 klagte August Lehr bei einer Bootsfahrt auf den Mecklenburgischen Seen über Unwohlsein, verlor die Besinnung. Man schaffte ihn in das Krankenhaus von Ludwigslust, wo er kurz nach der Einlieferung verstarb. Mit August Lehr, der erst wenige Monate zuvor seinen 50. Geburtstag gefeiert hatte, und als Fabrikant in Berlin-Wannsee beheimatet war, verlosch ein stahlender Stern des deutschen Radsports.

Mit seinem Startschuß zum 1. Berliner Sechstagerennen am 15. März 1909 in den Ausstellungshallen am Zoologischen Garten leitete August Lehr die Epoche der Sechstagerennen in Europa ein.

Vielfältig war die Werbung für die Welt des Fahrrades. Sie symbolisierte einerseits die industrielle Revolution, andererseits den stürmischen Aufschwung des Radfahrens und des Radsports rund um die Jahrhundertwende.

Titelkämpfe in Köln - ein Meilenstein und Spiegelbild vorhandener Probleme

Weltverband I.C.A. folgte dem deutschem Antrag auf erstmalige WM der Berufsfahrer - Kämpfe um 4 Titel auf der erneuerten Kölner Radrennbahn - Aber: Politische Hintergründe führten auch zum ersten WM-Boykott

**Köln,
17.-19. August
1895**

Auf dem Kongreß des Weltverbandes I.C.A. am 15. August 1894 in Antwerpen stellte Otto Weber, der Delegierte des Deutschen Radfahrer-Bundes, den Antrag, die Weltmeisterschaften des Jahres 1895 in Deutschland auszurichten. Zugleich wurde angeboten, erstmals auch für die Berufsfahrer Weltmeisterschaften zu veranstalten. Als Austragungsort wurde die Radrennbahn Köln avisiert, die schon 1889 eingeweiht worden war und mit den Deutschen Meisterschaften und dem Bundesfest 1892 ihre große Bewährungsprobe bestanden hatte.

Der Antrag fand nicht nur die Unterstützung der damals führenden Verbände Frankreichs (Union Vélocipédique de France) und Englands (National Cyclists Union), sondern auch Belgiens und der österreichischen Verbände, während Holland und Italien sich der Stimme enthielten.

Die Vergabe der Weltmeisterschaften durch die I.C.A. erfolgte mit der Maßgabe, die Bahn in Köln noch einmal den zeitgemäßen Anforderungen anzupassen. Und so baute der Kölner Radrennverein die Piste aus, stellte schließlich zum Championat eine völlig neue Radrennbahn mit Asphaltbelag und einer Kurvenüberhöhung von 2,75 Metern vor.

Die deutsche Initiative, Weltmeisterschaften für die Berufsfahrer auszurichten, ist als ein wichtiger Fortschritt in die Geschichte des Radsports eingegangen, der auf dem November-Kongreß der International Cyclist Association in London noch einmal bekräftigt wurde, indem man die Disziplinen Sprint über 1 englische Meile (1.609 Meter) und

Die Radrennbahn in Köln am Rhein

Die Radrennbahn auf dem Cölner Sportplatz an der Riehler Straße wurde 1889 von dem Architekten August Bornheim errichtet. Sie hatte eine Länge von 400 m, sehr flache, ungleiche Kurven. Für die Weltmeisterschaften 1895 wurde sie völlig umgebaut. Dabei wurde ein neuer Asphaltbelag aufgetragen und die Kurvenüberhöhung von 1,80 m auf 2,75 m verändert. Auf der Zielgeraden war die Kölner Bahn 10,5 m breit.

Höhepunkte vor der WM 1895: Bundesfest des Deutschen Radfahrer-Bundes und Deutsche Bahn-Meisterschaften 1892.

Nach der WM 1895 wurden auf dieser Bahn die Europameisterschaften der Flieger 1901 (Sieger Willy Arend, Hannover), 1902 und 1903 (Sieger Thorvald Ellegaard/Dk vor Walter Rütt bzw. Willy Arend) und der Steher 1908 (Sieger Arthur Stellbrink, Berlin) ausgetragen.

Jaap Eden: ...de eerste echte grote kampioen!

In Groningen stand gewissermaßen die Wiege des niederländischen Radsports! Zumindest, was die ersten großen internationalen Erfolge betraf. Denn in Groningen wurde am 19. Oktober 1873 ein gewisser Jaap Eden geboren. Als man in den Niederlanden vor einigen Jahren das 100jährige Bestehen des Königlich-Niederländischen Wieler-Bondes feierte, kam man nicht umhin festzustellen: "Jaap Eden was de eerste echte grote kampioen". Der Groninger sammelte geradezu Meistertitel. Auf der Straße, auf der Bahn - und auf schnellen Kufen. Und das nicht nur im nationalen Maßstab. Denn, nachdem er sich bei den Rad-Weltmeisterschaften 1894 in Antwerpen im Sprint dem Deutschen August Lehr beugen mußte, wurde er unmittelbar danach Titelträger im 10-km-Bahnrennen. Ein Jahr später in Köln gehörte ihm die Krone als Meisterfahrer der Welt im Sprint. Besondere Popularität verdankte Eden - Beiname "die niederländische Lokomotive" - auch den Weltmeistertiteln im Eisschnellauf.

das 100 km lange Steherrennen als künftige Titelkämpfe ausschrieb.

Dem zweifelsohne Deutschland zu verdankenden Fortschritt mit der Einführung der neuen Berufsfahrer-Kategorie bei den erst zum dritten Male stattfindenden Weltmeisterschaften standen die nationalistischen Bestrebungen gegenüber, die Weltmeisterschaften von Köln den Feierlichkeiten zum 25. Jahrestag des Sieges über Frankreich im Jahre 1870 zu widmen.

Empört lehnten aus diesem Grunde Frankreichs Fahrer die Teilnahme in Köln ab. Zahlreiche Engländer, die zumeist in Paris lebten und fuhren, solidarisierten sich mit ihnen, und auch einzelne Akteure wie der starke Italiener Gigi Pontecchi, einer der Hauptfavoriten im Sprint, lehnten den Start unter diesen Voraussetzungen ab.

Damit war auch bei der dritten Meisterschaft der Welt die Chance vertan, die tatsächlich Besten des internationalen Radsports zu ermitteln. Nachdem bei der „Premiere" 1893 in Chikago die Reisekosten für die europäischen Fahrer nicht aufgebracht werden konnten und es im Jahr darauf in Antwerpen noch keine Berufsfahrer-Klasse gegeben hatte, sorgten nun politische Gründe für eine weitere unvollkommene Weltmeisterschaft.

Der Kölner Radrennverein freilich machte seine Sache grundsätzlich gut und sorgte nach der aufwendigen Rekonstruktion der Bahn auch für die kurzfristige Erneuerung der Tribünen, die vor der WM niedergebrannt waren. Aktive Propaganda sorgte auch für enorme Zuschauermengen bei den erstmals in Deutschland ausgetragenen Rad-Weltmeisterschaften.

In den Rennen selbst wurde deutlich, daß noch mächtig am Regelwerk des Radsports gefeilt werden mußte, um wirklich einwandfreie Entscheidungen treffen zu können. Auch in dieser Hinsicht wurden die Weltmeisterschaften von Köln zu einem Lehrstück in der Geschichte des Radsports.

Fliegende Holländer

Schon 1894 in Antwerpen hatte Jaap Eden sein Können gezeigt. Der zugleich als Eisschnelläufer auftrumpfende Holländer hatte da noch im Sprint die Überlegenheit von August Lehr anerkennen müssen und war Zweiter geworden. In Köln fehlte Lehr, weil er von der I.C.A. zum Berufsfahrer erklärt worden war. Damit konnte kein anderer Eden den Titel als Meisterfahrer der Welt streitig machen. Im Endlauf über eine englische Meile gab er mit einem langen Spurt dem Dänen Christian Ingeman Petersen mit zwei Längen das Nach-

sehen. Seine Kontrahenten kämpften dahinter vehement um die Plazierungen. Der Kölner Jean Schaaf, der in den offiziellen Resultatslisten als Dritter fungiert, und der Norweger Wilhelm Henie - er stürzte im Spurt - hatten keine Chance.

Wilhelm Henie, der später eine berühmte Tochter haben sollte - die in aller Welt überaus beliebte dreimalige Eiskunstlauf-Olympiasiegerin Sonja Henie -, sorgte in Köln nach dem mißlungenen Sprint im Dauerrennen doch noch für die erste offizielle Medaille Norwegens im Radsport. Er war zwar im Jahr zuvor in Antwerpen bereits Amateur-Weltmeister über 100 km geworden, hatte diesen Erfolg aber mit einer dänischen Lizenz errungen. Wiederholen konnte Henie seinen Sieg im 100-km-Rennen der Amateure zwar nicht, wurde aber hinter den beiden „fliegenden" Holländern Matthieu Cordang und Cornelius Witteveen Dritter. Seine persönliche Medaillenkollektion komplettierte der Norweger aus Kristiansand fünf Jahre später noch mit dem Silberplatz 1900 in Paris.

Für den überlegenen Sieger, den 26jährigen Limburger Matthieu Cordang, war der Weltmeistertitel von Köln das Sprungbrett zu einer großen Laufbahn als Straßenfahrer. Er wurde 1896 Berufsfahrer und kam im gleichen Jahr noch beim unvergleichlich schweren Rad-Marathon Bordeaux - Paris auf Rang fünf. Im Jahre 1897 belegte der Holländer - nach langer Führung nur durch einen Defekt gestoppt - im gleichen Rennen den Ehrenplatz hinter dem Franzosen Gaston Riviere und mußte auch beim schweren Paris - Roubaix, das einmal ein Klassiker werden sollte, nur Maurice Garin (1903 Gewinner der ersten Tour de France) den Vortritt lassen.

Hinter Schrittmachern, die ihre Maschinen noch per Muskelkraft antrieben, stellte Cordang, der 1960 im Alter von 91 Jahren verstarb, im September 1897 eine Vielzahl von Langstreckenrekorden bis zu 1000 Kilometern auf.

Für die deutschen Amateure war damit im Wett-

streit der weltbesten Amateure der dritte Platz von Jean Schaaf, der 1892 an gleicher Stätte Deutscher Meister geworden war, die einzige Medaillenausbeute geblieben. Aber es gab immerhin schon einen Lichtblick für die Zukunft, denn der beste Amateur jenes Jahres auf deutschen Bahnen war ein Hannoveraner und hieß Willy Arend...

Jimmy Michael - Titel zum „18."

Nur 1,56 m groß und 50 kg schwer - das heißt normalerweise, gewogen und für zu leicht befunden. Im Falle des „Wunderkindes" Jimmy Michael galt das

Medaillen-Gewinner

Köln

AMATEURE

Sprint
1. Jaap Eden
   (Holland)
2. Christian Ingeman
   Petersen
   (Dänemark)
3. Jean Schaaf
   (D - Köln)

Steher
1. Matthieu Cordang
   (Holland)
2. Cornelius Witteveen
   (Holland)
3. Wilhelm Henie
   (Norwegen)

Die Holländer Jaap Eden (links) und Matthieu Cordang bewiesen in Köln ihre außergewöhnliche Stärke unter den damaligen Spitzenfahrern und eroberten die Weltmeistertitel bei den Amateuren.

Der kleine Jimmy Michael war von einem Mythos umgeben. Alle wußten, daß er als Rennfahrer blutjung war, aber sein Geburtsdatum wurde erst viel später bekannt. Als Maskottchen, das er ständig mit sich führte, hatte Michael einen - Zahnstocher.

nicht, denn der kleine Waliser zählte in den stürmischen Anfangsjahren des modernen Radrennsports zu den großen Leistungsträgern. An der Seite der Gebrüder Arthur und Tom Linton, die nur wenige Jahre vor ihm im gemeinsamen Heimatort Aberdare geboren wurden, wuchs Jimmy Michael zu einem herausragenden „Stayer" heran. Alle drei Waliser machten durch außergewöhnliche Leistungen auf sich aufmerksam und stellten hinter ihren Schrittmachern eine Vielzahl von Weltrekorden auf.

Der am 18. August 1877 geborene Jimmy Michael aber schoß den Vogel ab. Er erkämpfte sich an seinem 18. Geburtstag auf der Piste von Köln-Riehl den erstmals vergebenen Weltmeistertitel der Berufsfahrer über 100 km. In der bemerkenswerten Zeit von 2:24:58 Stunden, zu der ihn seine Schrittmacher auf dem Mehrsitzer angespornt hatten, verwies er den Belgier Henry Luyten und den eigentlich als Sprinter bekannten Münchener Hans Hofmann auf die nächsten Plätze. Der als zweiter Deutscher gestartete jüngste der Opel-Gebrüder aus Rüsselsheim, Ludwig, schied vorzeitig aus.

Den Sieger des Rennens umgab ewig ein besonderer Mythos. Seine Jugend war offensichtlich, aber niemand kannte sein Geburtsdatum, und der Erfolg am 18. Geburtstag wurde erst später namhaft.

Die außergewöhnlichen Leistungen des sogenannten „Wunderkindes", das zum besten Dauerfahrer der Welt aufgestiegen war, wurden später häufig auch in Zusammenhang mit dem Wirken des Betreuers Warburton genannt. Dieser hatte Arthur Linton beim mörderischen Rennen Bordeaux - Paris einen „Zaubertrank" gereicht, damit dieser durchhalten sollte. Linton gewann das Rennen, das heißt, er wurde gemeinsam mit Gaston Riviere auf den ersten Platz gesetzt, nachdem er zwar als erster das Stadionziel erreichte, aber dann die Orientierung verloren hatte. Der von Warburton gereichte Zaubertrank war Doping und kostete Linton das Leben.

Jimmy Michael fand ein nicht weniger schlim-

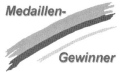

mes Ende. Er wandte sich um 1900 dem Turf zu, wurde Jockey, fand aber auch darin keine Erfüllung. Noch einmal kehrte er zum Radsport zurück, und schien die alte Form wiederzuerlangen. Doch 1903 stürzte er in Friedenau schwer und blieb durch diese Verletzungen ein kranker Mann.

Im November 1904 erlag er bei der Überfahrt nach Amerika auf dem Dampfer „Savoie" einem Gehirnschlag.

Dramatischer Sprint

In der anderen Weltmeisterschaftsentscheidung der Berufsfahrer auf der Riehler Radrennbahn, dem Wettbewerb der Flieger, hatte es schon von Anbeginn Unruhe gegeben. Der Grund dafür lag in der konfusen Abwicklung der Wettbewerbe. Ein Vorlauf mit fliegenden Start, der zweite mit stehendem Start, das sorgte für Unruhe.

Der Belgier Robert Protin wehrte sich und legte Protest ein, weil er sein Scheitern im Vorlauf auf diese Unstimmigkeit zurückführte, zumal ihn obendrein ein übereifriges Mitglied der Jury bei der ersten Zieldurchfahrt behindert hatte. Dieser Protest führte dazu, daß auch Protin schließlich nach vielen Diskussionen der Jury zum Endlauf zugelassen wurde.

Dieser Endlauf ging in die Radsportgeschichte ein, denn er nahm ein unrühmliches Ende. Der Amerikaner Geo Banker hatte bei seinem starken Schlußsprint einen Schatten für den vermeintlichen Zielstrich gehalten. Sich als Sieger wähnend, ließ er sein Rad ausrollen und jubelte. Als er seinen Irrtum erkannte, war es zu spät. Der Belgier Robert Protin als der Glücklichere hatte seine urplötzliche Chance genutzt und war an Banker vorbeigespurtet. Er überquerte in diesem Endlauf nicht nur als Erster die tatsächliche Ziellinie, sondern konnte sich mit Unterstützung seines Verbandes, der Union Velocipedique Belge, auch in allen nachfolgenden Querelen behaupten.

Medaillen-Gewinner

Köln

BERUFSFAHRER

Sprint
1. Robert Protin (Belgien)
2. George A. Banker (USA)
3. Emile Huet (Belgien)

STEHER
1. Jimmy Michael (England)
2. Henri Luyten (Belgien)
3. Hans Hofmann (D - München)

Der erste Weltmeister der Berufsfahrer im Sprint war der Belgier Robert Protin (Foto). Trotz aller Mißhelligkeiten um die Vergabe des Titels hielt damit ein Klassemann Einzug in die Annalen des Radsports, der mit früheren und späteren Erfolgen sein Können belegen konnte.

Rivalen der Rennbahn

Robert Protin

Geboren am 10. November 1872; verstorben am 4. November 1953 (jeweils in Lüttich).
Erster Weltmeister der Berufsfahrer im Sprint 1895, zugleich erster belgischer Weltmeister.
Europameister 1892 und 1893 in Berlin. Landesmeister der Amateure 1891 bis 1894 (jeweils Sprint), Steher 1893.
12 mal Grand-Prix-Sieger. Weltrekord über 500 m stehendem Start (37,8 s - 23.6.1895 Paris).
Als Industrieller gehörte Protin später zu den Begründern des Fußball-Clubs Lüttich.

George Banker

(Foto oben)
Geboren am 8. August 1874; verstorben im Dez. 1917 (jeweils in Pittsburg /Autounfall).
Weltmeister 1898, WM-Zweiter 1895.
Sieger des ersten Grossen Sprinter-Preises für Berufsfahrer, des Grand Prix de Paris, im Oktober 1894. 5 weitere Grand-Prix-Siege.
Weltrekordler über 1 Meile (1892) und über 500 m fliegendem Start (1894).

Ein Zielstrich und viel Schatten

Die Weltmeisterschaft der Berufsflieger 1895 stand unter keinem guten Stern. In den Vorrennen hatte es schon Unklarheiten gegeben über den Startmodus. Der erste Vorlauf erfolgte mit fliegendem, der zweite mit stehendem Start. Und so war vorauszusehen, daß es zu Komplikationen kommen würde. Der Belgier Robert Protin, Europameister der Flieger 1892 und 1893, erhob nach dem dritten Vorlaufplatz - nur die ersten Zwei kamen in den Endlauf - Einspruch, den er damit begründete, daß er durch den fliegenden Start benachteiligt gewesen sei. Nach Diskussionen, bei denen auch eine Vorlaufwiederholung zur Debatte stand, entschied das Schiedsgericht unter Leitung des Franzosen Jules Hansez, Protin als zusätzlichen, fünften Fahrer zum Endlauf zuzulassen. Vorlaufgewinner George Banker (USA) wollte daraufhin das Finale nicht bestreiten, ließ sich aber umstimmen.

Was folgte, war ein weiterer Eklat, den Fredy Budzinski später so aufzeichnete:

„Der Entscheidungslauf ging, ebenso wie die Vorläufe, über eine englische Meile. Vom Start führte Huet vor Banker, Protin, Rosenstengel und Weeck, der in der zweiten Runde die Spitze nahm, aber in der dritten Runde von Huet abgelöst wurde. Hundert Meter vor dem Ziel trat der Belgier zum Spurt an. Der Amerikaner folgte in siegessicherer Überlegenheit und schoß in der letzten Kurve wie ein Pfeil an Huet vorbei. Den Kopf tief über den Lenker gebeugt, spurtete Banker mit Protin am Hinterrade die Zielseite herunter, doch dann geschah etwas Unerwartetes. Zehn Meter vor dem Zielband richtete der Amerikaner sich auf und hob triumphierend den Arm, als Protin voll spurtend an ihm vorbeischoß und ebenfalls triumphierend den Arm erhob. Seines Sieges sicher, verbeugte sich Banker auf der Auslaufrunde vor dem ihm Beifall spendenden Publikum, aber als er auf den Zielrichter Hansez zuschritt, um von ihm die Siegestrophäe entgegenzunehmen, ging dieser an ihm vorbei und krönte den Belgier Protin zum Meisterfahrer der Welt.

Ein ungeheurer Tumult entstand, die Menge nahm für Banker Partei, die Delegierten gerieten in einen Meinungsstreit und Banker protestierte mit der Behauptung, er habe sich erst aufgerichtet, als er das Zielband unter sich sah.

Was aber war geschehen? Unter Bankers Führung begab sich das Schiedsgericht zur Untersuchung des rätselhaften Vorfalls auf die Rennbahn, besichtigte das Zielband und stellte zehn Meter vor demselben einen von einem Pfahl auf die Bahn geworfenen Schatten fest, den der in voller Aktion spurtende Amerikaner für das Zielband gehalten hatte.

Als Banker begriff, daß er durch einen Irrtum den Weltmeistertitel verloren hatte, brach er in Tränen aus und beruhigte sich erst, als ihm die französischen Delegierten versprachen, für die Annullierung des Zielrichterspruches zu sorgen und einen Entscheidungslauf in Paris zum Vorschlag zu bringen...“

Die Folgen des WM-Rennens:

- Der Kölner Rennverein als Veranstalter der Weltmeisterschaft erhob Einspruch gegen einen Entscheidungslauf in Paris, mit der Begründung, eine Wiederholung könne nur in Köln erfolgen, nicht in einem anderen Lande, das mit seinen Fahrern gar nicht an der Weltmeisterschaft teilgenommen hatte.
- Der Internationale Radfahrer-Verband I.C.A. lehnte den Antrag des Kölner Rennvereins ab und beschloß hingegen, einen Entscheidungslauf zwischen Banker und Protin am 15. September 1895 auf der Pariser Radrennbahn austragen zu lassen.
- An diesem Tage erschien aber Robert Protin aus Protest nicht am Start. Banker kampflos den Titel zuzusprechen, schien der I.C.A. zu ungeheuerlich, und so blieb es beim Einlauf von Köln.
- Der Kölner Rennverein hatte noch einmal versucht, mit der Neuausschreibung der Weltmeisterschaft der Berufsfahrer für den 29. September 1895 in Köln eine Klärung zu suchen, sagte aber ab, als es keine Startmeldungen gab.

Berlin-Friedenau Schauplatz der Weltmeisterschaften

Thaddäus Robl und Heinrich Sievers eroberten die Stehertitel - Thorvald Ellegaard eröffnete Siegesserie als Flieger-Weltmeister - Favorit Willy Arend enttäuschte, Walter Rütt Lernender - Über 20 000 Zuschauer!

Berlin-Friedenau
7. - 14. Juli 1901

Der große Sportpark im südlichen Vorort Friedenau war im Juli 1901 Schauplatz der ersten Rad-Weltmeisterschaften in Berlin. Nach einer Vielzahl von Europameisterschaften, die noch in den achtziger und neunziger Jahren auf verschiedenen Berliner Bahnen ausgetragen wurden, war die erste Weltmeisterschaft in der Stadt an der Spree ein großes Ereignis.

Zu verdanken war sie dem Direktor des Sportparks, Georg Hölscher, der wenige Jahre später auch gemeinsam mit Walter Rütt und dem Sportjournalisten Fredy Budzinski das erste europäische Sechstagerennen in Berlin (März 1909) etablierte. Hölscher war es auf der Jahrestagung der im Jahr zuvor gegründeten Union Cycliste Internationale (UCI) gelungen, die Vertreter der ausländischen Radsportföderationen für seinen Antrag zu gewinnen, die Meisterschaft der Welt in Berlin auszutragen.

Sie wurde ein voller Erfolg. Sowohl in sportlicher Hinsicht als auch für den Veranstalter. Denn in Erwartung großer Ereignisse kamen über 20 000 Zuschauer zu den drei Renntagen im Verlauf der Weltmeisterschafts-Woche und erlebten nicht nur die vier Titelkämpfe bei Berufsfahrern und Amateuren, sondern auch eine Vielzahl weiterer Rennen mit nahezu allen Größen des Radsports. Für die Gastgeber waren die Steher-Siege von Thaddäus Robl (Berufsfahrer) und des deutschen Amateur-Trios unter Führung des Friedenauers Heinrich Sievers eine gelungene Ausbeute.

Die Radrennbahn im Sportpark Friedenau

Die 1897 errichtete Zementbahn besaß eine Länge von 500 m, eine Kurvenüberhöhung von 4,50 m und auf der Zielgeraden eine Breite von 12 m. Besitzer der Bahn war die Berliner Sportpalast-Gesellschaft.

Die offizielle Bahneröffnung erfolgte am 23. Mai 1897. Das Einweihungsfahren gewann Anton Huber (München) vor Exweltmeister August Lehr (Frankfurt/M). Höhepunkte: Weltmeisterschaften 1901 und 1902; Europameisterschaft der Steher 1897; Goldenes Rad (Steher) 1898 bis 1904 (Sieger: 3 x Thaddäus Robl, 2 x Emile Bouhours); Friedenauer Goldpokal (Sprint) 1898 bis 1904; Grand Prix von Berlin (Sprint) 1899 bis 1904.

Der Sportpark Friedenau befand sich am heutigen S-Bahnhof Bundesplatz (Südseite). Er wurde 1904/05 abgerissen, um für Wohnungen der ständig wachsenden Stadt Berlin im jetzigen Wagner-Viertel Platz zu schaffen.

Thaddäus Robl war der König der Dauerfahrer. Seine stolzen Erfolge krönte er 1901 in Berlin mit dem ersten Weltmeisterschaftssieg.

In Friedenau eröffnete der Däne Thorvald Ellegaard seine eindrucksvolle Siegerbilanz als Berufsflieger mit dem Gewinn des ersten von später insgesamt sechs Titeln. Er setzte sich auch überlegen in einem Match - so etwas gab es damals - gegen den frischgebackenen Amateur-Weltmeister Emile Maitrot (Frankreich) durch. Bei den Fliegern konnte Heinrich Struth als Dritter der Amateure eine Medaille gewinnen, während der Hannoveraner Willy Arend, der vier Jahre zuvor in Glasgow Weltmeister gewesen war und 1900 den dritten Rang erobert hatte, diesmal im Endlauf ohne Chance war und nur Vierter wurde.

Thaddäus Robl in Rekordzeit

Gleich am ersten Tage der Weltmeisterschaften, am 7. Juni 1901, fiel die Entscheidung im Steherrennen der Berufsfahrer über 100 km. Über dieses große Ereignis hieß es in der amtlichen Zeitung des Deutschen Radfahrer-Bundes:
„Seit Bestehen der Weltmeisterschaften war Berlin bis jetzt noch nie der Schauplatz dieser Wettkämpfe, und so darf es wohl nicht wunder nehmen, wenn zu diesem Hauptevent der radsportlichen Saison die Sportgemeinde vollzählig erschien, um so mehr als ein herrliches Sommerwetter zum Besuche der freundlichen Friedenauer Bahn einlud. Es mögen wohl 12 000 Personen gewesen sein, welche die Bahn Kopf an Kopf umlagerten; Tribünen und Stehplätze waren bis auf den letzten Platz besetzt.
Das Hauptereignis des ersten Tages war die Welt-Meisterschaft über die lange Strecke (100 km) für Berufsfahrer, welche durch die Teilnahme von Robl, Bouhours und Dickentmann doch eine ganz respektable Besetzung erhalten hatte. Besonders, was Robl und Bouhours anbetrifft, gibt es wohl augenblicklich keinen Steher, der diesen beiden Cracks über besagte Distanz gewachsen ist.“
Die Meisterschaft der Welt für Berufsfahrer über

Wichtigste Rahmenwettbewerbe der Weltmeisterschaften

Kaiserpokal:
Match der neuen Sprintweltmeister Thorvald Ellegaard und Emile Maitrot. Der Däne gewann diesen Vergleich mit drei Längen Vorsprung.

Tandemfahren:
Im Endlauf behaupteten sich Arend-Ellegaard sicher vor Huber-Seidl und Dirrheimer-Schilling. Im zweiten Hauptrennen setzten sich im Endlauf die Wiener Huber-Seidl gegen Ellegaard-Arend und Rütt-Scheuermann durch.

100 km, die mit Ehrenpreisen von 1000, 800, 400, 200 und 100 Mark, außerdem Medaillen in Gold und Silber für die vier Besten dotiert war, endete mit dem Sieg von Thaddäus Robl in der deutschen Rekordzeit von 1:38:06,2 Stunden. Zwölfeinhalb Runden Rückstand mußte der Holländer Piet Dickentman als Zweiter quittieren, während Fritz Ryser (Schweiz) mit 21 Runden und der Berliner Max Heiny mit 31 Runden noch weiter abgeschlagen waren.
Der französische Mitfavorit Emile Bouhours mit dem Spitznamen „Normanne", der zuvor sowohl als Straßencrack (1. Paris - Roubaix 1900) und als Steher mit Landesmeistertiteln und mehreren Weltrekorden auf sich aufmerksam gemacht hatte, schied durch einen Sturz vorzeitig aus.

Ellegard begann Siegeszug

Der aus Odense stammende Däne Thorvald Christian Christiansen - berühmt geworden unter seinem Pseudonym „Ellegaard" - stand 1901 im blühenden Alter von 24 Jahren, als er seinen Siegeszug bei den Weltmeisterschaften der Berufsflieger antrat. Er war beileibe kein Unbekannter mehr in den internationalen Sprinterrennen, denn er hatte sich von 1898 bis 1900 schon die Dänische Flieger-Meisterschaft und 1899 den Sieg im Großen Preis von Kopenhagen, der neben Paris wichtigsten Grand-Prix-Veranstaltung, gesichert und dabei die namhaften Franzosen Paul Bourillon und Edmond Jacquelin geschlagen. In Berlin aber platzte der berühmte Knoten - Ellegaard wurde zum ersten Male Weltmeister. Später gewann er weitere fünf Titel (1902, 1903, 1906, 1908, 1911) und war viermal Vizeweltmeister!

Der Favorit für Berlin war aber wohl Willy Arend, der populäre Rennfahrer, der so gut radfahren konnte, wie er seine Siege zu feiern pflegte. Wenige Tage vor dem Championat in Friedenau hatte Willy Arend nämlich in Paris den Großen Preis der Republik gewonnen. Neben dem beträchtlichen Siegerpreis war ihm eine besondere Ehre zuteil geworden: Der französische Staatspräsident Emile Loubet hatte den Gewinner in seine Ehrenloge gebeten und mit Arend ein Glas Champagner auf den Erfolg geleert. Das dabei aufgenommene Foto wurde in ganz Europa gedruckt und machte den vielfachen Sieger Willy Arend nur noch populärer...

Über die Flieger-Weltmeisterschaft in Friedenau wußten die Zeitzeugen dann folgendes zu berichten: „Recht interessant gestalteten sich die 8 Vorläufe zu der Welt-Meisterschaft für Berufsfahrer über die kurze Strecke (2 km), welche von Käser, Seidl, Rütt, Schilling, Ellegaard, Grogna, Arend und Jacquelin gewonnen wurden.

Huber unterlag im 4. Lauf Schilling, während es dem jungen Cölner Fahrer Rütt gelang, Eros und

Bourotte leicht zu schlagen. Überraschend gut fuhr auch Käser, welcher Ferrari nach scharfem Kampf schlagen konnte."

Nachdem sich in den drei Zwischenläufen mit Willy Arend, Thorvald Ellegaard und Edmond Jacquelin die Favoriten durchgesetzt und für den Endlauf qualifiziert hatten, konzentrierte sich das Interesse auf die Befähigungsläufe (Hoffnungsläufe). Der Wiener Franz Seidl (vor Grogna und Rütt) und der spätere holländische Nationaltrainer Gustav „Guus" Schilling (vor Käser und Huber) gewannen ihre Läufe, und im Befähigungsendlauf - der praktisch dem Halbfinale entsprach - erkämpfte sich Schil-

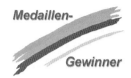

Medaillen-Gewinner

BERUFSFAHRER

Sprint
1. Thorvald Ellegaard (Dänemark)
2. Edmond Jacquelin (Frankreich)
3. Gustav Schilling (Holland)

Steher
1. Thaddäus Robl (D - München)
2. Piet Dickentman (Holland)
3. Fritz Ryser (Schweiz)

Willy Arend im Schmucke des Trikots, in dem er 1897 in Glasgow Weltmeister geworden war. Dieses Trikot mit den schräg angeordneten Streifen in rot-weiß-blau war gewissermaßen sein Talisman. Er trug es bei allen wichtigen Anlässen, und es brachte ihm zumeist Glück und Erfolg.
Bei der Weltmeisterschaft 1901 in Berlin wurde er jedoch nur Vierter.

Thorvald Ellegaard

Über ein Dutzend Jahre war Thorvald Ellegaard, der eigentlich Thorvald Christian Christiansen hieß, nach der Jahrhundertwende der Weltklassesprinter Nummer eins. Er stand in den Jahren von 1901 (Berlin) bis 1913 (Leipzig) bei Weltmeisterschaften zehn Mal auf dem Siegerpodest – sechs Mal als Titelträger, vier Mal als ehrenvoller Zweiter.

Der sympathische Däne mit dem Schnauzbart trug sich zudem als Gewinner der bedeutendsten Großen Sprinterpreise in die Chroniken von Kopenhagen (11 x), Paris (2 x), Berlin und Bordeaux ein, siegte in den Grand Prix um den Preis der Französischen Radsport-Föderation, auf der Buffalo-Bahn und im Preis der Republik Frankreich. Insgesamt fuhr er in seiner Laufbahn, die bis 1926 währte, etwa 800 Siege heraus.

Seine Erfahrungen nutzte Ellegaard nach der aktiven Zeit als Sportlicher Leiter und als Direktor der Kopenhagener Radrennbahn.

Der "Stern des Nordens", wie der herausragende Sprinter bezeichnet wurde, verstarb 1954 im Alter von 77 Jahren.

THORVALD ELLEGAARD

ling vor Grogna und Seidl die Startberechtigung für das Finale.

In der Schilderung der Augenzeugen verlief der Ausgang der Weltmeisterschaft wie folgt: *„Unter Führung von Schilling fährt das Feld in mässigem Tempo die erste Runde. Dann werden unter abwechselnder Führung von Schilling und Ellegaard die nächsten beiden Runden gefahren. Arend kann nicht wie sonst die Spitze nehmen, da immer ein anderer ihm zuvorkommt. In der vorletzten Geraden geht Ellegaard zum Angriff über und gewinnt nach grandiosem Spurt mit 1 klaren Länge vor Jacquelin. Arend, der den ersten Platz verloren sieht, gibt sich nicht vollständig aus und endigt noch 1/2 Länge hinter Schilling."*

Die Zuschauer feierten Ellegaard, den neuen Weltmeister, mit dem ihm gebührenden Respekt. Aber von Arend waren sie enttäuscht. Ihr großer Favorit, ihr Idol hatte sich sang- und klanglos geschlagen gegeben. War die große Zeit des Weltmeisters von 1897 und vielfachen Grand-Prix-Siegers am

Anfang des neuen Jahrhunderts bereits abgelaufen?

Die kommenden Jahre zeigten, daß Willy Arend noch immer seinen Mann stehen konnte. Immerhin holte Willy Arend seinen dritten und letzten deutschen Meistertitel im Sprint im Jahre 1921, nachdem er im Jahr zuvor hinter Walter Rütt Zweiter war!

Dieser hatte sich 1901 in Friedenau als gerade 18jähriger bereits als Nachfolger Arends empfohlen, und sich bei seiner ersten Weltmeisterschaft schon gut geschlagen. Für einen vollen Erfolg aber war er noch zu unerfahren und konnte nicht in die Entscheidungen eingreifen.

Heinrich Sievers fuhr allen davon

Am zweiten Tag der Weltmeisterschaften in Friedenau stand bei idealem Sommerwetter die Entscheidung im 100 km Steherrennen der Amateure im Mittelpunkt. Sieben von 14 gemeldeten Fahrern traten an, wobei sich bei vier deutschen und drei französischen Fahrern eher ein Ländervergleich als ein weltweites Championat andeutete. Ein Mann sollte an diesem Tage von einer noblen Geste des Gentlemans Thaddäus Robl profitieren: der Berliner Heinrich Sievers, denn dem hatte Robl seine erfahrenen Schrittmacher mit dem Motortandem überlassen.

In der „Deutschen Radfahrer-Zeitung" wurde der Verlauf des Rennens eingehend beleuchtet:

„Guichard erreicht zuerst seine Schrittmacher und zieht, gefolgt von Görnemann und Sievers, davon. In der 15. Runde hat Sievers Radschaden und verliert im Nu 2 Runden. Ebenso geht es Salzmann und Görnemann. Guichard, welcher nun zwischen sich und die übrigen Fahrer zwei und mehr Runden gebracht hat, fährt in scharfem Tempo weiter. Da fällt Salzmann durch ein kollossales Tempo auf. Er rückt immer näher an Guichard heran und will gerade an ihm vorbeigehen, als seine Schrittma-

cher zu Fall kommen und Salzmann des zurück-eroberten Terrains und noch einer Runde verlustig geht. Immerhin liegt er bei Wiederanschluß an seine neuen Schrittmacher noch an zweiter Stelle und legt sich nun so ins Zeug, daß er mächtig gegen Guichard, der zusehends matter wird, aufholt, ihm allmählich die 3 Runden abnimmt, ihn sogar bei der 105. Runde das erste Mal überrundet und immer mehr Terrain zwischen sich und Guichard bringt.

Salzmann sieht schon wie der sichere Sieger aus, als man unwillkürlich auf Sievers aufmerksam wird, der nun ein Tempo anschlägt, wie wenn ihm plötzlich Flügel gewachsen wären. Alle anderen Fahrer scheinen still zu stehen, so leicht zieht er in rasendem Tempo an ihnen vorüber. Er gewinnt Runde auf Runde von Salzmann, welcher des öfteren von seinen Schrittmachern abfällt, zurück. Bei der 190. Runde muss Salzmann dem Friede-nauer die Spitze überlassen und endet 650 m hinter ihm, während Görnemann mit 15 und Henriet mit 17 Runden Abstand folgen."

Damit hatte es in der Meisterschaft der Welt für Amateure über 100 km durch Heinrich Sievers, Bruno Salzmann und Alfred Görnemann einen dreifachen deutschen Erfolg gegeben, während sich die Franzosen in diesem inoffiziellen Ländervergleich mit den weiteren Plätzen zufrieden geben mußten.

Heinrich Struth Dritter

Bei den Amateur-Sprintern gab es keine großen Favoriten, denn von den im Jahre 1900 jeweils in der französischen Hauptstadt gefei-

erten Siegern waren weder der Olympiasieger von Paris, Georges Tallandier (Frankreich), noch der Weltmeister Arthur Didier-Nauts (Belgien) am Start. So gab es bei den deutschen Gastgebern berechtigte Hoffnungen auf eine Plazierung des Deutschen Meisters Albert Leopold (Hannover) im Vorderfeld. Dieser gewann zwar wie seine Landsleute Damm (Leipzig), Struth (Mainz) und Baessler (Hannover) den Vorlauf, doch dann war sein Pulver verschossen und er konnte sich nicht weiter behaupten.

In das Finale kam als einziger Deutscher lediglich der Mainzer Heinrich Struth, aber auch er - wie berichtet wurde - „...war nicht imstande gegen so ausgezeichnete Konkurrenz, wie er sie in Maitrot-Paris und Vejtruba-Prag fand, aufzukommen".

Und so sollte sich das Augenmerk der vielen Zuschauer auf der Friedenauer Piste auf den Zweikampf der beiden genannten Fahrer um den Titel konzentrieren, der so spannend verlief, daß von den meisten gar nicht festgestellt werden konnte, wer eigentlich gewonnen hatte. Erst der Schiedsspruch des Zielrichters sah den Franzosen im Glück und als neuen Weltmeister.

Hier der Kommentar zum Friedenauer WM-Finale: „In langsamer Fahrt und unter abwechselnder Führung fährt das Feld in die ersten drei Runden. Dann verschärft sich das Tempo allmählich und bei 200 m sind alle im vollen Spurt. Maitrot und Vejtruba kämpfen auf der Geraden Rad an Rad und nur der Zielrichter kann entscheiden, daß der Franzose mit Handbreite Sieger war."

Medaillen-Gewinner

AMATEURE

Sprint
1. Emile Maitrot (Frankreich)
2. Rudolf Vejtruba (Böhmen)
3. Heinrich Struth (D - Mainz)

Steher
1. Heinrich Sievers (D - Berlin)
2. Bruno Salzmann (D - Heidelberg)
3. Alfred Görnemann (D - Berlin)

Der Berliner Heinrich Sievers erreichte bei der Weltmeisterschaft 1901 in Berlin den größten Erfolg seiner Laufbahn.
Ganz gewiß profitierte der Dauerfahrer davon, daß er die renommierten Vorderleute von Thaddäus Robl einsetzen konnte.

Ergänzend zu den Titelträgern, die sich bei den Weltmeisterschaften in Deutschland durchsetzen konnten, und deren beispielhafte Erfolge in den Kapiteln beschrieben wurden, stellt diese Galerie die weiteren deutschen Gewinner der Regenbogentrikots sowie die Olympiasieger im Rennsport vor.

Willy Arend
Sprint-Weltmeister der Berufsfahrer 1897
in Glasgow

Paul Albert
Sprint-
Weltmeister
der Amateure
1898
in Wien

Walter Engelmann
Sprint-Weltmeister der Amateure
1903 in Kopenhagen
(Der Titel wurde ihm am grünen Tisch nach einem
fragwürdigen Protest aberkannt;
Engelmann fungierte in Leipzig über Jahrzehnte
als Starter der Rennen - hier mit Toni Merkens)

Zum zweiten Male Berlin-Friedenau - wieder gehört Thaddy Robl der Titel

**Berlin-Friedenau
22. Juni 1902**

Im Jahr 1902 war Thaddäus Robl d e r Mann des deutschen Stehersports. Stets in seinem längs gestreiften schwarz-weiß-roten Trikot antretend, jagte er um die Bahn und ließ die Rivalen an seiner Stärke verzweifeln. In Friedenau war er ebenso beliebt wie in Leipzig oder Köln - wenn „Thaddy" Robl zu einem Rennen antrat, kamen die Massen. Als er 1902 zum ersten Male das Goldene Rad von Friedenau gewann, konnte die Bahn einen Rekordbesuch verzeichnen. Robl bedankte sich mit der Weltrekordzeit von 1:28:18 Stunden für die 100 Kilometer!

Damit galt er - als klarer Bezwinger der Rivalen Dickentmann, Ryser und Linton - für die Weltmeisterschaften, bei denen er den Titel zu verteidigen hatte, wieder als der haushohe Favorit.

Rom war eigentlich der erklärte Ort der Weltmeisterschaften, aber die dortige flache Bahn war nicht geeignet für die hohen Geschwindigkeiten der Fahrer hinter den Motor-Zweisitzern. Glücklicherweise siegte die Vernunft der Veranstalter, und sie gaben die Steherwettbewerbe zurück, während die Sprinterrennen zur Austragung kamen und bei den Berufsfahrern den athletischen Ellegaard in Front sahen. Für die Dauerfahrer brachte sich Friedenau bei der UCI in Erinnerung und bekam die Meisterschaft der Welt sofort zugesprochen.

Diese Meisterschaft ließ sich Robl nicht entgehen. Von der Spitze, die er nie abgab, sorgte er für ein Tempo, in dem er bis zur vollen Stunde (71,700 km) alle deutschen Rekorde verbesserte. Während die Kontrahenten dann nachließen, drehte Robl weiter auf und erreichte über 80, 90 und 100 Kilometer neue Weltrekorde. Angesichts seiner beeindruckenden Tempofahrt und der späteren

Siegerzeit von 1:24:23,2 Stunden hatten die Könner Piet Dickentman und Tom Linton vorzeitig aufgesteckt. Emile Bouhours, der Franzose, büßte über elf Runden ein, während sein Landsmann Edouard Taylor als Dritter schon 20 Bahnlängen zurücklag.

Das Berliner Publikum feierte seinen Helden.

Die Radrennbahn im Sportpark Friedenau

Friedenau als Zentrum des europäischen Stehersports. Das war genau die Rolle, die ihr die ehrgeizigen Direktoren Ferdinand Knorr und Georg Hölscher zugedacht hatten. Die rasante Entwicklung bei den Dauerfahrern, die immer höheren Geschwindigkeiten beim Wechsel von den muskelbetriebenen Schrittmachern über die Motor-Führungstandems (ab 1899) bis zum Motoreinsitzer (1903) lockten die Zuschauer an. Diese kamen zu Tausenden und bevölkerten die Tribünen und den gepflegten Innenraum des Sportpark-Stadions. Direktor Hölscher hatte sich noch etwas Besonderes einfallen lassen: Jeder 10.000 Käufer eines Rennprogramms bekam ein vergoldetes Rad aus den expandierenden Brennabor-Werken in Brandenburg/Havel. Das war Werbung für beide Seiten. Interessant, mit wem Georg Hölscher diese Idee verwirklichte: Mit dem einstigen Berliner Meisterfahrer Johannes Pundt vom Berliner Bicycle Club Germania (Deutscher Hochrad-Meister 1885 und 1886), der die hauptstädtische Niederlassung der Brennabor-Werke führte.

Start in Friedenau. Der Kampf um die Meisterschaft der Welt 1902 beginnt. Von links haben sich Thaddäus Robl, Tom Linton, Piet Dickentman, Fritz Ryser, Edouard Taylor und Emile Bouhours aufgereiht, um die 100 Kilometer in Angriff zu nehmen.

Solch einen Sportsmann trug man auf Händen. Nicht nur symbolisch...

Ein Beispiel seines Kampfgeistes gab der nunmehr zweimalige Weltmeister Thaddäus Robl wenige Wochen nach seinem Titelgewinn. Am 3. August 1902 stürzte er schon wenige Minuten nach dem Start des Friedenauer Sechs-Stunden-Rennens, als er gerade den führenden Holländer Piet Dickentman überflügeln wollte. Blutend aus vielen Schürfwunden nahm er, notdürftig verbunden, das Rennen wieder auf. Doch er hatte eine Runde verloren. Wie sollte er angesichts solcher Blessuren überhaupt das Rennen durchstehen?

Hier zeigte sich wieder Robls sprichwörtlicher Kampf bis zum Umfallen. Mitgerissen verfolgten die Zuschauer die Aufholjagd, den Versuch Dickentmans, diese zu vereiteln. Doch Robl schaffte es, ging an dem Holländer vorbei und stellte von der

dritten bis zur sechsten Stunde neue Weltrekorde auf. Er wurde der enthusiastisch gefeierte Sieger, der an diesem Tage Dickentman, Ryser und dem Franzosen Constant Huret keinen Pardon gab. Huret war 1900 in Paris Weltmeister, ihm gehörte der Beiname „König der Dauerfahrer". Doch der ging nun auf Robl über, zumal Huret schon einen Monat später nach einem Unfall in Paris nie wieder auf den Rennbahnen antreten konnte. Sein Weltmeister-Vorgänger Jimmy Michael war gestürzt und sein durch die Luft wirbelndes Rad hatte dem an der Bahn stehenden Constant Huret den Unterschenkel zerschmettert. Der Splitterbruch bedeutete das Ende der Laufbahn. Der Name Huret wurde dennoch weltberühmt - als Fahrrad- und Materialmarke. Der Neffe des Weltmeisters, Andre Huret, wurde mit dem Rat seines erfahrenen Onkels ein erfolgreicher Fabrikant.

Heimsieg für Görnemann

Für den Berliner Alfred Görnemann, der sich in der Steherschule auf dem berühmten Treptower „Nudeltopp" das Rüstzeug zu einem leistungsfähigen Dauerfahrer erarbeitet hatte, war längst klar, daß er einmal Berufsfahrer werden würde, um sich mit den international bekannten Größen zu messen. Das Sprungbrett dafür sollte der Weltmeistertitel werden. Da die Konkurrenz kaum stärker als im Jahr zuvor war, ging er zuversichtlich in das Rennen. Sein Vorbild war Robl, das Beispiel hieß Gustav Gräben. Der Brandenburger war im Jahre 1896 der erste Sieger des über 300 km langen, späteren Straßen-Klassikers Rund um Berlin. Er wiederholte seinen Erfolg 1897 mit einem hauchdünnen Spurterfolg vor Alfred Görnemann und wies diesem - weil das Rennen Rund um Berlin polizeilich verboten wurde - dann den Weg von den Straßenfahrern zu den Stehern, denn Gustav Gräben wurde 1898 in Wien Vizeweltmeister! Mit seinem dritten Rang bei den WM 1901 in Friedenau hatte Alfred Görnemann, der dem „Radfahrer-Verein Sport 1888" angehörte, den ersten erfolgreichen Schritt getan. Nun ließ er den zweiten folgen. Auf dem Friedenauer Zement hatte er weder den Breslauer Willy Keller noch Johann Dielhe (Holland) zu fürchten, der als 25-km-Landesmeister und mit seinem 24-Stunden-Rekord hinter Motorführung von 545,4 km bekannt geworden war. Hier ging es um 100 Kilometer, und die absolvierte Görnemann am schnellsten. Seine anfängliche Füh-

rung hatte er zwischenzeitlich nur einmal an Keller abgeben müssen; vom 65. Kilometer an zog der Berliner in Front. Am Ende hatte er auf der 500-m-Piste sieben Runden Vorsprung vor Keller und über 20 Runden vor Dielhe.

Die an diesem Tage gekürten Weltmeister Robl und Görnemann sollte für einen kurzen Zeitraum eine enge Freundschaft verbinden. Gemeinsam wollten sie Großes vollbringen, so wie es sich 1903 beim Goldenen Rad von Friedenau angedeutet hatte, als der Münchner in erneuter Weltrekordzeit vor Görnemann gewann.

Bei der Weltmeisterschaft 1903 in Kopenhagen mußten beide einem in Höchstform befindlichen Piet Dickentman den Titel überlassen. Sie wurden Zweiter und Dritter und planten für die Zukunft.

Doch um so tragischer war dann das frühe Ende des Berliners. Bei dem Oktober-Rennen 1903 in Dresden setzte Görnemann gerade zum Angriff auf seinen Freund Robl an, als er die Gewalt über die Maschine verlor und kopfüber auf den Zement aufschlug.

Jegliche ärztliche Hilfe kam zu spät...

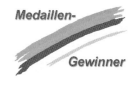

BERUFSFAHRER

Steher
1. Thaddäus Robl
   (D - München)
2. Emile Bouhours
   (Frankreich)
3. Edouard Taylor
   (Frankreich)

AMATEURE

Steher
1. Alfred Görnemann
   (D - Berlin)
2. Willy Keller
   (D - Breslau)
3. Johann Dielhe
   (Holland)

Alfred Görnemann, der gebürtige Berliner, war auf dem besten Wege, an die Klasse eines Thaddäus Robl heranzukommen. Doch viel zu früh wurde er ein Opfer der Radrennbahnen. Er verunglückte 26jährig am 11. Oktober 1903 in Dresden.

Wille und Erfolg! Und Thaddäus Robls Wahlspruch „ A Viech muß ma san"

Thaddäus Robl nutzte seine im Sport errungene Popularität auch als Buchautor, wobei ihm der radsportversierte Journalist Fredy Budzinski hilfreich unter die Arme gegriffen hatte.

Im Leipziger Sportverlag Grethlein & Co. erschien 1905 unter dem Titel „Der Radrennsport" ein umfassendes Werk, das sich sowohl eingehend mit der Geschichte des Radfahrens, seiner Organisation und den Aufgaben der damaligen Verbände, über das Trainingswesen bis zur Pflege des Rennrades und der Nennung von Verbands- und Vereinsadressen befaßte.

Am 15. August des Jahres 1900 schaffte der Münchener Thaddäus Robl den Durchbruch in die internationale Spitzenklasse des Stehersports. Auf der Radrennbahn im Berliner Sportpark Friedenau gewann er ein 100 Meilenrennen, über das die „Rad-Welt" schrieb: *„Das Resultat des Tages war ein hocherfreuliches, indem ein deutscher Steher nach langer Zeit zum ersten Male gegen erstklassige ausländische Konkurrenz das Heft in den Händen behielt. Allerdings hatte Robl in Elkes, der schon in der 20. Runde stürzte, einen seiner gefährlichsten Gegner verloren, aber sein glänzender Sieg über Walters, den er mit elf Runden zu drücken vermochte, muß dem Münchener hoch angerechnet werden und gibt ihm vollen Anspruch darauf, sich für die Zukunft zur internationalen Extraklasse zu rechnen."*
In der Tat hatte Robl damit die Spitzenposition in der Welt erobert. Das bewiesen seine beiden Weltmeisterschaftssiege 1901 und 1902 auf der Friedenauer Zementpiste, und das bestätigten auch die Titel als Europameister, die er in den Jahren 1901 bis 1904 sowie 1907 errang. Das Unterpfand seiner großen Erfolge waren sein guter physischer Zustand und der enorme Wille, sich zu behaupten.
Dabei hatte es für den am 22. Oktober 1877 in München als Sohn eines Steinmetzmeisters geborenen Athleten keineswegs so optimistisch begonnen. Eine Gehbehinderung als Folge von Gehirntyphus beeinträchtigte seine Entwicklung,

bis er auf ärztliches Anraten ein Fahrrad erhielt. Das sollte fortan seinen Lebensweg bestimmen. Die körperliche Belastung und das Verweilen an der frischen Natur ließ ihn gesunden. So gut, daß er sich aktiv für den Rennsport begeisterte, seinem populären Landsmann Josef Fischer nacheifern wollte und sich dem Radlerclub Isarau 1894 anschloß.
Als 18jähriger beteiligte sich Thaddäus Robl erstmals an Straßenrennen. Mit großem Erfolg, denn in der Langstreckenprüfung Triest - Graz - Wien 1894 kam er nach über 500 Kilometern als Dritter ins Ziel. Im noch berühmteren Rennen Bordeaux - Paris über 592 km wurde er 1898 ebenfalls Dritter, ließ nur den Franzosen Gaston Riviere und Maurice Garin (1903 Sieger der 1. Tour de France) den Vortritt. Die mörderischen Strapazen quittierte er mit dem Spruch „A Viech muß ma san".
Mit seinen Erfolgen wurde er auf einen Schlag ebenso populär wie Josef Fischer. Während dieser aber vor allem der Straße treu blieb, fand Robl seine Herausforderungen auf den Zementbahnen. Er hatte nicht nur das Glück, daß eine große Fahrradfirma auf ihn aufmerksam wurde und ihn fortan unterstützte, sondern auch in dem ausgezeichneten Duo Franz Brettschneider und Fritz Steger eine Besatzung auf dem Führungs-Motortandem gefunden, die mit Sachverstand und Können die unbändige Kraft Robls und sein Willenspotential in die erfolgreichen Bahnen lenken konnte.

In der 1987 erschienenen „Geschichte des Radsports und des Fahrrades" von Wolfgang Gronen und Walter Lemke (der sich engagiert um das Grabmal des Weltmeisters auf dem Münchner Südfriedhof kümmert) wird ein Bild der Persönlichkeit des legendären „Thaddy" Robl nachgezeichnet. Es heißt: *„Die Begeisterung für den Münchner kannte im In- und Ausland keine Grenzen. Perfekt englisch und französisch sprechend, war er der Liebling der Gesellschaft, fehlte bei keinem großen Boxkampf und Pferderennen als Zuschauer und hatte ungezählte Verehrerinnen."*

Aber Thaddäus Robl war von abenteuerlichem Drang, von brennender Ungeduld erfüllt. In einem wahren Rausch hatte er sich in den Stehersport vertieft und eilte von Start zu Start, von Sieg zu Sieg. Ganz gleich, ob es sich um ein 24-Stunden-Rennen oder die traditionellen Goldenen Räder handelte, um Rekorde, die er in Berlin, Hannover, Paris, München oder Leipzig aufstellte. Im Radsport hatte er nach dem Sieg in der Deutschen Steher-Meisterschaft 1908 in

THADDÄUS ROBL

Geboren am 22.10.1877 in München; verstorben am 18.06.1910 bei einem Flugzeugabsturz in Stettin.

Erfolge als Steher: Weltmeister der Jahre 1901, 1902 (2. 1903); Europameister in den Jahren 1901 bis 1904, 1907; Deutscher Meister 1908; 11maliger Weltrekordler.

Der Matador der 100 Kilometer von Friedenau Thaddäus Robl begibt sich mit dem großen Lorbeerkranz auf die Ehrenrunde.

Dresden nahezu alles erreicht. Nun wollte er sich neuen Herausforderungen stellen. Und so wandte er sich dem Flugwesen zu, das gerade in den Anfangsschuhen steckte. Die 1909 erfolgte Einweihung des ersten deutschen Flugplatzes in Berlin-Johannisthal, Bleriots Flug über den Ärmelkanal und die einsetzenden Flugschauen stellten für Robl endgültig die Weichen.

Das Fliegen wurde seine Erfüllung und sein Verhängnis. Am 18. Juni 1910 vollendete sich sein Leben, als er als Kunstflieger bei einem Flugmeeting in Stettin abstürzte. Der Pionier des Radsports, der Held der großen Epoche des Stehersports, war mit 33 Jahren von der Bühne des Lebens abgetreten...

Der Motorzweisitzer mit Franz Bretschneider und Fritz Steger und Weltmeister Thaddäus Robl in voller Fahrt.

Gute WM-Bedingungen in Steglitz und Leipzig, aber keine deutschen Erfolge

Splittung der Weltmeisterschaften 1908 auf zwei „radsport-verrückte" deutsche Städte - Berufsfahrer starteten in Berlin-Steglitz, die Amateure auf der Leipziger Sportplatzbahn - Nur Amateur-Steher Gustav Janke gewann eine Medaille

Gabriel Poulain (Frankreich) gehörte zu den ganz großen Sprintern im ersten Jahrzehnt dieses Jahrhunderts.

Kopenhagen (1903), London (1904), Antwerpen (1905), Genf (1906) und Paris (1907) hießen die Weltmeisterschaftsstationen, nachdem Berlin zu Beginn des Jahrhunderts im Sportpark Friedenau zweimal Gastgeber für die Welttitelkämpfe gewesen war.

Der Union Cycliste Internationale (UCI) lagen auf der Jahrestagung in Paris zwei deutsche Anträge auf die Ausrichtung des Weltchampionats 1908 vor, und so entschied man ganz salomonisch, daß mit einer Splittung in die Bereiche Berufsfahrer und Amateure beiden Anträge stattgegeben werde. Eine ähnliche Situation hatte es schon 1902 gegeben. Da waren allerdings auf Grund der technischen Voraussetzungen die Steherrennen in Berlin und der Fliegersport in Rom ausgetragen worden.

Interessant war in den ersten Jahren, daß die sogenannte „Meisterschaft der Welt" stets nur eines von vielen Rennen war. Rund um die Championate gab es Wettbewerbe für die „Inländer" und die Ausländer, Tandemrennen, Vorgabefahren und vieles mehr, so daß sich schon oft innerhalb der gleichen Veranstaltung Gele-

genheiten für erfolgreiche Weltmeisterschaftsrevanchen ergaben. Während die internationalen Reglements zwar die Grundstrukturen mit Vorläufen, Zwischen- und Endläufen vorschrieben, waren die Meldungen unbegrenzt.

Bei den Dauerfahrern hatte sich vor der Jahrhundertwende insofern ein Wechsel vollzogen, als nach den mit Muskelkraft getriebenen Mehrsitzern die Führung für die Steher zuerst auf die Motor-Zweisitzer und dann auf die Motor-Einsitzer übertragen wurde. Nachdem 1901 und 1902 in Berlin noch die Zweisitzer dominiert hatten, setzten sich im Zuge der technischen Weiterentwicklung ab 1903 die Motor-Einsitzer durch. In den Rennen konnten die Zuschauer allerdings noch häufig beide Varianten erleben und eigene Vermutungen über die Zukunft anstellen.

Für das Jahr 1908 hatte es allerdings Reglementänderungen bei den Stehern gegeben, die festlegten, daß nunmehr mit Einsitzern gefahren und ein Rollenabstand von 20 Zentimetern eingehalten werden mußte.

Das war auch der Grund, der zur Absage des zwar über seine erfolgreichsten Jahre hinausgewachsenen, aber immer noch populären Exweltmeisters Thaddäus Robl in Berlin führte. Er hatte stets mit Erfolg auf seine Schrittmacher Brettschneider/Steger gebaut, und daran wollte er bis zuletzt festhalten. Aber der Fortschritt ließ sich auch von einem bewährten Mann wie Robl nicht aufhalten...

Champions hießen Ellegaard und Ryser

Berlin-Steglitz
30.07. - 02.08.1908

Ferdinand Knorr, der Direktor der Steglitzer Bahn hatte alles zur Zufriedenheit vorbereiten lassen. Berlin war eine würdige Weltmeisterschaftsstadt. Nur den sportlichen Erfolg, den konnte auch der als eigenwillig bekannte Rennbahndirektor und Präsident des Verbandes Deutscher Radrennbahnen (VDR) nicht erzwingen...

Im Sprint gelangte keiner der deutschen Bewerber in den Endlauf, obwohl die zuvor ausgetragene Europameisterschaft in Leipzig zu Hoffnungen Anlaß gegeben hatte, als Clemens Schürmann, der später so berühmte Rennbahn-Architekt, hinter Ellegaard den Ehrenplatz erkämpft hatte. In Berlin schlug Schürmann immerhin auch den französischen Champion Edmond Jacquelin, aber im Zwischenlauf, dessen Sieger ins Finale kam, landete er hinter Ellegaard und Arend (der nach einem Jahr als Steher gerade wieder Anschluß gefunden hatte) auf Rang drei. Damit waren alle Träume von einem deutschen Sieg zunichte, denn in den Zwischenläufen schieden auch Otto Mayer (Ludwigshafen) und der 1907 hervorgetretene Berliner Willy Bader aus.

Einzig Walter Rütt hätte vielleicht in Bestform etwas ausrichten können, doch er wagte sich nicht nach Deutschland, weil er die Einberufung zum Militärdienst ignoriert hatte und somit als Deserteur galt. Die Begnadigung des durch seinen New Yorker Sechstagesieg noch populärer gewordenen Wahl-Berliners erfolgte erst nach dem ersten Berliner Sechstagerennen, als der Kronprinz persönlich für den besten deutschen Sechstagefahrer votierte.

So stand die für damalige Verhältnisse sehr moderne Radarena in Steglitz ganz im Zeichen von Thorvald Ellegaard. Der Däne, der sieben Jahre zuvor in Berlin seine Erfolgsserie als Weltmeister

eröffnet hatte, gewann seinen fünften Titel. Nur einmal konnte er danach noch die Weltmeisterkrone erringen: 1911 in Rom - aber das ist ein anderes Kapitel...

Die Radrennbahn im Sportpark Steglitz

Nach dem Abriß des Velodroms in Friedenau erhielt Berlin im benachbarten Steglitz eine neue, noch schnellere Zementbahn, die eine Länge von 500 m, eine Breite von 10 m und eine Kurvenüberhöhung von 6 m besaß. Eingeweiht wurde sie am 7. September 1905. Ihr Besitzer Ferdinand Knorr setzte auf die Steher, bemühte sich aber auch um den Fliegersport. Deshalb fand am Eröffnungstag ein Match der Sprint-Weltmeister Gabriel Poulain, Thorvald Ellegaard und Willy Arend statt.
Höhepunkte auf der international bedeutendsten Bahn Berlins waren die Weltmeisterschaften 1908, die Steher-Europameisterschaft 1909 (Paul Guignard vor Albert Schipke, Berlin) sowie die sechs Veranstaltungen „Goldenes Rad von Steglitz", die von 1905 bis 1910 diese Sieger erlebten: Thaddäus Robl, Piet Dickentman (Holland), Paul Guignard (Frankreich),Taddäus Robl, Karel Verbist (Belgien) und Fritz Theile (Berlin). Die Bahn wurde im Oktober 1910 abgerissen, nachdem die Stadt Berlin den Pachtvertrag nicht verlängert hatte.

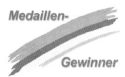

Medaillen-Gewinner

Berlin-Steglitz

BERUFSFAHRER

Sprint
1. Thorvald Ellegaard
   (Dänemark)
2. Gabriel Poulain
   (Frankreich)
3. Charles van den Born
   (Belgien)

Steher
1. Fritz Ryser
   (Schweiz)
2. Eugenio Bruni
   (Italien)
3. Arthur Vanderstuyft
   (Belgien)

Start zum Weltmeisterschaftsfinale der Sprinter 1908 in Steglitz. Ganz links Thorvald Ellegaard, daneben Gabriel Poulain und Charles van den Born.

Für Rysers Schrittmacher Josef Schwarzer währte das Glück des Berliner WM-Erfolgs nur knapp einen Monat. Bei einem Rennen in Düsseldorf stürzte er am 30. August 1908 und erlag seinen Verletzungen.

Auf dem Steglitzer Zement jedenfalls war er der Größte, der es als 31jähriger fertigbrachte, dem sieben Jahre jüngeren Franzosen Gabriel Poulain, der als Favorit galt, eine Niederlage beizubringen. Poulain, der 1905 in Antwerpen seinen einzigen WM-Sieg (über Ellegaard) gefeiert hatte, schien im Endlauf erneut auf der Siegerstraße, denn mit einem tüchtigen Antritt hatte er sowohl den Dänen als auch den Belgier Charles van den Born überrascht. Doch mit einem wahren Tigersprung schaffte es Ellegaard, der schon fast resigniert hatte, Poulain noch vor der Linie abzufangen...

Eine Klassebesetzung hatte die Weltmeisterschaft über 100 km aufzubieten, denn bis auf Thaddäus Robl, der im gleichen Jahr seinen ersten deutschen Meistertitel gewonnen hatte, und den über

Jahre in Dresden beheimateten Amerikaner Robert Walthour waren die besten Steher am Start. Der neue Weltmeister hieß Fritz Ryser, kam aus Huttwyl (Schweiz) und hatte nach mehrjähriger Rennpause eine zweite Karriere als Steher begonnen. Erfolgreich, wie das Ergebnis von Steglitz zeigte, wo er in einer - wegen der veränderten Rollenabstände - mäßigen Zeit den in Frankreich lebenden Italiener Eugenio Bruni und Arthur, den älteren der Vanderstuyft-Brüder, auf die Ehrenplätze verwies. Geschlagen auch der Franzose Georges Parent als Vierter, dessen hohe Zeit als Steher allerdings erst beginnen sollte: Er wurde in den folgenden drei Jahren Weltmeister! Europameister Arthur Stellbrink (Berlin) konnte nicht in das Geschehen eingreifen und belegte nur Platz sieben.

Englische Olympiasieger dominierten

Leipzig-Lindenau,
26. Juli 1908

Für die Radsportler war am 19. Juli 1908 das olympische Feuer der Sommerspiele in London gerade verloschen, da rief schon die nächste Prüfung, die Weltmeisterschaften der Amateure in Leipzig. Und so machten sich die Olympiasieger und die Geschlagenen direkt auf die Reise in die Messestadt. So mancher insgeheim mit dem Wunsch, sich für die an der Themse erlittenen Niederlagen zu revanchieren.

Denn in London hatte es in sieben ausgetragenen Wettbewerben auf der mit 603,5 Metern außergewöhnlich langen Piste rund um die Leichtathletik-Laufbahn in der Hauptarena fünf englische Erfolge gegeben. Einen Sieg, im Tandemrennen, hatten die Franzosen Maurice Schilles/André Auffray den Briten abgejagt. Das siebente Rennen, der Sprint über 1000 m, wurde nicht gewertet. Der offizielle Grund hieß Zeitüberschreitung der Teilnehmer, aber wahrscheinlicher war, daß der Franzose Maurice Schilles, der vorn lag, einfach nicht siegen sollte.

Nun mußten sich in Leipzig die Goldmedaillengewinner Leonard Meredith, Benjamin Jones, Charles Kingsbury und Victor Johnsen erneut als beste Amateure behaupten. Sie taten es überzeugend. Sowohl im Sprint als auch bei den Stehern gingen die Titel nach England.

Englands Doppelerfolg im Sprint

Mit ihren Siegen in den Zwischenläufen hatten drei Fahrer das Finale der Amateur-Flieger erreicht: die Engländer Victor L. Johnson und Benjamin Jones sowie der Franzose Emile Demangel. Dieser hatte in London im Einrundenrennen Johnson den Vortritt lassen müssen und somit als Zweiter vor dem Dresdner Karl Neumer Silber gewonnen. Es nun in Leipzig besser zu machen, scheiterte an der Taktik der beiden Engländer, die Demangel in die Zange nah-

men und schließlich auch den Endspurt gegen ihn gewannen. Erwartungsgemäß holte sich Victor Johnson den Sieg vor dem ausdauernderen Benjamin Jones, der in London Olympiasieger im Mannschaftsverfolgungsfahren und über 5000 m ge-

Die Radrennbahn in Leipzig-Lindenau

Die Sportplatzbahn in Leipzig-Lindenau hatte von ihrer Einweihung am 18. September 1892 (Hauptfahren mit Assen wie Alex Verheyen, Willy Tischbein, Alwin Vater) bis zum Jahre 1938 Bestand. Die 500 m lange Zementbahn besaß anfangs eine Breite von 6 Metern (am Ziel 8 m) und 1,40 Meter Kurvenüberhöhung. Mit der Entwicklung des Stehersports gab es 1899 und 1904 gewaltige Umbauten, die vor allem die Kurven betrafen. Als 1901 die erste von fünf aufeinanderfolgenden Steher-Europameisterschaften gestartet wurde (4 x Sieger Thaddäus Robl, 1905 Paul Guignard) war die Bahn 8 m breit (Zielgerade 10 m) und die Kurvenüberhöhung betrug 4 m. Ab 1904 betrug die Kurvenneigung sogar 45 Grad (6 m)! Höhepunkte auf der Bahn waren die Weltmeisterschaften 1908, 1913 und 1934 sowie die erwähnten Europatitelkämpfe der Berufs-Steher 1901 bis 1905 sowie der Berufs-Flieger 1908 (Th. Ellegaard vor Schürmann) und 1912 (W.Rütt). Auf dieser Bahn wurden von 1895 bis 1936 insgesamt 14 Deutsche Meisterschaften der Amateure oder Berufsfahrer ausgetragen. 1938 mußte die Bahn an der heutigen Friedrich-Ludwig-Jahn-Allee einem geplanten, aber nicht errichteten Ausstellungsgelände weichen.

Grandiose Erfolgsserie von Leonard Meredith hielt an

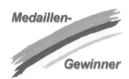
Leipzig-Lindenau

AMATEURE

Sprint
1. Victor L. Johnson
   (England)
2. Benjamin Jones
   (England)
3. Emile Demangel
   (Frankreich)

Steher
1. Leonard T. Meredith
   (England)
2. Gustav Janke
   (D - Berlin)
3. Leon Vanderstuyft
   (Belgien)

Start zum Steherrennen in Leipzig: von links Leonard Meredith, Leon Vanderstuyft (stehend, ohne Rad) und Gustav Janke. Der Berliner Gustav Janke startete im Trikot des Preußen-Meisters (Foto oben). Der gute Straßenfahrer ging aus dem Berliner Radsport-Klub Krampe hervor und wandte sich 1907 dem Stehersport zu. Als Berufsfahrer wurde Janke 1913 und 1915 Deutscher Steher-Meister.

wesen war. Demangel blieb die Genugtuung, das Finale erreicht zu haben, im Gegensatz zu anderen Könnern wie Maurice Schilles, Andre Auffray und Karl Neumer, die alle nach Vorlaufsiegen in den Zwischenläufen gescheitert waren.

Überlegener Titelverteidiger

Bei den Stehern war Leonard Meredith der haushohe Favorit. Der Aristrokrat betrieb den Radsport als Hobby - mit Erfolg. Schon 1904 in London war er zum ersten Male Weltmeister bei den Stehern geworden und hatte ebenso überzeugend auch 1905 in Antwerpen und 1907 in Paris seinen Titel verteidigt.

Meredith, der in London ebenfalls zum olympischen Siegerteam gehört hatte, das sich in der Mannschaftsverfolgung gegen Deutschland durchgesetzt

hatte, legte im Weltmeisterschaftsrennen von Leipzig ein so hohes Tempo vor, daß ihm die Konkurrenten nicht zu folgen vermochten.

Am Sieg des Londoners, der seinen vierten Titel eroberte, gab es nie einen Zweifel, obwohl es nach dem Rennen Proteste gab, weil Merediths Schrittmacher durch Manipulation an der Bekleidung viel zu großen Windschatten geboten hatte. Aber auch in diesem, wie in so vielen Fällen, war von den Siegern wohl nur das Mögliche des noch unausgewogenen Reglements genutzt worden. Denn einem Protest wurde nicht stattgegeben.

Leonard Meredith wurde nie Berufsfahrer. Das erlaubte ihm, seine Serien-Erfolge als Weltmeister fortzusetzen und auch die Titel 1909 und 1911 sowie 1913 in Berlin zu gewinnen.

Ein Eklat war die Ursache für die inoffizielle Dresdener Weltmeisterschaft

Nach Streit mit der UCI veranstaltete der VDR ein eigenes Championat - 50.000 Zuschauer ließen sich das Ereignis nicht entgehen - Die Steher Peter Günther und Heinrich Arens und die Sprinter Otto Mayer und Christel Rode erfolgreich

**Dresden-Reick ,
3. - 10. September
1911**

Eine Fehlentscheidung bei den Weltmeisterschaften 1910 in Brüssel offenbarte einmal mehr die Schwächen und Auslegungsmöglichkeiten der bestehenden Wettkampfregeln und war zugleich ein Spiegelbild der nationalen Gegensätze zwischen den expandierenden europäischen Großmächten, die auch vor dem Sport nicht halt machten und deutlich zu spüren waren.

Die deutschen Sprinter waren die Leidtragenden dieser Konflikte in Brüssel. Im Amateur-Finale büßte der Dresdener Karl Neumer in seinem Duell mit dem englischen Titelverteidiger William Bailey seine Chancen ein, weil ihn der Franzose Paul Texier im Endspurt festgehalten hatte. Während Neumer noch die Genugtuung hatte, daß der Franzose auf den letzten Platz gesetzt wurde und Neumer sich wie schon 1909 mit Silber hinter Bailey begnügen mußte, traf es den Hannoveraner Henry Mayer bei den Profis noch härter. Obwohl er als klarer Erster des Zwischenlaufs die Ziellinie passiert hatte, wurde Mayer vom italienischen Zielrichter Carozzi als Zweiter hinter den Franzosen Friol plaziert, der damit den WM-Endlauf erreichte.

Darüber dokumentiert die „Geschichte des Radsports..." von Wolfgang Gronen und Walter Lemke: *„Diese offensichtliche Fehlentscheidung - Mayer führte klar - hatte zur Folge, daß die Vertreter des Verbandes Deutscher Radrennbahnen (VDR) alle deutschen Fahrer aus dem Rennen nahmen und von der Weltmeisterschaft zurücktraten. Den Ti-*

tel errang Friol vor Ellegaard. Walter Rütt, der sich für den Endlauf plaziert hatte, ging nicht an den Start."

Die anderen deutschen Verbände zeigten sich mit dem VDR solidarisch, und traten - wie dieser nach einem Beschluß der außerordentlichen Generalversammlung am 17. August 1910 - aus der UCI aus, als sich der Weltverband schützend vor Carozzi stellte. Namhafte ausländische Fahrer billigten nicht nur den deutschen Schritt, sondern fanden den Mut, ihre Unterschrift auf ein öffentliches Dokument zu setzen. Dazu gehörten Walthour, Guignard, Bruni, Carapezzi, Messari, Arthur Vanderstuyft, Van Gent, Huybrechts, Ryser, Humann, Dickentman, Stol, Hall, Kudela und viele andere. Doch die UCI beantwortete den Austritt Deutschlands mit einer Startsperre der in Brüssel nicht mehr an den Start gekommenen deutschen Fahrer...

In der Folge gab es eine Vielzahl von Disqualifikationen von deutschen Akteuren und in Deutschland startenden ausländischen Fahrern, die dazu führten, daß auch der Schweizer Radfahrer-Bund der UCI den Rücken kehrte.

Der Berliner Rennbahndirektor Ferdinand Knorr

Der bärenstarke Ludwigshafener Otto Meyer, der zwischen Radrennen und Ringkampf pendelte.

führte aus Trotz gegen die Haltung der UCI am 18. September 1910 auf seiner Piste in Berlin-Steglitz eine sogenannte „Super-Weltmeisterschaft" der Berufssteher mit den tatsächlich weltbesten Athleten durch, die nach ihrer Unterschrift auch ohne Scheu vor Repressalien antraten. Gewinner wurde Piet Dickentman aus Holland vor dem Eidgenossen Fritz Ryser und Fritz Theile aus Berlin. Huybrechts,

Demke · Dickentman · Günther · Jante · Scheuermann · Offizielle Postkarte der Weltmeisterschaften 1911 · Dresden, 3. bis 10. September · Dresden · Schipte · Walthour · Graf · Rosenlöcher · Linari · Mauß · Thomas · Kjelbjen

Guignard, Bruni, Hall und Walthour vervollständigten die Besetzung dieses Rennens. Das schien die Stimmung in den UCI-Gremien zu ändern, zumindest aber ins Wanken zu bringen.

Denn im Dezember 1910 trafen Vertreter der französischen, belgischen und deutschen Verbände zusammen, um nach Möglichkeiten des Wiedereintritts Deutschlands in den Weltverband zu suchen. Offiziell jedoch änderte sich nichts.

Als auch die am 24. Juli 1911 auf Einladung der UCI in Brüssel durchgeführten Gespräche mit den Vertretern der deutschen Verbände - an denen auch Walter Rütt teilnahm - scheiterten, schrieb der Verband Deutscher Radrennbahnen auf Initiative von Ferdinand Knorr eine inoffizielle Weltmeisterschaft aus, die vom 3. bis 10. September 1911 unter Regie des Dresdener Vereins für Radwettfahren auf der Radrennbahn in Dresden-Reick ausgerichtet wurde.

Eine eigene Weltmeisterschaft...

Sie fand eine herausragende Besetzung, die in jeder Hinsicht dem im gleichen Jahr ausgetragenen offiziellen Weltchampionat in Rom überlegen war. Mit 108 Teilnehmern war sie mehr als doppelt so stark besetzt und konnte auch mit sechs teilnehmenden Nationen die Zahl von Rom (4) übertreffen. Zu den sechs Veranstaltungen strömten rund 50.000 Zuschauer in das Oval, allein 17.000 kamen am letzten Tag zu den Endläufen der Berufsfahrer. Weltmeister, allerdings nicht von der UCI anerkannt, wurde bei den Stehern der Kölner Peter Günther vor Richard Scheuermann und dem Favoriten Victor Linart (Belgien). Günther war ein sehr bekannter und erfolgreicher Fahrer, der trotz schwerer Stürze und gesundheitlicher Folgeprobleme als Steher der Weltklasse galt. Den Kölner sollte schließlich auch das Rennfahrer-Schicksal ereilen. Er fand am 7. Oktober 1918 bei einem Sturz auf der Radrennbahn Düsseldorf den Tod.

Besonders der Start von Victor Linart in Dresden –

Die Radrennbahn in Dresden-Reick

Als Ersatz für die Radrennbahn in Dresden-Gruna (auf behördliche Anordnung geschlossen), entstand auf Bemühen des Dresdener Vereins für Radwettfahren 1909 in Dresden-Reick eine neue Piste. Eingeweiht wurde die Zementbahn, die Architekt Philipp aus Dresden (auch Konstrukteur der Bahnen München-Milbertshofen und Wuppertal) gebaut hatte, am 24. Oktober 1909 mit einem Steher-Sieg von Paul Bourillon (Frankreich). 1940 wurde die Bahn geschlossen. Höhepunkte auf dieser Piste waren die inoffiziellen Weltmeisterschaften 1911 und die Großen Preise der Stadt Dresden. Sieger der ersten 6 Austragungen: 1910 Robert Walthour (USA), 1911 und 1912 Victor Linart (Belgien), 1913 Walthour, 1914 Linart und 1915 Piet Dickentman (Holland). In Dresden-Reick wurden die Deutschen Steher-Meisterschaften 1914, 1919 (Sieger jeweils Karl Saldow, Berlin) und 1936 (Sieger Erich Metze, Dortmund) und die Flieger-Titelkämpfe 1919 (Sieger Walter Rütt, Berlin) und 1936 (Sieger Albert Richter, Köln) ausgetragen.

er wurde 1921, 1924, 1926 und 1927 Weltmeister – traf die UCI hart, denn im nachhinein konnte sie schlecht behaupten, diese Meisterschaft wäre eine rein deutsche Angelegenheit gewesen.

Im mit 44 Akteuren besetzten Sprinterrennen setzte sich Otto Meyer (Ludwigshafen) vor dem eigentlich als Sieger erwarteten Sechstagecrack Walter Rütt und Oscar Peter aus Berlin durch. Viele Prominente hatten das Nachsehen wie beispielsweise der Holländer Guus Schilling, der Italiener Anteo Carapezzi und die Berliner Sechstagesieger Willy Lorenz und Karl Saldow. Gewinner Otto Meyer war als Deutscher Sprint-Meister 1909 keinesfalls ein Außenseiter, aber er galt in jenen Jahren als das „enfant terrible" des Sprints, denn er war nicht nur ein Könner auf dem Rade, sondern auch als Ringkämpfer auf der Matte.

Bei den Amateur-Sprintern siegte unter 35 Teilnehmern der Hamburger Christel Rode vor den Berlinern Erich Möder und Otto Gesche. Die Meisterschaft der Amateur-Steher über 100 km gewann der Kölner Heinrich Arens.

Im Palmengarten zu Dresden gab es zu Ehren der Teilnehmer dieser Weltmeisterschaften sowie anläßlich des 25jährigen Bestehens des Dresdener Turnerbundes eine Festveranstaltung, die alle deutschen Verbände zusammenführte. An der Spitze der Ehrengäste die Verbandsführer des DRB, Theodor Boeckling (Essen), und des Verbandes Deutscher Radrennbahnen, Ferdinand Knorr (Berlin), sowie des Deutschen Rennfahrer-Verbandes, des Sächsischen Radfahrer-Bundes und der Allgemeinen Radfahrer-Union.

Einigung mit dem Weltverband

Die große Resonanz dieser inoffiziellen Weltmeisterschaften hatte zur Folge, daß auch in Deutschland ein Meinungsstreit entstand, in dem es um den Wiederanschluß an den Weltverband ging. Der Deutsche Rennfahrer-Verband, der sich in dem großen Streit zurückgehalten hatte, trat nun auf die Bildfläche. Er rückte vom Verband Deutscher Radrennbahnen ab und faßte im Oktober 1911 in Berlin einen bedeutsamen Entschluß, in dem es u.a. hieß: „Der Deutsche Rennfahrer-Verband beschließt, seinen Mitgliedern den Start auf allen ausländischen Bahnen zu gestatten und erklärt sich auch mit dem Start der Ausländer auf deutschen Bahnen einverstanden.

Dies geschieht im Interesse des Sports..."

Der Pariser Berichterstatter der einflußreichen „Rad-Welt", ein Herr von Weiden, erwies sich als guter Diplomat, der die zerstrittenen Parteien wieder an einen Tisch brachte. Ferdinand Knorr aber trat vom Vorsitz des Verbandes Deutscher Radrennbahnen zurück. Der Austausch von Sportlern begann umgehend, so daß 1912 beispielsweise auch Walter Rütt als Gewinner des Großen Preises von Kopenhagen auf sich aufmerksam machen konnte. Da die Weltmeisterschaften 1912 in Newark (USA) stattfanden und wegen der hohen Kosten bei den europäischen Verbänden ebensowenig Interesse fanden wie die WM-Premiere 1893, richtete sich der Blick voraus, auf die nächsten Titelkämpfe in Europa. Deutschland war nach erfolgreichen Verhandlungen in Frankfurt/Main in den Weltverband zurückkehrt, und die UCI hatte sich für den Brüsseler Eklat entschuldigt. Das Radsport-Glück war vollkommen, als die UCI mit einer versöhnenden Geste die Weltmeisterschaften des Jahres 1913 an Deutschland vergab.

Christel Rode galt als ein Ausnahmetalent im Sprint. Der gebürtige Hamburger startete schon als Jugendlicher mit einer Sonderlizenz bei den Männern. Bei offiziellen Weltmeisterschaften wurde er 1913 Dritter.

Krönung der deutschen WM-Tage mit dem Weltmeistertitel für Walter Rütt

Mit Leipzig (Berufsfahrer) und Berlin (Amateure) Umkehrung der Austragungsorte gegenüber der Weltmeisterschaft 1908 - Beeindruckende englische Amateure und klare Erfolge für zwei große Asse des Berufssports

Mit der Vergabe der Weltmeisterschaften 1913 an Deutschland reagierte die Union Cycliste Internationale positiv auf die Bereitschaft der deutschen Radsport-Verbände, sich wieder in der internationalen Gemeinschaft zu engagieren. Unterstützt wurde diese Geste auch durch die Tatsache, daß das Internationale Olympische Komitee der Stadt Berlin die Ausrichtung der Olympischen Sommerspiele des Jahres 1916 angetragen hatte.

Der deutsche Radsport besaß in den verschiedenen Disziplinen ein enormes Potential an leistungsstarken Athleten, ohne die eine Weltmeisterschaft nur schwer denkbar und aus sportlicher Sicht immer anfechtbar gewesen wäre, wie sich auch 1912 gezeigt hatte.

Da der UCI wieder mit Berlin und Leipzig zwei Bewerbungen vorlagen, fiel es den Delegierten auf dem Kalenderkongreß 1912 nicht schwer, die Titelkämpfe erneut aufzuteilen: Sie wechselten lediglich die Kategorien, so daß diesmal in Berlin die Amateure und in Leipzig die Berufsfahrer ihre Wettkämpfe bestritten.

Das Deutsche Stadion in Berlin-Grunewald sollte im Jahre 1916 die Sportler der Welt zu den Olympischen Sommerspielen empfangen.Der Erste Weltkrieg machte diese Hoffnungen zunichte.

Bailey und Meredith nicht zu besiegen

Auf der riesigen Bahn des Deutschen Stadions im Grunewald sahen insbesondere die Sprinter in ihren Läufen geradezu verloren aus, denn sie hatten je Runde immerhin 666,66 Meter zurückzulegen. Entschädigt wurden sie dafür durch die langen und breiten Geraden, die es möglich machten, ein höheres Tempo anzuschlagen und aus hinterer Position in den Kampf um den Sieg einzugreifen.

Ideale Bedingungen also für die 50 Amateursprinter aus 10 Ländern, die sich um den Weltmeistertitel bewarben. Unvorstellbar heute, daß unter den Teilnehmern allein 33 deutsche Fahrer antraten, und unter diesen wiederum 27 Berliner (einschließlich der erst später eingemeindeten Vororte) waren. So hätte man meinen können, daß der Sieg auch in Berlin bleiben würde, zumal die Zuschauer recht zahlreich erschienen und natürlich besonders ihre Landsleute anfeuerten. Doch für die meisten aller Akteure war nach den acht Vorläufen schon Schluß. Sie hatten lediglich die Chance, sich in den unmittelbar folgenden Inländer- bzw. Ausländer-Preis-Wettbewerben zu rehabilitieren.

Ganz so wie - hier sei einmal vorgegriffen - es der deutschen Mannschaft im Verfolgungsfahren über 4000 m gelang. Denn die vorzüglich besetzte englische Crew mit Ryan, Meredith, Bailey, Bartlett und Bancroft wurde von den Gastgebern Adomat, Schrefeld, Hansen, Hellwig, Möder und Liebenow (alle vom Berliner RC Concordia) klar mit sieben Sekunden Vorsprung geschlagen!

Diese Besinnung auf die eigenen Kräfte kam jedoch zu spät, denn in den beiden Weltmeisterschaftsentscheidungen hatten die Engländer ihre vorzügliche Form und ihr taktisches Können nachdrücklich bewiesen. Bei den Sprintern eroberte

William Bailey seinen vierten und bei den Stehern Leonard Meredith seinen siebenten Titel als Weltmeister. Das waren trotz deutscher Bemühungen Klasseunterschiede...

Die Radrennbahn im Deutschen Stadion

Im Grunewald, dort wo heute das große Olympiastadion steht, befand sich die längste Radrennbahn, die es je in Berlin gab. Im Deutschen Stadion, das für die Olympischen Spiele 1916 gebaut worden war, bildete die Zementrennbahn einen Ring um die Laufbahnen, daraus ergab sich eine Länge von 666,66 Metern. Die Bahn war 9 m breit, die Kurven um 4,7 m überhöht. Die Tribünen faßten 30.000 Zuschauer. Radsportliche Höhepunkte im Deutschen Stadion, das am 8. Juni 1913 eingeweiht wurde, waren die Weltmeisterschaften der Amateure im August 1913 und die Deutschen Amateur-Meisterschaften 1914, 1916 bis 1918. Wegen der Konkurrenz der anderen Berliner Radrennbahnen gab es nur gelegentliche Spitzenveranstaltungen. Dazu gehörten die Großen Preise von Berlin 1919 Steher (Sieger Carl Wittig vor Paul Thomas und Franz Krupkat) und 1921 im Sprint (Sieger Vizeweltmeister Ernst Kaufmann, Schweiz vor Willy Lorenz und Willy Arend). 1932 fanden im Deutschen Stadion Ausscheidungsrennen für die Olympischen Spiele statt. Die Bahn wurde 1933 für den Bau des Olympiastadions abgerissen.

**Berlin - Grunewald,
Deutsches Stadion**

AMATEURE

Sprint
1. William J. Bailey
   (England)
2. E.F. Ryan
   (England)
3. Christel Rode
   (D - Mainz)

Steher
1. Leonard T.Meredith
   (England)
2. Axel Beyer
   (D - Dresden)
3. Cornelius Blekemolen
   (Holland)

Der aus Hamburg stammende Christel Rode mit dem Siegerkranz als Deutscher Meister im Sprint 1913. Diesen Titel hatte er schon 1904 zum ersten Male errungen.

In der „Deutschen Rad- und Kraftfahrer-Zeitung" ließ sich Berichterstatter Karl Hedrich über die Stärke der Briten und ihr Geschick, alle entscheidenden Angriffe auf die Titel erfolgreich zu stoppen, aus und milderte zugleich die Kritik an den eigenen Bewerbern: *„Unsere Fahrer werden an den Ausländern gelernt haben, und wenn das der Fall ist, so ist die diesmalige Niederlage zu verschmerzen, um so leichter, als ja mit den beiden Siegern alte erprobte Kämpen im Felde waren, deren einer, Bailey, die Weltmeisterschaft bereits dreimal (1909 in Kopenhagen, 1910 in Brüssel und 1911 in Rom) gewonnen hat, während Meredith sogar schon sechsmal die Ehre des Allerbesten im Kampf der Besten davontrug und seinen siebenten Sieg buchen konnte."*

Christel Rode auf Rang drei

Während die Fachleute den Londoner William Bailey ohnehin als Favoriten dieser Weltmeisterschaft ansahen, wußte der zwei Brite Ryan zu überraschen. Er erwies sich im Turnier als der Joker. Nachdem er im Vorlauf gegen Christel Rode unterlegen war, führte ihn sein Weg über alle Hoffnungsläufe und starke Gegner bis ins Finale, wo er erneut Rode und dem überragenden Bailey gegenüberstand. Im Hoffnungslauf konnte Ryan dem Berliner Olympia-Zweiten Goetze das Nachsehen geben und im Finale der Hoffnungsläufe den starken Italiener Luigi Sasso, Erich Liebenow aus Berlin und den weitgereisten Neuseeländer Taylor bezwingen. In der Vorentscheidung setzte er sich gegen Henri Bellivier (Frankreich) und den für Rußland angetretenen polnischen Fahrer Schönerstädt aus Lodz durch.
Bailey hatte wenig Mühe, im Zwischenlauf den Schweizer Ernst Kaufmann auszuschalten, dessen große Zeit (Profi-Weltmeister 1925 und weitere fünf WM-Medaillen als Zweiter und Dritter!) allerdings erst noch kommen sollte. Und Christel

Rode? Der von Hamburg nach Mainz gewechselte Athlet, der 1911 die inoffizielle Weltmeisterschaft und 1913 den Deutschen Meistertitel im Sprint gewonnen hatte, kam mit dem Glück des Tüchtigen ins Finale. Sein Rivale Bancroft, dem er knapp unterlegen war, wurde disqualifiziert, weil er Rode überdeutlich behindert und aus der Bahn gedrückt hatte.
Vor nahezu 12.000 Zuschauern hatte der Deutsche Meister aber im Finale keine Chance gegen die Engländer. William Bailey war der Held des Tages und der Weltmeisterschaft und nahm - stürmisch gefeiert vom fairen Publikum - mit seinem Adlatus Ryan die ersten beiden Ränge in Beschlag. Christel Rode war Dritter unter den Besten geworden; in der großen Arena, die eigentlich dem olympischischen Wettstreit gewidmet war, diesen aber wegen der deutschen Aggressionspolitik nie erleben sollte...

Starker Meredith, guter Axel Beyer

150 Runden waren in der Weltmeisterschaft der Steher zurückzulegen, um die Distanz von 100 Kilometern zu erreichen. Die Zahl der Bewerber war hier naturgemäß geringer, denn welche echten Amateure konnten sich schon die teuren Motoren und die Kosten der Schrittmacher leisten. Diese Überlegungen beschäftigten auch die UCI. Und so hatten deren Delegierten beim Weltkongreß im Berliner Hotel „Russischer Hof" nicht nur über den deutschen - vom VDR eingebrachten - Antrag über eine Vereinheitlichung der technischen Bestimmungen im Stehersport zu beraten, sondern diskutierten auch über die Abschaffung der Amateur-Steherrennen. In Berlin und ein Jahr darauf in Kopenhagen wurden sie noch ausgetragen. Bei der Wiederaufnahme der Weltmeisterschaften nach dem Ersten Weltkrieg, 1920 in Antwerpen, waren sie gestrichen, und im darauffolgenden Jahr wurden sie durch die erstmals durchgeführten Straßen-Weltmeisterschaften für Amateure ersetzt.

In Berlin aber versuchten im weiten Rund des Deutschen Stadions, sechs Rivalen dem Steher-König Leonard Meredith die Krone zu entreißen. Vergeblich, der Titel wurde auch diesmal nach London entführt.

Über das Steher-Championat hieß es in der Deutschen Rad- und Kraftfahrer-Zeitung: *„Beim 100-km-Meisterschaftsfahren fiel das gute Fahren Beyers allgemein auf, und es machte fast den Eindruck, als sollte dieser Deutsche dem gefürchteten Engländer (gemeint ist Leonard Meredith) kräftig zusetzen und ihm den Sieg streitig machen. Es gab auch im Beginn des Rennens Augenblicke, die für die Möglichkeit des Sieges des Dresdners sprachen; so gab es einen aufregenden Stellungskampf in der 42. Runde, der aber unter dem donnernden Jubel zu ungunsten des Engländers entschieden wurde, sein Versuch, Beyer hier zu überrunden, wurde gänzlich abgeschlagen.*

Leider versagte Axel Beyer später, und die siegesgewisse Miene Nasos, des Schrittmachers von Leonard Meredith, wandelte sich immer mehr nach der Triumphseite, was man dem schneidigen Führer, der seine Aufgabe spielend erledigte, auch nachzufühlen vermag. Gänzlich versagt hat Bartlett, der verschiedentlich absteigen mußte und des öftern schwamm. Der Holländer Blekemolen war nächst

Beyer bei den Zuschauern der beliebteste; er bekam zu allgemeinem Bedauern einen heftigen Wadenkrampf und mußte deshalb in der 142. Runde einer Massage unterworfen werden. Mit Schneid ging er jedoch dann wieder hinter den übrigen in den Kampf."

Cornelius Blekemolen aus Amsterdam, der Dritte von Berlin, sollte noch in die Geschichte des Radsports eingehen. Im Jahr 1914 gewann er in Kopenhagen den Weltmeistertitel der Amateur-Steher. Das war nicht nur die einzige Meisterschaftsentscheidung wegen des Ausbruchs des Weltkrieges, sondern auch Ende der Ära Merediths und seiner Rivalen.

Der Amateur-Stehersport wurde erst im Jahr 1957 beim Weltkriterium der Dauerfahrer in Leipzig wieder international „salonfähig". Die erste Weltmeisterschaft nach Blekemolens Sieg 1914 wurde in seinem Beisein im August 1958 in Leipzig ausgetragen...

Der Engländer Leonard Meredith - geboren am 2. Februar 1883 - gehörte zu den erfolgreichsten Akteuren nach der Jahrhundertwende. Er wurde in seiner Heimatstadt London Olympiasieger und eroberte zwischen 1904 und 1913 sieben Mal den Weltmeistertitel der Amateursteher. Er verstarb im Januar 1930 während einer Skitour in der Schweiz an einem Herzschlag.

William Bailey
Geboren 6. April
1888, verst. 1971

Champion und Gentleman seiner Zeit

(Text aus dem Nachruf zu William Baileys Ableben 1971)

William Bailey, der viermalige Weltmeister im Sprint der Amateure, konnte auf eine außergewöhnlich erfolgreiche und lange Karriere im Rennsattel verweisen. Seine sportliche Laufbahn begann er als Student des "London Polytechnic" – einer technischen höheren Lehranstalt – im Jahre 1908. Bis zu seinem Übertritt zu den Amateuren im Jahre 1909 gewann er sämtliche von ihm bestrittenen Wettbewerbe in der Jugendklasse. Bereits in seinem ersten Jahr als Amateur gewann er die nationalen Meisterschaften über eine und über 5 Meilen. Das brachte ihm eine Fahrkarte nach Kopenhagen ein, wo er als Vertreter des englischen Verbandes an der Weltmeisterschaft teilnahm und auf Anhieb Weltmeister der Sprinter wurde. Er siegte vor dem Deutschen Karl Neumer aus Dresden und dem Franzosen Maurice Schilles.

Mit diesem Titel bürdete Bailey sich selbst eine Verpflichtung auf. Er hatte sich als bester Sprinter der Welt erwiesen, und diesen Status behielt er bis 1914 mit übergroßem Erfolg. Im Jahre 1910 verteidigte er seinen Weltmeistertitel in Brüssel, 1911 in Rom, 1913 gewann er ihn in Leipzig zurück. Den Sieg des Jahres 1912 verpaßte er sicherlich nur, weil der englische Verband nicht die Mittel aufbringen konnte, ihn nach Newark in Amerika zu entsenden. Danach verhinderte der erste Weltkrieg die Fortsetzung der Serie.

Bis 1930 saß Bailey, inzwischen als Berufsfahrer, im Rennsattel und beendete seine Laufbahn nach

über 20 Jahren aktiver Betätigung als Rennfahrer. Die Gegner seiner Zeit sind bis heute unvergessen. Unter ihnen befanden sich so großartige Könner wie Spears, Rütt, Kaufmann, Moeskops, Ellegaard, Michard, Poulain und Friol, um nur einige Namen zu nennen.

Bailey, der bei vielen großen internationalen Radsportereignissen - unter anderen auch bei den Rad-Weltmeisterschaften 1934 in Leipzig - als Gast dabei war, galt als großartiger Plauderer und Gesellschafter; er hatte ein äußerst gutes Erinnerungsvermögen bis ins hohe Alter hinein. Mit Pointen gespickt und bis in die kleinsten Einzelheiten konnte er noch Vorkommnisse schildern, die fünfzig oder mehr Jahre zurücklagen. Er war aufrichtig in seiner Gesinnung und erfreute sich guter Gesundheit bis zu dem Tag, an dem er mit dem Rad stürzte.

Bill Bailey erlitt einen Beckenbruch und weitere komplizierte Brüche, die die Amputation eines Beines erforderlich machten. Damit war er zu langem Krankenlager verurteilt. Es schien so, als ob Bailey diesen im hohen Alter erlittenen Schicksalschlag noch einmal mit eisernem Willen überwinden könnte. Doch das Schicksal war gegen ihn. Nach langem Siechtum starb der viermalige Weltmeister im Alter von 82 Jahren in einem Krankenhaus in seiner Heimatstadt London.

Die großen Erfolge William Baileys:

Amateur-Weltmeister 1909, 1910, 1911, 1913 (1912 nicht dabei, weil der englische Verband ihm nicht die Reise nach Newark /New Yersey bezahlen konnte!); Sieger im Grand Prix de Paris 1910, 1911, 1912, 1913;
Berufsfahrer ab 1914;
Sieger im Criterium d'Europe in Paris 1914, G.P. der Union Velocipedique Francaise 1920, G.P. Bordeaux 1921, G.P. Reims 1922, G.P. Marseille 1927.

Guignard und Rütt erstmals im Zenit

Leipzig-Sportplatz
28.-31. August 1913

Die vielen Vorankündigungen und die Nachrichten von den vorausgegangenen Weltmeisterschaften der Amateure in Berlin hatten für Spannung und Vorfreude in der sächsischen Metropole gesorgt. Und so gab es überfüllte Ränge in Leipzig. Allein zum Finale wurde mit Genugtuung in der Presse registriert: *„Mehr denn 20 000 Sportfreunde und -freundinnen, die letztern in heller sommerlicher Kleidung, dem Ganzen den Stempel eines gesellschaftlichen Ereignisses aufdrückend, umstanden in gedrängter Fülle die Planken der schmucken Bahn am Rosental."*

Sie hatten Grund zu jubeln, denn in der so umkämpften Disziplin der Berufssprinter leuchtete diesmal der Stern des großen Walter Rütt. Mehr als ein Jahrzehnt schon hatte er in den Großen Preisen im In- und Ausland Erfolg auf Erfolg aneinandergereiht, alle namhaften Fahrer der Welt geschlagen. Nur die Weltmeisterschaft war dem Sieger der Sechstagerennen in den Hochburgen New York und Berlin noch entgangen. Bis zu den Augusttagen in Leipzig. Rütt, der nach seinen Stationen Aachen, Düsseldorf und Köln Wahl-Berliner geworden war, schien in jenem Sommer 1913 in der Form seines Lebens. Jedenfalls hatte er schon im Vorfeld der Weltmeisterschaften nacheinander die klassischen Grand Prix-Rennen gewonnen. In Paris sorgte er nach neunjähriger Pause wieder für einen deutschen Sieg, als er den Franzosen Pouchois und Moretti (Italien) niederkanterte, auf der Olympiabahn in Berlin gewann er den Großen Preis vor Otto Meyer und Willy Arend und in Kopenhagen schließlich gab er Andre Perchicot (Frankreich) und dem Dänen Thorvald Ellegaard das Nachsehen. Da es von Kopenhagen direkt nach Leipzig ging, konnte der hohe Favorit nur Walter Rütt heißen...

Bei den Dauerfahrern gelüstete es einem anderen, endlich Weltmeister zu werden. Dieser andere hieß Paul Guignard, der schon seit der Jahrhundertwende zu den großen Könnern hinter dem Motor gehört hatte. Wie Rütt wurde er erstmals in Leipzig Titelträger, nachdem er schon viermaliger Europameister gewesen war.

Die Radrennbahn in Leipzig - Lindenau

Die Radrennbahn Sportplatz Lindenau - deren Ausmaße bei der WM 1908 betrachtet wurden - zog die Zuschauer wie ein Magnet an. Zu den großen Steherrennen kamen zigtausende Leipziger, um ihren Liebling Thaddäus Robl (er gab den Sportplatz Lindenau als feste Adresse an!) siegen zu sehen. Er erreichte auch am 2. Juni 1901 in Lindenau mit 65,512 km in der Stunde den ersten Weltrekord auf deutschem Boden. Einen Zuschauerrekord gab es im Juni 1904, als 18.000 Besucher den Badener Karl Käser (er war 1900 der erste deutsche Sechstagefahrer in New York) in einem 75-km-Steherrennen vor dem Schweizer Fritz Ryser als Sieger feierten. Zwei Monate später stürzte er in Plauen und verstarb.
Auch die Leipziger Piste ist mit derart tragischen Ereignissen verbunden. Bei der EM 1905 kam der Kölner Willy Schmitter zu Fall und erlag seinen schweren Verletzungen. Mit dem Holländer Piet van Nek gab es 1914 ein weiteres Opfer. Am 1. Juni 1927 verlor der beliebte Berliner Franz Kupkat bei einem Sturz sein Leben...

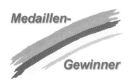

Leipzig

BERUFSFAHRER

Sprint
1. Walter Rütt
   (D - Berlin)
2. Thorvald Ellegaard
   (Dänemark)
3. André Perchicot
   (Frankreich)

Steher
1. Paul Guignard
   (Frankreich)
2. Jules Miquel
   (Frankreich)
3. Richard Scheuermann
   (D - Breslau)

Der weltbeste Sprinter siegte

Für das Finale von Leipzig hatten sich die drei Besten des vorausgegangenen Grand Prix in Kopenhagen qualifiziert. Rütt hatte zuvor im Zwischenlauf dem französischen Exweltmeister Emile Friol und Eugen Stabe das Nachsehen gegeben, Ellegaard den gefürchteten Franzosen Leon Hourlier sowie Clemens Schürmann ausgeschaltet, und der schnelle Perchicot hatte sich gegen Otto Meyer und den in Bestform befindlichen früheren Weltmeister Gabriel Poulain behauptet.

Es begann das mit Hochspannung erwartete große Finale um den Weltmeistertitel 1913, das in der Chronik so beschrieben ist: *„Der Lauf begann mit Stillstandsversuchen, bis Ellegaard an die Spitze geht und bis auf die Gegengerade führt, wo der Lauf wiederum stockt. Ellegaard muß die Führung auch weiter behalten, erleidet jedoch am Ende der Kurve Reifenschaden, und ein neuer Lauf beginnt, in dem Ellegaard ebenfalls die Spitze nimmt. Rütt bleibt dicht hinter ihm, und Perchicot bildet den Schluß. Auch die 2. Runde sieht diese Reihenfolge. Ellegaard klettert in der Kurve hoch, seine Gegner tun dasselbe. 300 m vor dem Ziel beginnt der Däne mit dem Spurt und liegt 1 1/2 Längen vor Rütt, der sich erst eingangs der Zielkurve, als der Franzose plötzlich neben ihm erscheint, zum Angriff entschließt. 200 m vor dem Ziel liegt Rütt noch eine klare Länge hinter dem Dänen, aber in der Kurve arbeitet er sich Meter um Meter heran, und in der Zielgeraden liegen beide auf gleicher Höhe. Der Franzose liegt nun am Hinterrad Rütts, der nun sein Letztes hergibt und den Dänen überlegen niederringt. Perchicot kommt über das Hinterrad Rütts nicht hinaus und kann in die Entscheidung nicht eingreifen, endet aber mit dem Dänen fast im toten Rennen."*

Die Begeisterung war riesig. Und dieser euphorischen Stimmung entsprach auch der Kommentar der berühmten „Rad-Welt", die konstatierte: *„Mit Rütt hat der beste Fahrer der Welt die Weltmeisterschaft gewonnen, denn wir wüßten keinen Fahrer, der dem Rheinländer zur Zeit ebenbürtig wäre. Drei Große Preise stehen auf seinem Konto, und die überlegene Art, in der Rütt auch die Weltmeisterschaft gewann, läßt erkennen, daß der Würdigste den Ehrentitel errungen hat. Rütts Sieg wurde mit großem Jubel aufgenommen und im Triumph wurde der neue Weltmeister von seinen Kameraden zur Zielrichtertribüne getragen, wo ihm der Lorbeerkranz um die Schultern gehängt und die Meisterschaftsmedaille an die Brust geheftet wurde. Seit Robls Siegen hat die Leipziger Bahn keinen so ehrlich begeisterten Beifall mehr gehört..."*

Nicht nur der neue Weltmeister, sondern auch seine Rivalen und die anderen deutschen Sprinter erhielten gute Kritiken. Das galt vor allem für die in die Zwischenläufe gelangten Otto Meyer, Eugen Stabe und Clemens Schürmann, der in seinem Vorlauf sogar dem ehemaligen Weltmeister Friol das Hinterrad gezeigt hatte. Aber auch die - wie Rütt - in den Sechstagerennen erprobten Akteure wie Willy Arend und Willy Lorenz zeigten gute Leistungen. Lorenz mußte sich im Hoffnungslauf von Friol geschlagen geben, der an diesem Tage erst im Zwischenlauf von Rütt gestoppt wurde. Viel Lob auch für Thorvald Ellegaard. Er war beim Grand Prix in Paris schwer gestürzt und hatte sich seine Form wieder erarbeiten müssen. In Leipzig bewies er, daß er auch noch ein Dutzend Jahre nach dem ersten Weltmeisterschaftssieg in Berlin (1901) von seinem Können nichts eingebüßt hatte. *„Man ist gezwungen"*, so die „Rad-Welt", *„den alten Weltmeister wieder in die erste Reihe der internationalen Extraklasse zu stellen."* Ellegaard galt bei dem eine Woche nach der Leipziger Weltmeisterschaft in Berlin durchgeführten Großen Preis von Deutschland als der wichtigste Herausforderer des neuen Weltmeisters. *„Rütt wird aber nicht nur die Zielscheibe des Dänen sein, denn auch alle anderen Fahrer brennen darauf, dem zurzeit besten Fahrer der Welt*

Weltmeistertitel für Walter Rütt!

Im dreizehnten Jahr seiner Berufsfahrer-Laufbahn gelang dem herausragenden Sechstagefahrer und großartigen Sprinter endlich der große Wurf. Auf der Leipziger Sportplatz-Rennbahn wurde er Weltmeister und von seinen Anhängern samt Rennmaschine begeistert auf die Schultern gehoben.

Im Endlauf war sein mächtiger Spurt nicht zu stoppen. Auf der Zielgeraden zog er vehement am siebenmaligen Champion Thorvald Ellegaard (rechts) vorbei. Auch Frankreichs As Andre Perchicot hatte keine Chance, den Deutschen zu halten.

eine Niederlage zu bereiten. Ganz besonders gilt dies von Otto Meyer, Hourlier, Perchicot und Poulain, von denen jeder in der Lage ist, den Rheinländer zu schlagen, wenn er sich auch nur die geringste Blöße gibt."

Aber Walter Rütt zeigte keine Schwachstelle. Er verwies noch in Leipzig als Gewinner des Inländer-Prei-

Guignard geführt von Bertin u. Weiss.

ses seinen schärfsten deutschen Rivalen Otto Meyer in die Schranken, und das gleiche gelang ihm wenige Tage darauf bei der Weltmeisterschaftsrevanche, dem Großen Preis von Deutschland, in Berlin. Auf der Olympiabahn gewann der Weltmeister vor Otto Meyer und seinem Dauerrivalen Thorvald Ellegaard.

Paul Guignard im Glück, Carl Saldow im Pech

Nach vier Vorläufen, in denen schon so starke Rivalen wie Georges Serés (Frankreich), Anton Timmermans (Holland), Tommy Hall (England), die Berliner Arthur Stellbrink, Gustav Janke, Bruno Demke und Albert Schipke, der Leipziger Weltrekordler Walter Ebert und Jean Esser (Köln) ausgeschieden waren, hieß der eigentliche Favorit der 100-km-Weltmeisterschaft Victor Linart. Der sieggewohnte Belgier führte auch bis zum 40. Kilometer unangefochten. Danach allerdings war es mit seiner Moral am Ende, denn als ihn der Berliner Carl Saldow und der Franzose Paul Guignard überholten, stieg er - in der Gewißheit, an diesem Tage nichts mehr ausrichten zu können - vom Rad und gab auf. Nun schien Carl Saldow der Mann des Tages zu werden, doch der Berliner Sechstagespezialist hatte Pech, weil der Motor mehrfach streikte und er gewonnenes Terrain immer wieder verlor.

In der 174. Runde gelangte Paul Guignard endgültig an die Spitze und vermochte sich auf der folgenden Siegesfahrt mühelos seiner noch im Rennen liegenden Rivalen Jules Miquel, Richard Scheuermann und Paul Thomas zu erwerben, während Saldow, durch sein Pech entmutigt, in der 191. Runde aufgegeben hatte. Auch der ehemalige Weltmeister Robert Walthour (USA) hatte da, ebenso wie Piet van Nek (Holland), schon die Segel gestrichen.

Unglück bei der WM-Revanche in Köln

Nur eine Woche nach den Weltmeisterschaften von Leipzig gab es am 6. September 1913 beim Großen Preis der Stadt Köln ein schweres Unglück, durch das der internationale Stehersport in jenen Jahren erneut einen empfindlichen Rückschlag erlitt.

Der amerikanische Schrittmacher Gussie Lawson führte im Rekordtempo „seinen" Weltmeister Paul Guignard (Frankreich) um die Bahn, erlitt Reifenschaden und stürzte unter seinen Motor. Die unmittelbar folgenden deutschen Schrittmacher Gustav Geppert und Emil Meinhold konnten nicht mehr ausweichen und stürzten ebenfalls wie auch Gepperts Schützling Richard Scheuermann, der Dritte von Leipzig.

Zwei Tote mußte man an diesem Tage von der Kölner Bahn tragen: Gussie Lawson und den Breslauer Meisterfahrer Richard Scheuermann, der nach diesem Sturz noch einmal aufgesprungen war, aber dann seinen Verletzungen erlag.

Wie ich in Leipzig Weltmeister wurde

Das Jahr 1913 war mein bestes Rennjahr. Von den deutschen Fahrern waren Henry Mayer, Otto Mayer, Schürmann und Stabe auf der Höhe ihrer Form. Die Ausländer Hourlier, Friol, Poulain, Perchicot und Ellegaard waren meine Hauptgegner. An einem Donnerstag wurden die Vorläufe ausgefahren. Vor Beginn der Rennen, die um 3 Uhr nachmittags anfangen sollten, ließ ich mich rasieren. Als ich aus dem Laden kam, der gegenüber der Radrennbahn lag, hörte ich laut rufen: "Da ist er!" Es galt mir. Was konnte passiert sein? Die Leute waren so aufgeregt. Man lief auf mich zu. "Schnell, schnell, kommen Sie", hieß es, "die Franzosen wollen nicht warten."

"Was? Wie? Es ist 2.35 Uhr und die Rennen beginnen um 3 Uhr." "Nein, die Rennen haben schon 2.30 Uhr angefangen, und man wartet auf Sie."

Na, da gab es einen Ruck, und ich lief, was ich konnte, schon auf dem Wege mich ausziehend, in die Kabine. Im nächsten Augenblick war ich im Trikot. Pfleger Flamm nahm ohne ein Wort mein Rad auf die Schulter und lief zum Start, ich hinterher. Und wirklich, am Startplatz standen meine Gegner und auch die Herren von der Rennleitung und warteten auf mich. Ich bekam nur Unangenehmes zu hören. Ich antwortete nicht, und als wir gestartet waren, gewann ich meine Ruhe wieder und – auch den Vorlauf.

Es stellte sich nachher heraus, daß die Rennen wohl um 3 Uhr beginnen sollten, aber wegen der vielen Vorkämpfe eine halbe Stunde früher angesetzt waren. Da Änderungen im Programm vorbehalten waren, hatte ich wohl Unrecht, und es gab

eine aufregende Auseinandersetzung, was wohl passiert wäre, wenn ich noch später gekommen wäre. Flamm aber schnitt allen das Wort ab: "Unsinn, wir haben unseren Vorlauf gewonnen und sind am Sonntag fünf Stunden vorher auf der Bahn."

Bis zum Sonntag erzählte man sich Wunderdinge über den Franzosen Poulain. Er hätte in den frühen Morgenstunden Probespurts gemacht und fabelhafte Zeiten erreicht. Und am Sonntag vor dem Rennen hatte jemand an meine Kabinentür geschrieben: "Poulain, Weltmeister 1913". Aber das war kein Mittel, mich nervös zu machen.

Endlich kamen die Zwischenläufe der Berufsflieger-Weltmeisterschaft. Ellegaard schlug Hourlier mit Reifenstärke und Schürmann, Perchicot ließ Otto Mayer und Poulain hinter sich, und ich mußte Friol und Stabe schlagen, um in den Endlauf zu kommen.

Nun waren dieselben Leute im Endlauf wie sieben Tage vorher beim "Großen Preis von Kopenhagen". Dort hatte ich alle drei Endläufe gewonnen und kannte meine Gegner genau. Ich war zum fünften Male im Endlauf der Weltmeisterschaft und mußte an die Wort meines Vaters denken. Dieser hatte mir oft gesagt: "Wenn du einmal 30 Jahre alt bist, wirst du den Höhe-

punkt deiner Kraft erreicht haben, und dann kannst du auch einmal Weltmeister werden."

Nun war ich also 30 Jahre alt und wirklich körperlich stark, und als ich diesen Gedanken noch nachging, wurden wir zum Endkampf gerufen. Als ich die weite Runde der Leipziger Bahn mit den 25 000 Zuschauern übersah, sagte ich mir, heute oder nie! Du kämpfst gegen zwei Ausländer auf deutschem Boden!

Der Endlauf mußte zweimal gestartet werden. Ellegaard hatte noch vor der Glocke Reifenschaden. Nach dem zweiten Start konnte ich Ellegaard zur Führung zwingen und so den hinter mir liegenden schnellen Perchicot besser überwachen. Ellegaard fuhr ein kluges Rennen und teilte seine Kraft gut ein. Er wußte, daß ich, wenn Perchicot mich nicht zum Angriff auf ihn trieb, erst von der Kurve bis zum Ziel angreifen würde. Perchicot kam auf der Gegengeraden nicht zum Angriff, ich spurtete an Ellegaard vorbei und hielt auch Perchicot sicher.

Ich weiß noch, daß ein unbeschreiblich schönes Gefühl des Triumphes mich erfaßte, als das Publikum in der Auslaufrunde mir begeistert zujubelte und meine Kameraden mich auf ihren Schultern zum Ziel brachten, wo mir der Vorsitzende der UCI die goldene Weltmeisterschaftsmedaille anheftete und die goldgestickte Schärpe umhing. Es war alles wie ein Traum, und es ist mir unmöglich, alles zu Papier zu bringen, was nach dem Erreichen eines nach Jahren gesteckten Zieles auf mich einströmte.

Aus Walter Rütts Erinnerungen (1934)

Walter Rütt – der Herr der Räder

Wohl kaum ein anderer deutscher Rennfahrer hat in der ersten Hälfte des 20. Jahrhunderts für so viele Schlagzeilen gesorgt wie Walter Rütt. Als einer der herausragenden Vertreter des internationalen Sprints ist sein Name mit goldenen Lettern in der Chronik der Weltmeister und der Gewinner der größten Grand Prix in Paris und Kopenhagen verzeichnet. Sein Name ist untrennbar verbunden mit dem Aufstieg des Sechstagesports in Europa, aber vor allem in Berlin.

Als Walter Rütt am 23. Juni 1964 im Alter von 80 Jahren in Berlin für immer die Augen schloß, folgte er seinem langjährigen Freund und Rivalen Willy Arend nur um drei Monate. Beide gehörten zu den herausragenden deutschen Sprintern, die in den internationalen Arenen für Aufsehen und Erfolge sorgten. Sowohl Willy Arend, der Weltmeister des Jahres 1897, als auch Walter Rütt als Titelträger 1913 standen mit ihrem Lehrmeister

August Lehr am Anfang einer großen Sprinttradition der Deutschen. Walter Rütt hatte nicht nur als aktiver Sportler, sondern auch als Sportlicher Leiter, Rennveranstalter und Trainer maßgeblichen Anteil an der Entwicklung seiner Sportart in Deutschland. Bis ins hohe Alter gab er seine reichhaltigen Erfahrungen weiter.

Mit 16 Jahren war der am 12. September 1883 in Morsbach bei Aachen geborene Walter Rütt aktiver Radsportler geworden. Als Amateur verbuchte er zahlreiche Erfolge, zuletzt bei den Deutschen Meisterschaften des Jahres 1900 in Magdeburg, als er trotz eines verstauchten Handgelenks im Kaiserfahren hinter Albert Leopold Zweiter wurde. Eine Woche später startete er auf Anraten August Lehrs erstmals als Berufsfahrer. Dieser und auch Henry Mayer gaben dem jungen Mann so manchen Ratschlag, den der hoch veranlagte, ehrgeizige und trainingsfleißige Walter Rütt zu beherzigen wußte.

Da konnten Erfolge nicht ausbleiben. Am 9. Juni 1901 landete er den ersten großen Sieg als Berufsfahrer, als er in Halle an der Saale das Hauptfahren gegen den Holländer Guus Schilling und die Deutschen Albrecht, Huber und Henry Mayer gewann. Als er wenig später auch den Großen Preis von Hamburg zu seinen Gunsten entschied, fuhr Henry Mayer mit ihm zur ersten großen Prüfung, dem Grand Prix de Paris, der nach den Weltmeisterschaften bedeutendsten Veranstaltung. An der Seine schlug Rütt wie eine Bombe ein. Er bezwang den beliebten Willy Arend und Edmond Jacquelin, den Liebling der Franzosen. Im Endlauf mußte sich der „Nobody" nur äußerst knapp dem Weltmeister Thorvald Ellegaard beugen.

Damit stand Walter Rütt als gerade 18jähriger plötzlich im Rampenlicht und erhielt unzählige Startangebote. Vor allem im Ausland begeisterte der inzwischen nach Duisburg übergesiedelte Rheinländer, der in den folgenden unterschiedlichsten Wettbewerben alle Großen des internationalen Sprints von Thorvald Ellegaard bis zu Mayor Taylor, dem farbigen Wundersprinter aus den USA, bezwingen konnte. Lediglich bei den Weltmeister-

Rütt brachte als New York-Sieger den Sechstagesport nach Europa

schaften mußte Rütt bis zu seinem 30. Lebenjahr, bis zu den Titelkämpfen 1913 in Leipzig warten, bis ihm der ganz große Sieg gelang.

Da eilte ihm aber längst der Ruf, einer der besten Sechstagefahrer der Welt zu sein, voraus. Bei seiner zweiten Australienreise, auf der in Sydney auch sein Sohn Oskar geboren wurde (später selbst ein guter Sprinter/3. der DM 1923), hatte er bei den Rennen den Amerikaner Floyd MacFarland kennengelernt. Dieser war von Rütts Qualitäten überzeugt und wählte ihn für das New Yorker Sechstagerennen 1906 zum Partner. Beide wurden auf Anhieb Dritte, und als Rütts Vertrag erneuert wurde, gelang ihm 1907 mit dem Holländer John Stol der Sieg! In den beiden folgenden Jahren verbuchte Walter Rütt, erneut mit Stol, den zweiten Rang und 1909 den Sieg mit dem Australier Jack Clark.

Diese Erfolge lösten in Deutschland eine wahre Sechstage-Euphorie aus. Immer mehr Veranstalter aus unzähligen deutschen Städten interessierten sich für diese Wettbewerbe und versuchten sich in diesem Metier. Der Wahl-Berliner Georg Hölscher aber veranstaltete im März 1909 als Erster ein Sechstagerennen in den Ausstellungshallen am Zoo. Dieser erste deutsche und europäische Wettbewerb war auch zustandegekommen, weil Walter Rütt uneigennützig seine Erfahrungen preisgab. In Paris stand er dem Radsport-Journalisten und Experten Fredy Budzinski Rede und Antwort, der die wertvollen Ratschläge nach Berlin übermittelte.

Beim 1. Berliner Sechstagerennen, das vom 15. bis 20. März 1909 ausgetragen wurde, fehlte Rütt allerdings, weil er wegen seiner Auslandsstarts einen Gestellungsbefehl verpaßt hatte und sich deshalb nicht nach Deutschland wagte. Dank der Fürsprache des deutschen Kronprinzen, der das Sechstagerennen in Berlin erlebt hatte, wurde Rütt begnadigt. Seine Reverenz: Er gewann die nächsten vier Berliner Sechstagerennen in Folge! Über den Jahreswechsel 1909/10 siegte er mit Jack Clark und in den drei folgenden Rennen mit John Stol! Dazu kamen die Siege in Frankfurt am Main 1911 mit John Stol und 1912 in New York mit dem Amerikaner Joe Fogler.

Dem glücklichsten Moment seiner Laufbahn, dem Sieg in der Weltmeisterschaft 1913, bei der er in Leipzig seinen langjährigen Rivalen Thorvald Ellegaard

bezwang, folgten schwere Zeiten, als Walter Rütt Ende 1913 auf dem Pariser Vel d'Hiv schwer stürzte und einen Schädelbruch erlitt.

Nach monatelangem zähem Ringen gesundete Rütt wieder und setzte sich erneut auf das Rad. Sein Neubeginn erfolgte beim zweiten Pariser Sechstagerennen im Wintervelodrom, und er errang mit Willy Lorenz den ehrenvollen zweiten Platz.

Der Ausbruch des ersten Weltkrieges überraschte Walter Rütt in Amerika. Er kehrte auf Umwegen als Oskar Walter-Dänemark zurück nach Kopenhagen zu seiner Frau, einer Schwester des berühmten dänischen Fahrers Orla Norr. Während des Krieges war Rütt in Berlin-Lankwitz in einer Kraftfahrzeugabteilung tätig. Das war auch der Zeitpunkt der endgültigen Übersiedlung nach Berlin, in die Stadt, der er bis zu seinem Tode treu blieb.

In Berlin war Walter Rütt noch bis zu seinem 42.Lebensjahr aktiv. 1925 gewann er das 13. Berliner Sechstagerennen mit Partner Emile Aerts aus Belgien. Es war sein neunter Sieg in 24 Rennen. Dann widmete er sich der Förderung des Radsports. Er wurde Sportlicher Leiter beim Berliner Sechstagerennen und avancierte dann auf der Rütt-Arena zum Veranstalter.

Als die Bahn abbrannte, fand Walter Rütt als Verkäufer im großen Berliner Radsporthaus Machnow einen neuen Wirkungskreis, bis er zum Reichssportlehrer, einer dem heutigen Bundestrainer vergleichbaren Funktion, berufen wurde und Sportler ausbildete und führte. Für sein Engagement im nationalsozialistischen Sport bekam Walter Rütt nach dem zweiten Weltkrieg harsche Kritik. Nach seiner Rehabilitierung war er aber in Ost und West Beispiel für deutsche Radsporttradition und bei wichtigen Veranstaltungen ein gern gesehener Ehrengast.

Über seinen Radsport hatte er immer etwas zu sagen. Und so war er bis zuletzt Autor unzähliger Ratschläge für den Radsport und Episoden aus seinem langen Leben für diesen Sport.

Walter Rütt ließ 1927 in der Neuköllner Hasenheide eine Holzbahn errichten (Foto links), die als Rütt-Arena in die Geschichte einging und als Mittelpunkt des Berliner Radsports galt. Sie wurde 1931 bei einem Brand völlig zerstört.

Für Walter Rütt – so hieß es in einer Veröffentlichung – "...war es wohl das schmerzlichste Erlebnis, diese mit großen Hoffnungen erbaute Stätte in einen Raub der Flammen verwandelt zu sehen, denn sie nahm ihm den Wirkungskreis, in dem er mit seiner ganzen Liebe zu seinem Sport aufging".

Deutsche Asse der dreißiger Jahre

Toni Merkens
Sprint-Weltmeister der
Amateure
1935 in Brüssel
Olympiasieger im
Sprint
1936 in Berlin

Walter Sawall
Steher-Weltmeister der Berufsfahrer
1928 in Budapest, 1931 in Kopenhagen

Albert Richter
Sprint-Weltmeister der
Amateure
1932 in Rom (im Foto mit Betreuer Ernst Berliner)

Carly Lorenz/Ernst Ihbe
Olympiasieger im Tandemmalfahren
1936 in Berlin

Walter Lohmann
Steher-Weltmeister der Berufsfahrer
1937 in Kopenhagen
(im Foto mit Adolf Schön)

Erich Möller
Steher-Weltmeister der
Berufsfahrer
1930 in Brüssel

Weltmeisterschaften 1927 wurden ein beispielhaftes Fest des Radsports

Bahnwettbewerbe in Köln und Elberfeld - Erstmals Straßen-Weltmeisterschaft der Berufsfahrer auf dem Nürburgring - Deutsche Amateur-Straßenfahrer und die Hallenradsportler kämpften im Rahmen der WM um die Meistertitel

Der Kölner Heinrich Stevens, der in den Jahren 1923 und 1924 als Präsident des Bundes Deutscher Radfahrer gewirkt hatte, leistete als Verantwortlicher des Organisationskomitees für die Rad-Weltmeisterschaften 1927 einen hervorragenden Beitrag für die Entwicklung und das Ansehen des deutschen Radsports. Die Weltmeisterschaften vereinten mehr Nationen denn je bei den gewohnten internationalen sportlichen Wettkämpfen. Sie wurden erstmals um eine Straßen-Weltmeisterschaft der Berufsfahrer erweitert und auf drei bedeutsame

Der Kölner WM-Organisator Heinrich Stevens

Wettkampforte aufgefächert. Die Titelkämpfe erwiesen sich zugleich als ein großes Fest des deutschen Radsports, weil in den Zeitraum der Weltmeisterschaften vom 14. bis 25. Juli 1927 zugleich eine Vielzahl Deutscher Meisterschaften integriert wurde, so daß das Rheinland einem Wallfahrtsort der Radsportenthusiasten glich. In Köln und Umgebung sowie in Elberfeld wurden die Amateur-Meisterschaften im Vereins-Mannschaftsfahren, im Bergfahren und im Einerstreckenfahren ausgetragen sowie die Titelkämpfe im Reigenfahren, Kunstfahren, Radball und Rasen-Radball durchgeführt.

Im Kölner Rathaus führte - von Oberbürgermeister Konrad Adenauer willkommen geheißen - die

Union Cycliste Internationale ihren 46. Kongreß durch. Zugleich war die Domstadt auch Treffpunkt für den 29. Kongreß der Bundes-Garde (heute Bundes-Ehren-Gilde), die mit ihren Mitgliedern alle Weltmeisterschafts-Veranstaltungen besuchte.

Die Weltmeisterschaften des Jahres 1927 waren ein leuchtendes Beispiel für die Integration aller Mitgliedsländer in den Weltverband. Das war für Deutschland gar nicht so selbstverständlich. Der Erste Weltkrieg und seine Folgen lagen wie ein dunkler Schatten über Europa. Für den Verursacher gab es keinen Platz in der Völkerfamilie. Deutschland wurde von den Olympischen Spielen 1920 und 1924 ebenso ausgeschlossen wie von der Mitgliedschaft in der UCI. Erst 1923 war die UCI bereit, die Teilnahme im Weltverband zu erneuern.

Um noch einmal an die zurückliegenden Weltmeisterschaften zu erinnern: noch 1913 hatte sich Deutschland mit den Veranstalterorten Berlin und Leipzig als guter Gastgeber erwiesen. Ein Jahr später konnte in Kopenhagen von den WM-Disziplinen wegen des Kriegsausbruchs nur das Steherrennen der Amateure abgeschlossen werden, und der Berliner Walter Stelzer erkämpfte mit Bronze für lange Zeit die letzte Medaille für den deutschen Radsport. Mit dem ihnen eigenen Selbstverständnis hatten die

BDR-Notizen aus dem WM-Jahr 1927

o Auf der Bundeshauptversammlung in Leipzig wurde der Dresdner Georg Schweinitz zum neuen Präsidenten des Bundes Deutscher Radfahrer gewählt.

o Exweltmeister Willy Arend und Gustav Nagel wurden vom BDR als Bundestrainer berufen, um die deutschen Amateure auf die Weltmeisterschaften 1927 vorzubereiten. Arend zeichnete - 30 Jahre nach seinem WM-Sieg - für den Bahnbereich, Nagel für den Straßenbereich verantwortlich.

o Der Deutsche Stehermeister der Berufsfahrer, Carl Wittig, gab nach einem schweren Sturz seinen Rücktritt bekannt. Er blieb dem Radsport treu und wurde Pächter und Veranstalter der Radrennbahn Breslau-Grüneiche.

Das „Rahmenprogramm" der WM 1927

Das Organisationskomitee unter Leitung von Heinrich Stevens machte aus den Weltmeisterschaften 1927 ein großes Radsportfest. Im Rahmen der internationalen Titelkämpfe gab es in der WM-Tagen vom 14. bis 25. Juli nicht nur ein großes Fest der Wanderfahrer, sondern gleich fünf Veranstaltungen, bei denen Deutsche Meisterschaften ausgetragen wurden.

In Köln fielen die Entscheidungen der Deutschen Meisterschaften im Reigenfahren, Kunstfahren und Radball (jeweils am 18.7.) sowie im Rasen-Radball (20.7.).

Drei Titelkämpfe waren dem Amateur-Straßenradsport vorbehalten: die Deutsche Meisterschaft im Vereins-Mannschaftsfahren über 100 km in Köln (16.7.), die drei Tage später ausgetragene DM im Bergfahren in Königswinter-Drachenfels (19.7.) und die DM im Einer-Straßenfahren in Elberfeld (23.7.).

Der Zuspruch der Zuschauer war riesig! Zumal alle Ziele einschließlich der WM-Startorte Köln, Elberfeld und Adenau am Nürburgring nahe beieinander lagen und durch zahlreiche Sonderzüge der Reichsbahn schnell erreichbar waren.

Amerikaner im Jahr 1915 - fern vom Kriege in Europa - selbst eine Weltmeisterschaft ausgeschrieben. In Newark, der amerikanischen Stadt, die schon 1912 WM-Ort war, schmückten sich die Einheimischen Frank Kramer (Berufsfahrer) und Hans Orth (Amateure) mit den Titeln im Sprint. Allerdings fehlte hier die Anerkennung durch die UCI, und so blieb diese „Weltmeisterschaft" ebenso wie die des Jahres 1911 in Dresden aus den offiziellen Annalen des Weltradsports verbannt...

In Antwerpen wurde 1920 ein neues Kapitel in der Geschichte der Weltmeisterschaften aufgeschlagen. Kopenhagen folgte im Jahr 1921 mit der Einführung einer Straßen-

Stehermeister und Botschafter Carl Wittig mit Schrittmacher Sepp Käser

Weltmeisterschaft für Amateure, die das einstige 100-km-Steherrennen ersetzte. Ein Jahr später trafen sich die Länder in Liverpool, wo wegen der schlechten Witterungsverhältnisse nur das Amateur-Straßenrennen (als Einzelzeitfahren) durchgeführt werden konnte. Angesichts der andauernden Regenfälle sahen sich die Organisatoren gezwungen, die Bahnwettkämpfe zurückzugeben. Unter mehreren Bewerbern für die Fortsetzung der Weltmeisterschaften entschied sich die UCI für Paris und das Prinzenparkstadion.

1923 in Zürich standen deutsche Fahrer erstmals wieder im Weltmeisterschaftskampf. Carl Wittig aus Berlin gewann im Steherrennen der Berufsfahrer Bronze und knüpfte damit wieder

an die zuletzt gewonnene Medaille von Walter Stelzer an.

In den nachfolgenden Jahren normalisierte sich der internationale Sportverkehr nach Verhandlungen zwischen Deutschland sowie Frankreich und England.

Dabei standen besonders die März-Tage 1924 im Blickpunkt: denn auf den Tag gleichzeitig erfolgte wieder der erste Start bei den Nachbarn. Steher Jules Miquel, der Vizeweltmeister 1913 von Leipzig und erfolgreiche Sechstagefahrer, ging auf dem berühmten „Nudeltopp" in Berlin-Treptow an den Start, während Carl Wittig nach Paris gereist war. Und beide vermochten sich bestens zu empfehlen: Miquel gewann den Großen Frühlingspreis vor Franz Krupkat, und Wittig wurde auf der Buffalo-Bahn Dritter hinter Paul Suter und Leon Parisot. Seine Blumen legte er im Innenraum der Bahn an dem dort befindlichen Denkmal für die im Weltkrieg gefallenen französischen Sportler nieder. Eine Woche später gewann Carl Wittig auf dieser Buffalo-Bahn ein Rennen vor Lèon Parisot und Leon Vanderstuyft. Schließlich startete 1926 Sprinter Paul Oszmella als erster Deutscher wieder in London...

Damit waren die entscheidenden Hindernisse beseitigt, und die Union Cycliste Internationale vergab auf ihrem Kongreß in Paris die Weltmeisterschaften an Deutschland.

Sieg im Grand Prix von Paris als gutes Omen für die WM

Mathias Engel und Lucien Michard

Der Grand Prix von Paris war in den Glanzjahren des Sprints ein unschlagbarer Gradmesser für das Können der Akteure. Wer in Paris gewann, sich gegen die nahezu vollzählig antretende Weltklasse durchsetzte, der hatte auch bei den nachfolgenden Weltmeisterschaften beste Voraussetzungen, das begehrte Regenbogentrikot zu gewinnen. Für den Kölner Mathias Engel ein gutes Omen. Er hatte das Jahr 1927 zwar mit einem schweren Sturz begonnen, sich aber dann mit doppelter Energie auf die in seiner Heimatstadt Köln stattfindenden Weltmeisterschaften vorbereitet. Engel, der an der Seite der Kölner Radsportgrößen Paul Oszmella und Peter Steffes aufgewachsen war, galt als ein schneller Mann, der mit unerschütterlicher Ruhe seine Gegner studierte und dann zu packen wußte. Damit gehörte er neben dem Holländer Antoine Mazairac und dem Franzosen Galvaing sowie dem Dänen Willi Falck-Hansen eindeutig zu den Favoriten für Köln.

Bereits 1926 hatte Mathias Engel nach nur zwei Jahren seiner Radsport-Laufbahn als Gewinner der Großen Preise in Kopenhagen und Paris für Furore gesorgt. Aber bei seiner ersten Weltmeisterschaftsteilnahme in Mailand mußte der Deutsche Meister der Amateure noch Lehrgeld zahlen. Ein Jahr später wies er nach, daß sein sportliches Talent gereift war. Ende Juni 1927 wurde er in überlegener Fahrweise Gewinner des Großen Preises von Kopenhagen vor seinem Teamgefährten Peter Steffes und dem dänischen Meister Willi Falck-Hansen, und wenige Tage darauf setzte er sich im Finale des Grand Prix von Paris sicher gegen die Gastgeber Roger Beaufrand und Leon Galvaing durch.

Derart gerüstet ging Engel mit seinen Kameraden Peter Steffes (Köln), Kurt Einsiedel (Dresden) und Fritz Graue (Leipzig) in die WM-Kämpfe in Köln. Auf der rekonstruierten Bahn gewannen alle vier

unter dem Beifall von den dichtbesetzten Tribünen ihre Ausscheidungsläufe. Erst die international erfolgreichen Könner Beaufrand und Falck-Hansen stoppten Einsiedel bzw. Graue in den Zwischenläufen. Steffes dagegen setzte sich nacheinder gegen den Tschechen Martinek, den Belgier Debunne und Vizeweltmeister Galvaing durch, bevor er in der Vorentscheidung gegen Falck-Hansen den kürzeren zog. Der Däne hatte

Köln,
17.-20. Juli 1927

Die Radrennbahn in Köln-Müngersdorf

Im Jahre 1921 begann der Bau der Radrennbahn in Müngersdorf. Nach Plänen des Dresdner Architekten Edmund Hellner wurde eine moderne Piste errichtet, die am 16. September 1923 in Anwesenheit des Oberbürgermeisters Konrad Adenauer eröffnet wurde. Für die Weltmeisterschaften 1927 wurde die 400 m lange Zementbahn erneut modernisiert, die Kurven noch um einen Meter erhöht. Die Tribünenkapazität wurde auf 25 000 Besucher erweitert. Dieser vorausschauende Standard erlaubte es, daß die Bahn auch noch 1954 Schauplatz der Weltmeisterschaften werden konnte.

Neben den Profi-Steher-Titelkämpfen 1928 und 1954 war die Bahn auch Schauplatz der Deutschen Amateur-Bahnmeisterschaften 1924, 1938, 1947, 1953, 1956 und 1963. Die letzten Rennen wurden 1971 auf der Müngersdorfer Bahn ausgetragen. Sie wurde 1981 abgerissen. Auf diesem Platz wurde die neue Albert-Richter-Bahn auf höchstem internationalem Niveau errichtet. Sie wurde 1996 eingeweiht und erlebte mit den Deutschen Bahnmeisterschaften '96 ihre erste Bewährungsprobe.

Das „Rahmenprogramm" der WM 1927 (2)

Interessant ist, wer damals die Titel eroberte. Bei den Vereins-Mannschaften war der RC Diamant Berlin nicht zu schlagen. Kapitän der Berliner, die Opel Rüsselsheim und Diamant Chemnitz (mit den Gebrüdern Wolke) auf die Plätze verwiesen, war kein geringerer als **Kurt Stöpel**, der in den nachfolgenden Jahren als Berufsfahrer bei der Tour de France (2. 1932) und im Giro Aufsehen erregte. Er wurde im Einzelrennen Fünfter.

Da triumphierte Heinrich Keßmeier vom RC Opel Rüsselsheim vor seinem Teamkameraden Alfred Ebeling und dem Leipziger Quandt. Neunter war Ludwig Geyer.

Im Bergfahren in Königswinter setzte sich auf einem 3,7 km langen Anstieg der Chemnitzer Diamant-Fahrer Erich Reim durch, der Jean Wollram (Schwalbe Solingen) und Titelverteidiger Willi Damm (Köln) auf die Plätze verwies.

In der Mannschaft des RC Bochum radelte damals ein noch unbekanntes Talent namens **Erich Metze.** Bei der nächsten Weltmeisterschaft in Deutschland, 1934 in Leipzig, stand Erich Metze als Steher-Weltmeister im Rampenlicht.

in diesem Halbfinale Steffes die Spitze überlassen, der dann alle Register der Behinderungstaktik zog. Er drückte den Gegner an die Umwehrung, drängte ihn stark nach außen und versuchte mit drei Schwenkern, den Kopenhagener zu bremsen. Aber der gewann dennoch überlegen und wurde im Finale zum Herausforderer von Engel.

Dieser hatte leicht alle Rivalen aus dem Weg geräumt: Jensen, den langen Dänen, dann Altmeister Bosch van Drakestein, im Zwischenlauf den erneut über den Hoffnungslauf weitergekommenen Jensen und im Halbfinale hatte er ganz sicher gegen Beaufrand gewonnen.

Damit war der Endlauf erreicht und mit dem Heimvorteil und den begeisterten Zuschauern im Rücken zum ersten Male wieder nach dem Weltmeisterschaftserfolg von Walter Rütt im Jahre 1913 der Griff nach einem Titel möglich.

Das große Finale in der stimmungsvollen Schilderung von Fredy Budzinski in der Bundes-Zeitung des BDR: *„Der Däne nimmt die Spitze und zieht die Kur-*

ve hinan. In der zweiten Kurve tritt Falck-Hansen an, stoppt aber bald wieder ab und - bleibt stehen. Engel pariert, muß aber als der schlechtere 'Steher' die Spitze nehmen. Glocke. Engel sieht sich nach seinem Gegner um und geht die vorletzte Kurve hoch, der Däne folgt ihm wie ein Schatten. Engel wird schneller, liegt aber noch immer am Außenrand, als der Däne in der Kurve herabstößt und, in den Pedalen stehend, sein Rad mit wuchtigen Tritten vorwärtstreibt. Der Deutsche läßt sich in diesem Moment noch Zeit, mit der Hand seinen Hinterradreifen abzustreifen, und als er sein Rad in Schwung hat, liegt er zwei Längen hinter seinem Gegner. Falck-Hansen spurtet mit wuchtiger Kraft, aber hinter ihm fliegt ein Engel, gleichsam als trügen ihn unsichtbare Schwingen. Der Menge erscheint der Moment kritisch und atemlos verfolgt sie die Entwicklung des Kampfes in der Zielkurve. Noch immer liegt der Däne vorn, aber dicht hinter ihm arbeitet die deutsche Präzisionsmaschine und ausgangs der Kurve erhält der Kölnische Menschmotor Frühzündung. Wie ein

Beginn der großen Ära erfolgreicher Kölner Sprinter

Pfeil vom Bogen fliegt Engel heran, kommt mit dem Dänen auf gleiche Höhe und streckt die Hand nach dem Siege aus. In diesem Moment erkennt die Menge die Gewißheit des deutschen Sieges und 25 000 Menschen springen in spontaner Begeisterung von ihren Sitzen empor: Wie ein Schrei der Erlösung rast das 'Hurra' über das Oval des Stadions und unter seinem Tosen gewinnt Mathias Engel mit lächelnder Miene die Meisterschaft der Welt..."

Die Begeisterung im Müngersdorfer Radstadion ließ sich kaum beschreiben. Jubel von 25.000 Zuschauern auf der Ehrenrunde, die direkt nach dem Zieleinlauf absolviert wurde, tosender Beifall bei der Siegerehrung, als UCI-Präsident Leon Breton dem neuen Weltmeister die Medaille überreichte und das Weltmeistertrikot überstreifte, Oberbürgermeister Dr. Konrad Adenauer ihm den Siegerkranz umhängte. Ein Triumphzug ohnegleichen, mit immer neuen Gratulanten, die den neuen Weltmeister umarmen und die Hände schütteln. Unter ihnen natürlich die Kameraden Oszmella, Rütt, Schorn, Stevens...

Ehre, wem Ehre gebührt. Das galt auch der Konkurrenz, die sich dem neuen Weltmeister beugen mußte: Willi Falck-Hansen und Antoine Mazairac. Über beide hieß es: *„Falck-Hansen hat das beste Rennen seines Lebens gefahren. Mut, Entschlossenheit und Tatkraft haben ihn zum Gegner Engels im Entscheidungslauf gemacht, aber seine Niederlage im Großen Preis von Kopenhagen gegen Engel sprach gegen ihn bei Abwägung der Chancen im Kampf um den Sieg. Ehrenvoll ist der dänische Meisterfahrer unterlegen und man wird seiner in Deutschland gern gedenken. Ein Unglücklicher war Mazairac. Fünfmal hat der Holländer im Endkampf um die Weltmeisterschaft gestanden und seine Hoffnungen auf den Sieg beim sechsten Versuch waren um so berechtigter, als er Engel auf der Kölner Bahn vor kurzem geschlagen hatte, aber diesmal kam er nicht einmal in die Entscheidung. Er unterschätzte Tasseli und unterlag im Vorlauf gegen den Italiener."*

Nachzutragen ist dazu: Sowohl Falck-Hansen als auch Mazairac schafften es in den beiden nachfolgenden Jahren in Budapest bzw. Zürich, nachdem Engel zu den Berufsfahrern übergetreten war, Weltmeister der Amateure zu werden!

Der Sieg von Mathias Engel war bedeutungsvoll. Für den deutschen Radsport und für das Ansehen des deutschen Sports in der Welt. Es war zugleich der Auftakt einer großen Ära des deutschen Sprints, der Kölner Sprinterschule, aus der nun auch die kommenden Weltmeister Albert Richter und Toni Merkens hervorgingen!

Hauchdünner Sieg für Michard

Kaum weniger spannend geht es drei Tage später auf dem schmucken Müngersdorfer Oval bei der Entscheidung der Berufsfahrer zu. Hier hatte kein Deutscher den Endkampf erreicht. Paul Oszmella, der Kölner, besaß zuhause nicht die Nerven, um sich durchzusetzen. Er unterlag schon im Vorlauf gegen den Uralt-Meister Gabriel Poulain (Frankreich) und dann auch im Hoffnungslauf, wo er schon vor dem Band enttäuscht aufsteckte. Alex Fricke aus Hannover, der Deutsche Meister 1926, mußte sich im Vorlauf knapp dem Franzosen Faucheux beugen, schied im Hoffnungslauf gegen Degrave und Spears aus. Und auch Alfred Schrage, dem Berliner, ging es nicht besser, als er gegen den späteren Weltmeister Michard im Vorlauf und im Hoffnungslauf gegen Moretti die Segel streichen mußte. Lediglich Willy Lorenz, der lange Berliner, der im Alter von 37 Jahren einen zweiten, gar dritten Frühling erlebte, wußte mit großem Kampfgeist zu gefallen. Der einstige Sechstagesieger hatte sich in jenem Sommer '27 noch einmal überraschend die Deutsche Meisterschaft gesichert, mußte dann aber erkennen, daß zur Weltspitze ein deutlicher Abstand entstanden war.

Im Vorlauf war Willy Lorenz an der Taktik des einstigen Amateur-Weltmeisters William Bailey gescheitert, dann verlor er auch nach großem Kampf hauch-

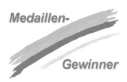

Medaillen- Gewinner

Köln
BERUFSFAHRER

Sprint
1. Lucien Michard
   (Frankreich)
2. Ernst Kaufmann
   (Schweiz)
3. Lucien Faucheux
   (Frankreich)

AMATEURE

Sprint
1. Mathias Engel
   (D - Köln)
2. Willy Falck-Hansen
   (Dänemark)
3. Peter Steffes
   (D - Köln)

Elberfeld
BERUFSFAHRER

Steher
1. Victor Linart
   (Belgien)
2. Paul Krewer
   (D - Köln)
3. Walter Sawall
   (D - Berlin)

Foto links: Jubel um den neuen Weltmeister Mathias Engel.

Routinier Willy Lorenz bewies seinen Kampfgeist

Dies war der Start zum Finale zwischen Ernst Kaufmann (links) und Lucien Michard. Zwischen beiden (mit weißer Mütze): Walter Engelmann.
Nach dem Sieg kannte der Jubel kannte keine Grenzen. Und Lucien Michard ließ sich feiern. Ein Großer des internationalen Sprints, der in einem Atemzuge mit den einstigen Assen Thorwald Ellegaard, Piet Moeskops, Jef Scherens, Arie van Vliet und Albert Richter zu nennen ist.

dünn den Hoffnungslauf gegen den Holländer Bernard Leene. Aber im Kampf der Zweiten dieser Hoffnungsläufe zeigte er seine Willenskraft und behauptete sich von der Spitze. Kaum geringer sein Mut im Befähigungslauf, in dem er einen 600 m langen Vorstoß sicher, aber doch mit letzter Kraft vor Poulain und Moretti ins Ziel brachte. Und so wurde erst der große Piet Moeskops, der fünfmalige Profi-Weltmeister aus Holland, zu seinem Bezwinger. Diesem Recken war Lorenz trotz tapferer Gegenwehr im Zwischenlauf (Viertelfinale) nicht mehr gewachsen. Ungerührt hatten dagegen die Favoriten ihre Bahn gezogen: Lucien Michard, der zweifache Amateur-Weltmeister, ebenso wie der Eidgenosse Ernst Kaufmann, der Profi-Champion 1925. Sie hatten zuletzt im Halbfinale ihre Hauptrivalen Piet Moeskops bzw. Lucien Faucheux sicher ausgeschaltet und standen sich nun zum Endkampf gegenüber.
Und so die Schilderung des Finales: *„Ein Heer von Photographen stürzt sich auf die beiden*

Weltmeisterkandidaten. Der Start verzögert sich durch einen Übersetzungswechsel Michards, und das Publikum wird unruhig. Endlich ist es soweit. Der Startschuß rollt über die Bahn und an der Spitze des kleinen Feldes sieht man das rote Trikot des Schweizers leuchten. Langsam beginnt die Fahrt. In der zweiten Kurve wird Kaufmann etwas schneller. Er sieht sich fortwährend nach seinem kleinen Gegner um, der jede Schwenkung des Vordermannes mitmacht und auf der beleuchteten Bahn wie Kaufmanns Schatten anmutet. Kaufmann geht mit Michard in der Kurve hoch und muß rechts und links sehen, um zu verhindern, daß die französische Eidechse ihm nicht rechts oder links vorbeiwischt. Michard denkt aber nicht daran, sich etwas Extravagantes zu leisten, sondern bleibt in zweiter Position...."
Als Kaufmann nach der Glocke antrat, folgte ihm Michard völlig gelassen. Aber dann: *...der Franzose kommt zum Schwungholen, und wie ein Pfeil schießt er auf seinen Gegner los. In der Mitte der Kurve erreicht er ihn, erscheint ausgangs der Kurve neben ihm und es beginnt ein Kampf Seite an Seite. Tiefe Stille herrscht in diesem Moment auf der Bahn; ein jeder fühlt, daß sich in diesen Sekunden ein Rennfahrerschicksal entscheidet. Kaufmann - Michard, Michard - Kaufmann, so wogt der Kampf, bis eine letzte Kraftanstrengung dem Franzosen den Sieg bringt. Mit knapper Handbreite ist Michard vor dem Schweizer über das Band gegangen; nur dem Auge des Zielrichters sichtbar...."*
Lucien Michard war Weltmeister! Die Marseillaise ertönte, das Publikum erhob sich von den Plätzen, und im Triumphzug brachte man den kleinen Franzosen zur Loge des UCI-Präsidenten, wo ihm Leon Breton, sein nicht ohne Grund stolzer Landsmann, unter dem großen Beifall der Zuschauer die goldene Medaille überreichte und das Weltmeistertrikot überstreifte...

Victor Linart gewann vierten Titel!

Für die deutschen Steher stand das Jahr 1927 keineswegs unter einem günstigen Stern. Am 1. Juni war der hoffnungsvolle Berliner Franz Krupkat bei einem Steherrennen in Leipzig verunglückt. Der Sechstage-Weltrekordler, der 1924 mit Richard Huschke bei seinem Sieg in der Kaiserdamm-Arena 4.554 Kilometer zurückgelegt hatte, war bis dahin einer der besten deutschen Steher jenes Jahres.

So setzte man auf die Erstplazierten der Deutschen Meisterschaft, die in Frankfurt am Main ausgetragen wurde. Der Berliner Walter Sawall und Paul Krewer aus Köln, genannt „Indi", sicherten sich die ersten beiden Plätze und damit die Startberechtigung für die Weltmeisterschaft. Sawalls kaum schlechtere Berliner Landsmänner Emil Lewanow und Carl Wittig hatten das Nachsehen.

Bereits vor dem UCI-Kongreß, der zu Beginn der Weltmeisterschaften in Köln stattfand, hatte Deutschland den Antrag eingebracht, für solche leistungsstarken Länder wie Frankreich, Belgien und Deutschland die Anzahl der Teilnehmer von zwei auf vier aufzustocken. Dieser Antrag wurde jedoch abgelehnt.

So begannen die Titelkämpfe der Steher in Elberfeld, das sich erst 1929 mit Wuppertal zu einer Stadt vereinigte, nach dem alten Reglement.

8000 Zuschauer hatten sich schon zu den Vorläufen eingefunden, die wegen Regens verspätet gestartet werden mußten. Der erste Vorlauf blieb monoton und kampflos, bis der sehr gut fahrende kleine Schweizer Läuppi beim 90. km durch einen Schrittmacherwechsel die erste Runde verlor und ins Hintertreffen geriet. Die vier Ersten, die sich ja von vornherein für den Endlauf qualifizierten, strengten sich natürlich nicht sehr an, und so mußte nur Läuppi daran glauben. Der Holländer Frans Leddy siegte auf der schnellen Bahn in der Klassezeit von 1:10:10 Std. für die 100 km ungefährdet

von der Spitze vor Linart, Sawall und Parisot.

Der zweite Vorlauf verlief sehr viel kampfreicher, litt aber im Gegensatz zum ersten infolge der durch die Feuchtigkeit im vorhergehenden Lauf aufgewirbelten Steinchen unter zahlreichen Defekten. Nur der Franzose Jean Brunier blieb davon verschont, während Paul Suter von seinem Motor im Stich gelassen wurde und „Indi" Krewer zweimal Reifenschaden hatte. Der Holländer Snoek gab,

Elberfeld (Wuppertal) 22.-24. Juli 1927

Radrennbahn im Stadion Elberfeld

Der auch in Köln-Müngersdorf tätig gewesene Dresdner Architekt Edmund Hellner baute 1924 im Bergischen Stadion der Stadt Elberfeld eine neue Radrennbahn, die über Jahre als schnellste der Welt galt. Sie war 500 m lang und 12 m breit (Kurvenüberhöhung 8 m) und gleichermaßen für Steher und Flieger ausgelegt worden. Beim ersten Steherrennen fuhr der Berliner Carl Saldow mit 85,050 km einen neuen Stunden-Weltrekord.

Für die Steher-Weltmeisterschaften 1927 gab es eine 80 m lange Tribüne mit 4000 Sitzplätzen sowie 30 000 Stehplätze rund um das Oval. Auf dieser Bahn wurden auch die Rennen der Steher-Weltmeisterschaft 1954 ausgetragen.

Deutsche Steher-Meisterschaften der Berufsfahrer fanden auf diesem Oval in den Jahren 1931 (Walter Sawall), 1933 (Erich Möller), 1939 (Erich Metze), 1947 (Adolf Schön), 1950 (Erich Bautz), 1953 (Walter Lohmann) und 1958 (Heinz Jacobi) statt.

Der Titelverteidiger ließ sich vom Weltrekord nicht beeindrucken

Victor Linart, der vier-malige Weltmeister der Berufssteher. Sein Spitzname: „Sioux".

Linart, der am 26. Mai 1889 in Floreffe gebore-ne „Dauerbrenner", war einmal Europameister (1913) und 1913 und 1914 sowie von 1919 bis 1931 in ununterbro-chener Folge belgischer Stehermeister. Er ver-starb im Oktober 1977.

wegen mehrerer Defekte aussichtslos im Ren-nen liegend, vorzeitig auf, während Leon Van-derstuyft, der Weltmeister von 1921, diesmal ver-sagte.

Mit seinem hohen Tem-po hatte Jean Brunier auf dieser schnellen Pi-ste einen neuen Weltre-kord in 1:08:05 Std. auf-gestellt und seine Kon-kurrenten Suter, Krewer, Toricelli und Vanderstuyft deutlich hinter sich gelas-sen.

Damit war er plötzlich der hohe Favorit. Aber es sollte doch anders kommen. Als am 24. Juli 1927 vor 25.000 Zu-schauern der Endlauf der Steher-Weltmeister-schaft ausgetragen wur-de, war nicht der neue Weltrekordler, sondern der Titelverteidiger der Mann des Tages. Der 39jährige belgische Mei-ster Victor Linart sicher-te sich bereits seinen vierten Weltmeister-schaftssieg! Er hatte al-lerdings das Glück, daß die Rennkommission auf seinen Antrag hin be-stimmte, daß der Titelverteidiger, ohne zu losen, vom Startplatz eins ins Rennen gehen konnte.

Der routinierte Linart fuhr mit diesem Bonus von der Spitze ein überlegenes Rennen und legte ein derartiges Tempo vor, daß unterwegs nicht nur die von Brunier aufgestellten Weltrekorde zum Teil ihr Leben lassen mußten, sondern auch die hinter ihm bis zum Schluß unüberrundet bleibenden Krewer

und Sawall bei dieser Geschwindigkeit keine An-griffe auf ihn zu unternehmen vermochten. Paul Suter hielt sich lange hervorragend, mußte aber auf den letzten 10 km eine Bahnlänge an Linart und Krewer abtreten. Ganz ausgezeichnet fuhr auch der Franzose Brunier, der sich bis zum 80. km im Vorderfeld hielt, dann aber bei einer Attacke auf Krewer nach langem Kampf von diesem zum Schwimmen gebracht wurde und dadurch zwei Runden verlor.

Leon Parisot kam nie für die Entscheidung in Frage, und auch Toricelli, der wegen Motordefekts schon vor der Hälfte aufgab, hatte bis dahin keine Chance. Vorlaufsieger Frans Leddy hielt sich bis zum 60. km in der gleichen Runde mit Linart, mußte dann aber den Motor wechseln, blieb dadurch zurück und gab gleichfalls entmutigt auf.

Der alte und neue Weltmeister Victor Linart verfehl-te in der ausgezeichneten Zeit von 1:08:43 Std. den zuvor aufgestellten Weltrekord nur knapp. Mit 180 m Vorsprung auf Paul Krewer und 490 m auf Walter Sawall sorgte er für die klaren Positionen auf dem Siegerpodest, während Paul Suter und Jean Brunier auf dem 4. bzw. 5. Rang landeton.

Die Deutschen hatten zuerst mit der Startreihen-folge gehadert, waren aber dann als gleichstarke Freunde und Rivalen mit ihren Positionen zufrie-den.

Während Victor Linarts erfolgreiche Zeit nach die-sem Titelgewinn abgelaufen war, sollte die Ära der deutschen Steher erst anbrechen: Sawall wurde Weltmeister 1928 und 1931 sowie Vizeweltmeister 1932 und Krewer holte sich 1929 Bronze und 1934 noch einmal Silber. Und zu diesen beiden gesell-ten sich als Spitzenkönner noch Erich Möller, Erich Metze, Walter Lohmann, Adolf Schön...

Für die deutschen Steher hatten sich die Weltmei-sterschaften 1927 in Elberfeld, die anfangs unter einem so ungünstigen Stern zu stehen schienen, doch noch als gute Ausgangsbasis für die Zukunft erwiesen.

Mathias Engel - der Blitz vom Rhein

Köln war in den zwanziger und dreißiger Jahren der Dreh- und Angelpunkt für den deutschen Sprint. Die besten Sprinter kamen vom Rhein, von Paul Oszmella bis Mathias Engel, von Toni Merkens bis Albert Richter. Sie eroberten zwischen 1923 und 1942 nicht weniger als elf Deutsche Meister-Titel bei den Amateuren und 15 bei den Berufsfahrern...

Mathias Engel war der Erste dieser Kölner Garde, der auch erfolgreich nach dem Regenbogentrikot der Weltmeister griff. Als Mathias Engel später einmal die Frage nach seinem schönsten Sieg gestellt wurde, erinnerte er sich gern an den Weltmeisterschaftserfolg in seiner Heimatstadt Köln. Und so soll er selbst zu Wort kommen:

„Als ich den Großen Preis von Kopenhagen gewonnen hatte, schien dies mein schönster Sieg zu sein, und als ich im Pariser Grand Prix Erster geworden war, hielt ich diesen Erfolg für meinen größten Triumph, denn ich wagte nicht daran zu denken, daß ich auch einmal Weltmeister werden könnte.

Alle hatten aber auf mich geschworen, und so hatte ich mir vorgenommen, alles zu tun, um zu gewinnen. Bis zum Endlauf war ich furchtbar aufgeregt, denn ich sah Zehntausende von Augen auf mich gerichtet und wußte, was man von mir erwartete, aber schon nach den ersten Metern gegen Falck-Hansen überkamen

mich eine unheimliche Ruhe und das zum Siege unbedingt erforderliche Gefühl der Überlegenheit. Daher auch meine oft zitierte Geste des Reifenabtastens so kurz vor dem Ziel.

Und dann war ich Weltmeister, nachdem ich einen nach meinen Begriffen wirklich verhältnismäßig leichten Sieg errungen hatte, denn ich habe vorher und auch nachher oft viel schwerer kämpfen müssen und auch das Bittere der Niederlagen kennengelernt.

Aber nach diesem Weltmeisterschaftssiege wurde ich wie ein Held gefeiert, und alles erscheint mir noch heute wie ein Traum. Der UCI-Vorsitzende Breton und der Oberbürgermeister sollen mir die Hand geschüttelt und Oszmella soll mich sogar geküßt haben. Ich weiß von nichts mehr. Ich weiß nur von einer märchenhaften Rheintour, wo ich den Mittelpunkt bildete, weiß nur, daß mir Hunderttausende in Bonn, Königswinter usw. zujubelten..."

Mathias Engel war offensichtlich ein Talent. Entscheidend aber war, daß er dies mit großem Fleiß und Ehrgeiz untermauerte.

Im Training auf der Kölner Bahn trat er immer wieder gegen Oszmella und Steffes an, die auf dem Tandem höchstes Tempo anschlugen. Aber Engel entwickelte mit der Zeit solche Endgeschwindigkeit, daß er im vollen Spurt an dem Zweiersitzer vorbeifuhr! Diese Schnelligkeit wurde Unterpfand seiner Siege.

Geboren am 16. Oktober 1905 in Köln. Startete erstmals als 19jähriger bei Bahnrennen. Zwei Jahre später - 1926 - gewann er bereits den Grand Prix in Paris.

Deutscher Meister der Amateure im Sprint 1926 und 1927.

Nach dem WM-Erfolg 1927 Berufsfahrer.

WM-Dritter der Berufsfahrer 1932 hinter Jef Scherens und Lucien Michard. Dreimal Deutscher Profi-Meister im Sprint: 1928, 1929 und 1932.

Nach Machtergreifung der Faschisten sah sich Mathias Engel gezwungen, Deutschland zu verlassen. Er weilte mehrfach in Australien und den USA, wanderte schließlich mit seiner jüdischen Frau nach Amerika aus. In den USA gewann er noch viele Rennen, gründete dann in Nutley ein Sportgeschäft, den „Nut-ley-Bike-Shop", das er über Jahrzehnte bis 1964 führte.

Mathias Engel verstarb am 23. Juni 1994 in Carstadt (New Jersey) in seiner Wahlheimat USA.

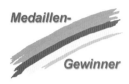

Medaillen-Gewinner

Nürburgring

BERUFSFAHRER

1. Alfredo Binda
   (Italien)
2. Costante Girardengo
   (Italien)
3. Domenico Piemontesi
   (Italien)

AMATEURE

1. Jean Aerts
   (Belgien)
2. Rudolf Wolke
   (D - Berlin)
3. Michele Orecchia
   (Italien)

Alfredo Binda, der neue Campionissimo nach dem großen Girardengo. Er gewann nicht nur drei Straßen-Weltmeisterschaften, sondern auch fünfmal den Giro d'Italia, vier Landestitel. Zu seinen Klassikererfolgen wie Mailand - San Remo (2 mal) und der Lombardeirundfahrt (5 mal) gehört auch der Sieg bei Rund um Köln 1928 für das MIFA-Team. Binda fungierte in der Zeit der Stars Gino Bartali und Fausto Coppi als Teamchef der „Squadra".

Alfredo Binda gewinnt Duell

Es war schon etwas ganz besonderes, daß sich die Union Cycliste Internationale auf Antrag Deutschlands dazu entschieden hatte, nach der 1920 eingeführten Weltmeisterschaft der Amateure erstmals auch ein Championat für die Berufsfahrer zu veranstalten. Allerdings mochte man sich noch nicht mit zwei Rennen anfreunden, und so wurde auf dem Nürburgring alles in einem Rennen entschieden, aber getrennt gewertet.

Es wurde ein Rennen der Italiener, die auf dem schweren Eifel-Kurs des Nürburgrings ihr ganzes Können ausspielten. Allen voran fuhr in der Schlußphase Alfredo Binda. Der zweite große italienische Star nach dem Campionissimo Costante Girardengo war mit 25 Jahren im besten Alter, als er auf dem Nürburgring seinen ersten Weltmeistertitel errang. Weitere Titel

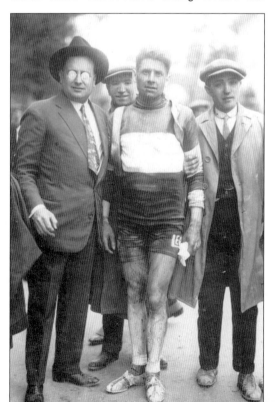

ließ er 1930 in Lüttich und 1932 in Rom folgen.

Nach Deutschland war Binda nach seinem zweiten italienischen Meistertitel gekommen. Das Rennen auf dem schweren Kurs bei Adenau wurde für ihn zu einem Duell mit dem altenden Campionissimo Girardengo, der über zwei Jahrzehnte eine Fülle von Siegen eingefahren hatte, aber nun selbst einen Meister fand.

Insgesamt 55 Akteure gingen in den beiden Kategorien an den Start. Alle waren frisch und so wurde schon in der ersten Runde ein hohes Tempo angeschlagen. Dies allerdings blieb nicht ohne Wirkung und so bildete sich bereits die erste, 19 Fahrer starke Spitzengruppe mit allen namhaften Italienern, aber auch Jean Aerts und den Berlinern Rudolf Wolke und Felix Manthey. Zu den Verfolgern gehörten die belgischen Erstplazierten des damals sehr bedeutsamen Klassikers Berlin - Cottbus - Berlin, Jules van Hevel und Gerard Debaets sowie der Schweizer Heiri Suter. Sie konnten in der nächsten Runde wieder aufschließen, als das Tempo noch einmal nachließ. Aber von der dritten Runde an wurden immer häufiger Namen von Fahrern genannt, die das Rennen bereits erschöpft aufgaben. Van Hevel gehörte dazu, auch der Schweinfurter Ludwig Geyer. „Alle Teilnehmer kämpften nicht nur mit der kollossal schweren Strecke, sondern hatten auch noch starken Gegenwind zu überwinden", hieß es im Bericht des Illustrierten Radrennsports, der auch registrierte, daß der große Favorit Georges Ronsse (er wurde Weltmeister 1928 und 1929) in der fünften Runde die Segel strich und der Wiener Max Bulla durch einen Reifenschaden weit zurückfiel.

Als in der sechsten Runde der Himmel seine Schleusen über dem Nürburgring öffnete, reifte die Entscheidung heran. An der 18prozentigen Steigung griffen die Italiener an. Binda, Girardengo und Piemontesi stürmten davon, nur Rudolf Wolke und der Franzose Brossy konnten sofort aufschließen, während Bruno Wolke, Manthey, Grandi, Orecchia und dann auch Blattmann, Bohlin, Notter, Aerts und Belloni den

Weltmeister Alfredo Binda startete 1928 in deutschem Rennstall

Anschluß verloren. Am Ende dieser Runde hatte Aerts 40 Sekunden, Belloni 1:13 Minuten und die anderen noch deutlichere Rückstände zum Spitzenreiter hinnehmen müssen.

An der Spitze sorgte Alfredo Binda allein für das Tempo. Bei der erneuten Passage der 18prozentigen Steigung an der Hedwigshöhe vermochte ihm niemand mehr zu folgen. Selbst der Campionissimo Costante Girardengo mußte die Überlegenheit seines Landsmannes anerkennen, der auf den beiden letzten Runden seinen Vorsprung immer weiter ausbaute. Nach den beiden einzeln kämpfenden Azzurris folgte eingangs der letzten Runde das Trio Piemontesi, Aerts und Rudolf Wolke. Weitere 38 Sekunden vergingen, ehe Belloni eintraf, der sich dann noch einmal steigerte und den Anschluß an die vor ihm liegende Gruppe vollzog. Dahinter war alles weit auseinandergerissen, auch die deutschen Berufsfahrer Herbert Nebe (Leipzig) und Felix Manthey lagen weit zurück, während Bruno Wolke das Rennen aufgegeben hatte.

Die Chancen für einen deutschen Sieg bei den Amateuren standen nicht schlecht. Wegen des bergigen Kurses hatte Rudolf Wolke nur eine Übersetzung von 68 Zoll gekettet. Das war ideal für die Kletterpartien, aber im Finale wurde es ihm zum Verhängnis. Denn hinter den vier Italienern war er in der Schlußrunde als erster Amateur auf der Steigung angekommen und schien nun dem Weltmeistertitel zuzufahren. Doch direkt hinter ihm erreichte Jean Aerts den Gipfel. Und der hatte einen Doppelzahnkranz und Kettenspanner am Rad. Mit dem Hacken des Rennschuhs drückte Aerts die Kette auf den höheren Gang und fuhr unaufhaltsam an dem bergab „piddelnden" Wolke vorbei, dem Titel und Ziel entgegen. Als er es als Fünfter erreichte, war Alfredo Binda, der Held des Tages, schon seit zwölf Minuten Weltmeister! Girardengo, der Unterlegene im Duell der Meister, hatte als Zweiter sieben Minuten Rückstand! Dahinter machten Domenico Piemontesi und Gaetano Belloni den vierfachen Erfolg der Azzurris perfekt, bevor Aerts und Wolke als beste Amateure eintrafen.

Siegerehrung der Straßen-Weltmeisterschaft 1927 auf Schloß Mainberg, dem Sitz der Fabrikanten-Familie Sachs. Vorgenommen wurde die Ehrung von Dr. Ernst Sachs (1), dem Begründer der Torpedo-Werke, der selbst erfolgreicher Straßenfahrer war. Zwischen den Assen Alfredo Binda (2) und Costante Girardengo (4) Konsul Willy Sachs (3). Ganz rechts (5) der ehemalige Strassen-Crack Erich Aberger. Dem Berliner gelang es als Sportlichem Leiter, den neuen Weltmeister Alfredo Binda (x) sofort für das Jahr 1928 für seinen MIFA-Rennstall der Mitteldeutschen Fahrrad-Werke Berlin/Sangerhausen zu verpflichten (Foto unten). Rudolf Wolke (rechts) holte sich auf dem Nürburgring Silber in der WM der Amateure.

Ein Förderer

des Radsports

Der bedeutsame Chronist des deutschen Radsports, Fredy Budzinski, hatte auch das beispielhafte Wirken von Willy Frenzel unterstrichen:

„Die Kontrolle Leipzig war bei allen Frenzels Heimatstadt berührenden Fernfahrten ein Glanzpunkt in der Organisation. Aber Frenzel sann darüber nach, wie man die Straßenfahrer beköstigen konnte, ohne daß sie absteigen und sich an den Tischen verpflegten. Ich sehe noch heute die verblüfften Gesichter der Ausländer am Wendepunkt des Weltmeisterschaftsrennens 1923 in der Schweiz, als Frenzel den ankommenden deutschen Fahrern einen Verpflegungsbeutel umhängte und sie, ohne daß sie abzusteigen brauchten, wieder auf den Weg nach Zürich zurückschickte, während die anderen sich noch die Trikottaschen an den Verpflegungstischen mit Lebensmitteln vollstopften. Heute ist der Verpflegungsbeutel in allen Straßenrennen der Welt eine Selbstverständlichkeit, aber keiner weiß, daß Frenzel dessen 'Erfinder' war."

Willy Frenzel verstarb am 13. November 1953 in seiner Heimatstadt

Es war nur eine knappe Nachricht im Organ des im nationalsozialistischen Sport gleichgeschalteten Deutschen Radfahrer-Verbandes, die Verbandsführer Orthmann im November 1934 veröffentlichen ließ: „Der Fachwart für Bahnfahren Willi Frenzel, Leipzig, ist von seinem Posten zurückgetreten. Die Befugnisse gehen auf den Leiter der Sportabteilung Franz Eggert, Berlin, über."
Damit endete eine Ära des deutschen Amateur-Bahnrennsports. Denn Willy Frenzel galt als der Begründer der zielgerichteten Nachwuchsarbeit im Bund Deutscher Radfahrer, als der „Vater der Nationalmannschaft", in der die deutschen Talente nachhaltig gefördert wurden. Der Aufschwung im Sprint, die Erfolge der deutschen Bahnfahrer waren sein Werk. Doch mit dem Faschismus hatte Willy Frenzel nichts gemein. Er war kein aktiver Antifaschist, aber er zog sich zurück, weil seine Ideale nicht mit dem Nationalsozialismus zu vereinbaren waren.
Als Schlosserlehrling hatte Willy Frenzel in seiner Heimatstadt Leipzig das Radfahren erlernt, als Geselle war er auf dem Rad durch die deutschen Lande gezogen und hatte sich schließlich ab 1899 auch an Rennen beteiligt. Als sich zahlreiche Erfolge einstellten, gehörte der am 6. Januar 1879 geborene Leipziger sogar zum Kandidatenkreis für die Teilnahme an den Olympischen Spielen 1912 in Stockholm.
Nachdem er sich vom aktiven Sport zurückgezogen hatte, widmete er seinem Verein „Diana" als Vorsitzender alle Aufmerksamkeit. Er führte diesen Verein im Saalradsport an die Spitze. Seine Töchter begeisterten durch schwierige Kunstfahrelemente, und die „Diana"-Formationen im Reigenfahren waren in ganz Deutschland ebenso berühmt wie die Radballer des Vereins.
Zugleich war Willy Frenzel ein Förderer des Rennsports.

Er wurde Strassenfahrwart im Leipziger (Völkerschlacht-)Gau des BDR. Veranstaltungen wie die „Mitteldeutsche Radsportwoche" sowie die von ihm beispielhaft organisierten Fernfahrten Berlin - Leipzig, Rund um Leipzig oder Leipzig - Eisenach setzten Zeichen.
Aufmerksam geworden, berief ihn 1922 der Bund Deutscher Radfahrer in den Bundesvorstand und zum Fachwart für Bahnfahren. Es war sein Verdienst, in einer schweren Zeit vorauszuschauen und künftige Erfolge zu planen, als der Amateur-Bahnradsport noch völlig am Boden lag. Das führte zur Gründung der Nationalmannschaft, deren Mitglieder besonders gefördert und in gemeinsamen Trainingslehrgängen von namhaften Trainern ausgebildet wurden. Die Früchte dieser Arbeit waren ablesbar, sie verhalfen dem deutschen Radsport wieder zu internationaler Geltung, zeigten sich bei den Weltmeisterschaften von 1927 wie auch in den folgenden Jahren. Sie gipfelten in den Weltmeistertiteln von Mathias Engel, Albert Richter und Toni Merkens sowie - über Frenzels Zeit hinaus - in den Olympiasiegen von Toni Merkens, Carl Lorenz und Ernst Ihbe.
Willy Frenzel drängte sich nie in den Vordergrund und galt doch als Kopf und Regisseur im Bund Deutscher Radfahrer. Er war Organisator des Bundesfestes 1923 in Leipzig, setzte sich 1927 für die Straßenweltmeisterschaft der Berufsfahrer ein, war die rechte Hand von Heinrich Stevens bei der Organisation der Titelkämpfe am Rhein. Sein Wirken krönte Willy Frenzel mit den Weltmeisterschaften 1934 in seiner Heimatstadt, bei denen er umsichtiger Vorsitzender der Organisationsausschüsse für die Titelkämpfe auf Bahn, Straße und im Saalsport war.

Titelkämpfe in der Messestadt erinnerten an große Leipziger Radsport-Tradition

Die Rückbetrachtung auf die Rad-Weltmeisterschaften 1934 in Leipzig ist so zwiespältig wie die ganze deutsche Geschichte. Die Titelkämpfe waren zweifelsohne ein Meilenstein in der Geschichte des deutschen und internationalen Radsports. Sie bildeten zwei Jahren vor den Olympischen Sommerspielen 1936 in Berlin Dutzenden von Ländern Gelegenheit der Leistungsüberprüfung für ihre Athleten im Radsport. Aber sie boten zugleich dem nationalsozialistischen Deutschen Reichsausschuß für Leibesübungen die Möglichkeit, nach der Zerschlagung der Organisationen des bürgerlichen und Arbeitersportes seine eigenen Strukturen auszubauen und zu festigen. Die schon im März 1933 erfolgte spontane Hinwendung und offene Unterstützung des faschistischen Regimes gehört zu den dunklen Seiten in der Geschichte des Bundes Deutscher Radfahrer. Doch der zahlenmäßig bedeutendste bürgerliche Verband blieb dennoch von der Neuordnung des Sports nicht verschont und wurde aufgelöst. An seine Stelle plazierten der Deutsche Reichsausschuß für Leibesübungen und sein Fachamt Radsport den Deutschen Radfahrer-Verband, der gänzlich unter dem Einfluß der nationalsozialistischen Sportführung stand. In der Leitung des DRV wurden in jenen Jahren noch ehemalige Funktionäre des bürgerlichen Sports als Verbandsführer geduldet, sofern sie sich für die neuen Ziele mißbrauchen ließen.

Die Rad-Weltmeisterschaften in Leipzig boten sich ebenso wie die Weltmeisterschaften 1933 im Gewichtheben in Essen und die Schwimm-Europameisterschaften 1934 in Magdeburg als ein willkommenes Aushängeschild für das faschistische Deutschland an, die innenpolitischen Zustände zu verschleiern und gegenüber dem Ausland zu glänzen. Unter

Leitung des Fachmanns und Verbandsführers Ferry Orthmann, der seine Verbindung zum Radsport im Berliner Sportpalast geknüpft und als Geschäftsführer der Dortmunder Westfalenhalle fortgesetzt hatte, wurden die Weltmeisterschaften der Amateure und

Radrennbahn des Vereins Sportplatz Leipzig

Als im Jahre 1884 in Leipzig der Deutsche Radfahrer-Bund gegründet wurde, stand auch der Wunsch nach einer Radrennbahn auf der Tagesordnung. Die ersten Fahrten gab es schon zuvor auf den Parkwegen des Leipziger Zoologischen Gartens. Dessen Besitzer, ein Herr Pinkert, war selbst eifriger Bicyclist. Auf diesen Parkwegen (einem 292 m langen ovalen Ring) fand am 15. Oktober 1882 das erste Leipziger Radrennen statt. Die Lindenauer Sportplatzbahn wurde als dritte Leipziger Piste 1892 eingeweiht. Wegen der immer höheren Geschwindigkeiten - unter anderem Robls Rekordfahrten - waren mehrere Umbauten nötig. Auf den Fundamenten dieser alten Lindenauer Zementbahn entstand bis 1904 die Piste, die mit nunmehr 9 Metern Kurvenüberhöhung allen modernen Ansprüchen gerecht wurde und bis auf Schönheitsreparaturen auch zu den Weltmeisterschaften 1934 Bestand hatte. Weltmeisterschaften hatte diese Bahn bereits 1908 und 1913 erlebt.

Verein Sportplatz Leipzig - sportliches Unterpfand für gutes Gelingen

Mit einem großen Festkorso stimmten die Organisatoren die Leipziger auf die Weltmeisterschaften ein. Hinter einem Fahnenblock mit den Flaggen der teilnehmenden Länder und zahlreichen Kunstfahrgruppen, wie vom Leipziger RC Diana, kam ein offener Wagen, aus dem die einstigen Weltmeister Walter Engelmann, Walter Rütt und Willy Arend grüßten.

Historische Fahrräder, Blumenkorsos und Traditionsvereine mit ihren Bannern schlossen sich an.

Den Abschluß bildeten Fahrzeugschauen der bekannten deutschen Fahrradwerke, die von Hochrädern bis zu den modernsten Rennmaschinen ihre Produktionen zeigten.

der Berufsfahrer vom 10. bis 19. August 1934 in Leipzig perfekt organisiert und ohne Zwischenfälle durchgeführt. Während die Organisation in den bewährten Händen von Willy Frenzel lag, wurde das Bild der Öffentlichkeit von den braunen SA-Uniformen bestimmt, deren Träger in jenen Tagen in Leipzig, im Radstadion Lindenau und an der Rennstrecke im Scheibenholz als Ordnungskräfte aufgeboten waren.

Für den einwandfreien Ablauf im sportlichen Geschehen selbst sorgte auch eine Gemeinschaft von Idealisten: die Mitglieder des Vereins Sportplatz Leipzig. Gegründet im Jahre 1891 als ein Zweig des Leipziger Bicycle-Clubs, hatte der Verein Sportplatz den entscheidenden Anteil an allen Leipziger Bahnradsport-Ereignissen. Seine Mitglieder waren Besitzer der Sportanlagen, denn 600 Anteilscheine zu 100 Mark bildeten den Grundstock des Vereinsvermögens. Gewinne wurden zur Aufrechterhaltung des Sportbetriebs eingesetzt. Einzige Vergünstigung der Leipziger „Aktionäre" war der freie Eintritt zu den Veranstaltungen...

Prominentes Mitglied dieses Vereins war Walter Engelmann, der als ständiger Starter der Rennen fungierte. Dem einstmals erfolgreichen Sprinter war am grünen Tisch der errungene Weltmeistertitel des Jahres 1903 streitig gemacht worden. Für seine Kameraden war er jedoch der Weltmeister - Autorität und Vorbild zugleich.

> Das Wahrzeichen der Stadt - das Denkmal der Völkerschlacht - ist nicht nur ein hohes Mal nationaler Selbstbesinnung und nationaler Kraft.
> Es ist stumme Mahnung an alle Völker, ihre Lebensrechte untereinander zu achten. In solchem Geiste, in ritterlichem Ringen mögen die Kämpfe um die Rad-Weltmeisterschaften in Leipzig im ernsten Jahre 1934 ausgetragen werden!
>
> Aus dem Grußwort von Dr. Carl-Friedrich Goerdeler, OB der Stadt Leipzig, der im Februar 1945 als Mitkämpfer des Kreises „20. Juli" von den Nazis hingerichtet wurde

Der Tigersprung von Jef Scherens

Ein Grand mit vielen Assen: das war der Sprint der Berufsfahrer auf dem Zementoval des Leipziger Sportplatzes in Leipzig-Lindenau. Den größten Trumpf konnte Belgien ausspielen, mit dem Weltmeister der beiden vorangegangenen Jahre von Rom und Paris Joseph Scherens, benannt mit der üblichen Kurzform Jef oder mit dem Spitznamen „Poeske" (kleine Katze). Seit Scherens als Unabhängiger 1929 zum ersten Male auf sich aufmerksam gemacht hatte und Landesmeister geworden war, hielt seine Siegesserie an, bei der er die Erfolge in seiner unvergleichlichen Manier errang: mit der zweiten Beschleunigung im vollen Sprint. Das war der Sprung der Katze, mehr noch, der Tigersprung, der ihn so erfolgreich und berühmt gemacht hatte. Um es vorweg zu nehmen und die Bedeutung seines Erfolges in Leipzig zu unterstreichen: Scherens war der Sprinter der ersten Hälfte des Jahrhunderts! Seine Erfolge wurden nur durch den Krieg unterbrochen. 15 Jahre nach dem ersten Titel holte er sich auch 1947 im Pariser Prin-

Zum Auftakt der Weltmeisterschaften hatte es im Radstadion eine Parade der ehemaligen deutschen Weltmeister gegeben. Ohne den ersten deutschen Weltmeister August Lehr, der ja bereits verstorben war, und ohne die frühzeitig verunglückten Meisterfahrer Paul Albert, Alfred Görnemann und Thaddäus Robl, aber mit den Größen Willy Arend, Walter Engelmann, Walter Rütt, Walter Sawall, Erich Möller und Albert Richter, denen um so mehr starker Beifall zuteil wurde.

Unbeeindruckt von dieser Zeremonie, begann unmittelbar danach Jef Scherens seinen Siegeszug. Im ersten Vorlauf ließ er dem Italiener Lazaretti keine Chance. Ebenso sicher

Albert Richter (rechts) gratuliert seinem Bezwinger Jef Scherens, der zum dritten Male hintereinander Weltmeister geworden war. Zwischen ihnen der Präsident der UCI, Leon Breton.

Foto links: Walter Engelmann startet den entscheidenden Lauf um die Weltmeisterschaft der Berufssprinter mit den Sprint-Giganten Jef Scherens (rechts) und Albert Richter.

zenparkstadion das Regenbogentrikot - sein siebentes! Wer sollte Scherens in Leipzig schlagen? Lucien Michard, der großartige Franzose, der vier Weltmeistertitel allein bei den Berufsfahrern errungen hatte, oder sein Landsmann Louis „Toto" Gerardin, der als der kommende Mann galt. Oder Albert Richter, der großartige Kämpfer aus Köln, der 1933 in Paris noch Dritter der Weltmeisterschaft hinter Scherens und Michard gewesen war. Der deutsche „Achtzylinder", wie er in der französischen Sportpresse genannt wurde, hatte seine Klasse im WM-Jahr 1934 beim Grand Prix von Paris unterstrichen und sich - wie Toni Merkens bei den Amateuren - als Bester erwiesen. In Paris hatte Richter davon profitiert, daß Scherens nach einem umstrittenen Kampfrichterurteil gegen Gerardin unterlegen war, doch diesmal kannte der Kölner die Leipziger Bahn wie seine Westentasche, hatte die Konkurrenz in vielen Rennen studiert und den Heimvorteil.

und überlegen stellten sich auch Lucien Michard, Albert Richter und Louis Gerardin, der Peter Steffes schlug, in ihren Läufen vor. Da auch Mathias Engel, der Däne Willy Falck-Hansen und der kräftige Franzose Lucien Faucheux erfolgreich blieben, bildete der Sieg des Berliners Lothar Ehmer über den Olympiasieger 1932, Jacques van Egmond (Niederlande), die einzige Überraschung.

Dieser kam über den Hoffnungslauf weiter und revanchierte sich in den Zwischenläufen damit, daß er Exweltmeister Mathias Engel aus dem Rennen warf. Auch dessen Kölner Landsmann Peter Steffes schied gegen den schnellen Lucien Michard aus, während Ehmer erneut auftrumpfte, und diesmal den Franzosen Jezo bezwang.

Die Favoriten trafen erst im Viertelfinale, den Ausscheidungsläufen, aufeinander. Hier mochte sich Lothar Ehmer, der lange Berliner, nach seinem Antritt auch noch so tapfer wehren, er wurde von Jef

Albert Richter verweigerte bei der Siegerehrung den Deutschen Gruß

Der vergessene Weltmeister - Das rätselhafte Schicksal des Radrennfahrers Albert Richter

So heißt das 1998 im Kölner Emons-Verlag erschienene Buch der Autorin Renate Franz, das den Lebensweg des Kölners beleuchtet.

Albert Richter, einer der bedeutendsten deutschen Athleten, der im Leben wie im Sport Haltung und Rückgrat bewies, wurde Anfang 1940 von der Gestapo ermordet.

Die neue Kölner Radrennbahn, errichtet in Müngersdorf, wo auf der früheren Piste auch Albert Richter zum Radsport fand, trägt heute seinen Namen.

Scherens in der guten Zeit von 12,2 s glatt überspurtet. Michard brachte in gleicher Manier dem Dänen Falck-Hansen eine Niederlage bei, während Gerardin spielend leicht an Van Egmond vorbeiflog, bevor dieser sein Rad mit dem gewohnt hohen Gang in Schwung gebracht hatte. Als Vierter im Bunde erreichte Albert Richter gegen Faucheux das Halbfinale. Er wurde erst in der Runde der letzten Vier richtig warm. Scherens hatte Gerardin mit seiner überlegenen Taktik geschlagen, während Richter sich gegen Michard deutlich behauptete.

In den Endläufen, bei denen zwei siegreiche Fahrten nötig waren, bezwang Louis Gerardin, der die Glücksnummer 13 trug, seinen älteren Landsmann Lucien Michard im Kampf um Bronze. Wie im Grand Prix von Paris hatte Michard im ersten Durchgang die Nase vorn, doch dann gewann zweimal der aufstrebende „Toto" Gerardin.

Auf dem Höhepunkt der Spannung wendete sich alles dem Kampf der beiden Finalisten zu. Scherens gegen Richter - das war für viele das erhoffte Finale. Die Schilderung des Endkampfes im Augenzeugenbericht macht noch einmal die Spannung im Rund des Leipziger Stadions deutlich: „Scherens nimmt die Spitze, wird bei der Glocke schneller, läßt Richter bei 300 m innen vorbei, treibt ihn bei 200 m zum Spurt und greift bei 100 m an. Die Erregung ist groß, Richter kämpft wie ein Löwe, aber der Belgier rückt unwiderstehlich auf und schlägt seinen Gegner mit einer Länge."

Albert Richter, der ohnehin ruhige, zurückhaltende und schweigsame Bursche war enttäuscht. Nicht, daß er Jef Scherens den Sieg nicht gönnte, aber ernsthaft Paroli bieten wollte er seinem Freunde doch, mit dem er von Veranstaltung zu Veranstaltung durch halb Europa zog. All sein Hoffen, schien „Poeske" mit seinem Schlußspurt über den Haufen geworfen zu haben.

Der zweite Lauf begann, als schon die Tiefstrahler aufflammten. Albert Richter mußte die Führung übernehmen. „Richter fährt langsam über die ersten 400 m, dann wird er schneller, in dem Bestreben, einem gefürchteten Antritt des Belgiers begegnen zu können. Scherens

bleibt ruhig am Hinterrade seines sich ständig umblickenden Gegners und greift auch nicht an, als dieser bei 250 m sich in die Pedale wirft und bei 200 m eine bedrohlich hohe Geschwindigkeit entwickelt. Erst 100 m vor dem Ziel sieht man, wie der Belgier sich zusammenzieht wie ein sprungbereiter Tiger. Seine Beine wirbeln schneller, aber auch der 'deutsche Achtzylinder' läßt den Kompressor an. Ausgangs der Zielkurve liegen beide Rad an Rad. Alle sind aufgesprungen, alle recken den Hals. 'Richter!' rufen die Deutschen. 'Skerens!' die Belgier. Mit ungeheurer Spannung wird der Kampf der Giganten verfolgt. Da sieht man, wie das Vorderrad des Belgiers sich langsam vorschiebt, wie Richter einen höchste Verzweiflung spiegelnden Blick darauf wirft und das Schreckgespenst der Niederlage seine Tritte zu lähmen scheint. Noch gibt der Deutsche sich nicht geschlagen. Ganz flach auf dem Rade liegend, wirft er seine letzte Körperkraft, seine letzte Energie in die Waagschale. Vergeblich. Der Gegner ist stärker..."

Über den Sieger, den nunmehr dreifachen Weltmeister Jef Scherens, hieß es im Illustrierten Radrenn-Sport: „Wir haben Scherens siegen sehen, wir haben noch mehr gesehen. Wir haben uns bemüht, hinter das Geheimnis dieses phänomenalen Rennfahrertalents zu kommen. Die Muskeln sind es nicht. Was ist es dann? Es muß das Herz sein. Das starke Herz, das den Körper zu höchster Kraftentfaltung befähigt und das den Willen des Kämpfers beflügelt. Wir haben gesehen, daß Scherens aus jeder Lage heraus gewinnen kann. Wir beugen uns vor dem Willen und dem Können dieses kleinen Mannes, der uns in seiner Kampfbereitschaft, mit seinem Kampfgeist und seinem Siegeswillen als leuchtendes Beispiel gelten muß."

Solch eine Huldigung gab es anschließend für Albert Richter nicht. Seine Klasse wurde anerkannt, aber viel mehr nicht. Denn Albert Richter, der aus seinem Widerwillen gegen die Nazis nie ein Hehl gemacht hatte, hatte zum Unwillen der nationalsozialistischen Sportführung bei der Siegerehrung den Hitlergruß verweigert.

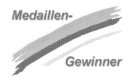

Toni Merkens ohne Medaille

Im Sprint der Amateure hieß der haushohe Favorit ohne Zweifel Toni Merkens. Der Kölner hatte in jener Saison 1934 klar dominiert. Bei den Osterrennen in Herne Hill, beim Grand Prix von Paris und beim Großen Preis von Kopenhagen...

Die Weltmeister der beiden vergangenen Jahre, Albert Richter und Jaak van Egmond (Niederlande, er war auch Olympiasieger 1932, starteten bei den Berufsfahrern, und jeden anderen konnte Merkens schlagen. Neue Sprintsterne waren noch nicht am Himmel. Bis auf Arie van Vliet vielleicht, den Niederländer, der bei den Landesmeisterschaften Dritter geworden war.

Carl Lorenz, der Chemnitzer, und Toni Merkens gewannen ihre Vorläufe sicher, während Herbert Hasselberg (Bochum) gegen den Franzosen Lenté und Karl Klöckner (Köln) gegen den Italiener Mozzo und den Schweizer Wägelin unterlagen.

Hasselberg scheiterte im Hoffnungslauf an Wägelin, aber Klöckner kam durch einen Sieg in den Befähigungslauf, schaffte die Teilnahme am Achtelfinale. Und schon hier wurde deutlich, daß ein deutscher Erfolg an diesem Tage nur über den französischen Meister Christian Lenté führen konnte. Doch dieser gab Klöckner wie zuvor Hasselberg das Nachsehen, und als es in dieser Weltmeisterschaft schließlich um die Bronzemedaille ging, erwies sich der Franzose auch gegen einen überraschend schwachen Toni Merkens klar als der Bessere.

Da allerdings war Merkens schon nervlich am Ende. Im Viertelfinale hatte er noch den Italiener Severino Rigoni, den späteren Sechstage-Star, hinter sich gelassen und war erwartungsgemäß leicht ins Halbfinale vorgestoßen. Sein Gegner Arie van Vliet hatte zuvor eine Ellenbogen-Auseinandersetzung mit Carl Lorenz, in der der Chemnitzer seinen Kontrahenten schon in der Kurve bedrängte und dann vollends auf den Rasen des Innenraums

BERUFSFAHRER

Sprint
1. Jef Scherens
   (Belgien)
2. Albert Richter
   (D - Köln)
3. Louis Gerardin
   (Frankreich)

AMATEURE

Sprint
1. Benedetto Pola
   (Italien)
2. Arie van Vliet
   (Holland)
3. Christian Lenté
   (Frankreich)

Zu den Bildern:
Der Italiener Benedetto Pola (oben, Mitte) wurde neuer Weltmeister der Amateursprinter. Mit ihm freuen sich seine Landsleute Severino Rigoni (links) und Lazaretti.

Toni Merkens (rechts) konnte in Leipzig seiner Favoritenrolle nicht gerecht werden. Doch er wurde 1935 Weltmeister und 1936 (Foto) Olympiasieger.

Nach dem großen Sieg von Erich Metze stellen sich die Erstplazierten der Steher-Weltmeisterschaft den Fotografen.
In der ersten Reihe von links: UCI-Präsident Leon Breton (Frankreich), der Drittplazierte Eduardo Severgnini, Paul „Indi" Krewer, Weltmeister Erich Metze mit dem Siegerkranz, Metzes Schrittmacher Carl Saldow (5) und Krewers Schrittmacher Eilenberger (6). Zwischen Krewer und Metze schaut Exweltmeister Walter Sawall auf die Szene.

Gelungene sportliche Revanchen

1935 holte sich in Brüssel ein starker, unfehlbarer Toni Merkens den Weltmeistertitel im Sprint gegen Arie van Vliet. Bei der Olympiade 1936 in Berlin besiegte Merkens im Halbfinale Benedetto Pola und im Endlauf wiederum Arie van Vliet.
Der tröstete sich indes mit olympischem Gold im 1000 m Zeitfahren. Carl Lorenz gewann mit Partner Ernst Ihbe Gold im Tandemrennen.
Bei den Berufsfahrern war Arie van Vliet später als Weltmeister 1938, 1948 und 1953 Spitze!

gedrückt hatte. Lorenz wurde distanziert, Van Vliet rückte ins Halbfinale. Der Holländer führte in dieser Vorentscheidung nach der Glocke und nahm Tempo auf, ohne daß Merkens entsprechend reagierte. Als der Kölner antrat und das Hinterrad Van Vliets erreichte, konnte er sich nicht entscheiden, an welcher Seite er angreifen sollte und „verhungerte" eine Länge hinter dem noch einmal beschleunigenden Van Vliet. Ein vager Einspruch des Deutschen wurde abgewiesen. Der Traum vom Finale war zerronnen...
Dafür hatte sich Italiens Meister Benedetto Pola qualifiziert. Nach Bernard Leene stoppte er auch den besten Franzosen Christian Lenté mit seinem überraschenden Antritt. Während Toni Merkens auch im Kampf um Bronze in beiden Läufen nicht bestand, zeigte Pola, daß er von seinem Trainer Francesco Verri, dem Weltmeister 1906, hervorragend vorbereitet war. Er blieb der bessere Taktiker, gab Arie van Vliet zweimal das Nachsehen.

Deutsche Steher-Favoriten in Front

Bereits im Vorlauf der Weltmeisterschaft der Steher gab es auf dem Lindenauer Zement einen Kampf auf Biegen und Brechen. Der Deutsche Stehermeister Erich Metze war hinter seinem Schrittmacher Carl Saldow aus der fünften Position gestartet, hatte aber schon nach 12 Kilometern die Führung übernommen. Sein härtester Rivale war Georges Paillard, der Weltmeister der Jahre 1929 und 1932. Der Franzose, mit dem sich Metze schon in Paris harte Auseinandersetzungen geliefert hatte, machte seinem Spitznamen „Löwe" alle Ehre und kämpfte verbissen um die Spitze. Nach 66 Bahnlängen gelang es ihm, an Metze vorbeizukommen. Der aber holte nur Luft, um dann nach knapp 100 Runden (50 km) einen Überraschungsangriff zu starten, den Paillard zwar anfangs parierte, aber den Dortmunder nach Zwei-Rundenkampf doch vorbeilassen mußte. Der

„Indi" Krewer war das Bollwerk, Erich Metze der Champion

Ex-Weltmeister erholte sich nicht mehr von diesem Zweikampf. Nach 121 Runden büßte er die erste Bahnlänge gegen Erich Metze ein, nach 166 die zweite. Damit war Paillard geschlagen. Er gab auf, während Metze diesen Vorlauf vor Antonio Prieto (Spanien) und dem zweimaligen Straßenweltmeister Georges Ronsse (Belgien) gewann.

Auch im zweiten Vorlauf wurde hart um die drei Finalplätze gefightet. Erwartungsgemäß setzte sich leicht und locker der französische Titelverteidiger Charles Lacquehay - 5 Minuten schneller als Metze! - vor Eduardo Severgnini (Italien) und Paul Krewer, dem deutschen Vizemeister, durch.

Über das Finale schrieb der Radsport-Journalist und Szenekenner Sigmund Durst (übrigens Vater des heute erfolgreichsten deutschen Schrittmachers Dieter Durst) in seinem Porträt über Erich Metze: *„Das Los hatte Metze hinter Lacquehay den letzten Startplatz beschert, aber sofort in Fahrt kommend, stürmte der Dortmunder schon beim Anschlußnehmen an dem überraschten Titelverteidiger vorbei, der beim Versuch, Metze zu folgen, bei Krewer auf so harten Widerstand stieß, daß er sich nach vierundsiebzig Kilometern geschlagen zurückzog. In der 130. Runde griff Erich Metze den führenden Severgnini an. Beide Fahrer kamen im Kampf von der Rolle ab, aber Metze war rascher wieder hinter Saldow, eroberte damit die Führung und siegte in 1:27:57,2 Stunden vor Krewer, Severgnini, Prieto und Ronsse."*

So lapidar sich die Schilderung dieses Erfolges liest, verlief das Rennen allerdings nicht. Erich Metze hatte alle Mühe, seinem Schrittmacher durch all die Zweikämpfe bei den Überrundungen zu folgen. Denn der alte Meister Carl Saldow, den der eigene Ehrgeiz vorantrieb, zwang Metze immer wieder zu höchstem Einsatz.

Das Glück an diesem Tage lag in der Stärke Paul Krewers. „Indi", der Kölner, hatte sich mit einer Runde Rückstand direkt hinter Metze gelegt und hielt mit seinem Widerstand gegen die Angreifer viel von dem Dortmunder ab. Zugleich war der Kölner, der eine Woche zuvor in Paris alle Asse geschlagen hatte, an der Rolle von Eilenberger seinerseits stark genug, um seinen zweiten Rang erfolgreich zu verteidigen. Nach der 1927 hinter Victor Linart errungenen Silbermedaille und Bronze 1929 hinter Paillard und Linart stand der populäre „Indi" Krewer in Leipzig bereits zum dritten Male auf einem WM-Siegerpodest.

Auch Edoardo Severgnini, der kleine Italiener, der 1934 den ersten von seinen fünf Landesmeistertiteln errungen hatte, war froh. Mit seinem Schrittmacher Arthur Pasquier, der früher Victor Linart geführt hatte, vermochte er eine zweite Überrundung durch Metze zu verhindern und erkämpfte den dritten Rang.

Völlig demoralisiert dagegen kurbelte der Titelverteidiger Charles Lacquehay während des Rennens hinterher, landete auf dem letzten Platz.

Er hatte an diesem Tage keine Chance gegen die starken Deutschen, die ihrer Favoritenrolle vor heimischer Kulisse gerecht wurden. Nach drei Vierteln der Distanz gab er auf. Aber für Lacquehay, der ebenfalls 1933 in Paris vor eigenem Publikum erfolgreich nach dem WM-Titel gegriffen hatte, sollte die Stunde der Revanche kommen: 1935, bei der Weltmeisterschaft in Brüssel, drehte er den Spieß um und wurde erneut Steher-Weltmeister, während Erich Metze sich als Titelverteidiger mit dem Ehrenplatz zu begnügen hatte...

Erich Metze in Fahrt. Die Zeichnung verrät die Konzentration auf den Erfolg.

Im Rahmen der WM-Tage von Leipzig wurden auch die Weltmeisterschaften in zwei Radball-Disziplinen (Sechser-Rasenradball und Zweier-Radball) sowie die Deutschen Saalsportmeisterschaften ausgetragen.

Welttitelträger wurden die bewährten Frankfurter Wilhelm Schreiber/Eugen Blersch im Zweier (zum 5. Male!) sowie ihr Verein Germania Wanderlust Frankfurt/Main durch einen 8:1-Erfolg über Belgien.

Adolf Huschkes Sohn knapp an einer Medaille vorbei

Der Profi-Weltmeister 1934 Karel Kaers stand als gerade 20jähriger noch ganz am Anfang seiner Entwicklung. So sehr man anfangs seinen Titel bejubelte, nahm man ihm dann übel, daß er nach der WM so unterschiedliche Ergebnisse zeigte, die mit der Würde eines Weltmeisters unvereinbar schienen.

Erst als er im Dezember 1934 im Pariser Winter-Velodrom im Omnium der Meister im Vergleich mit Learco Guerra, Henri Lemoine und Maurice Richard zwei neue, außergewöhnliche Weltrekorde aufstellte, hieß es: Kaers ist ein wahrer Weltmeister!

Er verbesserte beide Male die Hallen-Weltrekorde im 1000 m Zeitfahren um jeweils rund 2 Sekunden und ließ als neue Bestleistungen 1:09,3 Min. (stehender Start) und 1:04,4 Min. (fliegender Start) registrieren.

Später wurde Kaers noch belgischer Meister auf Bahn und Straße, gewann die Flandern-Rundfahrt und vier Sechstagerennen.

Auf einem 9,4 km langen Rundkurs innerhalb der Stadt Leipzig wurde die Weltmeisterschaft der Straßenfahrer ausgetragen. Obwohl diese Strecke mit ihrer langen Spurtgeraden die Zustimmung der UCI gefunden hatte, waren auch gegenteilige Stimmen zu höhen. „Zu leicht!", empörten sich die Italiener. Sie hätten für ihren großen Star Learco Guerra, den Weltmeister von 1931 (Einzelzeitfahren über 170 km!), der vor den Welttitelkämpfen nicht nur den Giro d'Italia gewonnen, sondern unmittelbar davor auch seinen fünften Landesmeistertitel in Folge errungen hatte, gern eine schwierigere, bergreiche Strecke gesehen.

Weltmeister Karel Kaers und der „Vize" Learco Guerra (rechts)

Dennoch hoben für die Entscheidung der Berufsfahrer, in der 24 Runden und insgesamt 225 km zurückzulegen waren, alle Fachleute den Italiener auf den Favoritenthron. *„Man sagt, die Schwierigkeit der Strecke liegt in den scharfen Kurven. Nun wohl, wer können diese Schwierigkeiten besser meistern als Learco Guerra, der Mann, dem keine Aufgabe zu schwer ist und dessen Begabung und Anpassungsvermögen phantastisch zu nennen sind"*, schrieb der Illustrierte Radrennsport in seiner Vorschau. Es war nicht zu übersehen, daß der Radsport-Experte Fredy Budzinski hier die Feder führte, denn er sagte eine Spurtentscheidung im Scheibenholz voraus und hatte in der Aufzählung der Favoriten auch einen Außenseiter benannt. „Die schnellen

Leute kommen für den Sieg in Betracht. Die Gegner Guerras stecken in Lapébie, Speicher, Louviot, Kaers, Stöpel und, man verzeihe uns die Kühnheit, in Gerhard Huschke."

Der Sohn des berühmten Adolf Huschke ging als dritter deutscher Fahrer neben dem gerade zuvor beim Klassiker Rund um Berlin gekürten Deutschen Meister Kurt Stöpel und Vizemeister Lud-

wig Geyer ins Weltmeisterschaftsrennen. Die beiden renommierten Akteure, vor allem Stöpel als Zweiter der Tour de France 1932, hatten nicht nur internationale Erfahrung, sondern auch bereits erfolgreich WM-Luft geschnuppert. Der Berliner Kurt Stöpel war schon 1930 in Lüttich Vierter geworden, und „Luppa" Geyer hatte die Welttitelkämpfe 1931 in Kopenhagen (Einzelzeitfahren) und 1933 auf dem Motodrom von Monthlery bei Paris jeweils als Zehnter beendet.

Insgesamt 25 Fahrer gingen bei den Berufsfahrern vor 75.000 Zuschauern (!) an den Start. Bei schnellem Tempo bildete sich in der 10. Runde eine vierköpfige Spitzengruppe, die von Ludwig Geyer inszeniert wurde. Wenig später schlossen aber nahezu alle Favoriten auf, von denen nur Raymond Louviot

Entscheidende Spitze bei den Amateuren nach Sturz entstanden

und Roger Lapebie (Frankreich) wegen Reifenschäden ausschieden.

Im Finale zog der belgische Recke Gustave Daneels, im gleichen Jahr durch seinen Überraschungssieg bei Paris - Tours bekannt geworden, den Sprint an, am Hinterrad den kleinen Landsmann Karel Kaers. Der übernahm im furiosen Spurt kurz vor dem Zielstrich die Spitze und konnte auch den aufkommenden Favoriten Learco Guerra, der Daneels noch passiert hatte, sicher in Schach halten. Auch ein weißes Trikot der Deutschen leuchtete in der turbulenten Schlußphase vorn auf: der Berliner Gerhard Huschke kämpfte sich bis ganz nach vorn. Zu einem Medaillenrang fehlten ihm nur Zentimeter...

Der Jubel bei den Belgiern war groß, bei den Deutschen verhalten. Rang vier für den Youngster, während Ludwig Geyer die Ziellinie als Zwölfter dieser Spitzengruppe überfahren hatte. Kurt Stöpel, der Deutsche Meister, an den auch zwei Jahre nach seinem grandiosen Ehrenplatz in der Tour de France besondere Hoffnungen geknüpft wurden, hatte Pech. 500 m vor dem Ziel, schon im Endspurt, drückte es ihn nach einer Welle in den Straßengraben. Mit dem defekten Rad kam er im Begleitwagen an. Im offiziellen Ergebnis jedoch wurde er als 13. vor Tour-Sieger Antonin Magne klassiert.

Bei den Amateuren, die am Vormittag des gleichen Tages nur die Hälfte der Berufsfahrer-Distanz absolvierten, gab es ein Flitzerrennen mit einem Durchschnitt von 41,5 km/h. Kurios war die Entstehung der Spitzengruppe: In der 6. Runde kam der Belgier Paul André an der Spitze des Feldes zu Fall, Pellenaers sprang über ihn hinweg, während alle anderen abstoppten, um nicht in den Sturz verwickelt zu werden. Kees Pellenaers sah sich allein, und attackierte sofort. Folgen konnten ihm nur der Franzose Andre Deforge, der Engländer Charles Holland und der sich wieder aufrappelnde Belgier André. Dieses Quartett wurde nicht mehr eingeholt.

Nach 112 Kilometern setzte sich im Sprint der Holländer Kees Pellenaers ganz knapp vor Deforge durch, für André und Holland blieben die Ehrenplätze. Bis auf den Weltmeister, der als Profi Niederländischer Meister (1936) wurde und vier Sechstagerennen gewann, setzten sich bei den Medaillenträgern die „Eintagsfliegen" durch. Der Brite Charles Holland dagegen war schon 1932 olympischer Bronzemedaillengewinner mit dem Bahnvierer und kam bei Olympia 1936 hinter Fritz Scheller (4.) auf Platz 5.

Den Sprint des Feldes gewann der Däne Werner Grundahl sehr überzeugend. Die deutschen Starter konnten sich dagegen im Leipziger Scheibenholz nicht plazieren. Fritz Scheller stürzte und gab nach vergeblicher Verfolgungsjagd in der 11. Runde auf. Sebastian Krückl und Hans Weiß kamen inmitten der ersten und der zweiten Verfolgergruppe ins Ziel. Im Spurt hatten sie keine Chance.

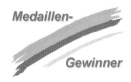

Medaillen-

Gewinner

Straßenrennen
Leipzig-Scheibenholz

BERUFSFAHRER

1. Karel Kaers
   (Belgien)
2. Learco Guerra
   (Italien)
3. Gustave Danneels
   (Belgien)

AMATEURE

1. Kees Pellenaers
   (Holland)
2. Andre Deforge
   (Frankreich)
3. Paul André
   (Belgien)

Gerhard Huschke

Der Name Huschke hatte im Radsport einen guten Klang. Die Gebrüder Adolf und Richard Huschke waren herausragende Berufs-Straßenfahrer, die nahezu alle nationalen Klassiker gewannen. Adolf stürzte 1923 beim Rund um Berlin so schwer, daß er an den Folgen verstarb. Bruder Richard dominierte auch als Sechstagefahrer und stellte 1924 beim Sieg in Berlin mit Franz Krupkat den beeindruckenden Rekord von 4.544,2 km auf. Adolfs Sohn Gerhard wurde WM-Vierter 1934 im Straßenrennen der Profis, und dessen Sohn Thomas krönte die Familienerfolge mit dem Titel als Amateur-Weltmeister 1975 im Verfolgungsfahren.

Erich Metze: Der Mann mit dem Kämpferherzen

Geboren am 7. Mai 1909 in Dortmund. Begann seine Laufbahn als Straßenfahrer. 1929 DRU-Straßenmeister (nach Punkten). 1931 Gewinner der Deutschland-Rundfahrt, 8. der Tour de France.

Als Steher: Weltmeister 1934 und 1938, Vizeweltmeister 1935, WM-Dritter 1933, WM-Vierter 1936

Deutsche Meisterschaften: Vier Titel in Folge von 1933 bis 1936, sowie DM 1939; Vizemeister 1938; DM-Dritter 1948

Erich Metze gewann von 1932 bis 1940 im In- und Ausland serienweise die Traditionsrennen um Goldene Räder und Große Preise. Allein 1936 errang er 24 Siege in einer Saison!

Unter dem Titel „Der Mann der 100 km" veröffentlichte der Radsportkenner Sigmund Durst, Journalist und später allseits beliebter Sechstagesprecher, im Jahre 1941 ein Lebensbild des Sportlers Erich Metze.

Als im Jahre 1927 am Rhein die grandiosen Weltmeisterschaften ausgetragen wurden, unternahm Erich Metze seine ersten erfolgreichen Schritte im Radsport. Bei den zeitgleich im Rahmen des Weltchampionats ausgetragenen Deutschen Meisterschaften im Vereins-Mannschaftsfahren tauchte sein Name in der Mannschaft des RC Bochum auf. Rang zehn ...

Das war noch nicht sehr berauschend. Aber für den Rennfahrer Erich Metze war es der Auftakt zu einer großen Laufbahn, in der er sich alles erkämpfen mußte und ihm nichts in den Schoß fiel. Seine Ausdauer und sein Kampfgeist wurden aber schon in jenem Jahr 1927 belohnt, als Metze anläßlich der Opel-Rundfahrt entdeckt wurde. Er hatte in den Rennen der Amateure, die parallel zur großen Rundfahrt liefen, die 12., 13. und 14. Etappe gewonnen. Zwei Jahre später wurde der fleißige Kämpfer bereits Straßenmeister der Deutschen Radfahrer-Union.

In die Saison 1930 startete er als Berufsfahrer. Doch auch hier fehlte ihm beim Beginn das Glück. Er wurde bei der Deutschland-Tour, die unter dem Namen IBUS-Rundfahrt in die Geschichte einging, in einen Massensturz verwickelt und schied mit Schlüsselbeinbruch aus. Zuvor hatte er im Trikot des Opel-Teams die 5. Etappe von Schweinfurt nach München gewonnen.

Der Erfolg stellte sich 1931 ein, als die 4000 km lange Tour mit Nationalmannschaften bestritten wurde. Schon am zweiten Tage holte er sich das weiße Trikot des Spitzenreiters, das er zwar

vorübergehend noch einmal an seine Berliner Mannschaftskameraden Hermann Buse und Kurt Stöpel „auslieh". Nach der 5. Etappe aber, die er hinter dem Tour-Sieger Nicolas Frantz und dem Wiener Max Bulla als Dritter beendete, hatte er die Spitze zurückerkämpft und verteidigte sie über weitere elf Etappen bis nach Rüsselsheim. Bemerkenswert, daß ihm gegen starke internationale Konkurrenz auch noch zwei Etappensiege gelangen. In Berlin und beim Finale in Rüsselsheim!

Damit schien seine Laufbahn als Straßenfahrer klar zu sein, zumal er im gleichen Jahr die Tour de France als bester Deutscher auf Rang acht beendete.

Insgeheim hatte Erich Metze aber schon seine Fühler zu den Bahnrennen ausgestreckt. Mit Schrittmacher Gustav Geppert unternahm er in der Dortmunder Westfalenhalle die ersten Schritte als Dauerfahrer und versuchte sich außerdem mit

Über ein Jahrzehnt in der ersten Reihe des Stehersports

Karl Goebel als Mannschaftsfahrer. Als ihn Carl Saldow, selbst dreimaliger Deutscher Steher-Meister, unter seine Fittiche nahm, machte Metze große Fortschritte in diesem Metier. In seiner ersten Deutschen Meisterschaft, 1933 in Wuppertal, war er im Kampf mit dem Leipziger Hermann Hille, mit „Indi" Krewer, dem Kölner, und mit Ex-Weltmeister Erich Möller klar überlegen, so daß er trotz eines Reifenschadens auch nach dem Radwechsel deutlich in Front lag.

Bei der nachfolgenden Weltmeisterschaft in Paris vermochten sich nur Stunden-Weltrekordler Charles Lacquehay und der Italiener Franco Giorgetti, auch als hervorragende Sechstagefahrer bekannt, vor Erich Metze zu behaupten.

Nach der gelungenen Generalprobe 1934, bei der Metze in Hannover die Deutsche Steher-Meisterschaft mit 5 Runden Vorsprung gewonnen hatte, ging Metze in Leipzig als Favorit an den Start. Er bot ein überzeugendes Rennen und gewann an der Rolle von Carl Saldow das begehrte Regenbogentrikot des Weltmeisters.

Als Kämpfer der 100 Kilometer, der traditionellen Distanz der Steherrennen, eroberte Erich Metze eine ungeheure Popularität im In- und Ausland. Alle wollten den sympathischen Dortmunder im Rennen erleben und ihn siegen sehen. Bei Großen Preisen und Goldenen Rädern in unzähligen Städten ist sein Namen mit goldenen Lettern verzeichnet.

Bei den Weltmeisterschaften 1935 in Brüssel verlor er seinen Titel an Lacquehay, wurde Zweiter, aber er ließ keinen Zweifel daran, daß er die Krone des Stehersports zurückerobern wollte. Mit dem französischen Schrittmacher Maurice Ville hatte er 1936 in Zürich gute Chancen. Doch nach dramatischem Rennverlauf behaupteten sich die Franzosen Andre Raynaud und Charles Lacquehay sowie der Belgier George Ronsse vor ihm auf den Medaillenrängen. Ein Quentchen Glück hatte dem stärksten Fahrer des Feldes gefehlt.

Trotz aller Anfeindungen der Nationalsozialisten hielt Metze an seinem Schrittmacher und Freund Maurice Ville fest. Gemeinsam erwiesen sie sich noch einmal als Beste der Welt. Das war 1938 in Amsterdam, als Metze seinem starken Mannschaftskameraden Walter Lohmann den 1937 gewonnenen Titel abjagte und zum zweiten Male Weltmeister wurde. Alle weiteren Möglichkeiten machte der unselige Krieg zunichte.

Auch in die Chronik der Deutschen Meisterschaften hatte sich Erich Metze mit goldenen Lettern eingetragen. Dem ersten Titel des Jahres 1933 folgten die Siege 1934 in Hannover, 1935 in Breslau und 1936 in Dresden. Seine Serie wurde dann durch Adolf Schön (Wiesbaden) und Walter Lohmann (Bochum), der 1938 vor Metze gewann, durchbrochen. Doch 1939 war Metze wieder obenauf und gewann vor der neuen Steher-Größe Toni Merkens und dem alten Rivalen Lohmann.

Als Rennfahrer mußte Erich Metze, der starke Westfale, auch die tiefsten Abgründe des Stehersports erleben. Denn so berauschend die Geschwindigkeit, so spannend die Kämpfe mit den Rivalen und so süß der Moment des Erfolgs - noch immer forderte diese riskante Disziplin ihre Opfer. Sieben Mal hatte Erich Metze das Schlüsselbein gebrochen und sich nach den Zwangspausen immer wieder an höchstes Niveau herangekämpft. 1940 in der Berliner Deutschlandhalle und wenig später beim Straßentraining erlitt der Dortmunder bei schweren Stürzen jedoch Schädelbrüche und schwebte beide Male über Wochen zwischen Leben und Tod.

Beim dritten Male erhob er sich nicht wieder. Auf der Zementbahn im Erfurter Andreasried war der inzwischen 43jährige Dortmunder im Mai 1952 bei der Revanche zur Deutschen Meisterschaft erneut zu Fall gekommen. Diesmal war die Kunst der Ärzte vergebens, und der große Kämpfer der Radrennbahnen verstarb am 28. Mai 1952 im Erfurter Krankenhaus.

Der Sportler Erich Metze überwand viele schwere Stürze. Insbesondere im Jahre 1940, als er fast das Leben verloren hätte. Er genas dank großer Willenskraft. Seine stärksten Jahre aber waren vorüber. So war er für die „Heimatfront" nicht mehr interessiert und mußte im Gegensatz zu anderen Spitzenfahrern Soldat werden.

Nach dem Krieg und der Rückkehr aus britischer Gefangenschaft versuchte sich der Dortmunder noch einmal an der Rolle. Mit wechselnden Schrittmachern, auch mit Maurice Ville, mit dem er 1938 Weltmeister war, konnte er zwar wieder durch kämpferische Leistungen imponieren, leider aber nicht mehr triumphieren.

Sein Sturz am 27. Mai 1952 in Erfurt setzte den Schlußpunkt unter ein kampfreiches Leben. Dem vorbildlichen Sportler wurde in Witten (Ruhr), wo er beigesetzt ist, ein Gedenkstein errichtet.

Viele kehrten nicht zurück...

Die beiden verheerenden Weltkriege des 20. Jahrhunderts schlugen tiefe Narben in das Leben der Völker. Millionen Kriegsopfer, menschliches Leid, die Vernichtung wertvoller Kulturschätze und Ressourcen belasteten das Zusammenleben der Nationen. Vor allem die Jugend als Hoffnungsträger der Zukunft wurde aller Ideale beraubt. Dem Sport als einer Quelle der Kultur und Lebensweise wurden tiefe Wunden geschlagen. Denn Zigtausende Athletinnen und Athleten verloren ihr Leben.

Auch der deutsche Radsport hatte unzählige Opfer zu beklagen. Mit Albert Richter und Toni Merkens verlor Köln zwei seiner würdigsten Söhne. Richter, einer der besten Sprinter der Welt, der aus seinem Widerstand gegen den Nationalsozialismus nie ein Hehl gemacht hatte, fiel unter den Mordkugeln der Gestapo, Merkens starb an den Folgen einer schweren Verwundung. Die beiden Athleten hatten mit ihren Leistungen die Rivalen ihrer Generation überragt. Davon kündeten Weltmeistertitel, Medaillen und weit über ein Dutzend gewonnener Deutscher Meisterschaften.

Die Berliner Gebrüder Kurt und Gerhard Purann aus der traditionsreichen RVg Luisenstadt wollten in die Fußstapfen der Kölner Sprinter treten. Gerhard wurde Deutscher Meister 1939 der Amateure und erkämpfte im gleichen Jahr bei den Weltmeisterschaften in Mailand die Bronzemedaille. Aus dem Krieg kehrten beide Brüder nicht zurück.

Bei der Tour de France hatten sie in den dreißiger Jahren die Anerkennung der Fachwelt errungen, die Berliner Herbert Sieronski, Hermann Buse, Rudolf Risch, der Bielefelder Heinz Wengler. Letzterer galt auch als hoffnungsvoller Steher, ebenso wie Georg Stach aus der Schule des BRC Arminius. Fritz Greiner (Duisburg) hatte 1940 ersten Lorbeer als Deutscher Meister gewonnen...

Sie und ganze Generationen ausgezeichneter Bahn- und Straßenfahrer, die in so vielen bedeutenden Rennen ihr Können bewiesen hatten, mußten ihr Leben lassen. Dazu gehörten die Kölner Franz und Otto Bronold, Willi Fischer (Düsseldorf), Paul Seidel (Dortmund), Walter Richter (Magdeburg), Alfred Mayer und Herbert Schmidt (Chemnitz), die Leipziger Fritz Brenne und Paul Reichel, die Münchener Emil Jacob und Peter Strasser, die Berliner Otto Tietz, Johannes Pundt, Walter Bartolomäus, Ernst Grimm, Walter Behrendt, Willi Müller, Werner Kaffel, die Schweinfurter Richard Dömling und Reinhold Wendel, Karl Schmidt aus Hannover, Talente wie der Jugendmeister Martin Zoll (Magdeburg) und viele, viele andere...

Es gibt Wunden, die nie vernarben!

Toni Merkens und Albert Richter. Erinnerung und Mahnung vermittelt die Olympia-Eiche am Stadion Köln-Müngersdorf.

Bund Deutscher Radfahrer wieder vollwertiges Mitglied in der UCI

Am 9. Mai 1950 wurde von den führenden Vertretern der Union Cycliste Internationale der Beschluß gefaßt, den Bund Deutscher Radfahrer als gleichberechtigtes Mitglied in der UCI zuzulassen, und damit die Grundlagen für den umfassenden Sportverkehr zwischen den internationalen Verbänden geschaffen.

UCI-Präsident Achille Joinard verkündete nach einem Besuch in Bonn die Entscheidung und erklärte in seinem Statement an den neugewählten BDR-Präsidenten Kurt Kühn: „Herr Präsident Kühn. Das Büro der UCI, vertreten durch Vizepräsident Carl Senn, Ehren-Vizepräsident Jonkher van den Bersch van Hemstede, Generalsekretär Chesal und meine Person, hat im Auftrage der in der Union Cycliste Internationale vereinten Radsportländer die für eine offizielle Wiederaufnahme in die UCI erforderlichen Unterlagen und örtlichen Verhältnisse überprüft und ist nach eingehender Besprechung zu dem Entschluß gekommen, den Bund Deutscher Radfahrer als die für den deutschen Radsport zuständige Organisation mit sofortiger Wirkung wieder in die UCI aufzunehmen. Empfangen Sie meine aufrichtige Freude und als äußeres Zeichen der Anerkennung dieses Abzeichen. Möge sich die Zusammenarbeit im Geist echter Sportfreundschaft gestalten."

BDR-Präsident Kurt Kühn dankte für diesen historisch bedeutungsvollen Beschluß. Er erklärte: „Für meinen Verband und für mich selbst ist es eine besondere Ehre, in dieser Stunde die Wiederaufnahme des Bundes Deutscher Radfahrer in den Radsport-Weltverband entgegennehmen zu können. Ich verspreche Ihnen, die Gesetze des Spor-

tes zu achten und im Sinne der UCI auf dem Gebiete der Sporterziehung und der Sportkultur zu wirken."

Mit der Entscheidung in Bonn war ein Wunsch in Erfüllung gegangen, der insbesondere im Amateursport weite Möglichkeiten für den internationalen Sportverkehr eröffnete. Denn nunmehr durften auch deutsche Athleten an Wettkämpfen im Ausland teilnehmen und sich wieder an Weltmeisterschaften beteiligen. Zuvor hatten ausländische Berufsfahrer in der im September 1949 gegründeten Bundesrepublik starten können, während den deutschen Fahrern die Startmöglichkeiten im Bereich anderer Verbände verwehrt war. Besondere Verdienste an dieser Entscheidung hatten sich der UCI-Präsident Achille Joinard und Vizepräsident Carl Senn, Vorsitzender des eidgenössischen Verbandes, erworben, die bereits auf dem 50. UCI-Kongreß im März 1950 in Paris die entscheidenden Schritte eingeleitet hatten.

Die Wiederaufnahme des BDR in den Weltverband erfolgte nahezu auf den Tag genau fünf Jahre nach der Kapitulation Hitlerdeutschlands, des Hauptschuldigen am Zweiten Weltkrieg.

Dieser schreckliche Einschnitt in die Entwicklung der Völkergemeinschaft, der zum zweiten Male in diesem Jahrhundert Tod und Verderben über Europa und viele Länder der Welt brachte, hatte seine Ursache im aggressiven Machtstreben des deutschen Faschismus.

Und wie schon nach 1918 bedurfte es auch nach dem Zweiten Weltkrieg in anderen Ländern geraumer Zeit, Vertrauen in eine neue, positive Entwicklung in Deutschland zu gewinnen. Der Sport erwies sich dabei als ein völkerverbindendes Element!

Mit der Aufnahme des Bundes Deutscher Radfahrer war seit 1950 wieder ein Teil des deutschen Radsports in der weltumspannenden internationalen Föderation vertreten.

Politische Gründe - Weltpolitik der Großmächte auf dem Rücken der beiden im Herbst 1949 gegründeten deutschen Staaten - behinderten reale Entwicklungsmöglichkeiten. Das bedeutete, den Sportlern der DDR blieb trotz einer Vielzahl gesamtdeutscher Wettbewerbe vorerst der Weg in die internationale Arena versperrt. Sie konnten sich nur im eigenen Territorium, in den östlichen Nachbarländern - wie bei den Friedensfahrten oder Weltfestspielen - beweisen. Ab 1954 starteten DDR-Akteure mit Sonderlizenz bei den Rad-Weltmeisterschaften. 1955 wurde auf dem 98. UCI-Kongreß in Paris auch die damalige Sektion Radsport der DDR einstimmig in den Weltverband aufgenommen.

100 Jahre
Verband Deutscher
Radrennveranstalter e.V.

Mitglied der Union Internationale des Velodromes (UIV)

Gegründet 1899	Präsident: Winfried Holtmann
Interessenvertretung für	Geschäftsführer: Klaus Moser
deutsche Veranstalter	Geschäftsstelle: Murkenbachweg 94
bedeutender internationaler Wettkämpfe	71032 Böblingen
im Bahn- und	Telefon (07031) 72 88 -0
Straßenrennsport	Telefax (07031) 72 88 99

Köln zum dritten Male Gastgeber für das Weltchampionat im Radsport

KÖLN · WUPPERTAL · SOLINGEN
19 - 29 VIII 1954

Die Wiederaufnahme des Bundes Deutscher Radfahrer in die UCI leitete eine Epoche aktiver deutscher Mitarbeit im Weltverband ein. Im Jahr 1950 fehlte zwar die deutsche Fahne noch in Lüttich und Moorslede unter denen der Teilnehmerländer. Ein Jahr später in Italien aber sorgten die Radball-Gebrüder Rudi und Willi Pensel aus Kulmbach als Vizeweltmeister für die erste deutsche Medaille nach dem Krieg. Andere deutsche Hoffnungen erfüllten sich 1951 in Mailand bzw. Varese vorerst nicht. Exweltmeister Walter Lohmann endete bei den Stehern als Fünfter und der aus Berlin stammende Heiner Schwarzer wurde Sechster in der von Ferdi Kübler (Schweiz) gewonnenen Straßen-Weltmeisterschaft.

Dafür sorgte das Jahr 1952 für die positiven Überraschungen. Bei den Olympischen Sommerspielen in Helsinki standen Werner Potzernheim (Sprint) und Edi Ziegler (Straßenrennen) als Bronzemedaillengewinner auf dem Siegerpodest. Wenige Tage später aber gab es bei der Straßen-Weltmeisterschaft der Berufsfahrer in Luxemburg den großen Paukenschlag: Heinz Müller, der 28 Jahre alte Schwenninger, ließ im Endspurt alle hinter sich und wurde Weltmeister! Und der erste deutsche Straßen-Weltmeister überhaupt hatte in dem Münchner Ludwig Hörmann einen fast gleichwertigen Teamkameraden, der als Dritter mit ihm auf dem Siegerpodest stand. Einige Tage danach zeigte auch Walter Lohmann noch einmal sein ganzes Können und erkämpfte in Paris die Silbermedaille der Profi-Steher.

All das war die Grundlage für die Bewerbung des Bundes Deutscher Radfahrer, die Weltmeisterschaften des Jahres 1954 auszurichten. UCI-Prä-

sident Achille Joinard unterstützte diesen Antrag maßgeblich. Und am 7. März 1953 war es dann soweit: Die UCI bestätigte auf dem Kongreß in San Sebastian den Antrag und beauftragte den

Müngersdorfer Bahn erneut im Blickpunkt

Die im Jahre 1923 errichtete und vom Kölner Oberbürgermeister Konrad Adenauer eröffnete Radrennbahn im Müngersdorfer Stadion erlebte nach 1927 erneut die Weltmeisterschaften im Bahnradsport, bei denen im August 1954 auf dem Oval um vier Titel gekämpft wurde. Die Flieger und Verfolger konnten auf dem schnellen Zement gute Leistungen erzielen.

Die Müngersdorfer Radrennbahn war in den zwanziger bis vierziger Jahren der Dreh- und Angelpunkt des rheinischen Bahnradsports. Von hier hatten die erfolgreichen Sprinter Oszmella, Engel, Steffes, Merkens und Richter ihren Siegeszug begonnen, hierher waren zu den Großen Flieger- und Steherpreisen, zu den „Silbernen Adlern" im Mannschaftsfahren die namhaftesten Akteure aus aller Welt gekommen. Die Welttitelkämpfe 1954 sorgten noch einmal für eine Renaissance der Bahn, die ab 1955 bis 1971 nur noch sporadische Rennen erlebte. An gleicher Stelle erhebt sich heute die neue Radrennpiste: die Albert-Richter-Bahn.

Willy Arend wurde als Ehrengast der Weltmeisterschaften in Köln auf seiner Vorstellungsrunde begeistert begrüßt.

Bund Deutscher Radfahrer mit der Ausrichtung der Weltmeisterschaften 1954. Matthias Gasper, Chefredakteur des RADSPORT, berichtete unter der Überschrift „UCI hat volles Vertrauen zum BDR" über diese Entscheidung. Er notierte: „Wir gehen kaum fehl in der Annahme, daß sich über diesen außerordentlichen Erfolg des deutschen Radsports jeder Deutsche von Herzen freut und in der Entscheidung der UCI zugunsten unseres Landes einen Beweis besonderen Vertrauens sieht, das zu rechtfertigen nicht nur eine ehrenvolle Aufgabe für den Bund Deutscher Radfahrer, sondern auch eine sportliche Aufgabe für alle deutschen Radsportler ist, gleichgültig, ob sie im Amateur- oder im Berufsfahrerlager stehen." Auch Gasper unterstrich die gewachsenen Leistungen als Grundlage für die Vergabe der WM nach Deutschland: „Wir sehen in dem Auftrag weiter eine Anerkennung für die Leistungen unserer Fahrer im Jahre 1952 schlechthin, das dem deutschen Radsport nicht nur beachtenswerte Erfolge bei den Olympischen Spielen in Helsinki brachte, sondern auch mit dem Weltmeisterschaftssieg Heinz Müllers und dem ausgezeichneten Abschneiden Ludwig Hörmanns, Werner Holthöfers und Valentin Petrys die Fortschritte erkennen ließ, welche die deutschen Rennfahrer nach der Wiederanknüpfung der internationalen Sportbeziehungen gemacht hatten."

Der Bund Deutscher Radfahrer hatte sich bei der Ausrichtung der Bahnwettbewerbe für die Bahnen in Köln-Müngersdorf und Elberfeld (Steher) entschieden. Damit war Köln bereits zum dritten Male nach 1895 und 1927 Austragungsort für Weltmeisterschaften, und auch Elberfeld hatte bereits 1927 seine WM-Taufe erlebt. Die Straßenwettbewerbe wurden nach dem Klingenring bei Solingen vergeben, auf dem als zünftige Generalprobe die Deutschen Meisterschaften 1953 im Einer-Straßenfahren - mit Beteiligung von DDR-Fahrern - ausgetragen wurden.

Großer Sport von Solingen bis Köln

Der Auftakt der Weltmeisterschaften 1954 hatte es in sich! Ganz entgegen dem in den letzten Jahrzehnten üblichen Programmabläufen bei den Weltchampionaten standen 1954 die Straßenwettbewerbe an der Spitze des Championats. Und so gingen schon am ersten Wettkampftag, der auf die Eröffnungskonferenzen des Direktionskomitees und der Delegierten der UCI-Mitgliedsländer folgte, die Akteure auf den Klingenring bei Solingen. Vor zigtausenden von Zuschauern, die damit eine hervorragende Einstimmung erlebten.

Den Entscheidungen auf dem 15 Kilometer langen Klingenring folgten die Steherwettbewerbe der Berufsfahrer im Radstadion von Elberfeld, einem Stadtteil von Wuppertal, in dem schon 1927 die Dauerfahrer ihren Weltmeister ermittelt hatten. Der große Victor Linart hatte damals vor Paul Krewer und Walter Sawall triumphiert.

Die Weltmeisterschaft im Radball und die Europameisterschaft im Einer-Kunstfahren, die in der Kölner Messehalle V ausgetragen wurden, lenkten dann wieder die Aufmerksamkeit auf die Domstadt, wo an den letzten drei WM-Tagen die Bahnwettkämpfe im Müngersdorfer Stadion ausgetragen wurden. Auch hier wurde die Erinnerung an die Rennen von 1927 und den damaligen Sieg des Kölscher Jungen Mathias Engel wach.

Für vier neue Titelträger, die auf dem Zementoval in Müngersdorf ermittelt wurden, lagen die Regenbogentrikots bereit: für die Gewinner im Sprint und im Verfolgungsfahren bei den Amateuren und den Berufsfahrern. Und so, wie mit dem Belgier Adolphe Verschueren bei den Profi-Stehern ein Titelverteidiger erneut nach Gold greifen wollte, gehörten in Köln die Weltmeister von Zürich, Arie van Vliet (Sprint), Sid Patterson und Guido Messina (Verfolger) zu den großen Favoriten. Aber es gab auch viele herausragende Athleten , die ihnen einen Strich durch die Rechnung machen wollten...

Reg Harris bezwang Sprint-Legende

Nur 20 Aspiranten traten zu den Vorkämpfen im Sprint der Berufsfahrer an. Ein kleines Häuflein nur, aber dafür die gesamte Elite vom schon legendären Titelverteidiger Arie van Vliet über die italienischen Olympiasieger Mario Ghella (London) und Enzo Sacchi (Helsinki), bis zu den Recken Jan Derksen, Weltmeister 1946, und Oskar Plattner, Weltmeister 1952. Und als großer Gegenspieler von Van Vliet komplettierte der Engländer Reginald Harris als Weltmeister der Jahre 1949 bis 1951 den Kreis der Favoriten. Auch Georg Voggenreiter, der vielfache Deutsche Sprintermeister, wollte ein Wörtchen mitreden bei der Vergabe des Titels.

Dem Nürnberger durchkreuzten jedoch die Italiener im azurblauen Trikot alle Pläne. Im Vorlauf war Mario Ghella der Schnellere, und im Achtelfinale, das „Vogge" durch den Sieg im Hoffnungslauf über den späteren Spitzenschrittmacher Norbert Koch (Niederlande) erreicht hatte, sorgte Enzo Sacchi für das Ausscheiden des Deutschen.

Und so waren im Viertelfinale alle Favoriten unter sich, nachdem in der Runde zuvor der schnelle Eidgenosse Armin van Büren gegen Arie van Vliet den kürzeren gezogen hatte und der spätere Sprintstar Antonio Maspes (Frankreich) gegen seinen Landsmann Longnay noch nichts von seinem Können zeigen konnte.

In der Runde dieser letzten Acht fertigte der 38jährige Van Vliet, der bis dahin nicht weniger als 14 nationale Titel und 33 Grand Prix gewonnen hatte, mit Oskar Plattner auch den zweiten Schweizer ohne Mühe ab und fuhr dabei mit 11,6 s für die letzten 200 m eine Spitzenzeit. Enzo Sacchi gab im Viertelfinale Longnay das Nachsehen, der schnelle Franzose Jacques Bellenger bezwang überraschend Jan Derksen, während Reginald Harris gegen Mario Ghella klar überzeugte. Dies war die wiederholte Revanche für die Niederla-

Medaillen-Gewinner

Köln

BERUFSFAHRER

Sprint

1. Reginald Harris
   (Großbritannien)
2. Arie van Vliet
   (Niederlande)
3. Enzo Sacchi
   (Italien)

5000 m Verfolgung

1. Guido Messina
   (Italien)
2. Hugo Koblet
   (Schweiz)
3. Lucien Gillen
   (Luxemburg)

Das traditionelle Duell zweier Sprint-Könige ging an Reg Harris

Außergewöhnlich!

In seiner langen Laufbahn bis 1957 zeichnete sich Reginald Harris als fünfmaliger Sprint-Weltmeister aus. Er hatte Ende der dreißiger Jahre bei den Manchester Wheelers erste Kontakte mit dem Radsport, dem er sich aber ernsthaft erst nach einer schweren Kriegsverletzung aus der Schlacht von El Alamain widmete, als ihm Radfahren als Therapie verordnet wurde. Dem erfolgreichen Aufstieg - zum Amateur-Weltmeister 1947 - folgten 1948 bei Olympia und der Weltmeisterschaft ernüchternde Niederlagen, deren Ursache Harris im starren Trainingskonzept des britischen Verbandes sah. Deshalb wurde er Profi, trainierte nach eigenen Plänen. Eine tiefe Freundschaft verband ihn mit seinen Hauptrivalen Arie van Vliet und Jan Derksen. Unter vielen Erfolgen, mehreren Weltrekorden über 1000 Meter, ragen die Grand-Prix-Siege in London (Herne Hill), Paris, Vincennes, Bordeaux sowie Amsterdam (3) und Kopenhagen (5) heraus. Anfang der siebziger Jahre sorgte Harris, der in der Firma Raleigh tätig war, für ein Come back. Er wurde noch zweimal Vizemeister und als Krönung 1974 im Alter von 54 Jahren britischer Profimeister! Harris verstarb im Juni 1992.

gen, über die Harris im olympischen Finale 1948 und bei den Weltmeisterschaften im gleichen Jahr gegen den Italiener quittieren mußte.

Auch im Halbfinale gegen Enzo Sacchi, den zweimaligen Amateur-Champion und Profi-Vizeweltmeister von 1953, war der Londoner klar der Stärkere und hatte damit bereits das Finale erreicht. Er war seinem Ziel, den Sprinttitel nach zweijähriger Unterbrechung zurückzugewinnen, einen entscheidenden Schritt näher gekommen. Nachdem auch Arie van Vliet, der Automobilhändler aus Amsterdam, mit seinem Erfolg über Bellenger den Endlauf erreicht hatte, standen sich die beiden Sprint-Giganten zum wiederholten Male im Kampf um den Titel gegenüber.

Harris, der seine sprichwörtliche Nervenstärke im Krieg als Panzerfahrer erwarb, konnte Van Vliet 1949 auf seiner Lieblingsbahn in Kopenhagen im Halbfinale bezwingen, ein Jahr später das Finale in Lüttich in zwei Läufen knapp gewinnen, wobei er vom Holländer zu Zeiten von 11,4 und 11,3 s „gezwungen" wurde. 1951 in Mailand hatte der Franzose Bellenger durch seinen Halbfinalsieg über den Holländer die erwartete Finalpaarung verhindert und sich selbst erst nach großem Kampf von Reginald Harris geschlagen gegeben. 1952 in Paris wurden Harris und Van Vliet vom späteren Weltmeister Oskar Plattner im Dreier-Halbfinale ausgeschaltet und

Ein rasantes Finale gab es im Sprint der Berufsfahrer. Altmeister Arie van Vlie (links), der Weltmeister und Olympiasieger, der schon 20 Jahre zuvor in L Vizeweltmeister gewesen war, bewies noch einmal seine Stärke und drang Köln bis ins Finale vor. Dort aber erwies sich Reginald Harris als der Bes

1953 konnte Arie van Vliet im letztmalig ausgetragenen Dreier-Finale die sich belauernden Harris und Sacchi mit plötzlichem Antritt überrumpeln und klar gewinnen!

Nun gab es das erneute Aufeinandertreffen in Köln-Müngersdorf. Und diesmal war Harris der Mann mit den stärkeren Nerven und der besseren Form. Zweimal trat der Brite voller Selbstvertrauen als Erster an und brachte beide Male sein Rad zuerst über die Ziellinie. Im ersten Lauf gab Harris mit einem Innendurchgehen auf der Gegengeraden Van Vliet das Nachsehen und hatte im Nu eine Länge gewonnen. Der Holländer sprintete mit voller Kraft, aber am Ziel lag er um eine halbe Radlänge zurück. Im zweiten Lauf ergriff der Brite erneut auf der Gegengeraden die Initiative. Van Vliet konnte zwar parieren, aber dem zweiten Antritt von Harris hatte er nur seinen Kampfgeist entgegenzusetzen und unterlag mit einer Länge. Damit hatte sich Reginald Harris zum vierten Male den Sprinttitel der Berufsfahrer gesichert, in überlegener Manier, die einen Klassemann auszeichnet. „Van Vliet war Harris nicht gewachsen", lautete eine der großen Schlagzeilen nach diesem Kampf. Eine harte Aussage, die dem tatsächlichen Können Van Vliets nicht gerecht wird. Denn der Niederländer, der schon 20 Jahre zuvor in Leipzig Zweiter der Amateure gewesen war und dann selbst die Sprinttitel 1938, 1948 und 1953 der Berufsfahrer gewann, hatte sich nur einem Besseren beugen müssen und gegen die nachrückenden jungen Athleten herausragende Leistungen vollbracht.

Messina bezwang Koblet

Das Finale der Verfolger bei den Berufsfahrern bescherte den Vergleich zwischen einem Spezialisten und einem Allrounder. Den Spezialisten repräsentierte der Azzurri Guido Messina, der 1948 in Amsterdam schon als 17jähriger den Weltmeistertitel

der Amateure gewonnen und nach dem Olympiasieg mit dem Bahnvierer in Helsinki auch 1953 den Amateur-Titel als Verfolger erkämpft hatte. In Köln setzte er sich sofort für das Profi-Finale durch. Sein Kontrahent war kein Geringerer als der berühmte Schweizer Hugo Koblet, „le pedaleur de charme".

Der Züricher, großer Gegenspieler seines Landsmannes Ferdi Kübler, konnte als Straßenfahrer mit seinen Siegen in den großen Rundfahrten, der Tour de France, im Giro d'Italia und in der Tour de Suisse, ebenso brillieren wie auf den Pisten. Er war der stilistisch beste und zugleich erfolgreiche Zeitfahrer, der energische Kletterer und der eindrucksvolle Sprinter auf der Straße, aber auch der siegreiche Sechstagefahrer und ein ausgezeichneter Verfolger auf der Bahn, der daheim in Oerlikon unzählige Triumphe feierte.

Der neue Weltmeister Guido Messina und sein nur hauchdünn unterlegener Kontrahent Hugo Koblet auf der Ehrenrunde.

In Köln nahm Hugo Koblet als 29jähriger zum vierten Male Anlauf auf ein Regenbogentrikot als Weltmeister, das ihm Kübler seit 1951 voraus hatte. Den Weg zum Verfolger-Sieg hatten ihm zuvor Fausto Coppi (1947), Wim van Est (1950) und Antonio Bevilacqua (1951) verbaut, so daß Koblet nur einmal Bronze und einmal Silber geblieben war.

Enttäuschter Hugo Koblet

Köln

AMATEURE

Sprint

1. Cyrill Peacock
   (Großbritannien)
2. John Tressider
   (Australien)
3. Roger Gaignard
   (Frankreich)

4000 m Verfolgung

1. Leandro Faggin
   (Italien)
2. Pete Brotherton
   (Großbritannien)
3. Norman Sheil
   (Großbritannien)

Der entscheidende dritte Lauf im Weltmeister- schaftsfinale der Amateur-Sprinter (Foto). Cyrill Peacock hat mit überraschendem Antritt einen knappen Vorsprung herausgeholt, den er gegen John Tressider erfolgreich bis zum Ziel verteidigt.

Hugo Koblet wollte in Köln gewinnen. Er fuhr die schnellste Zeit in der Qualifikation, warf dann den Holländer Jan Plantaz und im Halbfinale den vielseitigen Lucien Gillen (Luxemburg) aus dem Rennen. Aber Messina, der sich nach dem Giro ausschließlich auf die WM vorbereitet hatte, zeigte im Halbfinale gegen den Dänen Kai Werner Nielsen, daß er ohne Mühe ebenso schnell wie der Eidgenosse sein konnte.

Es wurde ein Finale auf Biegen und Brechen. Nahezu die gesamte 5-km-Distanz lagen die Rivalen gleichauf, steigerten ihr Tempo gegenüber den Vorrennen. Koblet lag sogar leicht in Front, aber in der letzten der zwölfeinhalb Runden holte der Italiener auf. Die Rivalen kamen im Abstand von nur zwei Zehntelsekunden ins Ziel. Nach der tollen Fahrt in einem Schnitt von 47,518 km/h lag der Sieger um zweieinhalb Meter in Front. Es war der Spezialist, war Guido Messina, der seinen ersten von insgesamt drei Profi-Titeln gewann.

Hugo Koblet ging enttäuscht von der Bahn. „Mir fehlte das letzte Quentchen Kraft und Glück, um den Titel zu gewinnen", bekannte er während des lautstarken Jubels der italienischen Anhänger, die Freudentänze vollführten. Trost spendeten ihm neben vielen anderen auch die deutschen Altmeister Adolf Schön und Erich „Wüste" Hoffmann: „Gegen diesen energiegeladenen Kraftbolzer, der seine Runden mit der Präzision eines Schweizer Uhrwerks herunterkurbelte und tempomäßig bis an die letzte maximale Möglichkeit noch erhöhte, zu verlieren, bedeutet absolut keine Schande..."

Cyrill Peacock auf Harris' Spuren

Bei den Amateuren traten 35 Akteure zum Sprint an. Erstmals ging auch die UdSSR bei Rad-Weltmeisterschaften an den Start. Sie hatte den mehrfachen Landesmeister Rostislaw Wargaschkin aufgeboten, der angenehm überraschte und nach einer Niederlage gegen den Australier Tressider über den

Hoffnungslauf noch bis ins Viertelfinale gelangte. Das schaffte von den deutschen Teilnehmern nur der Hannoveraner Werner Potzernheim. Auch der Deutsche Meister mußte dann John Tressider den Vortritt lassen. Für Günter Ziegler (Schweinfurt) und den Dudenhofener Horst Backof reichte es dagegen nicht. Sie schieden in den Hoffnungsläufen zum Achtelfinale aus.

In Abwesenheit des Titelverteidigers Mario Morettini hatte es wenige Überraschungen gegeben, wenn man von den Niederlagen der Schweizer Fritz Pfenninger und Peter Tiefenthaler sowie des Belgiers Josef De Bakker absieht. Pfenninger wurde im Achtelfinale von Werner Potzernheim bezwungen, De Bakker unterlag gegen Antonio Pesenti, während Tiefenthaler in seinem Lauf gegen den Briten Tighe stürzte. Das gleich wiederfuhr auch dem Italiener Giuseppe Ogna, der seine Titelambitionen um ein Jahr verschieben mußte und erst 1955 in Mailand zu Weltmeisterehren kam.

Gewinner der Viertelfinals wurden Cesare Pinarello (Italien), John Tressider (Australien), Cyrill Peacock (England) und der Franzose Roger Gaignard. Trotz großer Gegenwehr konnte Pinarello den Mann vom fünften Kontinent nicht halten und unterlag nach drei Läufen, und auch der schnelle Gaignard scheiterte an der besseren Taktik des Briten.

Drei Läufe waren dann nötig, um den Weltmeister

zu ermitteln. „Der erste Lauf sah Peacock als Sieger in 12,0 Sek. vor Tressider, der nach der Glocke noch führte, aber dann auf der Gegengeraden schon abgeschlagen war", schrieb das BRD-Fachorgan. „Im zweiten Lauf stieß Tressider beim Einbiegen in die Gegengerade plötzlich nach unten. Der Australier stand den langen Spurt durch. Peacock reagierte nicht schnell genug und blieb mit Längen hinter Tressider (11,8)." Die sogenannte „Belle", der dritte, entscheidende Gang, mußte über den Sieger bestimmen.

„Im dritten Lauf war der Engländer klar der bessere Mann. Tressider wartete in zweiter Position zu lange mit seinem Angriff, und einmal in Schwung, war Peacock nicht mehr zu holen. Mit klarem Vorsprung erreichte Peacock als Sieger das Ziel. Zwei Radlängen zurück folgte Tressider."

Cyrill Peacock, der neue Weltmeister, hatte seine Bronzemedaille von 1952 diesmal vergolden können. Damit waren die Briten mit beiden Titeln die besten, erfolgreichsten Sprinter dieser Weltmeisterschaft. Danach konnte Peacock nie mehr an diese Leistung anknüpfen.

Ein neuer Stern: Leandro Faggin

Bei den Verfolgern brauchte sich Italien keine Sorgen zu machen. Der zu den Berufsfahrern gewechselte Guido Messina wurde im Amateurlager würdig ersetzt. Leandro Faggin hieß der Nachfolger des Sizilianers. Das im Juli 1954 21 Jahre alt gewordene Talent aus Padua tauchte auf wie ein Komet, wurde Landesmeister und fuhr nach Köln. Bereits in der Qualifikation meldete er seine Ansprüche an, denn hinter dem Briten Pete Brotherton (5:06,6 Min.) fuhr er die zweitbeste, nur sechs Zehntelsekunden schwächere Zeit. Loris Campana (Italien) und Norman Sheil (England) lieferten die nächstbesten Zeiten, so daß alles auf einen „Ländervergleich" hinauszulaufen schien. Mit deutlichem Abstand folgten die Franzosen Pierre

Brun und Prosdomini sowie die Niederländer Daan de Groot (WM-Dritter 1953) und Piet van Heusden, der Weltmeister von Paris 1952. Wie weit die deutschen Akteure von der internationalen Spitzenklasse entfernt waren, zeigten die Zeiten von Manfred Donike (Köln) und Fritz Neuser (Herpersdorf), die nur 5:22,2 bzw. 5:28,8 Min. erzielten und ausschieden.

Exweltmeister Van Heusden war der einzige, der in das Spitzenquartett eindringen konnte. Mit einer bemerkenswerten Steigerung auf 5:05,0 Minuten ließ er Campana, den Vierer-Olympiasieger von Helsinki, hinter sich. Schneller war nur Brotherton (5:03,4 Min.) bei seinem Sieg über Brun. Auch Faggin und Sheil setzten sich problemlos gegen de Groot bzw. Prosdomini durch.

Der Kampf um den Einzug ins Finale war besonders hart. Im ersten Rennen standen sich Brotherton und Van Heusden gegenüber. „Es war ein fesselnder Kampf, der nach fünf Runden unentschieden stand. Erst in der vorletzten Runde sicherte sich Brotherton wieder die Führung", hieß es im Augenzeugenbericht. Und die knappe Differenz von 5:07,2 zu 5:08,4 Minuten unterstrich die gute Leistungen.

„Faggin kämpfte im Halbfinale den Engländer Sheil und im Finale den Engländer Brotherton nieder. Mit Zeiten, die sich hören lassen konnten. Gegen Sheil wurden für ihn 5:07,2 Minuten gestoppt, im Kampf gegen Brotherton 5:05,2 Minuten, was einem Durchschnitt von 47,182 km/h entspricht."

Beeindruckend war besonders der Fahrstil des Italieners, der in beiden Läufen vom Start bis ins Ziel in Front lag und sich durch seinen besonders flüssigen Tritt auszeichnete. Der neue Weltmeister Leandro Faggin wechselte im Gegensatz zu vielen anderen Spitzenakteuren nicht sofort zu den Berufsfahrern. Er blieb Amateur bis zu den Olympischen Sommerspielen 1956 in Melbourne. Belohnt wurde er dafür mit den olympischen Goldmedaillen, die er im 1000-m-Zeitfahren und mit Italiens Bahnvierer errang.

Neben dem Bahn-Rennsport erlebte Köln auch den Titelkampf im Radball. In der Messehalle V standen die deutschen Gebrüder Rudi und Willy Pensel aus Kulmbach dicht vor dem Erfolg, doch sie mußten sich schließlich mit Silber begnügen. Die Schweizer Titelverteidiger Breitenmoser/Flachsmann schafften in der Verlängerung einen 4:3-Erfolg über die Gebrüder Pensel. Gut geschlagen unter den neun Spitzenteams hatten sich auch die Leipziger Heinz Schulze/Herbert Hansen, die den vierten Platz erkämpften.

Auch in der Europameisterschaft im Kunstfahren lagen die Eidgenossen am Ende in Front. Max Wüthrich und Arnold Tschopp holten mit gleicher Punktzahl die ersten Plätze. Dicht auf ihren Fersen folgten auf den Rängen drei und vier die deutschen Athleten Heinz Pfeiffer und Edi Grommes.

Medaillen-Gewinner

**Wuppertal
Radstadion Elberfeld**

BERUFSFAHRER

Steher

1. Adolphe Verschueren
   (Belgien)
2. Jan Pronk
   (Niederlande)
3. Joe Bunker
   (Großbritannien)

Der Kölner Jean Schorn wurde nach seinem Vorlaufsieg im Finale Sechster. Er war mit Schrittmacher Jupp Merkens als Ersatzmann für den erkrankten Ludwig Hörmann (München) eingesprungen.

Verschuerens dritter Titel

Die herrliche Steherbahn von Wuppertal-Elberfeld, die bereits 1927 den Titelkampf der Berufsfahrer erlebt hatte, war auch 1954 der Austragungsort des heißen Kampfes der Dauerfahrer.

In zwei Vorläufen waren die Finalteilnehmer ermittelt worden. Als der Regen einen Hoffnungslauf verhinderte, entschied die UCI-Kommission - bestehend aus dem belgischen Weltmeister 1927, Victor Linart, dem Franzosen Georges Paillard (Weltmeister 1932) und dem einstigen Sechstage-Crack John Stol (Niederlande) -, das Finale auf 12 Paare aufzustocken. „Kein Problem auf dieser idealen Bahn", verkündete Linart, der in seiner Funktion zugleich unangenehm an Elberfeld 1927 erinnert wurde. Da hatte der Belgier die offizielle Auslosung angezweifelt und darauf bestanden, als Titelverteidiger von der Position eins zu starten. Die Deutschen Paul Krewer und Walter Sawall waren die Leidtragenden, sie kamen nie mehr an Linart vorbei.

Diesmal - anno 54 - setzte Linart natürlich die reglementgemäße Auslosung durch, die dem Titelverteidiger Adolphe Verschueren die neunte Position zuwies. Für ihn kein Problem, wie es schien. Schon im ersten Vorlauf war er blendend gefahren, hatte sich hinter dem stark auftrumpfenden Kölner Jean Schorn mit dem Ehrenplatz begnügt. Seine Favoritenstellung schien nur der Holländer Jan Pronk erschüttern zu können. Der holländische Dauerbrenner, Vizechampion 1949 und 1950 sowie Weltmeister von 1951, hatte den zweiten Vorlauf recht überlegen gewonnen, in dem auch der Deutsche Meister Karl Kittsteiner (Nürnberg) mit Rang fünf seine Chance auf das Finale wahrte.

Im 100-km-Finale stieß der Titelverteidiger schon nach den ersten Kilometern weit vor. Von der neunten Position verbesserte er sich auf Rang zwei hinter dem Franzosen Berthery. Dort drehte er sicher seine Runden, während hinter ihm heftige Positionskämpfe ausgefochten wurden. Der Spanier Guillermo Timoner und der Italiener Giuseppe Martino erwiesen sich als Feuer-

werker, die wiederholt auf die vorderen Positionen drängten. Stark - und als Entdeckung dieser WM bezeichnet - fuhr der Engländer Joe Bunker, dessen Schrittmacher Leon Vanderstuyft allerdings mehrfach durch unfaire Aktionen auffiel und von der Jury mit 5000 Franken Geldstrafe belegt wurde.

Leidtragender war Jean Schorn, der nach einer gefährlichen Situation sichtlich geschockt, den guten vierten Platz verlor und am Ende nur Sechster wurde. Karl Kittsteiner erreichte nicht die gewohnte Form und schied mit vier Runden Rückstand vorzeitig aus.

Dolf Verschueren übernahm ab Kilometer 52 die Führung von Berthery, der sich wohl übernommen hatte und weit zurückfiel. Auch Verschueren hatte noch eine müde Phase zwischen den Kilometern 55 und 70, so daß Bunker sogar einmal an der Spitze lag. Dann hatte sich jedoch der alte und neue Weltmeister gefangen. Er übernahm erneut die Führung und verteidigte sie auch sicher gegen den (zu) spät stark aufkommen-

Der Belgier Dolf Verschueren an der Rolle seines erfahrenen Schrittmachers Maurice Ville

den Holländer Jan Pronk, der im Ziel 70 Meter zurücklag. Bemerkenswert, daß alle neun Plazierten am Ende in einer Runde einkamen!

Großer Kämpfer Emile van Cauter

MIt der Startnummer 13 war der Belgier Emile van Cauter ins Rennen gegangen. Sie sollte ihm Glück bringen, das Glück des Tüchtigen! Denn der 23jährige Bauernsohn war am ersten Tage der Weltmeisterschaften 1954 der haushoch überlegene Athlet, der sich auf dem Klingenring in Solingen das Regenbogentrikot der Amateure sicherte.

Die wohl schwierigste Rennstrecke aller bisherigen Straßen-Weltmeisterschaften empfing die Akteure mit Dauerregen. Kein gutes Omen für die zehn Runden auf dem Kurs, in denen zweimal je Bahnlänge Steigungen von 9 Prozent zu meistern waren. 120 Akteure aus 19 Landesverbänden - die deutschen Farben vertraten der BDR, die Sektion Radsport der DDR und der Saarländische Radsportverband - gingen ins Rennen. Schon nach der ersten Runde herrschte große Aufregung bei den Tausenden Zuschauern, die trotz des Regens gekommen waren, denn an der Spitze lag gemeinsam mit dem Schweden Lars Nordvall (gerade Sieger der belgischen Neun-Provinzen-Rundfahrt) das deutsche Talent Hennes Junkermann. Aus dem Feld schloß der Italiener Aldo Moser auf, der den Vorsprung auf eine knappe Minute ausdehnen half. In der vierten Runde mußte Junkermann jedoch das Rad wechseln, so wurden alle Ausreißer wieder eingeholt.

Bei einer Tempoverschärfung der Italiener bildete sich noch in Runde vier eine neue Spitze, in der gleich vier blaue Trikots der Azzurris registriert wurden. Als wenig später das Feld wieder heran war, holten die Südländer zum nächsten Schlag aus: Chiarlone jagte an der Steigung zwischen Wupperhof und Flamerscheid davon, während das Feld in viele Gruppen zersplitterte.

Noch einmal kämpfte sich Aldo Moser nach vorn zu seinem Landsmann, während sich Emile van Cauter allein auf die Verfolgung gemacht hatte. Er holte in Runde sieben das italienische Duo ein, das nun kein Interesse an einer weiteren Flucht hatte.

Das ermöglichte noch einmal das Aufschließen weiterer Fahrer, unter ihnen Hennes Junkermann, Horst Tüller und Gustav Adolf Schur. Moser startete die nächste Attacke, der allerdings zunächst sein Landsmann Chiarlone, dann die anderen Begleiter zum Opfer fielen. Wieder konnte nur Van Cauter kontern und Mosers Hinterrad erreichen. Wie stark er war, zeigte sich, als er auch den letzten der an diesem Tage so aktiven Italiener abschütteln konnte und allein dem Ziel entgegen fuhr.

In der neunten Runde zeigte sich deutlich, wer auf dem schweren Klingenring noch Kraftreserven besaß. Ohne Zweifel Emile van Cauter, der seinen Vorsprung auf die Verfolger immer weiter ausbaute. Eingangs der letzten Runde hatte er 1:03 Minuten gegen den Holländer Martin van den Borgh und 1:13 Minuten gegen die sehr aktiven Franzosen Barone und Vermaulin herausgeholt, denen wiederum eine siebenköpfige Gruppe folgte. So sehr man sich hin-

Medaillen-Gewinner

Straßenrennen Klingenring Solingen

BERUFSFAHRER

1. Louison Bobet (Frankreich)
2. Fritz Schär (Schweiz)
3. Charly Gaul (Luxemburg)

AMATEURE

1. Emile van Cauter (Belgien)
2. Hans-Edmund Andresen (Dänemark)
3. Martin van de Borgh (Niederlande)

Emile van Cauter (Foto) kam bereits nach kurzer Amateurzeit unter den Fittichen von Trainer Henri Hoevenaers (Amateur-Weltmeister 1925) zu ersten Erfolgen. Nach seinem WM-Sieg in Solingen konnte er 1955 auf Anhieb Profi-Landesmeister werden. Nach kurzer Laufbahn wurde Van Cauter Co-Manager einer Sportgruppe. Im Alter von 43 Jahren kam er 1975 bei einer Thailand-Reise unter mysteriösen Umständen ums Leben.

Drei Exweltmeister und der Tour-de-France-Gewinner als Favoriten

Gentleman auf dem Rad: Louison Bobet

Er galt als einer der ganz großen Stars unter den Straßenfahrern seiner Zeit: Louison Bobet aus Saint-Méen. Als willensstarker Athlet konnte er einfach alles: Sprinten, klettern, zeitfahren... Aber Bobet war ein sensibler Mensch, dessen Form oft durch seine Nervosität beeinflußt wurde. Dennoch war er einer der Erfolgreichsten. Das bewies er vom ersten großen Sieg (1946 Amateur-Straßenmeister) bis zum Ende seiner Profi-Laufbahn 1961. Höhepunkte seiner Karriere waren der Weltmeistertitel 1954, die drei Siege bei der Tour de France 1953 bis 1955 (bei 10 Starts insgesamt 11 Etappensiege) sowie die Erfolge bei allen Klassikern von Mailand - San Remo bis zum Giro di Lombardia, beim Grand Prix des Nations, dem Kriterium der Asse (4 mal) und die Spitzenpositionen in etlichen Jahreswertungen. 1957 war er auch Giro-Zweiter. Ein Autounfall beendete 1961 seine Laufbahn.
Danach baute er in Biarritz und Mijas (Spanien) Meerwasser-Therapiezentren auf. Bobet, 1965 Ritter der Ehrenlegion, verstarb am 13. März 1983 - ein Tag nach seinem 58. Geburtstag - in Biarritz an Krebs.

ten auch mühte, Van Cauter war nicht mehr einzuholen. Er sorgte 29 Jahre nach seinem Trainer Henri Hoevenaers und 27 Jahre nach dem Erfolg von Jean Aerts auf dem Nürburgring für den dritten belgischen Sieg in der Straßen-Weltmeisterschaft der Amateure! Während er schon restlos fertig, aber überglücklich den Jubel empfing, sorgte der Däne Hans Andresen, Zweiter der Friedensfahrt 1953, für eine weitere Überraschung, denn er konnte noch alle bisherigen Verfolger, die einzeln dem Ziel entgegenkurbelten, überholen und sich die Silbermedaille sichern. Einzeln kamen die nächsten und wurden von Tausenden Zuschauern nicht minder euphorisch empfangen. Dann erreichte eine siebenköpfige Gruppe das Ziel. Augenzeuge Matthias Gasper schrieb im „Radsport": „Schur kehrte hier seine großen rennfahrerischen Qualitäten heraus. In einem langgezogenen Spurt ließ er seine Gegner, darunter so schnelle Leute wie die Italiener Maule und Fabbri, glatt hinter sich". Täve Schur war damit Sechster und bester deutscher Teilnehmer, womit selbst Fachleute ihre Schwierigkeiten hatten. Denn Gasper schrieb weiter: „Hans Junkermann konnte sich ebenfalls unter die ersten Zehn einreihen, womit er wohl endgültig alle davon überzeugt haben dürfte, daß er unser As Nr. 1 im deutschen Amateurstraßenrennsport ist."
Nun, der beste Deutsche jedenfalls erhielt einen Riesenpokal, die Martini-Trophäe, und das war Gustav Adolf Schur aus Magdeburg.

Toursieger Bobet auch Weltmeister

Trotz des Dauerregens erwarteten Tausende von Zuschauern - allein 40.000 waren aus Belgien gekommen - die große Entscheidung im Kampf um

den Titel der Berufsfahrer. Von den vorangegangenen Weltmeistern waren der Belgier Brick Schotte, der Eidgenosse Ferdi Kübler und Titelverteidiger Fausto Coppi (Italien) am Start. Heinz Müller, der Champion 1952, fehlte. Dennoch war unter den 76 Akteuren aus elf Nationen viel Prominenz am Start. Allen voran der 29jährige Louison Bobet, der sich einen Monat zuvor, im Juli 1954, mit seinem zum zweiten Male errungenen, überlegenen Sieg der Tour de France (15:49 Min. vor Kübler) ausgezeichnet hatte.
In der sechsten Runde hatte sich nach mehreren kurzzeitigen Aktionen eine Ausreißergruppe gebildet, die lange Bestand haben sollte. Ihr gehörten die besonders aktiven Holländer Jan Nolten und Henk van Breenen sowie der Azzurri Bruno Monti an. Sie bekamen eine „Bahnlänge" später Begleitung durch Michele Gismondi und den Franzosen Robert Varnajo. Gemeinsam bauten sie ihren Vorsprung auf knapp vier Minuten aus.
Im großen Pulk mit den Favoriten Coppi, Kübler und Bobet machte man sich keine Sorgen, ließ sogar noch Charly Gaul und mit Agostino Coletto einen weiteren Italiener ziehen. Allerdings schmolz das Feld immer mehr zusammen, zollte dem schweren Kurs Tribut. Unter den Abgeschlagenen auch der „Adler von Toledo", Federico Bahamontes, bei der Tour de France noch Bergkönig. Andere wurden durch Defekte gestoppt, wie Rolf Graf, stets der stärkste Helfer Küblers. Und die Deutschen? Schon in der dritten Runde hatte Rudi Theissen nach unbehebbarem Defekt aufgeben müssen. Danach reduzierte sich die Zahl der Gastgeber immer weiter. Der Deutsche Meister Hermann Schild, Peter Schulten, Hubert Schwarzenberg, Günter Otte und, nach langem Kampf auch

Karl-Heinz Kramer, mußten die Waffen strecken. Nur Franz Reitz, der wenige Wochen zuvor die WM-Probe vor Eugen Kamber (Schweiz) und Rik van Looy (Belgien) gewonnen hatte, und der ehrgeizige Bielefelder Günter Pankoke konnten sich im Feld behaupten. Pankoke hatte sogar mit hauchdünnem Vorsprung vor dem Feld die vierte Runde eingeleitet, war aber ebenso wie die Nachfolgenden Buratti (Italien), Franz Reitz und Hollands Meister Adrian Voorting sofort wieder gestellt worden.

In der neunten der zu fahrenden 16 Runden rückte das Feld bis auf 32 Sekunden an die Fünfergruppe heran, während Gaul und Coletto bereits eingeholt waren.Dieser Tempoverschärfung fielen Exweltmeister Brick Schotte, Joseph Schils, Rik van Looy (alle Belgien) und Buratti (Italien) zum Opfer. Während sich Pankoke im Pulk hielt, mußte Franz Reitz abreißen lassen, fuhr aber tapfer weiter.

Auch die Spitze fiel auseinander, da Gismondi und Varnajo wegen des auflaufenden Feldes noch einmal stärker in die Pedalen traten. Dann überschlugen sich die Meldungen, die von den Sprechern Vico Rigassi und Sigmund Durst an die Zuschauer weitergegeben wurden. Ferdi Kübler hatte in Runde 11 Defekt. Zwei MInuten büßte er beim Wechsel ein und noch mehr bei der Verfolgung auf der ihm zugeteilten fremden Maschine. Damit war der Traum von einer erfolgreichen Wiederholung des WM-Siegs 1951 für den Tour-Zweiten ausgeträumt.

In der zwölften Runde bildete sich hinter dem Führungsduo die entscheidende Gruppe des Tages, der Titelverteidiger Fausto Coppi, Louison Bobet, Fritz Schär, Jacques Anquetil, Charly Gaul und anfangs auch Jean Forestier angehörten. Sie holten das Duo ein, so daß dank der vorn liegenden Helfer die Chancen für Coppi und Bobet schlagartig stiegen. Doch dann wendete sich das Blatt. Anquetil und Varnajo wurden schwächer, mußten die anderen ziehen lassen, Bobets letzte Hoffnung auf Unterstützung, der kleine Kämpfer Jean Robic, schaffte den Anschluß nicht. So schien alles auf eine erfolgreiche Titelverteidigung Coppis hinauszulaufen. Doch an diesem Tage hatte der Campionissimo Pech. In der 15. Runde stürzte er auf der regennassen Straße. Gismondi blieb bei ihm, aber auch mit vereinten Kräften kamen sie nicht mehr heran. Denn diese Chance ließen sich Schär und Bobet nicht entgegen. Sie machten solch ein Tempo, daß auch Charly Gaul nicht mehr folgen konnte. Bis zum Eingang der Schlußrunde hatten sie eine halbe Minute gegen den Luxemburger und 1:16 Minuten gegen den zäh kämpfenden Coppi herausgeholt.

Nicht minder dramatisch der Kampf an der Spitze: Bobet mußte an der letzten Verpflegungskontrolle vom Rad. Defekt! Schär stampfte allein weiter, den Sieg vor Augen. Doch Bobet gab nicht auf. Er jagte dem Schweizer mit einer Verbissenheit nach, die ihm nach fast 240 km des Rennens kaum noch einer zugetraut hatte. Und er schaffte das Unglaubliche: Er holte Schär ein und konnte ihn an der letzten Steigung noch hinter sich lassen.

Kaum zu beschreiben der Jubel am Ziel, der jeden Akteur noch einmal anfeuerte. Louison Bobet erlebte ihn als Weltmeister, Schär 12 Sekunden später als Vizechampion, Charly Gaul als Dritter, und Michele Gismondi wie schon 1953 als Vierter mit mehr als zwei Minuten Rückstand. Der hohe Favorit Fausto Coppi mußte sich, total verausgabt von der Verfolgung, ja demoralisiert durch sein Pech, mit dem sechsten Platz zufrieden geben.

Nur 21 Fahrer erreichten bei diesem Championat das Ziel. Franz Reitz und Günter Pankoke kamen als Letzte und rollten Seite an Seite über die Linie. Sie hatten mit großem Kampfgeist durchgehalten bei der Weltmeisterschaft, die als schwerste und kampfreichste seit 1946 in die Geschichte einging. Sie erinnerte auch an die Strapazen des Titelkampfes 27 Jahre zuvor auf dem Nürburgring, aber da hatten den Akteuren vor allem die technischen Voraussetzungen gefehlt, um das ebenso bergreiche Terrain leichter und besser zu meistern.

Die Martini-Trophäe, gestiftet für den besten deutschen Amateurfahrer bei der Weltmeisterschaft 1954, gewann Gustav Adolf Schur.

Eine Ehrenrunde ganz besonderer Art erfreute die Zuschauer am Solinger Klingenring. Denn an beiden Weltmeisterschaftstagen fuhren die frischgebackenen Titelträger im Schmucke ihrer Regenbogentrikots im offenen Wagen noch einmal den Kurs ab. Sie erwiesen in Begleitung von UCI-Präsident Achille Joinard den Zuschauern noch einmal eine meisterliche Reverenz und den Dank für deren Ausharren im Regen.

Auf dem Wege zur Weltmeisterschaft - Criterium du Monde '57 der Steher

**Leipzig,
17.-22. September
1957**

Georges Paillard, der Steher-Weltmeister 1932 und Beauftragte der UCI für diese Disziplin, hatte es in einem Brief an die Organisatoren fixiert: „Dieses Criterium du Monde soll dazu beitragen, den Weg für neue internationale Meisterschaften zu ebnen...

Die UCI hat die Sektion Radsport der DDR mit der Organisation betraut; sie hätte nicht besser wählen können. Wir wollen nämlich nicht vergessen, daß dieses Land, das die Ehre hat, dieses neue, große Meeting durchzuführen, die Wiege für die bedeutendsten Rennen hinter Motorführung war. Seine berühmtesten Steher-Meister haben viele Male das regenbogenfarbene Trikot des Weltchampions getragen. Und von allen großen Rennen in Europa wurde der Große Preis von Leipzig jederzeit von den Meistern, die um den Titel gekämpft haben, als der große Wettkampf nach den WM betrachtet."

Eine Festwoche des internationalen Radsports hatte Werner Scharch, Präsident der Sektion Radsport der DDR, den Delegierten aller Mitgliedsländer der UCI bei der Vergabe des Weltkriteriums versprochen. Sie wurde es tatsächlich, denn die Organisatoren erreichten mit der Unterstützung aller staatlichen Organe der um ihre internationale Anerkennung ringenden Deutschen Demokratischen Republik eine beeindruckende Demonstration für den Radsport.

Rund um das Criterium du Monde der Steher für Amateure und Unabhängige reihten Scharch und seine Mitstreiter ein umfangreiches Programm, das mit der Weltmeisterschaftsrevanche der Straßenamateure auf dem Sachsenring begann und auf der modernisierten Leipziger Bahn ein Europa-Kriteri-

Ehrengäste des Weltkriteriums beim Ausflug auf der Elbe (von links): Victor Linart, John Stol, Jim Wallace , Walter Rütt und Georges Paillard.

um im Vierer-Mannschaftsfahren sowie internationale Sprinterkämpfe der Amateure bereithielt. Das Direktionskomitee der UCI und ihr Präsident Achille Joinard waren jedenfalls ebenso beeindruckt wie die unzähligen Ehrengäste aus aller Welt.

Das erhoffte Fazit für die Gastgeber: die UCI - die als erste Weltföderation in der DDR eine offizielle Tagung abgehalten hatte - bewertete die Entwicklung im internationalen Amateur-Stehersport und im 4000 m Mannschaftsfahren als positiv. Sie beauftragte zugleich die Sektion Radsport der DDR mit der Ausrichtung der Weltmeisterschaften 1958 für Amateur-Steher, im Radball und Kunstfahren. Nur das Mannschaftsverfolgungsfahren - olympische Disziplin seit 1920 - wurde zurückgestellt; dieser Wettbewerb wurde erstmals 1962 ausgetragen.

Werner Scharch hatte sein Ziel erreicht... Persönlich wurde ihm eine besondere Ehrung zuteil: UCI-Präsident Joinard verlieh ihm in Leipzig den Radsport-Verdienstorden I. Klasse „Pour le Merité".

Emile Daems Sieger am Sachsenring

Der frischgebackene Weltmeister von Wareghem, Louis Proost, war der Gejagte in der 170 km langen Straßenprüfung um den Großen Preis der Sporttageszeitung „deutsches sportecho" auf dem Sachsenring. Vor nahezu 100.000 Zuschauern gewann zwar nicht der Weltmeister, aber Belgien als eines der Mutterländer des Radsports stand dennoch im Blickpunkt, denn der 19jährige Emile Daems holte sich mit einer herausragenden Leistung den Sieg. Gemeinsam mit dem Italiener Tinazzi und dem Engländer Jackson war er zur Halbzeit des Rennens davongefahren. Während diese zurückfielen, stürmte

Daems allein dem Sieg entgegen. Jackson hielt tapfer durch und rettete seinen Ehrenplatz vor der völlig zersplitterten Verfolgergruppe, aus der heraus Täve Schur und Guillaume van Tongerloo die Plätze drei und vier erkämpften. Mit Rückstand kam Weltmeister Proost als Fünfter ins Ziel. Friedhelm Fischerkeller (Köln) wurde Achter. Und auf Rang 14 landete ein junger Mann, der auf diesem Sachsenring noch Radsport-Geschichte schreiben sollte: Bernhard Eckstein...

Entfesselte Italiener in Leipzig

Zwei Tage später begannen auf der Leipziger Alfred-Rosch-Kampfbahn die Wettbewerbe des Weltkriteriums. 20 Steher aus 17 Ländern hatten ihre Meldung abgegeben - ein Rekordergebnis!
Schon die Vorläufe waren hochkarätig. Die Siege sicherten sich vor 10.000 Zuschauern der italienische Meister Pietro Musone, der sich erst während des Rennens mit seinem deutschen Ersatzschrittmacher Dieter Lippmann anfreunden konnte, sowie Lothar Meister I (DDR/Schrittmacher Hermann Kretzsch) und Virginio Pizzali (Italien). Diese drei galten somit als Favoriten, wobei man insgeheim auf den Einheimischen setzte. Denn Lothar Meister I hatte bei der Generalprobe in Forst die erfahrenen Niederländer Henk Buis und Arie van Houwelingen klar niedergekantert. Den Hoffnungslauf entschied DDR-Meister Bruno Zieger zu seinen Gunsten.
Im Finale über eine Stunde sorgten vor 15.000 begeisterten Zuschauern die von Altmeister Eduardo Severgnini (WM-Dritter der Steher 1934 und 1938) betreuten Italiener für eine Tempofahrt ohnegleichen. Virginio Pizzali und Pietro Musone übernahmen mit ihren Pacemakern Bruno Pellizzari bzw. Dieter Lippmann sofort die Spitzenpositionen und gaben sie bis zum Ziel nicht mehr ab. Mit ihrem Tempo zermürbten sie die Konkurrenz einschließlich der DDR-Akteure und überrundeten diese beinahe spielend. Bis zum 40 km hatte Landesmeister Musone, der durch Sitzbeschwerden gehandicapt war, Pizzali noch fol-

gen können, dann hatte auch er dem entfesselten Sieger, der in den 60 Minuten 68,980 Kilometer zurücklegte, nichts mehr entgegenzusetzen. Für Virginio Pizzali war es bis dahin der größte sportliche Erfolg, nachdem er 1956 in Melbourne schon zum (siegreichen) italienischen Bahnvierer gehörte, aber in den Vorläufen stürzte und sich das Schlüsselbein brach. Als Berufsfahrer gewann Pizzali ab 1958 vier Landestitel bei den Stehern. Pech hatte er bei der WM 1959, als er allein in Führung liegend, schwer stürzte.
Die Siege im Sprint und im Europakriterium gingen an den Franzosen Andre Gruchet und an Dänemarks Vierer. Der spätere Sechstage-Star Palle Lykke gewann mit Eluf Dalgaard, Kurt vid Stein und Svend Aage-Hansen überlegen vor Ungarn und Belgien. Die deutschen Bahnvierer gingen trotz namhafter Besetzungen leer aus. Aber für Rudi Altig, Otto Altweck, Fred Gieseler und Hans Jaroszewicz (alle BDR) und Siegfried Köhler, Peter Gröning, Erich Mähne und Rolf Nitsche (alle DDR) sollten sich bedeutende Erfolge noch einstellen.

Der Sieger des Leipziger Weltkriteriums der Amateur-Steher: Virginio Pizzali (Italien). Sein Schrittmacher Bruno Pellizzari war selbst mehrfacher italienischer Meister im Sprint.

Die Plazierungen im Weltkriterium
1. Virginio Pizzali (ITA)
2. Pietro Musone (ITA)
3. Arie v. Houwelingen (NL)
4. Lothar Meister I (DDR)
5. Gaston Hermans (BEL)
6. Ronald Webb (AUS)
7. Juri Smirnow (UdSSR)
8. Bruno Zieger (DDR)
Ausgeschieden:
Flemming Petersen (Dk)

In Leipzig Wiedergeburt der Steher-Weltmeisterschaft der Amateure

**Leipzig,
5. - 10. August 1958**

„Amateur-Dauerfahrer greifen nach der Krone". Unter dieser Zeile bereitete die „Radsport-Woche", Organ des am 18. Mai 1958 in Leipzig gegründeten Deutschen Radsport-Verbandes der DDR, mit unzähligen Informationen und historischen Rückblicken die erste Steher-Weltmeisterschaft der Amateure seit dem Jahre 1914 vor. Zum Auftakt der Weltmeisterschaften konnte sie sogar den wichtigsten Zeitzeugen zitieren: den Holländer Cornelius Blekemolen, der 44 Jahre zuvor in Kopenhagen an der Rolle des deutschen Schrittmachers Gustav Wittig die letztmalig ausgetragenen Amateur-Titelkämpfe gewonnen hatte.

Der Holländer gehörte zu den Ehrengästen dieser Weltmeisterschaft, die für ihn als ehemaligen Champion und dreimaligen Landesmeister der Steher eine Genugtuung war. Zum großen Finale von Leipzig wünschte der „Weltmeister aller Zeiten" vor einer stimmungsvollen Kulisse von 15.000 Zuschauern den Akteuren, daß sie nicht noch einmal so lange auf ihren Nachfolger warten müßten wie er.

Die von ihm angesprochenen Athleten gingen mit großem Elan in das Finale über eine Stunde. Neun Fahrer hatten sich in den beiden Vorläufen und im Hoffnungslauf für die Entscheidung über eine Stunde qualifiziert. Die beiden DDR-Vertreter Lothar Meister I und Heinz Wahl, der amtierende DDR-Meister, geführt von den Schrittmachern Horst Aurich bzw. Herbert Schondorf, hatten diese Vorläufe gewonnen und nahmen damit eine klare Favoritenstellung ein. Ihnen sowie dem Holländer Arie van Houwelingen trauten die Experten am ehesten den Erfolg zu, wie eine Umfrage bestätigte. Doch da waren ja noch starke Rivalen, wie der zweite Holländer Henk Buis, wie die schon im Weltkriterium gestarteten Ronald Webb (Australien), Juri Smirnow (UdSSR) und Gaston Hermans (Belgien) sowie die beiden Franzosen Henri Tomassi und Albert Briquet, die als Zweiter des ersten Vorlaufs bzw. Sieger des

Leipziger Radrennbahn an der Windorfer Straße

Am 15. September 1951 wurde im südlichen Stadtteil Kleinzschocher die neue Zementbahn der Stadt Leipzig eingeweiht. Innerhalb von 68 Tagen war aus dem früheren „Sportplatz Windorfer Straße", der eine 400 m lange Bahn aus Filterasche mit leicht überhöhten Kurven besaß, eine richtige Radrennbahn, benannt nach dem Leipziger Alfred Rosch, entstanden. Premiere vor 11.000 Zuschauern (obwohl die Traversen noch nicht fertig waren), erste Sieger: Bruno Zieger/ Georg Stoltze in einem 150-Runden-Rennen. Einen Monat später lief auf der nunmehr kompletten Anlage der 33. Preis der Stadt Leipzig, das traditionsreichste deutsche Steherrennen. Sieger wurde Fritz Heinrich vor seinem Leipziger Landsmann Gerd Thiemichen. Auf der neuen Leipziger 400 m Zementbahn (7 m breit, 28 Grad Kurvenüberhöhung) wurden bis zur Weltmeisterschaft 1958 neben unzähligen Steherrennen die DDR-Bahnmeisterschaften 1952 (Tandem 1. Zieger/Stoltze!) und die DDR-Stehermeisterschaften 1955 (1. Bruno Zieger) ausgetragen. Nach Erweiterung der Außenanlagen fanden auf dieser Bahn das Criterium du Monde 1957 und die Weltmeisterschaft der Amateur-Steher 1958 statt.

Fliegende Holländer scheiterten am deutschen Doppel

Strahlende Sieger
Der frischgebackene Weltmeister Lothar Meister I und sein Schrittmacher Horst Aurich.
Auf der Straße hatte Lothar Meister - dessen Name wegen eines Namensvetters immer mit der römischen „I" versehen wurde - den Grundstein für seine Erfolge gelegt. Schon als 18jähriger gewann er 1949 Rund um Leipzig und wurde 1950 DDR-Vizemeister. Ein Jahr später beeindruckte er als Gesamtzweiter der Friedensfahrt, die er insgesamt viermal bestritt. 1952 eroberte er den DDR-Straßentitel, dazu gewann er drei weitere im Mannschaftsfahren. Und bevor er sich 1956 dem Stehersport zuwandte, zierte sein Name die Siegerliste der Klassiker: Großer Sachsenpreis (1950), Rund um die Hainleite (1952), Rund um Dortmund (1957). Bei den Stehern war er 1958 DDR-Vizemeister und holte nach dem WM-Sieg die Titel der Jahre 1959 und 1960.

Medaillen-Gewinner

Leipzig

AMATEURE

Steher

1. Lothar Meister I
   (DDR - K.-Marx-St.)
2. Heinz Wahl
   (DDR - Berlin)
3. Arie van
   Houwelingen
   (Niederlande)

Hoffnungslaufs in das Finale eingerückt waren. Kaum war der Startschuß erfolgt, da sprintete Lothar Meister I an Heinz Wahl vorbei an die Spitze. Eine gute Taktik, denn in seinem Rücken begannen sofort die Angriffe der Holländer, die die Nachfolge ihres Landsmannes Blekemolen antreten wollten. Henk Buis und Arie van Houwelingen drangen immer wieder vor, ließen Wahl und den abwechselnd auf den dritten Rang vorgestoßenen Juri Smirnow und Ronald Webb keine Chance. Meister I blieb der Fels in der Brandung, denn bei ihm prallten die Angriffe des anfangs agilen Buis ebenso ab, wie später die von Van Houwelingen. Da hatte Buis längst die Rolle des Prellbocks übernommen, auf den der Deutsche auffahren mußte, wenn Van Houwelingen nachdrängte. Doch vor allem die Umsicht von Pacemaker Horst Aurich, der bei den Angriffen rechtzeitig beschleunigte, und das Vermögen Lothar Meisters, jedes geforderte Tempo mitzugehen, machten alle Hoffnungen der Oranjes zunichte. Die anderen Finalisten lagen weit zurück und

hatten keine Chance, in das Geschehen einzugreifen.
Nach 40 Minuten großer Jubel auf den Tribünen, denn Heinz Wahl hatte sich von den anfänglichen Zweikämpfen erholt und entriß Buis mit einem Zwischenspurt den dritten Platz. Im von den Holländern gestarteten Schlußangriff drängte Van Houwelingen den Führenden auf Buis. Meister I passierte ihn jedoch nach kurzem Kampf und beschleunigte noch einmal. Nun mußte Arie nachsetzen, überholte selbst seinen Landsmann. Aber die Jagd hatte sichtlich Kraft gekostet. Darauf hatte das Gespann Wahl/Schondorf nur gewartet. Mit einem Bitzangriff rückte es heran und kanterte Van Houwelingen regelrecht nieder. Noch einmal riß sich der Holländer zusammen, kämpfte sich Meter um Meter wieder heran. Doch er blieb Dritter, konnte die beiden Führenden nicht mehr gefährden. Lothar Meister I wehrte auch die Schlußattacke von Heinz Wahl sicher ab und ging als neuer, stürmisch gefeierter Weltmeister durchs Ziel!

Wenige Tage vor dem Höhepunkt in Leipzig hatte es in Karl-Marx-Stadt bereits die WM '58 im Hallenradsport gegeben, bei der sich Gerd Martin und Gerhard Degenkolb in ihrer Heimatstadt den Titel im Radball vor den Schweizern Breitenmoser/Lienhard sicherten.
Im Einerkunstfahren entthronte Heinz Pfeiffer (Schwenningen) den Titelverteidiger Arnold Tschopp (Schweiz); Bronze ging an Wolfgang Hebert (DDR).
Auf der Leipziger Piste wurden im Rahmen der WM die DDR-Bahntitelkämpfe ausgetragen.

Heinz Müller
Straßen-Weltmeister
der Berufsfahrer
1952 in Luxemburg

Müller gewann als erster deutscher Fahrer eine Straßen-Weltmeisterschaft. Im Spurt der Spitzengruppe gab er dem Schweizer Gottfried Weilenmann (2. von rechts/2. Platz), dem Münchener Ludwig Hörmann(rechts/ 3.) und dem favorisierten Italiener Fiorenzo Magne (links/4.) das Nachsehen.

Gustav Adolf Schur
Straßen-Weltmeister
der Amateure
1958 in Reims und 1959
in Zandvoort

Karl-Heinz Marsell
Steher-Weltmeister der Berufsfahrer
1961 in Zürich

Hohe Leistungen der Weltelite kennzeichneten ein gelungenes Championat

Leipzig, Chemnitz, Sachsenring
3. - 14. August 1960

Nur sechs Jahre nach den gelungenen Titelkämpfen in der Bundesrepublik und nur wenige Monate nach den erfolgreichen Aktionen des Deutschen Radsport-Verbandes der DDR für den Amateur-Stehersport kamen die Weltmeisterschaften auf Bahn und Straße in der DDR zur Austragung. Zweifelsohne ein Verdienst des damaligen Präsidenten des Deutschen Radsport-Verbandes, Werner Scharch. Dieser hatte im Auftrage der DDR-Sportführung gute Verbindungen zur Internationalen Radsport-Union geknüpft - vor allem zu ihrem langjährigen Präsidenten, dem Franzosen Achille Joinard, der 1957 verstarb, und dessen Nachfolger Adriano Rodoni. Diese Verbindungen und gute Leistungen, sowohl bei der Organisation vom Criterium du Monde 1957 und der Weltmeisterschaft der Amateur-Steher 1958 als auch die aufsehenerregenden Ergebnisse der Sportler gaben wohl den Ausschlag dafür, daß die Welttitelkämpfe 1960 dem Deutschen Radsport-Verband zugesprochen wurden.

Diese Weltmeisterschaften gehörten zu den ersten und bedeutendsten Titelkämpfen, die in der DDR ausgerichtet wurden und fanden entsprechende propagandistische Unterstützung. Darüber hinaus war es im Radsport das erste Mal, daß ein Land des Ostblocks als Ausrichter ausgewählt wurde. Bei der Bevölkerung fiel das auf fruchtbaren Boden, denn die Grundlagen für das große Image des Radsports waren bei der Friedensfahrt gelegt worden. Das große Sportidol Gustav Adolf Schur - ein Jahrzehnt lang zum Sportler des Jahres gewählt! - hatte zudem als typischer Arbeiterjunge einen unvergleichlich erfolgreichen Weg in die Weltelite beschritten. Vom besten deut-

schen Teilnehmer bei den Weltmeisterschaften 1954 und Gewinner der Martini-Trophäe war er zum Studenten-Weltmeister und zum zweimaligen Einzelsieger der Friedensfahrt aufgerückt und

Moderne Bahn

Für die Rad-Weltmeisterschaften 1960 wurde die Leipziger Radrennbahn gründlich umgestaltet. Die Fahrfläche erhielt einen neuen Zementbelag, die Zuschauerkapazität wurde auf 20.000 erhöht.

Ein Hauptgebäude vereinte großzügig gestaltete Umkleideräume, Unterkünfte, Arbeitsräume und ein Restaurant. Eine neue Zeitmeßanlage und die Lichtanlage mit 145 Lux entsprachen dem modernsten Standard.

Was 1960 noch Wunschtraum war, wurde nach der umfangreichen Rekonstruktion im Jahre 1970 möglich: die Piste wurde dritte überdachte Freiluftbahn der Welt. Über 20 Jahre stand diese Bahn für nahezu alle DDR-Meisterschaften und die G.P. der DDR im Sprint im Blickpunkt. 1981 fanden auf dieser Bahn auch die Junioren-WM statt.

hatte sich schließlich als Krönung 1958 in Reims und 1959 in Zandvoort mit dem Regenbogentrikot des Weltmeisters im Straßenfahren geschmückt. Diese populäre Sportart mit ihrem großen Helden und seinen Kameraden hatte in der DDR eine gute Heimstatt und war der Weltmeisterschaften würdig. Dies anerkannten auch zahlreiche Persönlichkeiten des internationalen Radsports und insgesamt 34 Länder, die ihre Akteure nach Leipzig entsandt hatten.

Selbst wenn in den östlichen Medien dieser Aspekt besonders hervorgehoben wurde, um außenpolitische Pluspunkte zu sammeln, darf man bei den in Leipzig und Karl-Marx-Stadt (Chemnitz) durchgeführten Weltmeisterschaften im Bahnradsport, sowie bei den Straßenentscheidungen auf dem Sachsenring bei Hohenstein-Ernstthal davon ausgehen, daß sie ein wesentlicher Beitrag für die Entwicklung des Weltradsports waren. Nur wenige Tage vor den Olympischen Sommerspielen in Rom standen dabei die olympischen Disziplinen der Amateure besonders im Blickpunkt.

Daß die DDR-Sportführung in ihrem Bemühen um internationale Anerkennung deutliche Kompromisse einging, bewies die Akzeptierung der Weltmeisterschafts-Entscheidungen der Berufsfahrer, obwohl der kommerzielle Sport im eigenen Lande verpönt war. Kurioserweise setzte sie im Detail auch ihre Weltanschauung außer Kraft. In dem Bemühen, sich anzubiedern, wurde dem Multimillionär Adriano Rodoni, der in der schwärzesten Zeit Italiens 1940 Präsident seines Landesverbandes geworden und dessen politische Entwicklung total konträr verlaufen war, vom Arbeiter- und Bauern-Staat sogar eine der höchsten Auszeichnungen, der Vaterländischen Verdienstorden in Silber, verliehen...

UCI-Präsident Adriano Rodoni (links) und Werner Scharch, Präsident des Deutschen Radsport-Verbandes (DRSV) ,bei der Eröffnung der Welttitelkämpfe 1960.

Oldie-Party bei den Profi-Sprinter im Zeichen von Antonio Maspes

Routiniers bestimmten den Sprint

Eine Oldie-Party ganz besonderer Art zeichnete sich im August 1960 im Sprint der Berufsfahrer ab. Auf der Leipziger 400-m-Piste hatten sich für das Halbfinale vier ganz große Cracks qualifiziert. An der Spitze stand der 28jährige Titelverteidiger Antonio Maspes, der vor Amsterdam 1959 auch schon die Sprint-Weltmeisterschaften 1955 und 1956 gewonnen hatte. Als Youngster war Josef De Bakker (erst 26 Jahre!) aus Belgien dabei. Er hatte in seiner Heimat die Nachfolge des großen Jef Scherens angetreten und schon neun Landestitel in Folge errungen. Den traditionsreichen Schweizer Radsport repräsentierte der 38jährige vielseitige Oskar Plattner, schon zweimal Weltmeister (1946 Amateure) und 1952 (Profis), der als Weltrekordjäger und Sechstagesieger gleichermaßen in allen Sätteln gerecht war. Und der Vierte im Bunde der Halbfinalisten von Leipzig war Jan Derksen. Der 41jährige „fliegende Holländer" bestritt bereits seine 17. Weltmeisterschaft! Gewachsen in der einzigartigen sportlichen Rivalität mit Arie van Vliet (beide standen sich 17 mal im Finale der Landesmeisterschaften gegenüber! Bilanz 10:7 für Van Vliet) hatte Derksen nicht weniger als zwei Regenbogentrikots - 1939 bei den Amateuren und 1957 mit 38 Jahren bei den Profis - sowie fünf Medaillen erkämpft.

Diese vier Asse hatten kaum Mühe, sich zur Spitze durchzukämpfen. Gegen Maspes, der im Juli seine Glanzform noch mit zwei Weltrekorden unterstrichen hatte, blieb im Viertelfinale auch der deutsche Meister Werner Potzernheim, der nach Vorlauf-Niederlage gegen Suter über den Hoffnungslauf weitergekommen war, ohne Chance. Derksen ließ den Schweizer Adolf Suter hinter sich und Plattner gab dem Franzosen Roger Gaignard locker das Nachsehen. Lediglich De Bakker - der heute als einer der erfolgreichsten Schrittmacher des Stehersports gilt - mußte gegen den Titelträger 1958 und Vizeweltmeister 1959, den Franzosen Michel Rousseau,

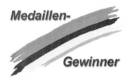

Medaillen-Gewinner

Leipzig

BERUFSFAHRER

Sprint

1. Antonio Maspes
   (Italien)
2. Oskar Plattner
   (Schweiz)
3. Josef De Bakker
   (Belgien)

5000 m Verfolgung

1. Rudi Altig
   (BRD - Mannheim)
2. Willy Trepp
   (Schweiz)
3. Ercole Baldini
   (Italien)

Siegerehrung bei den Profi-Verfolgern: Rudi Altig (ganz rechts auch auf erfolgreicher Fahrt) im Schmucke des Weltmeistertrikots, flankiert vom Schweizer Willy Trepp (links) und dem Italiener Ercole Baldini.

Auf der Vorseite: Weltmeister Antonio Maspes und seine Rivalen Oskar Plattner (links) und Josef De Bakker.

alle Register seines Könnens ziehen, um in drei Läufen weiterzukommen.

Der Belgier war in glänzender Form, konnte aber im Halbfinale ebensowenig gegen den Mailänder Antonio Maspes ausrichten, wie die anderen Konkurrenten. Immerhin zwang er Maspes im ersten Durchgang zu einem neuen Bahnrekord von 11,2 Sekunden für die letzten 200 Meter. Das Finale hatte De Bakker damit verpaßt, doch im Nervenkitzel des Kampfes um Bronze vermochte er sich zu steigern. Sein Rivale Jan Derksen, der zuvor im Duell der Altmeister gegen Plattner unterlegen war, gewann den ersten Lauf. Aber dann zeigte sich, daß De Bakker doch der Frischere war. In den beiden folgenden Läufe behauptet er sich gegen den 15 Jahre älteren Routinier und gewann seine erste Medaille. Drei weitere Bronzemedaillen - errungen im Sprint-Konzert der Großen - sollten in den nächsten Jahren noch folgen.

Im Endlauf sorgte Maspes für klare Verhältnisse im Profi-Sprint. So sehr sich auch der Eidgenosse Oskar Plattner wehrte, das azurblaue Trikot des Italieners leuchtete beide Male in Front. Antonio Maspes tauschte es auch bei dieser Siegerehrung gegen das begehrte Weiß mit den regenbogenfarbenen Brustringen ein. Zum vierten Male...

Altigs Intervallen hielt keiner stand

„Die Verfolgungs-Radweltmeisterschaften entsprechem einem gewissen Charakteristikum der Deutschen, ungeachtet der durch Deutschland sich ziehenden unnatürlichen Grenze", erklärte Matthias Gasper 1960 im Fachorgan des Bundes Deutscher Radfahrer. „Härteeigenschaften und Kraftleistungen liegen den deutschen Sportlern besser, als die blitzschnellen Reaktionen, die der listenreiche Sprintersport erfordert."

Eine Beobachtung, die angesichts langjähriger Dominanz der Italiener und Franzosen gewagt schien. Aber Gasper hatte ja ein deutsches As ganz besonders

derer Art aus dem Ärmel zu schütteln: den Mannheimer Rudi Altig!

Dieser war nach ansprechenden nationalen Erfolgen unter der Anleitung von Karl Ziegler im Jahr zuvor die „Sensation von Amsterdam" geworden, als er in einem grandiosen Finale bei den Amateuren Italiens Favoriten Mario Valotto niedergekämpft und den Weltmeistertitel errungen hatte.

Der sofortige Übertritt Rudi Altigs zu den Berufsfahrern schmälerte zweifelsohne die für Rom erhoffte olympische Bilanz, schien aber logisch, denn der bärenstarke „Rudolfo" hätte wohl in keinen deutschen Bahnvierer gepaßt. Seine Disziplin, die Einzelverfolgung stand erst ab 1964 im Olympiaprogramm. Deshalb also im Sommer 1960 der Griff nach dem Weltmeistertrikot der Berufsfahrer, wobei ein schaler Beigeschmack blieb, denn nur acht Profis stellten sich in dieser Disziplin in Leipzig dem Starter.

Verfolger Rudi Altig und Willy Trepp gegen Straßencrack Ercole Baldini

Da war mehr Klasse als Masse gefragt, die sich eher im Viertelfinale - als es ums Weiterkommen ging - als in der Qualifikation zeigte.

In der Zeitüberprüfung hatte sich der Graubündener Willy Trepp mit 6:20,6 Minuten an die Spitze gesetzt, vor Rudi Altig und Leandro Faggin, den italienischen Olympiasieger und Exweltmeister der Amateure. Dem holländischen Tausendsassa Peter Post, der in allen Sätteln zuhause war, billigte man kaum ein weiteres Vordringen zu, dafür aber dem ehemaligen Stunden-Weltrekordler Ercole Baldini, der sich nach seinen großen Straßen-Erfolgen (Olympiasieger 1956, den Landestiteln 1957 und 1958, dem Giro-Sieg 1958 und dem Weltmeistertitel 1958!) erstmals an der Weltmeisterschaft der Verfolger beteiligte. Der 27jährige Azzurri aus Forli bezwang im Viertelfinale Peter Post sicher, geriet aber in der Vorschlußrunde an einen entfesselten Willy Trepp. Der spulte die 5000 Meter in 6:12,5 Minuten herunter, dagegen war der eher in längeren Zeitfahren glänzende Baldini machtlos.

Für Altig war das Viertelfinale kein Problem. Er holte den Dänen Flemming Pedersen schon nach gut drei Kilometern ein. Das bedeutete Kraftreserven für die Auseinandersetzung mit dem heißen Titelanwärter Leandro Faggin. Der war als Vizeweltmeister von Amsterdam angetreten, und wollte mehr. Aber auch Faggin war einem Altig nicht gewachsen, wurde so demoralisiert im Halbfinale, daß er im kleinen Endlauf auch gegen Baldini nicht mehr gegenhalten konnte und nur Vierter wurde.

Damit war alles klar für den großen Endkampf. Willy Trepp, der starke Eidgenosse, sann auf Revanche für die Halbfinalniederlage von Amsterdam, wo Altig die Weichen für die Farben der Medaille gestellt hatte. Er ging als Favorit gegen den Mannheimer ins Rennen. Dort der war mit einer nochmaligen Steigerung - Siegerzeit 6:12,3 Minuten! - jederzeit Herr des Rennens und gewann überlegen vor einem enttäuschten Trepp.

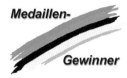

Medaillen-

Gewinner

Leipzig

AMATEURE

Sprint

1. Sante Gaiardoni
   (Italien)
2. Leo Sterckx
   (Belgien)
3. Dave Handley
   (Großbritannien)

4000 m Verfolgung

1. Marcel Delattre
   (Frankreich)
2. Henk Nijdam
   (Niederlande)
3. Siegfried Köhler
   (DDR - Berlin)

Der stämmige Sante Gaiardoni (rechts) war 1960 der überlegene Mann im internationalen Kurzzeitbereich. Er wurde Weltmeister und Olympiasieger im Sprint und gewann außerdem olympisches Gold im 1000 m Zeitfahren. In dieser Disziplin stellte er in jenem Jahr zwei neue Weltrekorde auf.

Altig bestätigte, so kommentierte Matthias Gasper, „...daß er aus einem Kräftereservoir in der Entscheidung noch zu schöpfen verstand und somit alle mathematischen Planungen seiner Gegner über den Haufen warf. In seinem nicht zu kopierenden Intervallstil zwang er den Gegnern gewissermaßen seine Taktik auf, und darin lag deren Versagen."

Getrieben wurde Rudi Altig auch durch das begeisterte Publikum im Stadionrund, das den Mannheimer und keinen anderen siegen sehen wollte.

Am Ende dieses Wettbewerbs gab es auch den wohl einzigen „Schönheitsfleck" im Bild dieser Weltmeisterschaften, denn die Hymne für den umjubelten Sieger Rudi Altig wurde nach einigen Takten jäh unterbrochen, frei nach dem politisch ausgelegten Motto: Es kann nicht sein, was nicht sein darf!

Keiner kommt an Gott vorbei....

Es soll an einer Kirchertür im sonnigen Süden gestanden haben: Keiner kommt an Gott vorbei. Aber ein radsportbegeisterter Tifosi hatte leidenschaftlich und mit Kreide dagegengehalten: Doch, Sante Gaiardoni!

Das Kraftpaket aus Verona konnte schon 1958 in Paris als 19jähriger und ein Jahr später in Amsterdam bei den Weltmeisterschaften überzeugen. Gaiardoni ließ da nur seinem Landsmann Valentino Gasparella knapp den Vortritt. Der Sieg bei den Mittelmeerspielen 1959 (Sprint und 1000 m) und der Erfolg im Winter-Hallenchampionat über den Weltmeister bestärkten Gaiardoni. Im olympischen Jahr 1960 war er nicht zu bremsen. Bei den italienischen Meisterschaften trat er nur im 1000-m-Zeitfahren an, stellte mit 1:07,5 Minuten einen neuen Weltrekord auf. Der dritte Titel im Tandemrennen (errungen mit Zanetti) war nur eine Formsache. Sante Gaiardoni war der Mann des Jahres. Er unterstrich das Vertrauen mit dem Weltmeisterschaftssieg im Sprint in Leipzig sowie mit dem Gewinn der olympischen Goldmedaillen in Rom, wo er Sprint und 1000 m

Zeitfahren - erneut mit neuem Weltrekord (1:07,27 Min.) vor dem Münsteraner Dieter Gieseler - für sich entschied. Gegen diesen entfesselten Athleten sah auch Weltmeister Valentino Gasparella in Rom kaum eine Chance. Er fuhr den Sprint und wurde (von Leo Sterckx im Halbfinale bezwungen) Dritter, aber um erfolgreich zu sein, mußte er mit Partner Giuseppe Beghetto für Olympia auf den Tandemwettbewerb ausweichen. Und da sorgten die italienischen Vizemeister ebenfalls für Gold, als sie Lothar Stäber/Jürgen Simon (Erfurt/Berlin) bezwangen.

Doch zurück zur Weltmeisterschaft in Leipzig. Da waren die Italiener noch als Dreigestirn angetreten, um die Konkurrenz das Fürchten zu lehren. Aber weder Gasparella noch Beghetto hatten da die richtige Form, um die sonst so überlegene italienische Sprintschule zu demonstrieren. Der Titelverteidiger wurde im Hoffnungslauf Opfer der rauhen Fahrwei-

se des Belgiers Leo Sterckx und Beghetto unterlag im Viertelfinale nach drei Läufen gegen den Briten Dave Handley. Dieser war am Ende mit Bronze, die er gegen Kurt Melby gewann, die Entdeckung.

Nur Gaiardoni zog als der Komet des Sommers seine Bahn. Der Pole Grundman, der Schweizer Rechsteiner, der Belgier Lambrechts waren bis zum Viertelfinale ebensowenig ein Problem , wie im Halbfinale der Däne Kurt Melby und im Finale Leo Sterckx aus Belgien. Den letzteren bezwang Sante Gaiardoni auch in Rom im olympischen Finale.

Die deutschen Sprinter aus Ost und West waren 1960 noch nicht so weit, um in das Geschehen eingreifen zu können. Lothar Stäber, Karl-Heinz Peter und Jürgen Simon mußten ebenso vorzeitig ausscheiden wie Günther Kaslowski und August Rieke. Der letztere, der im Vorlauf Melby bezwungen hatte, kam bis in den Hoffnungsendlauf des Achtelfinals. Dort mußte er sich im Kampf um einen Platz unter den letzten Acht dem späteren Zweiten, Leo Sterckx, beugen.

Rang drei für Siegfried Köhler

Aus der traditionsreichen Radsportstadt Forst/Lausitz war Siegfried Köhler ausgezogen, um in seinem Sport Furore zu machen. Zahlreiche Siege und Meistertitel bestätigten einen erfolgreichen Weg für den Wahlberliner, der alle Disziplinen meisterlich beherrschte.

Schon 1956 in Melbourne dabei, kam er drei Jahre später mit guten Hoffnungen als Verfolger nach Amsterdam. Aber da traf er im Viertelfinale auf einen entfesselten Rudi Altig, der ihm die Tür für ein weiteres Vordringen vor der Nase zuschlug. Nun war Altig Profi, war der Weg frei für Köhler...

Der Schützling von Trainer Gerhard Gallinge erreichte in der Qualifikation der Amateure unter 25 Teilnehmern mit 5:05,0 Minuten die drittbeste Zeit hinter dem aufsteigenden holländischen Stern Henk Nijdam (5:00,8) und Franco Testa (5:02,4) aus Italien. Das war ohne spezielle Vorbereitung - die zielte

auf den Vierer für die Ausscheidungen für die Gesamtdeutsche Mannschaft - ein ausgezeichnetes Ergebnis. Der Franzose Marcel Delattre, Kurt Vid Stein (Dänemark), der Deutsche Meister Hans Mangold aus Mannheim, Vizeweltmeister Mario Valotto (Italien) und der Österreicher Erwin Kriz vervollständigten das Achterfeld, in das Akteure wie Stanislaw Moskwin, Michel Nedelec oder Mike Gambrill ebensowenig vorstoßen konnten wie die Berliner Wolfjürgen Edler und Wolfgang Jäger, ein Schützling von Altmeister Karl Wiemer.

Im Viertelfinale gab es spektakuläre Siege der Deut-

Ehrenrunde der besten Amateur-Verfolger: von links Siegfried Köhler, Henk Nijdam und der neue Weltmeister Marcel Delattre.

Beeindruckende Beryl Burton

Leipzig

FRAUEN

Sprint

1. Galina Jermolajewa
   (UdSSR)
2. Walentina Pantilowa
   (UdSSR)
3. Jeanne Dunn
   (Großbritannien)

3000 m Verfolgung

1. Beryl Burton
   (Großbritannien)
2. Marie-Th. Naessens
   (Belgien)
3. Ljubow Shogina
   (UdSSR)

Rang vier gab es in Leipzig für Andrea Elle. Sie war über Jahre die beste Deutsche in Sprint und Verfolgung

schen. Mangold gewann gegen Testa, der allerdings mit dem Fuß aus dem Haken gekommen war und sein Rennen daraufhin aussichtslos abbrach, und Köhler fuhr - wie schon in der Qualifikation - gegen Mario Valotto ein starkes Rennen. Bei ihnen blieben die Zeiger für die in Zehntelsekunden gemessene Zeit am Ende exakt gleich stehen, so daß die schnellere letzte Runde für den Berliner den Ausschlag gab. Da sowohl Mangold als auch Köhler im Halbfinale durch Delattre bzw. Nijdam bezwungen wurden, standen sie sich im Kampf um Rang drei gegenüber. Hier konnte Köhler seine Stärke ausspielen, während sein Rivale nur über drei von zehn Runden Paroli bieten konnte. Mit dem Beifall des Publikums im Rücken schaffte Siegfried Köhler den Sieg und wurde Dritter. Er gewann damit die allererste DDR-Medaille im Verfolgungsfahren! Sie gab ihm und seinen Kameraden großes Selbstvertrauen, das wenig später in Rom mit der olympischen Silbermedaille mit dem Vierer belohnt wurde.

Im Kampf um den Titel war der Franzose Marcel Delattre mit seiner in allen Läufen guten Krafteinteilung der Bessere, während der erst acht Wochen vor der Weltmeisterschaft von Altmeister Arie van Vliet für diese Disziplin entdeckte Henk Nijdam noch Lehrgeld zahlen mußte. Aber - in den beiden folgenden Jahren war er selbst Welttitelträger. Zuerst bei den Amateuren, und dann bei den Profis...

Dritte Weltmeisterschaften der Frauen

Erst zum dritten Male griffen die Radsport-Amazonen in den Kampf um die Weltmeistertitel ein. Nur wenige Länder hatten für die Förderung des Bahnsports schon die Voraussetzungen geschaffen und so blieben die Mädchen aus sechs Ländern noch unter sich. Im Sprint ergab sich das Kuriosum, das die Medaillen in Paris 1958, Rocourt 1959 und Leipzig 1960 (sowie auch 1961 in Douglas/England) in der gleichen Reihenfolge an die gleichen Fahrerin-

Die besten Verfolgerinnen der WM 1960: Marie-Therese Naessens (2.), Beryl Burton (1.) und Ljubow Shogina (3.)

nen vergeben wurden: Galina Jermolajewa aus Moskau gewann vor Walentina Maximowa und der Engländerin Jeanne Dunn. Für die DDR-Vertreterinnen Ingrid Kutter und Andrea Elle war im Viertelfinale Endstation, wobei Andrea nach dem verlorenen ersten Lauf gegen Jeanne Dunn auf den zweiten verzichtete, um Kräfte für die Einzelverfolgung zu sparen.

Im Kampf über die 3000-m-Distanz wurde bereits in der Qualifikation klar, wem die Favoritenrolle gebührte: Titelverteidigerin Beryl Burton war mit 4:12,9 Minuten rund neun Sekunden schneller als alle anderen! Schon im Viertelfinale gab es weitere Qualitätssprünge. Burton warf mit 4:10,4 Minuten ihre Vorgängerin im Regenbogentrikot, Ljubow Kotschetowa, aus dem Rennen, Ljubow Shogina (UdSSR) gab mit ausgezeichneten 4:13,3 Minuten der Engländerin Kay Ray das Nachsehen und Andrea Elle kämpfte sich auf die neue DDR-Rekordzeit von 4:17,5 Minuten, um sich gegen die Straßen-Weltmeisterin Yvonne Reynders (Belgien) zu behaupten. Deren Landsfrau Marie-Therese

Steher-"Länderkampf" zwischen der DDR und den Niederlanden

Naessens warf die erste Straßen-Weltmeisterin, Elsy Jacobs aus Luxemburg, aus dem Wettbewerb.

Beryl Burton war die Stärkste des Championats. Sie setzte sich im Halbfinale gegen Elle und im Endkampf mit der hervorragenden Zeit von 4:06,1 Minuten gegen Naessens durch, die sich ganz hervorragend gesteigert hatte und im Halbfinale mit 4:11,7 Minuten gegen Ljubow Shogina für die Überraschung hinter der überragenden Beryl Burton gesorgt hatte.

Welche Klasseleistung die Britin erbracht hatte, wird auch daran deutlich, daß im Jahre 1964 in der Weltrekordliste bei der ersten Anerkennung der 3000-m-Distanz eine offizielle Zeit von 4:29,2 Minuten registriert wurde.

Andrea Elle blieb trotz nochmaliger Verbesserung ihres Rekords auf 4:16,1 Minuten dennoch gegen die um eine Sekunde schnellere Russin Shogina nur der undankbare vierte Platz. Aber dieser Rang machte dennoch Mut. Auch der zweiten DDR-Vertreterin Elisabeth Kleinhans, die vorzeitig ausgeschieden war, aber wenig später auf dem Sachsenring ihren Kampfgeist bewies.

DDR-Doppelerfolg bei den Stehern

Ein Dreigestirn an DDR-Stehern schickte sich an, vor eigenem Publikum und auf der Bahn, auf der der Amateur-Stehersport wiederbelebt wurde, erneut nach dem Regenbogentrikot zu greifen. Lothar Meister I, der Weltmeister von 1958, legte schon im ersten Vorlauf diese Elle an, als er das Rennen über 50 Kilometer gewann. Der Leipziger Siegfried Wustrow und der aus der traditionsreichen Erfurter Radsport-Dynastie stammende Georg „Schorschel" Stoltze eiferten ihm erfolgreich nach. Alle drei hatten gegen aussichtsreiche Holländer ein Signal gesetzt und diese hinter sich gelassen: Leendert van der Meulen, Hendrik Buis und Bert Romijn waren ohne Zweifel von dieser Übermacht beeindruckt, denn ihre Gegenwehr im Finale erinnerte nicht mehr

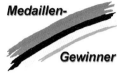

Medaillen-Gewinner

Leipzig

AMATEURE

Steher

1. Georg Stoltze
   (DDR - Berlin)
2. Siegfried Wustrow
   (DDR - Leipzig)
3. Hendrik Buis
   (Niederlande)

In Leipzig schlug bei den Weltmeisterschaften 1960 die große Stunde für den Wahl-Berliner Georg Stoltze (rechts) und den Leipziger Siegfried Wustrow. Die beiden DDR-Fahrer waren im Finale der Amateur-Steher klar die Stärksten und fuhren einen ungefährdeten Doppelsieg gegen namhafte Konkurrenten heraus.

daran, daß sie eigentlich den 1959 in Amsterdam gewonnenen Stehertitel von Arie van Houwelingen, der zu den Berufsfahrern gewechselt war, erfolgreich verteidigen wollten.

Als am 7. August zum Endlauf der Amateur-Steher über eine Stunde gerufen wurde, begrüßte das begeisterte Publikum - 20 000 Zuschauer! - neun Akteure und ihre Schrittmacher auf der Alfred-Rosch-Kampfbahn. Je drei aus der DDR und aus den Niederlanden repräsentierten die erfolgreichsten Länder seit der Wiederbelebung des Amateur-Stehersports. Dazu waren nur noch die Franzosen Antège Godelle und Christian Giscos, als Gewinner des Hoffnungslaufes, und der Pole Jerzy Bek gekommen, die aber den Ausgang des Wettbewerbs nicht beeinflussen konnten.

Die Startreihenfolge für dieses Finale war für die

Das Meister-Duo Stoltze und Wustrow gehörte auch im darauffolgenden Jahr 1961 in Zürich zu den stärksten Fahrer. Dort mußten sie Leendart van der Meulen den Sieg überlassen, gewannen aber die weiteren Medaillen. Siegfried Wustrow wurde erneut mit Silber geehrt, Titelverteidiger Georg Stoltze errang Bronze.

Akteure des Gastgeberlandes keineswegs so günstig wie in den Vorläufen. Das räumte den Niederländern gute Chancen ein. Der 22jährige Leendert van der Meulen ging mit seinem damals blutjungen, gleichaltrigen Pacemaker Bruno Walrave (heute der erfolgreichste aller Schrittmacher!) von der Spitze ins Rennen, dahinter reihten sich Godelle, Stoltze, Bek, Wustrow, Romijn, Buis, Giscos und Meister I auf. Die amtierenden Landesmeister Hendrik Buis und Lothar Meister I hatten somit die ungünstigsten Lose gezogen.

Mit einem Blitzstart führten Fritz Erdenberger und Holm Rommel ihre Schützlinge Stoltze und Wustrow schon in der zweiten Runde auf die Positionen zwei und drei hinter Van der Meulen. Und vor diesem baute sich Meister I als Bollwerk auf. Nach fünf Minuten erfolgte bereits der Angriff auf die Spitze. Georg Stoltze passierte den Holländer ohne große Gegenwehr, und auch der kleine, wieselflinke Wustrow hatte das Glück des Tüchtigen auf seiner Seite, als er wenig später erfolgreich vorbeiging und wieder den Platz hinter Stoltze einnahm.Er hatte sich mit dem schnellen Start etwas verausgabt und zwischenzeitlich den Oranje-Meister Buis einmal vorüberlassen müssen. Aber kaum hatte er sich gefangen, da spornte er seinen Pacemaker Holm Rommel an, um wieder an Buis vorbeizugehen.

Das „Allez, allez!" mag an diesem Tage der Konkurrenz in den Ohren gelegen haben. Denn an der Reihenfolge an der Spitze änderte sich nichts mehr, und die meisten Konkurrenten versuchten nur noch die Zahl der Überrundungen in Grenzen zu halten. Georg Stoltze meinte nach dem Rennen."Ich habe trotz des verhältnismäßig einfachen Rennverlaufs ganz schön die Zähne zusammenbeißen müssen. Es rollte nicht so bei mir wie im Vorlauf. Besonders beim Überrunden der schwächeren Fahrer kostete es Kraft, denn jeder wollte nochmals richtig gegenhalten..."

Trotz der klaren Führung durch Stoltze und Wustrow war dieses Finale spannend. Ihres Erfolges sicher sein, konnten sich die Akteure der beiden deutschen Gespanne erst nach der vollen Stunde. Denn in ihrem Rücken hatte sich nach etlichen Positionskämpfen Hendrik Buis auf den dritten Platz vorgearbeitet. Er blieb in ständiger Reichweite, immer auf der Hut, um im Moment einer Schwäche der Führenden sofort anzugreifen.

Diese Chance bekam er aber nicht. Als er in den letzten Minuten das Tempo verstärkte, um noch einmal seine Schlußattacke zu starten, zogen auch die vorn liegenden Paare im Tempo an. Insbesondere Siegfried Wustrow drängte noch einmal nach der Führung. Die gab der 29jährige „Schorchl" jedoch nicht mehr ab und krönte seine lange, vielseitige sportliche Laufbahn mit dem Gewinn des Regenbogentrikots. Als Radballspieler hatte Georg Stoltze begonnen, war in die Fußstapfen seines Vaters Georg getreten, der schon 1928 Europameister gewesen war. In internationalen Etappenrennen wie der Friedensfahrt, Touren wie der Ägypten- oder der DDR-Rundfahrt holte sich Stoltze die Härte als Straßenfahrer und erwies sich zugleich immer als wendiger Bahnspezialist, der in der Jugendklasse und bei den Männern sechs DDR-Meistertitel auf den unterschiedlichsten Distanzen erkämpft hatte.

Überglücklich auch sein Hallenser Schrittmacher Fritz Erdenberger, der schon alle berühmten deutschen Profis an der Rolle geführt hatte und nun, dank seines taktischen Geschicks, mit Schützling Georg Stoltze seine Sternstunde erlebte. Wenige Meter hinter dem Siegerpaar holte sich der 24jährige Siegfried Wustrow mit Holm Rommel die Silbermedaille, während sich Hendrik Buis als Bester der Holländer mit nur 120 Metern Rückstand mit dem Bronzeplatz begnügen mußte.

Wesentlichen Anteil am Doppelerfolg der DDR-Steher hatte auch Lothar Meister I. Nachdem er anfangs das Tempo gebremst hatte, bis seine Kameraden die führenden Positionen übernommen hatten, fiel es ihm später um so schwerer, seinen Platz noch

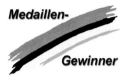
Medaillen-

Gewinner

Chemnitz

BERUFSFAHRER

Steher

1. Guillermo Timoner
   (Spanien)
2. Martin Wierstra
   (Niederlande)
3. Norbert Koch
   (Niederlande)

bogentrikot gewonnen hatte, siegte in diesem Lauf und erreichte - bei einem Rollenabstand von 40 cm - 79,238 Kilometer in der Stunde. Sein härtester Rivale, der Titelverteidiger und Weltmeister von 1955, Guillermo Timoner, lag nur 20 Meter zurück auf dem Ehrenplatz. Damit hatte sich der Spanier, der in den zurückliegenden Jahren auch zwei Silbermedaillen hinter dem Australier Graeme French (1956) und dem Schweizer Walter Bucher (1958) gewonnen hatte, die Finalteilnahme gesichert und war einer erfolgreichen Verteidigung seines Erfolges von Amsterdam nähergerückt.

Doch die Konkurrenz war stark. Der Franzose Jean Raynal unterstrich dies als Gewinner des zweiten Vorlaufs mit dem wahnwitzigen Tempo von fast 81 Stundenkilometern. Und im dritten Lauf gab ein alter Bekannter aus Italien, der Sieger des Weltkriteriums 1957 in Leipzig, Virginio Pizalli, dem Exweltmeister Walter Bucher das Nachsehen.

Da zu den Geschlagenen der drei Vorläufe auch zahlreiche prominente Akteure gehörten, wurde auch der Hoffnungslauf ein spannungsgeladenes Rennen, das über 20.000 Zuschauer begeisterte. Von den sieben Teilnehmern schafften nur der Weltmeister von 1957, Paul Depaepe, als Gewinner und die nächstplazierten Holländer Norbert Koch und Arie van Hoewelingen noch den Sprung ins Finale. Als Vierter schied der mit vielen Hoffnungen angetretene Deutsche Stehermeister Karl-Heinz Marsell aus Dortmund aus. Er hatte hinter Schrittmacher Werner Schmidt das Rennen aufge-

zu verbessern. Der sechste Rang des Weltmeisters von 1958 war aller Ehren wert. Das bewies auch der starke Beifall des Publikums.

Timoners rasante Fahrt zum Titel

Nach beeindruckenden Wettkämpfen in Leipzig fanden die Weltmeisterschaften in Karl-Marx-Stadt erneut einen interessanten Schauplatz. Auf der rekonstruierten Radrennbahn im großen Ernst-Thälmann-Sportforum gingen die Berufsfahrer hinter schweren Motoren in den Steher-Titelkampf. Die 16 Akteure aus acht Ländern und ihre in jahrzehntelangen 100-km-Schlachten bewährten Schrittmacher fanden eine von Clemens Schürmann konstruierte typische, steile Steherbahn vor, die rasante Geschwindigkeiten ermöglichte.

Bereits der erste Vorlauf gestaltete sich zu einem Duell der Weltmeister. Der Belgier Adolphe Verschueren, der bereits dreimal das Regen-

Guillermo Timoner überlegen, Adolphe Verschueren im Pech

Der am 24. März 1926 in Felanitx bei Palma de Mallorca geborene Guillermo Timoner ging als einer der erfolgreichsten Steher der modernen Zeit in die Geschichte des Radsports ein. Er war Profi von 1948 bis 1968. Obwohl er auch viermal Landesmeister im Sprint und dreimal in der Einzelverfolgung war, gehörte sein besonderes Augenmerk dem Steherrennen. Nach drei Erfolgen bei den Amateuren gewann Guillermo Timoner bis 1963 zehn Titel als spanischer Stehermeister der Berufsfahrer.

Die Krönung seiner Laufbahn waren aber die Siege in den Weltmeisterschaften 1955 (Mailand), 1959 (Zürich), 1960 (Karl-Marx-Stadt), 1962 (Mailand), 1964 (Paris) und 1965 (San Sebastián). Zweimal wurde er zudem Vizeweltmeister.

Aufsehen erregte Guillermo Timoner, als er 1983 mit 57 Jahren wieder auf das Steherrad stieg und 1984 noch einmal Profi-Landesmeister wurde.

nommen, und sich unter großem Beifall aus der neunten Startposition bis auf den zweiten Rang vorgekämpft, mußte aber nach einem Defekt an dessen Maschine zu Ersatzschrittmacher Johannes Käb wechseln. Der Dortmunder, der von vielen Fachleuten als Geheimtip gehandelt worden war, holte zwar in tapferer Verfolgungsjagd noch viel von seinem Rückstand auf, aber am Ende trennten ihn 35 Meter von der Finalteilnahme.

Die Hoffnung auf einen weiteren deutschen Weltmeister der Steher, der auf den Spuren der einstigen Asse wie Sawall, Metze und Lohmann wandelte, sollte sich erst ein Jahr später, 1961 in Zürich, erfüllen, als Karl-Heinz Marsell an der Rolle des damaligen Meisterschrittmachers Gustav Meulemans triumphieren konnte.

Mit diesem erfahrenen Gus Meulemans hatte sich in Karl-Marx-Stadt der kleine, aber so groß auftrumpfende Guillermo Timoner verbündet. Und der erwies sich im Finale als großer Taktiker. Von der Startposition 9 war er mit Timoner innerhalb der ersten 20 Bahnlängen auf der an der Steherlinie 333,3 m langen Bahn nach vorn gestürmt, um dann in aller Ruhe nur noch auf die wichtigsten Kontrahenten zu achten.

Überraschend waren Jean Raynal und der von der Spitze gestartete Virginio Pizalli nicht mehr in der Lage, an ihre guten Vorlaufleistungen anzuknüpfen. Überhaupt gab es aus den verschiedensten Gründen ein Favoritensterben. Während Timoner seine schnellen Runden drehte, vollzogen sich hinter ihm harte Positionskämpfe, die mal den Holländer Martin Wierstra und mal die Exweltmeister Paul Depaepe und Walter Bucher auf dem zweiten Rang sahen. Bucher, der sein erstes 100-km-Rennen in dieser Saison fuhr, den Landestitel in einem nur über eine Stunde gefahrenen Rennen gewonnen hatte, hielt der andauernden Tempohatz nicht stand. Den bei dieser hohen Geschwindigkeit zermürbenden Kurvendruck hielt er mit schmerzverzerrtem Gesicht nur bis zum 70. Kilometer durch und gab dann auf.

Depaepe schied nach 90 Kilometern wegen Motorschadens aus.

Und Adolphe Verschueren? Er hatte großes Pech und zugleich Glück im Unglück. Schon in der Anfangsphase des Rennens platzte seinem Schrittmacher Emil Vandenbosch bei einem Defekt die Benzinleitung; Maschine und Pacemaker standen im Nu in Flammen. Verschueren kam wie durch ein Wunder aus der Gefahrenzone, während Vandenbosch in den Innenraum stürzte, wo Helfer schnell die Flammen löschen konnten, so daß der Belgier mit geringen Verletzungen davonkam.

Verschueren ging mit Ersatzschrittmacher Pelzer erneut ins Rennen und eroberte sich mit seinem Kampfgeist viele Sympathien. Aber mehr als der siebente und letzte Finalplatz war nach diesem - im wahrsten Sinne des Wortes - verunglückten Start nicht zu schaffen.

Guillermo Timoner, der bereits 34jährige Mallorquiner, raste indessen ungefährdet zum erneuten Titelgewinn. Die Holländer Martin Wierstra, Norbert Koch und Arie van Houwelingen hatten die nächsten Plätze ganz sicher unter Kontrolle, aber dem Spanier vermochten sie nicht Paroli zu bieten.

Timoner brachte das Regenbogentrikot in einem so schnellen Rennen an sich, daß es als zweitschnellste Steher-Weltmeisterschaft in die Chronik einging. Seine 1:12:59 Stunden bedeuteten ein Tempo von 82,210 km/h.

Die beste Zeit eines Siegers über die mörderische 100-km-Distanz war 1927 bei den Titelkämpfen in Wuppertal-Elberfeld gefahren worden. Damals hatte der Belgier Victor Linart den Titel in der Zeit von 1:08:43 Stunden an sich gebracht. Noch schneller allerdings war bei der gleichen Weltmeisterschaft der Franzose Jean Brunier. Er entschied seinen Vorlauf in der Weltrekordzeit von 1:08:05,6 Stunden für sich, konnte aber weder im nachfolgenden Finale noch in späteren Jahren einmal eine Medaille bei Weltmeisterschaften erkämpfen.

Allen überlegen: Beryl Burton

Der Sachsenring, ein welliger Rundkurs, der mitten durch die Stadt Hohenstein-Ernstthal führt und dort mit dem steilen Badberg auch seine besondere Schwierigkeit aufzuweisen hat, stand am 13. August 1960 zweimal im Zeichen des Ringens um die Regenbogentrikots. Am Vormittag dieses Samstages kämpften die Frauen auf der 8,731 km langen Schleife um den Titel, der seit der Premiere 1958 erst zum dritten Male vergeben wurde.

Das Rennen mit 30 Fahrerinnen aus sieben Ländern wurde zur Triumphfahrt der Britin Beryl Burton. Die 23jährige hatte bereits in Leipzig ihre Form bewiesen und sich den Titel in der Einzelverfolgung gesichert. Auch auf der Straße war sie die Stärkste. Das bewies sie nachdrücklich, als in der vierten Runde an der Steigung des Badberges attackiert

wurde. Die Luxemburgerin Elsy Jacobs, die 1958 in Reims den ersten Weltmeistertitel errungen hatte, schien an der von Zuschauern dicht umsäumten Steigung leichtfüßig zu enteilen. Eine Fahrerin parierte jedoch den Antritt und holte die Luxemburgerin schnell wieder ein. Damit begnügte sie sich nicht, sondern schoß sofort vorbei. Das war die Entscheidung!

Während Elsy Jacobs wieder eingefangen wurde, vergrößerte die Britin ihren Vorsprung. Am Queckenberg - sechs Kilometer nach dem Badberg - hatte sie bereits 1:15 Minuten herausgefahren.

Im Feld gab es nun keine Ruhe mehr. Titelverteidigerin Yvonne Reynders (Belgien), die starken russischen Fahrerinnen und das DDR-Trio Elisabeth Kleinhans, Karin Hänsel und Renate Krämer bemühten sich, den Rückstand zu verringern. Vergeblich. Beryl Burton hatte den Spieß umgedreht: Aus der Verfolgerin war die Ausreißerin geworden, die stärker als alle Konkurrentinnen war und bei ihrem Solo in den verbliebenen beiden Runden ihren Vorsprung auf dreieinhalb Minuten ausbaute!

In einem packenden Finale sicherten sich dann im Spurt der Verfolgergruppe Rosa Sels (Belgien) und Elisabeth Kleinhans aus dem Gastgeberland die weiteren Medaillen. Für die Deutsche ein Wechsel auf die Zukunft. Denn sie konnte 1965 in San Sebastian selbst das Regenbogentrikot gewinnen!

Mit ihrer eindrucksvollen Siegesfahrt untermauerte Beryl Burton ihren Ruf als die erfolgreichste Rennfahrerin der Welt, als die sie vor der Ära Jeannie Longo angesehen werden darf. Von 1957 bis 1983(!) aktiv, gewann Beryl nicht nur sieben Mal die Verfolgungs-Weltmeisterschaft, sondern fügte ihrem Straßensieg von 1960 auch den WM-Titel von 1967 hinzu. Dazu kamen Weltrekorde und die unglaubliche Zahl von 96 Landestiteln auf Straße, Bahn und im Zeitfahren.

Beryl Burton trug über zwei Jahrzehnte den Ehrentitel „Best All-Rounder"; begründet auch mit ihrer stürmischen Siegesfahrt 1960 am Sachsenring...

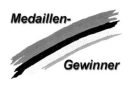

Medaillen-Gewinner

**Straßenrennen
Sachsenring
Hohenstein-Ernstthal**

FRAUEN

1. Beryl Burton
   (Großbritannien)
2. Rosa Sels
   (Belgien)
3. Elisabeth Kleinhans
   (DDR - Leipzig)

Dieses Bild einer glückstrahlenden Beryl Burton wird immer an die großartige Athletin erinnern, die 1996 einer heimtückischen Krankheit erlag. Es zeigt Beryl bei der Siegerehrung am Sachsenring. Sie hatte nach Gold im Verfolgungsfahren auch das Regenbogentrikot auf der Straße gewonnen. Links die Zweite Rosa Sels, rechts Elisabeth Kleinhans, die 1965 ebenfalls Straßen-Weltmeisterin wurde.

Taktiker Schur: Doppelsieg!

Eine Woche vor seinem 25. Geburtstag am 21. August landete der kleine Bernhard Eckstein seinen größten sportlichen Erfolg. Für den gelernten Werkzeugdreher aus Lichtenstein, wo er von Altmeister Richard Huschke entdeckt worden war, bedeutete dieser Sieg keine „Eintagsfliege". Immerhin hatte „Ecke" zu den bestimmenden Fahrern des Tages gehört, die nach den Medaillen greifen wollten. Im gleichen Jahr ließ der Wahlleipziger bereits mit dem Sieg im damals sehr bekannten Strassenrennen auf der Isle of Man aufhorchen. Bei den DDR-Meisterschaften war er dreimal hintereinander Zweiter hinter Schur gewesen. Nach seiner Laufbahn wurde Bernhard Eckstein ein erfolgreicher Bildreporter.

„Ecke" gefeierter Weltmeister

„Jetzt beginnt das Rennen richtig!", stellte Werner Schiffner fest und zündete sich genüßlich eine Zigarre an, als ihn an den Boxen die Nachricht erreichte, daß sich Titelverteidiger Gustav Adolf Schur am Badberg ganz allein auf die Verfolgung einer achtköpfigen Ausreißergruppe gemacht hatte. Der DDR-Coach, selbst ehemaliger Profi und als Trainer mit seinen Schützlingen vor allem in der Friedensfahrt und unzähligen Auslandsrundfahrten gereift, hatte seine Akteure auf die Minute topfit ins Rennen geschickt. Mit ihm hatten am Sachsenring aber rund 150.000 Zuschauer bei regnerischem Wetter lange warten müssen, bis eine Vorentscheidung gefallen war.

Die 111 Starter aus 25 Ländern absolvierten die ersten zehn Runden auf dem Sachsenring nahezu geschlossen. Lediglich kleinere Spitzengruppen, die sofort wieder gestellt wurden, waren bis dahin registriert worden. Sehr aktiv dabei auch die DDR-Fahrer, die mit Friedensfahrtsieger Erich Hagen und Lothar Höhne in den Ausreißergruppen dabei waren. Auch Willy Vandenberghen, der Dritte der Friedensfahrt 1960, und Ludwig Troche, im Trikot des Bundes Deutscher Radfahrer, tauchten vorn auf.

In Runde 13 stürmten der Italiener Enzo Cerbini und Bernhard Eckstein davon und bauten ihren Vorsprung auf eine halbe Minute aus. Zwei „Bahnlängen" später erhielten sie Gesellschaft, denn aus dem Peloton waren mit Guido de Rosso und Livio Trape zwei weitere Italiener sowie der Belgier Robert Lelangue, Juri Melichow (UdSSR), Jacques Simon (Frankreich) und der Mitfavorit Willy Vandenberghen entwichen. Da alle tüchtig in die Pedalen traten und am Ende der 16. Runde mit 1:29 Minuten Vorsprung in die letzten 25 Kilometer gingen, mußte wohl der neue Weltmeister aus dieser Gruppe kommen.

Doch da hatten sie die Rechnung ohne Titelverteidiger Gustav Adolf Schur gemacht. Wie ein Berserker

Sachsen-Ring
Hohenstein-Ernstthal

Länge der Runde
8,731 Km

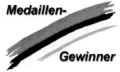

Medaillen-Gewinner

**Straßenrennen
Sachsenring
Hohenstein-Ernstthal**

AMATEURE

1. Bernhard Eckstein
   (DDR - Leipzig)
2. Gustav Adolf Schur
   (DDR - Leipzig)
3. Willy Vandenberghen
   (Belgien)

*Der Kleinste war der Größte!
Bernhard Eckstein, der von Altmeister Richard Huschke in die Spitzenklasse geführt wurde, wuchs auf dem Sachsenring über sich hinaus und gewann den Weltmeistertitel vor Gustav Adolf Schur und dem starken Belgier Willy Vandenberghen. Dieses Trio hatte alle anderen Kontrahenten hinter sich gelassen und die Medaillen unter sich ausgemacht.*

Beeindruckendes Teamwork der Belgier im erfolgreichen Zielsprint

stürmte er in der 17. Runde den Badberg empor, doch er kam nicht weg, so sehr er auch kämpfte. In seinem Schlepptau hing das gesamte Feld. Als sich aber auch seine Teamgefährten Egon Adler, Erich Hagen, Günter Lörke und Lothar Höhne an der Spitze einfanden und Tempo machten, schmolz der Vorsprung der Spitzengruppe bis auf 25 Sekunden zusammen.

Schur versuchte auch in der 18. Runde am Badberg das Feld zu sprengen. Wieder reichte es nur für eine Tempoverschärfung, die aber den ganzen Einsatz forderte, damit vielen in diesem Pulk zum Verhängnis wurde. Sie vermochten dem entfesselten Schur nicht mehr zu folgen und fielen weit zurück.

Vorn hatte Vandenberghen, der lange Belgier, kein Interesse, mit so spurtschnellen Begleitern das Ziel zu erreichen. Deshalb nutzte er einen günstigen Moment und ließ seine Gruppe hinter sich. Seine starke Fahrt und ein Moment der Uneinigkeit, wer die Führung in der Verfolgung übernehmen sollte, ließ schnell ein Loch klaffen. Am Ende der 19. Runde hatte er schon 28 Sekunden Vorsprung. In der gleichen Runde hatte aber auch Schur erneut angegriffen. Diesmal stiefelte er allein über den Gipfel des Badberges und holte nach kurzer Jagd die vor ihm liegende Gruppe ein.

Die letzte Runde: Vorn Willy Vandenberghen, der schon den Sieg vor Augen zu haben schien, aber dann konsterniert feststellen mußte, daß neben ihm zwei Männer im weißen Trikot auftauchten: Schur und Eckstein. Sie hatten die Gruppe gesprengt und alle Kraft eingesetzt, um den Belgier noch einzuholen. Rund vier Kilometer vor dem Ziel war er gestellt. Viel Zeit zum Taktieren blieb nicht, denn nur Sekunden dahinter mobilisierten auch die anderen die letzten Reserven.

Rik van Looy (rechts) als Weltmeister am Ziel seiner Wünsche. Der deutsche Profi-Meister Hennes Junkermann erkämpfte einen ausgezeichneten sechsten Rang.

Vandenberghen konzentrierte sich auf Täve Schur, dem das dritte WM-Gold in Folge winkte. Das nutzte Bernhard Eckstein. Und sein Antritt brachte ihm den Titel. Schur aber zielte auf den vollen Erfolg für seine Mannschaft und war stark genug, den Doppelerfolg zu sichern! Willy Vandenberghen war geschlagen. Dennoch war er 1960 einer der ganz Großen: Dritter wie bei der Friedensfahrt und wenig später auch bei Olympia in Rom.

Die Taktik der DDR-Mannschaft wurde mit dem Doppelsieg gekrönt. Daß Egon Adler im Spurt noch Rang 9 eroberte, unterstrich die überlegene Leistung der Gastgeber. Heinz Ewert, Straßenfachwart des BDR, anerkannte neidlos: „Eine Klasseleistung von Schur und doch wirkliche Gemeinschaftsarbeit des DDR-Teams."

Hart gekämpft hatte auch seine westdeutsche Mannschaft. Aber der Badberg forderte seinen Tribut und so kamen nur Günther Tüller (Velbert) als 31. und Ludwig Troche (Hameln) als 54. mitten im Hauptfeld ins Ziel.

Rik II im Regenbogentrikot

Hundert Kilometer mehr als die Amateure hatten die Berufsfahrer am 14. August auf dem Sachsenring zurückzulegen. Ihr kleines Feld schmolz auch mächtig zusammen, obwohl ernsthafte Aktionen in den ersten Runden rar blieben. Erst zur „Halbzeit" sorgten Diego Ronchini (Italien), Jean Graczyk (Frankreich) und der Belgier Emile Daems für einen Vorstoß. Daems fiel aber bald zurück, und auch Ronchini vermochte dem Blondschopf Graczyk nicht mehr zu folgen. Dessen Landsmann Marcel Rohrbach stürmte nach vorn und baute mit Graczyk den Vorsprung noch einmal aus.

Als es in der 30. Runde wieder den Badberg hinauf ging, wurden auch die Tritte von Graczyk schwerer. Er fiel ins Feld zurück, während Henri Anglade mit seinem Antritt dafür sorgte, daß die Trikolore-Equipe auch weiterhin doppelt in Front lag.

Belgiens Rad-Idol Rik II endlich ebenfalls Straßen-Weltmeister

Eingangs der vorletzten Runde lag Anglade vor Rohrbach und Rik van Looy in Front, dicht gefolgt von Jacques Anquetil und Hennes Junkermann. Am Badberg hatten sie einige Meter Vorsprung, wurden aber wieder gestellt. Zumindest hatte ihre Attacke bewirkt, daß die erste Gruppe auf 18 Fahrer zusammengeschmolzen war, von denen nur noch Frans Aerenhouts (Belgien) in der Schlußrunde „loslassen" mußte. Dabei waren vorn alle namhaften Akteure, einschließlich des Tour-Siegers Gastone Nencini und des luxemburgischen Kletterers Charly Gaul. Für diesen war die Strecke vielleicht sogar noch zu leicht, um seine Qualitäten auszuspielen. Immerhin wurde dieses Championat auch durch die Sprinter entschieden. Denn was dann im Finale gezeigt wurde, war ein Paradestück an Teamarbeit - gerade so, wie es heutzutage in den modernen

Etappenrennen wie der Tour de France von den besten Teams praktiziert wird! Auf dem Wege zum Ziel lagen vier, fünf Belgier wie aufgereiht in Front und sorgten für ein so wahnwitziges Tempo, daß kein anderer Fahrer die Chance hatte, vorbeizukommen. Einer nach dem anderen scherte aus und für Rik van Looy als Letztem in dieser Kette war es beinahe ein Kinderspiel, auf den letzten 100 Metern am Queckenberg zum Sieg zu sprinten.

Sein letzter Adjutant Pino Cerami war sogar noch so schnell, daß er hinter seinem Kapitän und dem wieselflinken französischen Titelverteidiger Andre Darrigade die Bronzemedaille erkämpfte.

Zu den knapp bezwungenen Besten des Tages gehörte auch der Deutsche Profimeister Hennes Junkermann, der den ausgezeichneten sechsten Platz belegte. Das damals größte Talent des bundesdeutschen Straßenradsports hatte nach seinem vierten Platz in der Tour de France erneut seine große Klasse bewiesen und mit aktiver Fahrweise diesem Championat seinen Stempel aufgedrückt. Auch Lothar Friedrich aus Völklingen kam nur mit geringem Rückstand zur großen Gruppe ins Ziel und wurde 26. Für die anderen deutschen Profis war der Kurs an diesem Tage zu schwer: Klaus Bugdahl und Hans Jaroszewicz, die beiden Berliner, Rolf Wolfshohl (Köln), Winfried Ommer (Bielefeld), Otto Altweck (München) und Emil Reinicke (Einbeck) streckten vorzeitig die Waffen.

Für Rik van Looy, der lange Zeit im Schatten des anderen berühmten Hendrik, seines neun älteren Landsmannes Rik van Steenbergen „Rik I", gestanden hatte, wurde nach Landesmeistertiteln und Klassikersiegen endlich ein Wunschtraum wahr: Er wurde Weltmeister.

Van Steenbergen hatte es ihm 1949 in Kopenhagen, 1956 in Ballerup und 1957 in Waregem vorgemacht. Rik II holte sich sein erstes Regenbogentrikot am Sachsenring. Und ein weiteres 1961, als er seinen Titel als Straßenweltmeister im Berner Bremgarten erfolgreich verteidigte ...

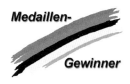
Große Asse haben ihre besonderen Marotten. So auch die Holländer und Belgier. Der Altmeister des Sprints, Arie van Vliet, benannte seine Villa in Erinnerung an den letzten Weltmeisterschaftserfolg 1953 in Zürich „Oerlikon."

Sein Landsmann Jan Derksen gab seinem Haus den Namen „Ordrup" für zehn Siege in der Kopenhagener Omnium-Meisterschaft.

Und Rik van Looy? Er nannte seine 1960 gebaute Villa natürlich - „Sachsenring"!

Populär wie kaum ein anderer...

Gustav Adolf Schur, genannt Täve - eine Legende des Amateur-Radsports

Gustav Adolf Schur im Rennen. Mit Härte gegen sich selbst, mit bewundernswerter Übersicht und einer zwingenden Taktik entschied er die bedeutendsten Rennen zu seinen Gunsten. Als Vorbild für eine Generation war er auch Lehrmeister der jüngeren Akteure seines Leipziger Klubs, zu denen einst auch Bernhard Eckstein und Klaus Ampler (im Foto hinter Schur) gehörten.

Unter dem Namen Täve kennt ihn seit Jahrzehnten nicht nur die Radsportwelt. Das lag nicht nur an den herausragenden sportlichen Erfolgen in den schwierigen fünfziger Jahren, sondern vor allem an der Persönlichkeit des Heyrothsbergers, dessen Geradlinigkeit und Konsequenz sich mit Kameradschaft und Bescheidenheit paarte und Unterpfand für seine Entwicklung wurde.

Schlagzeilen macht Täve noch heute. Nicht zuletzt mit seinem Eintreten für den dauerhaften Bestand der Friedensfahrt, die untrennbar von seiner eigenen Entwicklung ist, und mit seinem politischen Engagement als Bundestags-Abgeordneter.

Bei der Friedensfahrt stand er zwölf Mal am Start und erlebte mit seinen Einzelsiegen 1955 und 1959 die größten Momente wie auch schwere Stunden, als er im Trikot des Weltmeisters von allen gehetzt wurde und seine eigenen Chancen besser platzierten Mannschaftskameraden überließ.

„Die Friedensfahrt war eine Schule meines Lebens", bestätigt Täve auch heute noch. „Bei dieser Fahrt habe ich große Rivalen und viele Freunde gefunden. Mehr noch als in anderen Wettbewerben kamen wir uns auch menschlich näher, weil die erstklassige Organisation dieses Rennens auf die Verständigung und Freundschaft zielte. Da sie unter den damaligen gesellschaftlichen Umständen mehr als jedes andere Sportereignis popularisiert wurde, hat sie auch Millionen Sportanhänger in ihren Bann gezogen."

In den Annalen des Weltradsports ist Täve Schur als zweimaliger Weltmeister im Einer-Straßenfahren sowie einmal als Vizeweltmeister und als zweimaliger Medaillengewinner bei Olympischen Spielen verzeichnet.

Obwohl er erst als 19jähriger mit dem Radsport begann, sorgte er schon nach kurzer Zeit mit Erfolgen über die damalige Spitzenklasse für Furore. Unaufhaltsam schob er sich in Front, bis er als der beste Straßenfahrer seiner Zeit galt.

Diesem Ruf wurde er mit den Weltmeisterschaftssiegen in Reims und Zandvoort gerecht. Er hätte als Individualist der Größte werden können, doch für die Mannschaft, für seinen Teamkameraden Bernhard Eckstein, verzichtete er auf den Hattrick. Kaum zählbar sind die Erfolge seiner langen Laufbahn, die nebenstehende Übersicht erinnert an die größten Siege. Geblieben ist die Popularität, verbunden mit seinem Wirken für die Familie, die Friedensfahrt und das Wohl der Allgemeinheit.

Als ein bemerkenswerter Mensch und großartiger Sportler hat Gustav Adolf Schur seinen festen Platz in der Geschichte des deutschen und internationalen Radsports gefunden.

So wie auf dem nebenstehenden Foto von der Friedensfahrt kannten ihn alle: Täve, der verwegen ins Stadion stürmte, Siege errang. Der sich aber auch uneigennützig in den Dienst der Mannschaft stellte.

Populär war Täve überall. Das untere Foto zeigt ihn als Gast bei der Niedersachsen-Rundfahrt in Königslutter - gemeinsam mit Gustav Kilian und Carsten Wolf.

Gustav Adolf Schur

Geboren am 23. Februar 1931 in Heyrothsberge
Beruf: Schlosser, Diplomsportlehrer

4 Kinder (3 wurden aktive Radsportler):
Jan Schur — Olympiasieger 1988, WM 1989
Gus-Erik Schur — nationale Klasse
Susanne Schur — nationale Klasse

Popularität:
Täve (von Gustav) 9 mal „DDR-Sportler des Jahres"
Wurde als „Bester DDR-Sportler" für die Zeiträume 25 Jahre, 30 Jahre und 40 Jahre DDR gewählt.

Sportliche Erfolge:
Begonnen 1950 bei Aufbau Börde Magdeburg, seit 1954 im Klub SC DHfK Leipzig (Trainer Werner Schiffner, Herbert Weisbrod)

Weltmeisterschaften:
Weltmeister 1958 im Einer-Straßenfahren in Reims
Weltmeister 1959 im Einer-Straßenfahren in Zandvoort
Vize-Weltmeister 1960 im Einer-Straßenfahren auf dem Sachsenring, Hohenstein-Ernstthal
erster WM-Start: 1954 Solingen Sechster, 1957 Vierter

Olympische Spiele:
Fünfter im Straßen-Einzelrennen 1956 in Melbourne
Dritter der Mannschaftswertung in Melbourne (Schur, Tüller, Pommer, Hagen)
Zweiter im 100-km-Mannschaftsfahren 1960 in Rom (Schur, Adler, Hagen, Lörke)

Friedensfahrten:
12 Starts von 1952 bis 1964 (Rekord), 9 Etappensiege
Gesamtsieger 1955 und 1959 (Einzelwertung)
Sieger 1953, 1957, 1960, 1963, 1964 (Mannschaftswertung), Dritter 1953 (Einzelwertung)

DDR-Meisterschaften:
DDR-Meister im Einer-Straßenfahren 1954, 1957, 1958, 1959, 1960, 1961
DDR-Meister im 100-km-Mannschaftsfahren 1951 (Aufbau Börde Magdeburg), 1957, 1958 (SC DHfK Leipzig)
DDR-Meister im Querfeldeinfahren 1953

Weitere große Erfolge:
DDR-Rundfahrtsieger 1953, 1954, 1959, 1961 (17 Et.siege)
Studenten-Weltmeister 1953, 1955

Sieger der klassischen Rennen:
Rund um Berlin, Rund um Dortmund, Harzrundfahrt (4 x), Rund um Leipzig (2 x), Rund um die Hainleite (3 x), Berlin - Cottbus - Berlin, Berlin - Leipzig (2 x), Rund um Venusberg, Rund um Sebnitz, Großer Conti-Preis Hannover, Renak-Preis Reichenbach, Erzgebirgsrundfahrt

Spitzenleistungen wurden belohnt

BDR-Vierer
Mehrfacher Weltmeister und Olympiasieger im Mannschaftsverfolgungsfahren der Amateure
Weltmeister:
1962 in Mailand
1964 in Paris
Olympiasieger:
1964 in Tokio

(Das Foto zeigt die Asse des Jahres 1964 - Lothar Claesges, Karl Link, Karlheinz Henrichs und Ernst Streng)

Elisabeth Eichholz
Straßen-Weltmeisterin der Frauen
1965 in Lasarte
(auf dem Foto die Siegerin, flankiert von Yvonne Reynders, Belgien, und Anna Puronen, UdSSR/ rechts)

Werner Otto (links)/
Jürgen Geschke
Tandem-Weltmeister der Amateure
1969 in Brünn (Brno)
1971 in Varese

Jürgen Barth (links)/
Rainer Müller
Tandem-Weltmeister der Amateure
1970 in Leicester

Grandioses Fest des Weltradsports mit Premieren und krönendem Finale

Frankfurt/Main, Köln, Adenau 25.8.-4.9.1966

Der Bund Deutscher Radfahrer hatte als Gastgeber dieser Weltmeisterschaften alles getan, um an gute Traditionen anzuknüpfen. Dazu gehörte die Auswahl eines hervorragenden Organisatorenteams unter Leitung des BDR-Präsidenten Erwin Hauck, das - mit dem Schweizer Walter Stampfli, dem Mitglied der Technischen Kommission der UCI, als sorgfältigem und konstruktiven Berater - die Durchführung der Bahnwettbewerbe auf der Radrennbahn im Frankfurter Waldstadion plante, das Mannschaftszeitfahren auf einen idealen Kölner Rundkurs plazierte und für das Straßenrennen den schweren Nürburgring in Erinnerung brachte, auf dem im Jahre 1927 zum ersten Male die Welttitelkämpfe der Berufsfahrer ausgetragen worden waren.

Gleich um zwei Disziplinen wurde das Weltmeisterschaftsprogramm im Jahre 1966 aufgestockt. Und dabei ging es in Frankfurt keinesfalls um modische Neuheiten, sondern um die Disziplinen 1000 m Zeitfahren und Tandemmalfahren, die seit Jahrzehnten schon bei Olympischen Spielen ausgetragen wurden. Mit den anderen jungen Disziplinen 100-km-Mannschaftsfahren und 4000-m-Mannschaftsfahren, die erst seit 1962 bei Welttitelkämpfen ausgetragen wurden, hielten die jährlichen Weltchampionate nunmehr 15 Medaillensätze für die besten Radsportler der Welt in den Kategorien Berufsfahrer, Amateure und Frauen bereit. Eine gewaltige Entwicklung seit den ersten Titelkämpfen 1893, bei denen die Champions nur im Sprint und im 10-km-Einzelfahren ermittelt worden waren.

Mit der Teilnahme von 35 Nationen von allen Kontinenten wurden die Anstrengungen der Organisatoren deutlich belohnt. Denn diese Anzahl an Teilnehmern wurde beim großen Fest des Weltradsports erstmals erreicht, nachdem 1960 in Leipzig, Karl-Marx-Stadt und Hohenstein-Ernstthal 34 Länder dabeigewesen waren.

Die Radrennbahn im Frankfurter Waldstadion

Die 400 m lange Betonpiste im Frankfurter Waldstadion an der Mörfelder Landstraße gehörte zu einem großen Sportareal, das am 21. Mai 1925 vor 40 000 Zuschauern eingeweiht wurde. Erster Höhepunkt im Stadion der Mainmetropole war die I. Internationale Arbeiter-Olympiade im Juli 1925 mit 100 000 Teilnehmern aus 10 Ländern. Auf deren Programm stand auch der Radsport mit neun Rennsport-Entscheidungen und 18 Disziplinen im Hallenradsport. Für die Weltmeisterschaften 1966 war die Piste von Herbert Schürmann noch einmal erneuert worden und erwies sich als eine der schnellsten Zementbahnen der Welt. Die bis vor wenigen Jahren noch intakte und viel genutzte Radrennbahn besaß eine Kurvenüberhöhung von 33 Grad, eine Neigung auf den Geraden von 12,5 Grad. Die Breite der Fahrfläche betrug 6,6 Meter. Auf dieser Bahn wurden neben den Weltmeisterschaften 1966 auch eine Vielzahl Deutscher Meisterschaften ausgetragen. Deren Premiere erfolgte im Weltmeisterschaftsjahr 1927. Insbesondere seit den Nachkriegsjahren erhöhte sich unter der Regie der verdienstvollen Gebrüder Moos die Zahl auf rund 40 Titelkämpfe.

Starke Azzurri mit zwei Titeln

Welche Welten die beiden deutschen Staaten und damit den deutschen Sport im Jahre 1966 trennten, wurde auch an diesen bei der Weltmeisterschaft notierten Zeilen offenbar:
Die Präsidenten des Bundes Deutscher Radfahrer, Erwin Hauck, und des Deutschen Radsport-Verbandes, Heinz Przybil, kamen überein, im Falle des Sieges eines DDR-Fahrers die Fahne des ostdeutschen Sportbundes DTSB zu hissen, verbunden mit einem Fanfarenstoß, im Falle des Erfolges eines Amateurs aus der Bundesrepublik die Olympiafahne aufzuziehen und die Hymne an die Freude von Beethoven zu spielen, während bei dem Sieg eines deutschen Profis die schwarz-rot-goldene Flagge gehißt und das Deutschlandlied gespielt werden sollte.

Leandro Faggin war der beste Verfolger bei den Profis. So wie in San Sebastian (Foto) holte er sich auch in Frankfurt/Main den Titel.

Es waren die goldenen Zeiten des italienischen Radsports. Die Zeiten des unvergleichlichen Meistermachers Guido Costa. Seine schon Ende der fünfziger Jahre ausgewählten Talente behaupteten sich dank fundierter Grundlagen noch immer unter den Besten der Welt. Bei den Berufsfahrern waren das ohne Zweifel Giuseppe Beghetto und Leandro Faggin, die auch auf dem Zement des Frankfurter Waldstadions zielstrebig ihren erklärten Wunschtrikots mit den Regenbogenfarben entgegenstrebten. Beide Azzurri waren als Titelverteidiger von San Sebastian an den Start gegangen.
Unter nur 17 Sprintern war der Weg unter die letzten Acht für die namhaftesten ein Kinderspiel. Le-

diglich der Belgier Leo Sterckx schied vorzeitig aus dem weiteren Wettbewerb, ebenso wie die deutschen Akteure Bernd Rohr, der ehemalige Vierer-Weltmeister, und Hans-Peter Kanters.
Giuseppe Beghetto und der kräftig gebaute Australier Ron Baensch unterstrichen mit Zeiten von 11,0 Sekunden im Viertelfinale ihr hohes Leistungsvermögen. Sie bezwangen im Halbfinale die ebenfalls ohne große Mühe weitergekommenen Rivalen Josef De Bakker (Belgien) und Sante Gaiardoni (Italien), wobei der Sieg des Australiers doch etwas überraschend kam. Gaiardoni, seit der Weltmeisterschaft und Olympia 1960 eine feste Größe in allen WM-Berechnungen, hatte den ersten Lauf nach einem Ellenbogenduell gegen den distanzierten Baensch gewonnen. Im zweiten und dritten Durchgang aber war ihm der Mann vom fünften Kontinent überlegen. Der Kommentar im BDR-Fachorgan: „Die Endphase der Weltmeisterschaften der Berufsflieger war keine aufregende Angelegenheit. Lediglich Gaiardoni und Baensch sorgten für ‘Stimmung’. Beide standen sich im Halbfinale gegenüber und gefielen sich in Catch-as-catch-Manieren, die nicht nur von den Zuschauern mit Buh-Rufen für Baensch bedacht, sondern auch vom Kampfgericht geahndet wurden... Das war auch das einzig Abwechslungsreiche an diesem Titelkampf, der mit dem Finalerfolg für Giuseppe Beghetto, den Vorjahresweltmeister, endete."
Dessen Leistungen wurden anerkannt und gewürdigt: „Beghetto war der schnellste Mann unter den wenigen Bewerbern. Er gewann alle seine Rennen im überlegenen Stil. Die Art, wie er beispielsweise Baensch zweimal in der Entscheidung um den 1. und 2. Platz ausschaltete, war sehr eindrucksvoll und überzeugend."
Dabei hatte allerdings der Australier „Hilfestellung" geleistet, denn er verschlief beide Male den Antritt des Azzurri und fuhr dann um Längen hinterdrein. Im Kampf um die Bronzemedaille behielt Sante Gaiardoni gegen Altmeister Josef De Bakker die Oberhand.

Dauerduell Faggin gegen Bracke

Bei den Verfolgern war der 33jährige Leandro Faggin der haushohe Favorit unter den 13 Teilnehmern. Dennoch lag nach der Qualifikation überraschend der Deutsche Meister Dieter Kemper in Front. Ausgezeichnete 6:10,56 Minuten hatte er auf dem Frankfurter Zement gefahren und Leandro Faggin und den Belgier Ferdinand Bracke, die mit ihm 1965 in San Sebastian auf dem Ehrenpodest gestanden hatten, hinter sich gelassen. Doch diese hatten wohl nur gepokert, während die einstigen Größen Willy Trepp (Schweiz) und der Mannheimer Klaus May, der frühere Vierer-Weltchampion, mit mageren Leistungen ausschieden.

Im Viertelfinale holte Dieter Kemper den Engländer Bonner noch vor Ablauf der Distanz ein und sah sich im Halbfinale prompt mit seinem Angstgegner Leandro Faggin konfrontiert, dem er in vier Begegnungen jedesmal unterlegen war. Auch diesmal konnte er den Azzuri nicht stoppen, fand einfach nicht seinen Rhythmus. Faggin dagegen tat nur soviel, daß es zum Sieg reichte, sparte die Kraft für das Finale gegen Ferdinand Bracke. Dieser hatte dem dänischen Sechstage-Spezialisten Freddy Eugen das Nachsehen gegeben.

Im Endkampf wogte der Kampf zwischen den beiden Assen hin und her. Sie standen sich schon zum dritten Male in einem Weltmeisterschaftsfinale gegenüber. Bracke hatte 1964 in Paris gewonnen, der Italiener ein Jahr später. Diesmal schien der Belgier wieder an der Reihe zu sein, denn er hatte schon einen deutlichen Vorsprung herausgefahren. Doch dann drehte der wieder gleichmäßig gestartete Faggin auf, wurde immer schneller. Eine Bahnlänge vor dem Ende lag er gleichauf, um schließlich mit 35 Hundertstelsekunden in 6:08,10 Minuten den Kampf zu gewinnen.

Es war für den Ausnahmeathleten der dritte Titel bei den Berufsfahrern, nachdem er schon 1954 (!) in Köln bei den Amateuren Weltmeister geworden war und 1956 in Melbourne Olympiagold mit dem Vierer gewonnen hatte.

Medaillen-Gewinner

Frankfurt/Main

BERUFSFAHRER

Sprint

1. Giuseppe Beghetto (Italien)
2. Ron Baensch (Australien)
3. Sante Gaiardoni (Italien)

5000 m Verfolgung

1. Leandro Faggin (Italien)
2. Ferdinand Bracke (Belgien)
3. Dieter Kemper (BRD - Dortmund)

Steher

1. Romain de Loof (Belgien)
2. Ehrenfried Rudolph (BRD - Dortmund)
3. Leo Proost (Belgien)

Giuseppe Beghetto in der Siegerpose. Er hatte bei den Sprintern die Konkurrenz sicher im Griff und gewann.

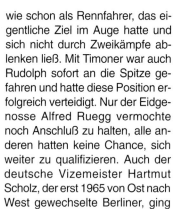

Nach zwei Amateur-Erfolgen errang der Belgier Romain Deloof (Mitte) in Frankfurt/Main seinen dritten Weltmeistertitel bei den Stehern.

Nach Schrittmacherproblemen lachte dem Deutschen Steher-Meister Ehrenfried Rudolph in Frankfurt doch noch das Glück. Er wurde mit dem Schweizer Pacemaker Georg Grolimond Vizeweltmeister.

Dieter Kemper erkämpfte wie 1965 die Bronzemedaille. Er gab im Kleinen Finale Freddy Eugen das Nachsehen. Da ging es aber schon nicht mehr um großartige Zeiten, sondern lediglich um die Sicherung der erhofften Medaille.

Deloof überraschte alle

Wer bei den Profi-Stehern einen anderen als Leo Proost zum Favoriten gekürt hätte, wäre wohl ausgelacht worden. Dieser hatte im zweiten Vorlauf - den ersten hatte der Niederländer Piet van der Lans gewonnen - deutlich unterstrichen, daß er vorhatte, an seinen Weltmeisterschaftssieg von 1963 anzuknüpfen. Sein Hauptrivale schien Guillermo Timoner zu sein, der kleine Mann aus Felanitx in der Nähe von Palma de Mallorca, der seine Nachfolge als Weltmeister angetreten hatte.

Der 40jährige Titelverteidiger war aber in Frankfurt scheinbar nicht in der Form angetreten, die einen weiteren Erfolg in greifbare Nähe rücken ließ. Im ersten Vorlauf landete er nur auf dem vierten Rang, nachdem er sich in Zweikämpfen aufgerieben hatte. Einen Platz dahinter kam ein unzufriedener Ehrenfried Rudolph ein. Der Dortmunder war durch eine ärztliche Sperre seines zuvor gestürzten Stammschrittmachers Otto Faltin arg gehandicapt. Zwar fand er in dem Schweizer Georg Grolimond kurzfristig einen neuen, erfahrenen Pacemaker, aber beide waren eben nicht aufeinander eingespielt und konnten nicht das Beste geben.

Glück für den Dortmunder, der in seiner Laufbahn vom Sprint über die Verfolgung (Vierer-Weltmeister 1962) nun bei den Stehern angelangt war, daß er sich im Hoffnungslauf noch einmal bewähren konnte. Für diesen Gang hatte sich ihm der ehemalige Akteur Norbert Koch angeboten. Mit „Noppie" lief es viel besser, weil jener einfühlsam und beherrscht,

wie schon als Rennfahrer, das eigentliche Ziel im Auge hatte und sich nicht durch Zweikämpfe ablenken ließ. Mit Timoner war auch Rudolph sofort an die Spitze gefahren und hatte diese Position erfolgreich verteidigt. Nur der Eidgenosse Alfred Ruegg vermochte noch Anschluß zu halten, alle anderen hatten keine Chance, sich weiter zu qualifizieren. Auch der deutsche Vizemeister Hartmut Scholz, der erst 1965 von Ost nach West gewechselte Berliner, ging sang- und klanglos unter und schied aus.

Für das Finale mußte Ehrenfried Rudolph wieder zu Grolimond zurückkehren, weil Koch in den Diensten des Favoriten Leo Proost stand. Diesmal klappte es zwischen beiden wesentlich besser. Rudolph kämpfte sich vom neunten und letzten Startplatz systematisch vor und hatte wohl das höchstmögliche erreicht, als er auch am Gespann Norbert Koch/Leo Proost vorüberkam. Den Verlauf des Rennens bestimmte aber eindeutig der 25jährige Romain Deloof. Der zweimalige Amateur-Weltmeister war von der Spitze ins Rennen gegangen und behauptete diese Position bis ins Ziel. Sein Schrittmacher Lorenzetti hielt ihn aus allen Zweikämpfen heraus und sorgte andererseits für solche schnelle Fahrt, daß die meisten Kontrahenten damit ihre Mühe hatten. Besonders die zu dritt vertretenen Niederländer Piet van der Lans, Jaap Oudkerk und Jan le Grand kamen überhaupt nicht zum Zuge. Sie mußten sich hinter den Medaillengewinnern Deloof, Rudolph und Proost sowie dem Schweizer Ruegg mit mageren Plätzen zufriedengeben. Titelverteidiger Guillermo Timoner stieg schon nach 38 Kilometern aus.

Der Gewinn der Silbermedaille war ein großartiger Erfolg für Ehrenfried Rudolph. Vier Jahre später fuhr der Dortmunder in dieser Disziplin sogar zum Weltmeistertitel!

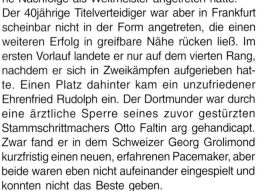

Auf den Spuren von „Toto" Gerardin

Französische Sprinter waren zu allen Zeiten in der Weltspitze vertreten. Die Anzahl der gewonnenen Weltmeisterschaften stand allerdings anfangs in keinem Verhältnis zu den Leistungen der Männer, die mit dem 1894 begründeten Großen Preis von Paris die bedeutendste Grand-Prix-Veranstaltung der Welt zu bieten hatten. Bei den Berufsfahrern legten Paul Bourillon (1896), Edmond Jacquelin (1900), Gabriel Poulain (1905) und Emile Friol (1907) den Grundstein, bis in den zwanziger Jahren ein Könner wie Lucien Michard kam, der sich zweimal bei den Amateuren und viermal bei den Berufsfahrern das Regenbogentrikot sicherte.

Michards große Ära endete mit dem aufgehenden Stern des Jef Scherens, der sich für die meisten Weltklassesprinter wie Arie van Vliet, Albert Richter und - Louis „Toto" Gerardin als unüberwindliches Bollwerk erwies. Der kleine, elegante Gerardin galt als eines der größten Talente des Sprints. 1930 in Brüssel war er mit 18 Jahren Weltmeister der Amateure, bei den Berufsfahrern 1934 in Leipzig und 1935 in Brüssel Dritter. In Zürich konnte er 1936 Vizeweltmeister werden; den gleichen Erfolg vermochte er nach der langen Zwangspause durch den unseligen Krieg noch zweimal zu wiederholen: 1947 in Paris hinter Scherens und 1948 in Amsterdam hinter Van Vliet.

Als Nationaltrainer Frankreichs gab „Toto" Gerardin sein Wissen weiter. Mit Erfolg, denn seine Amateure - mit den Sprintkönigen Daniel Morelon und Pierre Trentin an der Spitze - vollzogen seit Mitte der sechziger Jahre einen grandiosen Triumphzug, der von Olympiasiegen und Weltmeistertiteln gekrönt war.

Um diese Überlegenheit gegenüber der übrigen Spitzenklasse zu demonstrieren, kam 1966 in Frankfurt/Main die Premiere des 1000 m Zeitfahrens und des Tandemwettbewerbs als WM-Disziplin gerade recht. Um es vorweg zu nehmen: die Schützlinge von Louis Gerardin gewannen alle drei Disziplinen!

In Frankfurt am Main begann die große Siegesserie des Franzosen Daniel Morelon. Der am 24. Juni 1944 in Bourg-en-Bresse geborene Athlet stand von 1964 bis 1980 in der ersten Reihe des Weltsprints. Im Sprint gewann Morelon Olympiagold in Mexiko-Stadt und München sowie von 1966 bis 1975 sieben Weltmeistertitel. Mit Pierre Trentin als Tandempartner wurde er Olympiasieger 1968 und Weltmeister 1966. Zahlreiche weitere Medaillen, zwölf Landestitel sowie 44 Grand-Prix-Siege rundeten seine erfolgreiche Sprinterlaufbahn als Amateur ab. Ein kurzes Profi-Gastspiel brachte dem heutigen Auswahltrainer WM-Silber im Keirin 1980 und den Sieg in der Hallen-EM 1981.

1000-m-Weltrekord nur um zwei Hundertstelsekunden verfehlt

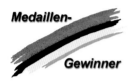

Medaillen-Gewinner

Frankfurt/Main

AMATEURE

1000 m Zeitfahren

1. Pierre Trentin
   (Frankreich)
2. Paul Seye
   (Belgien)
3. Frans van der Ruit
   (Niederlande)

Sprint

1. Daniel Morelon
   (Frankreich)
2. Pierre Trentin
   (Frankreich)
3. Omar Pchakadse
   (UdSSR)

Tandem

1. Frankreich
   (Daniel Morelon/
   Pierre Trentin)
2. BR Deutschland
   (Klaus Kobusch/
   Martin Stenzel)
3. Italien
   (Giordano Turrini/
   Walter Gorini)

*Aufmerksame „Späher":
Trainer Louis „Toto"
Gerardin mit seinen
überlegenen Sprintern
Pierre Trentin (links)
und Daniel Morelon.*

Am späten Abend des 29. August 1966 stand der 22jährige Franzose Pierre Trentin als erster Bahn-Weltmeister des Jahres auf dem obersten Treppchen. Er hatte sich bei idealen Bedingungen, Windstille und nach Regen sehr sauerstoffhaltiger Luft den Sieg im erstmals ausgetragenen 1000-m-Zeitfahren gesichert. Als zehnter Starter absolvierte Trentin die zweieinhalb Runden auf der rauhen Zementbahn, aber in so überlegener Manier, daß die Uhren bei 1:07,29 Minuten stehenblieben. Damit hatte er den Weltrekord, den Sante Gaiardoni 1960 in Rom auf einer superschnellen Holzbahn markiert hatte, nur um zwei Hundertstelsekunden verfehlt.

Gegen solch eine Leistung kam niemand der 21 weiteren Bewerber an. Und so blieb nur die Frage, was die bis dato erreichte Bestzeit von Paul Seye wert war. Der zuvor nur auf der Straße aktive Belgier hatte mit 1:08,60 Minuten einen ordentlichen Anhaltspunkt markiert. Er war sicher am aufgeregtesten an diesem Tage, denn am Siege von Trentin zweifelte ohnehin niemand mehr. Auch Seye jubelte schließlich, denn seine Zeit wurde nicht mehr erreicht. Und so stand er als Vizeweltmeister neben dem Champion Pierre Trentin und dem Dritten, Frans von der Ruit, auf dem Siegerpodest.

Chancen hatte man nach guten Saisonergebnissen auch dem Deutschen Meister Herbert Honz zugebilligt. Doch er war zu nervös, um sein Können entscheidend in die Waagschale zu werfen. Ihm blieb nach enttäuschenden 1:09,91 Minuten nur der achte Platz, um den ihn sicher DDR-Meister Erhard Hancke beneidete, denn er fuhr noch eine Sekunde langsamer und wurde nur Elfter.

Im umfangreichen Sprintprogramm mit nicht weniger als 50 Teilnehmern hatte der bärenstarke Omar Pchakadse aus dem georgischen Kutaissi den Titel von San Sebastian zu verteidigen. Der „Stier" absolvierte seine Läufe ohne Makel und kam ohne Mühe bis ins Halbfinale, wo ihm mit Pierre Trentin der Weltmeister von 1964 und frischgebackene

1000-m-Champion gegenüberstand. Dessem unwiderstehlichen Sprint war der UdSSR-Athlet nicht gewachsen; in beiden Läufen brachte Trentin sein Rad zuerst über die Linie und stand damit im Finale seinem Landsmann Daniel Morelon gegenüber. Im WM-Finale von Paris hatte Trentin 1964 seine physische Überlegenheit zum Sieg nutzen können. Bei den französischen Meisterschaften jedoch zeigte sich, daß der nicht minder starke Morelon über ein weitaus reicheres taktisches Repertoire verfügte.

Das gab den Ausschlag im Kampf um den Weltmeistertitel. Morelon ließ vor 5000 begeisterten Zuschauern seinen Landsmann zweimal sicher hinter sich. Im ersten Lauf führte Trentin, konnte aber den heranfliegenden Morelon nicht halten und unterlag mit einer halben Radlänge. Im zweiten Gang übernahm Morelon nach der Glocke die führende Position und sprintete von vorn. Auch diesmal hatte er die Distanz richtig im Blut und ließ Trentin noch bis auf Tretlagerhöhe auflaufen, mehr nicht...

Für den Recken Pchakadse blieb im Kampf um Platz drei die Bronzemedaille, die er gegen den Italiener Giordano Turrini errang, der ihm schon im Finale von San Sebastian gegenübergestanden hatte.

Von den deutschen Teilnehmern kam der Berliner

Die besten deutschen Sprinter saßen auf dem Tandem

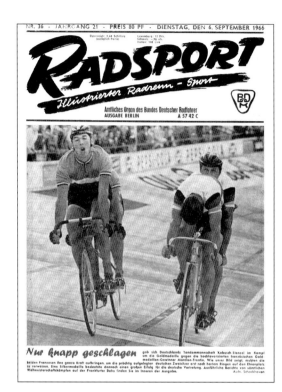

NR. 36 · JAHRGANG 21 · PREIS 80 PF · DIENSTAG, DEN 6. SEPTEMBER 1966

Österreich: 7,40 Schilling (einschließlich Porto) · Luxemburg: 12 ffrs. · Schweiz: 90 ctr. · Italien: 140 Lire

RADSPORT
Illustrierter Radrenn - Sport

Amtliches Organ des Bundes Deutscher Radfahrer
AUSGABE BERLIN   A 57 42 C

Nur knapp geschlagen gab sich Deutschlands Tandemmannschaft Kobusch-Stenzel im Kampf um die Goldmedaille gegen die hochfavorisierten französischen Gold-medaillen-Gewinner Morelon-Trentin. Wie unser Bild zeigt, mußten die beiden Franzosen ihre ganze Kraft aufbringen, um die prächtig aufgelegten deutschen Zweisitzer erst nach harten Zweikampf auf die Ehrenplätze zu verweisen. Eine Silbermedaille bedeutete dennoch einen großen Erfolg für die deutsche Vertretung. Ausführliche Berichte von sämtlichen Weltmeisterschaftskämpfen auf der Frankfurter Bahn finden Sie im Inneren der Ausgabe.

Aufn. Schockhoven

Jürgen Geschke nach Siegen im Vorlauf und Achtelfinale bis unter die letzten Acht, wo er gegen Trentin unterlag. Seine DDR-Teamgefährten Hans-Jürgen Klunker und Volkmar Linke mußten ebenso wie die bundesdeutschen Akteure Bernhard Kieser und Uli Schillinger bereits in den Hoffnungsläufen die Segel streichen.

Seine besten Sprinter hatte Bundestrainer Gustav Kilian allerdings auf das Tandem gesetzt: Klaus Kobusch und Martin Stenzel. Die Kombination aus Bocholt und Köln wuchs über sich hinaus. Im Viertelfinale ließen sie die Holländer hinter sich und demonstrierten dabei bereits ihr starkes Antrittsvermögen. Das kam ihnen auch im Halbfinale gegen die starken Einzelsprinter Bodnieks/Logunow

aus der UdSSR entgegen, denen sie auf diese Weise in beiden Läufen den Schneid abkauften.

Ihr Finalgegener hieß natürlich Frankreich, denn das Paar Daniel Morelon/Pierre Trentin hatten weder die DDR-Akteure Jürgen Geschke/Rainer Marx im Viertelfinale noch die Italiener Giordani Turrini/Walter Gorini im Halbfinale aufhalten können. Die Azzurri schossen sogar noch ein „Eigentor". Als sie im ersten Lauf nach Stehversuchen zu Fall kamen, ging der Sieg kampflos an die Franzosen, weil ihnen keine Wiederholung gestattet wurde.

Dafür mußten sich Morelon/Trentin aber im Finale strecken. Doch mit der jeweils deutlich höheren Endgeschwindigkeit schossen sie auf der Zielgeraden zweimal an den dennoch überzeugenden Kobusch/Stenzel vorbei und wurden Weltmeister.

Tiemen Groen vor dem Olympiasieger

Das war ein packendes Finale: der überragende Holländer Tiemen Groen griff zum dritten Male hintereinander nach dem Weltmeistertitel und sein Rivale war kein geringerer als der Überraschungs-Olympiasieger von Tokio, Jiri Daler aus Brno (Brünn). Der Tscheche hatte sich mit ständig verbesserten Zeiten, mit denen er zuletzt im Halbfinale auch seinen Olympia-Finalrivalen Giorgio Ursi in 4:57,24 Minuten niedergehalten hatte, für den Kampf um Gold und Silber empfohlen. Doch die Chancen für Titelverteidiger Tiemen Groen standen weitaus besser: er hatte im Viertelfinale phantastische 4:51,75 Minuten erreicht. Das war nach den Italienern Luigi Belloni (1962) und Carlo Simonigh (1958) die drittbeste Zeit überhaupt, die jemals in einem Verfolgermatch gefahren worden war und auch schneller als der offizielle, 1964 im Alleingang auf dem Holz des Mailänder „Tempel der Rekorde" erzielte Weltrekord von Luigi Roncaglia (4:52,00).

An dieser Favoritenrolle ließ der gerade 20jährige Wunderknabe aus dem friesischen Follega nicht rütteln. Sein Rezept, sich auch durch ganz schnelle

Geheimnisse

Eine kleine Geschichte aus dem Munde von Bundestrainer Gustav Kilian: „Wie das so im Leben geht. Es ist mir eine Zeitlang geglückt, die Bereifung der Tandemräder geheim zu halten. Doch eines Tages kamen die Australier dahinter. Prompt ließen sie sich für ihr Team, Brown-Johnson, von den Conti-Werken, Hannover, 165-gr-Reifen schicken. Die Franzosen entdeckten diese Bereifung in Frankfurt an der Maschine der Australier. Was geschah? Sie liehen sich die beiden Laufräder aus - und besiegten mit den deutschen Reifen ihre deutschen Endkampfgegner Kobusch-Stenzel. Das war Pech."

Sehr gute Bilanz

Die alles überragende Goldmedaille von Rudi Altig im Straßen-Einzelrennen der Berufsfahrer sowie dreimal Silber (Tandem, Bahnvierer, Profi-Steher) und einmal Bronze (Profi-Verfolgung) war die sportliche Bilanz des Gastgebers für die Rad-Weltmeisterschaften 1966 in Frankfurt/Main, Köln und auf dem Nürburgring. Besser waren mit je drei Goldmedaillen aber die Niederlande, Italien und Frankreich.

Groen sorgte für neue Dimensionen im kräftezehrenden Verfolgerturnier

Medaillen-Gewinner

Frankfurt/Main

AMATEURE

4000 m Verfolgung

1. Tiemen Groen
   (Niederlande)
2. Jiri Daler
   (CSSR)
3. Giorgio Ursi
   (Italien)

4000 m Mannschaft

1. Italien
   (Antonio Castello,
   Cipriano Chemello,
   Gino Pancini,
   Luigi Roncaglia)
2. BR Deutschland
   (Karlheinz Henrichs,
   Herbert Honz,
   Jürgen Kissner,
   Karl Link)
3. UdSSR
   (Wiktor Bykow,
   Michail Koljuchew,
   Stanislaw Moskwin,
   Leonid Wukulow)

kürzere Trainingsstrecken zu steigern - er wurde1966 auch holländischer 1000-m-Meister - ging voll auf. Und so schnellte Groen auch im Finale wie ein Blitz vom Start weg in Führung und besaß die unbändige Kraft, um durchzuhalten. Er kurbelte die Distanz in erneuter Bestzeit von 4:50,21 Minuten herunter. So schnell war vor ihm noch kein anderer 4000-m-Mann gewesen. Daß mußte auch Jiri Daler anerkennen, der nie aufsteckte, aber mit seinen ausgezeichneten 4:56,78 Minuten dennoch „nur" der klar bezwungene Vizeweltmeister war. Besonders glücklich über den einmaligen Erfolg, dreimal hintereinander das Weltmeistertrikot zu erringen, war auch sein Entdecker Jan Derksen, der Coach der niederländischen Amateure.

Schon in der Qualifikation hatten die DDR-Akteure Klaus Ampler (12.) und Heinz Richter (19.) sowie die westdeutschen Fahrer Otto Bennewitz (16.) und Peter Steiner (23.) erkennen müssen, daß nur Zeiten unter der magischen Fünf-Minuten-Grenze überhaupt Chancen auf ein Vordringen ins Viertelfinale unter die acht Zeitschnellsten boten.

Spannendes Vierer-Finale an Italien

Die vier Mannschaften, die in der Qualifikation des Zehn-Runden-Kampfes über 4000 Meter die besten Zeiten erreicht hatten, waren am Ende auch unter sich, als es um die Verteilung der Medaillen ging. Das waren die Quartetts aus Italien, der UdSSR, vom Gastgeber Bundesrepublik und aus der DDR. Von den Medaillengewinnern in den bisher in dieser Disziplin ausgetragenen vier Welt-Titelkämpfen fehlten lediglich Dänemark und die Tschechoslowakei, die aber ebenso wie Großbritannien und Frankreich das Viertelfinale erreicht hatten.

Es war schwer, einen Favoriten zu bestimmen. Die UdSSR hatte 1965 in San Sebastian vor Italien triumphiert. Ein Jahr zuvor hatten die von Bundestrainer Gustav Kilian geführten Deutschen in Tokio Olympiagold vor Italien gewonnen. Aber die Azzurri hatten da-

Der Holländer Tiemen Groen, die große Entdeckung von Jan Derksen, in voller Fahrt. Er holte sich nach seinen drei Amateur-Weltmeistertiteln 1964 - 1966 auch das Regenbogentrikot bei den Berufsfahrern (1967).

nach eine Bestzeit nach der anderen gefahren und sich als Favorit empfohlen, obwohl sie im Vierer auf den Dritten der Einzelrennen, Georgio Ursi, verzichten mußten. Er war nicht zur Doping-Probe angetreten und sofort gesperrt worden.

Gustav Kilian schickte in Frankfurt den nur auf zwei Positionen veränderten olympischen Gold-Vierer ins Rennen. Karl Link und Karlheinz Henrichs waren erneut dabei und für die zu den Berufsfahrern gewechselten Ernst Streng und Lothar Claesges wurden der „Kilometermann" Herbert Honz und Jürgen Kissner aufgeboten. Eine gute Mischung ausgezeichneter Rennfahrer aus Stuttgart, von den Radlerfreunden Bocholt und aus Köln, die in der Qualifikation mit 4:36,17 Minuten die drittbeste Zeit fuhr und nur vom Titelverteidiger UdSSR knapp, aber von den Italienern mit 4:30,02 Minuten recht deutlich unterboten wurde. Kurios war, daß die Jury die viertplazierte DDR-Mannschaft über elf statt zehn Runden schickte. Die Männer um den erfahrenen Kapitän Siegfried Köhler, der Wolfgang Schmelzer, Rudolf Franz und mit Erhard Hancke ebenfalls einen 1000-m-Fahrer an seiner Seite hatte, fuhren trotz der unterschiedlichen, irritierenden Zurufe erst einmal durch und bekamen dann ein Elftel ihrer Fahrzeit abgezogen.

Zu den tragischen Szenen des deutsch-deutschen Sportes gehörte die Begegnung Jürgen Kissners mit seinen früheren Mannschaftskameraden. Der gebürtige Cottbuser hatte sie bei den Ausscheidungskämpfen für die gemeinsame Olympiamannschaft 1964 in Köln über Nacht im Stich gelassen. Kissner hatte damit indirekt zum späteren Olympiasieg beigetragen, denn der bislang aussichtsreiche Ost-Vierer war so geschwächt, daß er gegen die bundesdeutsche Mannschaft keine Chance mehr besaß. Daß ihm Köhler und Co. nun in Frankfurt den Händedruck verweigerten, akzeptierte der Wahl-Kölner erst mit dem Abstand vieler Jahre...

Im Viertelfinale schaltete Italien die französische Equipe aus, die UdSSR gab England das Nachsehen, der Kilian-Vierer bezwang seinen Angstgegner

CSSR, der ihm 1965 den Weg zur Spitze verbaut hatte, und die DDR blieb gegen die gewiß starken Dänen mit Mogens Frey und Niels Fredborg Sieger.

Im Halbfinale dagegen wirkten die DDR-Fahrer unsicher. Sie fanden keinen Rhythmus gegen die schnell gestarteten Azzurri, und als Sigi Köhler auch noch wegen Defekts ausschied, war das Schicksal des Quartetts besiegelt. Es wurde von Italien noch vor Ablauf der Distanz eingeholt. Glanzvoll dagegen das bundesdeutsche Quartett, das deutlich harmonischer als in der Qualifikation fuhr und mit seiner Zeit von 4:29,81 Minuten dem Titelverteidiger UdSSR den Schneid abkaufte und mit zwei Sekunden Vorsprung gewann.

Diese bisher beste auf einer Zementbahn gefahrene Zeit hatte viel Kraft gekostet, aber weniger Einsatz hätte dem ausgezeichneten deutschen Team sicher den Einzug ins Finale verwehrt. Und so blieb es auch im Endlauf bei den Vorahnungen der Experten. Das Azzurri-Quartett war im gesamten Rennverlauf stärker und verteidigte den einmal errungenen Vorsprung vor dem deutschen Vierer sicher bis zum Titelgewinn ins Ziel.

Start frei für das bundesdeutsche Quartett, das mit seiner Leistung in Frankfurt/ Main dem guten Ruf der erfolgreichen deutschen Bahnvierer gerecht wurde.

Bruch mit der Tradition - WM-Finale ohne deutsche Steher

Medaillen-Gewinner

Frankfurt/Main

AMATEURE

Steher

1. Pieter de Wit
   (Niederlande)
2. Bert Romijn
   (Niederlande)
3. Christian Giscos
   (Frankreich)

*Der neue Steher-
Weltmeister Pieter de
Wit mit seinem
Schrittmacher Norbert
Koch auf der Ehren-
runde.*

Steher-Doppelerfolg der Oranjes

Mit drei deutschen Teilnehmern wurden die Steher-wettbewerbe der Amateure gestartet. Alle drei - Andreas Bennewitz, Adi Eifler und Günter Weil - vertraten den Bund Deutscher Radfahrer, denn die DDR war nicht mehr dabei. Ihrem Verband DRSV, der sich so verdient gemacht hatte um die Wiedereinführung des Amateur-Stehersports und innerhalb von vier Jahren sogar mit zwei Weltmeistern, drei Vizeweltmeistern und zwei Bronzemedaillengewinnern auf den Siegerpodesten gestanden hatte, war die Förderung für diese Disziplin gestrichen worden.

So wurde eine deutsche Domäne preisgegeben, und es sollte bei den Amateuren noch fünf Jahre dauern, bis der Nürnberger Horst Gnas eine langanhaltende (bundes-)deutsche Erfolgsserie startete.

Auf dem Frankfurter Zement aber rollten die holländischen Räder am besten. In den Vorläufen taten sie nur soviel als nötig. Das heißt in der ersten Qualifikation über die 50-km-Diszanz ließ Bert Romijn an der Rolle von Bruno Walrave den vom Start weg führenden Franzosen Alain Marechal gewähren und begnügte sich mit dem zweiten Platz, der für das Finale berechtigte. Er wußte andere starke Rivalen hinter sich: den Frankfurter Andreas Bennewitz, der ersatzweise vom Holländer Norbert Koch geführt worden war, und den Titelverteidiger Miguel Gabriel Mas aus Spanien, der allerdings etwas indisponiert ins Rennen gegangen war.

Auch Andries Helsloot beließ es im zweiten Vorlauf mit zehn Metern Rückstand hinter dem Belgier Van der Vieren, nachdem er sich gegen den drängenden Spanier Francisco Obrador durchgesetzt hatte. Der Kölner Adi Eifler hatte mit Schrittmacher Werner Schmidt keine Chance, bei dem hohen Tempo vorn mitzuhalten und wurde nur Sechster. Noch einen Platz schlechter schnitt der Deutsche Meister Günter Weil aus Solingen ab, der im schnellsten und von Pieter de Wit gewonnenen dritten Vorlauf nur Siebenter wurde.

Da auch in den beiden Hoffnungsläufen keine Stei-

gerung erreicht wurde, lediglich Bennewitz mit Koch wieder Dritter wurde, lief das Finale ohne deutsche Teilnehmer.

Im Endkampf über eine Stunde hatte Pacemaker Norbert Koch den Favoriten Pieter de Wit an der Rolle und führte ihn sofort an die Spitze. Diese sollte das Gespann nicht mehr abgeben, obwohl zum Ende der schnellen Fahrt über eine Stunde die Kräfte bei De Wit nachließen und Bruno Walrave seinen Fahrer Bert Romijn immer dichter an den Führenden heranführte. Von der Konkurrenz griff nur Etienne van der Vieren mehrfach an und bezahlte seinen Kampfgeist mit dem Ausscheiden. So waren die Franzosen diejenigen, die noch einigermaßen mithielten und Bronze gewannen.

Den Kampfgeist entgegengesetzt

Die Weltmeisterinnen aus der UdSSR dominierten im Sprint, die Straßen-Weltmeisterinnen in der Einzelverfolgung. Das war das Fazit der Titelkämpfe der Frauen. Ihre härteste Konkurrenz kam aus der DDR, wo der Frauenradsport noch (bis 1970) gefördert wurde. Die jungen Damen aus Berlin hatten zwar noch nicht die Klasse ihrer Rivalinnen aus der Weltspitze, aber sie setzten ihnen den Kampfgeist entgegen. Belohnt wurden sie dafür mit den Bronzemedaillen in beiden Bahndisziplinen. Ein erneuter ansprechender Erfolg der von Dora Krautz trainierten Berlinerinnen. Für ihr Team hatten schon im Jahr zuvor in San Sebastian Hannelore Mattig als Verfolgerin und Karin Stüwe als erste deutsche Sprinterin eine Medaille erkämpfen können.

Siegesaussichten gab es aber wohl kaum, denn die seit Jahren bewährten Spitzenfahrerinnen gaben sich keine Blöße. Im Sprint zogen Walentina Sawina, die Weltmeisterin 1962, und ihre Nachfolgerin Irina Kiritschenko, die schon 1964 den Titel gewann, unangefochten ihre Bahn. Sie schalteten im Halbfinale mit Gisèle Caille (Frankreich) und DDR-Fah-

rerin Heidi Blobner ihre letzten ausländischen Rivalinnen sicher aus.

Den Endkampf um Gold gewann die 29jährige blonde Irina Kiritschenko in 2 Läufen klar gegen ihre sechs Jahre jüngere Landsfrau.

Spannend war auch der Kampf um Bronze, in dem die 17jährige Heidi Blobner ihr Meisterstück lieferte. Wie schon im Vorlauf bezwang sie Gisèle Caille im ersten Lauf sicher. Doch dann wurde sie im zweiten Lauf vom Antritt der Französin überrascht und schien klar geschlagen. Aber sie kämpfte sich heran und gewann hauchdünn - den Lauf und Bronze!

Bei den Verfolgerinnen waren die Britin Beryl Burton und Yvonne Reynders aus dem belgischen Halle am stärksten. Ihre Zeiten blieben von den Kontrahentinnen unerreicht, und so kämpften sie manchmal nur mit dem eigenen Ego, wie Beryl Burton, die im Viertelfinale mit der Turnierbestzeit von 4:07,15 Minuten die Amerikanerin Audrey McElmurey (4:23,86) um Welten hinter sich ließ. Nachdem im Halbfinale Burton klar gegen die UdSSR-Fahrerin Aina Puronen und Reynders ebenso deutlich gegen die Berlinerin Hannelore Mattig gewinnen konnten, war eigentlich nur der Ausgang der Finals relativ offen.

„Hanne" Mattig, 1965 Vizeweltmeisterin, schaffte erneut die Überraschung, der dreimaligen WM-Dritten Puronen das Nachsehen zu geben.

Nur Beryl Burton ließ nach einem Jahr Pause an ihrem Vorhaben nicht rütteln. Sie erkämpfte in einem spannenden Rennen zum fünften Male das Weltmeistertrikot in dieser Disziplin, ließ der Titelverteidigerin und frischgebackenen Straßen-Weltmeisterin Yvonne Reynders keine Sieges-Chance.

Medaillen-Gewinner

Frankfurt/Main

FRAUEN

Sprint

1. Irina Kiritschenko (UdSSR)
2. Walentina Sawina (UdSSR)
3. Heidi Blobner (DDR - Berlin)

Einer-Verfolgung

1. Beryl Burton (Großbritannien)
2. Yvonne Reynders (Belgien)
3. Hannelore Mattig (DDR - Berlin)

Irina Kiritschenko (oben) war in Frankfurt die Beste im Sprint. Links die Berlinerinnen Heidi Blobner, Hannelore Mattig und Karin Stüwe (von links), die in San Sebastian und Frankfurt für deutsche Medaillengewinne gesorgt hatten.

Köln,
25. August 1966

Vierer: Pleiten, Pech und Pannen !

Als am allerersten Wettkampftag der Welttitelkämpfe 1966 zum Start für das 100-km-Mannschaftszeitfahren der Amateure gerufen wurde, stellten sich schnell die Erinnerungen an frühere Weltmeisterschaften ein. Denn der Start erfolgte am Müngersdorfer Radstadion, das schon 1927 und 1954 großartige Weltmeisterschaftskämpfe erlebt hatte. Von dieser traditionsreichen Radrennbahn führte eine große, 50 Kilometer lange Schleife, die zweimal zu absolvieren war, rund um die Stadt Köln.

Exprofi Otto Ziege, der seit 1964 als Bundestrainer für den Straßenbereich wirkte, urteilte über die Strecke: „Sie erinnert mich an Albertville. Es sind so gut wie keine Steigungen zu meistern; nicht wie im Vorjahr in San Sebastian, wo man es den Vierern sehr schwer gemacht hatte. Der Wind dagegen sorgt auf dem flachen, überall freien Kurs sicher für genügend Schwierigkeiten".

Der populäre Berliner ging mit seinen Schützlingen optimistisch ins Rennen, peilte einen Platz unter den ersten Zehn an. Zu verlieren hatten sie nichts, denn in den vier bisherigen Weltmeisterschaften seit 1962 waren im Konzert der weltbesten Amateurvierer nur die Plätze 12, 14, 11 und 10 eingefahren worden. Es konnte wohl nur besser werden...

Die haushohen Favoriten dagegen waren die Italiener, die seit ihrem Olympiasieg 1960 noch drei Weltmeistertitel in Brescia (1962), Albertville (1964) und Lasarte (1965) errungen hatten. Nach der Papierform hatten sie sich mit den Niederländern,

Start in den Regen für das BDR-Quartett. Nach hoffnungsvollem Beginn hatten sie Pech und mußten sieben Radwechsel vornehmen. Aus der Traum von einem Spitzenplatz...

die 1964 in Tokio den Olympiasieg errungen hatten, mit Spanien und Frankreich als Medaillengewinnern von Lasarte 1965 sowie mit der UdSSR und der DDR auseinanderzusetzen. Das Quartett aus dem östlichen Deutschland war dabei sogar ein Geheimtip. Denn im Deutschen Radsport-Verband hatte diese 100-km-Disziplin einen besonderen Stellenwert. Als ab 1962 die dem Nordatlantik-Pakt angehörenden Länder die Einreise der DDR-Sportler zu den Weltmeisterschaften verweigerten, wurde mit dem Internationalen Olympia-Preis ein Rennen geschaffen, bei dem auf exakt vermessenen Standardstrecken (zuerst in Cottbus und Lübben, später in Forst/Lausitz) ein echter Kräftevergleich möglich war. Dabei wurde die eigentliche Stärke der DDR-Vierer deutlich, denn auch Weltmeister wurden besiegt. Die Empfehlung für die Welttitelkämpfe in Köln 1966 lautete: 2:08:05 Stunden für 100 km, gefahren von der ersten Garnitur Lothar Appler, Axel Peschel, Günter Hoffmann und Dieter Vogelsang. Dieses Quartett wurde auch für Köln benannt.

Alles war von den Organisatoren bedacht und bestens vorbereitet worden. Nur das Wetter ließ sich nicht beeinflussen. Und so begannen die Rad-Weltmeisterschaften 1966 im strömenden Regen, dessen Auswirkungen vor allem die Gastgeber zu spüren bekommen sollten. Vorerst gab es bei Otto Ziege und seinen Helfern aber trotz des miesen Wetters strahlende Gesichter, denn als nach der ersten Runde die Zeiten verglichen wurden, lag das bundesdeutsche Quartett mit Siegfried Adler, Martin Gombert, Dieter Leitner und Horst Ruster, der in letzter Minuter gegen Ortwin Czarnowski ausgetauscht worden war, mit der sehr guten Zeit von 1:03:35 Stunden für die 50 Kilometer auf dem zweiten Platz. Schneller war nur die eingespielte DDR-Vertretung, die eine seinerzeit ungeheure Übersetzung von 58:13 gekettet hatte und mit 1:02:21 Std. die Durchgangstabelle anführte. Dänemark als Dritter folgte nur 10 Sekunden hinter den Gastgebern, dann reihten sich

Otto Zieges Vierer meldete bösen Rekord - fünf Reifenschäden

Olympiasieger Niederlande, Frankreich und die UdSSR ein, denen man berechtigte Chancen auf den Erfolg zu gebilligt hatte. Lange Gesichter gab es beim Titelverteidiger Italien, der mit Tour-de-l'Avenir-Gewinner Mino Denti sowie mit Dalla-Bona, Benfatto und Guerra ins Rennen gegangen war. Die Azzurris lagen über zwei Minuten zurück nur auf Platz sieben. Als nach als einer weiteren Regen-Stunde die Endzeiten registriert wurden, purzelten alle Plazierungen durcheinander. Alle Teams brauchten deutlich länger als im ersten Durchgang. Die Strecke und die Witterung hatten an den Kräften gezehrt. Und so blieben Überraschungen nicht aus.

Dafür sorgten in erster Linie die durchweg jungen Dänen. Ohne ihren Star Ole Ritter, der sich auf das Einzelrennen vorbereitete, in die Prüfung gegangen, belegten Werner Blaudzun (20 Jahre), Ole Hojlund (23), Per Norup Hansen (23) und Flemming Wisborg (22) einmal mehr die alte Weisheit von der Stärke einer eingeschworenen Gemeinschaft. Die internationalen Nobodys erreichten in der zweiten Halbzeit die beste Durchgangszeit und katapultierten sich so in der Zeit von 2:09:03 Stunden (46,413 km/h) an die Spitze. Ein Überraschungs-Weltmeister!

Auch die Niederländer, die den Verfolgungs-Welt-meister Tiemen Groen in ihren Reihen hatten, fuhren ein starkes Rennen. Bei der Hälfte noch um 15 Sekunden vor den Dänen, büßten sie zwar gegen die Sieger an Boden ein, aber mit nur 24 Sekunden Rückstand gewannen sie die Silbermedaillen.

Mit einer vorzüglichen Leistung warteten die Italiener in der Schlußrunde auf. Mit fast ebenso hohem Tempo wie die Dänen fuhren sie nahezu gleichmäßig, während alle anderen Vertretungen deutlich nachließen. Damit fiel Bronze an den Titelverteidiger, vor Frankreich, der UdSSR und Schweden, in dessen Quartett erstmals die später so erfolgreichen Gebrüder Gösta, Sture, Erik und Tomas Pettersson kurbelten und als Familie besonderen Beifall einheimsten.

Wo waren die Deutschen, die für die großartigen Zwischenzeiten gesorgt hatten? Verständlich das Bangen der rund 5000 im Regen ausharrenden Zuschauer für das Gastgeber-Quartett. Wo blieben Adler, Gombert, Leitner und Ruster, die doch den Kurs im nächtlichen Training so gut studiert hatten? Die Schützlinge von Otto Ziege hatten Riesenpech, denn fünf Reifenschäden und damit verbundene sieben Radwechsel warfen die so hoffnungsvoll gestarteten Jungen weit zurück. Sie verloren nicht nur wie die anderen Teams die einkalkulierte Zeit in der zweiten Hälfte, sondern wurden unsanft aus allen Medaillen- und Plazierungsträumen gerissen. Selbst der sichere Platz unter den ersten Zehn war am Ende verloren, mit Rang 11 nahm das Team wie in den Vorjahren einen völlig unbefriedigenden Platz ein.

Die DDR-Fahrer wurden das Opfer ihrer eigenen Taktik. Bei der unangenehm kühlen Witterung scheiterten sie an ihrer „Steher-Übersetzung" und mußten völlig entkräftet ihrem vorgelegten Tempo Tribut zollen. Daß die zuvor überholte CSSR-Mannschaft sich wieder herankämpfte und das deutsche Quartett auf den letzten Kilometern noch regelrecht abhängte, war ein zusätzlicher psychologischer Dämpfer für Trainer Werner Schiffner und seine Jungen wie der undiskutable siebente Rang.

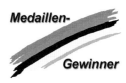

Köln

AMATEURE

100 km Mannschaft

1. Dänemark
   (Werner Blaudzun,
   Per Norup Hansen,
   Ole Hojlund,
   Flemming Wisborg)
2. Niederlande
   (Eddy Beugels,
   Harry Stevens,
   Tiemen Groen,
   Rinus Wagtmans)
3. Italien
   (Attilio Benfatto,
   Luciano Dalla-Bona,
   Mino Denti,
   Pietro Guerra)

Als Sieger kehrten die dänischen Radamateure (Foto oben) nach zwei Regenrunden in das Müngersdorfer Stadion zurück. Sie erzielten trotz des unaufhörlichen Regens und der Kühle eine respektable Zeit für die schweren 100 Kilometer.

Belgierin erkämpfte ihren siebenten Weltmeistertitel

Yvonne Reynders überspurtete alle

UCI-Präsident Adriano Rodoni hatte als prominenter Starter bei schönem Spätsommerwetter 40 Fahrerinnen aus zwölf Ländern auf die Südschleife des Nürburgrings geschickt, wo sie sechs Runden mit je 7,7 Kilometern zurückzulegen hatten. Dabei mußten zwar nicht solche Steigungen wie auf dem großen Ring gemeistert werden, aber schon bei der ersten 13prozentigen Kletterpartie zwischen den Kilometern 4 und 6 fiel eine Vorentscheidung. Die Britin Beryl Burton, Aino Puronen (UdSSR), Elsy Jacobs (Luxemburg) und die Holländerin Cornelia Hage setzten sich ab und bauten ihren Vorsprung schnell aus.

In der zweiten Runde schloß nach Alleinfahrt Yvonne Reynders zu den Führenden auf und bestimmte fortan das Tempo, so daß aus dem Feld niemand mehr aufschließen konnte. Lediglich die Russin Nina Trofimowa kämpfte sich in der vorletzten Runde noch an die Spitze heran. Dieser Gewaltritt kostete sie jedoch soviel Kraft, daß sie danach keine Rolle mehr spielen konnte. Sie hatte schließlich Mühe, das Tempo zu halten, und wurde mit einigen Sekunden Rückstand Sechste.

Yvonne Reynders
Die am 4. August 1937 geborenen Belgierin war mit dem Gewinn von sieben Weltmeistertiteln (4 im Straßen-Einzelrennen, 3 in der Einzelverfolgung) eine der erfolgreichsten Athletinnen der Radsportgeschichte. Mit 39 Jahren erkämpfte sie 1976 ihren 10. Landestitel.

Yvonne Reynders dagegen diktierte das Rennen, und mit einem langen Spurt war sie schließlich auf der Zielgeraden allen überlegen. Die Außenseiterin dieser Gruppe, Cornelia „Keetie" Hage, zeigte keinen Respekt vor den Weltmeisterinnen Jacobs und Burton und eroberte in diesem Sprint die Silbermedaille. Die noch 16jährige sollte nach diesem großen Erfolg von nun an über Jahre hinweg immer in der ersten Reihe des Frauenradsports genannt werden, denn sie gewann danach auf der Straße zwei und in der Verfolgung vier Weltmeistertitel sowie ein ganzes Dutzend an Silber- und Bronzemedaillen!

In der WM-Entscheidung kreuzten nach Keetie Hage die Russin Aino Puronen - die schon 1963 und 1965 Bronze gewonnen hatte - sowie Elsy Jacobs und Beryl Burton die Linie.

Auf die deutschen Teilnehmerinnen, die noch 1965 durch Elisabeth Eichholz-Kleinhans ihre erste Weltmeisterin in die goldene Chronik der Titelträger eintragen ließen, mußten die Trainer eine Weile warten, denn sie hatten schon früh den Anschluß verloren. Dennoch kämpften sie tapfer bis zum Ziel, an dem Hannelore Mattig als 22. registriert wurde. Wenig später hatten es auch Ilka List und Monika Israel geschafft.

Ein Ausreißer-Duo blieb übrig

Zum vierten Male nach Kees Pellenaers (1934 in Leipzig), Henk Faanhof (1949 in Kopenhagen) und Franz Mahn (1956 in Kopenhagen) gewann ein Niederländer den Straßen-Weltmeistertitel der Amateure. Der neue Champion hieß Evert Dolman und war

Ein Duo bestimmte das Rennen auf dem superschweren Kurs

gerade 20 Jahre alt. Auf dem schweren Kurs unter der Nürburg hatte er mit seinem Begleiter, dem Engländer Leslie West, alle Kontrahenten hinter sich gelassen und sich mit einem tollen Schlußspurt den Titel gesichert. Dolman, der Elektriker aus Rotterdam, war kein unbeschriebenes Blatt. Mit 18 Jahren hatte er 1964 die holländische Straßenmeisterschaft für sich entschieden und so für Olympia empfohlen. In Tokio gewann er mit seinem Oranje-Team prompt die Goldmedaille im 100-km-Mannschaftsfahren. Auch 1965 ließ er sich als Landesmeister feiern und gehörte damit zum Kern der holländischen Nationalmannschaft.

Unter den 146 Fahrern, die auf dem legendären Nürburgring acht 22,8-km-Runden zurückzulegen hatten, sorgte schon nach 35 Kilometern ein Quartett für den entscheidenden Vorstoß. Der Franzose Claude Guyot, Bruder des Friedensfahrtsiegers Bernard, zog mit Attilio Benfatto (Italien), Evert Dolman und Leslie West, dem Gewinner der England-Rundfahrt 1965, davon. Für kurze Zeit gesellten sich der Spanier Agustin Tamanes und der Hamelner Andreas Troche hinzu, doch beide vermochten bald dem vorgelegten Tempo nicht mehr zu folgen. Die vier Ausreißer vergrößerten bis zur fünften Zielpassage ihren Vorsprung auf über drei Minuten vor dem noch nahezu geschlossenen Feld. Hier wurde erst in der sechsten Runde richtig radgefahren, so daß an den Steigungen der „Hohen Acht", am „Karussell" und an der „Quiddelbacher Höhe" alles auseinanderriß. Acht Fahrer machten

sich auf die Verfolgung der Spitzengruppe, die nun ebenfalls noch einmal im Tempo anziehen mußte. Für Claude Guyot war es zu schwer, er fiel zurück. Ein Antritt von Leslie West an der „Hohen Acht" ließ auch Benfatto platzen, während sich Dolman nach einigen Metern Rückstand wieder zu dem Briten hinquälte. Diese beiden tapferen Ausreißer schafften es - dank der großartigen holländischen Mannschaft, die immer wieder zu bremsen verstand - bis ins Ziel, wo Dolman nach dem rund 150 km langen Ritt in der Spitze im Spurt der Stärkere war und Weltmeister wurde. Leslie West mußte dies anerkennen und durfte sich über die Silbermedaille freuen, die seine Aktivitäten belohnte.

40 Sekunden später holte sich der Däne Willy Skibby als erster Verfolger die Bronzemedaille. Bester deutscher Fahrer wurde der Leipziger Jürgen Exner als Neunter. Unter den geschlagenen waren alle Favoriten wie der Däne Ole Ritter und der Franzose Bernard Guyot, die mit den Plätzen 8 bzw. 19 zufrieden sein mußten. Weder die Schweizer, die nur ihren Landesmeister Paul Köchli als Elften ins Ziel brachten, noch die sonst so starken Russen vermochten vorn mitzufahren. Von den deutschen Akteuren aus Ost und West kamen neben Exner nur sechs weitere Fahrer durch. Die Leipziger Karl-Heinz Kazmierzak (24.) und Dieter Mickein (27.) sowie Ortwin Czarnowski aus Heilbronn (37.) erreichten in der größten Gruppe das Ziel, die anderen - wie auch Exweltmeister Bernhard Eckstein - mußten noch größere Rückstände hinnehmen.

Medaillen-Gewinner

Nürburgring

AMATEURE

Straßen-Einzelrennen

1. Evert Dolman
   (Niederlande)
2. Leslie West
   (Großbritannien)
3. Willy Skibby
   (Dänemark)

FRAUEN

Straßen-Einzelrennen

1. Yvonne Reynders
   (Belgien)
2. Cornelia Hage
   (Niederlande)
3. Aino Puronen
   (UdSSR)

Der Holländer Evert Dolman (Foto oben) bei der Siegerehrung der Rad-WM 1966 im Schmucke des Regenbogentrikots.

Medaillen- Gewinner

Nürburgring

BERUFSFAHRER

Straßen-Einzelrennen

1. Rudi Altig
   (BRD - Köln)
2. Jacques Anquetil
   (Frankreich)
3. Raymond Poulidor
   (Frankreich)

Ein Wermutstropfen fiel auf das große Fest des Radsports: Zur Siegerehrung der Berufsfahrer standen nur zwei Athleten auf dem Siegerpodest: der neue Champion Rudi Altig und der Dritte, Raymond Poulidor.
Der fünfmalige Tour-de-France-Sieger Jacques Anquetil kam nicht zur Ehrung, um dem an diesem Tage Besseren seine Reverenz zu erweisen. Der „Maitre" (Meister) wurde dafür von der UCI mit einer Geldstrafe von 2000 SFr. belegt.

Rudi Altig eine Klasse für sich

39 Jahre waren seit der Premiere der Berufsfahrer-Weltmeisterschaften auf dem Nürburgring vergangen. Nun kehrten die Recken der Landstraße zurück, um vor über 100 000 Zuschauern (!) auf dem superschweren Kurs und im Kampf über die mörderische Distanz von 273,72 Kilometern die Titelträger des Jahres 1966 zu ermitteln.
Favoriten für den WM-Kampf 1966 gab es viele: Vorjahrsweltmeister Tom Simpson, der vor Rudi Altig das Regenbogentrikot gewonnen hatte, Tour-Sieger Lucien Aimar oder die Gewinner der klassischen Eintages-Ritte Eddy Merckx (Mailand-San Remo), Herman van Springel (Gent-Wevelgem), Edward Sels (Flandernrundfahrt), Felice Gimondi (Paris - Roubaix), Michele Dancelli (Wallonischer Pfeil), Jacques Anquetil (Lüttich - Bastogne - Lüttich), Jan Janssen (Bordeaux - Paris), Barry Hoban (Henninger Turm). All ihre Namen wurden in den Vorberichten genannt. Am häufigsten aber der von Rudi Altig, der im Sommer '66 neun Tage das Gelbe Trikot des Tour-Spitzenreiters getragen und drei Etappen gewonnen hatte.
Drei Minuten betrug eingangs des letzten Drittels der Straßen-Weltmeisterschaft der Vorsprung eines aussichtsreichen Quartetts mit Barry Hoban, Willy Planckaert (Belgien), Gerben Karstens (Niederlande) und dem Spanier Domingo Peruena. Aber auch sie konnten sich vorn nicht halten. In der zehnten Schleife über den Nürburgring setzte sich der Tour-Sieger 1965 Felice Gimondi allein an die Spitze. Er gewann schnell eine halbe Minute, aber an der Steigung der „Hohen Acht" spürte er schon wieder den Atem der Verfolger im Nacken.
Eine neue, sieben Fahrer starke Gruppe bildete sich und leitete den Schlußangriff ein. Sie kurbelten, was das Zeug hielt, denn ihr gefährlichster Rivale, der spurtstarke Rudi Altig, war nicht dabei. Fast schienen sie zu frohlocken, die Ausreißer Jacques Anquetil, Raymond Poulidor aus Frankreich und die

Belgier Eddy Merckx und Martin Vanden Bossche sowie die Italiener Gianni Motta, Felice Gimondi und Italo Zilioli. Sollten sie auf dem mörderischen Kurs unterhalb der Nürburg schon die Vorentscheidung erzwungen haben?
Diese Frage wurde erst in der letzten Runde beantwortet. Zur führenden Siebener-Gruppe schloß 20 Kilometer vor dem Ziel auch Jean Stablinki auf, während zu diesem Zeitpunkt die dahinterliegende Gruppe mit Rudi Altig und Straßenmeister Winfried Bölke 40 Sekunden Rückstand hatte. Im „Karussell" hatte Altig, der sich mit fünf weiteren Fahrern lösen konnte, nur noch 31 Sekunden Rückstand zur Spitze. Auf der „Hohen Acht" war der wie entfesselt dahinstürmende Kölner schon auf Platz sechs der nun weit auseinandergerissenen Spitzengruppe, lag etwa einhundert Meter hinter dem führenden Anquetil. Bei der rasenden Talfahrt gewann Altig den Anschluß und diktierte sofort bis zum Schluß das Tempo. Kurz vor Einfahrt in die Zielgerade stob der Kölner davon, hatte im Nu 20, 30 Meter Vorsprung und gewann diesen langen Spurt überaus deutlich vor den überraschten Franzosen Jacques Anquetil und Raymond Poulidor.
Abgeschlagen gelangten Gianni Motta, Jean Stablinski und Italo Zilioli ins Ziel. Auch Gimondi hatte nach seinem Ausreißversuch nicht mehr die Kraft, sich in der Spitze zu halten. Er fiel in die nächste Gruppe zurück und belegte auch dort nur den elften und letzten Platz. Allein kam dann der Amateur-Weltmeister von 1964, Eddy Merckx, vor einer mehrköpfigen Gruppe. Seine Zeit sollte erst noch kommen...
Rudi Altig hatte eine großartige Leistung mit dem Titelgewinn gekrönt. Dabei hatte der Vizeweltmeister von 1965 sich an diesem Tage - wie er später berichtete - nicht einmal besonders gefühlt. Erst im Verlauf der langen Tortur auf dem schweren Nürburgring fand er zu sich, mit dem ihm eigenen Kampfgeist ging er daran, sein großes Ziel zu verwirklichen. Und er zeigte es allen!

Ein psychologischer Sieg für Rudi Altig

Als Beobachter der entscheidenden Phasen der Weltmeisterschaft urteilten Hans Preiskeit, der ehemalige Deutsche Profi-Straßenmeister (1955), Sportlicher Leiter der Berliner Deutschlandhalle und Beauftragte für den Berufsradsport, und Horst Holzmann, die im Begleitwagen gesessen hatten, über den Erfolg des Deutschen:

„Wir haben jede Aktion verfolgt und jeden Antritt von Rudi beobachtet. Als er die Spitze Poulidor, Anquetil, Motta, Stablinski erreichte, waren diese so perplex, daß sie für einen Augenblick eine Schockwirkung nicht verbergen konnten. Schließlich hatten sie ihren gefährlichsten Gegner, eben Rudi Altig, schon abgeschrieben. Nun tauchte er plötzlich wieder auf. Was nun? Jeder versuchte anzugreifen -,vergeblich. Bis etwa 1500 m vor dem Ziel Rudi Altig das Tempo so steigerte und Zwischenspurts einlegte, daß im Nu die Sprengung der ersten Gruppe erfolgte. Daran änderte sich nichts mehr bis zum Ziel. Alle, die sich in der letzten Phase bereits als die ersten Anwärter auf das so begehrte 'Hemdchen' wähnten, waren moralisch geschlagen, noch bevor sie den Zielstrich sahen. Es war einfach deklassierend, wie Rudi sie im Ausklang beherrschte.

Sie hatten eine Runde lang hart gekämpft und das Letztmögliche von ihrem Körper verlangt, um den Mann, in dem sie den Spurtstärksten wußten, abzuhängen. Das schien gelungen. Niemand von ihnen dachte mehr an ein Aufrücken. Weil Rudi Altig dennoch das Unwahrscheinliche in die Tat umsetzte, vermochte er die internationalen Asse zu schlagen. Was der Rudi bei Tour-de-France-Fahrten schon so oft vorexerziert hatte, vollbrachte er auf dem Nürburgring in vollendeter Form. Einzig und allein darum resignierten seine Gegner auf den letzten hundert Metern."

Rudi Altig
Geboren am 18. März 1937 in Mannheim.

Die größten Erfolge:
Weltmeister im Verfolgungsfahren 1959 (Amateure) und 1960, 1961 (Berufsfahrer); Vizeweltmeister 1965 (Straße Einzel).
Deutscher Meister - Amateure 1957 Sprint, 1958, 1959 Zweier-Mannschaft mit Bruder Willy, 1959 Verfolgungsfahren, 1959 Bahnvierer; Berufsfahrer 1960, 1961 Verfolgungsfahren, 1962, 1963, 1965 Zweier-Mannschaft mit Hans Junkermann, 1964 und 1970 (Straße Einzel).
Europameister 1963 und 1966 Omnium, 1965 Zweier-Mannschaft (mit Hans Junkermann).
Weltrekordler 3 mal
Klassikersieger - Flandernrundfahrt 1964 Mailand - San Remo 1968 Henninger Turm 1970 Tropheo Baracchi 1962 Criterium der Asse 1962
Rundfahrtsieger - Vuelta a Espana 1962 Paris - Luxemburg 1963 Andalusien-RF 1964
Etappensieger - Tour de France 8 mal (Grünes Trikot 1962) Giro d'Italia 4 mal Vuelta a Espana 3 mal Tour de Suisse 1 mal Belgien-RF 1 mal

Das Können hatte einen Namen: Rudi Altig

Über drei Jahrzehnte liegt der größte Erfolg des Mannes zurück, der bis heute eine Symbolfigur des deutschen Sports und insbesondere des Radsports geblieben ist: Denn am 28. August 1966 eroberte Rudi Altig auf dem Nürburgring den Titel als Straßen-Weltmeister.

Mit einem furiosen Endspurt krönte er seine so erfolgreiche Laufbahn und ließ - nachdem er auf der 273,7 Kilometer langen Distanz zuerst das Hauptfeld und dann auch noch die Spitzengruppe mit seinem Tempo zermürbt hatte - die beiden großen Rivalen Jacques Anquetil und Raymond Poulidor hinter sich. Die nachdrückliche Bestätigung der Silbermedaille des Vorjahres von Lasarte, als er mit dem Briten Tom Simpson allein vorausfuhr!

Ob davor oder danach - das Leben Rudi Altigs stand immer im Zeichen des Radsports. Mit seinem zwei Jahre älteren Bruder Willy war der am 18. März 1937 geborene Akteur von Mannheim ausgezogen, die (Radsport-) Welt zu erobern. Und Rudi schaffte es, dank des guten Rüstzeugs seines Entdeckers Karl Ziegler, der ihn später auch als Bundestrainer betreute. Vom ersten Titel 1953 als Jugendmeister auf der Straße bis zum Gewinn der ersten Weltmeisterschaft 1959 in Amsterdam, als sich Rudi Altig die Krone als bester Einzelverfolger der Amateure sicherte, war es ein schnurgerader Weg zum Erfolg, den der Mannheimer, der später nach Köln wechselte, auch bei den Profis fortsetzte.

Sein sportliches Können untermauerte er in den ersten Jahren mit spektakulären Auftritten. In Erinnerung sind seine „Kopfstände" geblieben, als Konzentrationsübungen, Stärkung des eigenen Selbstbewußtseins, der Ruhe und der Kraft - für die Kontrahenten eher eine Sache, an der sie zu knabbern hatten und von der sie beeindruckt waren. So wie die damals überragenden Italiener Mario Valotto, Ercole Baldini und Leandro Faggin und der Eidgenosse Willy Trepp, die aber keine Chancen gegen den wie entfesselt um die Bahn stürmenden Deutschen hatten. Im WM-Finale von Amsterdam mußte sich Valotto bei den Amateuren ebenso beugen wie Willy Trepp bei den Berufsfahrern in den beiden folgenden Jahren in Leipzig und Zürich. Der Jubel des Leipziger Publikums über den Erfolg seines Landsmanns, der da so burschikos und unbekümmert auf dem Siegespodest der Alfred-Rosch-Kampfbahn stand, blieb

Rudi Altig bis heute einer der populärsten deutschen Sportler

ebenso in Erinnerung wie 1962 der vor aller Welt über die Fernsehkameras präsentierte Wechsel vom Edeldomestiken des großen Jacques Anquetil zum herausragenden Weltklassefahrer auf der Straße. Bei der von besonderer - heute kaum mehr nachzuvollziehender - Popularität gekennzeichneten Trofeo Baracchi, einem Paarzeitfahren von über 100 Kilometern, präsentierte sich Altig in solcher Form, daß er bei Tempo 50 seinen Partner Anquetil, den Zeitfahrkönig, über die Hügel von Bergamo schob.

Der große Erfolg bei der Vuelta a Espana im gleichen Jahr war nachdrücklich bestätigt.

Viele weitere Siege folgten: darunter als besondere Höhepunkte die klassische Flandern-Rundfahrt und die „Classicissima" Mailand - San Remo. Über Jahrzehnte war Rudi Altig bei beiden Klassikern und Weltcuprennen der einzige deutsche Sieger geblieben. Inzwischen hat Erik Zabel zweimal in San Remo gewonnen. Auch als Gewinner des Grünen Trikots für den besten Sprinter der Tour de France - bei der er auch das Gelbe über 18 Etappen trug und 8 Tagessiege errang - hat Altig erst in den zurückliegenden Jahren in seinen Freunden Olaf Ludwig und Erik Zabel würdige Nachfolger gefunden.

Bis 1971 blieb Rudi Altig aktiv, hatte mit seiner imposanten, kraftvollen Fahrweise den deutschen Radsport revolutioniert, vom Sprint bis zu den Straßenchampionaten zehn Titel als Deutscher Meister erobert, drei Hallen-Europameisterschaften gewonnen, drei Weltrekorde aufgestellt und 23 Sechstagerennen gewonnen. Die Zahl seiner weiteren Siege auf Straße und Bahn ging in die Hunderte.

Der Abschied vom aktiven Sport war kein Abschied vom Radsport. Der populäre Rudi Altig wurde Anfang der siebziger Jahre zum Bundestrainer der Amateur-Straßenfahrer berufen, weilte als Berater für die Entwicklung des Radsports in jungen Nationalstaaten mehrfach im Ausland. Bis in die Gegenwart fungiert Rudi Altig als Betreuer der Profi-Nationalmannschaften bei den Weltmeisterschaften und hat als Rennleiter bei großen deutschen Rundfahrten in Rheinland-Pfalz und Niedersachsen sowie als Vertreter des namhaften Fahrradherstellers Schauff viel für die Entwicklung des deutschen Radsports getan.

Als Co-Moderator ist Rudi Altig bis heute bei internationalen Höhepunkten auf zahlreichen Sendern präsent und verbindet die aktuellen Bilder mit seinem umfangreichen Wissen und den Erinnerungen an eine große Zeit.

Eine Legende des Radsports! Im Herzen ist der Sportsmann Rudi Altig bis heute jung geblieben. Und er feiert weiterhin seine Erfolge. Sicher ganz anderer Art, aber für ihn um so wichtigere. Ein Magen-Leiden zwang ihn Mitte der neunziger Jahre mit lebensbedrohlichen Symptomen ins Krankenbett, führte zu einer radikalen Operation. Altig bewies erneut seine Energie, stand nach Wochen wieder auf - vital wie eh und je. Und er lernte mit dem kleinen Rest des Magens zu leben. Gerade deshalb schätzt Rudi Altig seitdem die filigranen Leckerbissen und das Leben um so mehr...

Sechstagesiege:
Insgesamt 23 Siege -
7 x mit Sigi Renz
5 x mit Hans Junkermann
4 x mit Dieter Kemper
3 x mit Fritz Pfenninger
2 x mit Patrick Sercu
1 x mit Klaus Bugdahl
1 x mit Albert Fritz

Berlin - 1962 (Junkermann), 1965 (Kemper), 1966 (Renz);
Bremen - 1966 (Kemper), 1968 (Renz), 1971 (Pfenninger);
Dortmund - 1964 (Pfenninger), 1966 (Renz), 1968 (Sercu), 1970 (Fritz);
Essen - 1963, 1964 (Junkermann);
Köln - 1965 (Renz), 1966 (Kemper), 1968 (Renz), 1971 (Pfenninger);
Frankfurt/Main - 1964 (Junkermann), 1965 (Kemper), 1968 (Sercu);
Gent - 1969 (Renz);
Münster - 1962 (Junkermann), 1968 (Bugdahl);
Zürich - 1966 (Renz).

Rudi Altig als Straßen-Profi und bei seinem Weltmeisterschaftssieg in Leipzig 1960.

Vater der Bahn-Erfolge: Gustav Kilian

Gustav Kilian
Geboren am 3. November 1907 in Dortmund.

Auf einer Sportgala symbolisierte Gustav Kilian gemeinsam mit Rudi Altig die radsportliche Vergangenheit. Kilian als Straßencrack der zwanziger Jahre, Altig als Hochradfahrer aus alten Zeiten..

Der Trainer Gustav Kilian hatte in vielen Ländern der Welt ebenbürtige Kollegen. Den Italiener Guido Costa beispielsweise, der zuerst in seiner Heimat, dann in Dänemark talentierte Fahrer in die Weltklasse führte. Auch Louis Gerardin vermochte sein Können zu vermitteln und mit den französischen Sprintern Daniel Morelon und Pierre Trentin über lange Jahre totale Überlegenheit demonstrieren. Nicht zuletzt Kilians Kollegen in der Bundesrepublik wie Karl Ziegler und in der DDR, von Gerhard Gallinge, Werner Schiffner und Dieter Hermann bis zu Wolfram Lindner, drückten mit ihren Schützlingen dem Weltradsport ihr Siegel auf.

Der Unterschied all dieser Könner zu Gustav Kilian bestand vor allem darin, daß sich seine erfolgreiche persönliche Laufbahn und das Wirken als Bundestrainer über einen unvergleichlich längeren Zeitraum erstreckten und daraus ein besonderer Nymbus erwuchs. Vom Sechstage-Kaiser bis zum Goldschmied der Nation...

Zeitzeuge unseres Jahrhunderts - das ist ohne Zweifel Gustav Kilian. Der am 3. November 1907 geborene Dortmunder schrieb zugleich über viele Jahrzehnte mit an der deutschen Radsportgeschichte. Als Aktiver mit beispielhaften Leistungen, als Trainer mit bewundernswerten Erfolgsrezepten und zu allen Zeiten als sympathischer, liebenswerter Mensch, der er bis heute - weit über seinen 92. Geburtstag! - geblieben ist!

Seine Geschichte und seine Geschichten würden Hunderte von Seiten füllen, die alle eng in Verbindung mit seiner Sportart, dem Radsport, stehen. Denn diesen Sport hatte er als Junge gewählt, und er kam nie wieder von ihm los. Warum auch, der Radsport war und ist sein Leben. Denn bis heute ist das Rennrad sein Lebenselixier geblieben. Wenn andere müde resignieren, greift sich Gustav Kilian sein Velo und radelt in körperlicher und geistiger Frische an

sein Ziel: 50, 60 Kilometer kommen da zusammen... Treu geblieben ist Gustav Kilian dem Radsport auch als Beobachter und Kritiker des Zeitgeschehens, ist Gast bei Sechstagerennen, bei Radtourenfahrten und bei den Treffen der Bundes-Ehren-Gilde, deren Mitglied er seit langem ist. Gustav Kilian verkörpert die Werbung für den Radsport schlechthin, denn er war immer ein Vorbild, auf das sich seine Kameraden, seine Schützlinge und seine Mitstreiter verlassen konnten.

Der Stern Gustav Kilians ging bei den Sechstagerennen auf. Das war die Szene, der in den zwanziger, Anfang der dreißiger Jahre der besondere Applaus des Publikums und die Aufmerksamkeit der Presse galt. Denn mehr noch als die Recken der Landstraße konnte man die Helden der Pisten von nahem beobachten, ihre Stärken und Schwächen registrieren. Mit seinem Dortmunder Kameraden Hans Pützfeld bestritt Gustav Kilian die ersten Ren-

Mit seinem Dortmunder Teamkameraden Heinz Vopel erkämpfte Gustav Kilian insgesamt 32 Sechstagesiege. Zwei weitere machten ihn über Jahrzehnte zum Sechstage-Kaiser.

nen über sechs lange Tage und Nächte. Dann verband er sich mit Heinz Vopel. Dieses Duo war bis in die fünfziger Jahre erfolgreicher als jedes andere auf der Welt. Und sie wurden populär in Deutschland, obwohl gerade hier die Sechstagerennen seit 1934 verboten worden waren, so daß Kilian/Vopel vor allem auf amerikanischen und australischen Pisten zum Siege kurbelten. In sechs Jahren gewannen sie nicht weniger als 30 Sechstagerennen! Kilian kreuzte dabei allein im Jahre 1937 insgesamt acht Mal als gefeierter Sieger die Ziellinie. Nach den Siegen 1950 in Hannover und Münster für Kilian gelang den beiden Assen 1951 in Berlin in der Sporthalle am Funkturm der letzte beeindruckende Sieg gegen die neue Generation von Radsportgrößen wie Rik van Steenbergen, Fernando Terruzzi, Emile Carrara, Walter Bucher und die Australier Reginald Arnold/Alfred Strom. Für das erfolgreiche Duo war es der 32. Erfolg, der gemeinsam errungen wurde, für Gustav Kilian der insgesamt 34., was ihm den Ehrennamen „Sechstage-Kaiser" einbrachte.

Als Gustav Kilian einige Jahre später Bundestrainer im Bund Deutscher Radfahrer wurde, brachte er all seine Erfahrung ein und führte seine Schützlinge zu großen Erfolgen. Insbesondere der deutsche Bahnvierer - immer wieder mit neuen Talenten besetzt - wurde zum Zeugnis hervorragender Arbeit. Denn in dieser schwierigen Disziplin genügte es nicht, Einzelkönner auf das Rad zu setzen und an den Start zu schicken, sondern hier mußten erfolgreiche Gemeinschaften zusammengeschmiedet werden. Die Feinheiten der Techniken beim Anfahren, beim Ablösen und Aufschließen, der Ausgleich von vier Charakteren und von Nu-

ancen in den Leistungen - all das wuchs unter Kilians Regie zu meisterhafter Perfektion.

Goldmedaillen bei Olympischen Spielen und Weltmeisterschaften waren Meilensteine am Wege einer 25jährigen Trainertätigkeit, die Gustav Kilian erst 1977 - nach den Welttitelkämpfen in San Cristobal - beendete. Insgesamt 25 Medaillen hatten seine Schützlinge bis dahin errungen. Der „Goldschmied der Nation" hatte die Talente und das Können seiner Jungen in die richtigen Bahnen gelenkt!

Wer erinnert sich nicht an die olympischen Glanzzeiten von Tokio, München und Montreal, wo die Welt dem siegreichen bundesdeutschen Vierer zujubelte. Namen wie Karl Link, Ernst Streng, Günter Haritz, Udo Hempel, Günter Schumacher, Hans Lutz, Peter Vonhof und Gregor Braun sind zu einem Begriff im Radsport geworden.

Wie beliebt Gustav Kilian bei seinen Schützlingen ist, läßt sich immer wieder an der Hochachtung erkennen, die ihm zuteil wird, wenn er seinen „Jungen" irgendwo begegnet. Diese wiederum lassen es sich nicht nehmen, ihrem väterlichen Freund zu seinen Ehrentagen zu gratulieren. Und so ist auch auf diese Weise eine Tradition der Begegnung der Generationen des Radsports entstanden.

Klaus Grünke
Olympiasieger im 1000 m Zeitfahren
1976 in Montreal
1000-m-Weltmeister der
Amateure
1975 in Lüttich-Rocourt

Thomas Huschke
Verfolger-Weltmeister der
Amateure
1975 Lüttich-Rocourt

BDR-Vierer
Olympiasieger 1972, 1976
Weltmeister
1970, 1973, 1974, 1975

Jürgen Geschke
Sprint-Weltmeister der
Amateure
1977 in San Cristobal

Ehrenfried Rudolph
Steher-Weltmeister der
Berufsfahrer
1970 in Leicester

Horst Gnas
Steher-Weltmeister der
Amateure
1971 in Varese
1972 in Marseille
1973 in San Sebastian

Jean Breuer
Steher-Weltmeister der
Amateure
1974 in Montreal

Dieter Kemper
Steher-Weltmeister der
Berufsfahrer
1975 in Lüttich-Rocourt

Die Niederländer und die Deutschen aus Ost und West mit den meisten WM-Titeln

Die Weltmeisterschaften des Jahres 1978 ging als ein besonders gelungenes Fest des Radsports in die Geschichte der Union Cycliste Internationale ein. Sie unterstrichen einmal mehr die bedeutende Rolle, die der Bund Deutscher Radfahrer in der Weltorganisation spielt.

Die Titelkämpfe waren gekennzeichnet von hervorragend organisierten Bahnwettbewerben im herrlichen Olympia-Radstadion von München sowie den packenden Straßenwettbewerben in Brauweiler und auf dem Nürburgring. Bei den Teilnehmern und in der deutschen Öffentlichkeit hinterließen die Weltmeisterschaften nachhaltige Eindrücke, die natürlich auch von den Erfolgen der deutschen Athleten geprägt waren.

In der Bilanz sicherten sich drei Länder den Löwenanteil der Titel und Medaillen. Am erfolgreichsten waren wohl die Niederländer, die gleich elf Medaillen, darunter dreimal Gold, eroberten, und damit die Bedeutung dieser Sportart in ihrem Land widerspiegelten.

Viermal Gold gewannen die Gastgeber vom Bund Deutscher Radfahrer, die ihre Stärken bei den Berufsfahrern mit den neuen Weltmeistern Gregor Braun (Einzelverfolgung) und Wilfried Peffgen (Steher) sowie Vizeweltmeister Dieter Berkmann (Sprint) offenbarten und dazu im Straßenrennen der Frauen mit Beate Habetz eine Überraschungssiegerin und mit dem dominanten Rainer Podlesch den Titelträger der Amateur-Steher präsentierten.

Die andere deutsche Mannschaft aus der DDR überzeugte in den olympischen Disziplinen des Bahnradsports, gewann durch den zuverlässigen Lothar Thoms (1000 m), den herausragenden Verfolger Detlef Macha sowie dem Weltrekord fahrenden Bahnvierer ihre Titel und holte weitere vier Medaillen. Überraschend war, daß die DDR auf der Straße und die

Gastgeber im Jahre 1 nach Gustav Kilian in den olympischen Bahn-Disziplinen leer ausgingen. Aber wie sehr wurde dennoch das Abschneiden der Deutschen von solch traditionsreichen Ländern wie Belgien, Italien und Frankreich beneidet.

Olympisches Radstadion im Olympiapark München

Eines der besonderen Meisterwerke der Rennbahn-Konstrukteure Schürmann aus Münster: die Holzbahn im offenen Olympischen Radstadion von München. Errichtet anläßlich der Olympischen Sommerspiele 1972, gehörte das 285,71 m lange Oval zu den modernsten und schnellsten Pisten der Welt. Die Kurven wiesen eine Neigung von 48,5 Grad, die Geraden von 12 Grad auf. Die 7,5 m breite Fahrfläche aus wetterbeständigem Doussier-Afzelia-Sumpfholz aus Kamerun war überdacht.

Offiziell eingeweiht wurde die Bahn am 7. Juli 1972 mit einem Vergleich von vier Bundesländern. Die auf Anhieb schnellen Zeiten wurden schon zwei Wochen später bei den Deutschen Bahn-Meisterschaften an gleicher Stelle bereits deutlich unterboten. Neben den Höhepunkten, den olympischen Bahnwettbewerben 1972 und den Weltmeisterschaften 1978, wurden im Münchener Radstadion die Deutschen Meisterschaften 1972, 1976, 1978, 1991 und 1992 ausgetragen. Leider mußte das Radstadion am Spiridon-Louis-Ring im Jahr 1998 anderen Bauvorhaben im Olympiapark weichen.

Auf die Stunde topfit

In dieser Pose konnte der stets zuverlässige Lothar Thoms häufiger über seine Erfolge jubeln. Der Cottbuser sorgte im 1000-m-Zeitfahren zwischen 1977 und 1981 mit vier Weltmeistertiteln in Folge sowie dem in dieser Disziplin in Weltrekordzeit erkämpften Olympiasieg 1980 für eine nahezu einmalige Serie.

Die Bahn-Weltmeisterschaften 1978 begannen im olympischen Radstadion am Louis-Spiridon-Ring traditionsgemäß mit dem 1000-m-Zeitfahren. Insgesamt 28 Fahrer hatten sich für das Kilometerrennen eingeschrieben, mehr als je zuvor bei einem der anderen Titelkämpfe dieser seit 1966 in Frankfurt/Main ausgetragenen WM-Disziplin.

Bei abendlicher Kühle hatte mit Wassili Kudrjachow einer der Mitfavoriten die besten Zwischenzeiten auf der Dreieinhalb-Runden-Distanz erreicht. Der Turkmene aus Aschchabad hatte nach mehreren Anläufen (3 mal Vizemeister) 1978 erstmals den UdSSR-Titel in Landesrekordzeit gegen den zweimaligen Weltmeister Eduard Rapp gewonnen. Der Mann im roten UdSSR-Trikot lag anfangs deutlich unter dem Bahnrekord, den der Kölner Hans Michalsky bei den Deutschen Meisterschaften 1976 mit 1:06,07 Minuten markiert hatte. Doch dann hatte er alles Pulver verschossen. In der letzten halben Runde verlor Kudrjachow so viel Zeit, daß er sich nur noch unter "ferner liefen" einrangieren konnte. Viel erfolgreicher blieb dagegen Frankreichs Meister Yave Cahard. Er ging wesentlich langsamer an, hatte dann aber das Stehvermögen, um die erste Zeit unter 1:07 Minuten zu erzielen und die Führung zu übernehmen. Daran scheiterten etliche Mitbewerber, unter ihnen auch der Schweizer Urs Freuler. Dieser hatte auf den Einsatz des in den Tagen vor den Weltmeisterschaften vieldiskutierten Wundervelos, mit dem er im Training Aufsehen erregt hatte, verzichtet. Mit dem normalen Rad kam er an seine schnellen Zeiten nicht heran.

Jubeln konnte dagegen ein junger Berliner. Der 19jährige Rainer Hönisch, Junioren-Weltmeister des Vorjahres, begann sein Rennen wie ein Sprinter, löschte alle bisherigen Bestmarken aus. Obwohl auch er wie Kudrjachow am Ende sichtliche Schwierigkeiten hatte, blieben die Uhren bei einem neuen Spitzenwert stehen: 1:06,49 Minuten. Von den we-

Nervenstarker Anton Tkac erwies sich allen klar überlegen

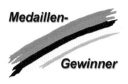

1978

nigen Startern, von denen man eine Unterbietung dieser Zeit erwarten konnte, mußte Hans Michalsky als erster antreten. Wenige Tage vor den Weltmeisterschaften hatte sich der Schützling von Altmeister Jean Schorn an gleicher Stelle seinen fünften Meistertitel im Kilometerrennen gesichert. Sein Auftakt war betont langsamer, aber sicher zu verhalten, denn die acht Zehntelsekunden, die er nach eineinhalb Runden hinter Hönisch zurücklag, ließen sich auf den anderen beiden Bahnlängen nicht mehr einspielen. Michalsky lag zwar hinter Hönisch und Cahard an dritter Position, doch die erhoffte Medaille war wohl verloren, denn der Titelverteidiger Lothar Thoms startete ja als Letzter dieser Entscheidung.

Bevor aber der Cottbuser in die Pedalen stieg, sorgte ein Außenseiter für eine Überraschung. Den Kanadier Jocelyn Lovell, im Vorjahr in San Cristobal (Venezuela) lediglich Achter, hatte wohl niemand in die Medaillenrechnung einbezogen. Vielleicht zu Unrecht, denn er hatte seine Fortschritte Anfang August in Edinburgh als Sieger bei den Commonwealth-Spielen unterstrichen. Seine Zeit von 1:06,00 Minuten gehörte zu den Top Ten des Jahres! Nach den Zwischenzeiten schien aber nichts auf eine Spitzenzeit hinzudeuten, doch im Gegensatz zu den anderen legte Lovell die schnellste Schlußrunde hin und lag plötzlich - 21 Hundertstel schneller als Hönisch - auf Rang eins.

Nur Lothar Thoms konnte dieses Ergebnis noch zu seinen Gunsten ändern. Auf der schnellen Münchener Piste bewies er - so wie auch in den Jahren bis 1981 - seine Nervenstärke und das Können, sich auf die Stunde der Entscheidung zu konzentrieren. Mit Trainer Gerd Müller hatte er auf diesen Moment hingearbeitet, sich auch durch Verletzungen nicht irritieren lassen. Mit kraftvollen Tritten stürmte er in die erste Runde, war an der ersten

Bronze: Rainer Hönisch

Zwischenmarke noch um acht Hundertstel langsamer als Hönisch und steigerte sich dann in einen wahren Rekordrausch. Bei der zweiten Marke lag er schon in Front, fuhr auch die letzte Runde – angefeuert von einem tollen Publikum – schneller als Lovell und Hönisch und war damit Weltmeister! Die 1:05,23 Minuten des erfolgreichen Titelverteidigers – erzielt auf einem "normalen" Velo - sollten über viele Jahre auf dieser Piste Bahnrekord bleiben!

Alle (zwei) Jahre wieder: Tkac

Insgesamt 45 Sprinter hatten den Kampf um den Weltmeistertitel der Amateure 1978 aufgenommen. Auch ohne den Titelverteidiger von San Cristobal, Hans-Jürgen Geschke aus Berlin, der seine Laufbahn beendet hatte, galten die DDR-Akteure als Favoriten. Verbandstrainer Dieter Hermann hatte mit Emanuel Raasch den Vizeweltmeister von 1977 und den Dritten, Lutz Heßlich, aufgeboten und das Terzett mit dem 20jährigen Christian Drescher komplettiert. Vor allem der Cottbuser Lutz Heßlich, der 1977 noch Junioren-Weltmeister gewesen war und bei seinem ersten Männer-Auftritt in Venezuela den Tschechoslowaken Anton Tkac im Kampf um Bronze hinter sich gelassen hatte, wurde als großer Favorit für München gehandelt. Denn der Schützling von Trainer Gerd Müller hatte in der Saison 1978 bei fast allen Starts überlegen gewonnen.

Die Rivalen wurden ohne Zweifel von Anton Tkac angeführt, der 1974 in Montreal Weltmeister und zwei Jahre später an gleicher Stätte Olympiasieger geworden war. Außer Tkac gab es keinen eigentlichen Favoriten, aber viele Anwärter auf einen Vorderplatz waren bei den Franzosen, Italienern, UdSSR-Akteuren und wohl auch im Lager der bundesdeutschen

Medaillen-Gewinner

München

AMATEURE

1000 m Zeitfahren

1. Lothar Thoms
   (DDR - Cottbus)
2. Jocelyn Lovell
   (Kanada)
3. Rainer Hönisch
   (DDR - Berlin)

Sprint

1. Anton Tkac
   (CSSR)
2. Emanuel Raasch
   (DDR - Berlin)
3. Christian Drescher
   (DDR - Berlin)

Anton Tkac bezwang auf dem Weg zum Titel alle Deutschen

Das Dreigestirn der besten Sprinter 1978: Emanuel Raasch (2.), Weltmeister Anton Tkac und Christian Drescher (3.)

Im Halbfinale fand auch Christian Drescher kein Mittel gegen den hier führenden Anton Tkac. Der gab schließlich im Endlauf auch dem bärenstarken Emanuel Raasch (rechts) das Nachsehen.

Gastgeber zu finden. Bundestrainer Karl Link hatte den 18jährigen Deutschen Meister Dieter Giebken (Münster), seinen Berliner Tandempartner Hans-Peter Reimann und BDR-Vizemeister Gerhard Scheller aus Katzwang ins Rennen geschickt. Scheller und die DDR-Fahrer setzten sich schon in der Qualifikation durch; Giebken und Reimann kamen nach den Hoffnungsläufen weiter.

Erwartungsgemäß zogen Raasch, Heßlich und Drescher auch in die nächste Runde ein, und auch Tkac, Scheller, Giebken, die Franzosen Alex Pontet und Yave Cahard sowie die Italiener Giorgio Rossi und Ottavio Dazzan erreichten auf direktem Wege das Achtelfinale. Hans-Peter Reimann dagegen hatte gegen den ruppigen Dazzan, der 1975 noch für Argentinien Junioren-Weltmeister (vor Gerhard Scheller) geworden war, den Kürzeren gezogen und verschlief im Hoffnungslauf den Antritt des Russen Wladimir Romanow. Damit war er ausgeschieden.

Für seine Mannschaftskameraden Dieter Giebken und Gerhard Scheller war im Achtelfinale Endstation. Giebken traf nach seiner Niederlage gegen Dazzan auf Anton Tkac, der überraschend gegen den Franzosen Frank Depine verloren hatte, und stand da auf völlig verlorenem Posten. Der Tschechoslowake schaltete im Hoffnungsendlauf auch Scheller aus und qualifizierte sich für die Runde der letzten Acht.

Im Viertelfinale gewann Emanuel Raasch in zwei Läufen sicher gegen Sergej Shurawljow (UdSSR), Dazzan benötigte drei Gänge gegen Depine und Drescher schaffte nach verlorenem ersten Lauf mit zwei Siegen über Cahard den Sprung ins Halbfinale. In der vierten Begegnung des Viertelfinals trafen Lutz Heßlich und Anton Tkac aufeinander. Nach dem bislang noch nicht überzeugenden Auftritt des 27jährigen Slowaken schienen alle Voraussagen

für den acht Jahre jüngeren Cottbuser zu sprechen. Im ersten Lauf touchierten Tkac und Heßlich, wobei der DDR-Fahrer stürzte und hart aufschlug. In der Wiederholung wagte Tkac einen riskanten Innendurchbruch, der aber von der Jury nicht geahndet wurde. Damit hatte der Olympiasieger die Nerven Heßlichs blank gelegt, und der Youngster fand auch im nächsten Lauf nicht zu seinem wahren Leistungsvermögen. Erst im Kampf um Rang fünf ließ Lutz Heßlich, der so überlegen die Grand Prix von Paris, Brno und Leipzig gewonnen hatte, wieder sein Können aufblitzen und gewann.

Für den nervenstarken Anton Tkac, der anscheinend nur alle zwei Jahre zu seiner Höchstform auflief, war nach dieser erfolgreichen Revanche für San Cristobal der Weg zum Titel bereitet. Er bezwang im Halbfinale den tapferen Christian Drescher (dessen Vater Heinz 1947 mit der Schöneberger Iduna Deutscher Vierer-Meister gewesen war) und machte dann auch im Endlauf gegen den schnellen Emanuel Raasch, der zuvor in 10,98 Sekunden für die letzten 200 Meter eine beachtliche Bestzeit gefahren war, keine großen Umstände.

Im ersten Lauf war Tkac noch auf der Zielgeraden aus der hinteren Position an dem führenden Berliner förmlich vorbeigeflogen und auch im zweiten Lauf mußte "Emu" Raasch die Stärke seines Rivalen anerkennen, der wieder vor ihm die Linie kreuzte. Der neue Weltmeister hatte damit auf seinem Weg zum Titel mit Giebken, Heßlich, Drescher und Raasch nahezu die gesamte deutsche Sprintergarde bezwungen!

Ein Lichtblick war die Leistung des 20jährigen Christian Drescher, der im kleinen Finale nach drei Läufen gegen Dazzan als Gewinner der Bronzemedaille feststand. Aus der Sicht der DDR war das Ergebnis des Sprints eine Niederlage, aber ein Wechsel auf die Zukunft. Emanuel Raasch und Christian Drescher sollten auch 1979 in Amsterdam wieder Silber und Bronze gewinnen. Und Lutz Heßlich, das herausragende Sprinttalent, wurde im folgenden Jahr erstmals Weltmeister und krönte schließlich seine Laufbahn mit drei weiteren Regenbogentrikots und mit den Olympiasiegen 1980 und 1988!

Sieg ohne Glanz

Das Tandemmalfahren war von einem bitterbösen Ende geprägt. Die Tschechoslowaken Vladimir Vackar/Miroslav Vymazal, die mit meisterlichen Leistungen drei Titel in Folge gewonnen hatten, waren von allen guten Geistern verlassen und präsentierten sich bei der Verteidigung ihrer Regenbogentrikots als wahre Rauhbeine. Sie drängten ihre Endkampf-Rivalen Gerald Ash und Leigh Barczewski aus den USA im ersten Lauf nicht nur an die Bande, sondern fuhren sie anschließend auch im wahrsten Sinne des Wortes in den Keller. Die US-Amerikaner wurden dabei in den Innenraum abgedrängt und stürzten schwer, wobei sich Steuermann Gerry Ash das Schlüsselbein brach und die Maschine völlig demoliert wurde. Die internationalen Kommissäre der UCI waren dieser Situation nicht gewachsen. Sie disqualifizierten zwar die CSSR-Fahrer für diesen Lauf, verloren sich dann aber in Diskussionen, ob angesichts der Situation beide Tandems als Weltmeister geehrt werden sollten. Letztlich wurde entschieden, das Rennen fortzusetzen. Eine Farce angesichts der Verletzungen der US-Boys. Die Titelverteidiger traten schuldbewußt zu ihrem zweiten und dritten Lauf an und wurden als Sieger verkündet, während die Offiziellen eine Demonstration von US-Trainer Jack Simes, der das Tandem ohne Vorderrad und Kette an die Startlinie bringen wollte, verhinderten. Das Publikum gab seiner Meinung so lautstark Ausdruck, daß man die Siegerehrung wohlweislich auf einen späteren Tag verlegte. Bei der Ehrung war wenigstens der sportliche Friede nach einer Entschuldigung der alten und neuen Weltmeister wiederhergestellt, und die Finalisten standen symbolisch gemeinsam auf der obersten Stufe des Podests.

Den Sprung auf das Treppchen hatten die Erben der deutschen Tandem-Weltmeister, der 18jährige Dieter Giebken aus Münster und sein Berliner

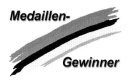

Medaillen-
Gewinner

München

AMATEURE

Tandem

1. CSSR
   (Vladimir Vackar/
   Miroslav Vymazal)
2. USA
   (Gerald Ash/
   Leigh Barczewski)
3. Niederlande
   (Lau Veldt/
   Sjaak Pieters)

Uwe Unterwalder vom Bronze-"Sprungbrett" in den Gold-Vierer

Medaillen-Gewinner

München

AMATEURE

4000 m Verfolgung

1. Detlef Macha
   (DDR - Erfurt)
2. nicht vergeben
   (Medaille aberkannt)
3. Uwe Unterwalder
   (DDR - Berlin)

Partner Hans-Dieter Reimann, leider verpaßt. Sie wurden Vierte der Entscheidung, nachdem sie im kleinen Finale gegen die Holländer Lau Veldt und Sjaak Pieters unterlagen.

Zuvor hatten sie aber ihren Kampfgeist bewiesen. Nach einer Vorlaufniederlage gegen die Amerikaner erzwangen sie im Hoffnungslauf, mit dem Sieg über Polens Exweltmeister Kokot/Kotlinski und die Italiener, ihre Teilnahme am Halbfinale. Dort allerdings standen sie – wenn auch mit knappen Niederlagen – gegen Titelverteidiger CSSR auf verlorenem Posten.

Neuentdeckung Detlef Macha

Mit einer Klassezeit von 4:36,34 Minuten schnellte in der Qualifikation der Verfolger ein nahezu unbekannter junger Mann an die Spitze von 38 Teilnehmern: der aus Greiz stammende Wahl-Erfurter Detlef Macha. Der 19jährige, von Wolfgang Schreck trainierte Büromaschinenmechaniker kam, sah und siegte in München, denn in allen Läufen mußten seine Kontrahenten die klare Überlegenheit des DDR-Fahrers anerkennen. Der erste war der Böblinger Bruno Hänle. Der Deutsche Vierer-Meister wurde in der Qualifikation trotz guter Leistung von Macha eingeholt und schied reglementgemäß aus.

Der Wiesbadener Jörg Echtermann dagegen zog mit der elftbesten Zeit ins Achtelfinale ein. Dort lieferte er Nikolai Makarow aus der UdSSR einen harten Kampf. Obwohl der BDR-Meister in 4:39,74 Minuten einen neuen Deutschen Rekord aufstellen konnte, unterlag er dem 20jährigen Kasachen aus Alma-Ata um zwei Zehntelsekunden.

Ganz offensichtlich wurde in München mit Zeiten unter der 4:40-Minuten-Grenze ein neuer

Leistungssprung im internationalen Radsport vollzogen. Denn zuvor war diese Grenze nur 1968 bei den olympischen Wettbewerben in der extremen Höhenlage von Mexiko-Stadt unterboten worden. In der Qualifikation von München hatten die beiden WM-Finalisten von San Cristobal, Norbert Dürpisch und Uwe Unterwalder aus der DDR, sowie auch der Schweizer Robert Dill-Bundi diese Grenze noch knapp verfehlt, im Achtelfinale dagegen fiel sie gleich sechs Mal. Den Vogel schoß dabei Uwe Unterwalder ab: Der seit Jahren auch zu den besten Mannschaftsverfolgern gehörende Berliner deklassierte mit der neuen Weltbestzeit von 4:34,66 Minuten seinen belgischen Rivalen Jean Louis Baugnis.

An seine Zeit kamen nach einer durch Regen bedingten Pause der Titelverteidiger Norbert Dürpisch (Frankfurt/Oder) und Neuentdeckung Detlef Macha nicht heran, aber sie qualifizierten sich ebenso für die nächste Runde wie Mitfavorit Robert Dill-Bundi, der in sehr guten 4:36,94 Minuten den italienischen

Fuhr BDR-Rekord und kam dennoch nicht weiter: der 20jährige Jörg Echtermann. Rechts: Detlef Macha im Regenbogentrikot des Weltmeisters. Uwe Unterwalder, der Dritte, applaudiert.

Als Junior war der aus Greiz stammende Detlef Macha Straßenfahrer. Doch seine größten sportlichen Erfolge errang er auf der Bahn als Verfolger. Seine Bilanz bei den Weltmeisterschaften: vier Titel! Den ersten hatte der Wahl-Erfurter sich 1978 auf der Olympiabahn in München erkämpft.

Silbermedaille in der Einzelverfolgung blieb vakant

Die Ehrung der drei weltbesten Verfolger aus der DDR war kaum vorüber, als bekannt gemacht wurde, daß der Silbermedaillengewinner Norbert Dürpisch seine Auszeichnung zurückgeben muß. Die medizinische Kontrolle nach dem Achtelfinale hatte ein positives Ergebnis, die obligatorische B-Kontrolle war ebenso eindeutig, wie der damalige UCI-Dopingkommissär Heinz Dietrich (Berlin) bestätigte: Es wurde in beiden Untersuchungen die verbotene Substanz Ephedrin nachgewiesen.

Die Mannschaftsleitung der DDR erhob offiziell Einspruch gegen die Disqualifikation und die sofort ausgesprochene Sperre von Norbert Dürpisch und verwies dabei auf angebliche Formfehler (Beschädigung eines Siegels an der Verpackung) sowie die Verstöße bei der Information der betroffenen Mannschaft. Auf einer Sondertagung des Direktionskomitees der UCI wurden UCI-Kommissär Heinz Dietrich und der Rennarzt Dr. Bocour angehört. Hier ging es aber nicht um die Aufhebung der Sanktionen gegen die zu recht bestraften Sportler, sondern um die Vorgänge bei der Bekanntgabe des Untersuchungsergebnisses. Der Rennarzt hatte die Befunde weitergegeben, bevor sie dem Präsidenten der Jury, Louis Wermelinger, und dem Dopingkommissär bekannt wurden. Im veröffentlichten Kommuniqué des Direktionskomitees wurden diese Formfehler bestätigt.

In den DDR-Medien wurde der Sportler Norbert Dürpisch als Opfer von Manipulationen dargestellt. Es konnte einfach nicht sein, was nicht sein durfte: daß ein Athlet aus der sozialistischen DDR ausgerechnet in der „imperialistischen BRD" eines unwürdigen Verhaltens überführt wurde.

Der Athlet Norbert Dürpisch, der über Jahre hinweg seine sportliche Zuverlässigkeit bewiesen hatte, und 1977 Weltmeister war, wurde aber letztlich Opfer eigener Nachlässigkeit. Eine einfache Erkältung hatte er mit handelsüblichen Medikamenten behandeln lassen, ohne die internationalen Regularien zu berücksichtigen. Damit gab es an der Bestrafung nichts zu deuteln, sie war zurecht ausgesprochen worden. Der Silberplatz im Verfolgungsfahren der Amateure 1978 blieb vakant!

Medaillen-Gewinner

München

AMATEURE

4000 m Mannschaft

1. DDR
   (Matthias Wiegand,
   Volker Winkler,
   Gerald Mortag,
   Uwe Unterwalder)
2. UdSSR
   (Igor Pelipenko,
   Wassili Erlich,
   Witali Petrakow,
   Wladimir Osokin)
3. Schweiz
   (Hans Känel,
   Walter Baumgartner,
   Robert Dill-Bundi,
   Urs Freuler)

Exweltmeister Orfeo Pizzoferrato aus dem Rennen geworfen hatte. Ausgezeichnet auch der erst am Anfang seiner Karriere stehende Franzose Alain Bondue in 4:37,70 Minuten – er wurde später in seiner Spezialdisziplin Olympiazweiter in Moskau und Profi-Weltmeister 1981 und 1982.

Im hochkarätigen Viertelfinale wurden solche Zeiten nicht erreicht. Hier stand vielmehr die Kämpfe um das Weiterkommen im Vordergrund, die Detlef Macha gegen Nikolai Makarow, Alain Bondue gegen den Tschechen Robert Birnbaum, Norbert Dürpisch im knappsten Duell gegen Robert Dill-Bundi und Uwe Unterwalder gegen Polens Meister Jan Jankiewicz für sich entschieden.

Dem Siegeszug der DDR-Fahrer stand damit nichts mehr im Wege, nur die Reihenfolge der Medaillen blieb noch festzulegen. Norbert Dürpisch bezwang dabei in der Wiederholung des Finales von 1977 seinen Mannschaftskameraden Uwe Unterwalder in erneut sehr guter Zeit und Detlef Macha gab Alain Bondue das Nachsehen. In dieser Begegnung fuhren beide Akteure nach dem bei Halbzeit feststehenden Ergebnis nicht mehr mit voller Kraft, um sich für die Finals zu schonen. Während dies dem Franzosen nicht half und er von Uwe Unterwalder im Kampf um Bronze in einem kontrollierten Rennverlauf bezwungen wurde, war Macha im Ringen um Gold vom Start weg der souverän Führende, der zu recht mit dem Regenbogentrikot 1978 geehrt wurde.

Der in der Isar-Stadt erst 19jährige Detlef Macha knüpfte 1981, als er auch erstmals DDR-Meister wurde, an die Leistungen von München an und holte sich die zwischenzeitlich von Nikolai Makarow (1979) entführte Krone als bester Verfolger zurück. In Brno wurde er zugleich Weltmeister mit dem DDR-Vierer, dem außerdem Bernd Dittert, Axel Grosser und Volker Winkler angehörten. Sein viertes Regenbogentrikot gewann Detlef Macha 1982 in Leicester, als er sich wiederum als der weltbeste Einzelverfolger auszeichnete.

Leider konnte Detlef Macha später sein Leben nicht wie erhofft meistern. Er lebt nicht mehr.

Souveräner DDR-Bahnvierer

Nach der Qualifikation der Vierermannschaften herrschte im olympischen Radstadion eitel Sonnenschein bei den verantwortlichen deutschen Trainern. DDR-Verbandstrainer Dieter Hermann registrierte sein Quartett, das ohne die Einzelverfolger angetreten war, an der Spitze der 20 teilnehmenden Teams, und Bundestrainer Karl Link - der zweimalige Olympiasieger aus Herrenberg - hatte die Nachfolge von Gustav Kilian angetreten - war erfreut über den Ehrenplatz, der den Einlauf der beiden deutschen Vierer von San Cristobal bestätigte.

Die DDR hatte neben den Vorjahrsweltmeistern Volker Winkler, Matthias Wiegand und Gerald Mortag den Geraer Lutz Haueisen aufgeboten und kam nach einem makellosen Rennen im Alleingang auf 4:17,97 Minuten. Ein Ergebnis, das sogleich als Weltrekord bestätigt wurde, denn die drei zuvor registrierten besseren Zeiten waren im Verfolgungsfahren erreicht worden. Mit deutlichem Abstand rangierte sich das bundesdeutsche Quartett mit guten 4:21,64 Minuten ein. Hier waren noch Henri Rinklin und Peter Vonhof (als einer der besten Vierer-Spezialisten eines ganzen Jahrzehnts schon Olympiasieger und Weltmeister) aus dem Vorjahr dabei. Komplettiert wurde die Mannschaft durch Bodo Zehner und den wiedererstarkten Olympiasieger 1972, Jürgen Colombo, der 1978 an der Seite von Vonhof im Berliner Derby-Schüler-Expreß Deutscher Meister geworden war.

Hinter den deutschen Mannschaften hatten sich auf den nächsten sechs Rängen, die zur Teilnahme am Viertelfinale berechtigten, mit der Schweiz, der UdSSR, Frankreich, Italien, der CSSR und Dänemark alle namhaften Radsportländer eingereiht. Während die DDR (wieder in der Superzeit von 4:18,37 Minuten) die Dänen ohne Probleme besiegte, hatten die Schützlinge von Karl Link gegen ihren Angstgegner Tschechoslowakei anzu-

Stahlende Vierer-Welt-meister: der Cottbuser Volker Winkler, Uwe Unterwalder (Berlin), der Geraer Gerald Mortag und Matthias Wiegand aus Karl-Marx-Stadt gewannen mit erstklassigen Zeiten und im meisterhaften technischen Zusammenspiel die Goldmedaille beim Championat in München.

treten. Bis zum dritten Kilometer war das Rennen offen, sah sich das bundesdeutsche Quartett leicht in Front, doch dann schoben sich die blau-weiß-roten Trikots immer mehr nach vorn. Das BDR-Aufgebot war ausgeschieden, nach den gefahrenen Zeiten am Ende Fünfter. Ein schwacher Trost für eine erhoffte Medaille...

Nach den programmgemäß verlaufenen Halbfinals, in denen die UdSSR mit sehr guten 4:18,86 Minuten die schwachen Tschechoslowaken niederkanterten, und die DDR, in der Lutz Haueisen seinen Platz an Uwe Unterwalder abgegeben hatte, sich locker über die diesmal enttäuschenden Schweizer mit Hans Känel, Walter Baumgartner, Robert Dill-Bundi und Urs Freuler hinwegsetzte, war man auf das Finale gespannt. Denn sowohl die UdSSR als auch Titelverteidiger DDR hatten ihre schnellen Zeiten mit Blitzstarts und soliden Leistungen erreicht.

Im Endlauf ging die DDR mit 1:05,96 Minuten für den ersten Kilometer noch schneller als in der Qualifikation an und verteidigte den einmal errungenen Vorsprung sicher. Als nach drei Kilometern das sowjetische Quartett nur noch zu dritt war, stand bereits fest, daß die UdSSR sich mit Silber begnügen mußte. Die neuen Weltmeister Volker Winkler, Mathias Wiegand, Gerald Mortag und Uwe Unterwalder setzten bei ihrem Titelgewinn mit der Unterbietung der Qualifikations-Weltrekordzeit in 4:17,39 Minuten den Punkt aufs "i".

Das Münchener Finale leitete einen mehrjährigen Zweikampf der Bahnvierer der UdSSR und der DDR ein. Die letzteren triumphierten auch 1979 und 1981, während die UdSSR 1980 zuhause in Moskau Olympiagold gewann und 1982 in Leicester Weltmeister vor der Bundesrepublik und der DDR wurde. Ein weiteres Jahr darauf – 1983 – war die einst hochgepriesene "Vierer-Domäne" der Deutschen wieder hergestellt, denn das BDR-Quartett siegte in Zürich vor der DDR.

Ein nachdenklicher DDR-Trainer. Dieter Hermann erlebte in München mit Lutz Heßlichs Niederlage und dem Dopingfall Norbert Dürpisch arge Probleme, schickte aber dann den weltbesten Vierer erfolgreich ins Rennen.

Der Stärkste wurde Weltmeister

Diesem Titel als Weltmeister der Amateur-Steher war der Berliner Rainer Podlesch schon lange nachgejagt. Als einer der vielseitigsten deutschen Akteure überhaupt, der vom Straßenrennen und Zeitfahren über Bahnvierer bis zum Steherrennen alles beherrschte, griff er 1978 in München als erfahrener 33jähriger Athlet gemeinsam mit seinem Schrittmacher Dieter Durst endlich erfolgreich nach dem begehrten Regenbogentrikot.

Nach einem schnellen 50-km-Finale im Olympischen Radstadion von München, in dem er vier Wochen zuvor auch den Deutschen Meistertitel erobert hatte, ließ er nach einer beeindruckenden Fahrt die Holländer Mathieu Pronk und Martin Rietveldt hinter sich. Während Pronk in diesem Rundenwirbel immer gefährlich blieb und in der gleichen Runde wie der neue Weltmeister einkam, hatte Rietveldt schon mehr als zwei Bahnlängen verloren.

Überlegener hätte der Triumph des Berliners im WM-Rennen wohl nicht ausfallen können. Von der Spitze gestartet, legte er ein so rasantes Tempo vor, daß er seine Kontrahenten regelrecht zermürbte. Von den Finalisten gab zuerst der Italiener Marino Bastianello noch vor der Hälfte der Distanz auf und wenig später auch der dreimalige Weltmeister Gaby Minneboo. Die anderen Endlaufteilnehmer mußten deutliche Rückstände hinnehmen. Auch die BDR-Vertreter Gerald Schütz an der Rolle von Franz Böll, der am Ende sechs Runden zurücklag, und Ex-Weltmeister Jean Breuer, der mit Pacemaker Peter Schindler über neun Runden quittieren mußte.

Ganz anders hatte es in den Vorläufen über 40 km ausgesehen. Im ersten Gang hatten sich der 40jährige Jean Breuer und Titelverteidiger Gaby Minneboo überlegen die Spitze gesichert. Nur ein kurzzeitiger Defekt an Schindlers Maschine verhinderte den Einlauf in dieser Reihenfolge. Nach dem zweiten Lauf, den Rainer Podlesch vor Martin Rietveld gewann, setzten sich im dritten Vorkampf mit Mathieu Pronk und Gerald Schütz wieder die Vertreter dieser beiden Länder durch, so daß sie im Finale jeweils dreifach vertreten waren. Komplettiert wurde der Endlauf durch den Belgier Guido van Meel, der an der Rolle seines Landsmannes Paul Depaepe (Profi-Weltmeister 1957) den ersten Hoffnungslauf gewann, und Landesmeister Marino Bastianello (Italien), der den zweiten zu seinen Gunsten entschied. Auf der Strecke geblieben waren so bekannte Fahrer wie der Spanier Bartolomè Caldentey (zweimaliger Vizeweltmeister), Österreichs Meister Franz Dögl und Italiens Vizemeister Taddeo Griffoni, der drei Jahre zuvor mit 76,930 Kilometern den Stundenweltrekord hinter Motoren aufgestellt hatte.

Im Finale blieb der erwartete Zweikampf zwischen Minneboo und Podlesch aus. Der Berliner, der hinter Motoren bereits zweimal Silber und zweimal Bronze gewonnen hatte, krönte mit seiner überlegenen Fahrt und dem gerade deshalb vielleicht auch nicht sehr spannenden Rennen seine bisherige an Deutschen Meistertiteln reiche Laufbahn mit dem heiß begehrten Regenbogentrikot. Ein Jahr später nahmen die Holländer durch Mathieu Pronk erfolgreich Revanche. Ihre bis 1984 währende Siegesserie, an der auch Gaby Minneboo wieder entscheidenden Anteil hatte, konnte nur Rainer Podlesch bei seinem Sieg 1983 in Zürich unterbrechen!

Zielstrebig auf Gold-Kurs

18 Siege hatte der 23jährige Noel Dejonckheere im Jahr 1978 herausgefahren. Sein schönster war der am 21. August, denn dafür wurde der Belgier mit Goldmedaille und Weltmeistertrikot geehrt. Im Münchner Olympischen Radstadion war er Titelträger der Amateure im Punktefahren geworden, in einer Disziplin, die erst zum zweiten Male ausgetra-

gen wurde. Das mag auch der Grund gewesen sein, daß das Punktefahren aus deutscher Sicht vernachlässigt wurde, denn in den nachfolgenden Jahren behaupteten sich auch hier die Fahrer beider deutscher Verbände gegen stärkste internationale Konkurrenz.

In München aber war die DDR in dieser Disziplin gar nicht am Start und die beiden bundesdeutschen Vertreter Uwe Schiffner (Gütersloh) und Christian Bock (Böblingen) schieden schon in den Vorläufen aus. In diesen Qualifikationen setzten sich Hennie Stamsnijder (Niederlande) vor dem Schweizer Max Hürzeler sowie der vielseitige Pole Jan Jankiewicz mit Rundenvorsprung vor dem Eidgenossen Walter Baumgartner durch. Noel Dejonckheere, der sich als Vierter des zweiten Vorlaufs qualifiziert hatte, gehörte während des Endlaufes über 50 Kilometer zu den bestimmenden Akteuren. Vor ausverkauftem Haus gewann er die erste Wertung und deutete damit an, daß er die Nachfolge seines 1977 in San Cristobal als Weltmeister geehrten Landsmannes Constant Tournee antreten wollte. Trotz zahlreicher Vorstöße und eines folgenschweren Sturzes, bei dem der zum Favoritenkreis zählende Australier Gary Sutton ausscheiden mußte (er wurde zwei Jahre später Weltmeister!), führte Dejonckheere auch nach vier ausgefahrenen Wertungen vor dem UdSSR-Fahrer Wladimir Osokin und Walter Baumgartner. Die beiden Rivalen vermochten ihn bis zur Halbzeit des Rennens nach Zählern zu überflügeln. Dennoch blieb

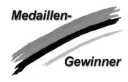

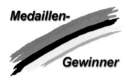

Medaillen-Gewinner

München

BERUFSFAHRER

Sprint

1. Koichi Nakano
   (Japan)
2. Dieter Berkmann
   (München)
3. Yoshinobu Sugano
   (Japan)

alles offen, weil noch ein ganzes Dutzend an Fahrern nur durch wenige Punkte getrennt war.

Die Vorentscheidung fiel 50 Runden vor Schluß, als Walter Baumgartner, der Däne Hans-Henrik Oersted, Jean-Jacques Rebiere aus Frankreich und Noel Dejonckheere – auch dank der Bremserdienste Hürzelers - eine Runde herausfahren konnten. Damit war Baumgartner in Führung und der Belgier an die zweite Position gerückt. Beide waren auch weiterhin mit hohem Punktkonto die klar bestimmenden Akteure und gaben ihre Positionen nicht mehr ab. 20 Runden vor dem Ende konnte Dejonckheere den 25jährigen Schweizer erstmals wieder nach Punkten überflügeln.

So war vor der Schlußwertung die Entscheidung über den Sieg noch offen, die doppelte Wertung mußte den Ausschlag geben. Noel Dejonckheere war in dieser Phase der entschlossenere Fahrer und wurde belohnt. Er entschied das Rennen mit 43 Punkten vor Walter Baumgärtner (38), Jean-Jacques Rebiere (29) und Hans-Henrik Oersted (25) zu seinen Gunsten. Wladimir Osokin, der zu den Stärksten gehört hatte, kam mit 36 Zählern auf den fünften Rang. Er hatte aber über eine Runde Rückstand quittieren müssen, die er ebensowenig wie die anderen noch einmal wettmachen konnte.

Dieter Berkmann Vize-Weltmeister

Vier Japaner, drei Australier, zwei Italiener, ein Belgier und ein Deutscher – das waren die Starter in der Sprintkonkurrenz der Berufsfahrer. Ein Fünftel an Quantität gegenüber den Amateuren und bis auf wenige wohl auch in der Qualität den Tkac & Co. kaum ebenbürtig.

Dem deutlichen Niedergang dieser Disziplin, die mit den Profi-Rennen der Verfolger und Steher nicht Schritt gehalten hatte, boten seit 1977 lediglich die Japaner die Stirn. Die Kurzzeitspezialisten waren aus der Schule der seit 1948

im Land der Morgenröte populären Keirin-Rennen hervorgegangen. Vor allem das Auftauchen eines erfolgreichen Helden für die Rennwetten im Keirin begünstigte eine positive Wechselwirkung, denn die Keirinfahrer benötigten internationale Anerkennung und der internationale Profi-Sprint eine spürbare Auffrischung. Dieser Held aus Fernost hieß Koichi Nakano. 1977 in San Cristobal paßte auf ihn der alte Spruch: "Er kam, sah und siegte!"

In einer 1996 erschienenen japanischen Publikation über den Keirin-Sport wurde der Weltmeister als Superstar bezeichnet. Es hieß darin: "Koichi Nakano war nicht nur ein verteufelt schneller Fahrer mit dem richtigen Oberschenkelumfang und dem richtigen taktischen Gespür. Der gescheite junge Mann aus Korume wußte sich auch stets tadellos und beredt aufzuführen. Und was noch wichtiger war: Er war nicht bloß im Keirin Seriensieger, sondern hatte mit sagenhaften zehn aufeinanderfolgenden Weltmeistertiteln im Profisprint zwischen 1977 und 1986 mehr Anerkennung als ‚richtiger' Athlet gesammelt als überhaupt vorstellbar."

Dank Koichi Nakano hatte Japan in München einen vierten Startplatz erobert. Und alle vier Akteure gewannen ihre Zweier-Vorläufe. Den fünften entschied der 28jährige Dieter Berkmann für sich. Der fünfmalige Deutsche Amateur-Meister war nach eineinhalbjähriger Wettkampfpause zu den Berufsfahrern gewechselt, um sein Medizinstudium zu finanzieren. Und er hatte dank der Unterstützung von Karl Link und des gemeinsamen Trainings mit den deutschen Amateuren wieder eine gute Form erreicht, wie er mit dem Sieg über den Australier John Nicholson, der vor Nakano zweimaliger Weltmeister war, bewies.

Die drei weiteren Plätze für die Runde der letzten Acht wurden in den Hoffnungsläufen ermittelt, in denen sich der mehrfache Winterbahn-Europameister Giordano Turrini, John Nicholson und sein

geworden war, gegen Yoshinobu Sugano keine Chance hatte, an frühere Erfolge anzuknüpfen. Dieter Berkmann schaffte als Vierter im Bunde den Einzug ins Halbfinale. Er benötigte allerdings vier Läufe dazu. Im ersten hatte er seinen Kontrahenten Kenji Takahashi unbeabsichtigt gestreift und zu Fall gebracht, in der Wiederholung rutschte dieser in der Kurve ab, so daß erst nach zwei weiteren Gängen, die der Wahl-Münchner sicher gewann, der Sieger feststand.

Im Halbfinale besiegte Berkmann mit Sugano einen weiteren Nippon-Sprinter und gelangte so ins Finale gegen Koichi Nakano, der recht locker dem bereits 36jährigen Turrini das Nachsehen gegeben hatte. Der Titelverteidiger zeigte auch im Finale, daß er tatsächlich der beste Mann bei den Profis war. Den ersten Lauf gegen Dieter Berkmann gewann er klar, ließ sich dann zwar im zweiten überrumpeln, als Berkmann ihn aus der Fahrlinie drängte. Aber dem Entscheidungslauf drückte er seinen Stempel auf und gewann so erneut das Regenbogentrikot.

Dieter Berkmann konnte sich trösten: Er hatte es geschafft, erstmals seit den großen Zeiten von Albert Richter, der zuletzt 1935 im Endkampf gestanden hatte, wieder in ein Sprinter-Finale der Berufsfahrer vorzudringen!

Steigerung im rechten Moment

Nach der Qualifikation der Profi-Verfolger war die Welt ein wenig durcheinandergeraten. Denn als Bester stand der 25jährige Hermann Ponsteen an der Spitze. Der Niederländer, der bei den Amateuren Olympiazweiter in Montreal gewesen war, hatte in seinem Lauf nicht nur den zweimaligen Weltmeister Ferdinand Bracke eingeholt und damit eliminiert, sondern auch in herausragenden 5:46,72 Minuten eine neue Weltbestzeit für die 5000-m-Distanz aufgestellt. Das war immerhin 5 Sekunden unter dem offiziellen Weltrekord, den

Dieter Berkmann im Kampf mit dem Japaner Koichi Nakano, der am Ende seiner Laufbahn zehn Weltmeistertitel auf sein Konto vereinen konnte. Im WM-Finale 1978 war er dem Münchener Medizinstudenten zweimal überlegen und ließ diesem nur die Silbermedaille.

Dieter Berkmann ist noch heute eng mit dem Radsport verbunden. Bei vielen Veranstaltungen wie auch dem Münchener Sechstagerennen steht er als Bahnarzt zur Verfügung.

Landsmann Danny Clark durchsetzten. Der Sechstagecrack Clark war übrigens von der Jury nachträglich zugelassen worden und erst in den Hoffnungsläufen eingestiegen!

Da hatte der Australier allerdings gegen Titelverteidiger Koichi Nakano keine Chance und schied aus. Der vorjährige Vizeweltmeister Yoshikazu Sugato unterlag dagegen nach drei Läufen gegen Turrini, während Nicholson, der auf dieser Münchener Bahn 1972 Olympiazweiter im Sprint

Braun Sieger im „Königs"-Duell gegen Roy Schuiten

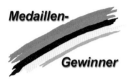

München

BERUFSFAHRER

5000 m Verfolgung

1. Gregor Braun
   (BRD - Neustadt)
2. Roy Schuiten
   (Niederlande)
3. J.-L. Vandenbroucke
   (Belgien)

Ein starker Neu-Profi: Günther Schumacher. Ex-Weltmeister Roy Schuiten (rechts) glänzte mit Superzeiten, unterlag dennoch gegen Gregor Braun.

der Däne Ole Ritter im Oktober 1968 in der leistungsfördernden Höhe von Mexiko-Stadt aufgestellt hatte.

An diese neue Bestleistung kam niemand heran. Der favorisierte Titelverteidiger Gregor Braun aus Neustadt hatte nach Ponsteen und dem Belgier Jean-Luc Vandenbroucke nur die drittbeste Zeit erreicht, aber in seinem Lauf immerhin den Vorjahresdritten Steve Heffernan (Großbritannien) eingeholt. Zu den Ausgeschiedenen gehörten auch so bekannte Akteure wie die Australier Danny Clark und Gary Wiggins, der Brite Ian Hallam und der Belgier Dirk Baert. Erfreulich aber der Einstieg von Neu-Profi Günther Schumacher, der in seinem Lauf den Schweden Kim-Gunnar Svendsen eingeholt und die fünftbeste Zeit knapp unter der Sechs-Minuten-Grenze erzielt hatte. Für ihn war allerdings im Viertelfinale Endstation, denn Roy Schuiten, der zweimalige Weltmeister aus Amsterdam, fuhr ihm trotz weiterer Steigerung auf den ersten vier Kilometern dank des besseren Stehvermögens mit 5:54,04 Minuten noch um deutliche viereinhalb Sekunden davon und qualifizierte sich für das Halbfinale.

Gregor Braun nahm Schuitens Tempo-Herausforderung an und gewann anschließend mit ebenbürtiger Leistung gegen Daniel Gisiger aus der Schweiz, während Vandenbroucke gegen den Briten Ian Bunbury und Ponsteen gegen Dino Porrini (Italien) mäßigere Zeiten reichten, um in die Runde der letzten Vier vorzustoßen.

Auch hier brillierte Roy Schuiten wieder mit der besten Zeit und schien auf dem besten Wege, an seine WM-Erfolge von 1974 und 1975 anzuknüpfen. Er rang nämlich den blendend gestarteten Vandenbroucke auf den letzten beiden Kilometern mit einer tollen Steigerung förmlich nieder und gewann sicher mit über drei Sekunden Vorsprung. Damit war auch Schuiten für den Endlauf qualifiziert, den Gregor Braun zuvor schon mit seinem Sieg über Hermann Ponsteen erreicht hatte.

Nach sehr schnellem Beginn wechselte hier zwar auf den ersten beiden Kilometern die Führung mehrmals, doch dann hatte der Pfälzer unter den stürmischen Anfeuerungsrufen der Zuschauer im restlos ausverkauften Olympia-Radstadion seinen Rivalen im Griff und konnte das Rennen, ohne sich voll auszugeben, sicher gewinnen.

Für Ponsteen war das sicher nach seiner Bestleistung in der Qualifikation eine herbe Enttäuschung. Doch es sollte ihn noch härter treffen, denn im kleinen Finale, als der Kampf um die Medaillen die Leistungen nochmals anstachelte, mußte er sich dem zwei Jahre jüngeren belgischen Meister Jean-Luc Vandenbroucke geschlagen geben.

Der Neustädter Gregor Braun dagegen steigerte sich zur rechten Zeit und war im Finale topfit. Die Taktik für den Kampf um das Regenbogentrikot war klar: Ein schneller Start sollte gegen den blonden Roy Schuiten ein Plus bieten, denn die

Stärke des fünfmaligen holländischen Meisters auf der zweiten Hälfte der Distanz war einkalkuliert.

Tatsächlich hatte Gregor Braun, der mit seiner Glücksnummer 13 in das fast mitternächtliche Finale gestartet war, nach den ersten drei Kilometern schon ein Polster von über vier Sekunden geschaffen. Doch Schuiten gab nicht auf. Die elektronische Zeitmessung verriet, daß er deutlich aufholte, so daß Gregor Braun noch um den Sieg bangen mußte. Doch der Pfälzer hatte sich im rechten Moment zu steigern gewußt und mobilisierte noch einmal unter dem anfeuernden Beifall des Münchener Publikums alle „Körner", so daß er am Ende mit einer ganzen Sekunde in Front lag. Die Zeiten von 5:50,79 zu 5:51,86 Minuten beweisen, welch hohe sportliche Leistung von beiden Rivalen in diesem Endlauf geboten wurde.

Damit waren die Finalisten jeweils zweimalige Gewinner der Regenbogentrikots und Könige in ihrer Disziplin geworden.

Gregor Braun, der sein Können auch auf der Straße bewies, kehrte nach Jahren noch einmal auf die Bahn zurück, um sich ein Denkmal in Form eines Weltrekordes zu setzen. In der Höhenlage von La Paz (Bolivien) verbesserte er den Rekord über 5000 Meter im Januar 1986 auf 5:44,700 Minuten. Auch Roy Schuiten hatte sich bei den Amateuren in die Weltrekordliste eingetragen, als er 1972 die 4000-m-Hallenbestleistung auf 4:53,52 Minuten (Zürich) schraubte. Nach seinem zweiten Weltmeistertitel als Verfolger wagte er sich 1975 auch an den sieben Jahre zuvor von Eddy Merckx aufgestellten Stunden-Weltrekord, scheiterte aber in Mexiko-Stadt in mehreren Versuchen.

Um so höher war Roy Schuitens nochmalige Top-Form bei den Weltmeisterschaften 1978 einzuschätzen, bei denen er nur einem anderen ganz Großen unterlag: dem glücklichen Gregor Braun aus Neustadt an der Weinstraße.

Ein glücklicher Gregor Braun. Der Neustädter verteidigte seinen Weltmeistertitel im Verfolgungsfahren in München vor heimischem Publikum in eindrucksvoller Manier. Im Finale bezwang er den Niederländer Roy Schuiten, der für Erfolge in dieser Disziplin schon zweimal das Regenbogentrikot getragen hatte.

Medaillen-Gewinner

München

Steher

BERUFSFAHRER

1. Wilfried Peffgen
(BRD - Köln)
2. Martin Venix
(Niederlande)
3. Cees Stam
(Niederlande)

Das erfolgreiche Duo Dieter Durst/Wilfried Peffgen in voller Fahrt. Das Foto zeigte das deutsche Gespann bei einer der ersten WM-Revanchen, bei denen Peffgen im Regenbogentrikot zu weiteren Erfolgen jagte.

Heute ist Wilfried Peffgen als Sportlicher Leiter hoch angesehen. Jahrelang führte er die Regie im Kölner Sechstagerennen; seit 1998 betreut er das sportliche Geschehen in der Dortmunder Westfalenhalle.

Gustav Kilians Favorit gewann

Gustav Kilian, der Sechstagekaiser und Goldschmied der bundesdeutschen Amateur-Nationalmannschaft, war sich in München sicher: „Für mich wird Wilfried Peffgen Weltmeister. Er wird seinen Sieg von Monteroni noch einmal wiederholen. Höchstens Cees Stam kann ihm gefährlich werden...“

Bevor die Prophezeihung des Altmeisters sich erfüllen sollte, gab es im Olympia-Radstadion allerdings noch ganz andere Anwärter auf den Titel. Der Belgier Patrick Sercu hatte als Gewinner des ersten Vorlaufs seine Absicht unterstrichen, sich auch in diesem Metier höchste Meriten zu verdienen, nachdem er schon als Olympiasieger im Kilometerwettbewerb, als Amateur- und Profi-Weltmeister im Sprint sowie als Europa- und Landesmeister vom Sprint über Omnium, Dernyrennen und Zweier-Mannschaftsfahren seine ungeheure Vielseitigkeit unterstrichen hatte. Insge-

samt 54 Titel auf der Bahn hatte der 34jährige Belgier aus Roeselare bis dahin errungen. Dazu kamen die Siege in unzähligen Straßenrennen und 62 Sechstage-Erfolge!

Für seinen Ausflug zu den Stehern hatte sich Sercu den 70jährigen Gus Meuleman als erfahrenen Pacemaker gesichert - was sollte da noch schiefgehen. Dieses Gespann gab im ersten Vorlauf Titelverteidiger Cees Stam hinter Bruno Walrave und dem erst Tage zuvor gekürten Deutschen Steher-Meister Horst Schütz hinter Peter Schindler das Nachsehen.

Im zweiten Vorlauf sicherte sich der Kölner Wilfried Peffgen, der sich der Schrittmacherdienste von Dieter Durst bediente, mit einem Start-Ziel-Sieg die Finalteilnahme vor dem Schweizer Rene Savary und Martin Venix aus Holland. Über die Hoffnungsläufe konnten sich auch noch die beiden Italiener Pietro Algeri und Bruno Vicini qualifizieren und das Achter-Finale bunter machen.

Dieser letzten Entscheidung der Bahn-Weltmeisterschaften 1978 drückte dann allerdings nicht der Geheimtip Patrick Sercu, sondern Wilfried Peffgen seinen Stempel auf. Der 34jährige Kölner sorgte im ersten Viertel des 60-Minuten-Finales für solch ein Tempo, daß Sercu da schon eine Runde verloren hatte. Im Fahrwasser des Kölners hielten sich nur die Holländer Cees Stam und Martin Venix, während Horst Schütz ebenfalls auf einigen Rückstand verweisen mußte.

Ausgeschieden nach zwei Dritteln waren bereits der Italiener Bruno Vicini und der Eidgenosse Rene Savary

sowie auch Patrick Sercu, der in diesem Runden-wirbel bereits zwei Bahnlängen verloren und keine Chance mehr auf einen Medaillengewinn hatte.

Denn die ersten drei Plätze waren wohl längst vor dem Ende vergeben, da die Holländer Stam und Venix sich dicht hinter dem führenden Deutschen in der gleichen Runde gehalten hatten.

Sie sorgten in der Schlußphase auch für energische Angriffe, um die „Festung" Peffgen zu stürmen. Ti-telverteidiger Stam hatte seinen zweiten Platz an Landsmann Venix verloren. Bei seinen Angriffen führ-te ihn Schrittmacher Bruno Walrave zweimal blitz-schnell an Venix heran, so daß dieser bei seiner „Flucht" gegen Peffgen anrennen mußte. Aber so-wohl der umsichtigen Führung des 32jährigen Die-ter Durst, der ja schon mit Rainer Podlesch Ama-teur-Weltmeister geworden war, als auch der enor-men Stärke Wilfried Peffgens war es zu verdanken, daß die Niederländer das Blatt nicht mehr wenden konnten. Noch in der letzten Minute hatte der von „Noppie" Koch geführte Martin Venix angegriffen, aber Peffgen konterte geschickt und gewann zum zweiten Male nach 1976 den Titel als Steher-Welt-meister der Berufsfahrer!

Horst Schütz landete mit sieben Runden Rückstand auf Rang vier. Er wurde sechs Jahre später Welt-meister der Berufssteher!

Fünfter Sprint-Titel für Zarewa

Bei den Frauen stürzte sich ein blutjunges deut-sches Dreigestirn in den Rundenwirbel des Da-men-Sprints mit dem Wunsch, unter den elf Teil-nehmerinnen wenigstens einen der Medaillen-ränge zu erobern. Leicht war das nicht für die Kölnerin Beate Habetz, Uschi Meyer aus Friesen-heim und die Münchnerin Gaby Altweck. Zu klar war die Dominanz der UdSSR-Fahrerinnen und ihrer Rivalinnen aus den USA und der Tschecho-slowakei. In San Cristobal hatte 1977 zum vierten

Galina Zarewa (links) im Zweikampf mit ihrer Landsfrau Galina Jermolajewa. Beide gehörten zu den erfolgreichsten Sprinterinnen bei den Weltmei-sterschaften.

Male die Leningraderin (St.Petersburgerin) Galina Zarewa als Weltmeisterin auf dem obersten Trepp-chen gestanden, nachdem sie die Amerikanerin Sue Novara und Iva Zajickova aus Prag auf die Plätze verwiesen hatte.

Galina Zarewa, die nach russischem Recht ihren Mädchennamen behielt, hatte nach drei aufein-anderfolgenden WM-Titeln (1969 bis 1971) eine Baby-Pause eingelegt und sich in San Cristobal erfolgreich in der Weltspitze zurückgemeldet.

In den Vorläufen verbaute die Weltmeisterin der 18jährigen Gaby Altweck, die den Spuren ihres erfolgreichen Vaters Otto zum Velosport gefolgt war, den Weg. Auch im Hoffnungslauf mußte die Münchnerin gegen die Britin Brenda Atkinson Lehr-geld zahlen und schied somit aus. Uschi Meyer unterlag zwar im ersten Gang gegen die Amerika-nerin Connie Paraskevin, konnte dann aber im Hoffnungslauf über Frieda Maes (Belgien) trium-phieren und erreichte das Viertelfinale. Nur die

Galina Zarewa

Mit 19 Jahren war sie 1969 in Brno erstmals Weltmeisterin im Frauen-Sprint, als sie im Finale die fünfma-lige Titelträgerin Galina Jermolajewa bezwang. Auch die St. Peters-burgerin wurde ein „Dauerbrenner", denn sie wiederholte fünfmal den erfolgreichen Griff nach dem Regenbogentrikot: 1970, 1971, 1977, 1978 und 1979. Dazu kamen Bronze 1974 und Silber 1980.

Die Grundlagen für die Erfolge im Sprint legte Galina Zarewa mit ihrer Vielseitigkeit und Härte. Denn die eigentliche Sprinterin wurde auch zehnmal UdSSR-Meisterin im Straßen-Einzelrennen!

Zehn Titel gewann sie im Sprint und drei im 500 m Zeitfahren. Galina Zarewa ging als eine der erfolgreich-sten Athletinnen der Welt in die Annalen des internationalen Radsports ein.

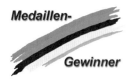

Medaillen-

Gewinner

München

FRAUEN

Sprint

1. Galina Zarewa
   (UdSSR)
2. Sue Novara
   (USA)
3. Iva Zajickova
   (CSSR)

3000 m Verfolgung

1. Keetie van Oosten-
   Hage
   (Niederlande)
2. Anne Riemersma
   (Niederlande)
3. Luigina Bissoli
   (Italien)

17jährige Beate Habetz kam direkt durch ihren Vorlaufsieg über Atkinson und Jackie Disney (USA) weiter.

Das gesamte Championat hatte die Titelverteidigerin Galina Zarewa als Prüfstein vor die deutschen Mädchen gesetzt. Nach Gaby Altweck mußte auch Uschi Meyer in Viertelfinale die klare Überlegenheit der Leningraderin anerkennen, die im Halbfinale auf die dritte Deutsche, Beate Habetz, traf. Diese hatte zuvor gegen Connie Paraskevin beherzt gekämpft und sich schließlich nach drei Läufen durchgesetzt.

Gegen Galina Zarewa zeigte die Kölnerin wohl im ersten Lauf noch zuviel Respekt, so daß an deren Erfolg nicht zu rütteln war. Im zweiten Lauf aber ergriff sie die Initiative und eröffnete den Sprint. Auf der Zielgeraden kam Zarewa in voller Fahrt bedrohlich näher. An der Linie wußte niemand mehr, wer gewonnen hatte. Ein Zielfotoentscheid! Dieser fiel leider zugunsten der Titelverteidigerin aus. Leider, weil keine andere Fahrerin während dieses Championats so harte Gegenwehr leistete und andererseits das Selbstvertrauen von Beate Habetz in München eindrucksvoll gereift war.

Die andere Halbfinal-Begegnung hatte Sue Novara gegen Iva Zajickova zu ihren Gunsten entschieden. Damit standen sich erneut die Finalistinnen des Vorjahres gegenüber. Galina Zarewa setzte sich in beiden Läufen sicher durch. Sie gewann damit ihr fünftes Regenbogentrikot, während sich die frisch vermählte Sue Novara, die 1975 in Rocourt Weltmeisterin war, zum vierten Male bei einem Weltmeisterschaftsfinale mit Silber begnügen mußte.

Im kleinen Finale gegen Iva Zajickova hatte Beate Habetz noch nicht die nervliche Stärke, um ihrem Sieg im ersten Lauf einen zweiten Erfolg folgen zu lassen. Sie mußte sich zweimal der routinierteren Tschechin beugen, so daß ihr Platz vier blieb, während die Medaillenränge in der gleichen

Reihenfolge wie 1977 vergeben wurden.

Insider wissen, daß Galina Zarewa von ihrem Mann Alexander Kusnezow trainiert wurde. Sein Rezept für eine deutliche Leistungsentwicklung war das gemeinsame Training mit den Männern. Galina bekam es gut, denn sie wurde auch 1979 Weltmeisterin. Den greifbaren siebenten Titel verpaßte sie 1980 in Besancon, als Sue Novara erfolgreich Revanche nahm. Galina Zarewa nahm Abschied vom Radsport und widmete sich der Familie. Ihr 1983 geborener Sohn Nikolai wurde 1991 Junioren-Weltmeister mit dem Bahnvierer. Trainiert wurde er wie die Mutter vom Vater Alexander Kusnezow, der als Spitzentrainer in der Leningrader Radsportschule ganze Vierer-Generationen und später auch Könner wie den Olympiasieger und Weltmeister Wjatscheslaw Jekimow in die Weltspitze führte.

Tränen auf dem Podest

Mit einem neuen Deutschen Rekord von 4:02,56 Minuten unterstrich Beate Habetz in der Qualifikation des 3000-m-Verfolgungsfahrens, daß ihre Form in München optimal war. Sie kam auf den sechsten Platz. Und auch die zweite deutsche Teilnehmerin, Uta Rathmann aus Berlin, wußte mit einer angenehmen Überraschung aufzuwarten. Sie verbesserte ihre persönliche Bestzeit sogar um mehr als zehn Sekunden und rangierte sich auf Rang sieben der Qualifikation ein. Vor den deutschen Mädchen lagen nur die beiden haushohen Favoritinnen Keetie Van Oosten-Hage und Anne Riemersma aus den Niederlanden, die Italienerin Luigina Bissoli, Mary Jane Reoch (USA) und die Kanadierin Karen Strong, die alle die Vier-Minuten-Grenze unterboten hatten. Ausgeschieden dagegen waren fünf weitere Teilnehmerinnen, darunter die sechsmalige Weltmeisterin Tamara Garkuschina aus Tula. Die Russin fuhr zwar auch eine gute Zeit, die für das Viertelfinale gereicht hätte, aber sie hatte das Pech, in der letzten halben Runde noch von Keetie Van Osten-Hage eingeholt zu werden. Das bedeutete: Ausscheiden aus der Konkurrenz.

Im Viertelfinale konnten weder Beate Habetz noch Uta Rathmann der internationalen Elite Paroli bieten. Die Kölnerin lag zwar gegen Bissoli anfangs in Front, doch dann hatte die Italienerin ihren Rhythmus gefunden und setzte sich sicher durch. Für die Berlinerin, die den Zehlendorfer Eichhörnchen, dem gleichen Verein wie Steher-Weltmei-

ster Rainer Podlesch, angehörte, war gegen Anne Riemersma Endstation. Die Holländerin legte solch einen Blitzstart vor, daß sie in blendendem Stil ihre Konkurrentin schon nach zweieinhalb Minuten eingeholt hatte. Der Lauf der anderen Oranje-Vertreterin, Keetie Van Oosten-Hage, glich diesem Verlauf, denn auch die Belgierin Nicole Vandenbroeck sah sich schon weit vor Ablauf der Distanz überholt. Die vierte Siegerin und damit

Halbfinalistin war Karen Strong nach ihrem Sieg über US-Meisterin Mary Jane Reoch.

Mit Zeiten von 3:54 Minuten – nur um eine Hundertstel getrennt – setzten die Niederländerinnen im Halbfinale ihren erfolgreichen Weg ins Finale fort. Weder Karen Strong gegen Riemersma, noch Luigina Bissoli gegen Van Oosten-Hage waren in der Lage, die "fliegenden Holländerinnen" zu bezwingen. Bissoli sicherte sich im kleinen Finale die Bronzemedaille, nachdem sie der Kanadierin mit deutlichem Vorsprung in 3:55 Minuten vorausgefahren war.

Im Endkampf um den Titel stand schon vor Absolvierung der Gesamtdistanz die neue Weltmeisterin fest. In der achten Runde wurde das Rennen abgebrochen, weil sich ein Klebestreifen der als Bahnbegrenzung ausgelegten Schwämme im Hinterrad von Keetie Van Oosten-Hage verfangen hatte. Da mehr als zwei Kilometer zurückgelegt waren, wurde der Stand bei Abbruch des Rennens für die Vergabe von Gold und Silber gewertet.

Für die 25jährige Anne Riemersma war das ein Drama, denn sie hatte berechtigte Hoffnungen gehabt, den Titel zu erringen und ihre Taktik auf ein starkes Finale ausgerichtet. Mit dieser Einstellung hatte sie nämlich 1978 auch zum ersten Male die seit 1966 anhaltende Siegesserie Keeties bei den niederländischen Landesmeisterschaften durchbrochen und in ihrem vierten Aufeinandertreffen erstmals den Titel gewonnen, nachdem ihr schon der Nymbus als ewige Zweite anhing.

Die 29jährige Keetie Van Oosten-Hage war angesichts dieses Rennausgangs und der Tränen ihrer Teamkameradin befangen. Doch sie hatte für den Erfolg mit sehr guten Leistungen einen soliden Grundstein gelegt. Nach 1975 und 1976 war es ihr dritter Sieg in einer Verfolger-Weltmeisterschaft. Den vierten errang sie 1979 in Amsterdam unter eindeutig reellen Bedingungen – gegen Anne Riemersma.

Für Anne Riemersma kam der Abbruch des Finalrennens viel zu früh. Sie wollte mit starkem Finish Weltmeisterin werden.

Im Sprint und im Verfolgungsfahren konnte die 17jährige Beate Habetz vom Radsportverein Komet-Delia Köln ihre gewachsene Leistungsstärke beweisen. Im Wettstreit mit der Weltelite gab ihr das vor allem Selbstvertrauen, das sie unmittelbar nach den Bahnwettbewerben von München deutlich bewies!

Beate Habetz sprintete vor heimischer Kulisse zur Goldmedaille

Medaillen-Gewinner

**Straßenrennen
Köln-Brauweiler**

FRAUEN

1. Beate Habetz
   (BRD - Köln)
2. Keetie van Oosten-
   Hage
   (Niederlande)
3. Emanuella Lorenzon
   (Italien)

*Der „goldene" Spurt von
Beate Habetz, mit dem
die 17jährige Kölnerin
als zweite Deutsche
nach Elisabeth Eichholz
den Titel als Straßen-
Weltmeisterin gewann.
Ihr bei den Bahnwett-
bewerben in München
gewachsenes Selbst-
vertrauen hatte Beate
Habetz in einen vollen
Erfolg umgewandelt.
Ein Jahr später in
Valkenburg bestätigte
sie ihren Titel und ihre
Zugehörigkeit zur
Weltspitze noch ein-
mal mit dem Gewinn
der Bronzemedaille.*

Kölner Überraschungssiegerin

Alles schien in diesem Straßen-Titelkampf der Frau-en auf einen großen Zweikampf zwischen den Hol-länderinnen und den Italienerinnen hinauszulaufen, die in der Anfangsphase alles unter Kontrolle hatten und alle Ausreißversuche unterbanden. So hatten auch anfängliche Vorstöße der „Oranjes" Minie Brinkhoff und der Verfolger-Weltmeisterin Keetie van Oosten-Hage, die zwei Jahre zuvor auch den Stra-ßentitel gewonnen hatte, keinen Erfolg.

Auch Maria Herrigers (Belgien) und die Vierer-Grup-pe mit ihren Landsfrauen Frieda Maes und Nicole Vanden Broeck sowie erneut Minie Brinkhoff und der Italienerin Alberta Marcocetti konnten sich nicht lan-ge an der Spitze halten. Auch Beate Habetz setzte sich auf dem Kurs, der sich nur einen Steinwurf von ihrem Elternhaus entfernt befand, in Szene, doch es erging ihr nicht besser als den anderen.

Während bei Vorstößen schnell nachgesetzt wurde, ließ das Tempo im Feld der 59 Starterinnen aus 14 Ländern dann immer wieder nach, was den zuvor zu-rückgefallenen Fahrerinnen wie Maria Tartagni (De-fekt) und der Sprint-Weltmeisterin Galina Zarewa (Sturz) das Aufschließen ermöglichte.

In der Schlußrunde setzte dann jedoch die 24jähri-ge Anne Riemersma, Tage zuvor in München un-glückliche Zweite des Verfolgungsrennens, zu einem verheißungsvollen Solo an. Ihre komplett in der in-zwischen zusammengeschmolzenen Hauptgruppe vertretenen Kameradinnen versuchten das Tempo zu mäßigen, so daß wenige Kilometer vor dem Ziel alles noch nach einem Sieg der Holländerin aussah. Dann spannten sich jedoch gleich drei US-Girls mit der vorjährigen Vizeweltmeisterin Connie Carpenter und der Eisschnellauf-Meisterin Beth Heiden vor den Pulk und holten die Ausreißerin ein.

Der Spurt mußte über den Titel entscheiden. Kein Problem für die Holländerinnen. Bella Hage, die um ein Jahr ältere Schwester von Keetie van Oosten-Hage, zog etwa 300 Meter vor dem Ziel

den Sprint für Keetie und für Minie Brinkhoff an. Doch die Italienerin Emanuella Lorenzon misch-te sich in diese Staffel und brachte die Hollände-rinnen total aus dem Rhythmus. Das war zugleich ein Signal für Beate Habetz, die auf der anderen Straßenseite völlig ungehindert antreten und einen phantastischen Sprint hinlegen konnte. Sie kreuzte unter dem Jubel der Zuschauer mit mehr als drei Längen Vorsprung vor Favoritin Keetie van Oosten-

Hage, der dank ihres Durchsetzungsvermögens mit Bronze belohnten Italienerin Emanuella Lorenzon und Minie Brinkhoff das Ziel. Die vielfache italienische Mei-sterin Rosella Galbiati und auch Sprint-Champion Galina Zarewa waren diesem turbulenten Endkampf nicht gewachsen, mußten sich mit den Plätzen zufrie-den geben.

In der großen Gruppe kam auch die Berlinerin Uta Rathmann an und plazierte sich noch vor der wieder-um arg enttäuschten Anne Riemersma auf dem 24. Platz.

Für die 17jährige Beate Habetz, Sprößling einer radsportbegeisterten Familie, aus der sich noch Schwester Gaby und drei Brüder dieser Sportart verschrieben hatten, gab es nach dem Weltmeistertitel viele Ehrungen. Sie wurde in ihrem - sich vorbildlich auch um den Frauenradsport bemühenden - Verein Komet-Delia Köln zum Ehrenmitglied ernannt und mit der selten vergebenen „Weltmeister Peter-Günther-Erinnerungsmedaille" ausgezeichnet, die an die inoffiziellen Welt-Titelkämpfe von 1911 erinnert. In den traditionellen Umfragen des Jahres kam die Kölnerin, die auch den Startschuß zum 74. Berliner Sechstagerennen gab, groß heraus.

In der Wertung der besten Athletin der Bundesrepublik landete sie hinter Ski-Sportlerin Maria Epple auf dem Ehrenplatz. Auch bei der Wahl des Radsportlers des Jahres war sie Zweite. Nur Weltmeister Gregor Braun hatte noch mehr Stimmen auf sich vereinen können.

Heute wandelt Sohn Andreas auf den Spuren seiner einst so erfolgreichen Eltern: Beate Habetz hatte mit Nationalfahrer Werner Stauff den Bund fürs Leben geschlossen.

Vierer der Niederländer sorgte für die große Überraschung

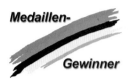

Medaillen-Gewinner

Köln-Brauweiler

AMATEURE

100-km-Mannschaft

1. Niederlande
   (Bert Oosterbosch,
   Jan v. Houwelingen,
   August Bierings,
   Bert van Est)
2. UdSSR
   (Aavo Pikkuus,
   Wladimir Kaminski,
   Wladimir Kusnezow,
   Algis Guzavicius)
3. Schweiz
   (Gilbert Glaus,
   Kurt Ehrensperger,
   Stefan Mutter,
   Richard Trinkler)

Unverständlich war das Fernbleiben der DDR, deren Sportführung keinen Start im Viererrennen erlaubt hatte. Verbandstrainer Wolfram Lindner und seine Schützlinge wurden für das schlechte Abschneiden bei Olympia 1976 in Montreal (10.) bestraft.
Als sich die neue Generation der Talente mit Hans-Joachim Hartnick und Bernd Drogan 1979 zurückmeldete, wurde sie Weltmeister.

Nobodys fuhren am schnellsten

Die Kunde vom am Vormittag des gleichen Tages errungenen Weltmeistertitel durch die Kölnerin Beate Habetz hatte sich rund um die Rheinmetropole wie ein Lauffeuer verbreitet. Und so entdeckten die Rheinländer urplötzlich ihre Liebe zum Radsport wieder: 50 000 Zuschauer waren nach Polizeiangaben an der Strecke rund um Brauweiler, als nachmittags die Amateure ihr 100-km-Mannschaftsfahren austrugen. So viele hatte es noch nie bei einer Weltmeisterschaft in dieser Disziplin gegeben!

Insgesamt 27 Teams waren bei idealen Bedingungen auf die zwei großen Schleifen gegangen, um die Medaillengewinner zu ermitteln. Am schnellsten startete Titelverteidiger UdSSR mit seinem Star Aavo Pikkuus. Nach der ersten Zeitnahme bei 25 Kilometern hatte die UdSSR sieben Sekunden Vorsprung vor Holland und 13 vor der Tschechoslowakei. Danach kamen Italien, Polen, die Schweiz und die BDR-Mannschaft, für die Bundestrainer Karl Ziegler die in vielen Prüfungen bewährten Fahrer Peter Weibel, Wilfried Trott, Friedrich von Löffelholz und Uwe Bolten ins Rennen geschickt hatte.

Die Träume des Mannheimer Altmeisters, die in einem vierten Platz, ja sogar in einer Medaille gipfelten, waren aber wohl schon bei der ersten Zeitnahme zerronnen, denn da lag sein Quartett schon um 1:17 Minuten hinter der UdSSR zurück. Bei den nächsten Zeitnahmen zeigte sich, daß zwar der Platz unverändert gehalten wurde, aber der Rückstand kontinuierlich angestiegen war.

Dagegen hatte sich aber auf den vorderen Rängen etwas getan. Schon nach der Hälfte hatte sich das von Marinus Wagtmans trainierte Quartett der Niederlande in Front geschoben, und hinter die nunmehr zweitplazierte UdSSR waren nun Polen und die Schweiz nach vorn gerückt.

Die Holländer waren von diesen Spitzenmannschaften als erste im Ziel. Bei den Zeitvergleichen mußten sie nur bangen, ob der Olympiasieger 1976 und

Titelverteidiger UdSSR, der aus diesen siegreichen Vorjahrsvierern noch Aavo Pikkuus und Wladimir Kaminski aufgeboten hatte, ihre Zeit noch verbessern konnte.

Die Schützlinge des einstigen Olympiasiegers Wiktor Kapitonow schafften es nicht. Am Ende blieben sie nach den insgesamt 98,2 Kilometern sogar um 1:09 Minuten zurück, was Silber vor den immer stärker werdenden Schweizern bedeutete. Der Jubel bei den Holländern war riesig, denn sie hatten nach der mäßigen Vorstellung vom Vorjahr in San Cristobal - Platz 14 - anfangs kaum mit dem Erfolg gerechnet. Nach

den beiden Olympiasiegen 1964 und 1968 errangen die Holländer damit den ersten Weltmeistertitel in dieser Disziplin, nachdem es zuvor zweimal Silber gegeben hatte. Trainer Marinus Wagtmans war 1966 in Köln im Silberquartett gefahren. Nun hatte er mit seiner Erfahrung ein Team zusammengeschweißt, dessen junge Akteure Bert Oosterbosch (23), Jan van Houwelingen, August Bierings und Bert van Est (alle 21) für einen vollen Erfolg sorgten. Sie absolvierten die Strecke als einzige Mannschaft unter zwei Stunden und erzielten einen Schnitt von 49,161 km/h!

Dominanz der Schweizer

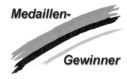

Gilbert Glaus Champion

Was sich bereits im Mannschaftsrennen angedeutet hatte, wurde drei Tage später im Einzelrennen auf dem Nürburgring nachhaltig unterstrichen: die Schweizer Straßenfahrer hatten sich in die Weltspitze katapultiert.

Denn bei der Siegerehrung stand nicht nur der neue Weltmeister Gilbert Glaus auf dem Podest, sondern auch sein Teamkamerad Stefan Mutter als Bronzemedaillengewinner. Und Richard Trinkler als Vierter hatte das Podium nur knapp verpaßt. Solch geballter Kraft der Schützlinge von Trainer Bruno Hubschmid war die Konkurrenz an diesem Tage nicht gewachsen.

Der Niederländer Theo Rooy war in der dritten Runde an der Steigung der Hohen Acht der erste Rufer im Streit. Der Gewinner der Rheinland-Pfalz- und der Slowakei-Rundfahrt 1978 kletterte am besten, wurde aber - wie auch in der vierten Runde, als der Brite Fretwell an seiner Seite war - wieder eingeholt. Aber all das waren Vorgeplänkel, bei denen auch Bernd Drogan und Peter Koch (DDR) sowie Friedrich von Löffelholz und Wilfried Trott (BDR) angenehm auffielen.

Der Belgier Alfons de Wolf sorgte dann über drei Runden für ein beeindruckendes Solo. Bis zu einer Minute fuhr der 22jährige Antwerpener heraus, der zwar schon belgischer Meister war, aber seine große Profi-Karriere noch vor sich hatte. Er wurde erst fünf Kilometer vor dem Ziel wieder eingefangen...

Sein Vorstoß hatte eine wilde Hatz ausgelöst, bei der mehrfach Verfolgergruppen entstanden. Eingangs der letzten Runde lagen Bert Oosterbosch, Bernd Drogan, Kurt Ehrensperger und Tadeusz Wojtas nur 20 Sekunden hinter dem Ausreißer. Doch sie wurden eingeholt und nach hinten „durchgereicht", wie auch der erschöpfte und enttäuschte De Wolf. Noch einmal versuchte es eine Gruppe mit CSSR-Kapitän Jiri Skoda, noch einmal Theo de Rooy. Sein Antritt etwa 1000 m vor

dem Ziel war das Signal für die turbulente Entscheidung. Gilbert Glaus hatte bei Eröffnung des Endspurts noch ganz hinten gelegen. Ein TV-Krad hatte ihm den Weg versperrt. Doch dann schoß er förmlich an allen vorbei, wähnte sich schon zehn Meter vor dem Ziel als Sieger und riß den Arm hoch. Doch er schaltete schnell und war auch am richtigen Zielstreifen der Erste. Hinter ihm ging es um Zentimeter. Stefan Mutter, der den Sprint eingeleitet hatte, verlor seine Position noch an den Polen Krzysztof Sujka, während Richard Trinkler die anderen sicher in Schach hielt. Interessant war, daß auch der Fünfte, Fausto Stiz aus Italien, lange bei den Eidgenossen gelebt und trainiert hatte. Von den Deutschen war im Finale nichts mehr zu sehen. Uwe Bolten (39.) führte als Bestplazierter 1:23 Minuten nach dem Sieger die Gruppe mit Ulli Rottler (40.) und Hans-Joachim Hartnick (43.) an. Die anderen hatten im furiosen Endkampf noch mehr an Boden verloren...

1978

Medaillen-

Gewinner

Straßenrennen Nürburgring

AMATEURE

1. Gilbert Glaus (Schweiz)
2. Krzysztof Sujka (Polen)
3. Stefan Mutter (Schweiz)

BERUFSFAHRER

1. Gerrie Knetemann (Niederlande)
2. Francesco Moser (Italien)
3. Jörgen Marcussen (Dänemark)

Gilbert Glaus (vorn) dominierte auf dem Nürburgring. An dieser Steigung kletterte er vor dem Polen Krzysztof Sujka (links) und dem Belgier Claude Criquielion. Sie konnten ihn auf dem Weg zum Titel nicht halten.

Foto links: Das glückliche holländische Weltmeister-Team mit seinem Trainer Marinus Wagtmans.

Gerrie Knetemann und Titelverteidiger Francesco Moser allein vorn

Am Ende: Orange vor Himmelblau

Gerrie Knetemann, geboren am 6. März 1951 in Amsterdam:
In seinem vierten Profi-Jahr gelang dem Holländer sein größter Sieg. Vor dem Weltmeistertitel hatte Knetemann die klassischen Straßenrennen Amstel Gold Race (1974; 2. 1977), Henninger Turm (1977) gewonnen, und in den Etappenrennen Ronde van Nederland 1976, Vuelta a Andalusia 1976, den Vier Tagen von Dünkirchen 1977 sowie im WM-Jahr '78 bei der Mittelmeer-Tour und bei Paris - Nizza als Sieger geglänzt.

Rudi Altig, Weltmeister auf dem Nürburgring 1966, vor dem WM-Rennen:

Der Ring ist eine Autorennstrecke und nichts für Radrennfahrer; für mich ist das der schwerste Kurs, den ich kenne. Ich bin überzeugt, daß kein junger Fahrer Weltmeister wird... Gute Aussichten haben Bruyère, Moser, Maertens, de Vlaeminck, dazu kommen noch fünf bis sechs Außenseiter...

Neun Kilometer vor dem Ziel fiel die Entscheidung bei der Weltmeisterschaft der Berufsfahrer auf dem Nürburgring. Der Holländer Jan Raas, Spezialist für schwere Eintagesrennen, war gerade nach einem kurzen Alleinvorstoß wieder eingefangen. Während er seine Ambitionen auf den Weltmeistertitel um ein Jahr „vertagte", schnellte gemäß der vom Oranje-Teamchef Peter Post ausgegebenen taktischen Marschroute sein Landsmann und TI-Raleigh-Gefährte Gerrie Knetemann vor und setzte sich trotz der schon mehr als sieben Stunden währenden Strapazen mit einem energischen Zwischenspurt ab. Nur ein einziger Kontrahent vermochte diesen Antritt überhaupt noch zu parieren: der Titelverteidiger von San Cristobal im blauen Trikot der Italiener - Francesco Moser.

Dieses Duo gewann schnell an Vorsprung, weil sich alle belauerten, sich niemand der anderen Favoriten in der Verfolgung verausgaben wollte, anderseits die Mannschaftskameraden in den orangenen und azurblauen Trikots jedes Nachsetzen im Keim erstickten.

Der Gewinn des Regenbogentrikots an diesem 27. August 1978 konnte nur zwischen den beiden jeweils 27 Jahre alten Spitzenreitern ausgemacht werden. Als Moser auf der langen Zielgeraden sein gefürchtetes starkes Finish einleitete, blieb Knetemann dran. Ja, er gab sogar noch eins drauf, bis Moser wieder nach vorn preschte. Erst auf den letzten Metern war dieses packende Duell vor den Tribünen entschieden, als Knetemann nach einem langen Rad-an-Rad-Kampf seine Maschine als erster über die Linie brachte!

Zwanzig Sekunden später sicherte sich der noch auf dem letzten Kilometer aus dem großen Pulk herausgestoßene Däne Jörgen Marcussen die Bronzemedaille, bevor nach weiteren acht Sekunden der spurtschnelle Giuseppe Saronni die zu-

letzt völlig aufgesplittete Hauptgruppe vor den Stars Bernard Hinault und Joop Zoetemelk ins Ziel führte. Die vor dem Championat in der Eifel als Mitfavoriten betrachteten starken Belgier Herman van Springel und Roger de Vlaeminck mußten sich mit den Plätzen acht und zehn begnügen.

Bester Deutscher wurde der Lövenicher Klaus-Peter Thaler, der den zwölften Rang belegte. Insgesamt 31 Akteure beendeten das 273,72-km-Rennen über die 12 harten Runden auf dem Nürburgring. Neben Thaler konnten von den deutschen Startern nur Dietrich Thurau (14.) und der Deutsche Meister von 1977, Jürgen Kraft (31.), diese Prüfung beenden.

Unangenehm kühl und windig hatte sich der WM-Tag in der Eifel präsentiert, als sich 112 Teilnehmer aus 16 Ländern auf den schweren Kurs begaben. Das weckte wenig Unternehmungsgeist und so blieb der Franzose Bernard Bourreau der einzige, der den Fehdehandschuh warf und entwischte. Der 26jährige Helfer des französischen Tour-Siegers Bernard Hinault war in der dritten Runde davongefahren und lag immerhin 60 Kilometer lang allein in Front. Nur der Brite Philip Corley hatte versucht, sich an sein Hinterrad zu heften, dann aber dem Tempo nicht folgen können.

Einsetzender Regen spülte alle weiteren Aktivitäten hinweg, und ließ das gesamte Feld mit den starken Fahrern dicht zusammenrücken. Lediglich Defekte, denen beispielsweise der Belgier Joseph Bruyère zum Opfer fiel, und die ständige Kletterei auf dem 22,75 Kilometer langen Ring unter der Nürburg dezimierten das Feld. Auch der vierte deutsche Starter, der Bremer Hans-Peter Jakst, schied bereits nach 180 Kilometern aus.

Erst als über 200 Kilometer absolviert waren, wurde im Feld zum ersten Male ernst gemacht und das Tempo spürbar verschärft. Den ersten bedeutsamen Vorstoß landeten Roger de Vlaeminck (Belgien), der Gewinner des Klassikers Mailand - San Remo. Er hatte mit dem Franzo-

Als Knetemann vorn lag, „vertagte" Jan Raas seinen Sieg um ein Jahr

sen Jean-Rene Bernardeau, sowie den weiteren Klassiker-Spezialisten des Jahres Jan Raas (1. Amstel Gold Race) und Walter Godefroot (1. Flandern-Rundfahrt) drei ganz starke Partner zur Seite. Doch dieses Quartett konnte sich nur wenige Kilometer an der Spitze halten, weil vor allem die Italiener bei den Verfolgern für hohes Tempo sorgten.

Die Azzurris traten dann selbst ganz stark in Erscheinung. Mit Giuseppe Saronni und Mario Beccia stürmten gleich zwei Italiener davon. Aber auch sie hatten - in Begleitung des 31jährigen Zweiten der Tour de France, Joop Zoetemelk (Niederlande), - wenig Erfolg, denn sie wurden von den diesmal vereint nachsetzenden Belgiern wieder eingefangen.

Höchste Alarmstufe herrschte aber im verbliebenen Feld, als sich 38 Kilometer vor dem Ziel eine namhafte Gruppe absetzen konnte: Tour-Sieger Bernard Hinault war mit Giuseppe Saronni und Gerrie Knetemann entwischt. Bis zu einer Minute wuchs der Vorsprung dieses Terzetts an, dann waren die Verfolger wieder so dicht heran, daß die drei aufgaben und die anderen herankommen ließen. Immerhin hatte die lange Jagd das Feld in viele Gruppen und Grüppchen aufgesplittert. Pech für Didi Thurau, den Vizeweltmeister des Vorjahres, daß er gerade während dieser Jagd Defekt hatte. Der Deutsche konnte sich in den Steigungen um die Hohe Acht zwar wieder zu den anderen Favoriten herankämpfen, aber die Aufholjagd hatte ihn doch entscheidende Körner gekostet, die im Finale fehlten.

Ein Zufall: Jan Raas, der wie der neue Weltmeister ebenfalls dem TI-Raleigh-Team angehörte, wurde auf dem Nürburgring 13., einen Rang vor dem Frankfurter Dietrich Thurau, der im Dreß dieses Teams 1977 Radsport-Geschichte geschrieben hatte. Ein Jahr später, 1979 in Valkenburg, rollten die ehemaligen Teamkameraden wieder als "Tandem" über die Ziellinie: Raas als Weltmeister, Thurau als Vize...

Achtungszeichen in aller Welt gesetzt

BDR-Bahnvierer
Weltmeister 1983 in Zürich
(im Foto v.l. Bundestrainer Udo Hempel, Rolf Gölz,
Gerhard Strittmatter, Michael Marx, Roland Günther)

Fredy Schmidtke
Olympiasieger im 1000 m Zeitfahren
1984 in Los Angeles
1000-m-Weltmeister 1982 Leicester

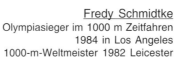

Horst Schütz
Steher-Weltmeister der Berufsfahrer
1984 in Barcelona (mit Dieter Durst)

**Uwe
Ampler**
Weltmeister
im Einer-
Straßen-
fahren
1986 in
Colorado
Springs

Maic Malchow
Weltmeister im 1000 m Zeitfahren
1986 in Colorado Springs

Hans-Jürgen Greil/Frank Weber
Tandem-Weltmeister 1984 in Barcelona

Spitzenklasse!

Jens Glücklich
Weltmeister der Amateure im
1000 m Zeitfahren 1985 und 1989

Weltmeister-Vorstellung
Lutz Heßlich, Olympiasieger und Weltmeister im Sprint
Uwe Raab, Weltmeister der Amateure im Einer-Straßenfahren, 1983 in Althenrhein
(bei der traditionellen Ehrung zum Winterbahnauftakt in
der Berliner Werner-Seelenbinder-Halle)

DDR-Straßenvierer
Weltmeister 1979 in Valkenburg und 1981 in Prag
(Foto '79: Bernd Drogan, Falk Boden - beide auch 1981
dabei, Andreas Petermann, Hans-Joachim Hartnick)

Lutz Haueisen
Weltmeister der Amateure im Punktefahren 1981 in Brno

Bernd Drogan
Weltmeister im Einer-Straßenfahren der Amateure 1982 in Goodwood

Hans-Joachim Pohl
Weltmeister der Amateure im
Punktefahren
1982 in Leicester
(im Foto rechts)

Der Mann, der nichts übers Knie brach...

Lothar Thoms
Geboren am 18. Mai 1956 in Guben
Beruf: Fahrzeugschlosser, Physiotherapeut

Aktiver Radsportler seit 1956 bei Lokomotive Guben.
1971 mit Aufnahme einer Lehre als Fahrzeugschlosser auch Anschluß an das Leistungszentrum SC Cottbus.
Erster Trainer: Eberhard Pöschke; dann von Gerd Müller in die Bahngruppe aufgenommen.
Von der Zielrichtung Straße zur Bahn umgeschwenkt.
Einsatz in allen Disziplinen, auch DDR-Hallenmeister mit dem Bahnvierer.
Spezialisierung auf das 1000 m Zeitfahren.
Erfolge: Olympiasieg 1980, 4 WM-Titel, einmal Silber, einmal Bronze.

Er hatte nie etwas übers Knie gebrochen, sondern stets mit seiner Zuverlässigkeit bei den nationalen und internationalen Höhepunkten alle Zweifler beeindruckt. Aber: "Das war schon ein Problem – mein rechtes Knie. Immer hat es mir einen Strich durch die systematische Vorbereitung gemacht, so daß ich sehr häufig im Training improvisieren mußte, um den Saisonhöhepunkt zu erreichen und erfolgreich zu bestreiten."

Auch 1978 war das so. Drei Wochen vor der Weltmeisterschaft in München schien alles aus zu sein. Die Schmerzen im geschwollenen Knie wollten einfach nicht nachlassen. Aber es gab wieder einmal ein Sonderprogramm... Thoms erinnert sich: „Erst einen Tag vor der Entscheidung im Münchener Olympia-Radstadion reiste ich mit dem Nachtzug an. Kaum noch mit der Hoffnung, meinen Titel im 1000 m Zeitfahren, den ich 1977 in San Cristobal gewonnen hatte, erfolgreich verteidigen zu können. Zumal auch Rainer Hönisch, mein Mannschaftskamerad, in vorzüglicher Form und für mich Favorit war."

Am Ende sorgte Lothar Thoms, der als Titelverteidiger auch als letzter Fahrer in dieser Entscheidung starten durfte, für eine herausragende Leistung, mit der er alle anderen überflügelte, Bahnrekord fuhr und zum zweiten Male Weltmeister wurde.

Begonnen hatte alles im Jahr zuvor in Venezuela. Da war Lothar Thoms noch ein Unbekannter, der erst mit 14 Jahren zum Radsport gekommen und damit einen völlig unüblichen Weg als die meisten anderen Talente genommen hatte. Es war schwer im eigenen Lande erst einmal zur Spitze vorzustoßen, zumal auch ein Weltmeister und Olympiasieger – der Wahl-Berliner Klaus Grünke – das Maß aller Dinge war. Für San Cristobal hatte Thoms eine Orientierung auf 1:06 Minuten, sollte in den Medaillenbereich vorstoßen. Als fünfter Fahrer legte er 1:04,84 Minuten vor, sorgte damit auf dem Zementoval für helle Aufregung. Wenn ein Nobody solche Zeit fuhr, mußten doch die Asse noch viel schneller sein. „Es war wie ein Nervenkrieg. Jeder schaute auch auf das Material des anderen. Und ich hatte aus meinem großen Blatt die Ziffern ausgefeilt. Jedenfalls ketteten die meisten höhere Übersetzungen und – brachen ein", freute sich Thoms im Nachhinein über seinen ersten Weltmeisterschaftssieg. Damit begann eine Serie, die nach München auch 1989 in Amsterdam, bei den Olympischen Spielen 1980 in Moskau und 1981 in Brno anhielt und den gebürtigen Gubener als erfolgreichsten "Kilometermann" der Welt kennzeichnete.

Das Geheimnis seines immer wieder als einmalig bezeichneten Könnens lag nicht nur in seinem großen Ehrgeiz, sondern auch in der Findigkeit, wie er mit seinem Trainer Gerd Müller die Probleme meisterte. "Wegen der Schmerzen im rechten Knie, die besonders in der Antrittsphase unerträglich wurden, stellten wir die Technik um", schmunzelt Lothar Thoms heute. "Ein richtiger Bahnfahrer tritt sowieso mit links an, um beim ersten Tritt nicht an der Bahnneigung bergauf fahren zu müssen." Das hatte der Cottbuser jüngst auch bei einem seiner Nachfolger, dem

Australier Shane Kelly, sehr wohlgefällig angemerkt.
Neben der Umstellung des Starts, der Schmerzen und neue Verletzungen beim urplötzlichen Krafteinsatz weitgehend verhinderte, wechselten Müller und Thoms auch die Übersetzung. "Mit 51:15 hatte ich einen weicheren Antritt als mit der Übersetzung von 48:14, die damals hauptsächlich gefahren wurde. Und ich wählte auch lange Kurbeln, um mit einem geringeren Krafteinsatz den gleichen Erfolg zu erreichen", erinnert sich Thoms.
Bei seinem beeindruckenden Olympiasieg in Moskau stellte er eine für die damaligen Zeiten als Fabelrekord bezeichnete Bestleistung auf: auf dem 333,3-m-Oval von Krylatskoje fuhr Thoms als Erster die 1000 Meter unter 1:03 Minuten. Auf einem völlig normalen Stahl-Velo, mit den großen 27-Zoll-Rädern, nur der Hörnerlenker war tiefer als üblich gesetzt worden. Als die Uhren bei 1:02,955 Minuten stehenblieben, war das ein neuer phantastischer Weltrekord und der Olympiaerfolg nicht mehr zu nehmen. "1980 hatte ich auch ein gutes Jahr, in dem ich durchweg gut trainieren konnte. Damals wollte ich unbedingt gewinnen, als dreimaliger Weltmeister keine Blamage einstekken. Sicher hat es auch geholfen, daß ich die Bahn in Moskau-Krylatskoje zuvor studieren konnte und so im Olympiarennen die richtige, ideale Fahrlinie fand."
Obwohl 1984 eine Revolution im Radbau einsetzte und mit dem Einsatz von Karbonrahmen immer neue Varianten windschlüfiger Velos gebaut wurden, wurden im 1000 m Zeitfahren keine derartigen atemberaubenden Leistungssprünge mehr vollzogen, wie beispielsweise in der Einzel- oder Mannschaftsverfolgung. Siegerzeiten wie von Lothar Thoms in Moskau 1980 und Maic Malchow als Junior in Mexiko-Stadt (1980) und als Amateur-Weltmeister in Colorado Springs 1986 erreicht wurden, sind auch heute trotz schnellebiger Zeit noch erstrebenswerte Marken und reichen auch auf schnellen Bahnen für Siege und Medaillen. So gesehen war Lothar Thoms ein Vorreiter in einer der spannendsten Disziplinen des Bahnradsports. Getreu nach dem Motto: Zeitfahren ist die Prüfung der Wahrheit...

Mit Top-Leistungen das Weltniveau mitbestimmt

Lutz Heßlich
Sprint-Olympiasieger 1980 und 1988
Sprint-Weltmeister 1979, 1983, 1985, 1987

Weltmeister-Parade 1989 in Berlin
Sprint Amateure - Bill Huck (Mitte)
1000 m Amateure - Jens Glücklich (3. von links)
Bahnvierer Guido Fulst, Carsten Wolf (von links), Thomas Liese, Steffen Blochwitz, Dirk Meier (von rechts)

DDR-Vierer Straße
Olympiasieger
1988 in Seoul
Weltmeister
1989 in Chambery
(im Foto die Olympiasieger Jan Schur, Maik Landsmann, Mario Kummer, Uwe Ampler; bei WM Falk Boden für Ampler)

Olaf Ludwig
Olympiasieger im Einer-Straßenfahren
1988 in Seoul
Weltmeister Straßenvierer
1981 in Prag

Stuttgart - umfassendstes Championat seit Bestehen der Weltmeisterschaften

Es waren interessante und für die Teilnehmer bewegende Bilder, die bei den Rad-Weltmeisterschaften im Spätsommer 1990 im Green Dome im japanischen Maebashi aufgenommen wurden. Die beiden deutschen Radsport-Präsidenten Werner Göhner (BDR) und Wolfgang Schoppe (DRSV) schoben die trennenden Gitter an ihren Teamboxen beiseite und sorgten schon dort für den symbolischen Zusammenschluß der deutschen Sportler, der am 3. Oktober 1990 mit der deutschen Einheit besiegelt wurde.

Bereits in Maebashi wurde eine gemeinsame Strategie zur Vorbereitung der Weltmeisterschaften 1991 festgelegt, bei denen in der Neckarstadt Stuttgart erstmals nach Jahrzehnten wieder ein einziges deutschen Team antreten konnte. Am 8. Dezember 1990 fand in Leipzig – 1884 Gründungsort des Deutschen Radfahrer-Bundes – eine außerordentliche Bundeshauptversammlung statt. Mit dem Beitritt der fünf Radsport-Landesverbände der neuen Bundesländer in den Bund Deutscher Radfahrer wurden die Weichen für eine gemeinsame sportliche Entwicklung gestellt.

Der Zusammenschluß beider Nationalmannschaften, die Vereinigung des Fahrerpotentials und des Know how der Trainer, Betreuer, Mediziner und Offiziellen brachte einen Leistungsschub, der das Gastgeberteam bei den Titelkämpfen in der württembergischen Landeshauptstadt an die Spitze aller Radsportnationen katapultierte. Die Sportlerinnen und Sportler im deutschen Dreß gewannen sechs Weltmeistertitel, viermal Silber und eine Bronzemedaille. Ein Ergebnis, das nie zuvor erreicht worden war. Weder von den Deutschen in Ost und West noch von einer anderen Radsport-

nation! Das war Lohn und Anerkennung für die Arbeit, die der Bund Deutscher Radfahrer mit der Ausrichtung der Weltmeisterschaften im Bahn-

Radrennbahn Hanns-Martin-Schleyer-Halle in Stuttgart
Mit der Stuttgarter Sportshow wurde am 16. September 1983 die Hanns-Martin-Schleyer-Halle in der Neckarstadt eingeweiht. Die erste Rekordmarke setzte der Deutsche Meister RSG Wiesbaden (Günther, Kleebaum, Zehner, Werner) mit ausgezeichneten 4:26,20 Minuten im 4000-m-Mannschaftsfahren. Erster ausländischer Gewinner war Schrittmacher Bruno Walrave, der den Sechstagespezialisten Albert Fritz zum Erfolg führte.
Die 285 m lange Holzbahn aus dem Konstruktionsbüro Schürmann gehört zu den schnellsten der Welt. Das belegen auch Stunden-Weltrekorde von Jeannie Longo und Francesco Moser. Zu den bedeutendsten Radsport-Veranstaltungen in dieser Arena gehörten die Junioren-Welttitelkämpfe 1985 und die Weltmeisterschaften 1991. Deutsche Bahn-Meisterschaften wurden 1988 (Amateure) und 1994 (Elite) auf dieser Bahn ausgetragen. Seit 1994 rollt alljährlich das Hofbräu-Sechstagerennen mit berühmten Siegern, deren Namen die internationalen Medaillen-Chroniken zieren.

Der erste Titel der WM 1991 ging nach Spanien

Jose Manuel Moreno jubelte in Stuttgart. Nach zwei sechsten Plätzen bei den Weltmeisterschaften vermochte er sich 1991 unter seinem russischen Trainer so zu steigern, daß er bei den Mittelmeerspielen zweimal Gold gegen die starke Konkurrenz aus Italien und Frankreich (!) gewann und auch einen Weltcup-Sieg verbuchte.
In Stuttgart folgte das erste Meisterstück des spanischen Kilometermannes, 1992 bei Olympia in Barcelona das zweite...

und Straßenradsport geleistet hatte. Denn die Titelkämpfe in Stuttgart hatten nicht nur eine Rekordbesetzung mit 53 Nationen gefunden, sondern waren auch die bisher wohl umfassendste Radsportveranstaltung in der Geschichte der Union Cycliste Internationale.

Letztmalig wurden die Weltmeisterschaften auf Bahn und Straße zum gleichen Termin im gleichen Ort ausgetragen und letztmalig kämpften auch Berufsfahrer, Amateure und Frauen um alle zu vergebenden Bahn- und Straßentitel.

In organisatorischer Hinsicht waren die Weltmeisterschaften 1991 die Titelkämpfe der "kurzen Wege" – alle Disziplinen auf Bahn und Straße fanden direkt in Stuttgart statt, wobei die moderne Hanns-Martin-Schleyer-Halle den Kernpunkt bildete. Auf ihrer schnellen, 285 m langen Piste wurde um die Bahntitel gekämpft, und vor ihren Toren befanden sich Start und Ziel für die Straßenentscheidungen.

Die Leistungen der Organisatoren wurden auch durch die maßgebliche Unterstützung offizieller Kreise gewürdigt. Bundesinnenminister Wolfgang Schäuble hatte die Schirmherrschaft übernommen und ließ es sich nicht nehmen, die Titelkämpfe persönlich im feierlichen Rahmen zu eröffnen.

Moreno schon auf Olympiakurs

Auf den schnellen Latten der Holzbahn in der Hanns-Martin-Schleyer-Halle stand wie bei allen Bahn-Weltmeisterschaften das 1000-m-Zeitfahren an der Spitze der Entscheidungen. In dieser Disziplin begann bereits der Medaillenregen für die deutschen Akteure. Nicht umsonst hatte man große Hoffnungen in den Cottbuser Jens Glücklich gesetzt, der als Spezialist in dieser Disziplin bereits Weltmeister und Medaillengewinner gewesen war. Waren es zu hohe Erwartungen, die den Lausitzer belasteten?

Er begann sein Rennen über die Distanz von dreieinhalb Runden wie gewohnt sehr schnell, brachte

das schwarze Karbonrad mit kraftvollen Tritten auf Touren und kniete sich dann förmlich in die windschlüpfige Position. Ganz flach lag sein Oberkörper auf dem Rad, keine unnütze Bewegung hemmte den schnellen Weg ins Ziel. Nur die Beine wirbelten die hohe Übersetzung.

Bestzeit!, wurde ihm signalisiert. Nach der ersten und zweiten Runde lag Jens Glücklich in Front. Doch dann wurde der Tritt schwerer, der Atem heftiger. Gleichstand mit der Bestzeit nach drei Runden. Durchhalten!, beschworen die Gesten der Betreuer und Kameraden im Innenraum. Doch so sehr er sich in die Pedalen stemmte, sich wehrte gegen ein Absinken der Geschwindigkeit, Jens mußte dem rasanten Anfangstempo Tribut zollen. Die Bestzeit des Spaniers Jose Manuel Moreno war nicht zu unterbieten.

Jens Glücklich war mit sich nicht zufrieden. Seine erreichte Zeit befriedigte ihn nicht, der gesamte Rennverlauf war nicht so, wie er ihn sich erhofft hatte. Er führte dies auf die Umstellung im Trainingsprozeß zurück, in dem zuletzt nicht der vertraute Heimtrainer, sondern der Bundestrainer das

Nobody Gene Samuel narrte viele Favoriten

Sagen hatte. Aber - er hatte die Silbermedaille erkämpft. Und der stürmische Beifall des Publikums in der gefüllten Arena, das schon am ersten Tag für die tolle, anhaltend gute Stimmung sorgte, half über die kleine Enttäuschung hinweg. Jens Glücklich war diesmal Vizeweltmeister, nachdem er sich 1985 und 1989 als Sieger in der WM-Chronik verewigt hatte. Sein Bezwinger Jose Manuel Moreno dagegen tanzte vor Freude und sah sich im siebenten Himmel. Das Talent von der iberischen Halbinsel war erst im gleichen Jahr bei den Mittelmeerspielen in Athen mit achtbaren Zeiten in die absolute Weltspitze vorgerückt. Aber unter den Fittichen des erfahrenen russischen Gasttrainers Alexander Nishegerodzew stellte er in Stuttgart auf die Minute topfit vor und legte mit 1:03,827 Minuten eine Zeit vor, die niemand mehr zu unterbieten imstande war. Für Moreno ein Beweis für den richtigen Kurs, eingeschlagen gen Barcelona, wo er in seinem Heimatland 1992 auch Olympiasieger wurde...

Für eine riesengroße Überraschung in diesem Championat sorgte aber schon zuvor der nur in Fachkreisen bekannte Gene Samuel vom karibischen Insel-

staat Trinidad und Tobago. Er konnte als erster Akteur - mit dem später unerläßlichen Triathlonlenker - eine Spitzenzeit vorlegen, an denen sich bis auf Moreno und Glücklich alle anderen die Zähne ausbissen. Damit schnappte Samuel, der sich das Geld für die Reise nach Stuttgart von seinem britischen Freund Sean Wallace geliehen hatte, den favorisierten Assen wie Frederic Magne (Frankreich) und Alexander Kiritschenko (UdSSR), der als Olympiasieger 1988 und Titelverteidiger von Maebashi 1990 ins Rennen gegangen war, die Bronzemedaille vor der Nase weg.

Ein großes Duell der Deutschen

Der Sprint der Amateure war über viele Jahre eine Domäne der DDR-Fahrer. Der Cottbuser Lutz Heßlich hatte sich mit Trainer Gerd Müller vom Juniorenalter an eine herausragende Stellung in der Welt erarbeitet, die ihm zwei Olympiasiege und vier Weltmeistertitel einbrachte. Ein dritter Griff nach der olympischen Goldmedaille war ihm 1984 verwehrt, weil sich die DDR-Sportführung dem sowjetischen Boykott der Sommerspiele in Los Angeles anschloß, und ihre Athleten nicht zu den Spielen entsandte. Gemeinsam mit Heßlich waren junge Athleten herangewachsen, die ihm nur wenig nachstanden. Sein härtester Rivale und bester Freund Michael Hübner hatte ihm sogar 1986 den Weltmeistertitel abjagen können.

Nach Heßlichs Rücktritt 1988 war der Weg auch frei für Bill Huck und Jens Fiedler. Beide trainierten gemeinsam in Berlin, in der gleichen Gruppe mit Eyk Pokorny und Emanuel Raasch. Dieses Quartett sollte in Stuttgart für Furore sorgen!

Der 24jährige Bill Huck ging in der Neckarstadt als Titelverteidiger in den Wettbewerb. Zweimal hatte er – 1989 in Lyon gegen Michael Hübner und 1990 in Maebashi gegen den Kanadier Curtis Harnett – das Regenbogentrikot erobert, in Stuttgart wollte er ein drittes Mal siegen. Das bewies er schon in der Qualifikation, dem 200 m Zeitfahren mit fliegendem Start. In

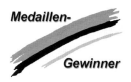

Medaillen-Gewinner

Stuttgart

AMATEURE

Sprint

1. Jens Fiedler
   (D - Berlin)
2. Bill Huck
   (D - Berlin)
3. Gary Neiwand
   (Australien)

1000 m Zeitfahren

1. Jose M. Moreno
   (Spanien)
2. Jens Glücklich
   (D - Cottbus)
3. Gene Samuel
   (Trinidad&Tobago)

Finalstart der Sprinter: Jens Fiedler (links) und Bill Huck. Bundestrainer Wolfgang Oehme hatte den Sieger gehalten.

Jens Fiedler verhinderte den erhofften Hattrick von Bill Huck

10,183 Sekunden war er der Schnellste – wie ein D-Zug war er um die Bahn gejagt, hatte einen "Schnitt" von 70,7 km/h erreicht. Nur wenig schwächer waren mit Curtis Harnett, mit Jens Fiedler, dem Australier Gary Neiwand, Ken Carpenter aus den USA und dem aller Sorgen ledigen „Goldjungen" Jose Manuel Moreno weitere aussichtsreiche Titelanwärter. Insgesamt kamen nur die 24 Akteure, welche die besten Zeiten gefahren hatten, gemäß dem seit 1986 gültigen Weltmeisterschafts-Reglement weiter, 17 andere konnten dem weiteren Wettbewerb nur noch zuschauen.

Huck und Fiedler fuhren in der erfolgreichen Spur, gewannen alle ihre Läufe überlegen. Der dritte Deutsche im Bunde, Christian Schink aus Berlin, hatte ebenfalls mit guten Leistungen die Runde der letzten Acht erreicht, mußte dann aber gegen

Der alte und der neue Weltmeister im Sprint der Amateure auf der Ehrenrunde. Der deutsche Doppelerfolg von Jens Fiedler (rechts) und Bill Huck bestätigte jahrelange grundlegende Entwicklungsarbeit in dieser Disziplin.

seinen Teamkameraden Fiedler ausscheiden. Auch im Halbfinale waren Huck und Fiedler die Sieger. Während der Letztere Harnett in beiden Läufen sicher in die Schranken wies, gab es bei Huck den ersten Wackler. "Billy" ließ sich von dem robusten Taktiker Gary Neiwand im ersten Lauf niederringen, erhielt wegen einer offensichtlichen Behinderung aber den Sieg zugesprochen. Doch Neiwand brachte auch im zweiten Durchgang als Erster sein Rad über die Linie, so daß eine "Belle" entscheiden mußte, wer das Finale erreichte. Sehr konzentriert ging Bill Huck diese Entscheidung an, bei der es im Oval ganz still geworden war. Die Spannung löste sich erst, als Huck in gewohnter Manier seinen Spurt anzog und unter ohrenbetäubendem Jubel gewann.

Damit hatte der Heim- und Auswahltrainer Jörg-Uwe Krünägel ein Problem. Welchen von seinen beiden Schützlingen sollte er am Start halten, ihn aufmuntern, leise den letzten Tip zuflüstern und mit Daumendrücken ins Rennen schieben... Er vermochte es nicht, und so gingen zwei andere Experten mit den Finalisten hinauf auf das Lattenoval.

Die 5000 Zuschauer erlebten ebenso wie der Trainer ein grandioses Duell. Die Weltspitze unter sich, das war die Berliner Trainingsgruppe. Erinnerte das nicht an die einst so überlegenen Kölner Sprinter um Albert Richter, Mathias Engel und Toni Merkens?

Drei Läufe waren nötig, um den neuen Weltmeister zu ermitteln. Bill Huck gewann den ersten, doch dann setzte sich der um fünf Jahre jüngere Jens Fiedler - wie schon im Finale der Deutschen Meisterschaften - gegen den Titelverteidiger durch. Er gewann zuerst den zweiten Lauf und dann mit einem wahren „Kaisersprint" auch die Entscheidung. Damit war ein Machtwechsel im deutschen Sprint vollzogen worden. Jens Fiedler, der Mann für die Zukunft, hatte erstmals gewonnen!

Könige auf dem Tandem

Ein Recke, der im Sprint den Lenker fast zu verbiegen schien, saß auf der vorderen Position des deutschen Tandems: der 35jährige Berliner Emanuel Raasch. Er hatte nach einer großen Sprintkarriere, in der er dreimal Silber und zweimal Bronze bei Weltmeisterschaften gewonnen hatte, seine Laufbahn beendet und war erst durch Zureden seines Heimtrainers Jörg-Uwe Krünägel wieder aktiv geworden.

Seine Zielrichtung hieß nicht mehr Sprint, sondern Tandem. In seinem Teamgefährten Eyk Pokorny wurde der zweite Mann für das superschnelle Gefährt gefunden, das den Test Deutsche Meisterschaften ebenso sicher bestand wie die Zeit-Qualifikation beim Weltchampionat in Stuttgart, in der sie am schnellsten die Bahnlänge von 285 Metern absolvierten. „Vorn sitzt der Lenker, hinten der Denker", zitierte Raasch in seinem Glück den alten Tandemspruch. Und ergänzte: „Eyk ist zugleich der Turbolader, der uns richtig in Schwung bringt!" Waren Raasch/Pokorny überhaupt zu bremsen?

Die Konkurrenz aus Ungarn, Frankreich und der Tschechoslowakei versuchte es. Vergebens. Den härtesten Widerstand hatten vor dem Finale die Franzosen Frederic Lancien und Denis Lemyre ge-

Vorn der Lenker, hinten der Denker

leistet. Aber auch sie konnten den Einzug der BDR-Fahrer in den Endkampf nicht verhindern.

Da standen den Deutschen mit den Tschechoslowaken Lubomir Hargas, Tandem-Vizeweltmeister 1989, und Pavel Buran, der sich schon zweimal als Junioren-Vizeweltmeister im Sprint (1990 und 1991) empfohlen hatte, zwei ganz starke Rivalen gegenüber. Trainiert wurden sie von keinem geringeren als Anton Tkac, dem Mann, dem es in seiner aktiven Zeit gelungen war, als Weltmeister 1974 und 1978 sowie als Olympiasieger 1976 die Vorherrschaft der Franzosen und DDR-Sprinter zu brechen. Er hatte seine Schützlinge heiß gemacht, um die Hand nach dem Titel auszustrecken, den seine Landsleute schon neun Mal innerhalb von 14 Jahren (!) errungen hatten.

Die CSSR-Fahrer hatten im Halbfinale die Titelverteidiger Federico Paris/Gianluca Capitano ausgeschaltet. Im ersten Gang waren sie ungerechtfertigt distanziert worden, nachdem sie sich gegen das Auflegen der Azzurris in der Schlußkurve mit einer Welle gewehrt hatten. Diese hatten das Pech, daß ihnen der Vorderreifen von der Felge des Plastspeichenrades sprang und dieses zusammenbrach, und sie stürzten. Die Jury bestrafte nach Betrachten der Videoaufzeichnungen nicht die mit unzureichendem Material angetretenen Italiener, sondern die Tkac-Schützlinge. Damit hatten die Azzurris bereits den zweiten Joker gezogen, denn beim ersten Mal waren sie in der Qualifikation nicht über die Zeitmeßlinie gefahren und dennoch weiter zugelassen worden. Das deutsche Tandem Frank Weber/ Jürgen Greil, Weltmeister 1984, war für das gleiche Vergehen 1987 in Wien aus dem Wettbewerb ausgeschlossen worden.

Im Endkampf der Tandemsprinter gewannen Emu Raasch und Eyk Pokorny den ersten Lauf sehr sicher. Aber im zweiten mußten sie sich tüchtig strekken, um die jungen Tschechoslowaken niederzuhalten. Aber es gelang. Mit einer halben Vorderradlänge. Die Favoriten hatten gesiegt!

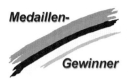

Medaillen-
Gewinner

Stuttgart

AMATEURE

Tandem

1. BR Deutschland
   (Emanuel Raasch/
   Eyk Pokorny - Bln)
2. CSSR
   (Lubomir Hargas/
   Pavel Buran)
3. Frankreich
   (Frederic Lancien/
   Denis Lemyre)

Die Besten der Berliner Trainingsgruppe im Regenbogentrikot. Das schaften 1991 in Stuttgart auch Emanuel Raasch und Eyk Pokorny (im Foto links) auf dem Tandem!

Siegeszug der deutschen Verfolger

4000 m Verfolgung

1. Jens Lehmann
   (D - Leipzig)
2. Michael Glöckner
   (D - Stuttgart)
3. Jan-Bo Petersen
   (Dänemark)

4000 m Mannschaft

1. BR Deutschland
   (Michael Glöckner,
   Jens Lehmann,
   Stefan Steinweg,
   Andreas Walzer)
2. UdSSR
   (Jewgeni Berzin,
   Wladislaw Bobrik,
   Dmitri Neljubin,
   Wadim Kraw-
   tschenko,
   Michail Orlow)
3. Australien
   (Stuart O'Grady,
   Stephen McGlede,
   Shaun O'Brian,
   Damian McDonald)

Doppelerfolg im Einzelrennen

Der 23jährige Brite Chris Boardman war mit der Empfehlung eines neuen Freiluft-Weltrekordes nach Stuttgart gekommen. Auf der 5000-m-Distanz war er auf der WM-Piste von Leicester ausgezeichnete 5:47,706 Minuten (51,767 km/h) gefahren. Auch in der Neckarstadt zeigte er sich stark verbessert und erreichte in der Qualifikation die persönliche Best-zeit von 4:31,499 Minuten. Das war dennoch nur der fünfte Platz, weil bei den besten Amateuren eine förmliche Leistungsexplosion stattgefunden hatte. Nach Boardman „flogen" vor allem die beiden deutschen Akteure Michael Glöckner und Jens Lehmann allen voraus. Mit 4:22,602 Minuten war der Stuttgarter in seinem Qualifikations-Duell mit dem Franzosen Philippe Ermenault mehr als sechs Sekunden unter dem offiziellen, im Alleingang erzielten Weltrekord von Wjatscheslaw Jekimow geblieben. Und Jens Lehmann war wenig später noch schneller: 4:22,152 Minuten! Das waren neue Welten!

In diese konnten die anderen Spitzenverfolger nicht vordringen. Sie blieben im Viertel- und im Halbfinale um Sekunden hinter den beiden Deutschen zurück. Lediglich der Däne Jan Bo Petersen sorgte noch für eine Verbesserung und kündigte seine Anwartschaft auf den ersten Platz hinter Glöckner und Lehmann an. Als beide sich nach den Halbfinals - gewonnen gegen Petersen bzw. Waleri Baturo (UdSSR) - zum Kampf um den Weltmeistertitel gegenüberstanden, war man sich nicht sicher über dessen Ausgang. Glöckner meinte: „Ganz gleich, wie das Rennen ausgeht - unser deutsches Team hat Gold und Sil-ber gewonnen. Und das vor heimischem Publikum!" Lehmann ergänzte später: „Wir hätten jeder dem anderen den Sieg gegönnt. Natürlich wurde um den Erfolg gekämpft, das ist der Sport. Für mich war ohnehin schon der sichere zweite Rang ein toller Erfolg. Wenn man schon einmal so weit war, und dann wie ich in Maebashi einen Rückschlag erlitt und nur Fünfter wird, weiß man erst, wie schwer

Silber wiegt."Der gebürtige Sangerhausener, der in Leipzig bei Michael Schiffner trainierte, vermochte das sichere Silber sogar noch zu vergolden. Es war ein harter Kampf, der frühestens zur Hälfte knappe Vorteile für einen wie entfesselt fahrenden Jens Lehmann offenbarte. Michael Glöckner ließ erst auf den letzten Bahnlängen im Tempo nach, sparte als sicherer Vizeweltmeister Körner für den Vierer.

Für die deutsche Mannschaft und sicher auch das begeisterte Publikum im Hallenrund war es so, als hätte es nach diesem furiosen Rundenwirbel zwei Weltmeister gegeben.

Die Nächstplazierten, Jan-Bo Petersen, Waleri Baturo und die aus dem B-Finale nach den ausge-zeichneten Zeiten einrangierten Servais Knaven (Niederlande) und Bruno Risi (Schweiz) zogen gewissermaßen den Hut. Ebenso wie Chris Board-man. Am Ende wurde er nur Neunter der Weltmei-sterschaft. Dennoch hatte sich der kommende Mann in der Einzelverfolgung - er wurde Olympiasieger 1992, mehrmaliger Weltmeister und Stunden-Weltrekordler - erst einmal in der Spitze angemeldet und seinen Namen registrieren lassen!

Zum Auftakt Weltrekord

In der Stuttgarter Hanns-Martin-Schleyer-Halle wurde ein neues Kapitel der deutschen Vierer-Chronik geschrieben. Ein sehr erfolgreiches, denn im Finale feuerten die rund 5000 Zuschauer eine Mannschaft an, die im Ringen um den Titel alle Maßstäbe gesprengt hatte. Michael Glöckner, Jens Lehmann, Andreas Walzer und Stefan Steinweg machten perfekt, wovon alle geträumt hatten: den Sieg in der Mannschaftsverfolgung.

Es gebietet die Achtung, mit Guido Fulst und Andreas Bach auch die beiden Akteure zu nennen, die maßgeblichen Anteil an der so positiven Entwicklung des Verfolgerteams hatten.

Mit der Stammbesetzung Glöckner, Lehmann, Steinweg und Walzer war das Gastgeberteam schon in der Qualifikation über sich hinaus gewachsen. Mit 4:08,064 Minuten hatten sie im Alleingang einen neuen Weltrekord aufgestellt, die bisherige Bestmarke der UdSSR um fast drei Sekunden verbessert. Dabei bot das Quartett nicht nur eine exzellente sportliche Leistung, sondern auch optisch in der Formation und bei den Ablösungen die ganze technische Brillanz dieser Disziplin. Mit deutlichem Abstand folgten Australien, Dänemark und die UdSSR sowie Frankreich, die CSSR, Neuseeland und die Niederlande, die das Viertelfinale komplettierten.

Die vier letztgenannten Mannschaften unterlagen, und ihre Bezwinger machten deutlich, daß sie den Kampf um den Vierer-Titel ernst nahmen: Alle Gewinner fuhren deutlich unter 4:10 Minuten! Den Vogel schossen wieder die Deutschen ab, die mit Guido Fulst (für Glöckner) auf 4:07,707 Minuten kamen. Noch schneller rollte das deutsche Quartett im Halbfinale gegen Dänemark. Gegen die Nordländer ging

es kein Risiko ein und setzte sofort auf hohes Tempo. Mit Glöckners Anfahrleistung und der vollen Führungsrunde, mit der Stefan Steinweg für Ruhe im zentimetergenau ablösenden Quartett sorgte, mit Lehmanns und Walzers toller Führungsarbeit wurde der erste Kilometer in phantastischen 1:04,856 Minuten, der zweite in sagenhaften 59,592 Sekunden heruntergespult. Die Zeiten von 1:00,371 bzw. 1:01,225 Minuten zeigten, daß das Tempo fast konstant auf höchstem Niveau gehalten wurde.

Am Ende blieben die elektronischen Uhren bei 4:06,244 Minuten stehen. Die Fachwelt hatte eine Bestleistung mehr, die Deutschen ihren Finalplatz! Auch im Endlauf waren die Schützlinge von Bundestrainer Wolfgang Oehme nicht zu stoppen. Die russischen Fahrer, die zuvor Australien bezwungen hatten, starteten ebenso furios wie die Deutschen. Aber sie hielten dieses Tempo nicht durch und lagen trotz tapferer Gegenwehr gegen den Schwarz-

Für Jens Lehmann hielt das Jahr 1991 Pech und Glück bereit. Ein Sturz in der Türkei-Rundfahrt im März schien nach erheblichen Gesichtsverletzungen fast den Abschied vom Spitzensport zu bedeuten. Doch der willensstarke Leipziger überwand mit Hilfe seiner Frau Gabi (DDR-Straßenmeisterin 1984 und 1990) und Trainer Michael Schiffner diesen Rückschlag und meldete sich mit guten Leistungen zurück.

Bei den Deutschen Meisterschaften und beim Weltcup gab es noch Niederlagen, aber: Ende gut, alles gut! In Stuttgart wurde Jens Doppel-Weltmeister!

Vier Freunde auf Titelkurs (oben, von links): Jens Lehmann, Stefan Steinweg, Andreas Walzer und Michael Glöckner. Danach ging es noch einmal jubelnd um die Bahn.

Rot-Gold-Expreß nach drei Kilometern bereits um Sekunden zurück. Mit der zweitbesten Turnierzeit von 4:07,003 Minuten krönten die vier Freunde ihren Husarenritt zum Weltmeistertitel.

Unter dem Jubel der Zuschauer ließen sie es sich nicht nehmen, das Oval noch einmal per pedes zu umkreisen...

Bruno Risi nicht zu bremsen

Auf dem Siegerpodest für das Punktefahren der Amateure standen in Stuttgart die gleichen drei Akteure, die schon im Jahr zuvor in Maebashi die Medaillen errungen hatten. Während der starke Verfolger Jan-Bo Petersen (Dänemark) erneut die Bronzemedaille gewann, tauschten diesmal Titelverteidiger Stephen McGlede und Bruno Risi ihre Plätze. In Stuttgart siegte der Schweizer, der gegenüber dem Australier einen kapitalen Punktevorsprung erkämpft hatte.

In zwei Vorläufen waren die Teilnehmer für das Finale des Punktefahrens ermittelt worden. Der Belgier Cedric Mathy hatte den ersten vor dem dänischen Olympiasieger Dan Frost gewonnen, den zweiten entschied bereits nachdrücklich Bruno Risi, der mit Jan-Bo Petersen eine Bahnlänge gewonnen hatte, zu seinen Gunsten. Qualifiziert für den Endkampf hatten sich auch Erik Weispfennig (Oberhausen) und der Stuttgarter Andreas Walzer, den Bundestrainer Wolfgang Oehme dann allerdings wegen des Vierers nicht mehr starten ließ. Ein wenig kurzsichtig geplant, denn allein konnte Weispfennig nur wenig ausrichten. Er landete dennoch auf Rang acht.

Die Medaillenschlacht machten die anderen unter sich aus. Als nach 60 Runden der Titelverteidiger McGlede mit dem immer agilen Mexikaner Manuel Yoshimatz und dem jungen Holländer Leon van Bon zum entscheidenden Angriff ansetzte, schaltete der im Vorderfeld plazierte Bruno Risi schnell. Gemeinsam mit dem in der Schweiz lebenden Japaner Hiroshi Daimon und mit Petersen stürmte er den Ausreißern nach, holte sie ein und gewann mit ihnen die alles entscheidende Runde.

Obwohl immer wieder Vorstöße lanciert wurden, schaffte es niemand mehr, eine Bahnlänge zu gewinnen, und Risi konnte sich im Kampf mit dem Titelverteidiger auf die Wertungsspurts konzentrie-

Medaillen-Gewinner

Stuttgart

AMATEURE

Punktefahren

1. Bruno Risi
   (Schweiz)
2. Stephen McGlede
   (Australien)
3. Jan-Bo Petersen
   (Dänemark)

ren. Clever schaffte er es, immer vor dem Australier und als Wertungsgewinner ins Ziel zu fahren, so daß der Erfolg des Eidgenossen schon vor dem Ende sicher war.

Ein Meister und ein Eleve geehrt

Bei den Amateur-Stehern dominierte auf dem Stuttgarter Oval einmal mehr Österreichs Ausnahmeathlet Roland Königshofer. An der Rolle von Karl Igl ließ sich der zweimalige Weltmeister und Titelverteidiger auf keinerlei kräftezehrende Kämpfe mit den beiden italienischen Finalisten David Solari und Adriano Tondini ein, sondern zog in schneller Fahrt seine Bahn. Damit war er nach schlechten Erfahrungen aus den Vorjahren gut beraten, denn da hatten ihm die Azzurris mehrfach den Weg zum Regenbogentrikot versperrt. Diesmal hatte nur Solari

Sie tauschten in Stuttgart die Plätze gegenüber der Weltmeisterschaft im Vorjahr: der Schweizer Bruno Risi (rechts), überflügelte diesmal den Australier Stephen McGlede im Punktefahren.

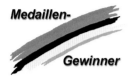

Medaillen-Gewinner

Stuttgart

AMATEURE

Steher

1. Roland Königshofer
   (Österreich)
2. David Solari
   (Italien)
3. Carsten Podlesch
   (D - Berlin)

Schrittmacher Dieter Durst, der schon Rainer Podlesch zum Weltmeistertitel geführt hatte, gewann mit dessen Sohn Carsten in Stuttgart Bronze

mit Schrittmacher Walter Corradin die Kraft, mitzuhalten und in der gleichen Runde zu bleiben. Die anderen Finalteilnehmer verloren zwei und mehr Bahnlängen und waren ohne Chance, den Ausgang des Rennens zu beeinflussen.

Erfreulich aus deutscher Sicht, daß der 21jährige Berliner Carsten Podlesch in den Fußstapfen seines Vaters erfolgreich Kurs auf eine Medaille nahm. Geführt vom erfahrenen Schrittmacher Dieter Durst hielt der Youngster sehr gut mit und gewann Bronze. Die ersten Gratulanten waren der Bundesfachwart für Bahnradsport, Conny Aßhauer, und Vater Rainer Podlesch, der zweimalige Weltmeister und ehrenamtliche Bundestrainer für den Stehersport.

Beide gaben der Hoffnung Ausdruck, daß diese Medaille erst der Anfang einer neuen Steherkarriere sei. Im Gegensatz zu vielen anderen, die das Dauerrennen oft als letzte Chance wahrnahmen, hatten sie mit Carsten Podlesch einen jungen Fahrer spezialisiert, der seine Härte zwar erst noch erwerben mußte, aber das nötige Rüstzeug wohl ererbt hatte. Immerhin war er zu diesem Zeitpunkt bereits zweimaliger Deutscher Meister. Er hielt, was er in Stuttgart versprochen hatte, denn - um es vorweg zu nehmen - ein Jahr später wurde er in Valencia Weltmeister der Amateure und 1994, bei den Open-Weltmeisterschaften in Palermo, ebenfalls Titelträger!

An seiner Seite waren auch zwei weitere deutsche Teamkameraden in Stuttgart angetreten. Christian Jordans aus Solingen schaffte an der Rolle von Gerd Geßler noch nicht den Sprung ins Finale, aber der Deutsche Ex-Meister Sven Harter aus Cloppenburg mit dem versierten Pacemaker Christian Dippel stieß nach dem vierten Platz im Vorlauf ins Finale vor und erkämpfte im Endlauf den sechsten Rang.

Disqualifikationen bei den Profis

Der Wettbewerb der Profisprinter warf einen Schatten auf die glanzvollen Tage von Stuttgart. Am vierten Wettkampftag hieß es im offiziellen, vom Präsidenten der Jury, Louis Wermelinger (Schweiz), unterzeichneten Kommunique: *„Das Ergebnis der medizinischen Kontrolle nach dem WM-Finale im Sprint der Berufsfahrer war bei den Fahrern Nr. 17 Carey Hall und Nr. 20 Stephen Pate (beide Australien) positiv. Die obligatorische Gegenanalyse bestätigte das Kontrollergebnis."*

Damit war das Ergebnis des zwei Tage zuvor ausgetragenen Wettbewerbs wertlos. Denn der zuvor ermittelte Sieger Carey Hall und der Dritte Stephen Pate mußten Trikot und Medaillen zurückgeben.

Die Leidtragenden der Unsportlichkeit der Australier, die gesperrt und mit einer Geldstrafe von 3000 Schweizer Franken belegt wurden, mußten diese bittere Pille schlucken. Denn sie verblieben auf den bisherigen Plazierungen. Das betraf den Franzosen Fabrice Colas, der dem bulligen Hall im Finale unterlegen war, sehr schmerzlich. „Für mich doppelt schade", resümierte er bitter. „Zum einen hätte Hall im zweiten Finallauf distanziert werden müssen, weil er mich behinderte, und nun erfahre ich, daß er auch noch gedopt war! Schade ist es vor allem auch für die Fahrer, die gegen Hall und Pate ausgeschieden sind." Neben Colas betraf das auch den Italiener Claudio Golinelli, der den mit Haken und Ösen geführten Kampf um Platz drei gegen Pate verloren hatte und auch den Deutschen Michael Hübner.

Der Chemnitzer war als aussichtsreicher Titelverteidiger von Maebashi angetreten. Doch nach der schnellsten Qualifikationszeit über 200 Meter waren diesmal die Nerven nicht so stark wie die Muskeln. Gegen Hall leistete er sich im Viertelfinale einen taktischen Patzer, den der Australier zum Sieg nutzte. Auch im zweiten Gang lag dieser im

Australische Dopingsünder

straler war der Niveauabfall gegenüber den Amateuren unverkennbar.

Hübner rehabilitierte sich

Unter dem Jubel der Zuschauer drehte doch noch ein glücklicher Michael Hübner, die deutsche Flagge schwenkend, eine Ehrenrunde um das Stuttgarter Oval. Er hatte sich im Finale des Keirin-Wettbewerbs durchgesetzt und damit seinen Titel von 1990 erfolgreich verteidigt.

Als im Endlauf zwei Runden vor dem Ziel durch den Franzosen Fabrice Colas der Sprint eröffnet wurde, zögerte Hübner keinen Moment, sondern sicherte sich das Hinterrad. In der Schlußrunde trat er auf der Gegengeraden wuchtig an und ging sofort an Colas vorbei. Nur der flinke Claudio Golinelli, der Titelträger der Jahre 1988 und 1989, lauerte noch hinter ihm und kam mit einem wahren Panthersatz auf der Zielgeraden noch gefährlich nahe. Doch Hübner gewann mit einer Handbreite....

Zuvor hatte es auch ohne die Australier sehr ruppige Auseinandersetzungen gegeben. Hinter den Medaillengewinnern - Dritter wurde Colas - rutschten die rempelnden Vincenzo Ceci (Italien) und Toshimasa Yoshioka (Japan) nach einem Sturz über die Ziellinie. Japans Föderation legte Protest ein und forderte die Wiederholung des Endlaufs. Möglicherweise auch, um ihrem alten Champion Koichi Nakano, der in seinen besten Zeiten bei den Berufsfahrern zehn Sprinttitel hintereinander gewonnen hatte, noch eine Chance einzuräumen, aber der Protest wurde abgelehnt.

Michael Hübner hatte sich diesmal mit Nervenstärke behauptet und seine Chance erfolgreich genutzt. Es war sein vierter Weltmeistertitel, nachdem er als Amateur 1986 in Colorado Springs seinen Freund und Rivalen Lutz Heßlich bezwungen und 1990 in Maebashi bei den Profis einen Doppelerfolg gefeiert hatte!

Ziel in Front, während Hübner bei seinem vehementen Schlußangriff die Kette zerriß und stürzte. Mit erheblichen Hautabschürfungen trat Hübner zur Wiederholung an, gab jedoch noch vor dem Zielstrich auf. „Ich habe den Druck nervlich nicht verkraftet und verloren, weil ich im Kopf nicht fit war. Diese Niederlage ist einer der absoluten Tiefpunkte meiner Karriere."

Der Chemnitzer verschwand für drei Tage völlig von der Bildfläche, trat deshalb auch nicht mehr zum Endlauf um die Ränge fünf bis acht an. Er war um eine Enttäuschung reicher, ebenso wie der Münsteraner Dieter Giebken, der in der Zeit-Qualifikation nur Letzter geworden war.

Kenner der Szene bezeichnete diese Sprint-Weltmeisterschaft übrigens als die schlechteste seit Jahren, die guten Sport vermissen ließ, aber gekennzeichnet von Ellenbogengefechten und Rempeleien war. Schon vor der Disqualifikation der Au-

Stuttgart

BERUFSFAHRER

Keirin

1. Michael Hübner
   (D - Chemnitz)
2. Claudio Golinelli
   (Italien)
3. Fabrice Colas
   (Frankreich)

Sprint

1. xxx
   (nicht vergeben,
   Disqualifikation)
2. Fabrice Colas
   (Frankreich)
3. xxx
   (nicht vergeben,
   Disqualifikation)

Der Recke Michael Hübner konnte 1991 in Stuttgart erst nach seiner unfreiwilligen Pause überzeugen. Dann aber war er im Keirin-Wettbewerb wieder der alte, souveräne Strahlemann und - Weltmeister!

Medaillen-

Gewinner

Stuttgart

BERUFSFAHRER

Steher

1. Danny Clark
   (Australien)
2. Peter Steiger
   (Schweiz)
3. Arno Küttel
   (Schweiz)

5000 m Verfolgung

1. Francis Moreau
   (Frankreich)
2. Shaun Wallace
   (Großbritannien)
3. Colin Sturgess
   (Großbritannien)

Seit 1963 war Danny Clark Radsportler. Den ersten ganz großen Erfolg feierte er 1972 in München als olympischer Silbermedaillengewinner im 1000 m Zeitfahren. Als Profi wurde Danny Clark Weltmeister im Keirin 1980 und 1981 sowie bei den Stehern 1988 und 1991. Von seinen 73 Sechstagesiegen errang er fünf in Berlin.

Der alte Mann und das Rad

Natürlich ist der Begriff „alt" relativ und sicher für den junggebliebenen Australier Danny Clark auch im sportlichen Sinne kaum anzuwenden. Denn wenige Tage vor seinem 40. Geburtstag am 30. August 1991 beeindruckte der Mann aus Launcestaun (Insel Tasmanien) einmal mehr mit einer hervorragenden Leistung und gewann den Weltmeistertitel der Profi-Steher. Mit seinem Schrittmacher Bruno Walrave, dem erfolgreichsten dieser Zunft, fuhr Clark allen Rivalen auf der Stundendistanz davon und gewann sicher vor den rundengleichen Eidgenossen Peter Steiger und Arno Küttel.

Der neue Weltmeister Danny Clark kam so frisch und strahlend von der Bahn, als sei er gar nicht gefordert worden. Die Vermutung, daß er von den drei am Finale beteiligten Schweizern in die Zange genommen und aufgerieben werden könnte, hatte sich angesichts des hohen Tempos, das das Gespann Walrave/Clark anschlug, nicht bestätigt. Im Gegenteil. Von den Eidgenossen war Andrea Bellati nicht stark genug, um sich am Ende des Feldes als Prellbock zu erweisen, als Clark von seinen beiden Landsleuten bedrängt wurde. Diese setzten zwar hinter ihren Schrittmachern Ueli Luginbühl und Rene Aebi gelegentlich zu einem Angriff an, waren aber zumeist damit beschäftigt, sich selbst der Angriffe des Vierten, des Italieners Luigi Bielli, zu erwehren.

So zog an der Spitze Clark seine Bahn, wie er wollte, ließ Bielli am Ende um eine Runde, den russischen Steher-Weltrekordler Alexander Romanow um zwei, den Deutschen Meister Roland Günther mit Schrittmacher Dieter Durst um drei und den Schweizer Bellati gar um sieben Bahnlängen hinter sich.

Mit seinem Erfolg ging Danny Clark als der älteste Radsport-Weltmeister in die Geschichte ein. Zuvor hatte Jan Derksen bei seinem letzten WM-Sieg

im Sprint 1957 mit 39 Jahren und sechs Monaten diese Bestmarke gehalten. Auch der Spanier Guillermo Timoner - 1965 Steher-Weltmeister mit 39 Jahren und fünf Monaten - und der Niederländer Joop Zoetemelk - Straßen-Weltmeister 1985 mit 39 Jahren und drei Monaten - waren „jünger" als der australische Radsport-Oldie.

Clark machte mit diesem Erfolg nicht etwa Schluß, sondern beteiligte sich bis zum Oktober 1997 an Sechstagerennen, um auch dort mit 235 Starts (dabei insgesamt 73 Siege) einen kaum zu schlagenden Rekord an sich zu bringen!

Favoriten setzten sich durch

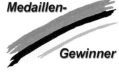

Jekimow oder Moreau? Beide!

Die Zeiten deutscher Spitzenverfolger bei den Profis waren wohl endgültig vorbei. Uwe Nepp und Gerd Dörich waren ohne Chance in der 5000-m-Qualifikation. Und der Berliner Carsten Wolf verfehlte trotz ansprechender Zeit von 5:45,031 Minuten als Neunter das Viertelfinale um sechs Zehntelsekunden.

Nach den gefahrenen Zeiten waren der Franzose Francis Moreau und die Briten Colin Sturgess und Shaun Wallace, die in dieser Disziplin große Traditionen ihres Verbandes fortsetzten, die hohen Favoriten, während der Titelverteidiger Wjatscheslaw Jekimow nur als Außenseiter gehandelt wurde. Der Grund? Der eigentliche Verfolgerspezialist, der als Amateur mehrfacher Weltmeister im Einzel und mit dem Vierer sowie Stunden-Weltrekordler war, konnte so kurz nach der Tour de France (1 Etappensieg!) und den vielen nachfolgenden Kriterien noch nicht den Rhythmus finden. Seine Chancen liegen im Punktefahren!, versicherten die Experten angesichts dieser Umstände.

Tatsächlich kam es so. Jekimow gelangte mit seinen guten Zeiten (um 5:40 Min.) - „Diese Zeiten hätte ich noch mehrfach fahren können, aber eben nicht schneller!", meinte der Titelverteidiger - zwar ins Halbfinale, aber dort hatte er gegen Moreau, den er 1990 in Maebashi besiegt hatte, diesmal nicht die physischen Voraussetzungen, um sich bedeutend zu steigern und unterlag gegen den wieder dicht an seiner Bestzeit (im Viertelfinale 5:32,224 Minuten!) fahrenden Franzosen. Das britische Halbfinal-Duell entschied Shaun Wallace gegen den von Durchfall geplagten Exweltmeister Colin Sturgess für sich, aber im Endlauf war Francis Moreau der König auf der Bahn. Noch einmal ging er an seine Grenzen und holte sich in der drittbesten Turnierzeit mit fünf Sekunden Vorsprung vor Shaun Wallace das Regenbogentrikot!

Seine Glanzform unterstrich der 26jährige Francis Moreau aus St. Quentin in einem zusätzlich bean-

Medaillen-Gewinner

Stuttgart

BERUFSFAHRER

Punktefahren

1. Wjatscheslaw Jekimow (UdSSR)
2. Francis Moreau (Frankreich)
3. Peter Pieters (Niederlande)

Zwei Extrakönner - zwei Weltmeister in Stuttgart: Wjatscheslaw Jekimow (oben), Francis Moreau

Stuttgart war im August 1991 das Nonplusultra des Radsports - ein würdiger Gastgeber für die Rad-Weltmeisterschaften. Noch bevor die Straßenwettkämpfe in der Nekkarstadt begonnen hatten, konnte nach den Bahnwettbewerben eine positive Bilanz gezogen werden.

In erster Linie freilich über die gewonnenen Medaillen der deutschen Bahn-Nationalmannschaft, darunter allein sechsmal Gold, aber auch über die hervorragende Resonanz dieser Titelkämpfe in der Öffentlichkeit, die eine gute Werbung für den Radsport waren.

Über 31 000 begeisterte Zuschauer hatten in in der Hanns-Martin-Schleyer-Halle das umfangreichste Programm aller Bahn-Weltmeisterschaften erlebt.

Und über 50 000 Zuschauer waren dann an den Straßenrändern bei den begeisternden Rennen in den Mannschaftszeitfahren und Einzelrennen.

Stuttgart war eben das Nonplusultra...

tragten 5000-m-Weltrekordversuch. Im Alleingang markierte er mit 5:40,617 Minuten eine neue Rekordmarke. Er holte sich mit einer um 16 Hundertstelsekunden besseren Zeit die Bestleistung zurück, die ihm Jekimow im Oktober 1990 auf dem Rekordtempel in Moskau-Krylatskoje abgejagt hatte.

Im Punktefahren über 50 Kilometer war dagegen Jekimow in seinem Element. Die ständigen Tempo-Wechsel - wie in den Straßenrennen - entsprachen am ehesten seiner Vorbereitung. Trotz eifrigen Punktesammelns hätte es aber hier gegen die spurtstarken Rivalen zu keiner Medaille gereicht, also zog Jekimow immer wieder im Tempo an und ging auf Rundenjagd. Seine taktische Einstellung stimmte im Punktefahren hundertprozentig: „Ich hatte mein Rennen von vornherein darauf angelegt, Attacken zu fahren und möglichst bald einen Rundengewinn herauszuholen."

Zwischen der 60. und 70. Runde war er erstmals allein unterwegs und legte einen Zwischenspurt hin, der einem 1000-m-Fahrer alle Ehre gemacht hätte. Kaum war er wieder im Feld, als er noch einmal angriff. Diesmal waren Moreau und der Belgier Etienne de Wilde dabei. Aber ihr Vorstoß schien schon gescheitert, als die anderen zum fälligen Wertungsspurt herankamen. Kaum waren die Punkte vergeben, legten sich Jekimow und Moreau noch einmal ins Zeug. Sie holten schließlich allein die Runde heraus, die den Ausschlag gab. Am Ende hatte Wjatscheslaw Jekimow als neuer Weltmeister zwei und der starke Francis Moreau, der eigentlich für seinen Landsmann Laurent Biondi fahren wollte, aber grünes Licht bekam, als es bei diesem nicht rollte, eine Bahnlänge gegen das Feld gewonnen.

Dort wogte nur noch der Kampf um Bronze. Carsten Wolf schien diesem Ziel nahe, wurde dann aber vom Sechstagestar Etienne de Wilde überflügelt. Allerdings sollte auch der Belgier noch seinen Meister finden. Mit dem Gewinn der doppelten Schlußwertung jagte ihm Peter Pieters (Niederlande) die erhoffte Medaille noch ab.

Bestzeiten am laufenden Band

Im Verfolgungsfahren der Frauen gab es in der Qualifikation die erste Überraschung, als die Titelverteidigerin, die hübsche Holländerin Leontien van Moorsel, nur die fünfzehnte Zeit erreichte und sang- und klanglos ausschied. Mit der zweitbesten Zeit von 3:41,775 Minuten über die 3000-m-Distanz, für die in der Arena der Stuttgarter Hanns-Martin-Schleyer-Halle zehneinhalb Runden zu absolvieren waren, schuf sich dagegen Petra Roßner, die insgeheime deutsche Medaillenhoffnung, eine gute Ausgangsposition für den nächsten Lauf, in dem sie wieder gegen die in der Qualifikation siebtplazierte Neuseeländerin Jacqueline Nelson antreten mußte. Schneller als Petra war nur die einstige amerikanische Meisterin Marion Clignet, die inzwischen ihren amerikanischen gegen einen französischen Paß getauscht hatte.

Im Viertelfinale sorgte die Olympiadritte von 1988, Janie Eickhoff aus Los Alamitos in Kalifornien, für ein Achtungszeichen, denn sie kurbelte die Distanz in 3:39,159 Minuten herunter. Immerhin zwei Sekunden unter dem Weltrekord der Französin Jeannie Longo, die in Stuttgart anwesend war, aber wegen hartnäckiger Differenzen mit ihrem Nationalverband über den Einsatz von Material unterschiedlicher Sponsoren gar nicht zum Einsatz kam.

Der Sieg Petra Roßners über die Neuseeländerin Nelson war kein Problem, wohl aber das Halbfinal-Duell mit Marion Clignet, die nach ihrem zuvor errungenen Weltcup-Sieg in Hyeres eigentlich hohe Favoritin war. Zwischen beiden Rivalinnen wogte der Kampf hin und her, bis die Deutsche in den letzten beiden Runden noch zu einem phantastischen Zwischenspurt ansetzen konnte und Clignet um 0,6 Sekunden bezwang. Die Uhren blieben für die Gewinnerin bei herausragenden 3:38,941 Minuten stehen.

Das Hochgefühl hielt nach dieser Leistungssteigerung bei der vom BDR-Disziplintrainer Thomas Schnelle betreuten einstigen Leipzigerin, die als Stu-

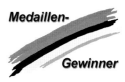

Medaillen-Gewinner

Stuttgart

FRAUEN

3000 m Verfolgung

1. Petra Roßner
   (D - Köln-Worringen)
2. Janie Eickhoff
   (USA)
3. Marion Clignet
   (Frankreich)

Eine strahlende Petra Roßner. Die ehemalige Leipzigerin, die 1989 schon Vizeweltmeisterin im Verfolgungsfahren hinter Jeannie Longo geworden war, hatte bei ihrem zweiten Sturm auf die Weltspitze Glück und holte sich das Regenbogentrikot. Ihre Klasse unterstrich sie auch 1992 in Barcelona, als sie in dieser Disziplin Olympiasiegerin wurde.

de Rivalinnen zehn Minuten früher zum Kampf um die Goldmedaille antreten. Sie hatten sich beide außerhalb der Halle auf den Straßenrädern warmgemacht und mußten erst zum Start herangeholt werden. Ob dies den Ausschlag gab? Petra Roßner steckte die Veränderung locker weg, während die Amerikanerin nach dem Endlauf bittere Tränen vergoß und sehr mit ihrem Schicksal haderte.

Doch sie war wohl an einer Besseren gescheitert. Denn in diesem 3000-m-Finale lag Petra Roßner schon nach dem ersten Kilometer klar mit zwei Sekunden in Front. Sie mußte dann ihr Tempo relativieren, und verschnaufen, so daß Janie Eickhoff sichtlich aufkam und nach zwei Kilometern mit einem Wimpernschlag führte. Doch die nervenstarke Deutsche steigerte sich auf dem letzten Drittel unter den ohrenbetäubenden Anfeuerungsrufen in der ausverkauften Halle nochmals und

dentin für Lebensmittelchemie in Pliezhausen bei Stuttgart eine neue Heimat gefunden hatte, weiter an. Und so ging sie auch optimistisch in das Finale gegen Janie Eickhoff, die im Halbfinale bei ihrem Erfolg über Belgiens Meisterin Kristel Werckx unterstrichen hatte, daß sie Spitzenzeiten am laufenden Band fahren konnte.

Durch eine Verschiebung des Zeitplans mußten bei-

gewann. Zwar mit weniger als einer halben Sekunde Vorsprung. Aber es reichte eben in einem erneut sehr schnellen Rennen zum Sieg und Weltmeistertitel! „Die Zuschauer haben mich förmlich vorangetrieben", sprudelte die glückliche Weltmeisterin nach der Siegerehrung hervor. „Ich flog förmlich in die letzte Runde und bekam eine richtige Gänsehaut, weil ich spürte, daß ich es schaffen werde."

1991

Ingrid Haringa mit zwei Titeln

Medaillen-Gewinner

Stuttgart

FRAUEN

Sprint

1. Ingrid Haringa
   (Niederlande)
2. Annett Neumann
   (D - Cottbus)
3. Connie Paraskevin-
   Young (USA)

Punktefahren

1. Ingrid Haringa
   (Niederlande)
2. Kristel Werckx
   (Belgien)
3. Janie Eickhoff
   (USA)

Mit zwei in Stuttgart gewonnenen Regenbogentrikots vervollständigte Ingrid Haringa ihre Sportgarderobe um die wertvollsten Stücke. Es war eindrucksvoll, wie sie im Sprint alle Läufe (und im Punktefahren die Wertungen) durch Tempofahrten von der Spitze gewann. Auch die deutsche Sprinterin Annett Neumann (unten) hatte das Nachsehen und gewann Silber.

Von Null auf Hundert...

So kann man den Einstieg der bereits 27jährigen Holländerin Ingrid Haringa in die internationale Radsportszene bezeichnen. Noch 1988 gehörte die Polizistin zum Olympiateam der Niederlande im Eisschnellauf. Sie erlebte in Stuttgart ihre erste Weltmeisterschaft auf der Rennmaschine. Mit einer verblüffend einfachen Taktik gewann sie Lauf um Lauf, verzichtete auf jegliche Schlenker, fuhr stets von vorn, und ließ sich nicht mehr von der Spitze verdrängen. Damit brachte sie alle Kontrahentinnen aus dem Konzept.

Auch Annett Neumann, die blonde Cottbuserin, die sich mit Bravour ins Finale gefahren hatte, fand kein Rezept gegen die holländische Dominanz. Dabei hatte die 21jährige ihren Leistungssprung mit den Erfolgen über die robusten und bewährten Favoritinnen Galina Jenjuchina (UdSSR) und Connie Paraskevin-Young, der Titelverteidigerin aus den USA, nachdrücklich bewiesen. Doch dann ließ sie sich in beiden Endläufen auf die schnelle Fahrt von Ingrid Haringa ein und kam nicht dazu, ihre Spurtschnelligkeit zu entfalten.

„Man kann wohl Parallelen zu Christa Rothenburger, der Weltmeisterin 1986, ziehen. Auch Christa sorgte in ihrem Ausgleichs- und Trainingssport für einen überraschenden Erfolg gegen die Spezialistinnen", schätzte Annett Neumann etwas enttäuscht ein. „Beide nutzten ihre Kraftvorteile aus dem Eisschnellauf, beide bevorzugten den Langsprint. Aber das weiß ich erst jetzt, weil ich Ingrid Haringa zuvor noch nie fahren sah. Ohne meine taktischen Fehler wäre es vielleicht enger geworden. Aber so war sie heute die Bessere!"

Doch die Cottbuserin durfte zufrieden sein. Sie hatte in diesem Turnier überzeugt. Sowohl im Halbfinale gegen die viermalige Weltmeisterin Connie Paraskevin-Young, der „Grand-Dame" des Sprints, und als auch zuvor im Viertelfinale, wo sie gegen die starke Russin Galina Jenjuchina die Weichen

für ihr weitereres Vordringen gestellt hatte. Nach verlorenem ersten Lauf schien es im zweiten das gleiche Ergebnis zu geben. Doch da schnellte Annett Neumann mit einem nochmaligen Antritt nach vorn und kreuzte als erste die Ziellinie. Das gleiche Kunststück gelang ihr auch im dritten und entscheidenden Durchgang.

Dabei hatte die Russin Jenjuchina, die übrigens 1994 Weltmeisterin wurde, zuvor ihre Landsfrau Erika Salumäe - in gelungener Revanche für den WM-Ausgang 1989 - ausgeschaltet. Diese, gebürtige Estin, die nach zahlreichen Weltrekorden auch als zweimalige Weltmeisterin und Olympiasiegerin von Seoul Aufsehen erregt hatte, war mit großen Hoffnungen als eine der großen Sieganwärterinnen ins Rennen gegangen, was sie auch mit der deutlich schnellsten 200-m-Qualifikationszeit von 11,374 Sekunden nachdrücklich unterstrichen hatte.

Das Ausscheiden gegen Jenjuchina in den Hoffnungsendläufen des Achtelfinals war für Erika Salumäe ein Denkzettel, den die Musikpädagogin aus Tallinn berücksichtigte. Sie stieg im nächsten Jahr bei Olympia wie Phönix aus der Asche und holte sich in Barcelona im harten Zweikampf mit Annett Neumann, die ebenfalls aus ihrer Niederlage gegen Ingrid Haringa gelernt hatte, ihre zweite olympische Goldmedaille.

Nach Sturz zum Gold

„Als es krachte, hatte ich nur Angst, daß etwas mit meinem Rad nicht in Ordnung wäre. Den Himmel habe ich angefleht, sofort weiterfahren zu können. Und dann ging glücklicherweise alles gut." Das war Ingrid Haringas erster Kommentar nach dem Punktefahren. 17 Runden vor Schluß des Finalrennens war es in der Zielkurve zu einem schweren Sturz gekommen, in den fünf Fahrerinnen verwickelt waren. Eine dieser fünf war die Holländerin, die bis dahin klar auf Medaillenkurs gelegen hatte. Ihrem Rad war nichts passiert, und es war sehenswert, wie blitzar-

tig Ingrid Haringa das Rennen wieder aufnahm. Es lohnte sich für die frischgebackene Sprint-Weltmeisterin.

Vor dem letzten Spurt, der mit doppelter Wertung ausgefahren wurde, hatte die Belgierin Kristel Werckx mit 33 Zählern vor Janie Eickhoff (31) und Ingrid Haringa (30) geführt. In diesem Finale spannte sich die starke Holländerin noch einmal vor das Feld und gewann - so wie alle anderen Wertungen zuvor - von der Spitze. An ihr kam bei diesem furiosen Sprint niemand vorbei. Auch Werckx und Eickhoff nicht, so sehr diese sich auch mühten.

Das war der Titel Nummer zwei für Ingrid Haringa, die Entdeckung dieser Weltmeisterschaften, die überglücklich ihre Ehrenrunde fuhr. „Diese Weltmeisterschaft ist für mich wie ein Traum", sagte sie. „Zweimal Gold bei meinem ersten WM-Start!"

Während die Holländerin im siebenten Himmel schwebte, hatte Petra Roßner, die andere Bahn-Weltmeisterin von Stuttgart, ganz andere Sorgen. Sie büßte ihre Rolle als Mitfavoritin durch einen Sturz im ersten Vorlauf des Punktefahrens schon nach der ersten Wertung ein. Sie biß zwar die Zähne zusammen und quälte sie sich über die Distanz, war als Sechste sogar für das Finale qualifiziert, doch dann kam das ärztliche Startverbot. Denn Petra hatte sich das linke Schlüsselbein gebrochen, als sie über eine Taipeh-Chinesin stürzte. Drei Jahre zuvor war ihr das gleiche im olympischen Straßenrennen in Seoul passiert. Damit hatte sie doppeltes Pech. Denn sowohl im Punktefahren als auch im Straßenrennen, für das sie vornominiert war, hätte sie gute Chancen auf einen Vorderplatz gehabt.

So blieben nur noch Hoffnungen auf ein gutes Abschneiden der quirligen Katrin Ranger, die eigentlich ihrer Freundin Petra helfend zur Seite stehen wollte. Die Feuerbacherin schlug sich achtbar, gewann auch zwei Wertungen, aber ihr fehlte die nötige Durchschlagskraft in diesem Feld namhafter Rivalinnen, und so mußte sie sich mit dem sechsten Platz begnügen.

Je einmal Gold und Silber im Bahnradsport der Frauen - eine erstklassige Bilanz des Bundes Deutscher Radfahrer.

Dennoch war es nur eine dünne Decke, an allen Enden zu kurz. In der Einzelverfolgung wurde nur eine Starterin für würdig befunden, in Stuttgart dabei zu sein. Und was war nach dem Ausfall von Petra Roßner? Weder im Punktefahren noch mit dem Straßen-Vierer und im Einzelrennen der Frauen - wo man ebenfalls auf Petra gesetzt hatte - wurden anvisierte Ziele erreicht. Und im Sprint? Eine Schwalbe machte noch keinen Sommer. Annett Neumanns Trainingskameradin Sinett Wolke konnte leider nicht an deren Spitzenleistungen anknüpfen und schied vorzeitig aus.

Dennoch setzte Stuttgart trotz der Medaillen ein Signal, das erkannt wurde, obwohl es noch ein weiter Weg bis zu den heutigen Erfolgen von Judith Arndt, Hanka Kupfernagel, Katrin Meinke, Trixi Worrack und Daniela Claußnitzer war.

Medaillen-Gewinner

Straße Mannschaft

Stuttgart

AMATEURE

1. Italien
   (Flavio Anastasio,
   Luca Colombo,
   Gianfranco Contri,
   Andrea Peron)
2. BR Deutschland
   (Uwe Berndt/Gera,
   Bernd Dittert/
   Hannover,
   Uwe Peschel/Erfurt,
   Michael Rich, Reute)
3. Norwegen
   (Stig Kristiansen,
   Johnny Saether,
   Roar Skaane,
   Björn Stenersen)

Der populäre Gustav Adolf Schur, einst zweimaliger Weltmeister und zweifacher Sieger der Friedensfahrt, ließ es sich nicht nehmen seine „Nachfolger" während der Sachsen-Tour International '91 zu besuchen und ihnen Glück zu wünschen. Hier bei der Begrüßung von Michael Rich. Links Bernd Dittert und Uwe Berndt.

Italien fuhr allen weit voraus

Der Stellenwert der Weltmeisterschaften von Stuttgart ließ sich auch an der riesigen Anzahl von 27 Vierern erkennen, die sich zum Auftakt der Straßenwettbewerbe dem Start zum Mannschaftsfahren über 99,1 Kilometer stellten.

So viele Länder hatten sich noch nie zusammengefunden, wobei für viele auch die nationale Qualifikation für die olympischen Wettbewerbe des Jahres 1992 in Barcelona eine Rolle spielte.

Natürlich war der Kreis der Medaillenanwärter in sich begrenzt, man rechnete die deutschen Gastgeber, Italien, Titelverteidiger UdSSR sowie als immer zu Steigerungen fähige Teams auch Polen und Norwegen dazu.

Die beiden Bundestrainer Wolfram Lindner und Peter Weibel hatten aus den beiden deutschen

Mannschaften, die im Jahr zuvor noch im japanischen Utsonomiya Silber (DDR) und Bronze (BRD) gewonnen hatten, ein neues schlagkräftiges Aufgebot geschmiedet, das auf den Stamm von Uwe Peschel, Michael Rich und Uwe Berndt setzte und durch den früheren herausragenden Bahn-Verfolger Bernd Dittert deutlich verstärkt wurde.

Dieses Quartett hatte auf den Zeitfahrmaschinen des Berliner Forschungs- und Entwicklungsinstituts für Sportgeräte (FES) hart trainiert. Diese Karbonräder gaben aber nicht den Ausschlag für die gute Leistung der Deutschen, denn die anderen Länder hatten den Vorsprung des in der DDR entwickelten Materials längst egalisiert. Es waren die gute Moral und die richtige Trainingskonzeption, die bis zum abschließenden Start bei der Internationalen Sachsen-Tour auf den Punkt gebracht wurde. „Ich denke, und da bin ich mir mit Wolfram Lindner einig, daß wir gut vorbereitet in die 100-km-Entscheidung gehen werden. Wir sind zwar keinesfalls die Favoriten, aber ein gesunder Schuß Optimismus war schon in unserer Arbeit dabei", betonte Peter Weibel noch vor dem Rennen.

Sicher war das ein wenig untertrieben, denn die Reaktion auf die so unerwartet stark auftrumpfenden Italiener, die schon bei der ersten Zwischenzeit mit einer halben Minute Vorsprung vor den Deutschen lagen, spiegelte ein wenig Enttäuschung darüber wider, nicht mehr in den Siegbereich vorstoßen zu können. Denn die Azzurri fuhren das bisher höchste Tempo bei einer Weltmeisterschaft und bauten ihren Vorsprung immer deutlicher aus und schockten damit die Konkurrenz.

Nach der Hälfte lagen sie bereits

Das deutsche Quartett auf der mörderischen 100-km-Distanz zwischen Stuttgart und dem Wendepunkt. In der Formation Bernd Dittert, Michael Rich, Uwe Peschel und Uwe Berndt erkämpften sie die Silbermedaille.

Michael Rich:
„Wenn man zwei Stunden lang eine Übersetzung von 52:12 tritt, sind die Schmerzen kaum zu ertragen. Das schlimmste sind die letzten 25 Kilometer. Jeder Tritt tut dir weh. Aber du darfst nicht lockerlassen, mußt die Zähne zusammen-beißen. Schwächer zu fahren, nur weil es ein wenig zwickt, empfände ich unfair den anderen Teamkameraden gegenüber. Denen gehts doch auch nicht besser.
Der Vierer ist eine Strapaze. Wer die nicht durchstehen kann, darf gar nicht erst starten!"

1:13 Minuten vor der BDR-Mannschaft, die anderen Teams hatten in der Reihenfolge Norwegen, Frankreich, USA, Dänemark, UdSSR, CSSR und Polen noch weit mehr eingebüßt. Bei der nächsten Zeitmessung lagen die sich mächtig steigernden Polen schon auf Rang vier, während Norwegen das deutsche Quartett um winzige zwei Sekunden überflügelt hatte.

Das bedeutete Alarmstufe I. Peter Weibel gab den Zeitverlust über das Megaphon an seine Jungen weiter, die noch einmal alle Kräfte mobilisierten. Der Kampf um Silber - Gold war längst an die an diesem Tage so überlegenen Italiener vergeben - wogte auf des Messers Schneide. Erst im Ziel war klar, daß Deutschland mit 14 Sekunden vor den Norwegern den Ehrenplatz erkämpft hatte. Völlig erschöpft saßen die Fahrer auf dem Boden und freundeten sich erst nach und nach mit der Situation als Vizeweltmeister an.

Geschimpft wurde über die mörderische 100-km-Strecke, die Schinderei und die eigenen Schwächen. Letztlich faßte ein optimistischer Michael Rich alles zusammen: „Egal, was wir jetzt spüren. Beim nächsten Mal sind wir wieder voller Elan dabei. Übrigens - letztes Jahr waren wir Dritter, diesmal Zweiter. Da müßte in Barcelona ja Gold herauskommen..."
Ein Hellseher, dieser Michael Rich, denn er sollte Recht behalten!
Aber wer kann schon alles voraussehen. Beispielsweise fuhr im siebtplazierten US-Team ein Mann mit, dem das Leben noch große und harte Herausforderungen zu stellen hatte. Er sollte später eine heimtückische Krankheit besiegen und mit dem neuen Leben auch eine zweite Radsportkarriere beginnen, die ihn zu ungeahnten Höhen führte: Ein Mann namens Lance Armstrong...

Frankreichs Damen-Quartett wurde erstmals Weltmeister

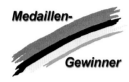

Medaillen-

Gewinner

Straße Mannschaft

Stuttgart

FRAUEN

1. Frankreich
   (Marion Clignet,
   Nathalie Gendron,
   Cecile Odin,
   Catherine Marsal)
2. Niederlande
   (Monique de Bruin,
   Monique Knol,
   Astrid Schop,
   Cora Westland)
3. UdSSR
   (Nina Grinina,
   Nadejda Kibardina,
   Valentina
   Polchanowa,
   Aiga Zagorska)

Frankreichs Frauen waren im 50-km-Mannschaftsfahren nicht zu bezwingen. Die Fotos rechts zeigen den Siegmoment nach Wiktor Rjakschinskys erfolgreicher Fahrt und den neuen Weltmeister mit den Medaillen-gewinnern Davide Rebellin und Beat Zberg.

Medaillenroulett bei den Frauen

Frankreichs Frauen zeigten, daß sie auch ohne Jeannie Longo Spitze sind. Das Quartett mit Marion Clignet, Nathalie Gendron, Cecile Odin und der Weltmeisterin von 1990, Catherine Marsal, kurbelte die 49,5-km-Distanz in der beeindruckenden Zeit von 1:02:14 Stunden herunter, in einem „Schnitt" von 48,952 km/h!

„In solch einem Super-Vierer bin ich noch nie gefahren", jubelte die 25jährige Cecil Odin. Die Grenoblerin mußte es wissen, denn sie war als einzige des Siegerquartetts bereits in allen vier früheren französischen WM-Mannschaften vertreten, auch als 1988 in Ronse Gold greifbar nahe schien. Doch da waren die Französinnen mit Jeannie Longo nach den besten Zwischenzeiten gestürzt und schließlich Letzte geworden.

Diesmal war das Glück vollkommen. Schon an der Wende lag Frankreich mit drei Sekunden vor den niederländischen Meisjes, die den Titel zu verteidigen hatten, in Front und baute seinen Vorsprung auf der Rückfahrt bei Gegenwind noch aus. Die Holländerinnen hatten sogar auf den Einsatz Leontien van Moorsel verzichtet, die sich nach der unbefriedigenden Verfolger-Vorstellung ganz speziell auf das Einzelrennen vorbereiten wollte. Das dritte Quartett im Bunde der Medaillenanwärter war die UdSSR, die mit der zweifachen Weltmeisterin Nadeshda Kibardina als Motor angetreten waren und immer Kontakt zu den beiden führenden Teams hielt.

Auch die deutsche Mannschaft mit Jutta Niehaus (Bocholt), Gaby Prieler (München), Angela Ranft (Chemnitz) und der Kölnerin Andrea Vranken lag nach der ersten Hälfte des zumeist am Neckarufer entlangführenden Kurses noch dicht bei den Führenden. Die vier fuhren ein harmonisches Rennen, kamen mit den erstmals genutzten schwarzen Karbonrädern gut zurecht. Mit zunehmender Distanz wurden aber die Unterschiede gegenüber

den Spitzenmannschaften deutlich, und die deutschen Mädchen verloren Sekunde um Sekunde. Dabei kämpften sie wacker als ein nahezu ausgeglichenes Quartett. Erst auf dem allerletzten Kilometer mußte Gaby Prieler ihre Kameradinnen ziehen lassen. Das veränderte nichts mehr an der Plazierung, dem sechsten Rang hinter Frankreich, Holland, der UdSSR, den USA und Italien.

Bundestrainer Klaus Jörderns bescheinigte seinem Quartett eine gute Leistung: „Es war optimal, mehr war nicht drin. Wir haben nicht die Super-Könnerinnen wie andere Mannschaften, aber wir sind auch noch nie so schnell gefahren wie hier in Stuttgart - einen Schnitt von 46,858 km/h!"

Letztlich erwies sich auch Stuttgart als eine weitere Station des Medaillen-Rouletts der Weltmeisterschaften. Auch bei der fünften Austragung des Mannschaftszeitfahrens hatte sich daran nichts geändert, daß in allen fünf Titelkämpfen nur fünf Länder (die ersten von Stuttgart!) die Medaillen unter sich ausgemacht hatten. Einzig die UdSSR hatte in jedem Jahr einen Platz unter den ersten Drei erkämpfen können.

The last Champion of URSS

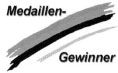

Er war der definitiv letzte Radsport-Weltmeister der Union der Sozialistischen Sowjetrepubliken, der UdSSR, die mit ihrem Potential ihres Viel-Völker-Staates über Jahrzehnte das Weltniveau im Radsport mitbestimmt hatte. So wie sich auch andere ehemalige Republiken zu eigenständigen souveränen Staaten erklärten, tat das auch seine Heimat, die Ukraine. Am 27. August 1991, drei Tage nach dem Sieg von Wiktor Rjakschinsky in Stuttgart!

187 Teilnehmer hatten sich an den Start des Einzelrennens der Amateure begeben. Große Favoriten im eigentlichen Sinne gab es nicht, weil die Spitzenklasse in diesem Bereich zu ausgeglichen war, so daß sich Erfolge in großen Rundfahrten und Einzelrennen des Jahres auf viele Verbände verteilten. Immerhin konnte man die Italiener mit Titelverteidiger Mirko Gualdi ganz vorn mit einordnen.

Die Vorentscheidung in diesem Championat fiel in der sechsten Runde, als sich auf dem Anstieg zur Cannstedter Höhe 13 Fahrer aus dem Feld lösten. Als einziger deutscher Fahrer war Gerd Audehm dabei, der sich auch in der Führungsarbeit auszeichnete. Aber man war sich zu uneins, und so geriet nach drei weiteren Runden alles durcheinander, als der Brasilianer Magaelhaes Azevedo für Furore sorgte. Mit einem rasanten Zwischenspurt hatte er sich aus dem großen Peloton empfohlen und war allein nach vorn gefahren! In der Spitzengruppe attackierte er erneut, wurde eingeholt, versuchte es wieder...

Damit war jeder Rhythmus bei den Ausreißern verloren, das Tempo ließ nach und so war es nicht verwunderlich, daß in der vorletzten Runde zwei Dutzend Fahrer aufschlossen und somit die Karten im Rennen wieder neu gemischt wurden. Unterstützung für Gerd Audehm war jedoch nicht dabei.

In dem deutschen Sechserteam, von dem BDR-Präsident Werner Göhner enttäuscht meinte: „Da waren wohl die Falschen am Start!", waren Audehms Kameraden Frank Augustin, Andreas Lebsanft und Erik Zabel ins Hintertreffen geraten, als sie bei der

1991

Medaillen-
Gewinner

Straßenrennen
Stadtkurs Stuttgart

AMATEURE

1. Wiktor Rjakschinski
   (UdSSR)
2. Davide Rebellin
   (Italien)
3. Beat Zberg
   (Schweiz)

Verpflegungskontrolle von einer Attacke überrascht wurden. Während sie nach den Beuteln und Trinkflaschen griffen, hatten sich die Verfolger mit dem späteren Weltmeister aus dem Feld gelöst. Patrick Moster war schon zuvor nach einem Sturz in der fünften Runde ausgeschieden und der Stuttgarter Uwe Winter blieb vor heimischer Kulisse enttäuschend unter seinen eigenen Erwartungen, weil er schon in der Anfangsphase aus dem Hauptfeld zurückfiel.

Bundestrainer Peter Weibel, der überzeugt war, das richtige Aufgebot an den Start gebracht zu haben, meinte dennoch am Ende gegenüber dem Fachorgan „Radsport": „Mit den Leistungen bin ich eigentlich zufrieden, nur mit den Ergebnissen nicht." Der einzige, dem diese zweifelhafte Erkenntnis gerecht wurde, war Gerd Audehm. Der für die RSG Nürnberg startende 21jährige Ex-Cottbuser, der im Juli 1991 die Rheinland-Pfalz-Rundfahrt gewonnen hatte und am Ende des Jahres als Gewinner des Weltcups ausgezeichnet wurde, war der einzige Lichtblick aus deutscher Sicht.

Aber auch er war am Ende mit seinem 24. Rang enttäuscht. „Es ist bei mir so super gelaufen. Ich hatte meine Kräfte gut eingeteilt", berichtete er. „Mein Plan war, zwei Runden vor Schluß zu attackieren." Dazu kam es jedoch nicht, denn „Audi" wurde in dieser Phase von Krämpfen geplagt, die jegliche Aktion unmöglich machten.

Damit war klar, daß der Titelkampf ohne deutsches Mitwirken auf der Mercedes-Straße, direkt vor der Hanns-Martin-Schleyer-Halle entschieden wurde. In der Schlußrunde, und besonders auf den letzten Kilometern, wurde nämlich unaufhörlich angegriffen. Immer wieder lagen einzelne Fahrer um Meter vor der Kopfgruppe, wurden eingeholt, und andere versuchten, davonzukommen.

Fünf Kilometer vor dem Ziel gelang es bei der Hatz durch die verwinkelten Straßen der Neckarstadt acht Fahrern, sich doch noch zu empfehlen. Doppelt vertreten waren die Italiener durch Davide Rebellin, der im Frühjahr die bedeutsame Regioni-Rundfahrt ge-

wonnen hatte, und Vladimir Belli, die UdSSR mit Friedensfahrt-Sieger Wiktor Rjakschinsky und dem spurtstarken Wjatscheslaw Djawanjan, sowie die Schweiz mit Beat Zberg und Daniel Lanz. Komplettiert wurde diese Gruppe, aus der nun alle Medaillengewinner kommen mußten, durch Polens Vizemeister im Bergfahren, Jacek Bodyk, und den Franzosen Pascal Herve.

Es wurde ein langer Spurt, in dem überraschenderweise der aus Krementschug stammende Bergspezialist Wiktor Rjakschinsky dominierte. Aber er hatte wohl nach dem schweren Rennen noch die meisten Reserven und jagte mit mehr als einer Radlänge vor Davide Rebellin und Beat Zberg über die Ziellinie. Dicht dahinter führte Djawanjan die anderen Akteure der Spitzengruppe an.

23 Sekunden später leuchtete an der Spitze der nächsten Gruppe das azurblaue Trikot von Titelverteidiger Mirko Gualdi, der den neunten Platz erspurtete. Im Pulk dieser Verfolger kaum auch Gerd Audehm ins Ziel.

Der neue Weltmeister Wiktor Rjakschinsky war überglücklich. „Die Strecke war schwer, deshalb lag sie mir", betonte er. Noch im gleichen Jahr wurde er Berufsfahrer, weil er sich für den flachen Olympiakurs in Barcelona keine Chancen ausrechnete. Doch nach seinem großen Jahr 1991 mit den Siegen in der Weltmeisterschaft und bei der Friedensfahrt wurde es still um den Ukrainer, der bei den Profis keine außergewöhnlichen Ergebnisse mehr erzielte.

Im Sologang zum Sieg

Zwei Ausreißerinnen bestimmten die Straßen-Weltmeisterschaft der Frauen. Als nach 79 Kilometern das Feld an der Hanns-Martin-Schleyer-Halle zum Spurt ansetzte und die Kanadierin Alison Sydor sich vor 31 Konkurrentinnen durchsetzte, war dies nicht der Sieg, sondern bedeutete den Gewinn der Bronzemedaille. Die neue Weltmeisterin Leontien van Moorsel und die Vizeweltmeisterin Inga Thompson

Medaillen-Gewinner

Straßenrennen Stadtkurs Stuttgart

FRAUEN

1. Leontien van Moorsel (Niederlande)
2. Inga Thompson (USA)
3. Alison Sydor (Kanada)

Leontien van Moorsel bei ihren Soloritt durch Stuttgarts Straßen. Sie erwies sich als stärkste Bergfahrerin, wie schon zuvor bei der Tour de France feminin.
Die überragende Weltmeisterin gewann bei der nächsten Weltmeisterschaft 1993 in Oslo erneut das Regenbogentrikot!

waren da nach ihren Alleingängen längst im Ziel. Bei der Siegerehrung für die drei Besten der Weltmeisterschaft im Straßen-Einzelrennen stand auch eine Dame aus dem Gastgeberland auf dem Podest. Allerdings keine Fahrerin, sondern die BDR-Vizepräsidentin Ursula Stifel, die gemeinsam mit UCI-Generalsekretär Michal Jekiel die hart umkämpften Medaillen überreichte.

Leider fehlte hier - wie in allen Straßen-Einzelrennen von Stuttgart - ein deutscher Achtungserfolg, ein Sprung auf's Siegertreppchen. Für die deutschen Mädchen war der Stuttgarter Kurs einfach zu schwer. Sie verloren schon in der Anfangsphase den Anschluß und versuchten in abgeschlagenen Gruppen wenigstens durchzufahren. Die Kölnerin An-

drea Vranken war als 53. schließlich die Bestplazierte, kam mit Kerstin Reichling in einem größeren Pulk ins Ziel, während Elisabeth Reichert und Gaby Prieler noch mehr Boden einbüßten. Die Deutschen Meisterinnen Viola Paulitz und Heidi Metzger beendeten das Rennen vorzeitig.

An der Spitze des Championats kurbelte währenddessen ein Mädchen aus den Niederlanden in so beeindruckender Manier, daß ihm zweifelsohne das Regenbogentrikot gebührte: Leontien van Moorsel. Die 21jährige wartete bis zur dritten Runde, ließ sich durch eine zwischenzeitliche Attacke des Terzetts Maria-Paola Turcotto (Italien), Karin Skibby (Dänemark) und Petra Walczewski (Schweiz) nicht irritieren, und fuhr dann am Berg unwiderstehlich davon.

Kurz vor dem Gipfel löste sich auch die hochgewachsene US-Amerikanerin Inga Thompson aus dem Feld. Beide Ausreißerinnen gewannen einzeln schnell einen deutlichen Vorsprung und fuhren dann den Rest der Distanz allein vor dem Pulk. „Ich hatte gehofft, daß Leontien einmal eine Schwäche zeigen und ich sie dann einholen würde", meinte Zopfträgerin Inga Thompson, die schon zweimal mit dem US-Vierer Silbermedaillen gewonnen, aber sich diesmal ganz auf das Einzelrennen konzentriert hatte.

Doch die Holländerin war nicht zu stoppen. „Nach der schweren Tour de l'Aude, die ich vor Catherine Marsal und Inga Thompson gewann, habe ich fast nur noch in den Bergen bei uns in Limburg und in den Ardennen trainiert", erklärte der schwarzhaarige, hübsche Schützling von Landestrainer Piet Hoekstra. „Mein Trainingsaufbau war anders als in den zurückliegenden Jahren, deshalb kam ich auch nicht auf der Bahn zurecht und verzichtete ganz auf den Straßenvierer."

Die Vorbereitung der Weltmeisterin war bereits von der heute üblichen Professionalität gekennzeichnet. Sie arbeitete im Winter in einem Supermarkt und nahm dann für die Radsaison frei. Da konnten Erfolge nicht ausbleiben. Unmittelbar vor den Weltmeisterschaften von Stuttgart hatte sie die Tour de France feminin vor Jeannie Longo gewonnen, in der nachfolgenden EG-Rundfahrt wurde sie Zweite.

Ihrem spektakulären Erfolg in der Tour de France feminin folgten auch die Siege in den nächsten beiden Jahren, wie auch der erneut erfolgreiche Griff nach dem Regenbogentrikot bei der Straßen-WM 1993 in Oslo.

Ruhig und gefaßt nach großer Leistung:Gianni Bugno. Der Weltmeister war im gleichen Jahr Zweiter der Tour de France hinter Indurain, Vierter des Giro d'Italia und italienischer Strassenmeister geworden.

Bugno brachte Tifosi zum Rasen

Schon viele Meter vor dem Ziel riß Gianni Bugno die Arme im Zeichen des sicheren Sieges empor. Weltmeister! Ein großer Traum war für den 25jährigen Azzurri, der am 14. Februar 1964 im schweizerischen Brugg geboren wurde, in Erfüllung gegangen.

Und er löste riesigen Jubel aus bei Tausenden Tifosis, die kaum noch hinter den Absperrungen vor der Hanns-Martin-Schleyer-Halle zu halten waren. Alle wollten ihrem Landsmann, ihrem Helden Gianni, die Hand reichen, ihm zuwinken oder ihn wenigstens aus der Nähe sehen. Denn sie waren in Italiens großer Stunde in Stuttgart dabei. Forza Italia!

In dem Trubel gingen die anderen Asse fast unter. Dabei hatte Gianni Bugno erst auf den letzten hundert Metern des kräftezehrenden Endspurts den entscheidenden Zwischenraum zwischen Weltmeistertitel und die anderen Medaillenplätze gelegt, und den bis zum letzten Zentimeter kämpfenden Niederländer Steven Rooks, Spaniens Radidol Miguel Indurain sowie den Kolumbianer Alvaro Mejia, der schon bei der Tour de France bester Nachwuchsfahrer gewesen war, auf die Plätze verwiesen.

Und nur elf Sekunden, nachdem sich der Schwarzschopf Bugno den Titel gesichert hatte, preschten schon die Verfolger heran. Aus der 26 Fahrer starken Gruppe mit einem ganzen Dutzend an Favoriten gewann der Deutsche Kai Hundertmarck nach gutem Zusammenspiel mit Rolf Gölz den Spurt und plazierte sich vor dem Dänen Bjarne Rijs als überraschender Fünfter des Championats.

Auf solch gute Plazierung eines deutschen Fahrers hatte man in Stuttgart gehofft, aber lange warten müssen. Nach Weltmeister Rudi Altig, der seine Laufbahn 1966 auf dem Nürburgring krönte, hatte es bis Stuttgart nur zwei Medaillen gegeben, die der Frankfurter Didi Thurau in seinem großen Jahr 1977 in San Cristobal sowie 1979 in Valkenburg gewonnen hatte. Darüber hinaus war es nur Rolf Gölz und Hartmut Bölts vergönnt, in der Straßen-Weltmei-

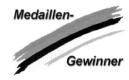

Medaillen-

Gewinner

Straßenrennen

Stuttgart, Stadtkurs

BERUFSFAHRER

1. Gianni Bugno
   (Italien)
2. Steven Rooks
   (Niederlande)
3. Miguel Indurain
   (Spanien)

*Der Endspurt der Profi-
Weltmeisterschaft 1991
vor der Hanns-Martin-
Schleyer-Halle: Gianni
Bugno gewinnt mit einer
Vorderradlänge vor
dem Holländer Steven
Rooks (rechts) und dem
spanischen Tour-Sieger
Miguel Indurain.*

*Angenehme Überra-
schung: Kai Hundert-
marck Fünfter!*

sterschaft gegen die internationale Elite Achtungs-erfolge zu erzielen. Sie erkämpften in den Jahren 1987 und 1988 jeweils den vierten Platz.

Insgesamt 195 Fahrer aus 26 Ländern hatten die 252,8 Kilometer auf dem Stadtkurs von Stuttgart in Angriff genommen. Unter ihnen der Titelverteidiger Rudy Dhaenens aus Belgien und das von Rudi Altig betreute deutsche Team mit dem Deutschen Meister Falk Boden sowie mit den bei der Tour de France so positiv aufgefallenen Olaf Ludwig, Remig Stumpf, Andreas Kappes, Uwe Raab, Uwe Ampler und Dominik Krieger. Dazu kamen Rolf Aldag, Rolf Gölz, Jens Heppner, Mario Kummer und der deutsche Vizemeister Kai Hundertmarck.

In der zehnten Runde hatte sich eine sechsköpfige Spitze mit Rolf Aldag, dem französischen Champion Arman de la Cuevas, dem Schweizer Pascal Richard, Edwig van Hooydonck (Belgien) und den Italienern Claudio Chiapucci und Massimiliano Lelli abgesetzt, in der man vor allem dem Kletterer

Chiapucci gute Chancen einräumte. Doch diese Sechs hatten ebensowenig Erfolg, wie wenig später ein Quintett mit Tony Rominger, Marino Lajaretta, Pjotr Ugrjumow, Adrie van der Poel und Dirk de Wolf. Erst in der 14. Runde bildete sich nach 210 gefahrenen Kilometern eine 34 Fahrer starke Spitzengruppe, aus der heraus auch die Entscheidung fiel. Von den Deutschen kamen neun Fahrer ins Ziel, während viele Prominente ausstiegen. Wie auch Exweltmeister Greg Lemond. Der US-Amerikaner quittierte mit einem „Sorry. Ich war nicht gut genug für diesen schweren Kurs" sein Ausscheiden.

Daß sich Bugnos gute Vorbereitung in der Tour de France auszahlte, hatte der Azzurri unmittelbar vor der Weltmeisterschaft mit dem Sieg im Weltcuprennen in San Sebastian bewiesen, das er im Alleingang gewonnen hatte. Und - daß der WM-Sieg keine „Eintagsfliege" war, zeigte Gianni Bugno schließlich auch bei der erfolgreichen Titelverteidigung 1992 im spanischen Benidorm!

Petra Roßner
Olympiasiegerin 1992 und Weltmeisterin 1991 im Verfolgungsfahren

BDR-Bahnvierer
Olympiasieger 1992 und Weltmeister 1991 (Foto Barcelona: Jens Lehmann, Guido Fulst, Michael Glöckner, Stefan Steinweg)

BDR-Straßenvierer
Olympiasieger 1992 in Barcelona (Bernd Dittert, Christian Meyer, Uwe Peschel, Michael Rich)

Jan Ullrich
Straßen-Weltmeister der Amateure 1993 in Oslo Weltmeister der Elite im Einzelzeitfahren 1999 in Treviso

BDR-Sprintteam
Weltmeister 1995 im Olympischen Sprint (Sören Lausberg, Michael Hübner, Jens Fiedler)

Michael Hübner
Weltmeister im Sprint 1986, 1990, 1992; im Keirin 1990 - 1992, im Olympischen Sprint 1995

Statistischer Teil

1. Ausführlicher Ergebnisspiegel aller Rennsport-Weltmeisterschaften in Deutschland
2. Erfolge der deutschen Asse des Rennsports im Wettstreit mit der internationalen Spitzen-klasse bei Olympischen Spielen und Weltmeisterschaften
3. Die deutschen Medaillen-gewinner von A bis Z

Köln 1895

**Weltmeisterschaften vom
17. - 19. August 1895 in Köln-Riehl
Radrennbahn Sportplatz, Mülheimer Straße
Länder: 11**

Bahnradsport

BERUFSFAHRER

Fliegerrennen über 1 englische Meile

Vorläufe
1. Lauf (fliegender Start): 1. Geo Banker (USA) 2:46,6 Min. vor Emile Huet, Robert Protin (beide Belgien) und Hans Hofmann (D - München).
2. Lauf (stehender Start): 1. Oscar Rosenstengel (D - Hannover) 2:47,0 Min. vor Carl Weeck (D - Dortmund) und Franz Gerger (Österreich).

Endlauf: 1. Robert Protin 2:31,0 Min. vor Geo Banker 1 Länge zurück, Emile Huet, Oscar Rosenstengel und Carl Weeck.

Endstand:
1. Robert Protin (Belgien)
2. Geo Banker (USA)
3. Emile Huet (Belgien)
4. Oscar Rosenstengel (D - Hannover)
5. Carl Weeck (D - Dortmund)

Steherrennen über 100 Kilometer

Endlauf:
1. Jimmi Michael (England)   2:24:58 Std.
2. Henri Luyten (Belgien)
3. Hans Hofmann (D - München)
4. Franz Gerger (Österreich)
Aufgegeben: Ludwig Opel (D - Rüsselsheim)

AMATEURE

Fliegerrennen über 1 englische Meile

Vorläufe
1. Lauf: 1. Jaap Eden (Holland) 2:47,8 Min. vor Henri J. Gorter (Holland). 2. Lauf: 1. F.A. Weatherley (England) 2:52,4 Min. vor Henry Podevyn (Belgien). 3. Lauf: 1. Ingeman Petersen (Dänemark) 2:53,2 Min. vor P.W. Scheltema-Beduin (Holland). 4. Lauf: 1. Arthur John Charry (England) 3:02,4 Min. vor A.J. Watson (England). 5. Lauf: 1. Edwin Schrader (Dänemark) 3:01,4 Min. vor Wilhelm Henie (Norwegen). 6. Lauf: 1. Jean Schaaf (D - Köln) 2:34,8 Min. vor Willem Beisenherz (Holland). 7. Lauf: 1. E. Scott (England) vor Paul Langeveld (Holland).

Zwischenläufe
1. Lauf: 1. Eden 2:15,4 Min. vor Henie; unplaziert: Weatherley, Beisenherz, Scott. 2. Lauf: 1. Petersen 2:51,4 Min. vor Charry; unplaziert: Podevyn, Gorter, Langeveld. 3. Lauf: 1. Schaaf 2:44,2 Min. vor Watson; unplaziert: Schrader, Scheltema-Beduin.

Endlauf: 1. Eden 2:38,6 Min. vor Petersen 2 Längen zurück, Schaaf und Henie (gestürzt).

Endstand:
1. Jaap Eden (Holland)
2. Christian Ingeman Petersen (Dänemark)
3. Jean Schaaf (D - Köln)
4. Wilhelm Henie (Norwegen)

Steherrennen über 100 Kilometer

Endlauf:
1. Matthieu Cordang (Holland)   2:33:48 Std.
2. Kees Witteveen (Holland)
3. Wihelm Henie (Norwegen)
4. V. Willadsen (Dänemark)
5. Otto Stein (D - Köln)

Ausgeschieden: E. Scott (England) Sturz und Schulterbruch (nach Zusammenprall mit einem Funktionär, der die Bahn überquerte).

Weltmeisterschaften

Berlin 1901

**Weltmeisterschaften vom
7. - 14. Juli 1901 in Berlin
Radrennbahn im Sportpark Friedenau
Länder: 10**

Bahnradsport

BERUFSFAHRER

Meisterschaft der Welt über 100 Kilometer

Ehrenpreise: 1000, 800, 400, 200 und 100 Mark, außerdem 4 Medaillen in Gold und Silber.

Entscheidung:

1. Thaddäus Robl (D - München)	1:38:06 1/5 Std. *Deutscher Rekord*
2. Piet Dickentman (Holland)	12 1/2 Runden zur.
3. Fritz Ryser (Schweiz)	21 1/2 Runden zur.
4. Max Heiny (D - Berlin)	31 Runden zur.

Nicht plaziert: Franz Krause (D - Berlin)
Gestürzt: Emile Bouhours (Frankreich).

Meisterschaft der Welt über 2 Kilometer

Ehrenpreise: Geldpreise von 800, 400, 200 und 100 Mark sowie 4 Medaillen in Gold und Silber.

Vorläufe (über 1000 m)
1. Lauf: 1. Karl Käser (D - Baden) 1:50,4 Min., 2. Ugo Ferrari (Italien), 3. Oskar Peter (D - Berlin); 2. Lauf: 1. Franz Seidl (Österreich) 1:39 Min., 2. Jan Mulder (Holland), 3. Paul Mündner (D - Berlin); 3. Lauf: 1. Walter Rütt (D - Berlin) 2:10 Min., 2. Eros (Italien) 1 1/2 Längen, 3. Paul Bourotte (Frankreich); 4. Lauf: 1. Gustav Schilling (Holland) 2:08, 2 Min., 2. Anton Huber (D - München), 3. Albrecht (D - Hannover); 5.

Lauf: 1. Thorvald Ellegaard (Dänemark) 2:57 Min., 2. Albert Heering (D - Hannover), 3. Emanuel Kudela (Böhmen) ; 6. Lauf: 1. Louis Grogna (Italien) 2:35,8 Min., 2. Heller, 3. Eugen Dirrheimer (Elsaß-Lothringen); 7. Lauf: 1. Willy Arend (D - Hannover) 2:07,2 Min., 2. Umberto Dei (Italien), 3. Hinz (D); 8. Lauf: 1. Edmond Jacquelin (Frankreich) 1:45,8 Min., 2. Otto Mayer (D - Ludwigshafen), 3. Karl Hoffmann (D - Berlin).

Finale der Hoffnungsläufe: 1. Huber vor Bourotte, Heller und Dirrheimer.

Zwischenläufe über 1000 m
1. Lauf: 1. Arend 1:31,3 Min. vor Grogna und Schilling; 2. Lauf: 1. Ellegaard 1:41,0 Min. vor Huber und Rütt; 3. Lauf: 1. Jacquelin 1:51,4 min. vor Seidl und Käser.

Befähigungsläufe über 1000 m
1. Lauf: 1. Schilling 2:15,4 Min. vor Käser und Huber; 2. Lauf: Seidl 2:01,0 Min. vor Grogna und Rütt.
Befähigungsendlauf: 1. Schilling 2:37,4 Min. vor Grogna (Handbreite), Seidl und Käser.

Endlauf über 2000 m: 1. Ellegaard 3:29,2 Min., 2. Jacquelin 1 Länge zurück, 3. Schilling 1 1/2 Längen, 4. Arend 2 Längen.

Endstand:
1. Thorvald Ellegaard (Dänemark)
2. Edmond Jacquelin (Frankreich)
3. Gustav Schilling (Holland)
4. Willy Arend (D - Hannover)

AMATEURE

Meisterschaft der Welt über 2 Kilometer

Ehrenpreise: 4 Medaillen in Gold und Silber.

Sieger der 11 Vorläufe:
Damm (D - Leipzig), Legrain (Frankreich), Heinrich Struth (D -Mainz), Rudolf Vejtruba (Böhmen), Baessler (D - Hannover), Wilhelm Kritzmann (D - Erfurt), Einar Mortensen (Dänemark), Frank Denny (USA), Albert Leopold (D - Hannover), Enrico Brusoni (Italien), Emile Maitrot (Frankreich).

Hoffnungslauf für die 2. der Vorläufe: 1. Eddy Geldermann (Holland).

Befähigungsläufe
1. Lauf: 1. Maitrot vor Geldermann, Leopold und Damm. 2. Lauf: 1. Denny vor Brusoni, Struth und Mortensen. 3. Lauf: Vejtruba vor Legrain und Baessler.

Befähigungsendlauf: 1. Struth.

Entscheidung (2000 m): 1. Maitrot 5:10 Min., 2. Vejtruba Handbreite zurück, 3. Struth 1/2 Länge, 4. Denny 1 Länge.

Endstand:
1. Emile Maitrot (Frankreich)
2. Rudolf Vejtruba (Böhmen)
3. Heinrich Struth (D - Mainz)
4. Frank Denny (USA)

Meisterschaft der Welt über 100 Kilometer
Ehrenpreise: 4 Medaillen in Gold und Silber.

Entscheidung:
1. Heinrich Sievers (D - Berlin)	1:44:89 Std.
2. Bruno Salzmann (D - Heidelberg)	650 m zurück
3. Alfred Görnemann (D - Berlin)	15 Runden zurück
4. Henriet (Frankreich)	17 Runden zurück

Aufgegeben: Theodor Kögel (D - Mannheim) nach 45 km, Chapperon (Frankreich) nach 60 km, B. de Guichard (Frankreich) nach 90 km.

Weltmeisterschaften

Berlin 1902

Bahn-Weltmeisterschaften am 22. Juni 1902
in Berlin
Radrennbahn im Sportpark Friedenau
Länder: 5

Bahnradsport

BERUFSFAHRER

Meisterschaft der Welt über 100 Kilometer

Entscheidung:
1. Thaddäus Robl (D - München)	1:24:23,9 Std.
2. Emile Bouhours (Frankreich)	5.900 m zurück
3. Edouard Taylor (Frankreich)	19.500 m zurück

Aufgegeben: Tom Linton (England), Piet Dickentman (Holland)
Gestürzt: Fritz Ryser (Schweiz)

AMATEURE

Meisterschaft der Welt über 100 Kilometer

Endlauf:
1. Alfred Görnemann (D - Berlin)	1:42:19,1 Std.
2. Willy Keller (D - Berlin)	7 Runden zurück
3. Johann Dielhe (Holland)	20 ½ Runden zurück

Weltmeisterschaften

Berlin 1908

**Bahn-Weltmeisterschaften am
30. Juli und 2. August 1908 in Berlin
Radrennbahn im Sportpark Steglitz
Länder: 9**

Bahnradsport

BERUFSFAHRER

Weltmeisterschaft über 100 km
Rollenabstand 20 cm hinter dem Hinterrad
Erster Preis Goldene Medaille und 1000 Francs, 2. Preis 500 Francs, 3.
Preis 250 Francs, 4. Preis 150 Francs

Endlauf:

1. Fritz Ryser (Schweiz)	1:22:03,2 Std.
2. Eugenio Bruni (Italien)	2.100 m zurück
3. Arthur Vanderstuyft (Belgien)	3.580 m zurück
4. Georges Parent (Frankreich)	6.370 m zurück
5. Richard Scheuermann (D - Breslau)	8.200 m zurück
6. Arthur Stellbrink (D - Berlin)	15.300 m zurück
7. Jim Bedell (USA)	
8. Curt Rosenlöcher (D - Dresden)	

Aufgegeben: Bruno Demke (D - Berlin), Faxoe (Dänemark).

Weltmeisterschaft im Sprint
Ehrenpreise: 1. Preis Goldene Medaille und 1000 Francs, 2. Preis 500
Francs, 3. Preis 250 Francs

Vorläufe (über 1000 m)
1. Lauf: 1. Guus Schilling (Holland) 1:21,6 Min., 2. Anteo Carapezzi
(Italien); 2. Lauf: 1. Otto Meyer (D - Ludwigshafen) 1:25,8 Min., 2. Iwan
Nedela (Österreich); 3. Lauf: 1. Thorvald Ellegaard (Dänemark), 2.

Richard Scheuermann (D - Breslau); 4. Lauf: 1. Willy Arend (D -
Hannover) 1:32 Min, 2. Paul Bruns (D - Magdeburg); 5. Lauf: 1. Leon
Hourlier (Frankreich), 2. Eugen Stabe (D - Berlin); 6. Lauf: 1. Charles-
Louis van den Born (Belgien) 1:29,2 Min., 2. Willy Bader (D - Berlin);
7. Lauf: 1. Clemens Schürmann (D - Münster), 2. Edmond Jacquelin
(Frankreich); 8. Lauf: 1. Gabriel Poulain (Frankreich) 2:01,4 Min., 2.
Emil Dörflinger (Schweiz).

Hoffnungslauf: 1. Bader 1:46, 4 Min., 2. Julius Bettinger (D - Ludwigshafen), 3. Carapezzi.

Zwischenläufe
1. Lauf: 1. Ellegaard, 2. Arend, 3. Schürmann; 2. Lauf: 1. Van den Born
1:34,6 Min., 2. Hourlier, 3. O.Meyer; 3. Lauf: 1. Poulain 1:47,4 Min., 2.
Schilling, 3. Bader.

Endlauf: 1. Ellegaard 1:52,6 Min., 2. Poulain , 3. Van den Born.

Endstand:
1. Thorvald Ellegaard (Dänemark)
2. Gabriel Poulain (Frankreich)
3. Charles-Louis van den Born (Belgien)

In den Anfangsjahren des 20. Jahrhunderts entdeckte die Industrie den Radsport als werbewirksame Sportart. Zahlreiche Fahrradfabriken standen im Wettbewerb und unterhielten zeitweilig große Rennställe mit namhaften Fahrern aus dem In- und Ausland. Auch „Brennabor" aus Brandenburg/Havel gehörte zu den bekannten Markenfirmen.

Weltmeisterschaften
Leipzig 1908

Bahn-Weltmeisterschaften der Amateure am 26. Juli 1908 in Leipzig
Radrennbahn Sportpark Lindenau
Länder: 8

Bahnradsport

AMATEURE

Weltmeisterschaft im Sprint

Vorläufe (über 1000 m)
1. Lauf: 1. Karl Neumer (D - Dresden) vor Danny Flynn (England), Paul Teixier (Frankreich), J. Matthews (England), Einar Uttenthal (Dänemark), Alfred Wegener (D - Berlin) und Cesare Zanzottera (Italien).
2. Lauf: 1. Andre Auffray (Frankreich) vor Jacobus Brunt (Holland), Max Goetze (D - Berlin), Robert Güntzel (D - Leipzig), Paul Petzold (D - Dresden) und Theo Weiss (D - Breslau).
3. Lauf: 1. G.F. Summers (England) vor Paul Altwein (D - Weimar), Andrew Hanson (Schweden), Hermann Martens (D - Berlin-Friedenau), Laurent Renart (Belgien) und Erich Schreiber (D - Berlin).
4. Lauf: 1. Benjamin Jones (England) vor Bruno Goetze (D - Berlin), Josef Jacobi (D - Nürnberg), Erik Kjeldsen (Dänemark), Emile Marechal (Frankreich) und Rudolf Niemann (D - Leipzig).
5. Lauf: 1. Emile Demangel (Frankreich) vor John S. Campe (Schweden), Richard Katzer (D - Berlin-Friedenau), C.F. Kingsbury (England), Carl-Theodor Protzen (D - Leipzig), Jean Stöcker (D - Köln) und Walter Schindler (D - Leipzig).
6. Lauf: 1. V.L. Johnson (England) vor Maurice Schilles (Frankreich), Georg Heidenreich (D - Breslau), Erich Möder (D - Berlin), Walter Reinecke (D - Halle) und Franz Tamphal (D - Berlin).

Sieger der beiden Hoffnungsläufe: Br. Goetze und Schilles.

Zwischenläufe
Sieger wurden: Johnson, Jones, Demangel.

Endlauf (über 2000 m): 1. Johnson 2:12,4 Min., 2. Jones, 3. Demangel.

Endstand:
1. Victor L. Johnson (England)
2. Benjamin Jones (England)
3. Emile Demangel (Frankreich)

Weltmeisterschaft über 100 Kilometer

Entscheidung:
1. Leon Meredith (England)	1:28:34,8 Std.
2. Gustav Janke (D - Berlin)	2.000 m zurück
3. Leon Vanderstuyft (Belgien)	18 Runden zurück
4. Reinhold Herzog (D - Leipzig)	32 Runden zurück
5. Alwin Boldt (D - Berlin)	33 Runden zurück

Aufgegeben: Otto Schubert (D - Halle), Ewald Redam (D - Dresden).

Inoffizielle Weltmeisterschaften 1911 in Dresden

Radrennbahn Dresden-Reick
2. – 11. September 1911

Bahnradsport

BERUFSFAHRER

Sprint

1. Otto Meyer (D – Ludwigshafen)
2. Walter Rütt (D – Berlin)
3. Oscar Peter (D – Berlin)

Steherrennen über 100 km

1. Peter Günther (D – Köln)	
2. Richard Scheuermann (D – Breslau)	1900 m zurück
3. Victor Linart (Belgien)	3600 m zurück
4. Albert Schipke (D - Berlin)	4440 m zurück
5. Richard Graf (D - Dresden)	8500 m zurück

Aufgegeben: Bruno Demke (D - Berlin) bei km 77.

AMATEURE

Sprint
1. Christel Rode (D - Hamburg)
2. Erich Möder (D – Berlin)
3. Otto Gesche (D – Berlin)

Steherrennen über 100 km
1. Heinrich Arens (D – Köln)	1:29:57,8 Std.
2. Jean Weiß (D - Frankfurt/M)	1970 m zurück
3. Beck (Polen)	5360 m zurück
4. Richard Schröter (D - Dresden)	8530 m zurück
5. Piotr Oswian (Rußland)	12850 m zurück

Aufgegeben: Alex Beyer (D - Dresden) gestürzt, Drescher (D).

Weltmeisterschaften

Leipzig 1913

Bahn-Weltmeisterschaften der Berufsfahrer
am 28. und 31. August 1913 in Leipzig
Radrennbahn Sportplatz Lindenau
Länder: 8

Bahnradsport

BERUFSFAHRER

Weltmeisterschaft im Sprint

Ehrenpreise: 1. Preis Schärpe der UCI und 1000 Mark, 2. Preis 800 Mark, 3. Preis 400 Mark, 4. Preis 200 Mark (die in den Zwischenläufen ausgeschiedenen Fahrer erhielten für Platz 2 jeweils 80 Mark, für Platz 3 jeweils 40 Mark)

Vorläufe
1. Lauf: 1. Thorvald Ellegaard (Dänemark) 1:22,2 Min. vor Willy Bader (D - Berlin), nicht plaziert: Fritz Finn (D - Anklam), Otto Freiwald (D - Berlin), Walter Behrendt (D - Berlin), Richard Zschernig (D - Leipzig) und Eugen Linsener (D - Berlin).
2. Lauf: 1. Clemens Schürmann (D - Münster) 1:34,3 Min. vor Emile Friol (Frankreich), unplaziert: Jony Bockholt (D - Hamburg), Anteo Carapezzi (Italien), Thomas Ganzevoort (D - Berlin), Richard Großmann (D - Berlin), Albert Menke (D - Hannover) und Paul Passenheim (D - Berlin).
3. Lauf: 1. Leon Hourlier (Frankreich) 1:30,1 Min. vor Willy Techmer (D - Berlin), unplaziert: Paul Gottesleben (D - Berlin), Georg Einsiedel (D - Altenburg), Adolf Rädlein (D - Hamburg) und Artur Süßmilch (D - Berlin).
4. Lauf: 1. Andre Perchicot (Frankreich) 1:21,1 Min. vor Willy Lorenz (D - Berlin), unplaziert: Walter Ehlert (D - Berlin), Hans Hailmann (D - Nürnberg), Otto Rosenfeld (D - Nietleben), Gustav Schilling (Holland), Arthur Tetzlaff (D - Berlin) und Sydon Jenkins (England).

5. Lauf: 1. Otto Meyer (D - Ludwigshafen) 1:18,4 Min. vor Oskar Peter (D - Berlin), unplaziert: van Bever (Belgien), Albert Hiepel (D - Berlin), Franz Krupkat (D - Berlin), Otto Michaelis (D - Magdeburg) und Carl Rudel (D - Berlin).
8. Lauf: 1. Walter Rütt (D - Berlin) 1:19,2 Min. vor Oskar Schwab (USA) und A. Polledri (Italien) - totes Rennen auf Platz 2 !, unplaziert: Ernst Krahner (D - Berlin), Karl Müller (D - Berlin), Willy Sennecke (D - Berlin) und Max Vierk (Berlin).

Hoffnungsläufe
1. Lauf: 1. Lorenz vor Wegener und Tetzlaff; 2. Lauf: 1. Krahner vor Bader und Ganzevoort; 3. Lauf: 1. Schilling vor Techmer und Pawke; 4. Lauf: 1. Friol vor E.Otto und Schwab; 5. Lauf: 1. Peter vor Finn und Freiwald; 6. Lauf: 1. Moretti vor Gottesleben und Behrendt; 7. Lauf: 1. Senecke vor Gardellin und Kudela; 8. Lauf: 1. Polledri vor Hoffmann und Fr.Meyer.

Hoffnungs-Zwischenläufe
1. Lauf: 1. Lorenz 1:27,3 Min. vor Schilling, unplaziert: Peter und Moretti; 2. Lauf: Friol 1:33,0 Min. vor Polledri, unplaziert: Sennecke und Krahner.

Hoffnungslauf: 1. Emile Friol (Frankreich) 1:30,4 Min. vor Willy Lorenz (Berlin), A. Polledri (Italien) und Gustav Schilling (Holland).

Zwischenläufe
1. Lauf: 1. Walter Rütt (D - Berlin) 2:41,0 Min. (letzte 200 m in 12,2 s), 2. Emile Friol (Frankreich), 3. Eugen Stabe (D - Berlin); 2. Lauf: 1. Thorvald Ellegaard (Dänemark) 2:10,2 Min. (12,1 s), 2. Jean Hourlier (Frankreich), 3. Clemens Schürmann (D - Münster); 3. Lauf: 1. Andre Perchicot (Frankreich) 2:22,2 Min., 2. Otto Mayer (D - Ludwigshafen), 3. Gabriel Poulain (Frankreich).

Endlauf: 1. Rütt 2:19,3 Min. (12,1 s), 2. Ellegaard 1 Länge zurück, 3. Perchicot.

Endstand:
1. Walter Rütt (D - Berlin)
2. Thorvald Ellegaard (Dänemark)
3. Andre Perchicot (Frankreich)

Weltmeisterschaft der Steher über 100 Kilometer

Ehrenpreise: 1. Preis goldene Medaille und UCI-Schärpe sowie Ehrenpreis der Stadt Leipzig und 800 Mark, 2. Preis 400 Mark, 3. Preis 200 Mark.

Vorläufe über 50 km
1. Lauf: 1. Paul Guignard (Frankreich) 36:44,1 Min. vor Paul Thomas (D – Breslau) und Anton Timmermans (Holland); ausgeschieden: Arthur Stellbrink (D – Berlin) nach Reifenschaden; die gemeldeten Fahrer Arthour Shepard (Australien) und Heinrich Arens (D – Köln) starteten nicht.
2. Lauf: 1. Victor Linart (Belgien) 36:27,4 Min. vor Richard Scheuermann (D – Breslau) und Hans Lange (D - Erfurt); aufgegeben: Georges Serés (Frankreich) und Bruno Demke (D – Berlin).
3. Lauf: 1. Robert Walthour (USA) 36:23,3 Min. vor Jules Miquel (Frankreich), Albert Schipke (D – Berlin) und Walter Ebert (D – Leipzig); aufgegeben: Gustav Janke (D – Berlin)
4. Lauf: 1. Piet van Nek (Holland) 36:58,3 Min, vor Peter Günther (D – Köln) und Carl Saldow (D – Berlin) Motordefekt; nicht plaziert: Tommy Hall (England) und Jakob Esser (D – Köln).

Endlauf über 100 Kilometer:

1. Paul Guignard (Frankreich)	1:16:26,1 Std.
2. Jules Miquel (Frankreich)	1.400 m zurück
3. Richard Scheuermann (D - Breslau)	3.550 m zurück
4. Paul Thomas (D - Breslau)	15 Runden zurück

Ausgeschieden: Victor Linart (Belgien), Carl Saldow (D - Berlin), Robert Walthour (USA), Piet van Nek (Holland).

Weltmeisterschaften
Berlin 1913

Bahn-Weltmeisterschaften der Amateure
am 23. und 24. August 1913 in Berlin
Radrennbahn Deutsches Stadion, Grunewald
Länder: 10

Bahnradsport

AMATEURE

Weltmeisterschaft im Sprint

Vorläufe
1. Lauf: 1. Axel Benschek (D - Berlin) vor Alwin Hellwig (D - Charlottenburg) und Willy Boldt (D - Charlottenburg), unplaziert: F. Burno (Rußland/eigentlich Polen: Lodz); 2. Lauf: 1. Henri Bellivier (Frankreich) vor M. Kath (D - Berlin) und Erich Möder (D - Charlottenburg), unplaziert: A. Vass (Ungarn), A. Maurer (Rußland), Otto Klimpke (D - Berlin) , Max Goetze (D - Berlin); 3. Lauf: 1. William Bailey (England) vor Georg Heidenreich (D - Breslau) und Erich Liebenow (D - Berlin), unplaziert: Oswald Müller (Rußland), R. Gottschalk (D - Charlottenburg), A. Biele (D - Berlin); 4. Lauf: 1. Christel Rode (D - Mainz) vor H.E. Ryan (England) und Bruno Schmidt (D - Reinickendorf), unplaziert: Pawel Müller (Rußland), Otto Dobbrack (D - Berlin), Fritz Nagler (D - Berlin), F. Zöllner (D - Berlin-Reinickendorf); 5. Lauf: 1. T.M. Bancroft (England) vor Kurt Schmitchen (D - Berlin) und Schimski (Rußland), unplaziert: A. Bergner (D - Berlin), Max Hansen (D - Berlin-Mariendorf), W. Hanold (D - Berlin), W. Goldmann (D - Schöneberg); 6. Lauf: 1. W. Schönerstedt (Rußland) vor Fritz Schrefeld (D - Berlin-Neukölln) und S. Fowler (Belgien), unplaziert: E.Schmidt (D - Berlin), Fritz Schulz (D - Berlin), H. Otto (D - Berlin), R. Lanner (D - Köln); 7. Lauf: 1. Ernst Kaufmann (Schweiz) vor A.J. Taylor (Neuseeland) und Otto Genz (D - Berlin), unplaziert: M. Büttner (D - Berlin), H. George (Belgien), Georg Dumke (D - Berlin), Max Adomat (D - Berlin-Niederschönhausen); 8. Lauf: 1. Erik Kjeldsen

(Dänemark) vor Kurt Arnold (D - Erfurt) und Willy Pönichen (D - Charlottenburg), unplaziert: Attila Havasy (Ungarn), Albert Dobbrack (D - Berlin).

Hoffnungsläufe
1. Lauf: 1. Osw. Müller (Rußland), unplaziert: Burno, Schröder, Hellwig
2. Lauf: 1. Liebenow, unplaziert: Gottschalck, Heidenreich, Schinski;
3. Lauf: 1. Max Hansen, unplaziert: Bergner, Goldmann; 4. Lauf: 1. Taylor, unplaziert: Dumke, George, Adomat; 5. Lauf: 1. Ryan , unplaziert: Mauer, Pönichen, Goetze; 6. Lauf: 1. Fowler, unplaziert: Nagler.

Hoffnungszwischenläufe:
1. Lauf: 1. Ryan, 2. Liebenow, 3. Osw. Müller ; 2. Lauf: 1. Sasso (Italien), 2. Taylor, dahinter: Schrefeld, Hansen.
Hoffnungsendlauf: 1. Ryan, 2. Sasso, 3. Liebenow; unplaziert: Taylor.

Zwischenläufe
1. Lauf: 1. Bailey, 2. Benscheck, 3. Kaufmann; 2. Lauf: 1. Ryan, 2. Bellivier, 3. Schönerstädt; 3. Lauf: 1. Rode, 2. Kjeldsen, 3. Bancroft (distanziert, weil er Rode aus der Bahn gedrückt hatte).

Endlauf über 1000 m:
1. Bailey 1:52,8 Min., 2. Ryan, 3. Rode.

Endstand:
1. William J. Bailey (England)
2. E.F. Ryan (England)
3. Christel Rode (D - Mainz)

Weltmeisterschaft über 100 km

Entscheidung:
1. Leon Lewis Meredith (England)   1:27:58,8 Std.
2. Axel Beyer (D - Dresden)   2.080 m zurück
3. Cornelius Blekemolen (Holland)   4.200 m zurück
4. Henri Fossier (Frankreich)   6.100 m zurück
5. Walter Teichert (D - Charlottenburg)
6. Charles H. Bartlett (England)

Weltmeisterschaften im Bahn- und Straßenradsport in Köln, Elberfeld und Adenau vom 17. - 24. Juli 1927
Länder: 16

Bahnradsport

Köln, Radstadion Köln-Müngersdorf

AMATEURE

Weltmeisterschaft im Sprint
(17. Juli 1927)

Ausscheidungsläufe
1. Lauf: Albert Debunne (Belgien) 15,2 s vor Robert Pluhme (Lettland) und Eigner (Ungarn); 2. Lauf: August Schaffer (Österreich) 13,0 s vor Charles Abbeglen (Schweiz) und Sibbit (England); 3. Lauf: Kurt Einsiedel (D - Dresden) 13,3 s vor Pryor (England); 4. Lauf: Willy Falck-Hansen (Dänemark) 12,2 s vor Franciszek Szymczyk (Polen) und Luigi Tasselli (Italien); 5. Lauf: Leon Galvaing (Frankreich) 13,0 s vor Walter Knabenhans (Schweiz) und Jan Zybert (Polen); 6. Lauf: Fritz Graue (D - Berlin) 12,3 s vor C. Piets (Holland) und Amedeo Boiocchi (Italien); 7. Lauf: Antoine Mazairac (Holland) 13,0 s vor Vida (Ungarn); 8. Lauf: White (England) 12,4 s vor Arthur Szmidt (Polen); 9. Lauf: Mathias Engel (D - Köln) 12,3 s vor Robert Jensen (Dänemark) und Bassi (Italien); 10. Lauf: Roger Beaufrand (Frankreich) 12,4 s vor Gerard Bosch van Drakestein (Holland); 11. Lauf: Gerard Leene (Holland) 12,4 s vor Theaker (England); 12. Lauf: Peter Steffes (D - Köln) 13,3 s vor Frantisek Martinek (Tschechoslowakei).

Hoffnungsläufe
1. Lauf: Abbeglen 13,0 s vor Sibbit, Pryor, Eigner und Einsiedel; 2. Lauf: Tasselli 13,0 s vor Piets, Knabenhans, Szymczyk und Zybert;

3. Lauf: Jensen 12,4 s vor Szmidt und Bassi (Vida nicht angetreten);
4. Lauf: Bosch van Drakestein 12,3 s vor Boiocchi, Theaker und Martinek.

Vorläufe
1. Lauf: Steffes 13,1 s vor Debunne; 2. Lauf: Falck-Hansen 12,4 s vor Abbeglen; 3. Lauf: Galvaing 12,4 s vor Schaifer; 4. Lauf: Beaufrand 12,2 s vor Einsiedel; 5. Lauf: Engel 12,2 s vor Bosch van Drakestein; 6. Lauf: Tasselli 12,4 s vor Mazairac; 7. Lauf: Graue 13,2 s vor White; 8. Lauf: Jensen 12,4 s vor Leene.

Zwischenläufe (Viertelfinale)
1. Lauf: Steffes 12,2 s vor Galvaing; 2. Lauf: Falck-Hansen 12,3 s vor Graue; 3. Lauf: Beaufrand 12,2 s vor Tasselli; 4. Lauf: Engel 12,4 s vor Jensen.

Vorentscheidungen (Halbfinale)
1. Lauf: Falck-Hansen 13,0 s vor Steffes; 2. Lauf: Engel 12,2 s vor Beaufrand.

Endläufe
Finale um Platz 3-4: Steffes 13,4 s vor Beaufrand;
Finale um Platz 1-2: Engel 12,2 s vor Falck-Hansen.

Endstand:
1. Mathias Engel (D - Köln)
2. Willy Falck-Hansen (Dänemark)
3. Peter Steffes (D - Köln)
4. Roger Beaufrand (Frankreich)

BERUFSFAHRER

Weltmeisterschaft im Sprint
(20. Juli 1927)

Ausscheidungsläufe
1. Lauf: Lucien Faucheux (Frankreich) 12,2 s vor Alex Fricke (D - Hannover); 2. Lauf: Ernst Kaufmann (Schweiz) 12,1 s vor Gerard Leene (Holland); 3. Lauf: Lucien Michard (Frankreich) 12,4 s vor Alfred Schrage (D - Berlin) und Robert Spears (Australien); 4. Lauf: Gabriel Poulain (Frankreich) 12,1 s vor Cesare Moretti (Italien) und Paul Oszmella (D - Köln); 5. Lauf: Piet Moeskops (Holland) 12,4 s vor Francesco del Grosso (Italien) und Llorens (Spanien); 6. Lauf: Jaap Meyer (Holland) 13,0 s vor Maurice Schilles (Frankreich) und Brask Andersen (Dänemark); 7. Lauf: William Bailey (England) 12,4 s vor

Alois Degraeve (Belgien) und Willy Lorenz (D - Berlin).
Hoffnungsläufe
1. Lauf: Moretti 14,0 s vor Schrage und Llorens; 2. Lauf: Degraeve 13,0 s vor Spears und Fricke; 3. Lauf: Leene 12,3 s vor Lorenz und Schilles;
4. Lauf: Del Grosso 12,1 s vor Andersen und Oszmella.
Befähigungslauf der Zweiten der Hoffnungsläufe: Lorenz 13,0 s vor Andersen, Schrage und Spears.

Vorläufe
1. Lauf: Jaap Meyer 13,0 s vor Poulain; 2. Lauf: Faucheux 13,0 s vor Leene; 3. Lauf: Michard 13,2 s vor Degraeve; 4. Lauf: Moeskops 12,4 s vor Lorenz; 5. Lauf: Kaufmann 12,0 s vor Del Grosso; 6. Lauf: Bailey 12,2 s vor Moretti.

Befähigungsläufe
1. Lauf: Del Grosso 12,4 s vor Leene und Degraeve; 2. Lauf: Lorenz vor Poulain und Moretti.

Zwischenläufe (Viertelfinale)
1. Lauf: Kaufmann 12,2 s vor Meyer; 2. Lauf: Faucheux 13,1 s vor Bailey; 3. Lauf: Moeskops 13,0 s vor Lorenz; 4. Lauf: Michard 12,4 s vor Del Grosso.

Vorentscheidungen (Halbfinale)
1. Lauf: Kaufmann 12,0 s vor Faucheux; 2. Lauf: Michard 12,1 s vor Moeskops.

Endläufe
Finale um Platz 3-4: Faucheux 12,1 s vor Moeskops.
Finale um Platz 1-2: Michard 12,1 s vor Kaufmann.

Endstand:
1. Lucien Michard (Frankreich)
2. Ernst Kaufmann (Schweiz)
3. Lucien Faucheux (Frankreich)
4. Piet Moeskops (Holland)

Bahnradsport

Weltmeisterschaft der Steher
22. und 24. Juli 1927 – Stadion Elberfeld

Vorläufe über 100 km
1. Lauf: 1. Frans Leddy (Holland) hinter Rijswijk Ceurremans 1:10:10 Std., 2. Victor Linart (Belgien) h. Arthur Pasquier sr. 380 m zurück, 3. Walter Sawall (D - Berlin) h. Ernest Pasquier jr. 405 m zur., 4. Lèon Parisot (Frankreich) h. Requis 560 m zur., 5. G. Läuppi (Schweiz) h. Walter Heßlich bzw. Werner Krüger 3.100 m zur.
2. Lauf: 1. Jean Brunier (Frankreich) h. Leon Didier 1:08:05,6 Std. (Weltrekord), 2. Paul Suter (Schweiz) h. Lawalde 1.530 m zurück, 3. Paul Krewer (D - Köln) h. Christian Junggeburth 3.490 m zur., 4. Leopoldo Toricelli (Italien) h. Cipressi 3.650 m zur., 5. Leon Vanderstuyft (Belgien) h. Walter Gedamke 13.500 m zur; Jan Snoek (Holland) aufgegeben.

Endlauf über 100 km
1. Victor Linart (Belgien)   1:08:43 Std.
SchrittmacherArthur Pasquier sr.
2. Paul Krewer (D - Köln)   180 m zurück
SchrittmacherChristian Junggeburth
3. Walter Sawall (D - Berlin)   490 m zurück
Schrittmacher Ernest Pasquier jr.
4. Paul Suter (Schweiz)   700 m zurück
Schrittmacher Lawalde
5. Jean Brunier (Frankreich)   1.200 m zurück
Schrittmacher Leon Didier
6. Lèon Parisot (Frankreich)   11.450 m zurück
Schrittmacher Requis
Aufgegeben: Frans Leddy (Holland), Leopoldo Toricelli (Italien)

Straßenradsport

Adenau, 21. Juli 1927

Weltmeisterschaft im Einer-Straßenfahren über 184 km (Nürburgring 8 Runden x 23 km)

BERUFSFAHRER UND AMATEURE

1. Alfredo Binda (Italien)   6:37:29,4 Std. (27,815 km/h)
2. Costante Girardengo (Italien)   7:15 Min. zurück
3. Domenico Piemontesi (Italien)   10:51 Min. zurück
4. Gaetano Belloni (Italien) 11:38 Min., 5. Jean Aerts (Belgien/Amateur) 11:51 Min., 6. Rudolf Wolke (D - Berlin/Amateur) 14:24 Min., 7. Michele Orecchia (Italien/Amateur) 17:50 Min., 8. Eric Bohlin (Schweden/Amateur) 18:06 Min., 9. Rene Brossy (Frankreich/Amateur) 19:33 Min., 10. Herbert Nebe (D - Leipzig) 23:03 Min., 11. Felix Manthey (D - Berlin) gl. Zeit, 12. Helmer Strandberg (Schweden/Amateur) 28:57 Min., 13. Walter Cap (Österreich) 38:08 Min., 14. Otto Cap (Österreich) 46:36 Min., 15. Holmrid Erikson (Schweden/Amateur) 50:05 Min.

Nach Kontrollschluß eingetroffen:
Hans Bockom (Holland/Amateur), Josef Franssen (Holland), Kosteletzky (Österreich/Amateur), Karel Hugyecz (Ungarn/Amateur)
Ausgeschiedene deutsche Fahrer: Josef Remold (Berufsfahrer); Bruno Wolke und Ludwig Geyer (beide Amateure).

Weltmeisterschaften im Bahn- und Straßenradsport vom 10. - 19. August 1934 in Leipzig
Länder: 18

Bahnradsport

Sportplatz Lindenau – 10. – 19. August

BERUFSFAHRER

Weltmeisterschaft im Sprint

Ehrenpreise: Titel "Meisterfahrer der Welt für Berufsfahrer", Weltmeistertrikot, goldene Weltmeistermedaille, Kranz mit Schleife sowie 1000 Goldfranken; dem Zweiten Silbermedaille und 500 Goldfranken; dem Dritten Bronzemedaille und 250 Goldfranken, dem Vierten Bronzemedaille und 125 Goldfranken.

Vorläufe
1. Lauf: Jef Scherens (Belgien) 13,0 s vor Mario Lazaretti (Italien); 2. Lauf: Lucien Michard (Frankreich) 13,0 s vor Francois Huybrechts (Belgien); 3. Lauf: Albert Richter (D - Köln) 13,2 s vor Sepp Dinkelkamp (Schweiz); 4. Lauf: Louis Gerardin (Frankreich) 13,0 s vor Peter Steffes (D - Köln); 5. Lauf: Lothar Ehmer (D - Berlin) 13,0 s vor Jacques van Egmont (Holland); 6. Lauf: Lucien Faucheux (Frankreich) 13,0 s vor Richard Knudsen (Dänemark); 7. Lauf: Mathias Engel (D - Köln) vor Mario Bergamini (Italien); 8. Lauf: Willy Falck-Hansen (Dänemark) 12,4 s vor Pietro Linari (Italien); 9. Lauf: Anker Meyer-Andersen (Dänemark) vor Sidney Cozens (England); 10. Lauf: Gerard Leene (Holland) 12,4 s vor Bruno Pellizzari (Italien); 11. Lauf: Marcel Jezo (Frankreich) 12,4 s vor Jan van der Heuvel (Belgien) und Henryk Szamota (Polen).
Hoffnungsläufe
1. Lauf: Van Egmond vor Lazaretti; 2. Lauf: Steffes vor Bergamini; 3.

Lauf: Huybrechts vor Pellizzari und Knudsen; 4. Lauf: Van der Heuvel vor Szamota und Dinkelkamp; 5. Lauf: Linari vor Cozens.

Zwischenläufe
1. Lauf: Scherens vor Leene; 2. Lauf: Michard vor Steffes; 3. Lauf: Faucheux vor Meyer-Andersen; 4. Lauf: Gerardin vor Van der Heuvel; 5. Lauf: Van Egmond vor Engel; 6. Lauf: Richter vor Linari; 7. Lauf: Falck-Hansen vor Huybrechts; 8. Lauf: Ehmer vor Jezo.

Ausscheidungsläufe (1/4 Finale)
1. Lauf: Scherens 12,2 s vor Ehmer; 2. Lauf: Michard 12,2 s vor Falck-Hansen; 3. Lauf: Gerardin vor Van Egmond; 4. Lauf: Richter 12,2 s vor Faucheux.

Vorentscheidungsläufe (1/2 Finale)
1. Lauf: Scherens vor Gerardin; 2. Lauf: Richter 12,1 s vor Michard.

Endläufe
Um Platz 3 und 4
1. Lauf: Michard 12,1 s vor Gerardin; 2. Lauf: Gerardin vor Michard; 3. Lauf: Gerardin vor Michard.
Um Platz 1 und 2
1. Lauf: Scherens 12,3 s vor Richter; 2. Lauf: Scherens vor Richter.

Endstand:
1. Jef Scherens (Belgien)
2. Albert Richter (D - Köln)
3. Louis Gerardin (Frankreich)
4. Lucien Michard (Frankreich)

Weltmeisterschaft der Steher

Ehrenpreise: Dem Ersten Titel "Meisterfahrer der Welt für Berufsfahrer über 100 km"; Weltmeistertrikot, goldene Weltmeistermedaille, Kranz mit Schleife und 1250 Goldfranken sowie Ehrenpreis der Stadt Leipzig (vergoldete Maske). Dem Zweiten silberne Medaille und 750 Goldfranken, dem Dritten bronzene Medaille und 375 Goldfranken.

Vorläufe über 100 km
1. Lauf: 1. Erich Metze hinter Saldow 1:31:33,3 Std., 2. Antonio Prieto h. Schadebrodt 850 m zurück, 3. Georges Ronsse h. E.Pasquier 1040 m zurück, 4. Frans Leddy (Holland) h. Ceurremans 1100 m zurück, 5. Türel Wanzenried (Schweiz) h. Willy Heßlich 2510 m zurück, 6. Jean Manera jr. (Italien) h. Manera sen. 3460 m zurück,

7. Szekeres (Ungarn) h. Nagy 4250 m zurück; Georges Paillard (Frankreich) h. Guerin bei 86 km aufgegeben.

2. Lauf: 1. Charles Laquehay h. Besson 1:26:33 Std., 2. Eduardo Severgnini h. A.Pasquier 600 m zurück, 3. Paul Krewer h. Eilenberger 625 m zurück, 4. Heinrich Suter (Schweiz) h. Paul Suter 2200 m zurück, 5. Jan Snoek (Holland) h. Albert Käser 2750 m zurück, 6. Seynaeve (Belgien) h. Henry Wynsdau 2900 m zurück, 7. Janos Istenes (Ungarn) h. Nagy 6700 m zurück.

Endlauf über 100 km:

1. Erich Metze (D - Dortmund)	1:27:57 Std.
Schrittmacher Carl Saldow	
2. Paul Krewer (D - Köln)	500 m zurück
Schrittmacher Eilenberger	
3. Eduardo Severgnini (Italien)	950 m zurück
Schrittmacher Arthur Pasquier	
4. Antonio Prieto (Spanien)	1200 m zurück
Schrittmacher Gustav Schadebrodt	
5. Georges Ronsse (Belgien)	1350 m zurück
Schrittmacher Ernest Pasquier	

Aufgegeben: Charles Lacquehay (Frankreich) h. Schrittmacher Besson

AMATEURE

Weltmeisterschaft im Sprint

Ehrenpreise: Dem Sieger der Titel "Meisterfahrer der Welt für Amateure", Weltmeistertrikot, goldene Weltmeister-Medaille, Kranz und Schleife; dem Zweiten Silbermedaille, dem Dritten und Vierten Bronzemedaillen.

Vorläufe
1. Lauf: Gino Bambagiotti (Italien) 13,1 s vor Arne Holm-Pedersen und Rée Andersen (beide Dänemark);
2. Lauf: Benedetto Pola (Italien) 13,0 s vor J. Kremers (Holland) und Louis Chaillot (Frankreich);
3. Lauf: Arie van Vliet (Holland) 12,2 s vor Denis Horn (England) und Frantisek Florian (Tschechoslowakei);
4. Lauf: Christian Lenté (Frankreich) vor Heinz Hasselberg (D – Bochum) und Artur Pusz (Polen);
5. Lauf: Carl Lorenz (D - Chemnitz) vor Alexis Heusy (Belgien) und

Mieczyslaw Fraczkowski (Polen);
6. Lauf: Toni Merkens (D – Köln) vor Bernard Leene (Holland) und Arrieds Lejnieks (Lettland);
7. Lauf: Arie van der Linden (Holland) vor Haakon Sandtorp (Norwegen) und Stefan Poponczyk (Polen);
8. Lauf: Willy Kaufmann (Schweiz) vor Einar Olesen (Dänemark) und Georges Maton (Frankreich);
9. Lauf: Nino Mozzo (Italien) vor Werner Wägelin (Schweiz) und Karl Klöckner (D – Köln);
10. Lauf: Severino Rigoni (Italien) vor Heino Dissing-Rasmussen (Dänemark) und Josef Konarek (Tschechoslowakei).

Hoffnungsläufe
1. Lauf: Holm-Petersen vor Pusz und Florian; 2. Lauf: Wägelin vor Hasselberg und Fraczkowski; 3. Lauf: Klöckner vor Chaillot und Lejnieks; 4. Lauf: Horn vor Kremers und Konarek; 5. Lauf: Heusy vor Sandtorp und R. Andersen; 6. Lauf: Leene vor Poponczyk und Dissing-Rasmussen; 7. Lauf: Maton vor Olesen.

Befähigungslauf: 1. Horn vor Maton, Heusy, Wägli, Klöckner, Leene und Holm-Petersen.

Zwischenläufe (1/8 Finale)
1. Lauf: Bambagiotti vor Wägelin; 2. Lauf: Lenté vor Klöckner; 3. Lauf: Rigoni vor Maton; 4. Lauf: Van der Linden vor Mozzo (M.distanziert); 5. Lauf: Merkens vor Kaufmann; 6. Lauf: Pola vor Leene; 7. Lauf: Van Vliet vor Horn; 8. Lauf: Lorenz vor Heusy.

Ausscheidungsläufe (1/4 Finale)
1.Lauf: Lenté vor Bambagiotti; 2. Lauf: Van Vliet vor Lorenz (L.distanziert); 3. Lauf: Pola vor Leene; 4. Lauf: Merkens vor Rigoni.

Vorentscheidungsläufe (1/2 Finale)
1. Lauf: Pola vor Lenté; 2. Lauf: Van Vliet vor Merkens.

Endläufe
Finale um Platz 3 und 4
1. Lauf: Lenté vor Merkens; 2. Lauf: Lenté vor Merkens.
Finale um Platz 1 und 2
1. Lauf: Pola vor van Vliet; 2. Lauf: Pola vor van Vliet.

Endstand:
1. Benedetto Pola (Italien)
2. Arie van Vliet (Holland)
3. Christian Lenté (Frankreich)
4. Toni Merkens (D - Köln)

Straßenradsport

Leipzig – Rundstrecke im Scheibenholz (1 Runde = 9,4 km)
18. August 1934

BERUFSFAHRER

Straßeneinzelrennen über 24 Runden = 225,6 km

1. Karel Kaers (Belgien)   5:56:00,36 Std.   (37,994 km/h)
2. Learco Guerra (Italien)   1/2 Länge zurück
3. Gustave Danneels (Belgien)   1 Länge zurück
4. Gerhard Huschke (D – Berlin) 1 1/2 Längen zurück, 5. Gerrit van der Ruit (Holland), 6. Paul Egli (Schweiz), 7. Josy Krauss (Luxemburg), 8. Thijs van Oers (Holland), 9. Hans Gilgen (Schweiz), 10. Mariano Canardo (Spanien), 11. Marinus Valentijn (Holland), 12. Ludwig Geyer (D – Schweinfurt), 13. Kurt Stöpel (D – Berlin), 14. Antonin Magne (Frankreich) alle gleiche Zeit, 15. Vasco Bergamaschi (Italien) 5:58 Min. zurück.

Entgegen dem offiziellen Ergebnis erreichte Kurt Stöpel jedoch nach Sturz (500 m vor dem Band) das Ziel im Begleitwagen.
Ausgeschieden: Roger Lapebie (Frankreich), Alfred Bula (Schweiz), Raymond Louviot (Frankreich), Mogens Danholt (Dänemark), Falck Hermansen (Dänemark), Janos Istenes (Ungarn), Giuseppe Olmo (Italien), Emil Bering (Luxemburg), Emile Bruneau (Belgien), Andrzej Krajewski (Polen), Vicente Trueba (Spanien).

AMATEURE

Straßeneinzelrennen über 12 Runden = 112,8 km

1. Kees Pellenaars (Holland)   2:43:03,2 Std. (41,506 km/h)
2. André Deforge (Frankreich)
3. Paul Andrè (Belgien)
4. Charles Holland (England) alle gl. Zeit, 5. Werner Grundahl (Dänemark) 1:42 Min. zurück, 6. Robert Goujon (Frankreich), 7. P.T. Stallard (England), 8. Frode Sörensen (Dänemark), 9. Frantisek Haupt (Tschechoslowakei), 10. Oswaldo Della-Latta (Italien), 11. ex aequo (11 Fahrer) Fritz Hartmann (Schweiz), Leo Nielsen (Dänemark), Karoly Nemeth (Ungarn), Istvan Liszka (Ungarn), Jean Majerus (Luxemburg), F.C. Ghilks (England), Jean Goujon (Frankreich), Joseph Lowagi (Belgien), Franciczek Kielbasa (Polen), Aldo Bini (Italien) und Sebastian Krückl (D - München). Unplaziert: Hans Weiß (D - Berlin).
Ausgeschieden: Fritz Scheller (D - Bielefeld)

Weltmeisterschaften Köln, Wuppertal, Solingen 1954

Weltmeisterschaften im Bahn- und Straßenradsport in Köln, Wuppertal-Elberfeld und Solingen
August 1927
Länder: 25

Bahnradsport

Köln, Radrennbahn Müngersdorf
27. - 29. August 1954

BERUFSFAHRER

Weltmeisterschaft im Sprint

Vorläufe
1. Lauf: Arie van Vliet (Niederlande) ohne Zeit vor Dierksen (Luxemburg); 2. Lauf: Enzo Sacchi (Italien) 11,8 s vor Chris Bardsley (England); 3. Lauf: Reginald Harris (England) 12,0 s vor Norbert Koch (Niederlande); 4. Lauf: Jan Derksen (Niederlande) 11,8 s vor Armin von Büren (Schweiz); 5. Lauf: Oskar Plattner (Schweiz) 12,6 s vor Pryor (Australien); 6. Lauf: Jacques Bellenger (Frankreich) 11,6 s vor Lucien Gillen (Luxemburg); 7. Lauf: Sidney Patterson (Australien) allein am Start; 8. Lauf: Mario Ghella (Italien) 12,6 s vor Georg Voggenreiter (D – Nürnberg); 9. Lauf: Axel Schandorff (Dänemark) allein am Start; 10. Lauf: Longnay (Frankreich) 12,0 s vor Emile Gosselin (Belgien); 11. Lauf: Antonio Maspes (Italien) 11,8 s vor Beyney (Frankreich).

Hoffnungsläufe
1. Lauf: Bardsley 12,0 s vor Dierksen; 2. Lauf: Voggenreiter 15,2 s vor Koch; 3. Lauf: Gosselin 11,8 s vor von Büren; 4. Lauf: Beyney 12,4 s vor Pryor.
Hoffnungslauf für die Unterlegenen:
1. Von Büren 12,4 s vor Koch und Pryor; Dierksen nicht angetreten.

Achtelfinale
1. Lauf: Van Vliet vor Von Büren; 2. Lauf: Sacchi vor Voggenreiter; 3. Lauf: Harris vor Gosselin; 4. Lauf: Derksen vor Beyney; 5. Lauf: Plattner vor Bardsley; 6. Lauf: Bellenger vor Schandorff; 7. Lauf: Ghella vor Patterson; 8. Lauf: Longnay vor Maspes.

Viertelfinale
1. Lauf: Van Vliet 12,0/11,6 s vor Plattner; 2. Lauf: Sacchi 12,0/11,8 s vor Longnay; 3. Lauf: Harris 12,0/ohne Zeit s vor Ghella (G. im 2. Durchgang distanziert); 4. Lauf: Bellenger 12,0/11,8 s vor Derksen.

Halbfinale
1. Lauf: Van Vliet 16,4/11,6 s vor Bellenger; 2. Lauf: Harris 11,6/14,2 s vor Sacchi.

Endläufe
Finale um Platz 3 und 4: Sacchi 12,2/12,2 s vor Bellenger.
Finale um Platz 1 und 2: Harris 11,6/12,0 s vor Van Vliet.

Endstand:
1. Reginald Harris (England)
2. Arie van Vliet (Niederlande)
3. Enzo Sacchi (Italien)
4. Jacques Bellenger (Frankreich)

5000 m Verfolgungsfahren

Qualifikation
1. Lauf: Evan Klamer (Dänemark) 6.34,2 Min. vor Franz Reitz (D – Wiesbaden) 6:44,8 Min; 2. Lauf: Müller (Schweiz) 6:43,6 Min. vor Harry van der Kamp (Niederlande) 6:44,2 Min.; 3. Lauf: Jan Plantaz (Niederlande) 6:29,2 Min. vor Paul Depaepe (Belgien) 6:32,0 Min.; 4. Lauf: Mitchell (England) 6:36,0 Min., vor Hans Rupprath (D - Dortmund) 6:40,8 Min.; 5. Lauf: Claude le Ber (Frankreich) 6:29,0 Min. vor Bedwell (England) 6:41,8 Min.; 6. Lauf: Lucien Gillen (Luxemburg) 6:27,4 Min. vor Antonio Bevilacqua (Italien) Defekt; 7. Lauf: Guido Messina (Italien) 6:21,0 Min. vor Raphael Glorieux (Belgien) 6:38,0 Min; 8. Lauf: Hugo Koblet (Schweiz) 6:19,6 Min. vor Sidney Patterson (Australien) 6:24,6 Min.; 9. Lauf: Roger Hassenforder (Frankreich) 6:24,6 Min. vor Kay Werner Nielsen (Dänemark) 6:27,6 Min.; 10. Lauf: Antonio Bevilacqua (Italien) 6:30,8 Min vor Russell Mockridge (Australien) 6:39,0 Min.

Viertelfinale
1. Lauf: Koblet 6:06,0 Min besiegt Plantaz - nach 4.800 m eingeholt; 2. Lauf: Messina 6:22,8 min besiegt Le Ber 6:23,2 Min; 3. Lauf: Gillen 6:23,2 Min. besiegt Patterson 6:24,8 Min; 4. Lauf: Nielsen 6:09,6 Min. besiegt Hassenforder - nach 4.760 m eingeholt.

Halbfinale
1. Lauf: Koblet 5:52,8 min. (nach 4.600 m Defekt) besiegt Gillen; 2. Lauf: Messina 6:19,4 Min. besiegt Nielsen 6:22,2 Min.

Endläufe
Finale um Platz 3 und 4:Gillen 6:24,4 Min. besiegt Nielsen 6:32,0 Min. Finale um Platz 1 und 2: Messina 6:18,8 Min. besiegt Koblet 6:19,0 Min.

Endstand:
1. Guido Messina (Italien)
2. Hugo Koblet (Schweiz)
3. Lucien Gillen (Luxemburg)
4. Kay Werner Nielsen (Dänemark)

AMATEURE

Sprint

Vorläufe
1. Lauf: Josef De Bakker (Belgien) 11,8 s vor Ole Hojmark-Jensen (Dänemark) und Günter Ziegler (D – Schweinfurt); 2. Lauf: Werner Potzernheim (D – Hannover) 13,2 s vor Brazier (Australien); 3. Lauf: Cyrill Peacock (England) vor Leemans (Belgien); 4. Lauf: Roger Gaignard (Frankreich) 11,6 s vor Feeney (Irland) und Zdenek Kosta (Tschechoslowakei); 5. Lauf: Jan Hijzelendoorn (Niederlande) 12,0 s vor Fritz Pfenninger (Schweiz) und J. McQuaid (Irland); 6. Lauf: Guiseppe Ogna (Italien) 12,4 s vor Voik Kasslin (Finnland) und Rivas (Venezuela); 7. Lauf: Cesare Pinarello (Italien) 11,6 s vor Kurt Melby (Dänemark); 8. Lauf: Rostislav Wargachkin (UdSSR) 12,0 s vor Bengt Hjortbol (Dänemark) und Vaclav Machek (Tschechoslowakei); 9. Lauf: Ladislav Fucek (Tschechoslowakei) 11,8 s vor Tighe (England) und Ferrari (Luxemburg); 10. Lauf: Peter Tiefenthaler (Schweiz) 12,0 s vor Roger Verdeun (Frankreich) und Willy Lauwers (Belgien); 11. Lauf: Henri Lemoigne (Frankreich) 11,8 s vor Kurt Rechsteiner (Schweiz) und Smyth (Irland); 12. Lauf: Lloyd Binch (England) 13,2 s vor Luis Serra (Uruguay); 13. Lauf: Antonio Pesenti (Italien) 12,0 s vor John Tressider (Australien) und Horst Backof (D – Dortmund/Dudenhofen).

Hoffnungsläufe
1. Lauf: Leemans 12,4 s vor Ziegler und McQuaid; 2. Lauf: Kasslin 12,2 s vor Feeney und Hojmark-Jensen; 3. Lauf: Hjortbol 12,4 s vor

Rennsport-WM in Deutschland: Namen und Zahlen

Kosta und Brazier; 4. Lauf: Pfenninger 12,4 s vor Ferrari und Melby; 5. Lauf: Tighe vor Rechsteiner und Rivas; 6. Lauf: Machek 12,0 s vor Verdeun; 7. Lauf: Backof 12,6 s vor Lauwers und Serra; 8. Lauf: Tressider 13,0 s vor Smyth.

Weitere Hoffnungsläufe für Unterlegene
1. Lauf: Ziegler 12,6 s vor Feeney und Kosta; 2. Lauf: Rechsteiner 12,4 s vor Verdeun und Ferrari; 3. Lauf: Lauwers 12,8 s vor Smyth.

Zwischenläufe
1. Lauf: De Bakker 11,8 s vor Kasslin; 2. Lauf: Potzernheim 12,2 s vor Leemans; 3. Lauf: Peacock 12,0 s vor Hjortbol; 4. Lauf: Gaignard 12,0 s vor Pfenninger; 5. Lauf: Tighe 12,2 s vor Hijzelendoorn; 6. Lauf: Ogna 12,0 s vor Machek; 7. Lauf: Pinarello 12,2 s vor Backof; 8. Lauf: Tressider 12,0 s vor Wargaschkin; 9. Lauf: Pesenti 12,0 s vor Foucek; 10. Lauf: Tiefenthaler 12,0 s vor Ziegler; 11. Lauf: Lemoigne 12,0 s vor Lauwers; 12. Lauf: Binch 12,4 s vor Rechsteiner.

Hoffnungsläufe
1. Lauf: Pfenninger 12,4 s vor Kasslin und Leemans; 2. Lauf: Hijzelendoorn 12,4 s vor Machek und Hjortbol; 3. Lauf: Wargaschkin 12,0 s vor Backof und Foucek; 4. Lauf: Rechsteiner 12,8 s vor Lauwers und Ziegler (gestürzt).

Achtelfinale
1. Lauf: Pesenti 12,0 s vor De Bakker; 2. Lauf: Potzernheim 12,0 s vor Pfenninger; 3. Lauf: Peacock 12,0 s vor Hijzelendoorn; 4. Lauf: Gaignard 12,2 s vor Rechsteiner; 5. Lauf: Tighe 12,6 s vor Tiefenthaler (gestürzt); 6. Lauf: Wargaschkin 12,2 s vor Ogna (gestürzt); 7. Lauf: Pinarello 12,0 s vor Binch; 8. Lauf: Tressider 12,2 s vor Lemoigne.

Viertelfinale
1. Lauf: Pinarello 12,0/12,6 s vor Wargaschin; 2. Lauf: Tressider 12,0/12,2 vor Potzernheim; 3. Lauf: Peacock 11,8/11,6 s vor Pesenti; 4. Lauf: Gaignard in 2:1 Läufen vor Tighe (T. 12,6 s; G. 12,0/12,4 s).

Halbfinale
1. Lauf: Tressider in 2:1 Läufen vor Pinarello (P. 12,6 s; T. 12,8/12,8 s); 2. Lauf: Peacock 12,0/12,0 s vor Gaignard.

Endläufe
Finale um Platz 3 und 4: Gaignard 12,2/12,4 vor Pinarello.
Finale um Platz 1 und 2: Peacock in 2:1 Läufen vor Tressider (P. 12,0 s; T. 11,8 s; P. 12,0 s).

Endstand
1. Cyrill Peacock (England)
2. John Tressider (Australien)
3. Roger Gaignard (Frankreich)
4. Cesare Pinarello (Italien)

4000 m Verfolgungsfahren

Qualifikation (im Alleingang, in der Reihenfolge der Starts)
Alberto Velasquez (Uruguay) 5:30,0 Min., Wouters (Belgien) 5:19,8 Min., Jiri Opavsky (CSR) 5:22,6 Min., Daan de Groot (Niederlande) 5:13,0 Min., Fritz Neuser (D – Herpersdorf) 5:28,8 Min., Hans Wimmer (Österreich) 5:13,4 Min., Antonio Montilla (Venezuela) 5:51,6 Min., Jaroslav Cihlar (CSR) 5:20,2 Min., Antonio Dimichele (Venezuela) 5:31,8 Min., Manfred Donike (D – Köln) 5:22,2 Min., Jean Hansen (Dänemark) 5:18,0 Min., Prosdomini (Frankreich) 5:11,4 Min., Pierre Brun (Frankreich) 5:13,2 Min., Norman Sheil (England) 5:09,8 Min., Paul Nyman (Finnland) 5:22,3 Min., Mohan (Indien) 5:52,4 Min., Feeney (Irland) 5:28,2 Min., Peter Brotherton (England) 5:06,6 Min., Piet van Heusden (Niederlande) 5:12,0 Min., J.B. Tiscornia (Uruguay) 5:16,6 Min., Julien van Oostende (Belgien) 5:20,8 Min., Brazier (Australien) 5:27,2 Min., Rene Strehler (Schweiz) 5:14,4 Min., Allan Juel Larsen (Dänemark) 5:25,2 Min., Matthews (Australien) 5:30,4 Min., Rudolf Maresch (Österreich) 5:13,6 Min., Loris Campana (Italien) 5:07,6 Min., Seamus Elliott (Irland) 5:35,0 Min., Erwin Schweizer (Schweiz) 5:14,8 Min., Leandro Faggin (Italien) 5:07,2 Min.

Viertelfinale
1. Lauf: Brotherton 5:03,4 Min. besiegt Brun 5:03,8 Min.; 2. Lauf: Faggin 5:04,2 Min. besiegt de Groot 5:08,9 Min.; 3. Lauf: Van Heusden 5:05,0 Min. besiegt Campana 5:08,4 Min.; 4. Lauf: Sheil 5:07,6 Min. besiegt Prosdocimi 5:08,6 Min.

Halbfinale
1. Lauf: Brotherton 5:07,2 Min. besiegt Van Heusden 5:08,4 Min.; 2. Lauf: Faggin 5:07,2 Min. besiegt Sheil 5:07,6 Min.

Endläufe
Finale um Platz 3 und 4: Sheil kampflos, da Van Heusden verzichtet.
Finale um Platz 1 und 2: Faggin 5:05,2 Min. besiegt Brotherton 5:10,0 Min.

Endstand
1. Leandro Faggin (Italien)
2. Peter Brotherton (England)
3. Norman Sheil (England)
4. Piet van Heusden (Niederlande)

Bahnradsport

Weltmeisterschaft der Steher
Wuppertal, Radstadion Elberfeld 21. - 26. August 1954

BERUFSFAHRER

Vorläufe
1. Lauf: 1. Jean Schorn 1:19:06,8 Std., 2. Adolphe Verschueren 30 m zur., 3. Guy Bethery 60 m, 4. Guillermo Timoner 300 m, 5. Joe Bunker 360 m, 6. Jacques Besson (Schweiz) 450 m,
2. Lauf: 1. Jan Pronk 1:21:55,1 Std., 2. Roger Queugnet 120 m zur., 3. Guiseppe Martino 300 m, 4. Willy Michaux 380 m, 5. Karl Kittsteiner 420 m, 6. Johannes Kunst 2.500 m, 7. Graham French (Australien) 3.500 m; Armin van Büren (Schweiz) aufgegeben.

Endlauf über 100 km
1. Adolphe Verschueren (Belgien) Schrittmacher Maurice Ville	1:20:03,4 Std.
2. Jan Pronk (Niederlande) Schrittmacher Frits Wiersma	70 m zurück
3. Joe Bunker (England) Schrittmacher Leon Vanderstuyft	100 m zurück
4. Willy Michaux (Belgien) Schrittmacher Emil Vandenbosch	200 m zurück
5. Roger Queugnet (Frankreich) Schrittmacher Auguste Wambst	240 m zurück
6. Jean Schorn (D - Köln) Schrittmacher Jupp Merkens	250 m zurück
7. Guillermo Timoner (Spanien) Schrittmacher Albertus De Graaf	260 m zurück
8. Guiseppe Martino (Italien) Schrittmacher Arthur Pasquier	265 m zurück
9. Guy Bethery (Frankreich)	330 m zurück

Straßenradsport

Weltmeisterschaften auf dem Klingenkurs Solingen

BERUFSFAHRER

Straßeneinzelrennen über 240 km
22. August 1954

1. Louison Bobet (Frankreich)	7:24:36 Std.
2. Fritz Schär (Schweiz)	12 s zurück
3. Charly Gaul (Luxemburg)	1:21 Min. zurück

4. Michele Gismondi (Italien) 2:54 Min. zurück, 5. Jacques Anquetil (Frankreich) 2:56 Min. zurück, 6. Fausto Coppi (Italien) 3:22 Min. zurück, 7. Robert Varnajo 7:36 Min. zurück, 8. Jean Forrestier (beide Frankreich) 10:56 Min. zurück, 9. Alfred De Bruyne (Belgien), 10. Pasquale Fornara, 11. Andrea Carrea (beide Italien), 12. Francisco Alomar, 13. Francisco Massip (beide Spanien), 14. Jean Robic (Frankreich) alle gl. Zeit, 15. Henk van Breenen (Niederlande) 16:20 Min. zurück, 16. Jan Zagers 17:49 Min. zurück, 17. Roger Decock (beide Belgien) 18:04 Min. zurück, 18. Marcel Huber (Schweiz) 18:56 Min. zurück, 19. Bernardo Ruiz (Spanien) 19:40 Min. zurück, 20. Franz Reitz (D - Wiesbaden) 23:47 Min. zurück, 21. Günther Pankoke (D - Bielefeld) gl. Zeit.

Ausgeschiedene deutsche Fahrer: Karl-Heinz Kramer (Castrop-Rauxel), Günter Otte (Berlin), Hermann Schild (Chemnitz), Peter Schulte (Köln), Hubert Schwarzenberg (Aachen), Rudi Theissen (Hildesheim).

AMATEURE

Straßeneinzelrennen über 150 km
21. August 1954

1. Emile van Cauter (Belgien)	4:27:17 Std.
2. Hans Edmund Andresen (Dänemark)	2:48 Min. zurück
3. Martin van den Borgh (Niederlande)	

4. André Le Dissez 3:18 Min. zurück, 5. Nicolas Barone (beide Frankreich), 6. Gustav Adolf Schur (DDR - Magdeburg) 5:15 Min. zurück, 7. Cleto Maule, 8. Nello Fabbri (beide Italien), 9. Florentinus van der Weijden (Niederlande), 10. Hennes Junkermann (BRD - Krefeld), 11.

Guido Boni (Italien), 12. Michel Vermaulin (Frankreich), 13. Aldo Moser (Italien), 14. Louis Proost (Belgien), 15. Willy Hutmacher (Schweiz), 16. Miroslav Malek (CSR), 17. Alois Lampert (Liechtenstein), 18. Helge Hansen (Dänemark), 19. Gotthard Weber (DDR - Chemnitz), 20. Karel Nesl (CSR), 21. Willy Schroeders (Belgien), 22. Emilio Ciolli (Italien), 23. Alfred Gratton (Frankreich), 24. Lars Nordwall (Schweden), 25. Jean Bonifaci (Frankreich), 26. Horst Tüller (BRD - Wuppertal), 27. Gunnar Göransson (Schweden), 28. Henry Luyten (Belgien), 29. Stanley Brittain (England), 30. Alberto Camillo Velasquez (Uruguay), 31. Werner Arnold (Schweiz), 32. Roger Bourgeois (Frankreich), 33. Josef Rupp (Saar), 34. Adhemar de Blaere (Belgien), 35. Jörgen Frank Rasmussen (Dänemark), 36. Franz Wukitsevits

(Österreich), 37. Günther Debusmann (Saar), 38. Walter Becker (BRD - Queidersbach), 39. Luis Pedro Serra (Uruguay), 40. Eluf Dalgaard (Dänemark), 41. Paul Maue (BRD - Schopp), 42. Rudolf Lauscha (Österreich), 43. Antonio Montilla (Venezuela), 44. Christian R. Petersen (Dänemark). 45. Donald Gibson Sanderson (England). 46. Rene Minder (Schweiz), 47. Bernhard Trefflich (DDR - Weimar), 48. William Simpson Baty (England), 49. John Perrin (Schweiz).

Ausgeschiedene deutsche Fahrer - BRD: Emil Reinecke (Einbeck), Edi Ziegler (Schweinfurt); DDR: Martin Naumann (Leipzig), Günter Teske (Berlin), Detlef Zabel (Berlin).

Weltmeisterschaften Leipzig 1958

Weltmeisterschaft der Steher
Leipzig – Alfred-Rosch-Kampfbahn – 5.-10. August 1958
Länder: 7

Bahnradsport

AMATEURE UND UNABHÄNGIGE

1. Vorlauf über 50 km: 1. Lothar Meister I (DDR – Chemnitz) 43:42,6 Min., 2. Henri Tomassi (Frankreich) 720 m zurück, 3. Gaston Hermans (Belgien) 810 m zur., 4. Hendrik Buis (Niederlande) 900 m zur., 5. Renato Longo (Italien) 950 m zur., 6. Wladimir Kindjakow (UdSSR) 1880 m zur.

2. Vorlauf über 50 km: 1. Heinz Wahl (DDR – Berlin) 44:31,4 Min., 2. Arie van Houwelingen (Niederlande) 180 m zur., 3. Ronald Webb (Australien) 720 m zur., 4. Juri Smirnow (UdSSR) 1.016 m zur., 5. Guido Decoster (Belgien) 1.280 m zur., 6. Albert Briquet (Frankreich) 2.140 m zur., 7. Mario Brunello (Italien) 2.590 m zur.

Hoffnungslauf über 50 km: 1. Briquet 45:33,5 Min., 2. Smirnow 5 m zur., 3. Buis 50 m zur., 4. Brunello 90 m zur., 5. Decoster 110 m zur., 6. Longo 450 m zur., 7. Kindjakow 1.700 m zur.

Finale über 1 Stunde
1. Lothar Meister I (DDR – Chemnitz)   68,060 km
Schrittmacher Horst Aurich (Leipzig)
2. Heinz Wahl (DDR – Berlin)   80 m zurück
Schrittmacher Herbert Schondorf (Berlin)
3. Arie van Houwelingen (Niederlande)   200 m zurück
Schrittmacher Johannes van Roeij (Niederlande)
4. Ronald Webb (Australien)   580 m zurück
Schrittmacher Erich Reim (Chemnitz)
5. Hendrik Buis (Niederlande)   660 m zurück
Schrittmacher Albertus de Graaf (Niederlande)
6. Juri Smirnow (UdSSR)   2.100 m zurück
Schrittmacher Michail Saitsew (UdSSR)
7. Henri Tomassi (Italien)   3.360 m zurück
Schrittmacher Victor Longue (Frankreich)
8. Albert Briquet (Frankreich)   5.280 m zurück
Schrittmacher Gus Meuleman (Belgien)

Aufgegeben: Gaston Hermans (Belgien) nach 30 Minuten.

Weltmeisterschaften
Leipzig, Chemnitz, Sachsenring 1960

Weltmeisterschaften im Bahn- und Straßenradsport
in Leipzig, Chemnitz und auf dem Sachsenring
3.–14. August 1960
Länder: 34

Bahnradsport

Leipzig – Alfred Rosch-Kampfbahn

BERUFSFAHRER

Sprint

Vorläufe
1. Lauf: Antonio Maspes (Italien) 12,2 s vor Fritz Pfenninger (Schweiz);
2. Lauf: Michel Rousseau (Frankreich) 12,0 s vor Palle Lykke (Dänemark) und Minoru Yoshida (Japan); 3. Lauf: Jan Derksen (Niederlande) 11,9 s vor Giuseppe Ogna (Italien) und Günther Ziegler (BRD – Schweinfurt); 4. Lauf: Roger Gaignard (Frankreich) 12,0 s vor Josef De Bakker (Belgien) und Nishimora (Japan); 5. Lauf: Adolf Suter (Schweiz) 11,9 s vor Werner Potzernheim (BRD – Hannover) und Enzo Sacchi (Italien); 6. Lauf: Oskar Plattner (Schweiz) 12,0 s vor Lucien Gillen (Luxemburg) und Akira Kato (Japan).

Hoffnungsläufe
1. Lauf: Ogna 12,0 s vor Pfenninger und Nishimora; 2. Lauf: Sacchi 12,4 s vor Lykke und Ziegler; 3. Lauf: De Bakker 12,8 s vor Yoshida und Gillen; 4. Lauf: Potzernheim 13,2 s vor Kato.

Hoffnungsendläufe
1. Lauf: Potzernheim 12,0 s vor Ogna; 2. Lauf: De Bakker 12,0 s vor Sacchi.

Viertelfinale
1. Lauf: Maspes 11,6/12,0 s vor Potzernheim; 2. Lauf: De Bakker in 2:1 Läufen vor Rousseau (R. 11,9 s; D. 12,0/12,2 s); 3. Lauf: Derksen

12,2/12,8 s vor Suter; 4. Lauf: Plattner 12,0/11,4 s vor Gaignard.

Halbfinale
1. Lauf: Maspes 11,2/12,1 s vor De Bakker; 2. Lauf: Plattner 12,1/12,0 s vor Derksen.

Endläufe
Finale um Platz 3 und 4: De Bakker in 2:1 Läufen vor Derksen (Derksen 12,2 s; Deb. 12,0/12,0 s).
Finale um Platz 1 und 2: Maspes 11,6/11,6 s vor Plattner.

Endstand:
1. Antonio Maspes (Italien)
2. Oskar Plattner (Schweiz)
3. Josef De Bakker (Belgien)
4. Jan Derksen (Niederlande)

5000 m Verfolgungsfahren

Qualifikation
1. Lauf: Rudi Altig (BRD - Mannheim) 6:23,8 Min. vor Ercole Baldini (Italien) 6:27,2 Min.; 2. Lauf: Leandro Faggin (Italien) 6:24,3 Min. vor Albert Bouvet (Frankreich) 6:31,5 Min.; 3. Lauf: Willy Trepp (Schweiz) 6:20,6 Min. vor Jean Hansen (Dänemark) eingeholt; 4. Lauf: Peter Post (Niederlande) 6:30,2 Min. vor Flemming Pedersen (Dänemark) Defekt; 5. Lauf: Pedersen 6:40,8 Min. (im Alleingang).

Viertelfinale
1. Lauf: Trepp 2:13,4 Min besiegt Hansen – nach 2000 m eingeholt; 2. Lauf: Altig 3:35,6 Min. besiegt Pedersen – nach 3200 m eingeholt; 3. Lauf: Faggin 6:17,2 Min. besiegt Bouvet 6:22,6 Min.; 4. Lauf: Baldini 6:22,0 Min. besiegt Post 6:29,6 Min.

Halbfinale
1. Lauf: Trepp 6:12,5 Min. vor Baldini (mit Neustart nach Defekt); 2. Lauf: Altig 6:15,6 Min. vor Faggin 6:22,2 Min.

Endläufe
Finale um Platz 3 und 4: Baldini 6:28,5 Min. vor Faggin 6:29,9 Min.
Finale um Platz 1 und 2: Altig 6:12,3 Min. vor Trepp 6:20,7 Min.

Endstand:
1. Rudi Altig (BRD – Mannheim)
2. Willy Trepp (Schweiz)
3. Ercole Baldini (Italien)
4. Leandro Faggin (Italien)

AMATEURE

Sprint

Vorläufe

1. Lauf: Valentino Gasparella (Italien) 12,2 s vor Josef Grundman (Polen) und De Rieck (Belgien); 2. Lauf: Sante Gaiardoni (Italien) 12,0 s vor Vladimir Bures (CSR) und Kurt Schein (Österreich); 3. Lauf: Leo Sterckx (Belgien) 11,8 s vor Lothar Stäber (DDR - Erfurt) und Willy Bechmann (Dänemark); 4. Lauf: August Rieke (BRD – Hannover) 12,0 s vor Kurt Melby (Dänemark) und Vasile Oprea (Rumänien); 5. Lauf: Boris Wassiljew (UdSSR) 12,2 s vor Arte Koskinen (Finnland) und Günther Kaslowski (BRD – Berlin); 6. Lauf: Andre Gruchet (Frankreich) 11,9 s vor Marinus Paul (Niederlande) und Karl-Heinz Peter (DDR – Berlin); 7. Lauf: Michel Scob (Frankreich) 12,0 s vor Benedikt Herger (Schweiz) und Jürgen Simon (DDR – Berlin); 8. Lauf: Aad de Graaf (Niederlande) 11,9 s vor Lloyd Binch (England) und Kurt Garschal (Österreich); 9. Lauf: Dave Handley (England) 12,2 s vor Allan Kert (Dänemark) und Mees Gerritsen (Niederlande); 10. Lauf: Giuseppe Beghetto (Italien) 12,0 s vor Peter Deimböck (Österreich) und Ion Ionita (Rumänien/Defekt); 11. Lauf: Zbigniew Zajac (Polen) 12,0 s vor Antoine Pellegrina (Frankreich) und Petre Tache (Rumänien); 12. Lauf: Jean Lambrechts (Belgien) 12,2 s vor Kurt Rechsteiner (Schweiz) und Imant Bodnieks (UdSSR); 13. Lauf: Wladimir Leonow (UdSSR) 12,4 s vor Karl Barton (England) und Peter Vogel (Schweiz).

Hoffnungsläufe

1. Lauf: Stäber 11,8 s vor Oprea und Grundman; 2. Lauf: Melby 12,0 s vor Bures und De Rieck; 3. Lauf: Paul 12,2 s vor Kaslowski und Schein; 4. Lauf: Bechmann 12,0 s vor Simon und Koskinen; 5. Lauf: Ionita 13,2 s vor Binch und Peter; 6. Lauf: Kert 12,2 s vor Garschal und Herger; 7. Lauf: Gerritsen 12,0 s vor Deimböck und Pellegrina; 8. Lauf: Rechsteiner 12,0 s vor Deimböck und Pellegrina; 9. Lauf: Barton 12,4 s vor Bodnieks.

Befähigungsläufe

1. Lauf: Melby vor Stäber und Paul; 2. Lauf: Gerritsen 12,1 s vor Ionita und Bechmann; 3. Lauf: Barton 12,0 s vor Kert und Rechsteiner.

Hoffnungsläufe

1. Lauf: Rechsteiner 12,0 s vor Stäber und Bechmann; 2. Lauf: Paul 12,2 s vor Kert und Ionita.

Achtelfinale

1. Lauf: Zajac 12,3 s vor Gasparella und Paul; 2. Lauf: Gaiardoni 11,4 s vor Rechsteiner und Lambrechts; 3. Lauf: Beghetto 11,4 s vor Sterckx und Leonow; 4. Lauf: Barton 12,0 s vor Scob und Rieke; 5. Lauf: Melby 11,6 s vor De Graaf und Wassiljew; 6. Lauf: Handley 12,4 s vor Gruchet und Gerritsen.

Hoffnungsläufe

1. Lauf: Lambrechts; 2. Lauf: Sterckx; 3. Lauf: Wassiljew; 4. Lauf: Rieke.

Hoffnungsendläufe

1. Lauf: Lambrechts 11,9 s vor Wassiljew; 2. Lauf: Sterckx 12,0 s vor Rieke.

Viertelfinale

1. Lauf: Gaiardoni 11,6/11,8 s vor Lambrechts; 2. Lauf: Melby in 2:1 Läufen vor Zajac (Z. 12,2 s; M. 12,0/13,2 s); 3. Lauf: Handley in 2:1 Läufen vor Beghetto (B. 12,2 s; H. 11,6/12,4 s); 4. Lauf: Sterckx 12,6/12,2 s vor Barton.

Halbfinale

1. Lauf: Gaiardoni 11,6/12,1 s vor Melby; 2. Lauf: Sterckx 13,1/11,5 s vor Handley.

Endläufe

Finale um Platz 3 und 4: Handley 12,0/12,8 s vor Melby.
Finale um Platz 1 und 2: Gaiardoni 11,2/11,3 s vor Sterckx.

Endstand:

1. Sante Gaiardoni (Italien)
2. Leo Sterckx (Belgien)
3. Dave Handley (England)
4. Kurt Melby (Dänemark)

4000 m Verfolgungsfahren

Qualifikation

1. Lauf: Franco Testa (Italien) 5:02,4 Min. vor Piet van der Lans (Niederlande) 5:10,0 Min.; 2. Lauf: Kurt Vid Stein (Dänemark) 5:05,1 Min. und Marcel Delattre (Frankreich) 5:05,1 Min.; 3. Lauf: Siegfried Köhler (DDR – Berlin) 5:05,0 Min. vor Mario Valotto (Italien) 5:06,4 Min.; 4. Lauf: Stanislaw Moskwin (UdSSR) 5:07,1 Min. vor Kurt Schnurrenberger (Österreich) 5:14,0 Min.; 5. Lauf: Hans Mangold (BRD – Mannheim) 5:05,6 Min. vor Mike Gambrill (England) 5:09,9 Min.; 6. Lauf: Michel Nedelec (Frankreich) 5:07,2 Min. vor Barthelmes Gillard (Belgien) 5:08,5 Min.; 7. Lauf: Nikolow (Bulgarien) 5:20,4 Min. vor Ole Wackström (Finnland) 5:23,3 Min.; 8. Lauf: Ib Reenberg (Dänemark) 5:10,2 Min. vor Ferdinand Duchon (CSR) 5:11,6 Min.; 9. Lauf: Wolfjürgen Edler (BRD – Berlin) 5:15,0 Min.; 10. Lauf: Erwin Kriz (Österreich) 5:06,6 Min. vor Wolfgang Jaeger (DDR – Berlin) 5:14,0 Min.; 11. Lauf: Henk Nijdam (Niederlande) 5:00,8 Min. vor Werner Weckert (Schweiz) 5:16,0 Min.; 12. Lauf: Anatoli Gawrilow (UdSSR) 5:08,1 Min. vor Kurt Postl (Österreich) 5:14,9 Min.; 13. Lauf: Josef

Volf (CSR) 5:09,4 Min. vor Germain Bouvry (Belgien) le. Runde eingeholt.

Viertelfinale

1. Lauf: Nijdam 5:07,1 Min besiegt Kriz 5:10,0 Min.; 2. Lauf: Mangold 6:22,3 Min. besiegt Testa (Fuß aus dem Haken, aufgehört); 3. Lauf: Köhler 5:05,6 Min. besiegt Valotto 5:05,6 Min.; 4. Lauf (wegen Defekt nach 3000 m abgebrochen): Delattre 3:47,3 Min. besiegt Vid Stein 3:53,4 Min.

Halbfinale

1. Lauf: Delattre 5:10,1 Min. besiegt Mangold; 2. Lauf: Nijdam 5:07,5 Min. besiegt Köhler 5:11,0 Min.

Endläufe

Finale um Platz 3 und 4: Köhler 5:08,1 Min. besiegt Mangold 5:12,5 Min.

Finale um Platz 1 und 2: Delattre 5:05,8 Min. besiegt Nijdam 5:20,9 Min.

Endstand:

1. Marcel Delattre (Frankreich)
2. Henk Nijdam (Niederlande)
3. Siegfried Köhler (DDR – Berlin)
4. Hans Mangold (BRD – Mannheim)

Steherrennen

1. Vorlauf über 50 km

1. Lothar Meister I (DDR – Chemnitz) 44:45 Min., 2. Leendert van der Meulen (Niederlande) 100 m zur., 3. Karel Paral (CSR) 115 m zur., 4. Domenico de Lillo (Italien) 370 m zur., 5. Christian Giscos (Frankreich) 540 m zur.

2. Vorlauf über 50 km

1. Siegfried Wustrow (DDR – Leipzig) 43:46,3 Min., 2. Hendrik Buis (Niederlande) 205 m zur., 3. Jerzy Bek (Polen) 320 m zur., 4. John Connon (Irland) 550 m zur., aufgegeben: Fraziano Checchetto (Italien) km 31.

3. Vorlauf über 50 km

1. Georg Stoltze (DDR – Berlin) 42:28,2 Min., 2. Bert Romijn (Niederlande) 65 m zur., 3. Oreste Viola (Italien) 230 m zur., 4. Antège Godelle (Frankreich) 520 m zur., 5. Harry Hardcastle (England) 1.190 m zur.

Hoffnungslauf über 50 km

1. Giscos 44:09,8 Min., 2. Bek 180 m zur., 3. Godelle 200 m zur., 4. Paral 220 m zur., 5. Viola 520 m zur., 6. De Lillo 800 m zur., 7. Harry Hardcastle 1.060 m zur., 8. Connan 1.260 m zur.

Endlauf über 1 Stunde

1. Georg Stoltze (DDR – Berlin)	68,590 km
Schrittmacher Fritz Erdenberger (Halle)	
2. Siegfried Wustrow (DDR – Leipzig)	35 m zurück
Schrittmacher Holm Rommel (Leipzig)	
3. Hendrik Buis (Niederlande)	120 m zurück
Schrittmacher Albertus de Graaf (Niederlande)	
4. Bert Romijn (Niederlande)	420 m zurück
Schrittmacher Frits Wiersma (Niederlande)	
5. Antege Godelle (Frankreich)	600 m zurück
Schrittmacher Plaisance (Frankreich)	
6. Lothar Meister I (DDR – Chemnitz)	1.020 m zurück
Schrittmacher Horst Aurich (Leipzig)	
7. Christian Giscos (Frankreich)	1.460 m zurück
Schrittmacher Hugo Lorenzetti (Frankreich)	
8. Leendert van der Meulen (Niederlande)	3.640 m zurück
Schrittmacher Bruno Walrave (Niederlande)	

Aufgegeben: Jerzy Bek (Polen) h. Erich Zawadski (Berlin) nach 25 Min.

FRAUEN

Sprint

Vorläufe

1. Lauf: Galina Jermolajewa (UdSSR) 14,2 s vor Rainbow (England); 2. Lauf: Jeanne Dunn (England) 14,0 s vor Victoire van Nuffel (Belgien) und Ingrid Kutter (DDR -); 3. Lauf: Tamara Uljanowa-Abamokowskaja (UdSSR) 13,9 s vor Andrea Elle (DDR – Berlin) und A. Vaudel (Frankreich); 4. Lauf: Marie-Therese Naessens (Belgien) 13,0 s vor Renée Vissac (Frankreich) und Renate Stecher (DDR - Buna); 5. Lauf: Walentina Maksimowa-Pantilowa (UdSSR) 13,8 s vor Ganneau (Frankreich).

Hoffnungsläufe

1. Lauf: Rainbow 13,9 s vor Stecher; 2. Lauf: Elle 13,9 s vor Van Nuffel; 3. Lauf: Kutter 13,4 s vor Ganneau.

Viertelfinale

1. Lauf: Jermolajewa 13,8 s vor Kutter; 2. Lauf: Dunn 13,9/kampflos vor Elle; 3. Lauf: Abakumowskaja 13,2/12,3 s vor Rainbow; 4. Lauf: Pantilowa 13,9/kampflos vor Naessens.

Halbfinale

1. Lauf: Jermolajewa 15,4/14,4 s vor Abakumowskaja; 2. Lauf: Pantilowa 14,4/13,8 s vor Dunn.

Endläufe

Finale um Platz 3 und 4: Dunn in 2:1 Läufen vor Abakumowskaja (A. 13,4 s; D. 13,6/13,2 s).
Finale um Platz 1 und 2: Jermolajewa 13,6/13,4 s vor Pantilowa.

Endstand:
1. Galina Jermolajewa (UdSSR)
2. Walentina Pantilowa (UdSSR)
3. Jeanne Dunn (England)
4. Tamara Abakumowskaja (UdSSR)

3000 m Verfolgungsfahren

Qualifikation
1. Lauf: Beryl Burton (England) 4:12,9 Min. vor Elsy Jacobs (Luxemburg) 4:21,9 Min.; 2. Lauf: Andrea Elle (DDR – Berlin) 4:21,9 Min. vor Ljubow Kotschetowa (UdSSR) 4:25,2 Min.; 3. Lauf: Marie-Therese Naessens (Belgien) 4:22,2 Min. vor Renée Vissac (Frankreich) 4:32,2 Min.; 4. Lauf: Ljubow Shogina (UdSSR) 4:20,6 Min. vor Kay Ray (England) 4:26,0 Min.; 5. Lauf: Elisabeth Kleinhans (DDR – Leipzig) 4:28,7 Min. vor Vaudel (Frankreich) 4:28,7 Min.; 6. Lauf: Yvonne Reynders (Belgien) 4:21,7 Min.

Viertelfinale
1. Lauf: Burton 4:10,4 Min. besiegt Kotschetowa 4:22,3 Min.; 2. Lauf: Shogina 4:13,3 Min. besiegt Ray 4:20,3 Min: 3. Lauf: Elle 4:17,5 Min. besiegt Reynders 4:20,0 Min.; 4. Lauf (nach Defekt bei 2.800 m abgebrochen): Naessens 3:54,3 Min. besiegt Jacobs 4:04,0 Min.

Halbfinale
1. Lauf: Burton vor Elle (Defekt auf letzten 1000 m); 2. Lauf: Naessens 4:11,7 Min. vor Shogina 4:14,9 Min.

Endläufe
Finale um Platz 3 und 4: Shogina 4:15,0 Min. besiegt Elle 4:16,1 Min.
Finale um Platz 1 und 2: Burton 4:06;1 Min. besiegt Naessens 4:12,8 Min.

Endstand:
1. Beryl Burton (England)
2. Marie-Therese Naessens (Belgien)
3. Ljubow Shogina (UdSSR)
4. Andrea Elle (DDR – Berlin)

Bahnradsport

BERUFSFAHRER

Steher-Weltmeisterschaft in Karl-Marx-Stadt

Vorläufe über 1 Stunde
(Rollenabstand 40 cm)
1. Lauf: 1. Adolphe Verschueren (Belgien) hinter Vandenbosch 79,238 km, 2. Guillermo Timoner (Spanien) h. Meulemans 20 m zurück, 3. Arie van Houwelingen (Niederlande) h. Wiersma 30 m zurück, 4. Godeau (Frankreich) h. Blanc-Marin 110 m zurück, 5. Fritz Gallati (Schweiz) h. Wambst 143 m zurück, 6. Honl (Italien) h. Jotti 2642 m zurück.
2. Lauf: 1. Pizzali (Italien) h. Laval 77,000 km, 2. Walter Bucher (Schweiz) h. Grolimond 30 m zurück, 3. Norbert Koch (Niederlande) h. van Rooy 90 m zurück, 4. Paul Depaepe (Belgien) h. de Graaf 393 m zurück, 5. Retrain h. Vanderstuyft 746 m zurück, 6. Achim Holz (BRD – Berlin) h. Johannes Käb 1433 m zurück.
3. Lauf: 1. Jean Raynal (Frankreich) h. 80,793 km, 2. Martin Wierstra (Niederlande) h. van Ingelghem, 3. Pietro Gomila (Spanien) h. Bennassar 100 m zurück, 4. Karl-Heinz Marsell (BRD – Dortmund) h. Werner Schmidt 543 m zurück, 5. Pietro Musone h. Pasquier 1020 m zurück; ausgeschieden: Proost (Belgien) h. Pelzer.

Hoffnungslauf über 1 Stunde
1. Depaepe h. de Graaf 78,616 km, 2. Koch h. van Rooy 25 m zurück, 3. Van Houwelingen h. Wiersma 60 m zurück, 4. Marsell h. Schmidt (Maschinendefekt)/Käb 95 m zurück, 5. Gallati h. Wambst 205 m zurück, 6. Retrain h. Vanderstuyft 250 m zurück, 7. Godeau h. Blanc-Marin 305 m zurück; aufgegeben: Gomila.

Endlauf über 100 km

1. Guillermo Timoner (Spanien)	1:12:59 Std.
Schrittmacher Gus Meulemans (Belgien)	
2. Martin Wierstra (Niederlande)	130 m zurück
Schrittmacher Felicien van Ingelghem (Frankreich)	
3. Norbert Koch (Niederlande)	736 m zurück
Schrittmacher van Rooy (Niederlande)	
4. Arie van Houwelingen (Niederlande)	1020 m zurück
Schrittmacher Frits Wiersma (Niederlande)	
5. Virginio Pizalli (Italien)	1623 m zurück
Schrittmacher Laval (Frankreich)	
6. Jean Raynal (Frankreich)	1765 m zurück
Schrittmacher Hugo Lorenzetti (Italien)	

7. Adolphe Verschueren (Belgien)   3666 m zurück
Schrittmacher Emil Vandenbosch/Pelzer
Ausgeschieden: Walter Bucher (Schweiz) in der 284. Runde, Paul
Depaepe (Belgien).

Straßenradsport

Hohenstein-Ernstthal, Sachsenring

BERUFSFAHRER

Straßeneinzelrennen über 279,392 km
14. August 1960
67 Teilnehmer aus 14 Ländern, 39 im Ziel.

1. Rik van Looy (Belgien) 7:47:27 Std. (36,126 km/h)
2. Andre Darrigade (Frankreich)
3. Pino Cerami (Belgien)
4. Imerio Massignan (Italien), 5. Raymond Poulidor (Frankreich), 6.
Hennes Junkermann (BRD – Krefeld), 7. Charly Gaul (Luxemburg), 8.
Piet Damen (Niederlande), 9. Jacques Anquetil (Frankreich), 10. Brian
Robinson (England), 11. Joseph Planckaert (Belgien), 12. Raymond
Mastrotto (Frankreich), 13. Graziano Battistini (Italien), 14. Jean Stablinski
(Frankreich), 15. Frans De Mulder (Belgien), 16. Henry Anglade (Frank-
reich), 17. Seamus Elliott (Irland) alle gl. Zeit, 18. Frans Aerenhouts
(Belgien) 18 s zur., 19. Emile Daems (Belgien) 1:22 Min., 20. Nino Defilippis
(Italien), 21. Piet Rentmeesters (Niederlande) 1:44 Min., 22. Albertus
Geldermans (Niederlande) 1:51 Min., 22. Enrique Manzaneque (Spanien), 24. Miguel
Poblet (Spanien) gl. Zeit, ...26. Lothar Friedrich (BRD - Völklingen) 1:51
Min., 28. Jean Adriaensens (Belgien) 1:57 Min.

AMATEURE

Straßeneinzelrennen über 174,62 km
13. August 1960
111 Teilnehmer aus 25 Ländern

1. Bernhard Eckstein (DDR – Leipzig) 4:43:31 Std. (36,954 km/h)
2. Gustav Adolf Schur (DDR – Leipzig) 17 s zur.
3. Willy Vandenberghen (Belgien) dichtauf

4. Juri Melichow 22 s zur., 5. Jewgeni Klewzow (beide UdSSR), 6.
Roland Lacombe, 7. Jacques Simon (beide Frankreich), 8. Kurt Postl
(Österreich), 9. Egon Adler (DDR - Leipzig), 10. Enzo Cerbini (Italien),
11. Mohammed El Gourch (Marokko), 12. Raymond Reaux (Frank-
reich), 13. Stanislaw Gazda (Polen), 14. Alexej Petrow (UdSSR), 15.
Gilbert Maes (Belgien), 16. Ken Laidlaw, 17. William Bradley (beide
England), 18. Franciszek Kosela (Polen), 19. Arnold Ruiner (Öster-
reich), 20. Erwin Jaisli (Schweiz), 21. Livio Trape (Italien), 22. Jan
Kudra (Polen), 23. Jacques Gerstraud (Frankreich), 24. Renee Lotz
(Niederlande), 25. Hermann Schmidinger (Schweiz), 26. Günter Lörke
(DDR – Leipzig), 27. Juri Pawlow (UdSSR), 28. Tull (Luxemburg), 29.
Viktor Kapitonow (UdSSR), 30. Gainan Saidchushin (UdSSR), 31.
Günther Tüller (BRD - Velbert), ... 34. Lothar Höhne (DDR – Leipzig),
39. Dick Groeneweg (Niederlande), ...46. Albert Covens (Belgien),
50. Erich Hagen (DDR – Leipzig), 54. Troche (BRD – Hameln) alle gl.
Zeit, ... 57. Robert Lelangue (Belgien) 1:51 Min., Joseph Wouters
(Belgien) 2:07 Min.
(Die vollständigen Ergebnislisten sind nicht mehr erhalten).

FRAUEN

Straßeneinzelrennen über – Runden = km
13. August 1960

1. Beryl Burton (England) 1:54:39 Std. (31,984 km/h)
2. Rosa Sels (Belgien) 3:37 Min. zur.
3. Elisabeth Kleinhans (DDR – Leipzig)
4. Vera Gorbatschowa (UdSSR), 5. Marie-Therese Naessens (Belgi-
en), 6. Karin Hänsel (DDR - Karl-Marx-Stadt), 7. Yvonne Reynders (Belgien), 8. Lilli Herse (Frankreich), 9. Maria Lukschina (UdSSR), 10. Renate Krämer (DDR - Karl-Marx-Stadt), 11. Elsy Jacobs (Luxemburg)
alle gl. Zeit; 12. Aina Puronen (UdSSR) 4:57 Min., 13. Jane Kershaw
(England), 14. Tamara Nowikowa (UdSSR) 6:36 Min., 15. Renée
Vissac (Frankreich), 16. Ninell Shishina (UdSSR), ... ex aquo 23.
Maja Vimbare (UdSSR), Elfriede Vey (DDR - Karl-Marx-Stadt) 7:29
Min.

Weltmeisterschaften
Frankfurt, Köln, Nürburgring 1966

**Weltmeisterschaften im Bahn- und Straßenradsport in Frankfurt am Main, Köln-Brauweiler und auf dem Nürburgring
25. August - 4. September 1966
Länder:		32**

Bahnradsport

Frankfurt/Main, Waldstadion - 29. August – 4. September 1966

BERUFSFAHRER

Sprint

Vorläufe
1. Lauf: Giuseppe Beghetto (Italien) 11,4 s vor Noris (Australien) und Furuta (Japan); 2. Lauf: Ron Baensch (Australien) 11,6 s vor Hirama (Japan) und Charruau (Frankreich); 3. Lauf: Josef De Bakker (Belgien) 11,7 s vor Heberle (Schweiz) und Bernd Rohr (BRD - Mannheim); 4. Lauf: Sante Gaiardoni (Italien) 12,0 s vor Ishida (Japan) und Roger Gaignard (Frankreich); 5. Lauf: Fritz Pfenninger (Schweiz) 11,9 s vor Leo Sterckx (Belgien) und Hans-Peter Kanters (BRD - Köln); 6. Lauf: Valerie Frennet (Belgien) 11,4 s vor Giovanni Pettenella (Italien).

Hoffnungsläufe
1. Lauf: Hirama 12,2 s vor Sterckx und Noris; 2. Lauf: Charruau 12,3 s vor Kanters und Furuta; 3. Lauf: Heberle 15,1 s vor Gaignard und Ishida; 4. Lauf: Pettenella 11,4 s vor Rohr.

Hoffnungsendläufe
1. Lauf: Hirama 12,2 s vor Charruau; 2. Lauf: Pettenella 11,7 s vor Heberle.
Viertelfinale
1. Lauf: Beghetto 11,0/12,1 s vor Hirama; 2. Lauf: Baensch in 2:1

Läufen vor Pettenella (B. 11,0 s; P. 11,6 s; B. 11,7 s); 3. Lauf: De Bakker 11,8/11,9 s vor Pfenninger; 4. Lauf: Gaiardoni 11,5/11,9 s vor Frennet.

Halbfinale
1. Lauf: Beghetto 12,1/11,6 s vor De Bakker; 2. Lauf: Baensch in 2:1 Läufen vor Gaiardoni (G. 12,7 s/B. distanziert; B. 11,8/12,1 s).

Endläufe
Finale um Platz 3 und 4: Gaiardoni vor De Bakker.
Finale um Platz 1 und 2: Beghetto vor Baensch.

Endstand:
1. Giuseppe Beghetto (Italien)
2. Ron Baensch (Australien)
3. Sante Gaiardoni (Italien)
4. Josef De Bakker (Belgien)

5000 m Verfolgungsfahren

Qualifikation
1. Lauf: Theo Mertens (Belgien) 6:21,28 Min. vor Dave Bonner (Großbritannien) 6:23,55 Min.; 2. Lauf: Klaus May (BRD – Mannheim) 6:26,07 Min. vor Camille Le Menn (Frankreich) 6:27,36 Min.; 3. Lauf: Willy Trepp (Schweiz) 6:24,85 Min. vor Henk Nijdam (Niederlande) 6:25,52 Min.; 4. Lauf: Ferdinand Bracke (Belgien) 6:12,23 Min. vor Charlie Grosskost (Frankreich) 6:20,43 Min.; 5. Lauf: Leandro Faggin (Italien) 6:11,60 Min. vor Freddy Eugen (Dänemark) 6:15,11 Min.; 6. Lauf: Dieter Kemper (BRD – Dortmund) 6:10,56 Min. vor Giampiero Macchi (Italien) 6:17,90 Min.; 7. Lauf: Erik Havn (Dänemark) 6:54,05 Min. (im Alleingang).

Viertelfinale
1. Lauf: Kemper 3;56,79 Min. besiegt Bonner eingeholt; 2. Lauf: Faggin 6:12,65 Min. besiegt Mertens 6:17,52 Min.; 3. Lauf: Bracke 3:25,43 Min. besiegt Grosskost eingeholt; 4. Lauf: Eugen 6:20,82 Min. besiegt Macchi 6:29,82 Min.

Halbfinale
1. Lauf: Bracke 6:26,67 Min. besiegt Eugen 6:36,65 Min.; 2. Lauf: Faggin 6:15,16 Min. besiegt Kemper 6:18,67 Min.

Endläufe
Finale um Platz 3 und 4: Kemper 6:25,85 Min. besiegt Eugen 6:30,07 Min.
Finale um Platz 1 und 2: Faggin 6:08,10 Min. besiegt Bracke 6:08,45 Min.

Endstand:
1. Leandro Faggin (Italien)
2. Ferdinand Bracke (Belgien)
3. Dieter Kemper (BRD – Dortmund)
4. Freddy Eugen (Dänemark)

Steherrennen

Vorläufe über 1 Stunde
1. Lauf: 1. Piet van der Lans (Niederlande) 74,178 km, 2. Jan le Grand (Niederlande) 110 m zurück, 3. Joseph Verachtert (Belgien) 200 m zurück, 4. Guillermo Timoner (Spanien) 260 m zurück, 5. Ehrenfried Rudolph (BRD – Dortmund) 370 m zurück, 6. Armano Pellegrini (Italien) 850 m zurück, 7. Antège Godelle (Frankreich) 4020 m zurück.
2. Lauf: 1. Leo Proost (Belgien) 73,600 km, 2. Jaap Oudkerk (Niederlande) 340 m zurück, 3. Romain Deloof (Belgien) 830 m zurück, 4. Fredy Ruegg (Schweiz) 960 m zurück, 5. Daniel Salmon (Frankreich) 1.460 m zurück, 6. Domenico De Lillo (Italien) 2740 m zurück, 7. José Escalas (Spanien) 3100 m zurück, 8. Hartmut Scholz (BRD – Berlin) 6.010 m zurück.

Hoffnungslauf über 1 Stunde: 1. Timoner 74,0 km, 2. Rudolph 290 m zurück, 3. Ruegg 370 m zurück, 4. Escalas 1.010 m zurück, 5. Pellegrini 1.330 m zurück; aufgegeben: De Lillo, Godelle, Salmon, Scholz.

Endlauf über 100 km
1. Romain de Loof (Belgien)   1:21:41 Std.
Schrittmacher Hugo Lorenzetti (Frankreich)
2. Ehrenfried Rudolph (BRD – Dortmund)   40 m zurück
Schrittmacher Georg Grolimond (Schweiz)
3. Leo Proost (Belgien)   90 m zurück
Schrittmacher Norbert Koch (Niederlande)
4. Fredy Rüegg (Schweiz)   130 m zurück
Schrittmacher Herbert Notter (Schweiz)
5. Piet van der Lans (Niederlande)   1.195 m zurück.
Schrittmacher Bruno Walrave (Niederlande)
6. Jaap Oudkerk (Niederlande)   2.380 m zurück
Schrittmacher Albertus de Graaf (Niederlande)
7. Jan le Grand (Niederlande)   3.010 m zurück
Schrittmacher Joop Stakenburg (Niederlande)
Aufgegeben: Guillermo Timoner (Spanien) bei km 38; Joseph Verachtert (Belgien) bei km 96.

AMATEURE

1000 m Zeitfahren

1. Pierre Trentin (Frankreich)   1:07,29 Min.
2. Paul Seye (Belgien)   1:08,06 Min.
3. Frans van der Ruit (Niederlande)   1:08,98 Min.
4. Niels Fredborg (Dänemark) 1:09,01 Min., 5. Imant Bodnieks (UdSSR) 1:09,15 Min., 6. James Booker (Großbritannien) 1:09,55 Min., 7. Jiri Pecka (CSSR) 1:09,81 Min., 8. Herbert Honz (BRD – Bocholt) 1:09,91 Min., 9. Waclaw Latocha (Polen) 1:09,96 Min., 10. Darryl Perkins (Australien) 1:10,78 Min., 11. Erhard Hancke (DDR - Leipzig) 1:10,83 Min., 12. Gianni Sartori (Italien) 1:11,04 Min., 13. Esa Halmo (Finnland) 1:11,56 Min., 14. Bill Kund (USA) 1:12,52 Min., 15. Blago Dimitrow (Bulgarien) 1:12,69 Min., 16. Mitsyru Imamura (Japan) 1:12,71 Min., 17. Heinz Oberst (Österreich) 1:13,11 Min., 18. Jose Mercado (Mexiko) 1:13,78 Min., 19. Hans Heer (Schweiz) 1:14,70 Min., 20. Norman Joyce (Neuseeland) 1:15,19 Min., 21. James Eduard Kriel (Südafrika) 1:15,87 Min., 22. Gariani Ahmes (Libyen) 1:17,21 Min.

Sprint

Vorläufe
1. Lauf: Omar Pchakadse (UdSSR) 11,7 s vor Walter Malicek (Österreich); 2. Lauf: Giordano Turrini (Italien) 12,8 s vor Raimo Nieminen (Finnland) und Hanud Hamoni (Algerien); 3. Lauf: Daniel Morelon (Frankreich) 11,6 s vor Hoei Nagana (Japan) und Blago Dimitrow (Bulgarien); 4. Lauf: Pierre Trentin (Frankreich) 11,5 s vor René van Lancker (Belgien) und Gariani Ahmes (Libyen); 5. Lauf: Milos Jelinek (CSSR) 12,1 s vor Per Sarto (Dänemark) und Johannes Koopman (Niederlande); 6. Lauf: Johannes Janssen (Niederlande) 11,5 s vor Hans-Jürgen Klunker (DDR - Leipzig) und Masaru Nakatani (Japan); 7. Lauf: James Booker (Großbritannien) 11,8 s vor Wiktor Logunow (UdSSR) und José Mercato (Mexiko); 8. Lauf: Niels Fredborg (Dänemark) 11,4 s vor Volkmar Linke (DDR - Berlin) und Dave Watkins (Großbritannien); 9. Lauf: Luigi Borghetti (Italien) 12,1 s vor Sciames Asciur (Libyen) und Daryl Perkins (Australien); 10. Lauf: Gordon Johnson (Australien) 12,2 s vor Mario Vanegas (Kolumbien) und Ryszard Kupczak (Polen); 11. Lauf: Jack Disney (USA) 12,1 s vor Ivan Kucirek (CSSR) und Roger Laast (Belgien); 12. Lauf: Preston Handy (USA) 12,1 s vor Norman Joyce (Neuseeland) und Dino Verzini (Italien); 13. Lauf:

Rennsport-WM in Deutschland: Namen und Zahlen

Jürgen Geschke (DDR – Berlin) 11,6 s vor Christian Kipping (Niederlande) und Peter Robinson (Neuseeland); 14. Lauf: Andrzej Kosensky (Polen) 11,6 s vor Gerard Rolland (Frankreich) und Heinz Oberst (Österreich); 15. Lauf: Reg Barnett (Großbritannien) 11,8 s vor Uli Schillinger (BRD - München) und Alexej Koljuschew (UdSSR); 16. Lauf: Peder Pedersen (Dänemark) 12,3 s vor Bernhard Kieser (BRD - Mannheim) und Jack Simes (USA); 17. Lauf: Josef Kratina (CSSR) 12,2 s vor Joe Brown (Australien) und Freddy Helssen (Belgien).

Hoffnungsläufe
1. Lauf: Koopman 11,7 s vor Nieminen und Malicek; 2. Lauf: Sarto 11.8 s vor Nagano; 3. Lauf: Van Lancker 11,5 s vor Klunker und Dimitrow; 4. Lauf: Linke 11,7 s vor Logunow und Ahmed; 5. Lauf: Vanegas 11,8 s vor Watkins und Joyce; 6. Lauf: Mercado 11,6 s vor Perkins und Kupczak; 7. Lauf: Kucirek 11,9 s vor Asciur und Kipping; 8. Lauf: Rolland 11,7 s vor Last und Robinson; 9. Lauf: Helssen 11,6 s vor Koljuschew und Oberst; 10. Lauf: Verzini 11,8 s vor Nakatani; 11. Lauf: Kieser 11,8 s vor Brown; 12. Lauf: Simes vor Schillinger (disqualifiziert).

Hoffnungsrunde
1. Lauf: Van Lancker 11,8 s vor Koopman, Sarto und Linke; 2. Lauf: Vanegas 11,4 s vor Kucirek, Rolland und Mercado; 3. Lauf: Verzini 11,5 s vor Kieser, Simes und Helssen.

Hoffnungsendlauf: Van Lancker 11,9 s vor Verzini und Vanegas.

Achtelfinale
1. Lauf: Pchakadse 11,8 s vor Van Lancker und Barnett; 2. Lauf: Turrini 12,1 s vor Fredborg und Kosewski; 3. Lauf: Morelon 11,6 s vor Pedersen und Handy; 4. Lauf: Trentin 11,8 s vor Disney und Kratina; 5. Lauf: Johnson 11,6 s vor Borghetti und Jelinek; 6. Lauf: Geschke 12,0 s vor Booker und Jansen.

Hoffnungsläufe des Achtelfinales
1. Lauf: Van Lancker 11,8 s vor Pedersen und Kosewski; 2. Lauf: Fredborg 12,0 s vor Barnett und Handy; 3. Lauf: Kratina 11,9 s vor Borghetti und Booker; 4. Lauf: Jansen 12,0 s vor Disney und Jelinek.

Hoffnungsendläufe des Achtelfinales
1. Lauf: Fredborg 11,7 s vor Van Lancker; 2. Lauf: Jansen 12,3 s vor Kratina.

Viertelfinale
1. Lauf: Pchakadse 12,6/12,6 s vor Fredborg; 2. Lauf: Turrini 12,4/11,8 s vor Jansen; 3. Lauf: Morelon 12,3/12,6 s vor Johnson; 4. Lauf: Trentin 12,4/12,2 s vor Geschke.

Halbfinale
1. Lauf: Trentin 11,9/11,6 s vor Pchakadse; 2. Lauf: Morelon 12,0/11,7 s vor Turrini.

Endläufe
Finale um Platz 3 und 4: Pchakadse 12,5/12,0 s vor Turrini.
Finale um Platz 1 und 2: Morelon 12,0/11,7 s vor Trentin.

Endstand:
1. Daniel Morelon (Frankreich)
2. Pierre Trentin (Frankreich)
3. Omar Pchakadse (UdSSR)
4. Giordano Turrini (Italien)

Tandemmalfahren

Vorläufe
1. Lauf: Australien (Johnson/Brown) 11,2 s vor DDR (Reiner Marx/ Jürgen Geschke); 2. Lauf: UdSSR (Bodnieks/Logunow) 10,8 s vor Großbritannien (Thompson/Cooke); 3. Lauf: Frankreich (Morelon/Trentin) 10,8 s vor Polen (Kupczak/Kosewski); 4. Lauf: Niederlande (Jansen/Koopman) 11,2 s vor CSSR (Kucirek/Jelinek); 5. Lauf: Italien (Turrini/Gorini) 10,7 s im Alleingang; 6. Lauf: BRD (Kobusch/Stenzel) 10,9 s vor Neuseeland (Robinson/Joyce).

Hoffnungsläufe
1. Lauf: DDR 11,1 s vor Polen; 2. Lauf: Großbritannien 11,3 s vor CSSR und Neuseeland.

Viertelfinale
1. Lauf: UdSSR 10,7/10,8 s vor Australien; 2. Lauf: Frankreich 10,3/10,9 s vor DDR; 3. Lauf: BRD ohne Zeit/11,0 s vor Niederlande; 4. Lauf: Italien 10,9/10,8 s vor Großbritannien.

Halbfinale:
1. Lauf: Frankreich in 2:1 Läufen vor Italien(F. - I. distanziert; I. 10,5 s ; F. 11,5 s); 2. Lauf: BRD 10,8/10,8 s vor UdSSR.

Endläufe
Finale um Platz 3 und 4: Italien in 2:1 Läufen vor UdSSR (U. 10,8 s; I. 10,7/11,0 s).
Finale um Platz 1 und 2: Frankreich10,6/10,9 s vor BRD.

Endstand:
1. Frankreich (Daniel Morelon/Pierre Trentin)
2. BRD (Klaus Kobusch - Bocholt/Martin Stenzel - Köln)
3. Italien (Giordano Turrini/Walter Gorini)
4. UdSSR (Imant Bodnieks/Wiktor Logunow)

4000 m Verfolgungsfahren

Qualifikation
1. Lauf: Hans Heer (Schweiz) 5:12,24 Min.; 2. Lauf: Pietro Guerra (Italien) 5:00,06 Min. vor Preben Isaksson (Dänemark) 5:09,48 Min., 3. Lauf: Tiemen Groen (Niederlande) 4:54,21 Min. vor Wiktor Bykow (UdSSR) 5:00,86 Min.; 4. Lauf: Paul Crapez (Belgien) 5:02,58 Min. vor Wiliam Kund (USA) 5:16,81 Min.; 5. Lauf: Stanislaw Moskwin (UdSSR) 4:58,22 Min. vor Otto Bennewitz (BRD – Frankfurt/M) 5:08,28 Min.; 6. Lauf: Giorgio Ursi (Italien) 4:58,21 Min. vor Gilles Federoff (Frankreich) 5:14,21 Min.; 7. Lauf: Martin Rodriguez (Kolumbien) 5:00,27 Min. vor Klaus Ampler (DDR – Leipzig) 5:03,85 Min.; 8. Lauf: Bernard Darmet (Frankreich) 5:10,85 Min. vor Eddy van Audenaerde (Belgien) 5:11,36 Min.; 9. Lauf: Mogens Frey (Dänemark) 5:01,92 Min. vor Hugh Porter (Großbritannien) 5:03,99 Min.; 10. Lauf: Jiri Daler (CSSR) 4:57,72 Min. vor Graham Webb (Großbritannien) 5:01,61 Min.; 11. Lauf: Frans van der Ruit (Niederlande) 5:05,74 Min. vor Marian Zielinski (Polen) 5:08,92 Min.; 12. Lauf: Gerd Steiner (DDR – Karl-Marx-Stadt) 5:11,71 Min. vor Edward James Kriel (Südafrika) 5:14,87 Min.; 13. Lauf: Jiri Kolar (CSSR) 4:56,71 Min. vor Franz Buchele (Österreich) 5:12,99 Min.; 14. Lauf: Heinz Richter (DDR - Berlin) 5:09,19 Min. vor Dave Brink (USA) 5:09,33 Min.; 15. Lauf: Jan Magiera (Polen) 5:07,42 Min. vor Franz Dögl (Österreich) 5:19,16 Min.; 16. Lauf: Radames Trevino (Mexiko) 5:13,48 Min. vor Mitsuru Imamura (Japan) 5:21,05 Min.

Viertelfinale
1. Lauf: Groen 4:51,76 Min. besiegt Bykow 5:07,0 Min.; 2. Lauf: Kolar 5:00,18 Min. besiegt Rodriguez 5:03,30 Min.; 3. Lauf: Daler 4:58,33 Min. besiegt Guerra 5:03,83 Min.; 4. Lauf: Ursi 4:58,10 Min. besiegt Moskwin 5:00,30 Min.

Halbfinale
1. Lauf: Groen 4:55,00 Min. besiegt Kolar 5:03,79 Min.; 2. Lauf: Daler 4:57,24 Min. besiegt Ursi 5:00,45 Min.

Endläufe
Finale um Platz 3 und 4: Ursi 4:58,41 Min. besiegt Kolar 4:59,57 Min.
Finale um Platz 1 und 2: Groen 4:50,21 Min. besiegt Daler 4:56,78 Min.

Endstand:
1. Tiemen Groen (Niederlande)
2. Jiri Daler (CSSR)
3. Giorgio Ursi (Italien)
4. Jiri Kolar (CSSR)

4000 m Mannschaftsverfolgung

Qualifikation
1. Italien (Antonio Castello, Cipriano Chemello, Gino Pancini, Luigi Roncaglia) 4:30,02 Min., 2. UdSSR (Wiktor Bykow, Michail Koljuchew, Stanislaw Moskwin, Leonid Wukulow) 4:35,36 Min., 3. BRD (Karlheinz Henrichs/Bocholt, Herbert Honz/Stuttgart, Jürgen Kissner/Köln, Karl Link/Stuttgart) 4:36,17 Min., 4. DDR (Siegfried Köhler/Berlin, Wolfgang Schmelzer/Berlin, Erhard Hancke/Leipzig, Rudolf Franz/Karl-Marx-Stadt) 4:36,97 Min., 5. Dänemark (Niels Fredborg, Mogens Frey, Jan Ingstrup, Reno Bengt Olsen) 4:38,91 Min., 6. CSSR (Jiri Daler, Pavel Kondr, Antonin Kriz, Frantisek Rezac) 4:39,44 Min., 7. Großbritannien (Ian Alsop, Bull, Brendan McKeown, Bill Whiteside) 4:39,48 Min., 8. Frankreich (Bernard Darmet, Gilles Federoff, Muller, Robert Varga) 4:40,67 Min., 9. Belgien (André Fabry, Andre Froidmont, Julien Verstrepen, Herman Vrijders) 4:40,80 Min., 10. Niederlande (Harry Steevens, Fedor den Hertog, Gert Bongers, Frans van der Ruit) 4:40,91 Min., 11. Polen (Lucjan Jozefowicz, Waclaw Latocha, Jan Magiera, Rajmond Zielinski) 4:41,03 Min., 12. Spanien (Ayestaran, Canellas, Jose-Luis Errandonea, Gonzoled) 4:44,16 Min., 13. Österreich (Franz Buchele, Franz Dögl, Malicek, Heinz Oberst) 4:45,14 Min., 14. Bulgarien (Iwan Slatkow, Jordanow, Slawtscho Nikolow, Sawzew) 4:47,49 Min., 15. USA (Dave Brink, Burnett, McMillan, Waschgau) 4:57,68 Min.

Viertelfinale
1. Lauf: Italien 4:30,21 Min. besiegt Frankreich 4:44,60 Min.; 2. Lauf: UdSSR 4:33,95 Min. besiegt Großbritannien 4:36,48 Min.; 3. Lauf: BRD 4:33,90 Min. besiegt CSSR 4:36,80 Min.; 4. Lauf: DDR 4:35,71 Min. besiegt Dänemark 4:38,80 Min.

Halbfinale
1. Lauf: Italien 4:20,64 Min. besiegt DDR – nach 3.750 m eingeholt; 2. Lauf: BRD 4:29, 81 Min. besiegt UdSSR 4:31,83 Min.

Endläufe
Finale um Platz 3 und 4: UdSSR 4:33,93 Min. besiegt DDR 4:36,30 Min.
Finale um Platz 1 und 2: Italien 4:30,51 Min. besiegt BDR 4:33,31 Min.

Endstand:
1. Italien
(Antonio Castello, Cipriano Chemello,
Gino Pancini, Luigi Roncaglia)
2. Bundesrepublik Deutschland
(Karlheinz Henrichs/Bocholt, Herbert Honz/Bocholt,
Jürgen Kissner/Köln, Karl Link/Stuttgart)
3. UdSSR
(Wiktor Bykow, Michail Koljuchew,
Stanislaw Moskwin, Leonid Wukulow)

4. Deutsche Demokratische Republik
(Siegfried Köhler/Berlin, Wolfgang Schmelzer/Berlin, Erhard Hancke/Leipzig, Rudolf Franz/Karl-Marx-Stadt)

Steherrennen

Vorläufe über 50 km
1. Lauf: 1. Alain Marechal (Frankreich) 41:46,5 Min., 2. Bert Romijn (Niederlande) 50 m zur., 3. Andreas Bennewitz (BRD – Frankfurt/M) 200 m zur.; 4. Max Janser (Schweiz) 398 m zur., 5. Gabriel Mas (Spanien) 450 m zur.; 6. Jiri Stagl (CSSR) 4.070 m zur.

2. Lauf: 1. Etienne Vander Vieren (Belgien) 41:41,9 Min., 2. Andries Helsloot (Niederlande) 10 m zur., 3. Francisco Obrador (Spanien) 60 m zur., 4. Christian Giscos (Frankreich) 110 m zur., 5. Jean-Claude Maggi (Schweiz) 140 m zur., 6. Adi Eifler (BRD - Köln) 1.060 m zur., 7. Eg. Maistrello (Italien) 1.500 m zur.

3. Lauf: 1. Pieter de Wit (Niederlande) 40:51,2 Min., 2. Raffaele Introzzi (Italien) 180 m zur., 3. Alfred Stücki (Schweiz) 260 m zur., 4. Kevin Crowe (Australien) 390 m zur., 5. Firmin de Vleminck (Belgien) 550 m zur., 6. André Meziers (Frankreich) 1.680 m zur., 7. Günter Weil (BRD - Solingen) 2.250 m zur.

Hoffnungsläufe über 50 km
1. Lauf: 1. Giscos 42:47,2 Min., 2. Stücki 90 m zur., 3. Bennewitz 150 m zur, 4. Maistrello 200 m zur., 5. Mas 680 m zur, 6. Eifler 750 m zur., 8. De Vleminck 1.160 m zur.
2. Lauf: 1. Janser 41:46,5 Min., 2. Crowe 30 m zur., 3. Meziers 1.210 m zur., 4. Maggi 1.500 m zur., 5. Stagl, 6. Weil 1.730 m zur., 7. Obrador 2.680 m zur.

Endlauf über 1 Stunde
1. Pieter de Wit (Niederlande)	71,600 km
Schrittmacher Norbert Koch (Niederlande)	
2. Bert Romijn (Niederlande)	30 m zurück
Schrittmacher Bruno Walrave (Niederlande)	
3. Christian Giscos (Frankreich)	150 m zurück
Schrittmacher Laval (Frankreich)	
4. Alain Marechal (Frankreich)	720 m zurück
Schrittmacher Hugo Lorenzetti (Italien)	
5. Raffaele Introzzi (Italien)	760 m zurück
Schrittmacher Georg Grolimond (Schweiz)	
6. Max Janser (Schweiz)	2370 m zurück
Schrittmacher Herbert Notter (Schweiz)	
7. Andries Helsloot (Niederlande)	3010 m zurück
Schrittmacher Frits Wiersma (Niederlande)	

Aufgegeben: Etienne Vander Vieren (Belgien)

FRAUEN

Sprint

Vorläufe
1. Lauf: Walentina Sawina (UdSSR) 13,9 s vor Alice Disney (USA); 2. Lauf: Hannelore Mattig (DDR - Berlin) 14,2 s vor Barbara Mapplebeck (Großbritannien) und Helena Badalova (CSSR); 3. Lauf: Heidi Blobner (DDR - Berlin) 13,5 s vor Gisèle Caille (Frankreich); 4. Lauf: Irina Kiritschenko (UdSSR) 13,0 s vor Helga Johanny (DDR - Berlin).

Hoffnungsläufe
1. Lauf: Johanny 13,0 vor Badalova und Disney ; 2. Lauf: Caille 13,6 vor Mapplebeck.
Hoffnungsendlauf: Badalova 13,7 s vor Mapplebeck und Disney.

Viertelfinale
1. Lauf: Sawina 13,0/12,9 vor Johanny; 2. Lauf: Caille 13,4/13,7 s vor Mattig; 3. Lauf: Blobner 13,2/14,0 s vor Badalova; 4. lauf: Kiritschenko 13,0/13,2 s vor Mapplebeck.

Halbfinale
1. Lauf: Sawina 12,8/13,5 s vor Caille; 2. Lauf: Kiritschenko 12,0/13,2 s vor Blobner.

Endläufe
Finale um Platz 3 und: Blobner 13,4/13,3 s vor Caille.
Flnale um Platz 1 und 2: Kiritschenko 13,2/12,8 s vor Sawina.

Endstand:
1. Irina Kiritschenko (UdSSR)
2. Walentina Sawina (UdSSR)
3. Heidi Blobner (DDR - Berlin)
4. Gisèle Caille (Frankreich)

3000 m Einzelverfolgung

Qualifikation
1. Beryl Burton (Großbritannien) 4:08,03 Min., 2. Yvonne Reynders (Belgien) 4:09,24 Min., 3. Aino Puronen (UdSSR) 4:12,08 Min., 4. Hannelore Mattig (DDR - Berlin) 4:13,37 Min., 5. Florinda Parenti (Italien) 4:15,19 Min., 6. Christiane Goeminne (Belgien) 4:17,56 Min., 7. Audrey McElmurey (USA) 4:18,23 Min., 8. June Mary Pitchford (Großbritannien) 4:18,29 Min., 9. Cornelia Keetie Hage (Niederlande) 4:20,16 Min., 10. Isabella Hage (Niederlande) 4:21,73 Min., 11. Irma Jussila (Finnland) 4:23,28 Min., 12. Elisabetta Maffeis (Italien) 4:23,66 Min.,

13. Elsy Jacobs (Luxemburg) 4:24,83 Min., 14. Jackye Barbedette (Frankreich) 4:26,13 Min.

Viertelfinale
1. Lauf: Burton 4:07,15 Min. vor McElmurey 4:23,86 Min.; 2. Lauf: Reynders 4:12,46 Min. vor Pitchford 4:21,66 Min.; 3. Lauf: Puronen 4:16,16 Min. vor Goeminne 4:18,78 Min.; 4. Lauf: Mattig 4:14,12 Min. vor Parenti 4:17,02 Min.

Halbfinale
1. Lauf: Burton 4:14,36 Min. vor Puronen 4:22,37 Min.; 2. Lauf: Reynders 4:11,64 Min. vor Mattig 4:17,91 Min.

Endläufe
Finale um Platz 3 und 4: Mattig 4:14,76 Min. vor Puronen 4:14,90 Min.
Finale um Platz 1 und 2: Burton 4:10,47 Min. vor Reynders 4:10,79 Min.

Endstand:
1. Beryl Burton (Großbritannien)
2. Yvonne Reynders (Belgien)
3. Hannelore Mattig (DDR - Berlin)
4. Aino Puronen (UdSSR)

4. Frankreich (Bernard Guyot, Robert Hiltenbrand, Gerard Swertvaeger, Jean-Pierre Danguillaume) 1:09 Min. zur., 5. UdSSR (Wiktor Tereschko, Alexander Dochljakow, Pepp Yffert, Wladimir Urbanowitsch) 2:04 Min. zur., 6. Schweden (Erik, Sture, Gösta und Thomas Pettersson) 2:40 Min. zur., 7. DDR (Lothar Appler/Berlin, Günter Hoffmann/Leipzig, Alex Peschel/Berlin, Dieter Vogelsang/Karl-Marx-Stadt) 3:22 Min. zur., 8. CSSR (Daniel Grac, Jan Smolik, Milos Hrazdira, Jan Wenczel) 3:46 Min. zur., 9. Spanien (Salvador Canet, G. Erenozaga, J. Linares, J. Ochotorena) 4:03 Min. zur., 10. Polen (Zenon Cechowski, Marian Kegel, Jan Magiera, Raimond Zielinski) 4:45 Min. zur., 11. BRD (Siegfried Adler/Baden-Baden, Martin Gombert/Ahlen, Dieter Leitner/Hombruch , Horst Ruster/Mannheim) 5:11 Min. zur., 12. Österreich (Christian Frisch, Hans Furian, Hans Königshofer, Kurt Schattelbauer) 5:40 Min. zur., 13. Norwegen (Ornulf Andresen, Thorleif Andresen, Tore Milsett, Siggen Realfsen) 6:22 Min. zur., 14. Belgien (Romain Furniere, Roger Genne, Jean Wouters, André Zwanepoel) 6:39 Min. zur., 15. Luxemburg (Johny Back, Roger Gilson, Roland Smaniotto, Robert Treis) 10:06 Min. zur., 16. Uruguay (Orlando Aguire, Oscar Almada, Francesco Perez, Franklin Plazeres) 10:21 Min. zur., 17. Großbritannien (Breeden, Morgan, Ach. Martin, Rochford) 19:02 Min. zur.

Straßenradsport

BERUFSFAHRER

Straßeneinzelrennen über 273,720 km
Nürburgring (Nordschleife) - 28. August 1966
12 Runden a 22,810 km
77 Teilnehmer aus 14 Ländern, 22 im Ziel.

AMATEURE

Köln - Brauweiler

100 km Straßenmannschaftsfahren
25.August 1966

1. Dänemark   2:09:03 Std. (46,413 km/h)
(Werner Blaudzun, Per Norup Hansen,
Ole Hojlund, Fleming Wisborg)
2. Niederlande   24 s zur.
(Eddy Beugels, Harry Steevens,
Tiemen Groen, Rinus Wagtmans)
3. Italien   1:02 Min. zur.
(Attilio Benfatto, Luciano Dalla Bona,
Mino Denti, Pietro Guerra)

1. Rudi Altig (BRD – Köln)   7:13:10 Std. (36,338 km/h)
2. Jacques Anquetil (Frankreich)
3. Raymond Poulidor (Frankreich)
4. Gianni Motta (Italien) 8 s zur., 5. Jean Stablinski (Frankreich) 10 s, 6. Italo Zilioli (Italien) 13 s, 7. Guido Reybroeck (Belgien) 35 s, 8. Jo de Roo (Niederlande), 9. Lucien Aimar (Frankreich), 10. Martin Vanden Bossche (Belgien), 11. Felice Gimondi (Italien), 12. Eddy Merckx (Belgien) 1:01 Min. 13. Flaviano Vicentini (Italien) 1:12 Min., 14. Michele Dancelli (Italien), 15. Seamus Elliott (Irland), 16. Winfried Bölke (BRD - Dortmund), 17. Jean-Claude Theilliere (Frankreich), 18. Joseph Huysmans (Belgien) 4:23 Min., 19. Georges Groussard (Frankreich) 7:11 Min., 20. Andre Foucher (Frankreich), 21. Cees Haast (Niederlande) 10:00 Min., 22. Mario Pereira Silva (Portugal).

Rennsport-WM in Deutschland: Namen und Zahlen

Ausgeschiedene deutsche Fahrer (alle BRD): Willy Altig (Mannheim), Hans Junkermann (Köln), Karl-Heinz Kunde (Köln), Horst Oldenburg (Aachen), Wilfried Peffgen (Köln), Rolf Wolfshohl (Köln).

AMATEURE

Straßeneinzelrennen über 182,480 km
Nürburgring (Nordschleife) - 27. August 1966
8 Runden a 22,810 km
146 Teilnehmer, 64 im Ziel

1. Evert Dolman (Niederlande)   4:59:43 Std. (36,530 km/h)
2. Lesli West (Großbritannien)
3. Willy Skibby (Dänemark)   40 s zur.
4. Marian Kegel (Polen), 5. Gösta Pettersson (Schweden), 6. Willy Vanneste (Belgien), 7. Gabriele Pisauri (Italien), 8. Ole Ritter (Dänemark), 9. Jürgen Exner (DDR – Leipzig), 10. Wim Du Bois (Niederlande), 11. Paul Köchli (Schweiz) 1:30 Min., 12. Cyrille Guimard (Frankreich), 13. Tore Milsett (Norwegen), 14. Jean-Paul Crisinel (Schweiz), 15. Kalju Koch (UdSSR), 16. Lucien van Impe (Belgien), 17. James Hill (Großbritannien), 18. Jiri Hava (CSSR), 19. Bernard Guyot (Frankreich), 20. Agustin Tamanes (Spanien), 21. Daniel Biolley (Schweiz), 22. Joszef Gawliczek (Polen), 23. Arthur Metcalfe (Großbritannien), 24. Karl-Heinz Kazmierzak (DDR – Leipzig), 25. Andrzej Blawdzin (Polen), 26. Ian Klaassep (UdSSR), 27. Dieter Mickein (DDR – Leipzig), 28. Jose Samyn (Frankreich), 29. Michael Cowley (Großbritannien), 30. Knud Bock (Dänemark), 31. Antonio Gomez (Spanien), 32. Balasso (Italien), 33. Colin Lewis (Großbritannien), 34. Stanislaw Schepel (UdSSR), 35. Rados Cubrik (Jugoslawien), 36. Nino Denti (Italien), 37. Ortwin Czarnowski (BRD - Heilbronn), 38. Thorleif Andresen (Norwegen), 39. Harry Steevens (Niederlande), 40. Jacques Maroilleau (Frankreich), 41. Lino Carletto (Italien), 42. Eddy Beugels (Niederlande), 43. Hans Lüthi (Schweiz), 44. Giorgio Favaro (Italien), 45. Attilio Benfatto (Italien) 1:50 Min. zurück, 46. Sture Pettersson (Schweden), 47. Thomson (Neuseeland), 48. Jürgen Goletz (BRD - Herpersdorf), 49. Olavi Ulm (UdSSR) 3:55 Min. zurück, 50. Unto Hautalahti (Finnland) 5:08 Min. zurück, 51. Claude Guyot (Frankreich) 5:35 Min. zurück, 52. Pavel Dolezel (CSSR) 6:02 Min. zurück, 53. Zvetko Bilic (Jugoslawien) 6:08 Min. zurück, 54. Roger Gilson (Luxemburg) 12:20 Min. zurück, 55. Angel Kirilow (Bulgarien) 12:37 Min. zurück, 56. Lettoli (San Marino) 13:30 Min. zurück, 57. Atanas Petkow (Bulgarien) 13:53 Min. zurück, 58. Jan Kudra (Polen) 14:35 Min. zurück, 59. Bernhard Eckstein (DDR – Leipzig), 60. Orlando Aguire (Uruguay), 61. Flemming Wewer (Dänemark), 62. Jozef Beker (Polen), 63. Sviwus (USA), 64. Gottfried Meyer (BRD - Regensburg).

Ausgeschiedene deutsche Fahrer: Helmut Wolf (BRD - Refrath), Jürgen Tschan (BRD – Mannheim), Andreas Troche (BRD – Hameln), Günter Liebold (DDR – Berlin), Siegfried Huster (DDR – Karl-Marx-Stadt)

FRAUEN

Straßeneinzelrennen über 46,482 km
Nürburgring (Südschleife) – 27. August 1966
6 Runden a 7,747 km
Stundenmittel: 31,928 km/h
42 Teilnehmerinnen

1. Yvonne Reynders (Belgien)   1:27:21 Std.
2. Cornelia „Keetie" Hage (Niederlande)
3. Aino Puronen (UdSSR)
4. Elsy Jacobs (Luxemburg), 5. Beryl Burton (Großbritannien), 6. Nina Trofimowa (UdSSR) 14 s zurück, 7. Lidia Challik (UdSSR) 2:18 Min. zurück, 8. Marie-Rose Gaillard (Belgien), 9. Galina Judina (UdSSR) 2:31 Min. zurück, 10. Ann Horswell (Großbritannien) 2:33 Min. zurück, 11. Emilia Sonk (UdSSR) 2:41 Min. zurück, 12. Jacky Barbedette (Frankreich), 13. Christiane Goeminne (Belgien) 3:06 Min. zurück, 14. Christiane Geerts (Belgien) 3:16 Min. zurück, 15. Isabelle Hage (Niederlande) 3:34 Min. zurück, 16. Elisabetta Maffeis (Italien), 17. Ludmila Filina (UdSSR) 4:52 Min. zurück, 18. Muriel Good (Großbritannien) 5:00 Min. zurück, 19. Barbara Inez Body (Großbritannien) 6:42 Min. zurück, 20. Simone Ellegeerts (Belgien) 6:42 Min. zurück, 21. Florinda Parenti (Italien), 22. Hannelore Mattig (DDR – Berlin) 23. Lili Herse (Frankreich), 24. Simone Boubechine (Frankreich), 25. Gertruda Smulders (Niederlande), 26. Josefina Pescha (Österreich), 27. Ilka List (DDR - Karl-Marx-Stadt), 28. Lilian Cleiren (Belgien) 8:09 Min. zurück, 29. Graziella Dal Bello (Italien), 30. Claudette Bordujenko (Frankreich), ... 34. Monika Israel (DDR - Karl-Marx-Stadt) 9:44 Min. zurück.

Weltmeisterschaften
München, Köln, Nürburgring 1978

Weltmeisterschaften im Bahn- und Straßenradsport in München, Köln-Brauweiler und auf dem Nürburgring
16. - 27. August 1978
Länder: 36

Bahnradsport

München, Olympia-Radstadion,16. – 21. August 1978

AMATEURE

1000 m Zeitfahren

1. Lothar Thoms (DDR – Cottbus)	1:05,23 Min.
2. Jocelyn Lovell (Kanada)	1:06,28 Min.
3. Rainer Hönisch (DDR – Berlin)	1:06,49 Min.

4. Yave Cahard (Frankreich) 1:06,77 Min., 5. Hans Michalsky (BRD – Köln) 1:06,93 Min., 6. Urs Freuler (Schweiz) 1:07,05 Min., 7. Leonardo Giorlando (Italien) 1:07,10 Min., 8. Wassili Kudriachow (UdSSR) 1:07,49 Min., 9. Petr Kocek (CSSR) 1:07,82 Min., 10. Harald Bundli (Norwegen) 1:07,84 Min., 11. Sjaak Pieters (Niederlande) 1:07,87 Min., 12. Frederick Markham (USA) 1:08,05 Min., 13. Michel Vaarten (Belgien) 1:08,27 Min., 14. Roman Bronowski (Polen) 1:08,64 Min., 15. Bjarne Sörensen (Dänemark) 1:08,78 Min., 16. Rudy Xavier Weller (Jamaika) 1:08,91 Min., 17. Stojan Petrow (Bulgarien) 1:09,01 Min., 18. Ken Tucker (Australien) 1:09,10 Min., 19. Anthony Cuff (Neuseeland) 1:09, 14 Min., 20. Ricardo Tormen Mendez (Chile) 1:09,21 Min., 21. Joshikatsu Cho (Japan) 1:09,52 Min., 22. Avelino Perea (Spanien) 1:09,92 Min., 23. Alberto José Ruchanski (Argentinien) 1:09,93 Min., 24. Sixten Wackström (Finnland) 1:10,36 Min., 25. Stephan Cronshaw (Großbritannien) 1:11,43 Min., 26. Rodolfo Guaves (Philippinen) 1:14,50 Min., 27. Chi Huang Huang (Taiwan) 1:16,01 Min., 28. Masood Sadiq (Pakistan) 1:18,29 Min.

Sprint

Qualifikation

1. Lauf: Emanuel Raasch (DDR – Berlin) 10,81 s vor Chi Huang Huang (Taiwan); 2. Lauf: Lutz Heßlich (DDR – Cottbus) 12,05 s vor Masood Sadiq (Pakistan); 3. Lauf: Anton Tkac (CSSR) 11,58 s vor Anthony Cuff (Neuseeland) und Stephan Cronshaw (Großbritannien); 4. Lauf: Miroslav Vymazal (CSSR) 11,64 s vor Hans-Peter Reimann (BRD – Berlin) und Curt Miller (USA); 5. Lauf: Gerhard Scheller (BRD – Herpersdorf) 11,38 s vor Alex Pontet (Frankreich) und Yao Chi Yang (Taiwan); 6. Lauf: Gerald Ash (USA) 11,93 s vor Patrick Gootvriendt (Belgien) und Kelvin Poole (Australien); 7. Lauf: Patrick De Grave (Belgien) 11,65 s vor Alberto Ruchanski (Argentinien) und Roberto Querimit (Philippinen); 8. Lauf: Henrik Salee (Dänemark) 11,86 s vor Xavier Mirander (Jamaika); 9. Lauf: Gordon Singleton (Kanada) 11,81 s vor Roman Bronowicki (Polen) und Rodolfo Guaves (Philippinen); 10. Lauf: Benedykt Kocot (Polen) 11,68 s vor Wladimir Romanow (UdSSR); 11. Lauf: Giorgio Rossi (Italien) 11,20 s vor Leigh Barczewski (USA) und Sjaak Pieters (Niederlande); 12. Lauf: Yave Cahard (Frankreich) 11,46 s vor Vratislav Sustr (CSSR) und Harald Bundli (Norwegen); 13. Lauf: Lau Veldt (Niederlande) 11,83 s vor Svein Langholm (Norwegen) und Floriano Finamore (Italien); 14. Lauf: Franck Depine (Frankreich) 11,24 s vor Yoshikatsu Cho (Japan) und Avelino Perea (Spanien); 15. Lauf: Ottavio Dazzan (Italien) 11,60 s vor Ricardo Tormen Mendez (Chile); 16. Lauf: Janusz Kotlinski (Polen) 11,59 s vor Kenrick Tucker (Australien) und Dieter Giebken (BRD – Münster); 17. Lauf: Christian Drescher (DDR – Berlin) 11,45 s vor Sergej Kopylow (UdSSR)

Hoffnungsläufe

1. Lauf: Pieters 11,99 s vor Huang; 2. Lauf: Finamore 11,43 s vor Masood; 3. Lauf: Shurawljow 11,67 s vor Cuff; 4. Lauf: Reimann 11,45 s vor Perea; 5. Lauf: Pontet 11,37 s vor Poole und Querimit; 6. Lauf: Kopylow 11,55 s vor Miller und Goodvriendt; 7. Lauf: Tucker 11,57 s vor Bundli und Ruchanski; 8. Lauf: Giebken 11,47 s vor Mirander und Tormen-Mendez; 9. Lauf: Cho 11,47 s vor Bronowicki und Cronshaw; 10. Lauf: Romanow 11,56 s vor Langholm und Yang; 11. Lauf: Sustr 11,33 s vor Barczewski und Guaves.

Vorläufe

1. Lauf: Raasch 10,98 s vor Pieters; 2. Lauf: Heßlich 11,15 s vor Finamore; 3. Lauf: Tkac 11,16 s vor Cho und Shurawljow; 4. Lauf: Drescher 11,52 s vor Tucker und Vymazal; 5. Lauf: Scheller 11,30 s vor Kopylow und Kotlinski; 6. Lauf: Dazzan 11,42 s vor Reimann und Ash; 7. Lauf: Giebken 11,36 s vor Depine und De Grave; 8. Lauf: Pontet 11,25 s vor Veldt und Salee; 9. Lauf: Cahard 11,10 s vor

Singleton und Romanow; 10. Lauf: Rossi 11,53 s vor Kocot und Sustr.

Hoffnungsläufe

1. Lauf: Pieters 11,30 s vor Vymazal; 2. Lauf: Finamore 11,57 s vor Ash; 3. Lauf: Cho 11,55 s vor Salee; 4. Lauf: Shurawljow 11,49 s vor Tucker; 5. Lauf: Kopylow 12,04 s vor de Grave; 6. Lauf: Depine 10,99 s vor Kocot; 7. Lauf: Romanow 14,20 s vor Kotlinski und Reimann; 8. Lauf: Veldt 11,58 s vor Singleton und Sustr.

Achtelfinale

1. Lauf: Raasch 11,70 s vor Finamore und Cho; 2. Lauf: Heßlich 11,30 s vor Shurawljow und Pieters; 3. Lauf: Depine 11,07 s vor Tkac; 4. Lauf: Drescher 11,05 s vor Pontet und Kopylow; 5. Lauf: Cahard 11,12 s vor Romanow und Scheller; 6. Lauf: Dazzan 11,57 s vor Scheller und Veldt.

Hoffnungsläufe des Achtelfinals

1. Lauf: Scheller 11,40 s vor Finamore und Pieters; 2. Lauf: Shurawljow 11,34 s vor Rossi und Veldt; 3. Lauf: Tkac 11,26 s vor Giebken und Kopylow; 4. Lauf: Pontet 11,42 s vor Cho und Romanow.

Entscheidungsläufe um den Einzug ins Viertelfinale

1. Lauf: Shurawljow 11,84 s vor Scheller; 2. Lauf: Tkac 11,42 s vor Pontet.

Viertelfinale

1. Lauf: Raasch in 11,27/11,69 s vor Shurawljow; 2. Lauf: Tkac in 11,20/11,38 s vor Heßlich; 3. Lauf: Dazzan in 2:1 Läufen vor Depine (Da. 11,45 s; De. 11,26 s; Da. 12,17 s); 4. Lauf: Drescher in 2:1 Läufen vor Cahard (C. 11,40 s;D. 11,03/11,28 s).

Halbfinale

1. Lauf: Raasch in 2:1 Läufen vor Dazzan (D. 11,61 s; R. 11,01/11,13 s); 2. Lauf: Tkac 11,14/11,70 s vor Drescher.

Endläufe

Finale um Platz 5 – 8: Heßlich 11,22 s vor Cahard, Depine und Shurawljow.
Finale um Platz 3 und 4: Drescher in 2:1 Läufen vor Dazzan (Da. 11,62 s; Dre. 11,49/11,38 s).
Finale um Platz 1 und 2: Tkac 11,25/11,95 s vor Raasch.

Endstand:

1. Anton Tkac (CSSR)
2. Emanuel Raasch (DDR – Berlin)
3. Christian Drescher (DDR – Berlin)
4. Ottavio Dazzan (Italien)
5. Lutz Heßlich (DDR – Cottbus)
6. Yave Cahard (Frankreich)
7. Franck Depine (Frankreich)
8. Sergej Shurawljow (UdSSR)

Tandemmalfahren

Qualifikation

1. Lauf: Vladimir Vackar/Miroslav Vymazal (CSSR) 10,34 s vor Ottavio Dazzan/Floriano Finamore (Italien); 2. Lauf: Gerald Ash/Leigh Barczewski (USA) 10,40 s vor Dieter Giebken/Hans-Peter Reimann (BRD – Münster/Berlin); 3. Lauf: Lau Veldt/Sjaak Pieters (Niederlande) 10,57 s vor Benedykt Kocot/Janusz Kotlinski (Polen).

Hoffnungslauf: Giebken/Reimann 12,49 s vor Kocot/Kotlinski und Dazzan/Finamore.

Halbfinale

1. Lauf: Vackar/Vymazahl 10,26/10,39 s vor Giebken/Reimann; 2. Lauf: Ash/Barczewski 10,67/10,40 s vor Veldt/Pieters.

Endläufe

Finale um Platz 3 und 4: Veldt/Pieters 10,60/10,62 s vor Giebken/Reimann.
Finale um Platz 1 und 2: Vackar/Vymazal als Sieger erklärt (im 1. Lauf Sturz des US-Tandems nach Behinderung – Distanzierung CSSR; Ash brach das Schlüsselbein; 2. und 3. Lauf CSSR kampflos).

Endstand

1. Vladimir Vackar/Miroslav Vymazal (CSSR)
2. Gerald Ash/Leigh Barczewski (USA)
3. Lau Veldt/Sjaak Pieters (Niederlande)
4. Dieter Giebken/Hans-Peter Reimann (BRD – Münster/Berlin)

4000 m Einzelverfolgung

Qualifikation

1. Lauf: Norbert Dürpich (DDR – Frankfurt/O) 4:40,08 Min. vor Robert Dill Bundi (Schweiz) 4:40,94 Min.; 2. Lauf: Uwe Unterwalder (DDR – Berlin) 4:40,24 Min.vor Jan Jankiewicz (Polen) 4:47,21 Min.; 3. Lauf: Fernando Vera Vargas (Chile) 5:03,72 Min. kampflos vor Wladimir Osokin (UdSSR) nicht angetreten; 4. Lauf: Jean-Louis Baugnies (Belgien) 4:49,23 Min. vor Jan-Georg Iversen (Norwegen) 4:49,87 Min.; 5. Lauf: Jörg Echtermann (BRD - Wiesbaden) 4:47,82 Min. vor Hans-Henrik Oersted (Dänemark) 4:53,80 Min.; 6. Lauf: Orfeo Pizzoferrato (Italien) 4:48,77 Min. vor Jean-Jacques Rebiere (Frankreich) 4:53,37 Min.; 7. Lauf: David Grylls (USA) 4:54,19 Min. vor Gerrit Möhlmann (Niederlande) 4:57,50 Min.; 8. Lauf: Gary Sutton (Australien) 4:52,49 Min. vor Toshiaki Ikeura (Japan) eingeholt; 9. Lauf: Michael Richards (Neuseeland) 4:48,54 Min. vor Jaime Villamajo (Spanien) eingeholt; 10. Lauf: Alain Bondue (Frankreich) 4:43,13 Min. vor Jose Bellido

(Spanien) eingeholt; 11. Lauf: Gary Campbell (Australien) 4:56,60 Min. vor Sergio Aliste Hatte (Chile) eingeholt; 12. Lauf: Detlef Macha (DDR – Erfurt) 4:36,34 Min. vor Bruno Hänle (BRD - Böblingen) eingeholt; 13. Lauf: Jari Seppälä (Finnland) 4:57,30 Min. vor Hiroyoshi Soeta (Japan) 5:02,08 Min.; 14. Lauf: Derk van Egmond (Niederlande) 4:45,54 Min. vor Patrick Wackström (Finnland) eingeholt; 15. Lauf: Birger Hungerholt (Norwegen) 5:04,71 Min. vor Benjamin Evangelista (Israel) eingeholt; 16. Lauf: Hans Känel (Schweiz) 4:45,38 Min. vor Zbigniew Szczepkowski (Polen) 4:55,22 Min.; 17. Lauf: Robert Birnbaum (CSSR) 4:46,87 Min. vor Ying Chi Yang (Taiwan) eingeholt; 18. Lauf: Nikolai Makarow (UdSSR) 4:44,57 Min. vor Jaroslav Blaha (CSSR) eingeholt; 19. Lauf: Jacobus Swart (Neuseeland) 4:59,41 Min. vor Julius Enagan (Israel) eingeholt.

Achtelfinale
1. Lauf: Birnbaum 4:41,44 Min. vor Van Egmond 4:42,23 Min.; 2. Lauf: Jankiewicz 4:41,53 Min. vor Känel 4:42,53 Min.; 3. Lauf: Makarow 4:39,54 Min. vor Echtermann 4:39,74 Min.; 4. Lauf: Bondue 4:37,70 Min. vor Richards 4:41,12 Min.; 5. Lauf: Dill-Bundi 4:36,94 Min. vor Pizzoferrato 4:42,76 Min.; 6. Lauf: Unterwalder 4:34,66 Min. vor Baugnies eingeholt; 7. Lauf: Dürpisch 4:41,54 Min. vor Iversen 4:42,27 Min.; 8. Lauf: Macha 4:38,50 Min. vor Campbell eingeholt.

Viertelfinale
1. Lauf: Macha 4:46,11 Min. vor Makarow 4:56,47 Min.; 2. Lauf: Bondue 4:52,44 Min. vor Birnbaum 4:57,53 Min.; 3. Lauf: Dürpisch 4:47,57 Min. vor Dill-Bundi 4:48,51 min.; 4. Lauf: Unterwalder 4:47,19 Min. vor Jankiewicz 4:52,70 Min.

Halbfinale
1. Lauf: Dürpisch 4:39,49 Min. vor Unterwalder 4:41,48 Min.; 2. Lauf: Macha 4:44,25 Min. vor Bondue 4:50,72 Min.

Endläufe
Um Platz 3 und 4: Unterwalder 4:46,22 Min. vor Bondue 4:53,63 Min.
Um Platz 1 und 2: Macha 4:43,48 Min. vor Dürpisch 4:49,62 Min.

Endstand:
1. Detlef Macha (DDR – Erfurt)
2. nicht vergeben*
3. Uwe Unterwalder (DDR – Berlin)
4. Alain Bondue (Frankreich)
5. Robert Dill-Bundi (Schweiz)
6. Jan Jankiewicz (Polen)
7. Nikolai Makarow (UdSSR)
8. Robert Birnbaum (CSSR)

* Norbert Dürpisch (DDR – Frankfurt/O) wurde disqualifiziert, positiver Dopingbefund

4000 m Mannschaftsverfolgung

Qualifikation: 1. DDR (Matthias Wiegand, Volker Winkler, Lutz Haueisen, Gerald Mortag) 4:17,97 Min. *Weltrekord*, 2. BRD (Peter Vonhof, Jürgen Colombo, Henri Rinklin, Bodo Zehner) 4:21,64 Min., 3. Schweiz (Walter Baumgartner, Hans Känel, Robert Dill-Bundi, Urs Freuler) 4:22,88 Min., 4. UdSSR (Wladimir Osokin, Wassili Erlich, Witali Petrakow, Igor Pilipenko) 4:23,96 Min., 5. Frankreich (Jean-Jacques Rebiere, Alain Bondue, Pascal Poisson, Jean-Pierre Harment) 4:25,55 Min., 6. Italien (Rino de Candido, Orfeo Pizzoferrato, Pierangelo Bincoletto, Sandro Callari) 4:26,22 Min., 7. CSSR (Jiri Pokorny, Martin Penc, Theodor Cerny, Jaromir Dolezal) 4:26,50 Min., 8. Dänemark (Peter Ellegaard, Hans-Henrik Oersted, Jens Schröder, Henning Larsen) 4:26,69 Min.;
ausgeschieden:
9. Polen (Witold Mokiejewski, Zbigniew Woznicki, Stanislas Grochowski, Jan Jankiewicz) 4:28,21 Min., 10. Neuseeland (Neil Lyster, Anthony Cuff, Michael Richards, Jacobus Swart) 4:29,03 Min., 11. Niederlande (Geert Schipper, Gerrit Möhlmann, Derk van Egmond, Hennie Stamsnijder) 4:29,37 Min., 12. Australien (Gary Sutton, Colin Fitzgerald, Kevin Nichols, Shane Sutton) 4:29,80 Min., 13. Belgien (Jean-Louis Baugnies, Jan Blomme, Noel Dejonckheere, Etienne Ilegems) 4:32,33 Min., 14. Ungarn (Szigmond Sarkadi Nagy, Gabor Szücs, Istvan Zaka, Istvan Szur) 4:33,32 Min., 15. Bulgarien (Stojan Petrow, Jeko Dimitrow, Petre Boltschew, Stojan Georgiew) 4:34,25 Min., 16. Finnland (Patrick Wackström, Sixten Wackström, Jari Seppälä, Risto Niemi) 4:34,92 Min., 17. Spanien (Jaime Villamajo, Jose Francisco Bellido, Juan Elosegui, Carlos Peregrina) 4:38,92 Min., 18. Großbritannien (Anthony Doyle, Glen Mitchel, Paul Fennell, Anthony James) 4:41,64 Min., 19. Japan (Akito Sugata, Toshiaki Ikeura, Hiroyoshi Soeta, Norio Sakamoto) 4:47,42 Min., 20. Taiwan (Chi-Huang Huang, Chao-Chang Tsai, Yao-Chi Yang, Ying-Ci Yang) 5:08,08 Min.

Viertelfinale
1. Lauf: UdSSR 4:20,22 Min. vor Frankreich aufgegeben; 2. Lauf: Schweiz 4:22,93 Min. vor Italien 4:26,88 Min.; 3. Lauf: CSSR 4:22,25 Min. vor BRD 4:24,57 Min.; 4. Lauf: DDR (Uwe Unterwalder für Lutz Haueisen) 4:18,37 Min. vor Dänemark 4:28,09 Min.

Halbfinale
1. Lauf: UdSSR 4:18,86 Min. vor CSSR 4:27,84 Min.; 2. Lauf: DDR 4:21,75 Min. vor Schweiz 4:27,69 Min.

Endläufe
Um Platz 3 und 4: Schweiz 4:21,31 Min. vor CSSR 4:26,21 Min.
Um Platz 1 und 2: DDR 4:17,39 Min. vor UdSSR 4:20,64 Min.

Rennsport-WM in Deutschland: Namen und Zahlen

Endstand:
1. Deutsche Dekoratische Republik
(Matthias Wiegand/Chemnitz, Volker Winkler/Cottbus,
Gerald Mortag/Gera, Uwe Unterwalder/Berlin)
2. UdSSR
(Igor Pelipenko, Wassili Erlich, Witali Petrakow,
Wladimir Osokin)
3. Schweiz
(Hans Känel, Walter Baumgartner, Robert Dill-Bundi, Urs Freuler)
4. CSSR
(Jiri Pokorny, Jaromir Dolezal, Theodor Cerny, Martin Penc)
5. Bundesrepublik Deutschland, 6. Italien, 7. Dänemark, 8. Frankreich.

Punktefahren

Vorläufe über 30 km
1. Lauf: 1. Stamsnijder 37:29,18 Min., 32 Pkt., 2. Hürzeler 14 Pkt., 3. Hatte 7 Pkt., 1 Runde zurück: 4. Oersted 37 Pkt., 5. Petrakow 21 Pkt., 6. Pierangelo Bincoletto (Italien) 21 Pkt., 7. Mentheour 17 Pkt., 8. Haedo 16 Pkt., 9. Vaarten 11 Pkt., 10. Mitchel 11 Pkt., 11. Blaha 11 Pkt., 12. Faltyn 11 Pkt.

2. Lauf: 1. Jankiewicz 38:10,52 Min., 20 Pkt., 1 Runde zurück: 2. Baumgartner 27 Pkt., 3. Gary Sutton (Australien) 24 Pkt., 4. Dejonckheere 10 Pkt., 5. Rebiere 7 Pkt., 6. Hiroyoshi (Japan) 4 Pkt., 7. Birnbaum 3 Pkt., 2 Runden zurück: 8. Callari 22 Pkt., 9. Iversen 18 Pkt., 10. Osokin 17 Pkt., 11. Trillini 14 Pkt, 12. Markham 14 Pkt.

Endlauf über 50 km
Siegerzeit: 1:01:30,85 Std.

1. Noel Dejonckheere (Belgien) 43 Pkt.
2. Walter Baumgartner (Schweiz) 38 Pkt.
3. Jean-Jacques Rebiere (Frankreich) 29 Pkt.
4. Hans-Henrik Oersted (Dänemark) 26 Pkt., eine Runde zurück: 5. Wladimir Osokin (UdSSR) 36 Pkt., 6. Jaroslav Blaha (CSSR) 28 Pkt., 7. Sandro Callari (Italien) 27 Pkt., 8. Eduardo Trillini (Argentinien) 25 Pkt., 9. Jan Jankiewicz (Polen) 23 Pkt., 10. Hennie Stamsnijder (Niederlande) 14 Pkt., 11. Pierre-Henri Mentheour (Frankreich) 12 Pkt., 12. Juan Haedo (Argentinien) 11 Pkt., 13. Sergio Alliste Hatte (Chile) 10 Pkt., 14. Glen Mitchel (Großbritannien) 9 Pkt., 15. Fred Markham (USA) 9 Pkt., 16. Max Hürzeler (Schweiz) 8 Pkt., 17. Michel Vaarten (Belgien) 7 Pkt., 18. Jan Faltyn (Polen) 6 Pkt., 19. Robert Birnbaum (CSSR) 4 Pkt., 20. Jan Iversen (Norwegen) 3 Pkt., 2 Runden zurück: 21. Witali Petrakow (UdSSR) 13 Pkt.

Steherrennen

Vorläufe über 40 km
1. Lauf: Gabi Minneboo (Niederlande) hinter Schrittmacher Bruno Walrave 34:28,05 Min., 2. Jean Breuer (BRD – Hürth) h. Peter Schindler 15 m zurück, 3. Jose Maria Fuentes (Spanien) h. Cerda 2175 m zurück, 4. André de Raet (Belgien) h. Josef De Bakker 2480 m zurück, 5. Aldo Borgato (Italien) h. Dagnoni 2785 m zurück.

2. Lauf: 1. Rainer Podlesch (BRD – Berlin) h. Dieter Durst 34:09,16 Min., 2. Martin Rietveldt (Niederlande) h. Joop Stakenburg 70 m zurück, 3. Guido van Meel (Belgien) h. Paul Depaepe 1665 m zurück, 4. Marino Bastianello (Italien) h. Domenico de Lillo 1930 m zurück, 5. Joel Lacroix (Frankreich) h. Larcher 2510 m zurück, 6. Miguel Antich (Spanien) h. Oliver 3915 m zurück.

3. Lauf: 1. Mathieu Pronk (Niederlande) h. Norbert Koch 35:21,81 Min., 2. Gerald Schütz (BRD - Volkertshausen) h. Durst 70 m zurück, 3. Taddeo Griffoni (Italien) h. Casolari 810 m zurück, 4. Franz Dögl (Österreich) h. Günther Kerger 1635 m zurück, 5. Karel Andries (Belgien) h. De Bakker 1870 m zurück, 6. Bartolome Caldentey (Spanien) h. Mora 5135 m zurück.

Hoffnungsläufe über 40 km
1. Lauf: 1. Van Meel 35:10,37 Min., 2. Dögl 150 m zurück, 3. Griffoni 700 m zurück, 4. Borgato 1210 m zurück, 5. Andries 2480 m zurück, 6. Antich 2655 m zurück.

2. Lauf: 1. Bastianello 35:14,96 Min., 2. Fuentes 710 m zur., 3. Lacroix 915 m zurück, 4. De Raet 2075 m zurück; aufgegeben: Caldentey.

Endlauf über 50 km (Zeit: 42:09,72 Min.)

1. Rainer Podlesch (BRD – Berlin)
Schrittmacher Dieter Durst
2. Mathieu Pronk (Niederlande) — 250 m zurück
Schrittmacher Norbert Koch
3. Martin Rietveldt (Niederlande) — 630 m zurück
Schrittmacher Joop Stakenburg
4. Guido van Meel (Belgien) — 1585 m zurück
Schrittmacher Paul Depaepe
5. Gerald Schütz (BRD - Volkertshausen) — 1900 m zurück
Schrittmacher Boill
6. Jean Breuer (BRD – Hürth) — 2665 m zurück
Schrittmacher Peter Schindler

Aufgegeben:
Marino Bastianello (Italien) h. Schrittmacher Domenico de Lillo

BERUFSFAHRER

Sprint

Vorläufe
1. Lauf: Kenji Takashi (Japan) 11,57 s vor Willy de Bosscher (Belgien); 2. Lauf: Koichi Nakano (Japan) 11,50 s vor Stefano Notari (Italien); 3. Lauf: Yochikazu Sugata (Japan) 11,60 s vor Gary Wiggins (Australien); 4. Lauf: Yoshinobu Sugano (Japan) 11,72 s vor Giordano Turrini (Italien); 5. Lauf: Dieter Berkmann (BRD – München) 11,71 s vor John Nicholson (Australien).
Wegen Vorverlegung des 1. Laufes war Danny Clark (Australien) nicht am Start, wurde aber zu den Hoffnungsläufen zugelassen.

Hoffnungsläufe
1. Lauf: Danny Clark (Australien) 11,47 s vor Notari; 2. Lauf: Turrini 12,36 s vor Wiggins; 3. Lauf: Nicholson 12,18 s vor De Bosscher.

Viertelfinale
1. Lauf: Nakano 11,07/11,34 s vor Clark; 2. Lauf: Turrini in 2:1 Läufen vor Sugata (T. 11,77 s; S. 11,49 s; T. 11,75 s); 3. Lauf: Sugano 11,78/11,07 s vor Nicholson; 4. Lauf: Berkmann 11,07/ohne Zeit vor Takahashi.

Halbfinale
1. Lauf: Nakano 11,43/11,11 s vor Turrini; 2. Lauf: Berkmann 11,27/11,40 s vor Sufano.

Endläufe
Finale um Platz 5 bis 8: Takahashi 11,29 s vor Clark, Sugata und Nicholson.
Finale um Platz 3 und 4: Sugano in 2:1 Läufen vor Turrini (T. 11,29 s; S. 11,33/11,06 s).
Finale um Platz 1 und 2: Nakano in 2:1 Läufen vor Berkmann (N. 11,48 s; B. 11,58 s; N. 11,17 s).

Endstand:
1. Koichi Nakano (Japan)
2. Dieter Berkmann (BRD – München)
3. Yoshinobu Sugano (Japan)
4. Giordano Turrini (Italien)
5. Kenji Takahashi (Japan)
6. Danny Clark (Australien)
7. Yochikazu Sugata (Japan)
8. John Nicholson (Australien)

5000 m Einzelverfolgungsfahren

Qualifikation
1. Lauf: Günther Schumacher (BRD – Büttgen) 5:59,23 Min. (Alleingang); 2. Lauf: Eddy Verstraeten (Belgien) 6:04,60 Min. vor Ian Hallam (Großbritannien) 6:11,06 Min.; 3. Lauf: Dino Porrini (Italien) 6:02,39 Min. vor Gary Wiggins (Australien) eingeholt; 4. Lauf: Jean-Luc Vandenbroucke (Belgien) 5:50,51 Min. vor Ian Banbury (Großbritannien) 5:59,53 Min.; 5. Lauf: Herman Ponsteen (Niederlande) 5:46,72 Min. *Weltrekord* vor Ferdinand Bracke (Belgien) eingeholt; 6. Lauf: Roy Schuiten (Niederlande) 5:58,41 Min. vor Daniel Gisiger (Schweiz) 5:59,28 Min.; 7. Lauf: Gregor Braun (BRD – Neustadt/W) 5:53,02 Min. vor Stephan Haffernan (Großbritannien) eingeholt; 8. Lauf: Danny Clark (Australien) 6:05,45 Min. vor Kim Svendsen (Schweden) 6:06,18 Min.; 9. Lauf: Dirk Baert (Belgien) 6:17,13 Min. vor Knut Knudsen (Norwegen), nicht angetreten.

Viertelfinale
1. Lauf: Schuiten 5:54,04 Min. vor Schumacher 5:58,55 Min.; 2. Lauf: Braun 5:54,79 Min. vor Gisiger 6:01,27 Min.; 3. Lauf: Vandenbroucke 5:59,95 Min. vor Banbury eingeholt; 4. Lauf: Ponsteen 6:01,46 Min. vor Porrini eingeholt.

Halbfinale
1. Lauf: Braun 5:58,09 Min. vor Ponsteen 6:00,57 Min.; 2. Lauf: Schuiten 5:54,37 Min. vor Vandenbroucke 5:57,58 Min.

Endläufe
Um Platz 3 und 4: Vandenbroucke 5:52,87 Min. vor Ponsteen 5:53,77 Min.
Um Platz 1 und 2: Braun 5:50,79 Min. vor Schuiten 5:51,86 Min.

Endstand:
1. Gregor Braun (BRD – Neustadt/W)
2. Roy Schuiten (Niederlande)
3. Jean-Luc Vandenbroucke (Belgien)
4. Herman Ponsteen (Niederlande)
5. Günther Schumacher (BRD – Büttgen)
6. Daniel Gisiger (Schweiz)
7. Dino Porrini (Italien)
8. Ian Banbury (Großbritannien)

Steherrennen

Vorläufe über 50 km
1. Lauf: Patrick Sercu (Belgien) h. Meuleman 43:16,54 Min., 2. Cees Stam (Niederlande) h. Bruno Walrave 270 m zurück, 3. Horst Schütz

(BRD – Dortmund) h. Peter Schindler 515 m zurück, 4. Walter Avagadri (Italien) h. Dagnoni 730 m zurück, 5. Bruno Vicino (Italien) h. Casolari 875 m zurück, 6. Yoshikazu Takasaky (Japan) h. Mihara 3375 m zurück.

2. Lauf: 1. Wilfried Peffgen (BRD – Köln) h. Dieter Durst 42:32,59 Min., 2. René Savary (Schweiz) h. Luginbühl 40 m zurück, 3. Martin Venix (Niederlande) h. Norbert Koch 100 m zurück, 4. Nico Been (Niederlande) h. Walrave 2105 m zurück, 5. Pietro Algeri (Italien) h. Domenico de Lillo 2420 m zurück, 6. Hugo van Gastel (Belgien) h. Josef De Bakker 3460 m zurück, 7. Kenji Itoh (Japan) h. Sato 3490 m zurück, 8. Jean Pinsello (Frankreich) h. Larcher 3530 m zurück. Hoffnungslauf über 50 km

1. Algeri 44:26,0 Min., 2. Vicino 180 m zurück, 3. Avogadri 1240 m zurück, 4. Itoh 2090 m zurück, 5. Takasaky 2560 m zurück. Aufgegeben: Been, Van Gastel und Pinsello.

Endlauf über 1 Stunde

1. Wilfried Peffgen (BRD – Köln)	70,407 km
Schrittmacher Dieter Durst (BRD)	
2. Martin Venix (Niederlande)	15 m zurück
Schrittmacher Norbert Koch (Niederlande)	
3. Cees Stam (Niederlande)	80 m zurück
Schrittmacher Bruno Walrave (Niederlande)	
4. Horst Schütz (BRD – Dortmund)	2310 m zurück
Schrittmacher Peter Schindler (BRD)	
5. Bruno Vicino (Italien)	2665 m zurück
Schrittmacher Casolari (Italien)	

Aufgegeben: Patrick Sercu (Belgien) h. Gus Meulemann; Pietro Algeri (Italien) h. Domenico de Lillo; Rene Savary (Schweiz) h. Ueli Luginbühl.

FRAUEN

Sprint

Vorläufe
1. Lauf: Galina Zarewa (UdSSR) 13,09 s vor Gabi Altweck (BRD – München); 2. Lauf: Sue Novarra (USA) 12,76 s vor Frieda Maes (Belgien); 3. Lauf: Iva Zajickova (CSSR) 12,56 s vor Rosella Galbiati (Italien); 4. Lauf: Connie Paraskevin (USA) 13,02 s vor Uschi Meyer (BRD - Ludwigshafen); 5. Lauf: Beate Habetz (BRD – Köln) 12,84 s vor Brenda Atkinson (Großbritannien) und Jackie Disney (USA).

Hoffnungsläufe
1. Lauf: Atkinson 13,17 s vor Altweck; 2. Lauf: Meyer 13,06 s vor Maes; 3. Lauf: Disney 13,24 s vor Galbiati.

Viertelfinale
1. Lauf: Zarewa 12,95/13,38 s vor Meyer; 2. Lauf: Novarra 13,27/13,21 s vor Atkinson; 3. Lauf: Zajickova 13,10/13,74 s vor Disney; 4. Lauf: Habetz in 2:1 Läufen vor Paraskevin (H. 12,50 s; C. 12,70 s; H. 12,64 s).

Halbfinale
1. Lauf: Zarewa 13,19/12,49 s vor Habetz; 2. Lauf: Novarra 13,21/13,27 s vor Zajickova (Z. im 2. Lauf distanziert).

Endläufe
Finale um Platz 5 bis 8: Paraskevin 13,24 s vor Meyer, Atkinson u. Disney.
Finale um Platz 3 und 4: Zajickova in 2:1 Läufen vor Habetz (H. 13,05 s; Z. 13,21/13,14 s).
Finale um Platz 1 und 2: Zarewa in 12,91/12,68 s vor Novarra.

Endstand:
1. Galina Zarewa (UdSSR)
2. Sue Novarra (USA)
3. Iva Zajickova (CSSR)
4. Beate Habetz (BRD – Köln)
5. Connie Paraskevin (USA)
6. Uschi Meyer (BRD - Ludwigshafen)
7. Brenda Atkinson (Großbritannien)
8. Jackie Disney (USA)

3000 m Einzelverfolgungsfahren

Qualifikation
1. Lauf: Tracy McConachie (USA) 4:12,47 Min. vor Tuulikki Jahre (Schweden) eingeholt; 2. Lauf: Beate Habetz (BRD – Köln) 4:02,56 Min. *Deutscher Rekord* vor Nicole van den Broeck (Belgien) 4:04,93 Min.; 3. Lauf: Brenda Atkinson (Großbritannien) 4:07,54 Min. vor Maria Herrijgers (Belgien) 4:07,72 Min.; 4. Lauf: Uta Rathmann (BRD - Berlin) 4:02,99 Min. vor Margaret Thompson (Großbritannien) 4:07,99 Min.; 5. Lauf: Luigina Bissoli (Italien) 3:56,63 Min. vor Mary Jane Reach (USA) 3:58,34 Min.; 6. Lauf: Cornelia „Keetie" van Oosten-Hage (Niederlande) 3:49,54 Min. vor Tamara Garkuschina (UdSSR) eingeholt; 7. Lauf: Anne Riemersma (Niederlande) 3:51,30 Min. vor Karen Strong (Kanada) 3:59,69 Min.; 8. Lauf: Asta Forsell (Finnland) 4:22,05 Min. (Alleingang).

Viertelfinale
1. Lauf: Strong 3:58,06 Min. vor Reach 4:01,20 Min.; 2. Lauf: Bissoli 4:00,47 Min. vor Habetz 4:06,35 Min.; 3. Lauf: Riemersma 3:55,32

Min. vor Rathmann eingeholt; 4. Lauf: Van Oosten-Hage 3:52,32 Min. vor Van den Broeck eingeholt.

Halbfinale
1. Lauf: Riemersma 3:54,03 Min. vor Strong 4:05,26 Min.; 2. Lauf: Van Oosten-Hage 3:54,03 Min. vor Bissoli 4:00,10 Min.

Endläufe
Um Platz 3 und 4: Bissoli 3:55,67 Min. vor Strong 3:59,60 Min.
Um Platz 1 und 2: Van Oosten-Hage 2:42,29 Min. vor Riemersma 2:44,16 Min. (bei Defekt auf den letzten 1000 m abgebrochen).

Endstand:
1. Cornelia „Keetie" van Oosten-Hage (Niederlande)
2. Anne Riemersma (Niederlande)
3. Luigina Bissoli (Italien)
4. Karen Strong (Kanada)
5. Miji Reoch (USA)
6. Beate Habetz (BRD – Köln)
7. Uta Rathmann (BRD - Berlin)
8. Nicole Vandenbroeck (Belgien).

Straßenradsport

BERUFSFAHRER

Nürburgring, 27. August 1978

Straßenrennen über 273,6 km
(12 Runden a 22,8 km)
Gestartet: 112 Fahrer, 31 im Ziel.

1. Gerrie Knetemann (Niederlande)   7:32:04 Std.
2. Francesco Moser (Italien)   gl. Zeit
3. Jörgen Marcussen (Dänemark)   20 s zur.
4. Giuseppe Saronni (Italien) 28 s zur., 5. Bernard Hinault (Frankreich), 6. Joop Zoetemelk (Niederlande), 7. Valerio Lualdi (Italien) 39 s zur., 8. Herman van Springel 47 s zur., 9. Andre Dierickx 50 s zur., 10. Roger de Vlaeminck, 11. Ferdie van Haute (alle Belgien), 12. Klaus-Peter Thaler (BRD – Lövenich), 13. Jan Raas (Niederlande), 14. Dietrich Thurau (BRD – Frankfurt/M) 52 s zur., 15. Josef Fuchs (Schweiz) 1:59 Min. zur., 16. Gianbattista Baronchelli, 17. Giovanni Battaglin, 18. Claudio Bartollotto, 19. Mario Beccia, 20. Pierino Gavazzi 3:32 Min. zur., 21. Walter Riccomi (alle Italien), 22. Walter Goodefroot (Belgien) 3:35 Min. zur., 23. Gody Schmutz (Schweiz) 4:19 Min. zur., 24. Andre Chalmel (Frankreich), 25. Johan De Maynck (Belgien), 26. Johan van de Velde (Niederlande), 27. Jean-Rene Bernaudeau (Frankreich), 28. Pedro Torres (Spanien) 7:54 Min., 29. Roger Legeay (Frankreich) 20:26 Min., 30. Fridolin Keller (Schweiz), 31. Jürgen Kraft (BRD – Gießen).

Ausgeschiedene deutsche Fahrer: Werner Betz (Böblingen), Heinz Betz (Böblingen), Gregor Braun (Neustadt/W), Hans Hindelang (Germaringen), Günter Haritz (Heidelberg), Hans-Peter Jakst (Bremen), Wilfried Peffgen (Köln), Willi Singer (Augsburg), Horst Schütz (Dortmund).

AMATEURE

Straßenmannschaftsfahren über 98,2 km
Köln-Brauweiler, 23. August 1978

1. Niederlande   1:59:51 Std. (49,161 km/h)
(Bert Oosterbosch, Jan van Houwelingen, August Bierings, Bart van Est)
2. UdSSR   2:01:00 Std.
(Aavo Pikkuus, Wladimir Kaminski, Algirdas Guzawitschus, Wladimir Kusnezow)
3. Schweiz   2:01:29 Std.
(Gilbert Glaus, Stefan Mutter, Richard Trinkler, Kurt Ehrensperger)
4. nicht vergeben* , 5. Tschechoslowakei (Jiri Skoda, Alipi Kostadinov, Michal Klasa, Vlastimil Moravec) 2:01:46 Std., 6. Italien (Mauro De Pelligrini, Sante Fossato, Gianni Giacomini, Ivano Maffei) 2:03:32 Std., 7. Bundesrepublik Deutschland (Peter Weibel – Mannheim, Wilfried Trott – Lövenich, Friedrich von Loeffelholz - Katzwang, Uwe Bolten - Mönchengladbach) 2:03:56 Std., 8. Schweden (Bengt Asplund, Lars Ericsson, Mats Ericsson, Lennart Fagerlund) 2:05:25 Std., 9. Norwegen (Stein Brathen, Harald Tedeman-Hansen, Dag Erik Pedersen, Morthen Saether) 2:05:27 Std., 10. Bulgarien (Jordan Pentschew, Emil Lozew, Georgi Fortunow, Nedialko Stojanow) 2:05:48 Std., 11. Österreich (Rudolf Mitteregger, Erwin Ritter, Peter Muckenhuber, Hans Summer) 2:07:06 Std., 12. Finnland (Harri Hannus, Patrick Wackström, Jari Seppälä, Risto Niemi) 2:07:27 Std., 13. USA (Wayne Stetina, Tom Saim, Dale Stetina, Andy Weaver) 2:07:37 Std., 14. Ungarn (Andras Takacs, Laszlo Halasz, Deszö Szemethi, Tamas Csatho) 2:07:53 Std., 15. Rumänien (Trayan Sarbu, Teodor Vasile, Mircea Romascanu, Valentin Marin) 2:08:58 Std., 16. Großbritannien (Robert Millar, Desmond Fretwell, Robert Downs, Alexander Gilchrist) 2:09:16 Std., 17. Dänemark (Henning Jörgensen, Eigil Sörensen, Michael Marcussen, Lars Udby) 2:09.20 Std., 18. Belgien (Josef Devits, Ludo Frijns, Ortaire

Goossens, Ronan Onghena) 2:09:34 Std., 19. Frankreich (Philippe Bodier, Pascal Simon, Joseph Kerner, Bernard Lalanne) 2:10:19 Std., 20. Argentinien (Raul Juan Labbate, Osvaldo Benvenuti, Osvaldo R. Frossasco, Juan C. Haedo) 2:11:01 Std., 21. Brasilien (Milton Della Giustina, Jose Carlos Lima, Miguel Duarte, Joao Lourenco) 2:13:05 Std., 22. Kanada (Norman St. Aubin, Martin Cramaro, Ron Hayman, Pierre Harvey) 2:13:21 Std., 23. Portugal (Alfredo Gouveia, Floriano Mendes, Belmiro Silva, Adelino Teixeira) 2:13:34 Std., 24. Venezuela (Justo Mendez Galaviz, Blas Becerra, Ramon Ramirez Parra, Juan Arroyo) 2:14:24 Std., 25. Irland (Billy Kerr, Aiden McKeown, Tony Lally – nur 3 Fahrer) 2:16:53 Std., 26. Indonesien (Sutiyono, Dasrizal, Johny Van Aert, Enceng Durahman) 2:17:20 Std., 27. Taiwan (Chi Huang Huang, Chao Chang Tsai, Kai Chih Lee, Ying Chi Yang) 2:32:54 Std.

* Polen disqualifiziert - Dopingprobe des Fahrers Szurkowski positiv (Krzysztof Sujka, Lechoslaw Michalak, Tadeusz Mytnik, Ryszard Szurkowski) 2:01:44 Std.

Nürburgring, 26. August 1978

Straßenrennen über 182,48 km
(8 Runden a 22,8 km)
Gestartet: 176 Fahrer, 93 im Ziel

1. Gilbert Glaus (Schweiz)   4:41:47 Std. (38,866 km/h)
2. Krzysztof Sujka (Polen)
3. Stefan Mutter (Schweiz)
4. Richard Trinkler (Schweiz), 5. Fausto Stiz (Italien), 6. Henning Jörgensen (Dänemark), 7. Tadeusz Wojtas (Polen), 8. Jose-Luis Rodriguez (Spanien), 9. Alexander Awerin (UdsSR), 10. Juan Arroyo (Venezuela), 11. Theo de Rooy (Niederlande), 12. Jiri Skoda (CSSR), 13. Harry Hannus (Finnland), 14. Claude Criquielion (Belgien), 15. Sylvain Blandon (Franreich), 16. Faustino Ruperez (Spanien), 17. Ludek Mraz (CSSR), 18. Herbert Spindler (Österreich), 19. Luigi Busacchini (Italien), 20. Gerard Desertenne (Frankreich), 21. Paulus Maas (Niederlande), 22. Luciano Lorenzi (Italien), 23. Giovanni Fedrigo (Italien), 24. Rocco Cattaneo (Schweiz), 25. Jan Krawczyk (Polen), 26. Giuseppe Solfrini (Italien), 27. Luziano Lorenzi (Italien), 28. Christian Jourdan (Frankreich), 29. Kurt Ehrensperger (Schweiz), 30. Tommy Prim (Schweden), 31. Sergej Morozow (UdsSR), 32. Marc Durant (Frankreich), 33. Alfons de Wolf (Belgien), 34. Bert Oosterbosch (Niederlande), 35. Sergej Suchorutschenkow (UdsSR), 36. Frits Pirard (Niederlande) 36 Sekunden zurück, 37. Ewald Wolf (Liechtenstein) 1:14 Min. zurück, 38. Dale Stetina (USA), 39. Uwe Bolten (BRD - Mönchengladbach), 40. Ulrich Rottler (BRD - Neuwied), 41. Jesus Guzman (Spanien) 42. Svatopluk Henke (CSSR), 43. Hans-Joachim Hartnick (DDR – Cottbus), 44. Bob Cook (USA), 45. Luis Texeira (Portugal) 1:29 Min.

zurück, 46. Wilfried Trott (BRD - Lövenich) 1:35 Min. zurück, 47. Henryk Charucki (Polen), 48. Wayne Stetina (USA), 49. Said Gusseinow (UdsSR), 50. Peter Weibel (BRD – Mannheim), 51. Thilo Fuhrmann (DDR – Frankfurt/Oder), 52. nicht vergeben*, 53. Tadeusz Mytnik (Polen), 54. Jan Brzezny (Polen), 55. George Mount (USA), 56. Lennart Fagerlund (Schweden), 57. Teodor Vasile (Rumänien), 58. Ladislav Novak (CSSR), 59. Robert Millar (Großbritannien), 60. Vladimir Dolek (CSSR),
61. Bernd Drogan (DDR – Cottbus) 2:59 Min. zurück, 62. Morten Saether (Norwegen) 3:18 Min. zurück, 63. Anders Andersson (Schweden) 3:22 Min. zurück, 64. Mircea Romascanu (Rumänien), 65. Guy Nulens (Belgien) 5:53 Min. zurück, 66. Paul Jesson (Neuseeland) 9:01 Min. zurück, 67. Alfredo Gouveia (Portugal), 68. Friedrich von Löffelholz (BRD - Katzwang), 69. Peter Koch (DDR – Erfurt) 12:19 Min. zurück, 70. Etienne de Wilde (Belgien), 71. Tom Sainz (USA) 13:16 Min. zurück, 72. Jan Hoegh (Dänemark) 13:50 Min. zurück, 73. Jan Bogaert (Belgien), 74. Peter Becker (BRD - Berlin), 75. Ladislav Ferebauer (CSSR) 17:51 Min. zurück, 76. Didier Lebaud (Frankreich) 18:12 Min. zurück, 77. Chachid Zagretdinow (UdsSR), 78. Martin Cramora (Kanada), 79. Pierre Harvey (Kanada), 80. Belmiro Silva (Portugal), 81. Eon d'Ornellas (Kanada) 18:21 Min. zurück, 82. Johan Parker (Großbritannien), 83. Peter Muckenhuber (Österreich), 84. Billy Kerr (Irland), 85. Johann Traxler (Österreich), 86. Jacobus van Meer (Niederlande), 87. Juan Fernandez (Spanien), 88. Patrick Wackström (Finnland9 29:31 Min. zurück, 89. Henrik Rasmussen (Dänemark), 90. Roberto H. Munoz Figueroa (Chile), 91. Jose Carlos Lima (Brasilien), 92. Stephen Roche (Irland) 32:56 Min. zurück, 93. Aiden McKeown (Irland) 33:36 Min. zurück.

* Rudolf Mitteregger (Österreich) nach positivem Befund disqualifiziert.

FRAUEN

Straßenrennen über 70,5 km (3 Runden a 23,5 km)
Köln-Brauweiler, 23. August 1978

Stundenmittel: 40,272 km/h
1. Beate Habetz (BRD – Köln) 1:45:02 Std.
2. Cornelia „Keetie" van Oosten-Hage (Niederlande)
3. Emanuella Lorenzon (Italien)
4. Minie Brinkhoff (Niederlande), 5. Ritva Mykkänen (Schweden), 6. Frieda Maes (Belgien), 7. Rosella Galbiati (Italien), 8. Galina Zarewa (UdsSR), 9. Beth Heiden (USA), 10. Bella van der Spiegel-Hage (Niederlande), 11. Brenda Atkinson (Großbritannien), 12. Morena Tartagni (Italien), 13. Connie Carpenter (USA), 14. Josiane Bost (Frankreich), 15. Luigina Bissoli (Italien), 16. Colette Davaine (Frankreich), 17. Asta Forsell (Finnland), 18. Jenny de Smet (Belgien), 19. Tamara Garkuschina (UdsSR), 20. Marie-Jose Fontaine (Belgien).

Weltmeisterschaften im Bahn- und Straßenradsport in Stuttgart
13. - 25. August 1991
Länder: 53

Bahnradsport

Hanns-Martin-Schleyer-Halle, 13. – 18. August 1991

BERUFSFAHRER

Sprint

Qualifikation (200 m Zeitfahren mit fliegendem Start)
1. Michael Hübner (D – Chemnitz) 10,491 s, 2. Stephan Pate 10,548 s, 3. Carey Hall (Australien) 10,554 s, 4. Fabrice Colas (Frankreich) 10,589 s, 5. Claudio Golinelli (Italien) 10,636 s, 6. Nelson Vails (USA) 10,797 s, 7. Wayne McCarney (Australien) 10,797 s, 8. Vincenzo Ceci (Italien) 10,828 s, 9. Katsuo Namigata (Japan) 10,832 s, 10. Eichi Sakamoto (Japan) 10,833 s, 11. Patrick Da Rocha (Frankreich) 10,947 s, 12. Masamitsu Takizawa (Japan) 10,953 s, 13. Marcelo Alexandre (Argentinien) 11,157 s, 14. Dieter Giebken (D – Münster) 11,241 s.

Achtelfinale
1. Lauf: Hübner 10,85 s vor Namigata und Ceci; 2. Lauf: Pate 10,97 s vor McCarney und Sakamoto; 3. Lauf: Vails 11,26 s vor Da Rocha und Call; 4. Lauf: Golinelli 11,12 s vor Colas und Takizawa.

Hoffnungsläufe
1. Lauf: Namigata 11,55 s vor Takizawa; 2. Lauf: Hall 11,47 s vor MacCarney; 3. Lauf: Da Rocha 11,46 s vor Sakamoto; 4. Lauf: Colas 11,23 s vor Ceci.
Viertelfinale
1.Lauf: Hall 11,00/10,93 s vor Hübner; 2. Lauf: Pate 11,16/11,14 s

vor Namigata; 3. Lauf: Colas 11,28/11,06 s vor Vails; 4. Lauf: Golinelli 11,27/11,25 s vor Da Rocha (im 2. Lauf distanziert).

Halbfinale
1. Lauf: Hall in 2:1 Läufen vor Golinelli (G. 11,43 s; H. 11,13/11,00 s); 2. Lauf: Colas in 2:1 Läufen vor Pate (C. 10,85 s; P. 10,98 s; C. 10,83 s).

Endläufe
Finale um Platz 5 bis 8: Namigata 11,73 s vor Vails und Da Rocha; Hübner wegen Sturzverletzungen nicht angetreten.
Finale um Platz 3 und 4: Pate in 2:1 Läufen vor Golinelli (G. 11,13 s; P. 11,20/10,97 s)
Finale um Platz 1 und 2: Hall 11,11/11,17 s vor Colas.

Endstand
1. xxx (Carey Hall, Australien, wegen Doping disqualifiziert)
2. Fabrice Colas (Frankreich)
3. xxx (Stephen Pate, Australien, wegen Doping disqualifiziert)
4. Claudio Golinelli (Italien)
5. Katsuo Namigata (Japan)
6. Nelson Vails (USA)
7. Patrick Da Rocha (Frankreich)
8. Michael Hübner (D – Chemnitz)

Keirin

Vorläufe
1. Lauf: Michael Hübner (D – Chemnitz) 10,73 s vor Vincenco Ceci (Italien), Tashimasa Yoshida (Japan), Wayne McCarney (Australien), Patrick Da Rocha (Frankreich) und Bruno Holenweger (Schweiz).
2. Lauf: Claudio Golinelli (Italien) 10,97 s vor Koichi Nakano (Japan), Nelson Vails (USA), Dieter Giebken (D – Münster), Michael Grenda (Australien), Fabrice Colas (Frankreich) und Marcelo Alexandre (Argentinien).

Hoffnungslauf
1. Colas 11,15 s vor Da Rocha, Giebken, McCarney, Alexandre und Holenweger.

Endlauf (Endstand)
1. Michael Hübner (D – Chemnitz)   10,79 s
2. Claudio Golinelli (Italien)
3. Fabrice Colas (Frankreich)
4. Nelson Vails (USA)
5. Koichi Nakano (Japan)
6. Patrick Da Rocha (Frankreich)

Rennsport-WM in Deutschland: Namen und Zahlen

Aufgegeben (Sturz): Vincenco Ceci (Italien) und Toshimasa Yoshioka (Japan).

5000 m Verfolgungsfahren

Qualifikation
1. Lauf: Marco Toffali (Italien) 5:55,084 Min. Alleingang; 2. Lauf: Mike McCarthy (USA) 5:39,875 Min. besiegt Uwe Nepp (D – Mönchen-Gladbach) eingeholt; 3. Lauf: Tony Davis (Australien) 5:42,121 Min. besiegt Marco van der Hulst (Niederlande) eingeholt; 4. Lauf: Gerd Dörich (D – Sindelfingen) 5:54,099 Min. besiegt Noriyuki Ijima (Japan) 5:56,875 Min.; 5. Lauf: Steve Hegg (USA) 5:45,985 Min. besiegt Alexander Krasnow (UdSSR) eingeholt; 6. Lauf: Peter Pieters (Niederlande) 5:44,502 Min. besiegt Michael Grenda (Australien) 5:51,438 Min.; 7. Lauf: Colin Sturgess (Großbritannien) 5:35,026 Min. besiegt Jesper Worre (Dänemark) eingeholt; 8. Lauf: Carsten Wolf (D – Berlin) 5:45,031 Min. besiegt Chris Huber (USA) 5:46,907 Min.; 9. Lauf: Francis Moreau (Frankreich) 5:35,392 Min. besiegt Shaun Wallace (Großbritannien) 5:35,562 Min., 10. Lauf: Wjatscheslaw Jekimow (UdSSR) 5:40,565 Min. besiegt Dean Woods (Australien) 5:41,572 Min.

Viertelfinale
1. Lauf: Jekimow 5:40,200 Min. besiegt McCarthy 5:40,512 Min.; 2. Lauf: Wallace 5:38,063 Min. besiegt Woods 5:45,193 Min.; 3. Lauf: Moreau 5:32,224 Min. besiegt Davis eingeholt; 4. Lauf: Sturgess 5:39,222 Min. besiegt Pieters 5:43,659 Min.

Halbfinale
1. Lauf: Wallace 5:35,457 Min. besiegt Sturgess 5:38,563 Min.; 2. Lauf: Moreau 5:33,761 Min. besiegt Jekimow 5:39,107 Min.

Entscheidung
Finale um Platz 1 und 2: Moreau 5:34,444 Min besiegt Wallace 5:39,584 Min.

Endstand:
1. Francis Moreau (Frankreich)
2. Shaun Wallace (Großbritannien)
3. Colin Sturgess (Großbritannien)
4. Wjatscheslaw Jekimow (UdSSR)
5. Mike McCarthy (USA)
6. Peter Pieters (Niederlande)
7. Dean Woods (Australien)
8. Tony Davis (Australien)

Punktefahren

Entscheidung über 50 km

1. Wjatscheslaw Jekimow (UdSSR)	27 Pkt.

eine Runde zurück:

2. Francis Moreau (Frankreich)	44 Pkt.

zwei Runden zurück:

3. Peter Pieters (Niederlande)	44 Pkt.

4. Etienne de Wilde (Belgien) 42 Pkt., 5. Daniel Wyder (Schweiz) 32 Pkt., 6. Steve Hegg (USA) 29 Pkt., 7. Carsten Wolf (D – Berlin) 27 Pkt., 8. Silvio Martinello (Italien) 23 Pkt., 9. Juan Curuchet (Argentinien) 20 Pkt., 10. Gary Sutton (Australien) 20 Pkt., 11. Tony Doyle (Großbritannien) 15 Pkt., 12. Shaun Wallace (Großbritannien) 13 Pkt., 13. Jens Veggerby (Dänemark) 13 Pkt., 14. Laurent Biondi (Frankreich) 10 Pkt., 15. Pierangelo Bincoletto (Italien) 7 Pkt., 16. Mike McCarthy (USA) 7 Pkt., 17. Masahiro Yusahara (Japan) 6 Pkt., 18. Marco van der Hulst (Niederlande) 6 Pkt., 19. Anthony Hughes (Australien) 5 Pkt., 20. Johnny Dauwe (Belgien) 5 Pkt., 21. Bruno Holenweger (Schweiz) 4 Pkt., 22. Gabriel Curuchet (Argentinien) 3 Pkt., 23. Markus Hess (D – Tübingen) 3 Pkt., 24. Ivan Romanow (UdSSR) 2 Pkt., 25. Kyoshi Miura (Japan) 0 Pkt.; aufgegeben: Pascal Carrara (Dänemark).

Steherrennen

Vorläufe über 50 km
1. Lauf: 1. Danny Clark (Australien) h. Walrave 43:57,12 Min., 2. Arno Küttel (Schweiz) h. Aebi, 3. Andrea Bellati (Schweiz) h. Buchmann 1 Runde zurück, 4. Walter Brugna (Italien) h. Valentini 2 Runden zurück; aufgegeben: Thorsten Rellensmann (D – Dortmund) h. Manfred Schmadtke.
2. Lauf: 1. Peter Steiger (Schweiz) h. Luginbühl 43:50,40 Min., 2. Roland Günther (D - Lippstadt) h. Durst, 3. Luigi Bielli (Italien) h. Fratarcangeli; 4. Alexander Romanow (UdSSR) h. Chopin 3 Runden zurück.

Endlauf über 1 Stunde

1. Danny Clark (Australien)	68,861 km

Schrittmacher Bruno Walrave (Niederlande)
2. Peter Steiger (Schweiz)
Schrittmacher Ueli Luginbühl (Schweiz)
3. Arno Küttel (Schweiz)
Schrittmacher Rene Aebi (Schweiz)

4. Luigi Bielli (Italien)   1 Runde zurück
Schrittmacher Gianni Fratarcangeli (Italien)
5. Alexander Romanow (UdSSR)   2 Runden zurück
Schrittmacher Alexander Chopin (UdSSR)
6. Roland Günther (D - Lippstadt)   3 Runden zurück
Schrittmacher Dieter Durst (D)
7. Andrea Bellati (Schweiz)   7 Runden zurück
Schrittmacher Buchmann (Schweiz)

AMATEURE

1000 m Zeitfahren

1. Jose Manuel Moreno (Spanien)   1:03,827 Min.
2. Jens Glücklich (D – Cottbus)   1:04,379 Min.
3. Gene Samuel (Trinidad&Tobago)   1:04,797 Min.
4. Frederic Magne (Frankreich)1:04,808 Min., 5. Alexander Kiritschenko (UdSSR) 1:05,039 Min., 6. Adler Capelli (Italien) 1:05,750 Min., 7. Rocco Travella (Schweiz) 1:05,761 Min., 8. Kenneth Röpke (Dänemark) 1:05,836 Min., 9. Mika Hämäläinen (Finnland) 1:05,930 Min., 10. Erin Hartwell (USA) und Keiji Kojima (Japan) je 1:06,119 Min., 12. Tom Steels (Belgien) 1:06,130 Min., 13. Shane Kelly (Australien) 1:06,234 min., 14. Anthony Stirrat (Großbritannien) 1:06,483 Min., 15. Jan van Hameren (Niederlande) 1:06,642 Min., 16. Grzegorz Krejner (Polen) 1:06,835 Min., 17. Thomas Fossum (Norwegen) 1:07,215 Min., 18. Zwetko Georgiew (Bulgarien) 1:07,277 Min., 19. Curt Innes (Kanada) 1:07, 696 Min., 20. Peter Pais (Ungarn) 1:08,577 Min., 21. Hsin-Yu Lin (Taipeh) 1:09,095 Min.

Sprint

Qualifikation (200 m Zeitfahren mit fliegendem Start)
1. Bill Huck (D – Berlin) 10,183 s, 2. Curtis Harnett (Kanada) 10,282 s, 3. Jens Fiedler (D – Berlin) 10,288 s, 4. Gary Neiwand (Australien) 10,420 s, 5. Kenneth Carpenter (USA) 10,481 s, 6. Jose Manuel Moreno (Spanien) 10,500 s, 7. Gianluca Capitano (Italien) 10,568 s, 8. Denis Lemyre (Frankreich) 10,569 s, 9. Roberto Chiappa (Italien) 10,631 s, 10. Erik Schoefs (Belgien) 10,693 s, 11. Frederic Magne (Frankreich) 10,663 s, 12. Christian Schink (D – Berlin) 10,689 s, 13. Oshinobu Saito (Japan) 10,691 s, 14. Herve Thuet (Frankreich) 10,720 s, 15. Federico Paris (Italien) 10,727 s, 16. Igor Schelinski (UdSSR) 10,740 s, 17. Jon Andrews (Neusee-land) 10,743 s, 18. Jaroslav Jerabek (CSSR) 10,784 s, 19. Lars-Brian Nielsen (Dänemark) 10,749 s, 20. Jewgeni Turowski (UdSSR) 10,751 s, 21. Jose Antonio Escuredo (Spanien) 10,791 s, 22. Brian Dandanell (Dänemark) 10,801 s, 23. Rene Gullach (Dänemark) 10,814 s, Pavel Buran (CSSR) 10,827 s, - alle für die Vorläufe qualifiziert;
25. Eddie Alexander (Großbritannien) 10,828 s, 26. Martin Hrbacek (CSSR) 10,839 s, 27. Rocco Travella (Schweiz) 10,865 s, 28. Wieslaw Burdelak (Polen) 10,873 s, 29. Glen Trudgett (Australien) 10,898 s, 30. Roy Salveter (Schweiz) 10,912 s, 31. Stewart Brydon (Großbritannien) 10,942 s, 32. Keiji Kojima (Japan) 10,944 s, 33. Steve Paulding (Großbritannien) 10,957 s, 34. Roger Furrer (Schweiz) 10,971 s, 35. Zwetko Zwetkow (Bulgarien) 11,037 s, 36. Danny Day (Australien) 11, 075 s, 37. Hsin-Yu Lin (Taipeh) 11,304 s, 38. Hideaki Ishikawa (Japan) 11,308 s, 39. Janos Hegyes (Ungarn) 11,360 s, 40. Peter Hohner (Ungarn) 11,474 s, 41. Carlos Piazza (Argentinien) 11,811 s.

Vorläufe
1. Lauf: Huck 11,02 s vor Schelinski und Andrews; 2. Lauf: Harnett 11.00 s vor Paris und Jerabek; 3. Lauf: Fiedler 11,08 s vor Nielsen und Thuet; 4. Lauf: Neiwand 11,16 s vor Saito und Turowski; 5. Lauf: Schink 11,16 s vor Escuredo und Carpenter; 6. Lauf: Moreno 11,76 s vor Magne und Dandanell; 7. Lauf: Schoefs 11,13 s vor Gullach und Capitano; 8. Lauf : Buran 11,56 s vor Lemyre und Chiappa.

Hoffnungsläufe
1. Lauf: Schelinski 11,48 s vor Jerabek; 2. Lauf: Paris 11,39 s vor Andrews; 3. Lauf: Turowski 11,45 s vor Nielsen; 4. Lauf: Thuet 11,31 s vor Saito; 5. Lauf: Dandanell 11,05 s vor Escuredo; 6. Lauf: Magne 11,42 s vor Carpenter; 7. Lauf: Chiappa 11,08 s vor Gullach; 8. Lauf: Lemyre 11,12 s vor Capitano.

Hoffnungsendläufe
1. Lauf: Lemyre 11,17 s vor Schelinski; 2. Lauf: Paris 11,01 s vor Chiappa; 3. Lauf: Magne 10,91 s vor Turowski; 4. Lauf: Dandanell 10,98 s vor Thuet.

Achtelfinale
1. Lauf: Huck 10,99 s vor Buran und Dandanell; 2. Lauf: Harnett 10,79 s vor Schoefs und Magne; 3. Lauf: Fiedler 11,05 s vor Paris und Moreno; 4. Lauf: Neiwand 10,94 s vor Schink und Lemyre.
Hoffnungsläufe des Achtelfinales
1. Lauf: Lemyre 11,10 s vor Buran; 2. Lauf: Schoefs 11,30 s vor Moreno; 3. Lauf: Paris 11,11 s vor Magne; 4. Lauf: Schink 11,23 s vor Dandanell.

Viertelfinale
1. Lauf: Huck 10,89/10,90 s vor Schoefs; 2. Lauf: Harnett 10,93/

10,61 s vor Lemyre; 3. Lauf: Fiedler 10,90/10,64 s vor Schink; 4. Lauf: Neiwand in 2:1 Läufen vor Paris (N. 10,81 s; P. 10,87 s; N. 11,01 s).

Halbfinale
1. Lauf: Huck in 2:1 Läufen vor Neiwand (H. 11,11 s – N. distanziert; N. 10,99 s; H. 10,82 s); 2. Lauf: Fiedler 10,78/11,00 s vor Harnett.

Endläufe
Finale um Platz 5 bis 8: Paris 10,96 s vor Lemyre, Schink und Schoefs.
Finale um Platz 3 und 4: Neiwand in 2:1 Läufen vor Harnett (N. 11,09 s; H. 10,65 s; N. 12,45 s).
Finale um Platz 1 und 2: Fiedler in 2:1 Läufen vor Huck (F. 10,78 s; H. 10,85 s; F. 11,44 s).

Endstand:
1. Jens Fiedler (D – Berlin)
2. Bill Huck (D – Berlin)
3. Gary Neiwand (Australien)
4. Curtis Harnett (Kanada)
5. Federico Paris (Italien)
6. Denis Lemyre (Frankreich)
7. Christian Schink (D – Berlin)
8. Erik Schoefs (Belgien)

Tandem

Qualifikation (1 Runde = 285 m Zeitfahren mit fliegendem Start)
1. BRD (Emanuel Raasch/Berlin, Eyk Pokorny/Berlin) 14,336 s, 2. CSSR (Lubomir Hargas/Pavel Buran) 14,388 s, 3. Frankreich (Frederic Lancien/Denis Lemyre) 14,613 s, 4. USA (Marty Nothstein/Erin Hartwell) 14,808 s, 5. Großbritannien (Peter Boyd/Gary Hibbert) 15,455 s, 6. Ungarn (Peter Hohner/Janos Hegyes) 15,611 s, 7. Italien (Gianluca Capitano/Federico Paris) 15,611 s (wegen Verfehlen der Meßlinie auf den letzten Platz gesetzt/eigentliche Zeit: 14,591 s).

Vorläufe
1.Lauf: BRD 10,10 s vor Ungarn; 2. Lauf: CSSR 10,64 s vor Großbritannien; 3. Lauf: Italien 11,61 s vor Frankreich und USA.
Hoffnungsläufe
1. Lauf: USA 10,71 s vor Ungarn; 2. Lauf: Frankreich 10,42 s vor Großbritannien.

Hoffnungsendlauf: Frankreich 10,53 s vor USA.

Halbfinale
1. Lauf: BRD 11,18/10,85 s vor Frankreich; 2. Lauf: CSSR in 2:1 Läufen vor Italien (C. im ersten Lauf distanziert, Verursachung eines Sturzes; C. 10,75/10,72 s).

Endläufe
Finale um Platz 5 bis 7: USA 11,37 s vor Großbritannien und Ungarn.
Finale um Platz 3 und 4: Frankreich in 2:1 Läufen vor Italien (I. 10,94 s; F. 13,67/10,63 s).
Finale um Platz 1 und 2: BRD 10,57/10,71 s vor CSSR.

Endstand:
1. BRD (Emanuel Raasch/Eyk Pokorny)
2. CSSR (Lubomir Hargas/Pavel Buran)
3. Frankreich (Frederic Lancien/Denis Lemyre)
4. Italien (Gianluca Capitano/Federico Paris)
5. USA (Marty Nothstein/Erin Hartwell)
6. Großbritannien (Peter Boyd/Gary Hibbert)
7. Ungarn (Peter Hohner/Janos Hegyes)

4000 m Einzelverfolgung

Qualifikation
1. Lauf: Anthony Ledgard (Peru) 4:49,587 Min. Alleingang; 2. Lauf: Egil Andersen (Norwegen) 4:42,160 Min. besiegt Yu-Yi Wenig (Taipeh) 4:55,412 Min.; 3. Lauf: Masamitsu Ehara (Japan) 4:46,258 Min. besiegt Chin-Ying Cheng ((Taipeh) eingeholt; 4. Lauf: Matthew Illingworth (Großbritannien) 4:38,298 Min. besiegt Gerben Broeren (Niederlande) 4:45,859 Min.; 5. Lauf: Ivan Beltrami (Italien) 4:37,064 Min. besiegt Tom O'Shannessey (Australien) 4:43,65 Min.; 6. Lauf: Servais Knaven (Niederlande) 4:32,972 Min. besiegt Yasuhiro Ando (Japan) 4:36,876 Min.; 7. Lauf: Anthon Vermaerke (Belgien) 4:36,961 Min. besiegt Jan Korzyniewski (Polen) eingeholt; 8. Lauf: Jesper Verdi (Dänemark) 4:36,405 Min. besiegt Andrea Collinelli (Italien) 4:41863 Min.; 9. Lauf: Jan-Bo Petersen (Dänemark) 4:29,338 Min. besiegt Viktor Kunz (Schweiz) eingeholt; 10. Lauf: Cedrik Mathy (Belgien) 4: 31,882 Min. besiegt Adolfo Alperi (Spanien) eingeholt; 11. Lauf: Chris Boardman (Großbritannien) 4: 31,499 Min. besiegt Eleuterio Mancebo (Spanien) 4:38,795 Min.; 12. Lauf: Bruno Risi (Schweiz) 4:33,861 Min besiegt Ryszard Dawidowicz (Polen) 4:34,165 Min.; 13. Lauf: Michael Glöckner (D – Stuttgart) 4:22,602 Min. besiegt Philippe Ermenault (Frankreich) 4:32,287 Min.; 14. Lauf: Waleri

Baturo (UdSSR) 4:26,299 Min. besiegt Shaun O'Brien (Australien) eingeholt; 15. Lauf: Jens Lehmann (D – Leipzig) 4:22,152 Min. besiegt Glenn McLeay (Neuseeland) 4:31,968 Min.; 16. Lauf: Gary Anderson (Neuseeland) 4:32,956 Min. besiegt Jewgeni Berzin (UdSSR) 4:33,865 Min.

Viertelfinale Gruppe A
1. Lauf: Petersen 4:31,644 Min. besiegt Boardman 4:33,423 Min.; 2. Lauf: Baturo 4:30,757 Min. besiegt Mathy 4:33,907 Min.; 3. Lauf: Glöckner 4:24,921 Min. besiegt McLeay 4:33,520 Min.; 4. Lauf: Lehmann 4:25,842 Min. besiegt Ermenault 4:31,964 Min.
Viertelfinale Gruppe B
1. Lauf: Dawidowicz 4:36,189 Min. Alleingang (Berzin nicht gestartet); 2. Lauf: Risi 4:31,624 Min. besiegt Verdi 4:37,340 Min.; 3. Lauf: Knaven 4:31,620 Min. besiegt Ando 4:36,570 Min; 4. Lauf: Anderson 4:32,688 Min. besiegt Vermaerke 4:38,507 Min.

Halbfinale
1. Lauf: Lehmann 4:26,297 Min. besiegt Baturo 4:31,813 Min.; 2. Lauf: Glöckner 4:24,918 Min. besiegt Petersen 4:28,532 Min.

Endlauf
Finale um Platz 1 und 2: Lehmann 4:25,775 Min. besiegt Glöckner 4:31,465 Min.

Endstand:
1. Jens Lehmann (D – Leipzig)
2. Michael Glöckner (D – Stuttgart)
3. Jan-Bo Petersen (Dänemark)
4. Waleri Baturo (UdSSR)
5. Servais Knaven (Niederlande)
6. Bruno Risi (Schweiz)
7. Philippe Ermenault (Frankreich)
8. Gary Andersen (Neuseeland)
9. Chris Boardman (Großbritannien), 10. Glenn McLeay (Neuseeland), 11. Cedric Mathy (Belgien), 12. Ryszard Dawidowicz (Polen), 13. Yasuhiro Ando (Japan), 14. Jesper Verdi (Dänemark), 15. Anthon Vermaerke (Belgien), 16. Jewgeni Berzin (UdSSR).

4000 m Mannschaftsverfolgung

Qualifikation
1. Bundesrepublik Deutschland (Michael Glöckner/Stuttgart, Jens Lehmann/Leipzig, Andreas Walzer/Stuttgart, Stefan Steinweg/Dortmund) 4:08,064 Min., 2. Australien (Stuart O'Grady, Stephen McGlede, Shaun O'Brian, Damian McDonald) 4:11,471 Min., 3. Dänemark (Jimmi Madsen, Ken Frost, Jan-Bo Petersen, Dan Frost) 4:13,567 Min., 4. UdSSR (Jewgeni Berzin, Michail Orlow, Wadim Krawtschenko, Wladislaw Bobrik) 4:13,622 Min., 5. Frankreich (Herve Dagorne, Daniel Pandele, Eric Magnin, Pascal Potie) 4:15,966 Min., 6. CSSR (Lubor Tesar, Jan Panacek, Pavel Tesar, Michal Baldrian) 4:16,129 Min., 7. Neuseeland (Glenn McLeay, Nigel Donelly, Gary Anderson, Stuart Williams) 4:16,829 Min., 8. Niederlande (Marcel Beumer, Leon van Bon, Servais Knaven, Erik Cent) 4:17,317 Min.;
ausgeschieden:
9. Italien (Fabrizio Trezzi, Ivan Cerioli, Marco Villa, Giovanni Lombardi) 4:18,760 Min., 10. Polen (Ryszard Dawidowicz, Robert Karsnicki, Andrzej Sikorski, Radoslaw Baczak) 4:19,361 Min., 11. Großbritannien (Nicolas Simpson, Byan Steel, Matthew Illingworth, Richard Hughes) 4:22, 947 Min., 12. Spanien (Adolfo Alperi, Gabriel Aynat, Eleuterio Mancebo, Inaki Aranguren) 4: 25,282 Min., 13. Japan (Yasuhiro Ando, Masamitsu Ehara, Fumi Miyamoto, Hitishi Yoshino) 4:27,831 Min., 14. Taipeh (Hsueh-Lun Chang, Tau-Wen Lai, Hung-Chung Chiang, Yu-Yi Weng) 4:37,809 Min.

Viertelfinale
1. Lauf: UdSSR 4:09,079 Min. besiegt Frankreich (Cyris Bos für Magnin) 4:16,243 Min.; 2. Lauf: Dänemark 4:09,224 Min. besiegt CSSR 4:15,934 Min.; 3. Lauf: Australien (Brett Aitken für McDonald) 4:08,134 Min. besiegt Neuseeland (Carlos Marryatt für Williams) 4:13,743 Min.; 4. Lauf: BRD (Guido Fulst für Glöckner) 4:09,011 Min. besiegt Niederlande (Gerben Broeren für Van Bon) 4:14,562 Min.

Halbfinale
1. Lauf: UdSSR (Dmitri Neljubin für Orlow) 4:09,011 Min. besiegt Australien 4:10,940 Min.; 2. Lauf: BRD (Glöckner für Fulst) 4:06,244 Min. besiegt Dänemark 4:12,533 Min.

Endlauf
Finale um Platz 1 und 2: BRD 4:07,003 Min. besiegt UdSSR 4:12,259 Min.

Endstand:
1. Bundesrepublik Deutschland
(Michael Glöckner/Stuttgart, Jens Lehmann/Leipzig, Andreas Walzer/Stuttgart, Stefan Steinweg/Dortmund)
2. UdSSR
(Jewgeni Berzin, Dmitri Neljubin, Wadim Krawtschenko, Wladislaw Bobrik)
3. Australien
(Brett Aitken, Stuart O'Grady, Stephen McGlede, Shaun O'Brian)
4. Dänemark
(Jimmi Madsen, Ken Frost, Jan-Bo Petersen, Dan Frost)

5. Neuseeland
6. Niederlande
7. CSSR
8. Frankreich

Punktefahren

Vorläufe

1. Lauf: 1. Cedric Mathy (Belgien) 23 Pkt., 2. Dan Frost (Dänemark) 14 Pkt., 3. Stephen McGlede (Australien) 11 Pkt., 4. Manuel Yoshimatz (Mexiko) 10 Pkt., 5. Spencer Wingrave (Großbritannien) 9 Pkt., 6. Hiroshi Daimon (Japan) 6 Pkt., eine Runde zurück: 7. Erik Weispfennig (D – Oberhausen) 29 Pkt., 8. Dmitri Neljubin (UdSSR) 29 Pkt., 9. Jim Pollak (USA) 20 Pkt., 10. Giovanni Lombardi (Italien) 18 Pkt., 11. Erik Cent (Niederlande) 18 Pkt., 12. Wojciech Pawlak (Polen) 15 Pkt., 13. Carlos Marryatt (Neuseeland) 10 Pkt., 14. Andreas Aeschbach (Schweiz) 10 Pkt., 15. Karim Souchon (Frankreich) 8 Pkt., 16. Gabriel Aynat (Spanien) 8 Pkt., 17. Roberto Prezioso (Argentinien) 6 Pkt., 18. Imre Fabian (Ungarn) 5 Pkt., 19. Rudolf Juricky (CSSR) 4 Pkt., 20. Hsueh-Lun Chang (Taipeh) o Pkt., 21. Tore Berg (Norwegen) 0 Pkt.

2. Lauf: 1. Bruno Risi (Schweiz) 23 Pkt., 2. Jan-Bo Petersen (Dänemark) 12 Pkt., eine Runde zurück: 3. Simon Lillistone (Großbritannien) 35 Pkt., 4. Inaki Aranguren (Spanien) 27 Pkt., 5. Andreas Walzer (D – Stuttgart) 18 Pkt., 6. Alexander Gontschenko (UdSSR) 14 Pkt., 7. Lubor Tesar (CSSR) 9 Pkt., zwei Runden zurück: 8. Leon van Bon (Niederlande) 24 Pkt., 9. Brett Aitken (Australien) 22 Pkt., 10. Ivan Cerioli (Italien) 19 Pkt., 11. Eric Magnin (Frankreich) 14 Pkt., 12. Emanuel Heynemans (Belgien) 12 Pkt., 13. Gene Samuel (Trinidad&Tobago) 9 Pkt., 14. Gustavo Faris (Argentinien) 9 Pkt., 15. Glen Thomson (Neuseeland) 4 Pkt., 16. Makio Madarane (Japan) 2 Pkt.; aufgegeben: Richard Vida (Ungarn), Bogumil Matusiak (Polen), Kuang-Min Tsai (Taipeh), James Carney (USA).

Endlauf über 50 km
Siegerzeit 59:40,36 Min.
1. Bruno Risi (Schweiz)   55 Pkt.
2. Stephen McGlede (Australien)   40 Pkt.
3. Jan-Bo Petersen (Dänemark)   31 Pkt.
4. Leon van Bon (Niederlande) 19 Pkt., 5. Manuel Yoshimatz (Mexiko) 18 Pkt., 6. Hiroshi Daimon (Japan) 10 Pkt., eine Runde zurück: 7. Dmitri Neljubin (UdSSR) 37 Pkt., 8. Erik Weispfennig (D – Oberhausen) 23 Pkt., 9. Emanuel Heynemans (Belgien) 23 Pkt., 10. Jim Pollak (USA) 22 Pkt., 11. Spencer Wingrave (Großbritannien) 20 Pkt., 12. Lubor Tesar (CSSR) 19 Pkt., 13. Cedric Mathy (Belgien) 18 Pkt., 14. Simon Lillistone (Großbritannien) 16 Pkt., 15. Ivan Cerioli (Italien) 10 Pkt., 16. Inaki Aranguren (Spanien) 10 Pkt., 17. Brett Aitken (Australien) 9 Pkt., 18. Erik Cent (Niederlande) 9 Pkt., 19. Dan Frost (Dänemark) 7 Pkt., 20. Giovanni Lombardi (Italien) 7 Pkt., 21. Eric Magnin (Frankreich) 3 Pkt. Aufgegeben: Alexander Gontschenko (UdSSR); nicht am Start: Andreas Walzer (D – Stuttgart).

Steherrennen

Vorläufe über 40 km

1. Lauf: Roland Königshofer (Österreich) h. Igl 35:16,37 Min., 2. Carsten Podlesch (D – Berlin) h. Durst, 3. Mario van Baarle (Niederlande) h. Walrave 1 Runde zurück, 4. Sven Harter (D – Cloppenburg) h. Dippel 3 Runden zurück, 5. Serge Crottier Combe (Frankreich) h. Alain Marechal 3 Runden zurück, 6. Fredi Gmuer (Schweiz) h. Rene Aebi 3 Runden zurück, 7. Wladimir Jegorow (UdSSR) h. Wlassow 3 Runden zurück; aufgegeben: Vincenzo Colamartino (Italien) h. Valentini.

2. Lauf: 1. David Solari (Italien) h. Corradin 35:35,28 Min., 2. Adriano Tondini (Italien) h. Fratarcangeli, 3. Richi Rossi (Schweiz) h. Luginbühl, 4. Thomas Königshofer (Österreich) h. Kerger 2 Runden zurück, 5. Christian Jordans (D - Solingen) h. Gerd Gessler 3 Runden zurück, 6. Guillermo Blasco (Spanien) h. Cerda 6 Runden zurück, 7. Michel Dubreuil (Frankreich) h. Lachaise 7 Runden zurück; aufgegeben: Arpad Filutas (Ungarn) h. Domotor.

Endlauf über 50 km

1. Roland Königshofer (Österreich)	42:46,69 Min.	
Schrittmacher Karl Igl (Österreich)		
2. David Solari (Italien)		
Schrittmacher Walter Corradin (Italien)		
3. Carsten Podlesch (D – Berlin)	2 Runden zurück	
Schrittmacher Dieter Durst (D)		
4. Adriano Tondini (Italien)	4 Runden zurück	
Schrittmacher Gianni Fratarcangeli (Italien)		
5. Richi Rossi (Schweiz)	4 Runden zurück	
Schrittmacher Ueli Luginbühl (Schweiz)		
6. Sven Harter (D – Cloppenburg)	6 Runden zurück	
Schrittmacher Christian Dippel (D)		
7. Thomas Königshofer (Österreich)	7 Runden zurück	
Schrittmacher Günther Kerger (Österreich)		
8. Mario van Baarle (Niederlande)	7 Runden zurück	
Schrittmacher Bruno Walrave (Niederlande)		

FRAUEN

Sprint

Qualifikation (200 m Zeitfahren mit fliegendem Start)
1. Erika Salumäe (UdSSR) 11,374 s, 2. Annett Neumann (D – Cottbus) 11,437 s, 3. Isabelle Gautheron (Frankreich) 11,506 s, 4. Galina Jenjuchina (UdSSR) 11,524 s, 5. Felicia Ballanger (Frankreich) 11,527 s, 6. Renée Duprel (USA) 11,542 s, 7. Connie Paraskevin-Young (USA) 11,560 s, 8. Ingrid Haringa (Niederlande) 11,589 s, 9. Lingmei Zhou (VR China) 11,592 s, 10. Sinett Wolke (D – Cottbus) 11,633 s, 11. Xuemei Wang (VR China) 11,682 s, 12. Nathalie Even (Frankreich) 11,698 s, 13. Chieko Oie (Japan) 12,032 s, 14. Tania Duff (Neuseeland) 12,182 s, 15. Yumiko Suzuki (Japan) 12,234 s, 16. Agnieszka Godras (Polen) 12,373 s, 17. Hsiu-Chen Yang (Taipeh) 12,604 s, 18. Claire Rushworth (Großbritannien) 12,624 s, 19. Li-Lin Pan (Taipeh) 13,283 s.

Vorläufe
1. Lauf: Salumäe 12,42 s vor Godras; 2. Lauf: Neumann 12,39 s vor Suzuki; 3. Lauf: Gautheron 12,81 s vor Duff; 4. Lauf: Jenjuchina 12,20 s vor Oie; 5. Lauf: Ballanger 12,26 s vor Even; 6. Lauf: Duprel 12,41 s vor Wang und Yang; 7. Lauf: Wolke 12,25 s vor Paraskevin-Young und Rushworth; 8. Lauf: Haringa 12,03 s vor Zhou und Pan.
Hoffnungsläufe
1. Lauf: Zhou 12,56 s vor Godras; 2. Lauf: Paraskevin-Young 12,71 s vor Suzuki und Yang; 3. Lauf: Wang 13,13 s vor Duff und Rushworth; 4. Lauf: Even 13,28 s vor Oie und Pan.

Achtelfinale
1. Lauf: Haringa 12,08 s vor Salumäe und Even; 2. Lauf: Neumann 12,57 s vor Wang und Wolke; 3. Lauf: Paraskevin-Young 12,92 s vor Duprel und Gautheron; 4. Lauf: Ballanger 12,06 s vor Zhou und Jenjuchina.
Hoffnungsläufe des Achtelfinales
1. Lauf: Jenjuchina 12,36 s vor Salumäe; 2. Wang 12,42 s vor Gautheron; 3. Lauf: Duprel 12,31 s vor Wolke; 4. Lauf: Zhou 12,33 s vor Even.

Viertelfinale
1. Lauf: Haringa 11,91/11,99 s vor Wang; 2. Lauf: Neumann in 2:1 Läufen vor Jenjuchina (J. ohne Zeit; N. 12,27/12,43 s); 3. Lauf: Paraskevin-Young in 2:1 Läufen vor Zhou (P. 13,64 s; Z. ohne Zeit ; P. 12,06 s); 4. Lauf: Ballanger 12,17/12,56 s vor Duprel.

Halbfinale
1. Lauf: Haringa 12,22/12,28 s vor Ballanger; 2. Lauf: Neumann 12,14/

12,39 s vor Paraskevin-Young.

Endläufe
Finale um Platz 5 bis 8: Zhou 12,43 s vor Duprel, Jenjuchina und Wang.
Finale um Platz 3 und 4: Paraskevin-Young 12,69/12,22 s vor Ballanger.
Finale um Platz 1 und 2: Haringa 12,69/12,22 s vor Neumann.

Endstand:

1. Ingrid Haringa (Niederlande)
2. Annett Neumann (D – Cottbus)
3. Connie Paraskevin-Young (USA)
4. Felicia Ballanger (Frankreich)
5. Lingmei Zhou (VR China)
6. Renée Duprel (USA)
7. Galina Jenjuchina (UdSSR)
8. Xuemei Wang (VR China)

3000 m Einzelverfolgung

Qualifikation
1. Lauf: Chia-Lin Wang (Taipeh) 4:18,915 Min. Alleingang; 2. Lauf: Lona Munck (Dänemark) 3:52,565 Min. besiegt Shu-Ying Chang (Taipeh) eingeholt; 3. Lauf: Sally Dawes (Großbritannien) 3: 47,242 Min. besiegt Nuria Florencio (Spanien) eingeholt; 4. Lauf: Ainhoa Ostolaza (Spanien) 3:56,236 Min. besiegt Ingrid Haringa (Niederlande) eingeholt; 5. Lauf: Hanne Malmberg (Schweden) 3:46,104 Min. besiegt Yi Zhao (VR China) 3:52,381 Min.; 6. Lauf: Kristel Werckx (Belgien) 3:43,693 Min. besiegt May-Britt Valand (Norwegen) 3:49,815 Min.; 7. Lauf: Janie Eickhoff (USA) 3:42,196 Min. besiegt Gabriella Pregnolato (Italien) 3:47,765 Min.; 8. Lauf: Barbara Erdin-Ganz (Schweiz) 3:45,690 Min. besiegt Kelly-Ann Way (Kanada) 3:46,704 Min.; 9. Lauf: Kathryn Watt (Australien) 3:48,652 Min. besiegt Tea Vikstedt-Nyman (Finnland) 3:48,652 Min.; 10. Lauf: Petra Roßner (D – Köln-Worringen) 3:41,775 Min. besiegt Jacqueline Nelson (Neuseeland) 3:45,690 Min.; 11. Lauf: Marion Clignet (Frankreich) 3:41,687 Min. besiegt Kelly-Ann Carter-Erdmann (Kanada) 3:48,362 Min.; 12. Lauf: Swetlana Samochwalowa (UdSSR) 3:43,769 Min. besiegt Leontien van Moorsel (Niederlande) 3:49,723 Min.

Viertelfinale
1. Lauf: Werckx 3:42,703 Min. besiegt Samochwalowa 3:44,152 Min.; 2. Lauf: Eickhoff 3:39,159 Min. besiegt Erdin-Ganz 3:43,461 Min.; 3. Lauf: Roßner 3:40,661 Min. bes. Nelson 3:42,131 Min.; 4. Lauf: Clignet 3:42,008 Min. besiegt Malmberg 3:45,041 Min.

Rennsport-WM in Deutschland: Namen und Zahlen

Halbfinale

1. Lauf: Roßner 3:38,941 Min. besiegt Clignet 3:39,501 Min.; 2. Lauf: Eickhoff 3:39,885 Min. besiegt Werckx 3:43,534 Min.

Endlauf

Finale um Platz 1 und 2: Roßner 3:39,884 Min besiegt Eickhoff 3:40,379 Min.

Endstand:

1. Petra Roßner (D – Köln-Worringen)
2. Janie Eickhoff (USA)
3. Marion Clignet (Frankreich)
4. Kristel Werckx (Belgien)
5. Jacqueline Nelson (Neuseeland)
6. Barbara Erdin-Ganz (Schweiz)
7. Swetlana Samochwalowa (UdSSR)
8. Hanne Malmberg (Schweden)

Punktefahren

Vorläufe

1. Lauf: 1. Karen Bliss (USA) 22 Pkt., 2. Isabelle Nicoloso (Frankreich) 15 Pkt., 3. Kelly-Ann Carter-Erdmann (Kanada) 14 Pkt., 4. Elisa Guazzaroni (Italien) 13 Pkt., 5. Lucille Hunkeler (Schweiz) 12 Pkt., 6. Petra Roßner (D – Köln-Worringen) 12 Pkt., 7. Swetlana Samochwalowa (UdSSR) 10 Pkt., 8. Yumiko Suzuki (Japan) 6 Pkt., 9. Sally Dawes (Großbritannien) 6 Pkt., 10. Nurio Florencio (Spanien) 4 Pkt., 11. Tania Duff (Neuseeland) 3 Pkt, eine Runde zurück: 12. Yi Zhao (VR China) 3 Pkt., zwei Runden zurück: 13. Petra Grimbergen (Niederlande) 12 Pkt.; aufgegeben: Shu-Ying Chang (Taipeh).

2. Lauf: 1. Janie Eickhoff (USA) 24 Pkt., 2. Jacqueline Nelson (Neuseeland) 18 Pkt., 3. Kristel Werckx (Belgien) 16 Pkt., 4. Lona Munck (Dänemark) 14 Pkt., 5. Barbara Erdin-Ganz (Schweiz) 13 Pkt., 6. Ingrid Haringa (Niederlande) 13 Pkt., 7. Katrin Ranger (D - Feuerbach) 9 Pkt., 8. Jelena Tschalych (UdSSR) 8 Pkt., 9. Lingmei Zhou (VR China) 6 Pkt., 10. Magali Humbert (Frankreich) 4 Pkt., 11. Ainhoa Ostalaza (Spanien) 3 Pkt., 12. Kelly-Ann Way (Kanada) 1 Pkt., 13. Valeria Capellotto (Italien) 0 Pkt.; eine Runde zurück: 14. Agnieszka Godras (Polen) 3 Pkt.; aufgegeben: Ching-Wan Lee (Taipeh).

Endlauf

1. Ingrid Haringa (Niederlande)   40 Pkt.
2. Kristel Werckx (Belgien)   37 Pkt.
3. Janie Eickhoff (USA)   37 Pkt.
4. Barbara Erdin-Ganz (Schweiz) 25 Pkt., 5. Swetlana Samoch-

walowa (UdSSR) 19 Pkt, 6. Katrin Ranger (D - Feuerbach) 18 Pkt., 7. Lucille Hunkeler (Schweiz) 11 Pkt., 8. Isabelle Nicoloso (Frankreich) 9 Pkt., 9. Elisabetta Guazzaroni (Italien) 7 Pkt., 10. Lona Munck (Dänemark) 6 Pkt., 11. Magali Humbert (Frankreich) 5 Pkt., 12. Kelly-Ann Carter-Erdmann (Kanada) 5 Pkt., 13. Karen Bliss (USA) 3 Pkt., 14. Yumiko Suzuki (Japan) 3 Pkt., 15. Sally Dawes (Großbritannien) 3 Pkt., 16. Nuria Florencio (Spanien) 0 Pkt., eine Runde zurück: 17. Jacqueline Nelson (Neuseeland) 5 Pkt.

Aufgegeben: Jelena Tschalych (UdSSR).
Nicht angetreten: Petra Roßner (D – Köln-Worringen), Schlüsselbeinbruch im Vorlauf.

Straßenradsport

BERUFSFAHRER

Straßeneinzelrennen über 252,8 km
(16 Runden a 15,8 km)
Stuttgart - 25. August 1991

1. Gianni Bugno (Italien)   6:20:23 Std. (39,875 km/h)
2. Steven Rooks (Niederlande)
3. Miguel Indurain (Spanien)
4. Alvaro Mejia (Kolumbien) gl. Zeit, 5. Kai Hundertmarck (D - Kelsterbach) 11 s zurück, 6. Bjarne Riis (Dänemark), 7. Dirk de Wolf (Belgien), 8. Stephen Hodge (Australien), 9. Davide Cassani (Italien), 10. Federico Echave (Spanien), 11. Maurizio Fondriest, 12. Franco Ballerini (beide Italien), 13. Pjotr Ugrjumow (UdSSR), 14. Rudy Dhaenens (Belgien), 15. Bo Hamburger (Dänemark), 16. Laurent Fignon (Frankreich), 17. Claudio Chiapucci (Italien), 18. Gert-Jan Theunisse (Niederlande), 19. Heinz Imboden (Schweiz), 20. Miguel Arroyo (Mexiko), 21. Gerard Rue (Frankreich), 22. William Palacio (Kolumbien), 23. Luc Roosen (Belgien), 24. Efrain Rico (Kolumbien), 25. Marc Madiot, 26. Charly Mottet (beide Frankreich), 27. Erich Mächler (Schweiz), 28. Martin Earley (Irland), 29. Bruno Cornillet (Frankreich), 30. Rolf Gölz (D – Bad Schussenried) 2:33 Min. zurück, 31. Daniel Castro (Argentinien), 32. Neil Stephens (Australien), 33. Dag-Otto Lauritzen (Norwegen), 34. Andrew Hampsten (USA) 3:36 Min. zurück, 35. Pedro Delgado (Spanien) 5:19 Min. zurück, 36. Frans Maassen (Niederlande) 6:14 Min. zurück, 37. Michel Dernies (Belgien) 7:18

Min. zurück, 38. Kim Andersen (Dänemark), 39. Jens Heppner (D – Gera), 40. Mauro Gianetti (Schweiz), 41. Michel Engleman (USA), 42. Eric van Lancker (Belgien), 43. Scott Sunderland (Australien), 44. Pascal Richard (Schweiz), 45. Brian Holm (Dänemark), 46. Marco Giovanetti (Italien), 47. Luc Leblanc (Frankreich), 48. Robert Millar (Großbritannien),
49. ex aequo Uwe Ampler (D – Leipzig), Falk Boden (D – Frankfurt/O), Udo Bölts (D – Heltersberg), Andreas Kappes (D – Köln), Dominik Krieger (D - Karlsruhe), Mario Kummer (D – Erfurt), Alan Peiper, Eddie Salas (beide Australien), Harald Maier (Österreich), Frank van den Abbeele, Claude Criquielion, Edwig van Hooydonck, Benjamin van Itterbeeck, Johan Museeuw, Rudy Verdonck (alle Belgien), Mauro Ribeiro (Brasilien), Alberto Camargo, Carlos Jaramillo, Jorge Leon Otalvaro, Abelardo Rondon (alle Kolumbien), Johnny Weltz (Dänemark), Eduardo Chozas, Alvaro Pino, Marino Lajaretta, Javier Murguialday (alle Spanien), Jean-Claude Colotti, Jean-Francois Bernard, Gilles Delion (alle Frankreich), Malcolm Elliott (Großbritannien), Erik Breukink (Niederlande), Bruno Cenghialta, Franco Chioccioli, Alessandro Gianelli (alle Italien), Masatoshi Ichikawa (Japan), Raul Alcala (Mexiko), Atle Kvalsvoll, Olaf Lurvik, Atle Pedersen, Dag Erik Pedersen (alle Norwegen), Marek Kulas, Marek Szerszynski (beide Polen), Dalmino Pereira (Portugal), Laurent Dufaux, Fabian Fuchs, Fabian Jeker, Felice Puttini (alle Schweiz),
95. Thomas Wegmüller (Schweiz) 16:38 Min. zurück, 96. Harry Lodge (Großbritannien) 24.00 Min. zurück.

Ausgeschiedene deutsche Fahrer: Rolf Aldag (Ahlen), Olaf Ludwig (Gera), Uwe Raab (Leipzig).

AMATEURE

Straßenmannschaftsfahren über 99,1 km
Stuttgart, 21. August 1991

1. Italien   1:54:48,5 Std.
(Flavio Anastasia, Luca Colombo, Gianfranco Contri, Andrea Peron)
2. Bundesrepublik Deutschland   2:33 Min. zurück
(Uwe Berndt/Gera, Bernd Dittert/Hannover, Uwe Peschel/Erfurt, Michael Rich/Reute)
3. Norwegen   2:51 Min. zurück
(Stig Kristiansen, Johnny Saether, Roar Skaane, Björn Stenersen)
4. Polen (Dariusz Baranowski, Marek Lesniewski, Grzegorz Piwowarski, Andrzej Sypytkowski) 3:42 Min. zurück, 5. Niederlande (John den Braber, Janis Koerts, Jaap Ten Kortenaar, Bart Voskamp) 3:57 Min. zurück, 6. Frankreich (Didier Faivre Pierre, Herve Garel, Jean-Louis Harel, Eddy Seigneur) 4:22 Min. zurück, 7. USA (Lance Armstrong, Steve Larsen, David Nicholson, Nathan Sheafor) 4:46 Min. zurück, 8. Schweiz (Armin Meier, Roland Meier, Beat Meister, Rolf Rutschmann) 5:04 Min. zurück, 9. CSSR (Ctirad Fischer, Pavel Padrnos, Jozef Regec, Frantisek Trkal) 5:13 Min. zurück, 10. Dänemark (Jörgen Bligard, Michael Guldhammer, Marc Jacobsen, Tommy Nielsen) 5:14 Min. zurück, 11. Großbritannien (Chris Boardman, Gary Dighton, Simon Lillistone, Peter Longbottom) 5:38 Min. zurück, 12. Spanien (Miguel Fernandez, Alvaro Gonzales, Abraham Olano, José Tarradellas) 5:41 min. zurück, 13. UdSSR (Alexander Markownitschenko, Igor Nowikow, Igor Pastuchowitsch, Juri Prokopenko) 5:45 Min. zurück, 14. Jugoslawien (Marko Baloh, Sandi Papez, Mikos Rnjakovic, Brane Ugrenovic) 5:58 Min. zurück, 15. Schweden (Johan Fagrell, Jan Karlsson, Michel Lafis, Glenn Magnusson) 6:33 Min. zurück, 16. Finnland (Pasi Hotinen, Joona Laukka, Vesa Mattila, Juho Suikkari) 7:27 Min. zurück, 17. Australien (Robert Crowe, Darren Lawson, Robert McLachlan, Grant Rice) 7:31 Min. zurück, 18. Neuseeland (Brian Fowler, Paul Leitch, Christopher Nicholson, Jan Richards) 7:46 Min. zurück, 19. Kanada (Chris Koberstien, Todd McNutt, Peter Verhesen, Sean Way) 7:52 Min. zurück, 20. Österreich (Heinz Hechenberger, Marcus Pinggera, Franz Stocher, Mario Traxl) 8:49 Min. zurück, 21. VR China (Hong Liu, Xuezhong Tang, Weipei Wu, Zhengjun Zhu) 9:43 Min. zurück, 22. Kolumbien (Asdrubal Patino, Juan Fajardo, Ruber Marin, Hector Palacio) 9:59 Min. zurück, 23. Griechenland (Kanellos Kanellopoulos, Loukas Kapapodis, George Portelanos, Stergios Salpadimos) 10:07 Min. zurück, 24. Mongolei (Hayanhyarvaa Batsouhin, Munchbat Dashjamtsyn, Otgonbaatar Agvaani, Toumour-Otchir Dashniamyn) 11:10 Min. zurück, 25. Irland (Patrick Callaly, Philip Cassedy, Declan Lonergan, Colm Maye) 13:16 Min. zurück, 26. Bulgarien (Pawel Schumanow, Stantscho Stantschew, Radostin Stoiykow, Gabriel Totew) 13:40 Min. zurück, 27. Taiwan 19:49 Min. zurück.

Straßeneinzelrennen über 173,8 km
11 Runden a 15,8 km
Stuttgart, 24. August 1991
186 Starter, 114 im Ziel.

1. Wiktor Rjakschinski (UdSSR)   4:28:04 Std.
2. Davide Rebellin (Italien)
3. Beat Zberg (Schweiz)
4. Wjatscheslaw Djavanian (UdSSR), 5. Jacek Bodyk (Polen), 6. Vladimir Belli (Italien), 7. Pascal Hervé (Frankreich), 8. Daniel Lanz

(Schweiz), 9. Mirko Gualdi (Italien) 23 s zurück, 10. Andrzej Sypytkowski (Polen), 11. Francesco Casagrande (Italien), 12. Bruno Lavaud (Frankreich), 13. Angel Edo (Spanien), 14. Pierre Herinne (Belgien), 15. Simeon Hempsall (Großbritannien), 16. Sylvain Bolay (Frankreich), 17. Nathan Shesfor (USA), 18. Ruber Alveiro Marin (Kolumbien), 10. Daniel Clavero (Spanien), 20. Magalhaes Azevedo (Brasilien), 21. David Cook (Großbritannien), 22. Zbigniew Piatek (Polen), 23. Thomas Bamford (Neuseeland), 24. Gerd Audehm (D – Nürnberg), 25. Matthew Stephens (Großbritannien), 26. Thomas Davy (Frankreich), 27. Thomas Bay (Dänemark) 1:36 Min. zurück, 28. Stephane Heulot (Frankreich), 29. Simone Pedrazzi (Schweiz), 30. Wim Vervoort (Belgien) 2:02 Min. zurück, 31. Paul Slane (Irland) 2:48 Min. zurück, 32. Walter Bonca (Jugoslawien), 33. Claus Möller (Dänemark) 3:08 Min. zurück, 34. Kim Hjuler Marcussen (Dänemark) 3:54 Min. zurück, 35. Christian Andersen (Dänemark), 36. Erik Zabel (D – Dortmund) 3:56 Min. zurück, 37. Finn Vegard Nordhagen (Norwegen), 38. Raymond Meijs (Niederlande), 39. Björn Stenersen (Norwegen), 40. A. de Galdeano Gonzales (Spanien) 4:32 Min. zurück, 41. Andrea Peron (Italien), 42. Hiroshi Daimon (Japan), 43. Frank Augustin (D – Frankfurt/O) 5:16 Min. zurück, 44. Stig Kristiansen (Norwegen), 45. Andreas Lebsanft (D – Dortmund), 46. Roman Jeker (Schweiz), 47. Steve Larsen (USA), 48. Vladimir Perelazny (UdSSR), 49. Joona Laukka (Finnland), 50. Georg Totschnig (Österreich), 51. Richard Reid (Neuseeland), 52. Darren Baker (USA) 5:29 Min. zurück, 53. Biagio Conte (Italien), 54. Alex Zülle (Schweiz) 5:43 Min. zurück, 55. Czeslaw Lukaszewicz (Kanada), 56. Lars Michaelsen (Dänemark), 57. Marek Lesniewski (Polen), 58. Stephane Hennebert (Belgien), 59. Michael Andersson (Schweden), 60. Zbigniew Spruch (Polen), 61. Tristan Hofmann (Niederlande), 62. Alvaro Delgado (Kolumbien), 63. Chris Peers (Belgien), 64. Patrick Joncker (Australien), 65. Xavier Perez Font (Andorra), 66. Graeme Miller (Neuseeland), 67. Robert Crowe (Australien), 68. Sean Way (Kanada), 69. Pawel Schumanow (Bulgarien), 70. Colin Davidson (Kanada), 71. Matthew Bazzano (Australien), 72. Mika Hietanen (Finnland), 73. Roar Skaane (Norwegen), 74. Frantisek Trkal (CSSR), 75. Peter Luttenberger (Österreich), 76. Miro Miskulin (Jugoslawien), 77. Ivan Hector Palacio (Kolumbien), 78. Christopher Nicholson (Neuseeland), 79. Robert Power (Irland), 80. Marcel Lema (Australien) 13:19 min. zurück, 81. Chris Koberstien (Kanada) 14:19 min. zurück, 82. Todd McNutt (Kanada), 83. Erik Dekker (Niederlande), 84. Robinson Merchan (Venezuela), 85. Josef Lontscharitsch (Österreich) 17:16 Min. zurück, 86. Luis Espinosa (Kolumbien) 17:27 Min. zurück, 87. Steve Farrell (Großbritannien), 88. Birger Gauslaa (Norwegen), 89. Klas Johansson, 90. Michael Lafis (beide Schweden), 91. Srecko Glivar, 92. Sandi Smerc (beide Jugoslawien),

93. ex aequo Uwe Winter (D – Stuttgart) 23:26 Min. zurück, Emil

Perez Font (Andorra), Armin Purner (Österreich), Stantcho Stantschew (Bulgarien), David Spears (Kanada), Hong Lu, Zhengjun Zhu (beide VR China), Nikolai Bo Larsen (Dänemark), Pasi Hotinen (Finnland), Ian Gilkes (Großbritannien), Anton Tak (Niederlande), Gabor Kovacs (Ungarn), Ian Chivers (Irland), Kozo Fujita, Teruo Sasaki (beide Japan), Dashniamyn Tumorochir (Mongolei), Martin Ales Pagon, Aleksandr Milenkovic (beide Jugoslawien), Xabier Usabiaga, Francisco Noguera (beide Spanien),

114. Ido Spyrkin (Israel) 40:16 Min. zurück.

FRAUEN

Straßenmannschaftsfahren über 49,550 km

Stuttgart, 21. August 1991
Stundenmittel: 48,952 km/h

1. Frankreich	1:02:14 Std.
(Marion Clignet, Nathalie Gendron, Cecile Odin, Catherine Marsal)	
2. Niederlande	27 s zurück
(Monique de Bruin, Monique Knol, Astrid Schop, Cora Westland)	
3. UdSSR	37 s zurück
(Nina Grinina, Nadejda Kibardina, Valentina Polchanowa, Aiga Zagorska)	

4. USA (Bunki Bankaitis-Davis, Phyllis Hines, Maureen Manley, Eve Stephenson) 49 s zurück, 5. Italien (Monica Bandini, Roberta Bonanomi, Imelda Chiappa, Maria Paula Turcotto) 1:19 Min. zurück, 6. Bundesrepublik Deutschland (Jutta Niehaus – Bocholt, Gabi Prieler – München, Angela Ranft – Chemnitz, Andrea Vranken – Köln) 1:47 Min. zurück, 7. Neuseeland (Vicky Eastwood, Kathy Lynch, Susan Matthews, Denise Taylor) 2:49 Min. zurück, 8. Großbritannien (Sally Dawes, Julie Hill, Louise Jones, Mandy Jones) 2:55 Min. zurück, 9. VR China (Dongmei Li, Suyan Li, Yinhua Yan, Shuzhen Zhang) 3:22 Min. zurück, 10. Schweden (Marie Höljer, Helena Norman, Christina Vosveld, Paula Westher) 3:39 Min. zurück, 11. Spanien (Yosuno Gorostidi, Dori Ruano, Joana Samorriba, Ainhoa Ostalaza) 3:44 Min. zurück, 12. Norwegen (Ingunn Bollerud, Monica Haga, Gunhild Oern, Monica Valen) 4:00 Min zurück, 13. CSSR (Milena Koseticka, Ildiko Paczova, Julia Pekarkova, Jana Polovkova) 4:55 Min. zurück, 14. Schweiz (Carmen Da Ronch, Barbara Heeb, Elisabeth Loetscher, Petra Walczewski) 5:28 Min. zurück, 15. Taiwan (Shu-Ying Chang, Chia-Lin Wang, Ching-Wan Lee, Hsiu-Chen Yang) 10:59 Min. zurück.

Straßeneinzelrennen über 79 km

5 Runden a 15,8 km
Stuttgart 24. August 1991
Stundenmittel: 36,522 km/h
Am Start: 113 Teilnehmerinnen, im Ziel: 103.

1. Leontien van Moorsel (Niederlande) 2:09:47 Std.
2. Inga Thompson (USA) 1:54 Min. zurück
3. Alison Sydor (Kanada) 2:46 Min. zurück
4. Sally Zack (USA), 5. Elena Ogoui (UdSSR), 6. Marie Höljer (Schweden), 7. Luzia Zberg (Schweiz), 8. Monica Bandini (Italien), 9. Jolanta Polikavitchute (UdSSR), 10. Heidi van de Vijver (Belgien), 11. Marion Clignet (Frankreich), 12. Kathleen Shannon (Australien), 13. Imelda Chiappa (Italien), 14. Barbara Heeb (Schweiz), 15. Laurence Leboucher (Frankreich), 16. Mandy Jones (Großbritannien), 17. Eva Orvosova (CSSR), 18. Jill Smith (Kanada), 19. Walentina Gerassimowa (UdSSR), 20. Maureen Manley (USA), 21. Marie Purvis (Großbritannien), 22. Jacqui Uttien (Australien), 23. Maria Paola Turcotto (Italien), 24. Petra Walczewski (Schweiz), 25. Donna Rae-Szalinski (Australien), 26. Roberta Bonanomi (Italien), 27. Catherine Marsal (Frankreich), 28. Tea Vikstedt-Nyman (Finnland), 29. Rasa Polikavitchute (UdSSR), 30. Clare Greenwood (Großbritannien), 31. Astrid Schop (Niederlande), 32. Julie Young (USA),
33. Nina Grinina (UdSSR) 4:15 Min. zurück, 34. Kristel Werckx (Belgien) 4:21 Min. zurück, 35. Karin Skibby (Dänemark) 5:42 Min. zurück, 36. Monica Valen (Norwegen) 6:11 Min. zurück, 37. Jacqueline Nelson (Neuseeland) 7:15 Min. zurück, 38. Maria Hamkins (Kanada), 39. Louisa Seghezzi (Italien), 40. Joana Sanorriba (Spanien), 41. Carmen da Ronch (Schweiz), 42. Nathalie Cantet (Frankreich), 43. Elisabeth Vink (Niederlande), 44. Ingunn Bollerud (Norwegen), 45. Yosune Goriostidi (Spanien), 46. Cecile Odin (Frankreich), 47. Claire Moore (Irland), 48. Kathy Lynch (Neuseeland) 9:03 Min. zurück, 49. Dede Demet (USA), 50.Louise Jones (Großbritannien) 9:42 Min. zurück, 51. Rikke Olsen (Dänemark), 52. Ruthie Matthes (USA), 53. Andrea Vranken (D – Köln), 54. Ildiko Paczova (CSSR), 55. Manon de Rooij (Niederlande), 56. Julie Hill (Großbritannien), 57. Claudia Caceroni (Brasilien), 58. Vicky Eastwood (Neuseeland), 59. Kelly-Ann Carter-Erdman (Kanada), 60. Evelyne Müller (Schweiz), 61. Julie Pekarkova (CSSR), 62. Kerstin Reichling (D - Bellheim), 63. Aihoa Artolazabal (Spanien), 64. Alena Barilova (CSSR), 65. Hanne Rasmussen (Dänemark), 66. Kelly Way (Kanada), 67. Danielle Overgaag (Niederlande), 68. Suyan Lu (VR China) 12:50 Min. zurück, 69. Yinhua Yan (VR China) 13:06 Min. zurück, 70. Shuzhen Zhang (VR China), 71. Gitte Hjortflod (Dänemark) 13:30 Min. zurück, 72. Valeria Capellotto (Italien) 13:53 Min. zurück, 73. Sally Dawes (Großbritannien) 14:56 Min. zurück, 74. Elisabeth Reichert (D - Oberdietfurt) 15:46 Min. zurück, 75. Ann Maree Collins (Australien), 76. Mary-Anne Shaw (Australien), 77. Lee Rodney (Kanada), 78. Shuping Chen (VR China), 79. Conchi Carbayeda (Spanien), 80. Teodora Ruano (Spanien), 81. Lenie Dijkstra (Niederlande), 82. Eva Izsak (Ungarn), 83. Gunhild Oern (Norwegen), 84. Denise Taylor (Neuseeland), 85. Ana Barros (Portugal), 86. Yvonne Schnorf (Schweiz), 87. Marianne Berglund (Schweden), 88. Helena Norrman (Schweden), 89. Valentina Polchanowa (UdSSR), 90. Gabi Prieler (D – München) 18:15 Min. zurück, 91. Madeleine Lindberg (Schweden) 19:00 Min. zurück, 92. Monica Van Nassau (Belgien) 20:32 Min. zurück, 93. Fiona Madden (Irland) 22.31 Min. zurück, 94. Christina Vosveld (Schweden), 95. Lotte Schmidt (Dänemark) 22.57 Min. zurück, 96. Marie Eribo (Irland), 97. Monica Haga (Norwegen), 98. Susan Matthews (Neuseeland), 99. Gabriela Riquelme (Argentinien), 100. Jennifer Hall (Australien) 24:45 Min. zurück, 101. Raquel Aberasturi (Spanien) 28:30 Min. zurück, 102. Paula Westher (Schweden), 103. Eva Hatala (Jugoslawien).

Ausgeschiedene deutsche Fahrerinnen: Heidi Metzger (Aalen), Viola Paulitz (Hildesheim).

Weltmeisterschaften

Berlin 1999

Weltmeisterschaften im Bahnradsport in Berlin
Velodrom, Landsberger Allee
20. – 24. Oktober 1999
Länder: 33

Bahnradsport

MÄNNER - ELITE

1000 m Zeitfahren

1. Arnaud Tournant (Frankreich)	1:02,231 Min.
2. Shane John Kelly (Australien)	1:02,436 Min.
3. Stefan Nimke (D – Schwerin)	1:03,110 Min.

4. Herve Thuet (Frankreich) 1:03,163 Min., 5. Jason Queally (Großbritannien) 1:03,261 Min., 6. Sören Lausberg (D – Berlin) 1:03,455 Min., 7. Grzegorz Krejner (Polen) 1:03,701 Min., 8. Joshua Kersten (Australien) 1:04,197 Min., 9. John Giletto (Frankreich) 1:04,704 Min., 10. Garen Bloch (Südafrika) 1:04,887 Min., 11. Telin Mulder (Niederlande) 1:05,034 Min., 12. Carsten Bergemann (D – Heidenau) 1:05,354 Min., 13. James Fisher (Kanada) 1:05,799 Min., 14. Matthew James Sinton (Neuseeland) 1:05,799 Min., 15. Neil Campbell (Großbritannien) 1:05,871 Min., 16. Nikolaos Agelidis (Griechenland) 1:06,152 Min., 17. Enzo Cesario Farias (Chile) 1:07,048 Min., 18. Michael Philips (Trinidad und Tobago) 1:07,409 Min.

Sprint

Qualifikation (200 m Zeitfahren mit fliegendem Start)
1. Jens Fiedler (D – Chemnitz) 10,060 s, 2. Florian Rousseau (Frankreich) 10,179 s, 3. Laurent Gane (Frankreich) 10,183 s, 4. Mickael Bourgain (Frankreich) 10,251 s, 5. Martin Nothstein (USA) 10,275 s, 6. Darryn Hill (Australien) 10,280 s, 7. Roberto Chiappa (Italien) 10,363 s, 8. Eyk Pokorny (D – Berlin) 10,396 s, 9. Arnaud Tournant (Frank-

reich) 10,415 s, 10. Rene Wolff (D – Erfurt) 10,421 s, 11. Pavel Buran (Tschechien) 10,502 s, 12. Anthony Peden (Neuseeland) 10,512 s, 13. Viesturs Berzins (Lettland) 10,520 s, 14. Jose Antonio Villanueva (Spanien) 10,547 s, 15. Ainars Kiksis (Lettland) 10,563 s, 16. Jan Lepka (Slowakei) 10,575 s, 17. Shinichi Ota (Japan) 10,581 s, 18. Craig McLean (Großbritannien) 10,595 s, 19. Hideki Yamada (Japan) 10,623 s, 20. Salvador Melia (Spanien) 10,630 s, 21. Douglas Baron (Kanada) 10,642 s, 22. Jobie Dajka (Australien) 10,657 s, 23. Carsten Bergemann (D – Heidenau) 10,717 s, 24. Christian Marcelo Arrue (USA) 10,819 s, 25. Johnny Bairos (USA) 10,895 s, 26. Charl Jubber (Südafrika) 11,060 s, 27. Leonardo Narvaez (Kolumbien) 11,062 s, 28. Gavin Lee (Neuseeland) 11,183 s.

1. Runde (Vorläufe)
1. Lauf: Fiedler 11,577 s vor McLean; 2. Lauf: Rousseau 10,977 s vor Ota; 3. Lauf: Gane 11,176 s vor Lepka, 4. Lauf: Bourgain 11,000 s vor Kiksis; 5. Lauf: Nothstein 11,406 s vor Villanueva; 6. Lauf: Hill 11,226 s vor Berzins; 7. Lauf. Chiappa 11,093 s vor Peden; 8. Lauf: Pokorny 11,375 s vor Buran; 9. Lauf: Tournant 11,209 s vor Wolff.

Hoffnungsläufe der 1. Runde
1. Lauf: Berzins 11,277 s vor Wolff und McLean; 2. Lauf: Peden ohne Zeit vor Ota und Villanueva (beide gestürzt); 3. Lauf: Buran 11,282 s vor Kiksis und Lepka.

Achtelfinale
1. Lauf: Fiedler 10,919 s vor Buran; 2. Lauf: Rousseau 11,351 s vor Peden; 3. Lauf: Gane 11,056 s vor Berzins; 4. Lauf: Tournant 10,927 s vor Bourgain; 5. Lauf: Pokorny 11,212 s vor Nothstein; 6. Lauf: Hill 10,968 s vor Chiappa.
Hoffnungsläufe des Achtelfinales
1. Lauf: Bourgain 11,077 s vor Buran und Chiappa; 2. Lauf: Nothstein 10,858 s vor Peden und Berzins.

Viertelfinale
1. Lauf: Fiedler 10,796/11,234 s vor Nothstein; 2. Lauf: Rousseau 10,915/11,098 s vor Bourgain; 3. Lauf: Gane 10,915/10,617 s vor Hill; 4. Lauf: Tournant 11,096/10,768 s vor Pokorny.

Halbfinale
1. Lauf: Fiedler in 2:1 Läufen vor Tournant (T. 11,016 s; F. 10,925/11,033 s); 2. Lauf: Gane in 2:1 Läufen vor Rousseau (G. 10,801 s; R. 10,664 s; G. 10,387 s).

Endläufe
Finale um Platz 9 – 12: Buran 11,615 s vor Chiappa, Berzins und Peden;
Finale um Platz 5 – 8: Nothstein 11,025 s vor Pokorny, Bourgain und Hill;

Rennsport-WM in Deutschland: Namen und Zahlen

Finale um Platz 3 und 4: Rousseau 11,543/11,008 s vor Tournant; Finale um Platz 1 und 2: Gane 10,752/11,032 s vor Fiedler (im 1. Lauf wegen Verlassens der Fahrlinie distanziert).

Endstand:
1. Laurent Gane (Frankreich)
2. Jens Fiedler (D – Chemnitz)
3. Florian Rousseau (Frankreich)
4. Arnaud Tournant (Frankreich)
5. Martin Nothstein (USA)
6. Eyk Pokorny (D – Berlin)
7. Mickael Bourgain (Frankreich)
8. Darryn Hill (Australien)
9. Pavel Buran (Tschechien), 10. Roberto Chiappa (Italien), 11. Viesturs Berzins (Lettland), 12. Anthony Peden (Neuseeland).

Olympischer Sprint

Qualifikation
1. Lauf: Japan (Toshiaki Fushimi, Narihiro Inamura, Takanobu Jumonji) 45,986 s vor Ukraine (Sergej Ruban, Wladimir Salnikow, Igor Trojanowski) 47,339 s; 2. Lauf: Kanada (Douglas Baron, James Fisher, Lars Madsen) 46,796 s vor Neuseeland (Anthony Peden, Nathan Seddon, Matthew James Sinton) 47,004 s; 3. Lauf: Lettland (Viesturs Berzins, Ainars Kiksis, Guido Miezis) 46,656 s vor Italien (Roberto Chiappa, Gabriele Gentille, Greg McFarlane) 46,660 s; 4. Lauf: Großbritannien (Chris Hoy, Craig McLean, Jason Queally) 45,812 s vor Slowakei (Petr Bazalik, Jaroslav Jerabek, Jan Lepka) 46,370 s; 5. Lauf: Griechenland (Dimitris Georgalis, George Himoneatos, Labros Vassilopoulos) 45,873 s vor Tschechien (Pavel Buran, Martin Polak, Ivan Vrba) 46,027 s; 6. Lauf: Polen (Grzegorz Krejner, Marcin Mientki, Bartlomiej Saczuk) 45,969 s vor Spanien (Jose Escuredos, Diego Ortega, Jose Antonio Villanueva) 46,344 s; 7. Lauf: Deutschland (Eyk Pokorny, Sören Lausberg, Stefan Nimke) 45,750 s vor USA (Christian Marcelo Arrue, Johnny Bairos, Martin Nothstein) 46,565 s; 8. Lauf: Frankreich (Laurent Gané, Florian Rousseau, Arnaud Tournant) 44,683 s vor Australien (Danny Day, Darryn Hill, Shane Kelly) 45,445 s.

2. Runde
1. Lauf: Großbritannien 45,517 s vor Griechenland 45,666 s; 2. Lauf: Deutschland 45,634 s vor Polen (2 Fahrer gestürzt); 3. Lauf: Australien (Jobie Dajka für Day) 45,736 s vor Japan 46,328 s; 4. Lauf: Frankreich 45,095 s vor Tschechien 46,369 s.

Endläufe
Finale um Platz 3 und 4: Deutschland 45,364 s vor Australien 45,687

s; Finale um Platz 1 und 2: Frankreich 44,848 s vor Großbritannien 45,485 s.

Endstand:
1. Frankreich
(Laurent Gané, Florian Rousseau, Arnaud Tournant)
2. Großbritannien
(Chris Hoy, Craig McLean, Jason Queally)
3. Bundesrepublik Deutschland
(Eyk Pokorny, Sören Lausberg, Stefan Nimke)
4. Australien
(Darryn Hill, Jobie Dajka, Shane Kelly)
5. Griechenland (Dimitris Georgalis, George Himoneatos, Labros Vassilopoulos), 6. Japan (Toshiaki Fushimi, Narihiro Inamura, Takanobu Jumonji), 7. Tschechische Republik (Pavel Buran, Martin Polak, Ivan Vrba), 8. Polen (Grzegorz Krejner, Marcin Mientki, Bartolomiej Saczuk).

Das deutsche Team startet in den Medaillenkampf im Olympischen Sprint: Eyk Pokorny bringt das Terzett auf Touren, links daneben Sören Lausberg und Stefan Nimke.

Keirin

1. Runde
1. Lauf: 1. Jens Fiedler (D – Chemnitz) 10,871 s, 2. Pavel Buran (Tschechien), 3. John Jaime Gonzales (Kolumbien), 4. Craig Parcival (Großbritannien), 5. Charl Jubber (Südafrika), 6. Christian Marcelo Arrue (USA).
2. Lauf: 1. Frederic Magne (Frankreich) 10,997 s, 2. Martin Nothstein (USA), 3. Ainars Kiksis (Lettland), 4. Brian Dandanell (Dänemark), 5. Yuichiro Kamiyama (Japan), 6. Wladimir Salnikow (Ukraine), 7. Martin Benjamin (Niederlande).
3. Lauf: 1. Viesturs Berzins (Lettland) 11,181 s, 2. Laurent Gane (Frankreich), 3. Jaroslav Jerabek (Slowakei), 4. Sören Lausberg (D – Berlin), 5. Jose Escuredo (Spanien), 6. Grzegorz Trebski (Polen), 7. Roberto Chiappa (Italien) distanziert.
4. Lauf: 1. Shinichi Ota (Japan) 11,124 s, 2. Eyk Pokorny (D – Berlin), 3. Shane Kelly (Australien), 4. David Cabrero (Spanien), 5. Arturo Corvalan (Chile), 6. Johnny Bairos (USA), 7. Anthony Peden (Neuseeland) distanziert.

Hoffnungsläufe
1. Lauf: 1. Chiappa 10,803 s, 2. Lausberg, 3. Corvalan, 4. Bairos, 5. Gonzales, 6. Dandanell.
2. Lauf: 1. Kamiyama 10,691 s, 2. Kiksis, 3. Cabrero, 4. Benjamin, 5. Trebski, 6. Parcival.
3. Lauf: 1. Kelly 11,345 s, 2. Peden, 3. Arrue, 4. Salnikow, 5. Escuredo, 6. Jerabek, 7. Jubber.

Halbfinale
1. Lauf: 1. Nothstein 11,102 s, 2. Fiedler, 3. Ota, 4. Kelly, 5. Kiksis, 6. Lausberg, 7. Gane (wegen Verlassens der Fahrlinie vom 3. auf den 7. Platz distanziert); 2. Lauf: 1. Magne 10,878 s, 2. Chiappa, 3. Peden, 4. Pokorny, 5. Buran, 6. Kamiyama, 7. Berzins.

Endlauf um Platz 1 bis 6: 1. Fiedler 10,948 s, 2. Peden, 3. Magne, 4. Ota, 5. Chiappa, 6. Nothstein (wegen Verlassens der Fahrlinie vom 2. auf den 6. Platz distanziert).

Endstand:
1. Jens Fiedler (D – Chemnitz)
2. Anthony Peden (Neuseeland)
3. Frederic Magne (Frankreich)
4. Shinichi Ota (Japan)
5. Roberto Chiappa (Italien)
6. Martin Wayne Nothstein (USA)

4000 m Einzelverfolgung

Qualifikation
1. Lauf: Damien Pommereau (Frankreich) 4:26,732 Min. vor Hayden Godfrey (Neuseeland) 4:36,553 Min.; 2. Lauf: Robert Hayles (Großbritannien) 4:28,289 Min. vor Christian Vandevelde (USA) 4:31,130 Min.; 3. Lauf: Santos Gonzales Capilla (Spanien) 4:30,540 Min. vor Linas Balciunas (Litauen) 4:36,634 Min.; 4. Lauf: Paul Manning (Großbritannien) 4:31,374 Min. vor Robert Slippens (Niederlande) 4:31,374 Min.; 5. Lauf: Mauro Trentini (Italien) 4:24,568 Min. vor Robert Karsnicki (Polen) 4:32,879 Min.; 6. Lauf: Franco Marvulli (Schweiz) 4:27,822 Min. vor Luke Roberts (Australien) 4:31,823 Min.; 7. Lauf: Alexej Markow (Rußland) 4:24,198 Min. vor Andrea Collinelli (Italien) 4:26,163 Min.; 8. Lauf: Sergej Matwejew (Ukraine) 4:24,820 Min. vor Dylan Casey (USA) 4:33,551 Min.; 9. Lauf: Jens Lehmann (D – Engelsdorf) 4:19,806 Min. *(neuer Deutscher Rekord)* vor Mariano Friedick (USA) 4:32,879 Min., 10. Lauf: Alexander Simonenko (Ukraine) 4:25,440 Min. vor Francis Moreau (Frankreich) 4:28,768 Min.; 11. Lauf: Robert Bartko (D – Berlin) 4:18,188 Min. *(neuer Deutscher Rekord)* vor Philippe Ermenault (Frankreich) 4:24,951 Min.

Halbfinale
1. Lauf: Lehmann 4:22,343 Min. besiegt Markow 4:24,953 Min.; 2. Lauf: Bartko besiegt Trentini (auf dem 3. Kilometer eingeholt).

Endläufe
Finale um Platz 3 und 4: Trentini 4:25,079 Min. besiegt Markow 4:27,572 Min. Finale um Platz 1 und 2: Bartko besiegt Lehmann (auf dem 4. Kilometer eingeholt).

Endstand:
1. Robert Bartko (D – Berlin)
2. Jens Lehmann (D – Engelsdorf)
3. Mauro Trentini (Italien)
4. Alexej Markow (Rußland)
5. Sergej Matwejew (Ukraine), 6. Philippe Ermenault (Frankreich), 7. Alexander Simonenko (Ukraine), 8. Andrea Collinelli (Italien), 9. Damien Pommereau (Frankreich), 10. Franco Marvulli (Schweiz), 11. Robert Hayles (Großbritannien), 12. Francis Moreau (Frankreich), 13. Santos Gonzales Capilla (Spanien), 14. Christian Vandevelde (USA), 15. Paul Manning (Großbritannien), 16. Robert Slippens (Niederlande), 17. Luke Roberts (Australien), 18. Mariano Friedick (USA), 19. Robert Karsnicki (Polen), 20. Dylan Casey (USA), 21. Hayden Godfrey (Neuseeland), 22. Linas Balciunas (Litauen).

4000 m Mannschaftsverfolgung

Qualifikation
1. Frankreich (Cyril Bos, Philippe Ermenault, Francis Moreau, Jerome Neuville) 4:05,655 Min., 2. Deutschland (Daniel Becke – Erfurt, Guido Fulst – Berlin, Christian Lademann – Berlin, Olaf Pollack – Cottbus) 4:06,564 Min., 3. Ukraine (Sergej Tschernjawski, Alexander Fedenko, Alexander Klimenko, Ruslan Podgorny) 4:07,483 Min., 4. Rußland (Wladislaw Borissow, Eduard Gritsun, Alexej Markow, Denis Smyslow) 4:07,755 Min., 5. Australien (Brett Aitken, Greame Brown, Nigel Grigg, Brett Lancaster) 4:08,664 Min., 6. Großbritannien (Jonathan Clay, Matthew Illingworth, Bryan Steel, Bradley Wiggins) 4:10,437 Min., 7. Neuseeland (Gary Anderson, Brendon Mark Cameron, Timothy Carswell, Gregory Henderson) 4:10,712 Min., 8. Spanien (Isaac Galvez Lopez, Santos Gonzales Capilla, Jose Francisco Jarque, Carlos Torrent) 4:10,845 Min., 9. USA (Mariano Friedick, Adam Laurent, Thomas Mulkey, Christian Vandevelde) 4:10,910 Min., 10. Italien (Adler Capelli, Mario Benotton, Mirco Crepaldi, Mauro Trentini) 4:11,069 Min., 11. Dänemark (Jimmi Madsen, Michael Steen Nielsen, Jakob Piil, Michael Sandstöd) 4:14,770 Min., 12. Niederlande (Jens Mouris, Peter Schip, Robert Slippens, Michael van der Wolf) 4:15,040 Min., 13. Argentinien (Gustavo Artacho, Guillermo Brunetta, Gonzalo Garcia, Edgardo Simon) 4:19,194 Min., 14. Tschechien (Adam Homolka, Michal Kalenda, Josef Kankovsky, Lubor Tesar) 4:19,599 Min., 15. Chile (Marco Antonio Arriagada, Juan Francisco Cabrera, Enzo Cesario Farias, Luis Fernando Sepulveda) 4:20,619 Min.
Viertelfinale
1. Lauf: Rußland 4:05,906 Min. besiegt Australien 4:09,107 Min.; 2. Lauf: Ukraine (Sergej Matwejew für Klimenko) 4:04,745 Min. besiegt Großbritannien 4:07,719 Min.; 3. Lauf: Deutschland (Becke, Fulst, Lademann, Pollack) 4:03,469 Min. besiegt Neuseeland (Lee Maxwell Vertongen für Cameron; auf dem 4. Kilometer eingeholt); 4. Lauf: Frankreich 4:03,623 Min. besiegt Spanien (Miguel Alzamora für Torrent) 4:11,221 Min.

Halbfinale
1. Lauf: Frankreich 4:03,548 Min besiegt Ukraine 4:05,620 Min., 2. Lauf: Deutschland (Becke, Fulst, Bartko, Lehmann) 4:02,659 Min. besiegt Rußland 4:05,529 Min.

Endläufe
Finale um Platz 3 und 4: Rußland 4:05,251 Min. besiegt Ukraine 4:05,478 Min.
Finale um Platz 1 und 2: Deutschland (Becke, Fulst, Bartko, Lehmann) 4:01,144 Min. besiegt Frankreich 4:03,965 Min.

Endstand:
1. Bundesrepublik Deutschland
(Daniel Becke/Erfurt, Guido Fulst/Berlin, Robert Bartko/Berlin, Jens Lehmann/Engelsdorf, Christian Lademann/Berlin, Olaf Pollack/Cottbus)
2. Frankreich
(Cyril Bos, Philippe Ermenault, Francis Moreau, Jerome Neuville)
3. Rußland
(Wladimir Borissow, Eduard Gritsun, Alexej Markow, Denis Smyslow)
4. Ukraine
(Sergej Tschenjawski, Sergej Matwejew, Ruslan Podgorny, Alexander Fedenko)
5. Großbritannien (Robert Hayles, Matthew Illingworth, Bryan Steel, Bradley Wiggins), 6. Australien (Brett Aitken, Graeme Brown, Luke Roberts, Brett Lancaster), 7. Spanien (Isaac Galvez Lopez, Santos Gonzalez Capilla, Jose Francisco Jarque, Miguel Alzamora), 8. Neuseeland (Gary Anderson, Lee Maxwell Vertongen, Timothy Carswell, Gregory Henderson).

Punktefahren über 40 km

1. Bruno Risi (Schweiz)	25 Pkt.	
2. Wassil Yakowljew (Ukraine)		18 Pkt.
3. Ho-Sung Cho (Südkorea)	15 Pkt.	

4. Andreas Kappes (D – Köln) 15 Pkt., 5. Silvio Martinello (Italien) 10 Pkt., 6. Francis Moreau (Frankreich) 9 Pkt., 7. Franz Stocher (Österreich) 8 Pkt., 8. Juan Llaneras Rosello (Spanien) 8 Pkt.;
eine Runde zurück: 9. James Carney (USA) 13 Pkt., 10. Marlon Alirio Perez Arango (Kolumbien) 9 Pkt., 11. Juan Curuchet (Argentinien) 8 Pkt., 12. Robert Hayles (Großbritannien) 8 Pkt., 13. Matthew Gilmore (Belgien) 3 Pkt., 14. Fernando Avila (Mexiko) 0 Pkt., 15. Kouji Yoshi (Japan) 0 Pkt.;
zwei Runden zurück: 16. Lubor Tesar (Tschechien) 7 Pkt., 17. Eduard Gritsun (Rußland) 6 Pkt., 18. Jukka Heinikainen (Finnland) 2 Pkt.

Ausgeschieden: Brett Aitken (Australien), Luis Sepulveda (Chile), Michael Sandstöd (Dänemark), Zbigniew Wyrzykowski (Polen), Martin Liska (Slowakei), Brian Walton (Kanada).

Zweier-Mannschaftsfahren über 60 km

1. Issac Galvez Lopez/ Juan Llaneras Rosello (Spanien) 3 Pkt.
eine Runde zurück:
2. Jimmi Madsen/Jakob Piil (Dänemark)   25 Pkt.
3. Andreas Kappes/Olaf Pollack (D – Köln/Cottbus)   22 Pkt.
4. Gabriel und Juan Curuchet (Argentinien) 15 Pkt., 5. Etienne de Wilde/Matthew Gilmore (Belgien) 15 Pkt., 6. Dimitri Galkin/Oleg Grischkin (Rußland) 11 Pkt., 7. Alexander Fedenko/Wassil Yakowljew (Ukraine) 7 Pkt., 8. Carlos Da Cruz/Jerome Neuville (Frankreich) 6 Pkt., 9. Roland Garber/Franz Stocher (Österreich) 5 Pkt., 10. Robert Hayles/Bradley Wiggins (Großbritannien) 3 Pkt., 11. Silvio Martinello/Marco Villa (Italien) 1 Pkt., 12. Robert Slippens/Danny Stam (Niederlande) 0 Pkt.;
zwei Runden zurück: 13. Brett Aitken/Scott McGrory (Australien) 14 Pkt., 14. Bruno Risi/Kurt Betschart (Schweiz) 9 Pkt.

Aufgegeben: Richard Rodriguez/Luis Fernando Sepulveda (Chile), Fernando Avila/Luis A. Martinez Ventos (Mexiko), Martin Liska/Jozef Zabka (Slowakei).

FRAUEN

Sprint

Qualifikation (200 m Zeitfahren mit fliegendem Start): 1. Felicia Ballanger (Frankreich) 11,131 s (64,684 km/h), 2. Yan Wang (China) 11,253 s, 3. Michelle Ferris (Australien) 11,261 s, 4. Tanya Dubnicoff (Kanada) 11,277 s, 5. Cuihua Jiang (China) 11,466 s, 6. Magali Faure (Frankreich) 11,474 s, 7. Oksana Grischina (Rußland) 11,528 s, 8. Kathrin Freitag (D – Frankfurt/Oder) 11,530 s, 9. Tatjana Malianowa (Rußland) 11,557 s, 10. Szilvia Szabolcsi (Ungarn) 11,626 s, 11. Lyndelle Higginson (Australien) 11,668 s, 12. Jennie Reed (USA) 11,695 s, 13. Katrin Meinke (D – Cottbus) 11,707 s, 14. Daniela Larreal (Venezuela) 11,822 s, 15. Tanya Lindenmuth (USA) 11,827 s, 16. Irina Yanovich (Ukraine) 11,976 s, 17. Fiona Ramage (Neuseeland) 12,002 s, 18. Rebecca Quinn (USA) 12,540 s, 19. Mira Kasslin (Finnland) 12,653 s.

1. Runde (Vorläufe)
1. Lauf: Ballanger 12,504 s vor Quinn; 2. Lauf: Wang 12,767 s vor Ramage; 3. Lauf: Ferris 12,169 s vor Yanovych; 4. Lauf: Dubnicoff 12,780 s vor Lindenmuth; 5. Lauf: Jiang 12,168 s vor Larreal; 6. Lauf: Faure 12,298 s vor Meinke; 7. Lauf: Grischina 12,356 s vor Reed; 8. Lauf: Freitag 12,159 s vor Higginson; 9. Lauf: Szabolcsi 12,421 s vor Malianowa.

Hoffnungsläufe der 1. Runde
1. Lauf: Meinke 12,719 s vor Malianowa und Quinn (distanziert wegen Verlassens der Fahrlinie); 2. Lauf: Reed 12,384 s vor Larreal und Ramage; 3. Lauf: Higginson 12,635 s vor Lindenmuth und Yanovych.

Viertelfinale
1. Lauf: Ballanger 12,224/11,908 s vor Meinke; 2. Lauf: Wang in 2:1 Läufen vor Faure (W. 12,546 s – F. distanziert; F. 12,765 s; W. 12,050 s); 3. Lauf: Ferris 12,379/11,971 s vor Grischina; 4. Lauf: Dubnicoff 12,664/12,021 s vor Freitag.

Halbfinale
1. Lauf: Ballanger 11,827/11,913 s vor Dubnicoff; 2. Lauf: Ferris 12,420/12,286 s vor Wang.

Endläufe
Finale um Platz 9 – 12: Higginson 12,496 s vor Reed, Jiang und Szabolcsi; Finale um Platz 5 – 8: Freitag 12,423 s vor Grischina, Faure und Meinke (wegen Innendurchgehens vom 5. auf den 8. Platz gesetzt);
Finale um Platz 3 und 4: Dubnicoff 12,070/12,043 s vor Wang; Finale um Platz 1 und 2: Ballanger 11,949/11,689 s vor Ferris.
Endstand:
1. Felicia Ballanger (Frankreich)
2. Michelle Ferris (Australien)
3. Tanya Dubnicoff (Kanada)
4. Yan Wang (China)
5. Kathrin Freitag (D – Frankfurt/O), 6. Oksana Grischina (Rußland), 7. Magali Faure (Frankreich), 8. Katrin Meinke (D – Cottbus), 9. Lyndelle Higginson (Australien), 10. Jennie Reed (USA), 11. Ciuhua Jiang (China), 12. Szilvia Szabolcsi (Ungarn).

500 m Zeitfahren

1. Felicia Ballanger (Frankreich)	34,477 s
2. Ciuhua Jiang (China)	34,869 s
3. Ulrike Weichelt (D – Erfurt)	35,166 s
4. Kathrin Freitag (D – Frankfurt/O)	35,262 s
5. Magali Faure (Frankreich)	35,333 s
6. Michelle Ferris (Australien)	35,567 s

7. Katrin Meinke (D – Cottbus) 35,627 s, 8. Tanya Dubnicoff (Kanada) 35,677 s, 9. Lyndelle Higginson (Australien) 35,780 s, 10. Julie Forrester (Großbritannien) 35,780 s, 11. Nancy Contreras Reyes (Mexiko) 36,058 s, 12. Oksana Grischina (Rußland) 36,177 s, 13. Tatjana Malianowa (Rußland) 36,215 s, 14. Karelia Machado Jaimes (Venezuela) 36,219 s, 15. Szilvia Szabolcsi (Ungarn) 36,315 s, 16. Fiona Ramage (Neuseeland) 36,554 s, 17. Jennie Reed (USA) 36,709 s, 18. Irina Yanovich (Ukraine) 36,889 s.

Nicht angetreten: Antonella Bellutti (Italien).

3000 m Einzelverfolgung

Qualifikation
1. Lauf: Megan Troxel (USA) 3:40,402 Min. besiegt Gitana Grudoite (Litauen) 3:51,417 Min.; 2. Lauf: Elena Tschalych (Rußland) 3:36,959 Min. besiegt Anke Wichmann (D – Cottbus) 3:45,964 Min.; 3. Lauf: Olga Slussarewa (Rußland) 3:36,796 Min. besiegt Rawea Greenwood (Großbritannien) 3:44,441 Min.; 4. Lauf: Alayna Burns (Australien) 3:40,340 Min. besiegt Lada Kozlikova (Tschechien) 3:46,592 Min.; 5. Lauf: Erin Veenstra (USA) 3:39,830 Min. besiegt Luisa Maria Calle (Kolumbien) 3:41,503 Min.; 6. Lauf: Marion Clignet (Frankreich) 3:32,953 Min. besiegt Sarah Ulmer (Neuseeland) 3:37,321 Min.; 7. Lauf: Rasa Mazeikyte (Litauen) 3:36,959 Min. besiegt Antonella Bellutti (Italien) 3:40,001 Min.; 8. Lauf: Judith Arndt (D – Frankfurt/Oder) 3:36,584 Min. besiegt Yvonne McGregor (Großbritannien) 3:41,386 Min.; 9. Lauf: Lucy Tyler-Sharman (Australien) 3:37,799 Min. besiegt Leontien Zijlaard-Van Moorsel (Niederlande) 3:40,497 Min.

Halbfinale
1. Lauf: Arndt 3:38,026 Min. besiegt Slussarewa 3:38,233 Min.; 2. Lauf: Clignet 3:33,527 Min. besiegt Mazeikyte 3:40,091 Min.

Endläufe
Finale um Platz 3 und 4: Mazeikyte 3:35,678 Min. besiegt Slussarewa 3:44,156 Min.
Finale um Platz 1 und 2: Clignet 3:33,012 Min. besiegt Arndt 3:42,040 Min.

Endstand:
1. Marion Clignet (Frankreich)
2. Judith Arndt (D – Frankfurt/O)
3. Rasa Mazeikyte (Litauen)
4. Olga Slussarewa (Rußland)
5. Elena Tschalych (Rußland), 6. Sarah Ulmer (Neuseeland), 7. Lucy

Tyler-Sharman (Australien), 8. Erin Veenstra (USA), 9. Antonella Bellutti (Italien), 10. Alayna Burns (Australien), 11. Megan Troxel (USA), 12. Leontijn Zijlaard-Van Moorsel (Niederlande), 13. Yvonne McGregor (Großbritannien), 14. Maria Luisa Calle (Kolumbien), 15. Rawea Greenwood (Neuseeland), 16. Anke Wichmann (D – Cottbus), 17. Lada Kozlikova (Tschechien), 18. Gitana Grudoite (Litauen).

Punktefahren über 25 km

Entscheidung:
1. Marion Clignet (Frankreich)   20 Pkt.
2. Judith Arndt (D – Frankfurt/O)   18 Pkt.
3. Sarah Ulmer (Neuseeland)   18 Pkt.
4. Maria Luisa Calle (Kolumbien) 15 Pkt., 5. Elena Tschalych (Rußland) 12 Pkt., 6. Erin Veenstra (USA) 8 Pkt., 7. Belem Guerrero Mendez (Mexiko) 5 Pkt., 8. Alessandra Capellotto (Italien) 4 Pkt., 9. Teodora Ruano Sanchon (Spanien) 3 Pkt.,
eine Runde zurück: 10. Debby Mansveld (Niederlande) 5 Pkt., 11. Michaela Brunngraber (Österreich) 3 Pkt., 12. Mandy Poitras (Kanada) 0 Pkt.

Ausgeschieden: Alayna Burns (Australien), Kaori Iida (Japan), Szilvia Szabolcsi (Ungarn), Monika Tyburska (Polen), Rikke Sandhoj Olsen (Dänemark).

Titel und Medaillen bei den olympischen Radsport-Wettbewerben

Medaillen-Gewinner

1896	**Athen**	Silber	August von Goedrich (Troppau/Athen)	Straße, Einzelrennen
1908	**London**	Silber	Deutschland Hermann Martens (Berlin) Bruno Goetze (Berlin) Richard Katzer (Berlin) Karl Neumer (Dresden)	Bahn, Mannschaftsverfolg.
		Bronze	Karl Neumer (Dresden)	Bahn, Runden-Zeitfahren
1928	**Amsterdam**	Bronze	Karl Köther/Hans Bernhardt (Hannover)	Bahn, Tandem
1936	**Berlin**	GOLD	Toni Merkens (Köln)	Bahn, Sprint
		GOLD	Ernst Ihbe/Carl Lorenz (Leipzig/Chemnitz)	Bahn, Tandem
		Bronze	Rudolf Karsch (Leipzig)	Bahn, 1000 m Zeitfahren
1952	**Helsinki**	Bronze	Edi Ziegler (Schweinfurt)	Straße, Einzelrennen
		Bronze	Werner Potzernheim (Hannover)	Bahn, Sprint
1956	**Melbourne**	Bronze	Gesamtdeutsche Mannschaft Reinhold Pommer (Schweinfurt) Gustav Adolf Schur (Magdeburg) Horst Tüller (Berlin)	Straße, Mannschaftswertung
1960	**Rom**	Silber	Gesamtdeutsche Mannschaft Gustav Adolf Schur (Leipzig) Erich Hagen (Leipzig) Egon Adler (Leipzig) Günter Lörke (Leipzig)	Straße, 100 km Mannschaft
		Silber	Gesamtdeutsche Mannschaft Siegfried Köhler (Berlin) Bernd Barleben (Berlin) Peter Gröning (Berlin) Manfred Klieme (Berlin)	Bahn, Bahnvierer
		Silber	Dieter Gieseler (Münster)	Bahn, 1000 m Zeitfahren
		Silber	Jürgen Simon/Lothar Stäber (Berlin)	Bahn, Tandem

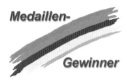

Medaillen-
Gewinner

1964	Tokio	GOLD	Gesamtdeutsche Mannschaft	Bahn, Bahnvierer
			Lothar Claesges (Krefeld)	
			Karlheinz Henrichs (Bocholt)	
			Karl Link (Stuttgart)	
			Ernst Streng (Köln)	
		Bronze	Willi Fuggerer/Klaus Kobusch	Bahn, Tandem
			(Herpersdorf/Bocholt)	
1968	Mexiko-Stadt	Silber	Bundesrepublik Deutschland	Bahn, Bahnvierer
			Udo Hempel (Düsseldorf)	
			Karlheinz Henrichs (Bocholt)	
			Karl Link (Stuttgart)	
			Jürgen Kissner (Köln)	
1972	München	GOLD	Bundesrepublik Deutschland	Bahn, Vierermannschaft
			Günter Haritz (Heidelberg)	
			Udo Hempel (Düsseldorf)	
			Günther Schumacher (Büttgen)	
			Jürgen Colombo (Stuttgart)	
		Silber	Deutsche Demokratische Republik	Bahn, Vierermannschaft
			Thomas Huschke (Berlin)	
			Heinz Richter (Berlin)	
			Herbert Richter (Karl-Marx-Stadt)	
			Uwe Unterwalder (Berlin)	
		Silber	Werner Otto/Jürgen Geschke	Bahn, Tandem
			(Berlin)	
		Bronze	Jürgen Schütze (Berlin)	Bahn, 1000 m Zeitfahren
		Bronze	Hans Lutz (Böblingen)	Bahn, Einzelverfolgung
1976	Montreal	GOLD	Klaus-Jürgen Grünke (Berlin)	Bahn, 1000 m Zeitfahren
		GOLD	Gregor Braun (Neustadt/Weinstr.)	Bahn, Einzelverfolgung
		GOLD	Bundesrepublik Deutschland	Bahn, Vierermannschaft
			Gregor Braun (Neustadt/W.)	
			Hans Lutz (Böblingen)	
			Günther Schumacher (Büttgen)	
			Peter Vonhof (Berlin)	
		Bronze	Jürgen Geschke (Berlin)	Bahn, Sprint
		Bronze	Thomas Huschke (Berlin)	Bahn, Einzelverfolgung

Titel und Medaillen bei den olympischen Radsport-Wettbewerben

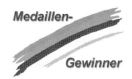

 1980 **Moskau**

GOLD	Lutz Heßlich (Cottbus)	Bahn, Sprint
GOLD	Lothar Thoms (Cottbus)	Bahn, 1000 m Zeitfahren
Silber	Deutsche Demokratische Republik	Bahn, Vierermannschaft
	Gerald Mortag (Gera)	
	Uwe Unterwalder (Berlin)	
	Matthias Wiegand (Karl-Marx-Stadt)	
	Volker Winkler (Cottbus)	
Silber	Deutsche Demokratische Republik	Straße, 100 km Mannschaft
	Falk Boden (Frankfurt/O)	
	Bernd Drogan (Cottbus)	
	Hans-Joachim Hartnick (Cottbus)	
	Olaf Ludwig (Gera)	

 1984 **Los Angeles**

GOLD	Fredy Schmidtke (Köln)	Bahn, 1000 m Zeitfahren
Silber	Rolf Gölz (Berlin)	Bahn, Einzelverfolgung
Silber	Uwe Messerschmidt (Heilbronn)	Bahn, Punktefahren
Bronze	Bundesrepublik Deutschland	Bahn, Vierermannschaft
	Reinhard Alber (Böblingen)	
	Rolf Gölz (Berlin)	
	Roland Günther (Berlin)	
	Michael Marx (Berlin)	
Bronze	Sandra Schumacher (Stuttgart)	Straße, Einzelrennen

 1988 **Seoul**

GOLD	Lutz Heßlich (Cottbus)	Bahn, Sprint
GOLD	Olaf Ludwig (Gera)	Straße, Einzelrennen
GOLD	Deutsche Demokratische Republik	Straße, 100 km Mannschaft
	Uwe Ampler (Leipzig)	
	Mario Kummer (Erfurt)	
	Maik Landsmann (Erfurt)	
	Jan Schur (Leipzig)	
Silber	Christa Rothenburger (Dresden)	Bahn, Sprint
Silber	Jutta Niehaus (Bocholt)	Straße, Einzelrennen
Silber	Bernd Gröne (Dortmund)	Straße, Einzelrennen
Silber	Deutsche Demokratische Republik	Bahn, Vierermannschaft
	Steffen Blochwitz (Cottbus)	
	Roland Hennig (Cottbus)	
	Dirk Meier (Cottbus)	
	Carsten Wolf (Berlin)	
Bronze	Robert Lechner (München)	Bahn, 1000 m Zeitfahren
Bronze	Bernd Dittert (Berlin)	Bahn, Einzelverfolgung
Bronze	Christian Henn (Heidelberg)	Straße, Einzelrennen

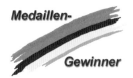

Medaillen-Gewinner

1992	Barcelona	GOLD	Jens Fiedler (Berlin)	Bahn, Sprint
		GOLD	Petra Roßner (Köln)	Bahn, Einzelverfolgung
		GOLD	Bundesrepublik Deutschland	Bahn. Vierermannschaft
			Guido Fulst (Berlin)	
			Michael Glöckner (Stuttgart)	
			Jens Lehmann (Leipzig)	
			Stefan Steinweg (Dortmund)	
			Andreas Walzer (Stuttgart)	
		GOLD	Bundesrepublik Deutschland	Straße, 100 km Mannschaft
			Bernd Dittert (Berlin)	
			Christian Meyer (Stuttgart)	
			Uwe Peschel (Erfurt)	
			Michael Rich (Reute)	
		Silber	Annett Neumann (Cottbus)	Bahn, Sprint
		Silber	Jens Lehmann (Leipzig)	Bahn, Einzelverfolgung

1996	Atlanta	GOLD	Jens Fiedler (Chemnitz)	Bahn, Sprint
		Bronze	Judith Arndt (Frankfurt/O)	Bahn, Einzelverfolgung

Die deutschen Medaillengewinner
bei den Weltmeisterschaften
Männer (Amateure und Berufsfahrer)
und Frauen

1894 ANTWERPEN
GOLD August Lehr (Frankfurt/M) Am - Bahn, Sprint

1895 KÖLN
Bronze Jean Schaaf (Köln) Am - Bahn, Sprint
Bronze Hans Hofmann (München) Pro - Bahn, Steher

1897 GLASGOW
GOLD Willy Arend (Hannover) Pro - Bahn, Sprint

1898 WIEN
GOLD Paul Albert (Biebrich) Am - Bahn, Sprint
Silber Ludwig Opel (Rüsselsheim) Am - Bahn, Sprint
Silber Frans Verheyen (Frankfurt/M) Pro - Bahn, Sprint
Silber Gustav Gräben (Berlin) Am - Bahn, Steher

1900 PARIS
Bronze Willy Arend (Hannover) Pro - Bahn, Sprint

1901 BERLIN
GOLD Thaddäus Robl (München) Pro - Bahn, Steher
GOLD Heinrich Sievers (Berlin) Am - Bahn, Steher
Silber Bruno Salzmann (Heidelberg) Am - Bahn, Steher
Bronze Heinrich Struth (Mainz) Am - Bahn, Sprint
Bronze Alfred Görnemann (Berlin) Am - Bahn, Steher

1902 BERLIN
GOLD Thaddäus Robl (München) Pro - Bahn, Steher
GOLD Alfred Görnemann (Berlin) Am - Bahn, Steher
Silber Willy Keller (Breslau) Am - Bahn, Steher

1903 KOPENHAGEN
Silber Willy Arend (Hannover) Pro - Bahn, Sprint
Silber Thaddäus Robl (München) Pro - Bahn, Steher
Bronze Alfred Görnemann (Berlin) Pro - Bahn, Steher
Bronze Reinhold Herzog (Leipzig) Am - Bahn, Steher

1904 LONDON
Bronze Henri Mayer (Hannover) Pro - Bahn, Sprint

1905 ANTWERPEN
Silber Willy Mest (Berlin) Am - Bahn, Steher
Bronze Henri Mayer (Hannover) Pro - Bahn, Sprint

1907 PARIS
Silber Henri Mayer (Hannover) Pro - Bahn, Sprint
Bronze Walter Rütt (Berlin) Pro - Bahn, Sprint

1908 LEIPZIG
Silber Gustav Jahnke (Berlin) Am - Bahn, Steher

1909 KOPENHAGEN
Silber Karl Neumer (Dresden) Am - Bahn, Sprint
Bronze Walter Rütt (Berlin) Pro - Bahn, Sprint

1910 BRÜSSEL
Silber Karl Neumer (Dresden) Am - Bahn, Sprint

1913 LEIPZIG
GOLD Walter Rütt (Berlin) Pro - Bahn, Sprint
Bronze Richard Scheuermann (Breslau) Pro - Bahn, Steher

BERLIN
Silber   Alex Beyer (Dresden)   Am - Bahn, Steher
Bronze   Christel Rode (Mainz)   Am - Bahn, Sprint

1914 KOPENHAGEN
Bronze   Walter Stelzer (Berlin)   Am - Bahn, Steher

1923 ZÜRICH
Bronze   Carl Wittig (Berlin)   Pro - Bahn, Steher

1927 KÖLN
GOLD   Mathias Engel (Köln)   Am - Bahn, Sprint
Bronze   Peter Steffes (Köln)   Am - Bahn, Sprint

NÜRBURGRING
Silber   Rudolf Wolke (Berlin)   Am - Straße, Einzel

ELBERFELD
Silber   Paul Krewer (Köln)   Pro - Bahn, Steher
Bronze   Walter Sawall (Berlin)   Pro - Bahn, Steher

1928 BUDAPEST
GOLD   Walter Sawall (Berlin)   Pro - Bahn, Steher
Silber   Herbert Nebe (Leipzig)   Pro - Straße, Einzel
Bronze   Bruno Wolke (Berlin)   Pro - Straße, Einzel

1929 ZÜRICH
Bronze   Paul Krewer (Köln)   Pro - Bahn, Steher

1930 BRÜSSEL
GOLD   Erich Möller (Hannover)   Pro - Bahn, Steher

LÜTTICH
Bronze   Rudolf Risch (Berlin)   Am - Straße, Einzel

1931 KOPENHAGEN
GOLD   Walter Sawall (Berlin)   Pro - Bahn, Steher
Silber   Erich Möller (Hannover)   Pro - Bahn, Steher

1932 ROM
GOLD   Albert Richter (Köln)   Am - Bahn, Sprint
Silber   Walter Sawall (Berlin)   Pro - Bahn, Steher

Bronze   Mathias Engel (Köln)   Pro - Bahn, Sprint
Bronze   Erich Möller (Hannover)   Pro - Bahn, Steher

1933 PARIS
Bronze   Albert Richter (Köln)   Pro - Bahn, Sprint
Bronze   Erich Metze (Dortmund)   Pro - Bahn, Steher

1934 LEIPZIG
GOLD   Erich Metze (Dortmund)   Pro - Bahn, Steher
Silber   Albert Richter (Köln)   Pro - Bahn, Sprint
Silber   Paul Krewer (Köln)   Pro - Bahn, Sprint

1935 BRÜSSEL
GOLD   Toni Merkens (Köln)   Am - Bahn, Sprint
Silber   Albert Richter (Köln)   Pro - Bahn, Sprint
Silber   Erich Metze (Dortmund)   Pro - Bahn, Steher

1936 ZÜRICH
Bronze   Albert Richter (Köln)   Pro - Bahn, Sprint

1937 KOPENHAGEN
GOLD   Walter Lohmann (Bochum)   Pro - Bahn, Steher
Silber   Emil Kijewski (Dortmund)   Pro - Straße, Einzel
Bronze   Fritz Scheller (Nürnberg)   Am - Straße, Einzel
Bronze   Albert Richter (Köln)   Pro - Bahn, Sprint
Bronze   Adolf Schön (Wiesbaden)   Pro - Bahn, Steher

1938 AMSTERDAM
GOLD   Erich Metze (Dortmund)   Pro - Bahn, Steher
Silber   Walter Lohmann (Bochum)   Pro - Bahn, Steher
Bronze   Albert Richter (Köln)   Pro - Bahn, Sprint

1939 MAILAND
Bronze   Albert Richter (Köln)   Pro - Bahn, Sprint
Bronze   Gerhard Purann (Berlin)   Am - Bahn, Sprint

1952 LUXEMBURG
GOLD   Heinz Müller (Schwenningen)   Pro - Straße, Einzel
Bronze   Ludwig Hörmann (München)   Pro - Straße, Einzel

PARIS
Silber   Walter Lohmann (Bochum)   Pro - Bahn, Steher

Die Medaillengewinner bei Weltmeisterschaften (Männer/Frauen)

1953 ZÜRICH
Bronze Werner Potzernheim (Hannover) Am - Bahn, Sprint

1958 REIMS
GOLD Gustav Adolf Schur (Leipzig) Am - Straße, Einzel

LEIPZIG
GOLD Lothar Meister I (Karl-Marx-St.) Am - Bahn, Steher
Silber Heinz Wahl (Berlin) Am - Bahn, Steher

LIMOGES
Bronze Rolf Wolfshohl (Köln) Pro - Querfeldein

1959 AMSTERDAM
GOLD Rudi Altig (Mannheim) Am - Bahn, 4000 m EV
Bronze Lothar Meister I (Karl-Marx-St.) Am - Bahn, Steher

ZANDVOORT
GOLD Gustav Adolf Schur (Leipzig) Am - Straße, Einzel

GENF
Silber Rolf Wolfshohl (Köln) Pro - Querfeldein

1960 LEIPZIG
GOLD Rudi Altig (Mannheim) Pro - Bahn, 5000 m EV
GOLD Georg Stoltze (Berlin) Am - Bahn, Steher
Silber Siegfried Wustrow (Leipzig) Am - Bahn, Steher
Bronze Siegfried Köhler (Berlin) Am - Bahn, 4000 m EV

SACHSENRING
GOLD Bernhard Eckstein (Leipzig) Am - Straße, Einzel
Silber Gustav Adolf Schur (Leipzig) Am - Straße, Einzel
Bronze Elisabeth Kleinhans (Leipzig) Frauen - Straße, Einzel

TOLOSA
GOLD Rolf Wolfshohl (Köln) Pro - Querfeldein

1961 ZÜRICH
GOLD Rudi Altig (Mannheim) Pro - Bahn, 5000 m EV
GOLD Karl-Heinz Marsell (Dortmund) Pro - Bahn, Steher
Silber Siegfried Wustrow (Leipzig) Am - Bahn, Steher
Bronze Georg Stoltze (Berlin) Am - Bahn, Steher

HANNOVER
GOLD Rolf Wolfshohl (Köln) Pro - Querfeldein

1962 MAILAND
GOLD Bundesrepublik Deutschland Am - Bahn, Vierer
Lothar Claesges (Krefeld)
Klaus May (Mannheim)
Bernd Rohr (Mannheim)
Ehrenfried Rudolph (Dortmund)

1963 LÜTTICH
Silber Karl-Heinz Matthes (Frankfurt/M) Am - Bahn, Steher
Silber Bundesrepublik Deutschland Am - Bahn, Vierer
Lothar Claesges (Krefeld)
Clemens Großimlinghaus (Krefeld)
Karlheinz Henrichs (Bocholt)
Ernst Streng (Köln)

RONSE
Bronze Winfried Bölke (Dortmund) Am - Straße, Einzel

CALAIS
GOLD Rolf Wolfshohl (Köln) Pro - Querfeldein

1964 PARIS
GOLD Bundesrepublik Deutschland Am - Bahn, Vierer
Lothar Claesges (Krefeld)
Karlheinz Henrichs (Bocholt)
Karl Link (Stuttgart)
Ernst Streng (Köln)
Bronze Karl-Heinz Marsell (Dortmund) Pro - Bahn, Steher

1965 LASARTE
GOLD Elisabeth Eichholz (Leipzig) Frauen - Straße, Einzel
Silber Rudi Altig (Köln) Pro - Straße, Einzel

SAN SEBASTIAN
Silber Hannelore Mattig (Berlin) Frauen - Bahn, 3000 m EV
Bronze Dieter Kemper (Dortmund) Pro - Bahn, 5000 m EV
Bronze Karin Stüwe (Berlin) Frauen - Bahn, Sprint

CAVARIA
Silber Rolf Wolfshohl (Köln) Pro - Querfeldein

1966 NÜRBURGRING
GOLD Rudi Altig (Köln) Pro - Straße, Einzel

FRANKFURT/MAIN

Silber	Ehrenfried Rudolph (Dortmund)	Pro - Bahn, Steher
Silber	Klaus Kobusch/Martin Stenzel (Bocholt/Köln)	Am - Bahn, Tandem
Silber	Bundesrepublik Deutschland Karlheinz Henrichs (Bocholt) Herbert Honz (Stuttgart) Karl Link (Stuttgart) Jürgen Kissner (Köln)	Am - Bahn, Vierer
Bronze	Dieter Kemper (Dortmund)	Pro - Bahn, 5000 m EV
Bronze	Heidi Blobner (Berlin)	Frauen - Bahn, Sprint
Bronze	Hannelore Mattig (Berlin)	Frauen - Bahn, 3000 m EV

BEASAIN

Bronze	Rolf Wolfshohl (Köln)	Pro - Querfeldein

1967 AMSTERDAM

Bronze	Bundesrepublik Deutschland Karlheinz Henrichs (Bocholt) Jürgen Kissner (Köln) Karl Link (Stuttgart) Rainer Podlesch (Berlin)	Am - Bahn, Vierer

ZÜRICH

Silber	Rolf Wolfshohl (Köln)	Pro - Querfeldein

1968 ROM

Bronze	Ehrenfried Rudolph (Dortmund)	Pro - Bahn, Steher

1969 BRNO

GOLD	Jürgen Geschke/Werner Otto (Berlin)	Am - Bahn, Tandem
Silber	Jürgen Barth/Rainer Müller (Berlin)	Am - Bahn, Tandem

MAGSTADT

Silber	Rolf Wolfshohl (Köln)	Pro - Querfeldein

1970 LEICESTER

GOLD	Jürgen Barth/Rainer Müller (Berlin)	Am - Bahn, Tandem
GOLD	Bundesrepublik Deutschland Günter Haritz (Heidelberg) Udo Hempel (Düsseldorf) Peter Vonhof (Berlin) Ernie Clausmeyer (Dortmund)	Am - Bahn, Vierer

GOLD	Ehrenfried Rudolph (Dortmund)	Pro - Bahn, Steher
Silber	Jürgen Geschke/Werner Otto (Berlin)	Am - Bahn, Tandem
Silber	Deutsche Demokratische Republik Thomas Huschke (Berlin) Heinz Richter (Berlin) Herbert Richter (Karl-Marx-Stadt) Manfred Ulbricht (Karl-Marx-Stadt)	Am - Bahn, Vierer
Silber	Horst Gnas (Nürnberg)	Am - Bahn, Steher

ZOLDER

Bronze	Rolf Wolfshohl (Köln)	Pro - Querfeldein

1971 VARESE

GOLD	Jürgen Geschke/Werner Otto (Berlin)	Am - Bahn, Tandem
GOLD	Horst Gnas (Nürnberg)	Am - Bahn, Steher
Silber	Jürgen Barth/Rainer Müller (Berlin)	Am - Bahn, Tandem
Silber	Deutsche Demokratische Republik Thomas Huschke (Berlin) Heinz Richter (Berlin) Herbert Richter (Karl-Marx-Stadt) Uwe Unterwalder (Berlin)	Am - Bahn, Vierer
Silber	Rainer Podlesch (Berlin)	Am - Bahn, Steher
Bronze	Bundesrepublik Deutschland Günter Haritz (Heidelberg) Udo Hempel (Düsseldorf) Peter Vonhof (Berlin) Günter Schumacher (Büttgen) Jürgen Colombo (Stuttgart)	Am - Bahn, Vierer

APELDOORN

Silber	Dieter Uebing (Dortmund)	Am - Querfeldein

1972 MARSEILLE

GOLD	Horst Gnas (Nürnberg)	Am - Bahn, Steher
Silber	Jean Breuer (Hürth)	Am - Bahn, Steher
Bronze	Dieter Kemper (Dortmund)	Pro - Bahn, Steher

PRAG

Silber	Rolf Wolfshohl (Köln)	Pro - Querfeldein
Bronze	Wolfgang Renner (Magstadt)	Am - Querfeldein

1973 SAN SEBASTIAN

GOLD	Bundesrepublik Deutschland	Am - Bahn, Vierer

Die Medaillengewinner bei Weltmeisterschaften (Männer/Frauen)

	Günter Haritz (Heidelberg)	
	Hans Lutz (Stuttgart)	
	Peter Vonhof (Berlin)	
	Günther Schumacher (Büttgen)	
GOLD	Horst Gnas (Nürnberg)	Am - Bahn, Steher
Silber	Rainer Podlesch (Berlin)	Am - Bahn, Steher
Bronze	Jürgen Geschke/Werner Otto (Berlin)	Am - Bahn, Tandem
Bronze	Rupert Kratzer (München)	Am - Bahn, 4000 m EV

LONDON

GOLD	Klaus-Peter Thaler (Gevelsberg)	Am - Querfeldein
Bronze	Rolf Wolfshohl (Köln)	Pro - Querfeldein
Bronze	Ekkehard Teichreber (Bremen)	Am - Querfeldein

1974 MONTREAL

GOLD	Hans Lutz (Böblingen)	Am - Bahn, 4000 m EV
GOLD	Bundesrepublik Deutschland	Am - Bahn, Vierer
	Hans Lutz (Stuttgart)	
	Günther Schumacher (Büttgen)	
	Peter Vonhof (Berlin)	
	Dietrich Thurau (Frankfurt/M)	
GOLD	Jean Breuer (Hürth)	Am - Bahn, Steher
Silber	Deutsche Demokratische Republik	Am - Bahn, Vierer
	Klaus-Jürgen Grünke (Berlin)	
	Thomas Huschke (Berlin)	
	Herbert Richter (Karl-Marx-Stadt)	
	Uwe Unterwalder (Berlin)	
Bronze	Thomas Huschke (Berlin)	Am - Bahn, 4000 m EV
Bronze	Deutsche Demokratische Republik	Am - Straße, 100 km MZ
	Karl-Dietrich Diers (Frankfurt/O)	
	Hans-Joachim Hartnick (Cottbus)	
	Gerhard Lauke (Frankfurt/O)	
	Horst Tischoff (Leipzig)	

BIDOSOA

Silber	Klaus-Peter Thaler (Gevelsberg)	Am - Querfeldein
Bronze	Ekkehard Teichreber (Bremen)	Am - Querfeldein

1975 LÜTTICH-ROCOURT

GOLD	Klaus-Jürgen Grünke (Berlin)	Am - Bahn, 1000 m
GOLD	Thomas Huschke (Berlin)	Am - Bahn, 4000 m EV
GOLD	Bundesrepublik Deutschland	Am - Bahn, Vierer
	Hans Lutz (Stuttgart)	
	Günther Schumacher (Büttgen)	

	Peter Vonhof (Berlin)	
	Gregor Braun (Neustadt/W)	
GOLD	Dieter Kemper (Dortmund)	Pro - Bahn, Steher
Bronze	Deutsche Demokratische Republik	Am - Bahn, Vierer
	Norbert Dürpisch (Frankfurt/O)	
	Klaus-Jürgen Grünke (Berlin)	
	Thomas Huschke (Berlin)	
	Uwe Unterwalder (Berlin)	
Bronze	Emanuel Raasch (Berlin)	Am - Bahn, Sprint

MELCHNAU

Silber	Klaus-Peter Thaler (Gevelsberg)	Am - Querfeldein

1976 MONTERONI

GOLD	Wilfried Peffgen (Köln)	Pro - Bahn, Steher
Bronze	Rainer Podlesch (Berlin)	Am - Bahn, Steher

CH.D'AZERGUES

GOLD	Klaus-Peter Thaler (Gevelsberg)	Am - Querfeldein
Bronze	Ekkehard Teichreber (Bremen)	Am - Querfeldein

1977 SAN CRISTOBAL

GOLD	Gregor Braun (Neustadt/W)	Pro - Bahn, 5000 m EV
GOLD	Jürgen Geschke (Berlin)	Am - Bahn, Sprint
GOLD	Lothar Thoms (Cottbus)	Am - Bahn, 1000 m
GOLD	Norbert Dürpisch (Frankfurt/O)	Am - Bahn, 4000 m EV
GOLD	Deutsche Demokratische Republik	Am - Bahn, Vierer
	Norbert Dürpisch (Frankfurt/O)	
	Gerald Mortag (Gera)	
	Mathias Wiegand (Karl-Marx-Stadt)	
	Volker Winkler (Cottbus)	
Silber	Dietrich Thurau (Frankfurt/M)	Pro - Straße, Einzel
Silber	Emanuel Raasch (Berlin)	Am - Bahn, Sprint
Silber	Günther Schumacher (Büttgen)	Am - Bahn, 1000 m
Silber	Uwe Unterwalder (Berlin)	Am - Bahn, 4000 m EV
Silber	Bundesrepublik Deutschland	Am - Bahn, Vierer
	Hans Lutz (Stuttgart)	
	Henry Rinklin (Singen)	
	Günther Schumacher (Büttgen)	
	Peter Vonhof (Berlin)	
Silber	Wilfried Peffgen (Köln)	Pro - Bahn, Steher
Bronze	Lutz Heßlich (Cottbus)	Am - Bahn, Sprint
Bronze	Horst Gewiss/Wolfg. Schäffer (Berlin)	Am - Bahn, Tandem
Bronze	Rainer Podlesch (Berlin)	Am - Bahn, Steher

HANNOVER

| Silber | Ekkehard Teichreber (Bremen) | Am - Querfeldein |

1978 MÜNCHEN

GOLD	Gregor Braun (Neustadt/W)	Pro - Bahn, 5000 m EV
GOLD	Lothar Thoms (Cottbus)	Am - Bahn, 1000 m
GOLD	Detlef Macha (Erfurt)	Am - Bahn, 4000 m EV
GOLD	Deutsche Demokratische Republik	Am - Bahn, Vierer
	Gerald Mortag (Gera)	
	Uwe Unterwalder (Berlin)	
	Mathias Wiegand (Karl-Marx-Stadt)	
	Volker Winkler (Cottbus)	
GOLD	Wilfried Peffgen (Köln)	Pro - Bahn, Steher
GOLD	Rainer Podlesch (Berlin)	Am - Bahn, Steher
Silber	Emanuel Raasch (Berlin)	Am - Bahn, Sprint
Silber	Dieter Berkmann (München)	Pro - Bahn, Sprint
Bronze	Christian Drescher (Berlin)	Am - Bahn, Sprint
Bronze	Rainer Hönisch (Berlin)	Am - Bahn, 1000 m
Bronze	Uwe Unterwalder (Berlin)	Am - Bahn, 4000 m EV

KÖLN-BRAUWEILER

| GOLD | Beate Habetz (Köln) | Frauen - Straße, Einzel |

AMOREBIETA

| Bronze | Klaus-Peter Thaler (Gevelsberg) | Pro - Querfeldein |

1979 VALKENBURG

GOLD	Deutsche Demokratische Republik	Am - Straße, 100 km MZ
	Falk Boden (Frankfurt/O)	
	Bernd Drogan (Cottbus)	
	Hans-Joachim Hartnick (Cottbus)	
	Andreas Petermann (Leipzig)	
Silber	Dietrich Thurau (Frankfurt/M)	Pro - Straße, Einzel
Bronze	Beate Habetz (Köln)	Frauen - Straße, Einzel
Bronze	Bernd Drogan (Cottbus)	Am - Straße, Einzel

AMSTERDAM

GOLD	Lutz Heßlich (Cottbus)	Am - Bahn, Sprint
GOLD	Lothar Thoms (Cottbus)	Am - Bahn, 1000 m
GOLD	Deutsche Demokratische Republik	Am - Bahn, Vierer
	Axel Grosser (Leipzig)	
	Lutz Haueisen (Gera)	
	Gerald Mortag (Gera)	
	Volker Winkler (Cottbus)	
Silber	Emanuel Raasch (Berlin)	Am - Bahn, Sprint

Silber	Dieter Berkmann (München)	Pro - Bahn, Sprint
Silber	Dieter Giebken/Hans-P. Reimann (Münster/Berlin)	Am - Bahn, Tandem
Silber	Wilfried Peffgen (Köln)	Pro - Bahn, Steher
Bronze	Christian Drescher (Berlin)	Am - Bahn, Sprint

1980 BESANCON

GOLD	Wilfried Peffgen (Köln)	Pro - Bahn, Steher
Bronze	Josef Kristen (Köln)	Am - Bahn, Punktefahren
Bronze	Heinz Betz (Böblingen)	Pro - Bahn, Punktefahren
Bronze	Claudia Lommatzsch (Mühlheim)	Frauen - Bahn, Sprint

WETZIKON

| Silber | Klaus-Peter Thaler (Gevelsberg) | Pro - Querfeldein |

1981 PRAG

GOLD	Deutsche Demokratische Republik	Am - Straße, 100 km MZ
	Falk Boden (Frankfurt/O)	
	Bernd Drogan (Cottbus)	
	Mario Kummer (Erfurt)	
	Olaf Ludwig (Gera)	
GOLD	Ute Enzenauer (Friesenheim)	Frauen - Straße, Einzel

BRNO

GOLD	Lothar Thoms (Cottbus)	Am - Bahn, 1000 m
GOLD	Detlef Macha (Erfurt)	Am - Bahn, 4000 m EV
GOLD	Lutz Haueisen (Gera)	Am - Bahn, Punktefahren
GOLD	Deutsche Demokratische Republik	Am - Bahn, Vierer
	Bernd Dittert (Berlin)	
	Axel Grosser (Leipzig)	
	Detlef Macha (Erfurt)	
	Volker Winkler (Cottbus)	
Silber	Lutz Heßlich (Cottbus)	Am - Bahn, Sprint
Silber	Fredy Schmidtke (Köln)	Am - Bahn, 1000 m
Silber	Fredy Schmidtke/Dieter Giebken (Köln/Münster)	Am - Bahn, Tandem
Silber	Rainer Podlesch (Berlin)	Am - Bahn, Steher
Bronze	Detlef Uibel (Cottbus)	Am - Bahn, Sprint
Bronze	Claudia Lommatzsch (Mühlheim)	Frauen - Bahn, Sprint
Bronze	Wilfried Peffgen (Köln)	Pro - Bahn, Steher

1982 GOODWOOD

| GOLD | Bernd Drogan (Cottbus) | Am - Straße, Einzel |

Die Medaillengewinner bei Weltmeisterschaften (Männer/Frauen)

LEICESTER

GOLD	Fredy Schmidtke (Köln)	Am - Bahn, 1000 m
GOLD	Detlef Macha (Erfurt)	Am - Bahn, 4000 m EV
GOLD	Hans-Joachim Pohl (Frankfurt/O)	Am - Bahn, Punktefahren
Silber	Lutz Heßlich (Cottbus)	Am - Bahn, Sprint
Silber	Lothar Thoms (Cottbus)	Am - Bahn, 1000 m
Silber	Fredy Schmidtke/Dieter Giebken	Am - Bahn, Tandem
Silber	Rolf Gölz (Berlin)	Am - Bahn, 4000 m EV
Silber	Bundesrepublik Deutschland	Am - Bahn, Vierer
	Axel Bokeloh (Langenhagen)	
	Roland Günther (Wiesbaden)	
	Michael Marx (Hamburg)	
	Gerhard Strittmatter (Böblingen)	
Silber	Wilfried Peffgen (Köln)	Pro - Bahn, Steher
Bronze	Claudia Lommatzsch (Mühlheim)	Frauen - Bahn, Sprint
Bronze	Emanuel Raasch (Berlin)	Am - Bahn, 1000 m
Bronze	Mario Hernig (Karl-Marx-Stadt)	Am - Bahn,4000 m EV
Bronze	Rainer Podlesch (Berlin)	Am - Bahn, Steher
Bronze	Deutsche Demokratische Republik	Am - Bahn, Vierer
	Gerald Buder (Berlin)	
	Mario Hernig (Karl-Marx-Stadt)	
	Detlef Macha (Erfurt)	
	Gerald Mortag (Gera)	
	Volker Winkler (Cottbus)	

1983 ALTENRHEIN

GOLD	Uwe Raab (Leipzig)	Am - Straße, Einzel

ZÜRICH

GOLD	Lutz Heßlich (Cottbus)	Am - Bahn, Sprint
GOLD	Bundesrepublik Deutschland	Am - Bahn, Vierer
	Rolf Gölz (Berlin)	
	Roland Günther (Wiesbaden)	
	Michael Marx (Berlin)	
	Gerhard Strittmatter (Böblingen)	
GOLD	Rainer Podlesch (Berlin)	Am - Bahn, Steher
Silber	Gerhard Scheller (Herpersdorf)	Am - Bahn, 1000 m
Silber	Bernd Dittert (Berlin)	Am - Bahn, 4000 m EV
Silber	Deutsche Demokratische Republik	Am - Bahn, Vierer
	Bernd Dittert (Berlin)	
	Mario Hernig (Karl-Marx-Stadt)	
	Hans-Joachim Pohl (Frankfurt/O)	
	Carsten Wolf (Berlin)	
Silber	Hans-Joachim Pohl (Frankfurt/O)	Am - Bahn, Punktefahren
Silber	Claudia Lommatzsch (Mühlheim)	Frauen - Bahn, Sprint
Bronze	Michael Hübner (Karl-Marx-St.)	Am - Bahn , Sprint

Bronze	Lothar Thoms (Cottbus)	Am - Bahn, 1000 m
Bronze	Fredy Schmidtke/Dieter Giebken (Köln/Münster)	Am - Bahn, Tandem

BIRMINGHAM

Bronze	Klaus-Peter Thaler (Gevelsberg)	Pro - Querfeldein

1984 BARCELONA

GOLD	Hans-Jürgen Greil/Frank Weber (Köln-Worringen)	Am - Bahn, Tandem
GOLD	Horst Schütz (Nürnberg)	Pro - Bahn, Steher
Bronze	Henri Rinklin (Singen)	Pro - Bahn, Punktefahren
Bronze	Ralf Stambula (Solingen)	Am - Bahn, Steher

1985 BASSANO DEL GRAPPA

GOLD	Lutz Heßlich (Cottbus)	Am - Bahn, Sprint
GOLD	Jens Glücklich (Cottbus)	Am - Bahn, 1000 m
Silber	Michael Hübner (Karl-Marx-St.)	Am - Bahn, Sprint
Bronze	Ralf-Gudo Kuschy (Berlin)	Am - Bahn, Sprint
Bronze	Sascha Wallscheid/Frank Weber (Hochwald/Köln-Worringen)	Am - Bahn, Tandem
Bronze	Gregor Braun (Neustadt/W)	Pro - Bahn, 5000 m EV
Bronze	Roland Günther (Berlin)	Am - Bahn, 4000 m EV
Bronze	Werner Betz (Böblingen)	Pro - Bahn, Punktefahren

GIAVERA DEL MONTELLO

Bronze	Sandra Schumacher (Stuttgart)	Frauen - Straße, Einzel

MÜNCHEN

GOLD	Klaus-Peter Thaler (Gevelsberg)	Pro - Querfeldein
GOLD	Mike Kluge (Berlin)	Am - Querfeldein

1986 COLORADO SPRINGS

GOLD	Uwe Ampler (Leipzig)	Am - Straße, Einzel
GOLD	Michael Hübner (Chemnitz)	Am - Bahn, Sprint
GOLD	Christa Rothenburger (Dresden)	Frauen - Bahn, Sprint
GOLD	Maic Malchow (Leipzig)	Am - Bahn, 1000 m
Silber	Lutz Heßlich (Cottbus)	Am - Bahn, Sprint
Silber	Dieter Giebken (Münster)	Pro - Bahn, Keirin
Silber	Deutsche Demokratische Republik	Am - Bahn, Vierer
	Steffen Blochwitz (Cottbus)	
	Bernd Dittert (Berlin)	
	Roland Hennig (Cottbus)	
	Dirk Meier (Cottbus)	
	Thomas Kapuste (Frankfurt/O)	

Silber	Olaf Ludwig (Gera)	Am - Bahn, Punktefahren
Bronze	Deutsche Demokratische Republik	Am - Straße, 100 km MZ
	Uwe Ampler (Leipzig)	
	Mario Kummer (Erfurt)	
	Uwe Raab (Leipzig)	
	Dan Radtke (Frankfurt/O)	
Bronze	Ralf-Gudo Kuschy (Berlin)	Am - Bahn, Sprint
Bronze	Jens Glücklich (Cottbus)	Am - Bahn, 1000 m

1987 WIEN

GOLD	Lutz Heßlich (Cottbus)	Am - Bahn, Sprint
Silber	Michael Hübner (Karl-Marx-St.)	Am - Bahn, Sprint
Silber	Christa Rothenburger (Dresden)	Frauen - Bahn, Sprint
Silber	Jens Glücklich (Cottbus)	Am - Bahn, 1000 m
Silber	Deutsche Demokratische Republik	Am - Bahn, Vierer
	Steffen Blochwitz (Cottbus)	
	Roland Hennig (Cottbus)	
	Dirk Meier (Cottbus)	
	Carsten Wolf (Berlin)	
Silber	Uwe Messerschmidt (Stuttgart)	Am - Bahn, Punktefahren
Bronze	Bill Huck (Berlin)	Am - Bahn, Sprint
Bronze	Werner Betz (Böblingen)	Pro - Bahn, Punktefahren

VILLACH

Silber	Hartmut Bölts (Heltersberg)	Am - Straße, Einzelrennen

MLADA BOLESLAV

GOLD	Klaus-Peter Thaler (Gevelsberg)	Pro - Querfeldein
GOLD	Mike Kluge (Berlin)	Am - Querfeldein

1988 GENT

Silber	Hans-Jürgen/Greil/Uwe Buchtmann	Am - Bahn, Tandem
	(Köln-Worringen/Herford)	

1989 LYON

GOLD	Bill Huck (Berlin)	Am - Bahn, Sprint
GOLD	Jens Glücklich (Cottbus)	Am - Bahn, 1000 m
GOLD	Deutsche Demokratische Republik	Am - Bahn, Vierer
	Steffen Blochwitz (Cottbus)	
	Guido Fulst (Berlin)	
	Dirk Meier (Cottbus)	
	Thomas Liese (Leipzig)	
	Carsten Wolf (Berlin)	
Silber	Michael Hübner (Karl-Marx-St.)	Am - Bahn, Sprint
Silber	Jens Lehmann (Leipzig)	Am - Bahn, 4000 m EV

Silber	Petra Roßner (Leipzig)	Frauen - Bahn, 3000 m EV
Bronze	Steffen Blochwitz (Cottbus)	Am - Bahn, 4000 m EV
Bronze	Torsten Rellensmann (Dortmund)	Pro - Bahn, Steher

CHAMBERY

GOLD	Deutsche Demokratische Republik	Am - Straße, 100 km MZ
	Falk Boden (Frankfurt/O)	
	Mario Kummer (Erfurt)	
	Maik Landsmann (Erfurt)	
	Jan Schur (Leipzig)	

1990 MAEBASHI

GOLD	Michael Hübner (Chemnitz)	Pro - Bahn, Sprint
GOLD	Michael Hübner (Chemnitz)	Pro - Bahn, Keirin
GOLD	Bill Huck (Berlin)	Am - Bahn, Sprint
Silber	Bundesrepublik Deutschland	Am - Bahn, Vierer
	Michael Glöckner (Stuttgart)	
	Stefan Steinweg (Dortmund)	
	Andreas Walzer (Stuttgart)	
	Erik Weispfennig (Oberhausen)	
Bronze	Jens Fiedler (Berlin)	Am - Bahn, Sprint
Bronze	Jens Glücklich (Cottbus)	Am - Bahn, 1000 m
Bronze	Uwe Buchtmann/Markus Nagel	Am - Bahn, Tandem
	(Herford/Oberhausen)	

UTSONOMIYA

Silber	Deutsche Demokratische Republik	Am - Straße, 100 km MZ
	Uwe Berndt (Gera)	
	Falk Boden (Frankfurt/O)	
	Maik Landsmann (Erfurt)	
	Uwe Peschel (Erfurt)	
Bronze	Bundesrepublik Deutschland	Am - Straße, 100 km MZ
	Rolf Aldag (Ahlen)	
	Kai Hundertmarck (Rüsselsheim)	
	Rajmund Lehnert (Dortmund)	
	Michael Rich (Reute)	

1991 STUTTGART

GOLD	Jens Fiedler (Berlin)	Am - Bahn, Sprint
GOLD	Michael Hübner (Chemnitz)	Pro - Bahn, Keirin
GOLD	Emanuel Raasch/Eyk Pokorny	Am - Bahn, Tandem
	(Berlin)	
GOLD	Jens Lehmann (Leipzig)	Am - Bahn, 4000 m EV
GOLD	Petra Roßner (Köln-Worringen)	Frauen - Bahn, 3000 m EV
GOLD	Bundesrepublik Deutschland	Am - Bahn, Vierer
	Jens Lehmann (Leipzig)	

Die Medaillengewinner bei Weltmeisterschaften (Männer/Frauen)

	Michael Glöckner (Stuttgart)	
	Stefan Steinweg (Dortmund)	
	Andreas Walzer (Stuttgart)	
Silber	Bill Huck (Berlin)	Am - Bahn, Sprint
Silber	Annett Neumann (Cottbus)	Frauen - Bahn, Sprint
Silber	Jens Glücklich (Cottbus)	Am - Bahn, 1000 m
Silber	Michael Glöckner (Stuttgart)	Am - Bahn, 4000 m EV
Silber	Bundesrepublik Deutschland	Am - Straße, 100 km MZ
	Uwe Berndt (Gera)	
	Bernd Dittert (Hannover)	
	Uwe Peschel (Erfurt)	
	Michael Rich (Reute)	
Bronze	Carsten Podlesch (Berlin)	Am - Bahn, Steher

1992 VALENCIA

GOLD	Michael Hübner (Chemnitz)	Pro - Bahn, Sprint
GOLD	Michael Hübner (Chemnitz)	Pro - Bahn, Keirin
GOLD	Carsten Podlesch (Berlin)	Am - Bahn, Steher

LEEDS

GOLD	Mike Kluge (Berlin)	Pro - Querfeldein

1993 OSLO

GOLD	Jan Ullrich (Hamburg)	Am - Straße, Einzel
Silber	Bundesrepublik Deutschland	Am - Straße, 100 km MZ
	Christian Meyer (Stuttgart)	
	Uwe Peschel (Öschelbronn)	
	Michael Rich (Öschelbronn)	
	Andreas Walzer (Stuttgart)	
Bronze	Olaf Ludwig (Aachen)	Pro - Straße, Einzel

HAMAR

Silber	Michael Hübner (Chemnitz)	Elite - Bahn, Sprint
Silber	Bundesrepublik Deutschland	Elite - Bahn, Vierer
	Guido Fulst (Berlin)	
	Andreas Bach (Erfurt)	
	Jens Lehmann (Leipzig)	
	Torsten Schmidt (Dortmund)	
	Stefan Steinweg (Berlin)	
Bronze	Eyk Pokorny (Berlin)	Elite - Bahn, Sprint
Bronze	Jens Glücklich (Cottbus)	Elite - Bahn, 1000 m
Bronze	Carsten Podlesch (Berlin)	Elite - Bahn, Steher

PORDENONE

Silber	Mike Kluge (Berlin)	Pro - Querfeldein

Silber	Tim Berner (Frankfurt/M)	Am - Querfeldein

1994 PALERMO

GOLD	Bundesrepublik Deutschland	Elite - Bahn, Vierer
	Andreas Bach (Berlin)	
	Guido Fulst (Berlin)	
	Danilo Hondo (Cottbus)	
	Jens Lehmann (Leipzig)	
GOLD	Carsten Podlesch (Berlin)	Elite - Bahn, Steher
Silber	Michael Hübner (Chemnitz)	Elite - Bahn, Keirin
Silber	Jens Glücklich/Emanuel Raasch	Elite - Bahn, Tandem
	(Cottbus/Berlin)	
Bronze	Michael Hübner (Chemnitz)	Elite - Bahn, Sprint
Bronze	Jens Lehmann (Leipzig)	Elite - Bahn, 4000 m EV
Bronze	Bundesrepublik Deutschland	Am - Straße, 100 km MZ
	Ralf Grabsch (Hamburg)	
	Uwe Peschel (Öschelbronn)	
	Jan Schaffrath (Berlin)	
	Michael Rich (Öschelbronn)	

CATANIA

Bronze	Jan Ullrich (Hamburg)	Open - Straße, EZ

1995 BOGOTA

GOLD	Bundesrepublik Deutschland	Elite - Bahn, Olymp. Sprint
	Jens Fiedler (Chemnitz)	
	Michael Hübner (Chemnitz)	
	Sören Lausberg (Berlin)	
	Jan van Eijden (Kaiserslautern)	
Silber	Michael Hübner (Chemnitz)	Elite - Bahn, Keirin

PAIPA-TUNJA

Bronze	Uwe Peschel (Öschelbronn)	Open - Straße, EZ

1996 MANCHESTER

Silber	Sören Lausberg (Berlin)	1000 m
Silber	Bundesrepublik Deutschland	Elite - Bahn, Olymp. Sprint
	Jens Fiedler (Chemnitz)	
	Michael Hübner (Chemnitz)	
	Sören Lausberg (Berlin)	
Silber	Annett Neumann (Cottbus)	Frauen - Bahn, Sprint
Silber	Annett Neumann (Cottbus)	Frauen - Bahn, 500 m
Bronze	Jan van Eijden (Kaiserslautern)	Elite - Bahn, 1000 m

Bronze	Bundesrepublik Deutschland	Elite - Bahn, Vierer
	Guido Fulst (Berlin)	
	Danilo Hondo (Cottbus)	
	Thorsten Rund (Cottbus)	
	Heiko Szonn (Berlin)	
Bronze	Andreas Kappes/Carsten Wolf	Elite - Bahn, Zweier-M.
	(Köln/Delmenhorst)	

LUGANO

Bronze	Andreas Klöden (Berlin)	U 23 - Straße, EZ

1997 PERTH

GOLD	Judith Arndt (Frankfurt/O)	Frauen - Bahn, 3000 m EV
Silber	Jens Fiedler (Chemnitz)	Elite - Bahn, Sprint
Silber	Sören Lausberg (Berlin)	Elite - Bahn, 1000 m
Silber	Bundesrepublik Deutschland	Elite - Bahn, Olymp. Sprint
	Sören Lausberg (Berlin)	
	Eyk Pokorny (Berlin)	
	Jan van Eijden (Kaiserslautern)	
Bronze	Stefan Nimke (Schwerin)	Elite - Bahn, 1000 m

SAN SEBASTIAN

Bronze	Judith Arndt (Frankfurt/O)	Frauen - Straße, EZ

1998 BORDEAUX

GOLD	Jens Fiedler (Chemnitz)	Elite - Bahn, Keirin
Silber	Jens Fiedler (Chemnitz)	Elite - Bahn, Sprint
Silber	Bundesrepublik Deutschland	Elite - Bahn, Vierer
	Robert Bartko (Berlin)	
	Daniel Becke (Erfurt)	
	Guido Fulst (Berlin)	
	Christian Lademann (Berlin)	
	Thorsten Rund (Cottbus)	
Silber	Andreas Kappes (Köln)	Elite - Bahn, Punktefahren
Bronze	Robert Bartko (Berlin)	Elite - Bahn, 4000 m EV
Bronze	Bundesrepublik Deutschland	Elite - Bahn, Olymp. Sprint
	Sören Lausberg (Berlin)	
	Stefan Nimke (Schwerin)	
	Eyk Pokorny (Berlin)	
Bronze	Andreas Kappes/Stefan Steinweg	Elite - Bahn, Zweier-M.
	(Köln/Böhl-Iggelheim)	
Bronze	Judith Arndt (Frankfurt/O)	Frauen - Bahn, 3000 m EV

VALKENBURG

Bronze	Hanka Kupfernagel (Berlin)	Frauen - Straße, Einzel
Bronze	Hanka Kupfernagel (Berlin)	Frauen - Straße, EZ

1999 TREVISO

GOLD	Jan Ullrich (Merdingen)	Elite - Straße, EZ

VERONA

Bronze	Matthias Kessler (Berlin)	U 23 - Straße, Einzel

BERLIN

GOLD	Robert Bartko (Berlin)	Elite - Bahn, 4000 m EV
GOLD	Bundesrepublik Deutschland	Elite - Bahn, Vierer
	Robert Bartko (Berlin)	
	Daniel Becke (Erfurt)	
	Guido Fulst (Berlin)	
	Christian Lademann (Berlin)	
	Jens Lehmann (Engelsdorf)	
	Olaf Pollack (Cottbus)	
GOLD	Jens Fiedler (Chemnitz)	Elite - Bahn, Keirin
Silber	Jens Fiedler (Chemnitz)	Elite - Bahn, Sprint
Silber	Jens Lehmann (Engelsdorf)	Elite - Bahn, 4000 m EV
Silber	Judith Arndt (Frankfurt/O)	Frauen - Bahn, 3000 m EV
Silber	Judith Arndt (Frankfurt/O)	Frauen - Bahn, Punktef.
Bronze	Stefan Nimke (Schwerin)	Elite - Bahn, 1000 m
Bronze	Bundesrepublik Deutschland	Elite - Bahn, Olymp. Sprint
	Eyk Pokorny (Berlin)	
	Sören Lausberg (Berlin)	
	Stefan Nimke (Schwerin)	
Bronze	Andreas Kappes/Olaf Pollack	Elite - Bahn, Zweier-M.
	(Köln/Cottbus)	
Bronze	Ulrike Weichelt (Erfurt)	Frauen - Bahn, 500 m

Die deutschen Medaillengewinner bei den Junioren-Weltmeisterschaften

1975 LAUSANNE

GOLD	Henri Rinklin (Singen)	Bahn, Punktefahren
Silber	Gerhard Scheller (Nürnberg)	Bahn, Sprint
Silber	Deutsche Demokratische Republik	Bahn, Vierer
	Martin Härtelt (Cottbus)	
	Jürgen Lippold (Gera)	
	Hans-Joachim Meisch (Erfurt)	
	Gerald Mortag (Gera)	
Bronze	Ralf-Gudo Kuschy (Berlin)	Bahn, Sprint
Bronze	Deutsche Demokratische Republik	Straße, 70 km MZ
	Detlef Macha (Erfurt)	
	Andreas Petermann (Leipzig)	
	Siegbert Schmeißer (Berlin)	
	Volker Winkler (Cottbus)	

1976 LÜTTICH

GOLD	Lutz Heßlich (Cottbus)	Bahn, Sprint
GOLD	Deutsche Demokratische Republik	Bahn, Vierer
	Olaf Hill (Berlin)	
	Jürgen Lippold (Gera)	
	Detlef Macha (Erfurt)	
	Gerald Mortag (Gera)	
GOLD	Rüdiger Leitloff (Hannover)	Bahn, Punktefahren
Silber	Ralf-Gudo Kuschy (Berlin)	Bahn, Sprint
Silber	Gerald Mortag (Gera)	Bahn, 3000 m EV

1977 WIEN

GOLD	Deutsche Demokratische Republik	Straße, 70 km MZ
	Thomas Barth (Gera)	
	Falk Boden (Frankfurt/O)	
	Andre Kluge (Frankfurt/O)	
	Olaf Ludwig (Gera)	
GOLD	Lutz Heßlich (Cottbus)	Bahn, Sprint

GOLD	Rainer Hönisch (Berlin)	Bahn, 1000 m
GOLD	Hans-Joachim Pohl (Frankf./O)	Bahn, 3000 m EV
GOLD	Deutsche Demokratische Republik	Bahn, Vierer
	Robby Gerlach (Gera)	
	Jürgen Kummer (Cottbus)	
	Hans-Joachim Pohl (Frankfurt/O)	
	Thomas Schnelle (Frankfurt/O)	
Silber	Thomas Schnelle (Frankfurt/O)	Bahn, 3000 m EV
Silber	Bundesrepublik Deutschland	Bahn, Vierer
	Christian Goldschagg (München)	
	Markus Intra (Sossenheim)	
	Ralf Wicke (Gießen)	
	Bodo Zehner (Wiesbaden)	
Silber	Rüdiger Leitloff (Hannover)	Bahn, Punktefahren
Bronze	Detlef Uibel (Cottbus)	Bahn, Sprint

1978 WASHINGTON

GOLD	Deutsche Demokratische Republik	Straße, 70 km MZ
	Thomas Barth (Gera)	
	Falk Boden (Frankfurt/O)	
	Olaf Ludwig (Gera)	
	Udo Smektalla (Gera)	
Silber	Hubert Denstedt (Erfurt)	Straße, Einzel

TREXLERTOWN

GOLD	Frank Micke (Berlin)	Bahn, 1000 m
GOLD	Axel Grosser (Leipzig)	Bahn, 3000 m EV
Silber	Michael Hotzan (Frankfurt/O)	Bahn, Sprint
Silber	Bundesrepublik Deutschland	Bahn, Vierer
	Frank Enger (Essen)	
	Markus Intra (Sossenheim)	
	Michael Maue (Böblingen)	
	Peter Stalla (Stuttgart)	

Bronze Frank Micke (Berlin)   Bahn, Sprint
Bronze Thomas Schnelle (Frankfurt/O)   Bahn, 3000 m EV
Bronze Deutsche Demokratische Republik   Bahn, Vierer
    Bernd Dittert (Berlin)
    Axel Grosser (Leipzig)
    Michael Köller (Berlin)
    Thomas Schnelle (Frankfurt/O)
Bronze Michael Marx (Hamburg)   Bahn, Punktefahren

1979 BUENOS AIRES
GOLD Fredy Schmidtke (Köln)   Bahn, 1000 m
GOLD Fredy Schmidtke (Köln)   Bahn, Sprint
Bronze Bundesrepublik Deutschland   Bahn, Vierer
    Günter Kobek (Karlsruhe)
    Fredy Schmidtke (Köln)
    Gerhard Strittmatter (Böblingen)
    Andreas Suckert (Mannheim)

1980 MEXIKO-STADT
GOLD Maic Malchow (Leipzig)   Bahn, Sprint
GOLD Maic Malchow (Leipzig)   Bahn, 1000 m
GOLD Uwe Messerschmidt (Heilbronn)   Bahn, Punktefahren
Silber Olaf Arndt (Berlin)   Bahn, Sprint
Silber Mario Kummer (Erfurt)   Bahn, 3000 m EV
Silber Deutsche Demokratische Republik   Bahn, Vierer
    Gerald Buder (Berlin)
    Mario Kummer (Erfurt)
    Frank Kühn (Berlin)
    Uwe Trömer (Erfurt)
Silber Matthias Lange (Nienburg)   Bahn, Punktefahren
Bronze Robert Werner (Frankfurt/M)   Bahn, 1000 m
Bronze Uwe Trömer (Erfurt)   Bahn, 3000 m EV

1981 LEIPZIG
GOLD Olaf Arndt (Berlin)   Bahn, Sprint
GOLD Reinhard Alber (Mühlhausen)   Bahn, 3000 m EV
GOLD Deutsche Demokratische Republik   Straße, 70 km MZ
    Uwe Ampler (Leipzig)
    Frank Jesse (Cottbus)
    Dan Radtke (Frankfurt/O)
    Ralf Wodynski (Berlin)
Silber Dirk Streicher (Frankfurt/O)   Bahn, 1000 m
Silber Deutsche Demokratische Republik   Bahn, Vierer
    Steven Planitzer (Karl-Marx-Stadt)

    Thomas Raddatz (Berlin)
    Frank Siggelkow (Berlin)
    Carsten Wolf (Berlin)
Silber Matthias Lange (Nienburg)   Bahn, Punktefahren

TOLOSA
GOLD Rigobert Matt (Niederhof)   Querfeldein

1982 DERUTA
GOLD Deutsche Demokratische Republik   Straße, 70 km MZ
    Uwe Ampler (Leipzig)
    Jan Gloßmann (Cottbus)
    Jens Heppner (Gera)
    Andreas Lux (Leipzig)

MARCIANO
Silber Andreas Lux (Leipzig)   Straße, Einzelrennen

FLORENZ
GOLD Andreas Ganske (Berlin)   Bahn, 1000 m
GOLD Carsten Wolf (Berlin)   Bahn, 3000 m EV
Silber Bill Huck (Berlin)   Bahn, Sprint
Silber Deutsche Demokratische Republik   Bahn, Vierer
    Siegurt Müller (Berlin)
    Thomas Raddatz (Berlin)
    Jörg Windorf (Erfurt)
    Carsten Wolf (Berlin)
Bronze Maik Krannig (Cottbus)   Bahn, Sprint
Bronze Reinhard Alber (Mühlhausen)   Bahn, 3000 m EV

1983 WANGANUI
GOLD Andreas Kappes (Bremen)   Bahn, Punktefahren

1984 CAEN
GOLD Michael Schulze (Cottbus)   Bahn, Sprint
GOLD Jens Glücklich (Cottbus)   Bahn, 1000 m
Silber Bundesrepublik Deutschland   Bahn, Vierer
    Frank Egner (Schlüchtern)
    Volker Kirn (Stuttgart)
    Michael Kötter (Herford)
    Jörg Müller (Melle)
Bronze Jens Glücklich (Cottbus)   Bahn, Sprint
Bronze Frank Egner (Schlüchtern)   Bahn, 1000 m

1985 STUTTGART
GOLD	Deutsche Demokratische Republik	Bahn, Vierer
	Steffen Blochwitz (Cottbus)	
	Michael Bock (Berlin)	
	Thomas Liese (Leipzig)	
	Uwe Preißler (Erfurt)	
Silber	Heiko Rosen (Berlin)	Bahn, Sprint
Silber	Robert Lechner (Stuttgart)	Bahn, 1000 m

MÜNCHEN
Silber	Jürgen Sprich (Kirchzarten)	Querfeldein

1986 CASABLANCA
GOLD	Stefan Steinweg (Dortmund)	Bahn, Punktefahren
Silber	Deutsche Demokratische Republik	Bahn, Vierer
	Andreas Bach (Erfurt)	
	Thomas Liese (Leipzig)	
	Jörg Pawelczyk (Cottbus)	
	Dirk Vogel (Karl-Marx-Stadt)	
Bronze	Eyk Pokorny (Berlin)	Bahn, Sprint
Bronze	Deutsche Demokratische Republik	Straße, 70 km MZ
	Gerd Audehm (Cottbus)	
	Bert Dietz (Leipzig)	
	Ronald Rauch (Erfurt)	
	Steffen Rein (Leipzig)	

1987 DALMINE
GOLD	Eyk Pokorny (Berlin)	Bahn, Sprint
GOLD	Ronny Kirchhof (Cottbus)	Bahn, 1000 m
Silber	Thomas Tschäge (Cottbus)	Bahn, Sprint
Silber	Stefan Steinweg (Dortmund)	Bahn, Punktefahren
Bronze	Michael Rich (Reute)	Bahn, 3000 m EV
Bronze	Anja Fieseler (Cottbus)	Bahn, 2000 m EV
Bronze	Deutsche Demokratische Republik	Bahn, Vierer
	Frank Demel (Berlin)	
	Guido Fulst (Berlin)	
	Jörg Pawelczyk (Cottbus)	
	Jürgen Werner (Karl-Marx-Stadt)	

MLADA BOLESLAV
Silber	Ralph Berner (Frankfurt/M)	Querfeldein

1988 ODENSE
GOLD	Jens Fiedler (Berlin)	Bahn, Sprint

GOLD	Kai Melcher (Berlin)	Bahn, 1000 m
GOLD	Andreas Beikirch (Büttgen)	Bahn, Punktefahren
Bronze	Deutsche Demokratische Republik	Bahn, Vierer
	Ingo Claus (Karl-Marx-Stadt)	
	Matthias Friedel (Leipzig)	
	Guido Fulst (Berlin)	
	Jürgen Werner (Karl-Marx-Stadt)	

HÄGENDORF
Silber	Maik Müller (Reute)	Querfeldein

1989 MOSKAU
Bronze	Kai Melcher (Berlin)	Bahn, 1000 m
Bronze	Deutsche Demokratische Republik	Bahn, Vierer
	Jan Kühnert (Karl-Marx-Stadt)	
	Andreas Neumann (Gera)	
	Jan Norden (Berlin)	
	Heiko Rüchel (Berlin)	
Bronze	Steffen Wesemann (Frankfurt/O)	Straße, Einzelrennen

1990 MIDDLESBOROUGH-
GOLD	Ina-Yoko Teutenberg (Mettmann)	Straße, Einzelrennen
GOLD	Kathrin Freitag (Frankfurt/O)	Bahn, Sprint
GOLD	Ina-Yoko Teutenberg (Mettmann)	Bahn, Punktefahren
Silber	Juliette Raetsch (Cottbus)	Bahn, Sprint
Silber	Deutsche Demokratische Republik	Bahn, Vierer
	Oliver Carl (Erfurt)	
	Marc Kreuscher (Berlin)	
	Sven Landwehrkamp (Berlin)	
	Olaf Pollack (Cottbus)	
Bronze	Holger Schardt (Karl-Marx-Stadt)	Bahn, Punktefahren

1991 COLORADO SPRINGS
GOLD	Kathrin Freitag (Frankfurt/O)	Bahn, Sprint
GOLD	Hanka Kupfernagel (Gera)	Bahn, Punktefahren
Silber	Hanka Kupfernagel (Gera)	Bahn, Einzelverfolgung
Silber	Bundesrepublik Deutschland	Bahn, Vierer
	Sascha Henrix (Düren)	
	Danilo Hondo (Cottbus)	
	Andre Korff (Cottbus)	
	Olaf Pollack (Cottbus)	
	Jörg Wohllaub (Cottbus)	
Silber	Danilo Hondo (Cottbus)	Bahn, Punktefahren
Bronze	Juliette Raetsch (Cottbus)	Bahn, Sprint

LUCCA

GOLD	Karin Romer (Villingen)	MTB, Cross Country

1992 ATHEN

GOLD	Kathrin Freitag (Frankfurt/O)	Bahn, Sprint
GOLD	Hanka Kupfernagel (Gera)	Straße, Einzelrennen
GOLD	Hanka Kupfernagel (Gera)	Bahn, Einzelverfolgung
GOLD	Ina-Yoko Teutenberg (Mettmann)	Bahn, Punktefahren
Silber	Bundesrepublik Deutschland	Bahn, Vierer
	Danilo Hondo (Cottbus)	
	Rüdiger Knispel (Berlin)	
	Markus Köcknitz (München)	
	Marc Obermann (München)	
Silber	Hanka Kupfernagel (Gera)	Bahn, Punktefahren
Bronze	Michael Scheurer (Dudenhofen)	Bahn, 1000 m
Bronze	Anke Wichmann (Cottbus)	Bahn, 2000 m EV

BROMONT

Silber	Karin Romer (Villingen)	MTB, Cross Country

1993 PERTH

GOLD	Michael Scheurer (Dudenhofen)	Bahn, Sprint
GOLD	Ina Heinemann (Cottbus)	Bahn, Sprint
GOLD	Michael Scheurer (Dudenhofen)	Bahn, 1000 m
GOLD	Bundesrepublik Deutschland	Bahn, Vierer
	Robert Bartko (Berlin)	
	Thorsten Rund (Cottbus)	
	Ronny Lauke (Dortmund)	
	Dirk Ronellenfitsch (Oberhausen)	
	Holger Roth (Leipzig)	
GOLD	Thorsten Rund (Cottbus)	Bahn, Punktefahren
Silber	Bundesrepublik Deutschland	Straße, 70 km MZ
	Patric Burkhardt (Nürnberg)	
	John-Paul Fürus (Schopp)	
	Jörg Jaksche (Ansbach)	
	Jörg Ludewig (Dortmund)	
Bronze	Thorsten Rund (Cottbus)	Bahn, 3000 m EV
Bronze	Anke Wichmann (Cottbus)	Bahn, 2000 m EV
Bronze	Anke Wichmann (Cottbus)	Bahn, Punktefahren

METABIEF

GOLD	Karin Romer (Villingen)	MTB, Cross Country
Silber	Markus Klausmann (Haßlach)	MTB, Down Hill
Bronze	Klaus Jacobsmeier (Gütersloh)	MTB, Cross Country

1994 QUITO

GOLD	Ina Heinemann (Cottbus)	Bahn, Sprint
GOLD	Jan van Eijden (Kaiserslautern)	Bahn, 1000 m
Silber	Thorsten Rund (Cottbus)	Bahn, 3000 m EV
Silber	Judith Arndt (Frankfurt/O)	Bahn, 2000 m EV
Silber	Bundesrepublik Deutschland	Bahn, Vierer
	Lutz Birkenkamp (Dortmund)	
	Ronny Lauke (Dortmund)	
	Thorsten Rund (Cottbus)	
	Michael Werner (Hamburg)	
Silber	Evi Gensheimer (Mölsheim)	Straße, EZ
Bronze	Ronny Lauke (Dortmund)	Bahn, Punktefahren
Bronze	Evi Gensheimer (Mölsheim)	Bahn, Punktefahren
Bronze	Evi Gensheimer (Mölsheim)	Straße, Einzelrennen

VAIL

GOLD	Karin Romer (Villingen)	MTB, Cross Country
Bronze	Nicole Peitzmeier (Stuttgart)	MTB, Cross Country

1995 FORLI

GOLD	Rene Wolff (Erfurt)	Bahn, Sprint
Silber	Andreas Thelen (Büttgen)	Bahn, 1000 m
Silber	Bundesrepublik Deutschland	Bahn, Olymp. Sprint
	Stefan Nimke (Schwerin)	
	Andreas Thelen (Büttgen)	
	Jan Witzlack (Erfurt)	
Silber	Bundesrepublik Deutschland	Bahn, Vierer
	Daniel Becke (Erfurt)	
	Klaus Mutschler (Homburg)	
	Thorsten Nitsche (Cottbus)	
	Stephan Schreck (Erfurt)	
	Sebastian Siedler (Gera)	
Bronze	Daniel Becke (Erfurt)	Bahn, 3000 m EV
Bronze	Thorsten Nitsche (Cottbus)	Bahn, Punktefahren

KIRCHZARTEN

Silber	Markus Klausmann (Haßlach)	MTB, Down Hill

1996 NOVE MESTO

GOLD	Holger Loew (Sossenheim)	Straße, Einzelrennen
GOLD	Rene Wolff (Erfurt)	Bahn, Sprint
GOLD	Cornelia Cyrus (Leipzig)	Bahn, Punktefahren
Silber	Katrin Meinke (Cottbus)	Bahn, Sprint
Silber	Bundesrepublik Deutschland	Bahn, Olymp. Sprint
	Matthias John (Erfurt)	

Die Medaillengewinner bei den Junioren-Weltmeisterschaften

	Rainer Pehlemann (Frankfurt/O)	
	Rene Wolff (Erfurt)	
Silber	Daniel Becke (Erfurt)	Bahn, 3000 m EV
Silber	Sabine Meyer (Köln)	Bahn, 2000 m EV
Silber	Bundesrepublik Deutschland	Bahn, Vierer
	Daniel Becke (Erfurt)	
	Robert Kaiser (Gera)	
	Stephan Schreck (Erfurt)	
	Marco Seidel (Chemnitz)	
	Sebastian Siedler (Gera)	
Silber	Natascha Klewitz (Ludwigsburg)	Straße, EZ

1997 KAPSTADT
GOLD	Tim Wulf (Halstenbek)	Bahn, Sprint
GOLD	Katrin Meinke (Cottbus)	Bahn, Sprint
GOLD	Marco Hesselschwerdt (Bellheim)	Bahn, 3000 m EV
Silber	Tim Zühlke (Erfurt)	Bahn, 1000 m Zeitfahren
Silber	Katrin Meinke (Cottbus)	Bahn, 500 m Zeitfahren
Silber	Bundesrepublik Deutschland	Bahn, Vierer
	Christian Bach (Meiningen)	
	Erik Baumann (Gera)	
	Marco Hesselschwerdt (Bellheim)	
	Robert Kaiser (Gera)	
	Daniel Palicki (Langhurst)	
Bronze	Christian Bach (Meiningen)	Bahn, 3000 m EV

SAN SEBASTIAN
GOLD	Thorsten Hiekmann (Berlin)	Straße, EZ
Silber	Sylvia Hübscher (Gera)	Straße, EZ

CHATEAUX D'OEX
Silber	Mathias Mende (Altenberg)	MTB, Cross Country

MÜNCHEN
Bronze	Steffen Weigold (Alpirsbach)	Querfeldein

1998 HAVANNA
GOLD	Bundesrepublik Deutschland	Bahn, Vierer
	Marc Altmann (Peitz)	
	Oliver Dercks (Büttgen)	
	Daniel Palicki (Langhurst)	
	Daniel Schlegel (Ellmendingen)	
	Mark Schneider (Freiburg)	
Silber	Daniela Clausnitzer (Frankfurt/O)	Bahn, 500 m
Silber	Daniel Palicki (Langhurst)	Bahn, 3000 m EV

| Silber | Regina Rettke (Büttgen) | Bahn, 2000 m EV |
| Bronze | Daniela Clausnitzer (Frankfurt/O) | Bahn, Sprint |

VALKENBURG
GOLD	Tina Liebig (Gera)	Straße, Einzelrennen
GOLD	Trixi Worrack (Cottbus)	Straße, EZ
Silber	Thorsten Hiekmann (Berlin)	Straße, EZ

MT. ST.ANNE
Bronze	Johanna Rübel-Todt (Luberon)	MTB, Downhill

1999 ATHEN
GOLD	Daniela Clausnitzer (Frankfurt/O)	Bahn, 500 m
Silber	Marco Jäger (Wittlich)	Bahn, Sprint
Silber	Bundesrepublik Deutschland	Bahn, Vierer
	Marc Altmann (Rostock)	
	Markus Fothen (Kaarst)	
	Christian Müller (Erfurt)	
	Martin Winkelmann (Rostock)	
Bronze	Bundesrepublik Deutschland	Bahn, Olymp. Sprint
	Marco Jäger (Wittlich)	
	Peter Clemen (Erfurt)	
	David Röhler (Chemnitz)	

VERONA
Silber	Trixi Worrack (Cottbus)	Straße, Einzelrennen

TREVISO
Bronze	Trixi Worrack (Cottbus)	Straße, EZ
Bronze	Christian Knees (Meckenheim)	Straße, EZ

A

ADLER, Egon (Leipzig)

OS	1960	Rom	Silber	Am	- 100 km Straßenvierer

ALBER, Reinhard (Mühlhausen, Böblingen)

JWM	1981	Leipzig	Gold	Jun	- 3000 m Einzel
JWM	1982	Florenz	Bronze	Jun	- 3000 m Einzel
OS	1984	Los Angeles	Bronze	Am	- 4000 m Bahnvierer

ALBERT, Paul (Köln-Biebrich)

WM	1898	Wien	Gold	Am	- Sprint

ALDAG, Rolf (Dortmund)

WM	1990	Utsonomiya	Bronze	Am	- 100 km Straßenvierer

ALTMANN, Marc (Peitz, Rostock)

JWM	1998	Havanna	Gold	Jun	- 4000 m Bahnvierer
JWM	1999	Athen	Silber	Jun	- 4000 m Bahnvierer

ALTIG, Rudi (Mannheim, Köln)

WM	1959	Amsterdam	Gold	Am	- 4000 m Einzel
WM	1960	Leipzig	Gold	Pro	- 5000 m Einzel
WM	1961	Zürich	Gold	Pro	- 5000 m Einzel
WM	1965	Lasarte	Silber	Pro	- Straße Einzel
WM	1966	Nürburgring	Gold	Pro	- Straße Einzel

AMPLER, Uwe (Leipzig)

JWM	1981	Leipzig	Gold	Jun	- 70 km Straßenvierer
JWM	1982	Deruta/Ita	Gold	Jun	- 70 km Straßenvierer
WM	1986	Colorado Spr.	Bronze	Am	-100 km Straßenvierer
WM	1986	Colorado Spr.	Gold	Am	- Straße Einzel
OS	1988	Seoul	Gold	Am	-100 km Straßenvierer

AREND, Willi (Hannover, Berlin)

WM	1897	Glasgow	Gold	Pro	- Sprint
WM	1900	Paris	Bronze	Pro	- Sprint
WM	1903	Kopenhagen	Silber	Pro	- Sprint

ARNDT, Olaf (Berlin)

JWM	1980	Mexiko-Stadt	Silber	Jun	- Sprint
JWM	1981	Leipzig	Gold	Jun	- Sprint

AUDEHM, Gerd (Cottbus)

JWM	1986	Casablanca	Bronze	Jun	- 70 km Straßenvierer

B

BACH, Andreas (Erfurt)

JWM	1986	Casablanca	Silber	Jun	- 4000 m Bahnvierer
WM	1993	Oslo	Silber	Elite	- 4000 m Bahnvierer
WM	1994	Palermo	Gold	Elite	- 4000 m Bahnvierer

BACH, Christian (Meiningen, Erfurt)

JWM	1997	Kapstadt	Silber	Jun	- 4000 m Bahnvierer
JWM	1997	Kapstadt	Bronze	Jun	- 3000 m Einzel

BARLEBEN, Bernd (Berlin)

OS	1960	Rom	Silber	Am	- 4000 m Bahnvierer

BARTH, Jürgen (Berlin)

WM	1969	Brno	Silber	Am	- Tandem (R.Müller)
WM	1970	Leicester	Gold	Am	- Tandem (R.Müller)
WM	1971	Varese	Silber	Am	- Tandem (R.Müller)

BARTH, Thomas (Gera)

JWM	1977	Wien	Gold	Jun	- 70 km Straßenvierer
JWM	1978	Washington	Gold	Jun	- 70 km Straßenvierer

BARTKO, Robert (Berlin)

JWM	1993	Perth	Gold	Jun	- 4000 m Bahnvierer
WM	1998	Bordeaux	Silber	Elite	- 4000 m Bahnvierer
WM	1998	Bordeaux	Bronze	Elite	- 4000 m Einzel
WM	1999	Berlin	Gold	Elite	- 4000 m Einzel
WM	1999	Berlin	Gold	Elite	- 4000 m Bahnvierer

BAUMANN, Erik (Gera)

JWM	1997	Kapstadt	Silber	Jun	- 4000 m Bahnvierer

BECKE, Daniel (Erfurt)

JWM	1995	Forli	Silber	Jun	- 4000 m Bahnvierer
JWM	1995	Forli	Bronze	Jun	- 3000 m Einzel
JWM	1996	Nove Mesto	Silber	Jun	- 3000 m Einzel
JWM	1996	Nove Mesto	Silber	Jun	- 4000 m Bahnvierer

WM	1998	Bordeaux	Silber	Elite	- 4000 m Bahnvierer
WM	1999	Berlin	Gold	Elite	- 4000 m Bahnvierer

BEIKIRCH, Andreas (Büttgen)

JWM	1988	Odense	Gold	Jun	- Punktefahren

BERKMANN, Dieter (München)

WM	1978	München	Silber	Pro	- Sprint
WM	1979	Amsterdam	Silber	Pro	- Sprint

BERNDT, Uwe (Gera)

WM	1990	Utsonomiya	Silber	Am	- 100 km Straßenvierer
WM	1991	Stuttgart	Silber	Am	- 100 km Straßenvierer

BERNER, Ralph (Frankfurt/Main)

JWM	1987	Ml. Boleslav	Silber	Jun	- Querfeldeinfahren

BERNER, Tim (Frankfurt/Main)

WM	1993	Pordenone	Silber	Am	- Querfeldeinfahren

BERNHARDT, Hans (Hannover)

OS	1928	Amsterdam	Bronze	Am	- Tandem (K.Köther)

BETZ, Heinz (Böblingen)

WM	1980	Besancon	Bronze	Pro	- Punktefahren

BETZ, Werner (Böblingen)

WM	1985	Bassano	Bronze	Pro	- Steher
WM	1987	Wien	Bronze	Pro	- Steher

BEYER, Alexander "Axel" (Dresden)

WM	1913	Berlin	Silber	Am	- Steher

BIRKENKAMP, Lutz (Dortmund)

JWM	1994	Quito	Silber	Jun	- 4000 m Bahnvierer

BLOCHWITZ, Steffen (Cottbus)

JWM	1985	Stuttgart	Gold	Jun	- 4000 m Bahnvierer
WM	1986	Colorado Spr.	Silber	Am	- 4000 m Bahnvierer
WM	1987	Wien	Silber	Am	- 4000 m Bahnvierer
OS	1988	Seoul	Silber	Am	- 4000 m Bahnvierer
WM	1989	Lyon	Bronze	Am	- 4000 m Einzel
WM	1989	Lyon	Gold	Am	- 4000 m Bahnvierer

BOCK, Michael (Berlin)

JWM	1985	Stuttgart	Gold	Jun	- 4000 m Bahnvierer

BODEN, Falk (Frankfurt/Oder)

JWM	1977	Wien	Gold	Jun	- 70 km Straßenvierer
JWM	1978	Washington	Gold	Jun	- 70 km Straßenvierer
WM	1979	Valkenburg	Gold	Am	- 100 km Straßenvierer
OS	1980	Moskau	Silber	Am	- 100 km Straßenvierer
WM	1981	Prag	Gold	Am	- 100 km Straßenvierer
WM	1989	Chambery	Gold	Am	- 100 km Straßenvierer
WM	1990	Utsonomiya	Silber	Am	- 100 km Straßenvierer

BOKELOH, Axel (Langenhagen)

WM	1982	Leicester	Silber	Am	- 4000 m Bahnvierer

BÖLKE, Winfried (Dortmund)

WM	1963	Ronse	Bronze	Am	- Straße Einzel

BÖLTS, Hartmut (Heltersberg)

WM	1987	Villach	Silber	Am	- Straße Einzel

BRAUN, Gregor (Neustadt/Weinstraße)

WM	1975	Rocourt	Gold	Am	- 4000 m Bahnvierer
OS	1976	Montreal	Gold	Am	- 4000 m Einzel
OS	1976	Montreal	Gold	Am	- 4000 m Bahnvierer
WM	1977	San Cristobal	Gold	Pro	- 5000 m Einzel
WM	1978	München	Gold	Pro	- 5000 m Einzel
WM	1985	Bassano	Bronze	Pro	- 5000 m Einzel

BREUER, Jean (Köln-Hürth)

WM	1972	Marseille	Silber	Am	- Steher
WM	1974	Montreal	Gold	Am	- Steher

BUCHTMANN, Uwe (Herford)

WM	1988	Gent	Silber	Am	- Tandem (H.-J. Greil)
WM	1990	Maebashi	Bronze	Am	- Tandem (M. Nagel)

BUDER, Gerald (Berlin)

JWM	1980	Mexiko-Stadt	Silber	Jun	- 4000 m Bahnvierer
WM	1982	Leicester	Bronze	Am	- 4000 m Bahnvierer

BURKHARDT, Patric (Nürnberg)

JWM	1993	Perth	Silber	Jun	- 70 km Straßenvierer

Deutsche Medaillengewinner bei den Weltmeisterschaften im Rennsport

C

CARL, Oliver (Erfurt)

JWM	1990	Mid.-borough	Silber	Jun	- 4000 m Bahnvierer

CLAESGES, Lothar (Krefeld)

WM	1962	Mailand	Gold	Am	- 4000 m Bahnvierer
WM	1963	Rocourt	Silber	Am	- 4000 m Bahnvierer
WM	1964	Paris	Gold	Am	- 4000 m Bahnvierer
OS	1964	Tokio	Gold	Am	- 4000 m Bahnvierer

CLAUS, Ingo (Karl-Marx-Stadt)

JWM	1988	Odense	Bronze	Jun	- 4000 m Bahnvierer

CLAUSMEIER, Ernie (Dortmund)

WM	1970	Leicester	Gold	Am	- 4000 m Bahnvierer

CLEMEN, Peter (Erfurt)

JWM	1999	Athen	Bronze	Jun	- Olympischer Sprint

COLOMBO, Jürgen (Stuttgart)

WM	1971	Varese	Bronze	Am	- 4000 m Bahnvierer
OS	1972	München	Gold	Am	- 4000 m Bahnvierer

D

DEMEL, Frank (Berlin)

JWM	1987	Dalmine	Bronze	Jun	- 4000 m Bahnvierer

DENSTEDT, Hubert (Erfurt)

JWM	1978	Washington	Silber	Jun	- Straße Einzel

DERCKS, Oliver (Büttgen)

JWM	1998	Havanna	Gold	Jun	- 4000 m Bahnvierer

DIERS, Karl-Dietrich (Leipzig, Frankfurt/Oder)

WM	1974	Montreal	Bronze	Am	- 100km Straßenvierer

DIETZ, Bert (Leipzig, ab 1991 Nürnberg)

JWM	1986	Casablanca	Bronze	Jun	- 70 km Straßenvierer

DITTERT, Bernd (Berlin, ab 1990 Hannover)

JWM	1978	Trexlertown	Bronze	Jun	- 4000 m Bahnvierer
WM	1981	Brno	Gold	Am	- 4000 m Bahnvierer
WM	1983	Zürich	Silber	Am	- 4000 m Einzel
WM	1983	Zürich	Silber	Am	- 4000 m Bahnvierer
WM	1986	Colorado Spr.	Silber	Am	- 4000 m Bahnvierer
OS	1988	Seoul	Bronze	Am	- 4000 m Einzel
WM	1991	Stuttgart	Silber	Am	- 100 km Straßenvierer
OS	1992	Barcelona	Gold	Am	- 100 km Straßenvierer

DRESCHER, Christian (Berlin)

WM	1978	München	Bronze	Am	- Sprint
WM	1979	Amsterdam	Bronze	Am	- Sprint

DROGAN, Bernd (Cottbus)

WM	1979	Valkenburg	Bronze	Am	- Straße Einzel
WM	1979	Valkenburg	Gold	Am	- 100 km Straßenvierer
OS	1980	Moskau	Silber	Am	- 100 km Straßenvierer
WM	1981	Prag	Gold	Am	- 100 km Straßenvierer
WM	1982	Goodwood	Gold	Am	- Straße Einzel

DÜRPISCH, Norbert (Frankfurt/Oder)

WM	1975	Rocourt	Bronze	Am	- 4000 m Bahnvierer
WM	1977	San Cristobal	Gold	Am	- 4000 m Einzel
WM	1977	San Cristobal	Gold	Am	- 4000 m Bahnvierer

E

ECKSTEIN, Bernhard (Leipzig)

WM	1960	Sachsenring	Gold	Am	- Straße Einzel

EGNER, Frank (Schlüchtern)

JWM	1984	Caen	Bronze	Jun	- 1000 m Zeitfahren
JWM	1984	Caen	Silber	Jun	- 4000 m Bahnvierer

ENGEL, Mathias (Köln)

WM	1927	Köln	Gold	Am	- Sprint
WM	1932	Rom	Bronze	Pro	- Sprint

ENGER, Frank (Essen)

JWM	1978	Trexlertown	Silber	Jun	- 4000 m Bahnvierer

F

FIEDLER, Jens (Berlin, ab 1994 Chemnitz)

JWM	1988	Odense	Gold	Jun	- Sprint
WM	1990	Maebashi	Bronze	Am	- Sprint
WM	1991	Stuttgart	Gold	Am	- Sprint
OS	1992	Barcelona	Gold	Am	- Sprint
WM	1995	Bogota	Gold	Elite	- Olympischer Sprint
OS	1996	Atlanta	Gold	Elite	- Sprint
WM	1996	Manchester	Silber	Elite	- Olympischer Sprint
WM	1997	Perth	Silber	Elite	- Sprint
WM	1998	Bordeaux	Gold	Elite	- Keirin
WM	1998	Bordeaux	Silber	Elite	- Sprint
WM	1999	Berlin	Gold	Elite	- Keirin
WM	1999	Berlin	Silber	Elite	- Sprint

FOTHEN, Markus (Neuss)

JWM	1999	Athen	Silber	Jun	- 4000 m Bahnvierer

FRIEDEL, Matthias (Leipzig)

JWM	1988	Odense	Bronze	Jun	- 4000 m Bahnvierer

FÜRUS, John-Paul (Schopp)

JWM	1993	Perth	Silber	Jun	- 70 km Straßenvierer

FUGGERER, Willi (Herpersdorf)

OS	1964	Tokio	Bronze	Am	- Tandem (K. Kobusch)

FULST, Guido (Berlin)

JWM	1987	Dalmine	Bronze	Jun	- 4000 m Bahnvierer
JWM	1988	Odense	Bronze	Jun	- 4000 m Bahnvierer
WM	1989	Lyon	Gold	Am	- 4000 m Bahnvierer
OS	1992	Barcelona	Gold	Am	- 4000 m Bahnvierer
WM	1993	Hamar	Silber	Elite	- 4000 m Bahnvierer
WM	1994	Palermo	Gold	Elite	- 4000 m Bahnvierer
WM	1996	Manchester	Bronze	Elite	- 4000 m Bahnvierer
WM	1998	Bordeaux	Silber	Elite	- 4000 m Bahnvierer
WM	1999	Berlin	Gold	Elite	- 4000 m Bahnvierer

G

GANSKE, Andreas (Berlin)

JWM	1982	Florenz	Gold	Jun	- 1000 m Zeitfahren

GERLACH, Robby (Gera)

JWM	1977	Wien	Gold	Jun	- 4000 m Bahnvierer

GESCHKE, Hans-Jürgen (Berlin)

WM	1969	Brno	Gold	Am	- Tandem (W. Otto)
WM	1970	Leicester	Silber	Am	- Tandem (W. Otto)
WM	1971	Varese	Gold	Am	- Tandem (W. Otto)
OS	1972	München	Silber	Am	- Tandem (W. Otto)
WM	1973	S. Sebastian	Bronze	Am	- Tandem (W. Otto)
OS	1976	Montreal	Bronze	Am	- Sprint
WM	1977	San Cristobal	Gold	Am	- Sprint

GEWISS, Horst (Berlin)

WM	1977	San Cristobal	Bronze	Am	- Tandem (W. Schäffer)

GIEBKEN, Dieter (Münster)

WM	1979	Amsterdam	Silber	Am	- Tandem (H. Reimann)
WM	1981	Brno	Silber	Am	- Tandem (F. Schmidtke)
WM	1982	Leicester	Silber	Am	- Tandem (F. Schmidtke)
WM	1983	Zürich	Bronze	Am	- Tandem (F. Schmidtke)
WM	1986	Colorado Spr.	Silber	Pro	- Keirin

GIESELER, Dieter (Münster)

OS	1960	Rom	Silber	Am	- 1000 m Zeitfahren

GLÖCKNER, Michael (Stuttgart)

WM	1990	Maebashi	Silber	Am	- 4000 m Bahnvierer
WM	1991	Stuttgart	Silber	Am	- 4000 m Einzel
WM	1991	Stuttgart	Gold	Am	- 4000 m Bahnvierer
OS	1992	Barcelona	Gold	Am	- 4000 m Bahnvierer

GLOSSMANN, Jan (Cottbus)

JWM	1982	Deruta/Ita	Gold	Jun	- 70 km Straßenvierer

GLÜCKLICH, Jens (Cottbus)

JWM	1984	Caen	Gold	Jun	- 1000 m Zeitfahren

Glücklich...

JWM	1984	Caen	Bronze	Jun	- Sprint
WM	1985	Bassano	Gold	Am	- 1000 m Zeitfahren
WM	1986	Colorado Spr.	Bronze	Am	- 1000 m Zeitfahren
WM	1987	Wien	Silber	Am	- 1000 m Zeitfahren
WM	1989	Lyon	Gold	Am	- 1000 m Zeitfahren
WM	1990	Maebashi	Bronze	Am	- 1000 m Zeitfahren
WM	1991	Stuttgart	Silber	Am	- 1000 m Zeitfahren
WM	1993	Hamar	Bronze	Elite	- 1000 m Zeitfahren
WM	1994	Palermo	Silber	Elite	- Tandem (E. Raasch)

GNAS, Horst (Nürnberg)

WM	1970	Leicester	Silber	Am	- Steher
WM	1971	Varese	Gold	Am	- Steher
WM	1972	Marseille	Gold	Am	- Steher
WM	1973	S. Sebastian	Gold	Am	- Steher

GOEDRICH, August von (Troppau, lebte in Athen)

OS	1896	Athen	Silber	Am	- Straße Einzel

GOLDSCHAGG, Christian (München)

JWM	1977	Wien	Silber	Jun	- 4000 m Bahnvierer

GÖLZ, Rolf (Bad Schussenried, Berlin)

WM	1982	Leicester	Silber	Am	- 4000 m Einzel
WM	1983	Zürich	Gold	Am	- 4000 m Bahnvierer
OS	1984	Los Angeles	Silber	Am	- 4000 m Einzel
OS	1984	Los Angeles	Bronze	Am	- 4000 m Bahnvierer

GÖRNEMANN, Alfred (Berlin)

WM	1901	Berlin	Bronze	Am	- Steher
WM	1902	Berlin	Gold	Am	- Steher
WM	1903	Kopenhagen	Bronze	Pro	- Steher

GOETZE, Bruno (Berlin)

OS	1908	London	Silber	Am	- Mannschaft

GRABSCH, Ralf (Hamburg)

WM	1994	Palermo	Bronze	Am	- 100 km Straßenvierer

GRÄBEN, Gustav (Berlin)

WM	1898	Wien	Silber	Am	- Steher

GREIL, Hans-Jürgen (Köln-Worringen)

WM	1984	Barcelona	Gold	Am	- Tandem (F. Weber)
WM	1988	Gent	Silber	Am	- Tandem (U.Buchtmann)

GRÖNE, Bernd (Dortmund)

OS	1988	Seoul	Silber	Am	- Straße Einzel

GRÖNING, Peter (Berlin)

OS	1960	Rom	Silber	Am	- 4000 m Bahnvierer

GROSSER, Axel (Leipzig)

JWM	1978	Trexlertown	Gold	Jun	- 3000 m Einzel
JWM	1978	Trexlertown	Bronze	Jun	- 4000 m Bahnvierer
WM	1979	Amsterdam	Gold	Am	- 4000 m Bahnvierer
WM	1981	Brno	Gold	Am	- 4000 m Bahnvierer

GROSSIMLINGSHAUS, Clemens (Krefeld)

WM	1963	Rocourt	Silber	Am	- 4000 m Bahnvierer

GRÜNKE, Klaus-Jürgen (Berlin)

WM	1974	Montreal	Silber	Am	- 4000 m Bahnvierer
WM	1975	Rocourt	Gold	Am	- 1000 m Zeitfahren
WM	1975	Rocourt	Bronze	Am	- 4000 m Bahnvierer
OS	1976	Montreal	Gold	Am	- 1000 m Zeitfahren

GÜNTHER, Roland (Wiesbaden, Berlin)

WM	1982	Leicester	Silber	Am	- 4000 m Bahnvierer
WM	1983	Zürich	Gold	Am	- 4000 m Bahnvierer
OS	1984	Los Angeles	Bronze	Am	- 4000 m Bahnvierer
WM	1985	Bassano	Bronze	Am	- 4000 m Einzel

H

HÄRTELT, Martin (Cottbus)

JWM	1975	Lausanne	Silber	Jun	- 4000 m Bahnvierer

HAGEN, Erich (Leipzig)

OS	1960	Rom	Silber	Am	- 100 km Straßenvierer

HARITZ, Günter (Heidelberg)

WM	1970	Leicester	Gold	Am	- 4000 m Bahnvierer

Deutsche Medaillengewinner bei den Weltmeisterschaften im Rennsport

WM	1971	Varese	Bronze	Am	- 4000 m Bahnvierer
OS	1972	München	Gold	Am	- 4000 m Bahnvierer
WM	1973	S. Sebastian	Gold	Am	- 4000 m Bahnvierer

HARTNICK, Hans-Joachim (Cottbus)

WM	1974	Montreal	Bronze	Am	- 100 km Straßenvierer
WM	1979	Valkenburg	Gold	Am	- 100 km Straßenvierer
OS	1980	Moskau	Silber	Am	- 100 km Straßenvierer

HAUEISEN, Lutz (Gera)

WM	1979	Amsterdam	Gold	Am	- 4000 m Bahnvierer
WM	1981	Brno	Gold	Am	- Punktefahren

HEMPEL, Udo (Düsseldorf)

OS	1968	Mexiko-Stadt	Silber	Am	- 4000 m Bahnvierer
WM	1970	Leicester	Gold	Am	- 4000 m Bahnvierer
WM	1971	Varese	Bronze	Am	- 4000 m Bahnvierer
OS	1972	München	Gold	Am	- 4000 m Bahnvierer

HENN, Christian (Heidelberg)

OS	1988	Seoul	Bronze	Am	- Straße Einzel

HENNIG, Roland (Cottbus)

WM	1986	Colorado Spr.	Silber	Am	- 4000 m Bahnvierer
WM	1987	Wien	Silber	Am	- 4000 m Bahnvierer
OS	1988	Seoul	Silber	Am	- 4000 m Bahnvierer

HENRICHS, Karlheinz (Bocholt)

WM	1963	Rocourt	Silber	Am	- 4000 m Bahnvierer
WM	1964	Paris	Gold	Am	- 4000 m Bahnvierer
OS	1964	Tokio	Gold	Am	- 4000 m Bahnvierer
WM	1966	Frankfurt/M	Silber	Am	- 4000 m Bahnvierer
WM	1967	Amsterdam	Bronze	Am	- 4000 m Bahnvierer
OS	1968	Mexiko-Stadt	Silber	Am	- 4000 m Bahnvierer

HENRIX, Sascha (Düren)

JWM	1991	Colorado Spr.	Silber	Jun	- 4000 m Bahnvierer

HEPPNER, Jens (Gera)

JWM	1982	Deruta/Ita	Gold	Jun	- 70 km Straßenvierer

HERNIG, Mario (Karl-Marx-Stadt)

WM	1982	Leicester	Bronze	Am	- 4000 m Einzel
WM	1982	Leicester	Bronze	Am	- 4000 m Bahnvierer

WM	1983	Zürich	Silber	Am	- 4000 m Bahnvierer

HERZOG, Reinhold (Leipzig)

WM	1903	Kopenhagen	Bronze	Am	- Steher

HESSELSCHWERDT, Marco (Bellheim)

JWM	1997	Kapstadt	Gold	Jun	- 3000 m Einzel
JWM	1997	Kapstadt	Silber	Jun	- 4000 m Bahnvierer

HESSLICH, Lutz (Cottbus)

JWM	1976	Rocourt	Gold	Jun	- Sprint
JWM	1977	Wien	Gold	Jun	- Sprint
WM	1977	San Cristobal	Bronze	Am	- Sprint
WM	1979	Amsterdam	Gold	Am	- Sprint
OS	1980	Moskau	Gold	Am	- Sprint
WM	1981	Brno	Silber	Am	- Sprint
WM	1982	Leicester	Silber	Am	- Sprint
WM	1983	Zürich	Gold	Am	- Sprint
WM	1985	Bassano	Gold	Am	- Sprint
WM	1986	Colorado Spr.	Silber	Am	- Sprint
WM	1987	Wien	Gold	Am	- Sprint
OS	1988	Seoul	Gold	Am	- Sprint

HIECKMANN, Thorsten (Berlin)

JWM	1997	S. Sebastian	Gold	Jun	- Straße Einzel-ZF
JWM	1998	Valkenburg	Silber	Jun	- Straße Einzel-ZF

HILL, Olaf (Berlin)

JWM	1976	Rocourt	Gold	Jun	- 4000 m Bahnvierer

HOFMANN, Hans (München)

WM	1895	Köln	Bronze	Pro	- Steher

HÖNISCH, Rainer (Berlin)

JWM	1977	Wien	Gold	Jun	- 1000 m Zeitfahren
WM	1978	München	Bronze	Am	- 1000 m Zeitfahren

HONDO, Danilo (Cottbus)

JWM	1991	Colorado Spr.	Silber	Jun	- 4000 m Bahnvierer
JWM	1991	Colorado Spr.	Silber	Jun	- Punktefahren
JWM	1992	Athen	Silber	Jun	- 4000 m Bahnvierer
WM	1994	Palermo	Gold	Elite	- 4000 m Bahnvierer
WM	1996	Manchester	Bronze	Elite	- 4000 m Bahnvierer

HONZ, Herbert (Stuttgart/Bocholt)
WM 1966 Frankfurt/M Silber Am - 4000 m Bahnvierer

HÖRMANN, Ludwig (München)
WM 1952 Luxemburg Bronze Pro - Straße Einzel

HOTZAN, Michael (Frankfurt/Oder)
JWM 1978 Trexlertown Silber Jun - Sprint

HÜBNER, Michael (Karl-Marx-Stadt/Chemnitz)
WM 1983 Zürich Bronze Am - Sprint
WM 1985 Bassano Silber Am - Sprint
WM 1986 Colorado Spr. Gold Am - Sprint
WM 1987 Wien Silber Am - Sprint
WM 1989 Lyon Silber Am - Sprint
WM 1990 Maebashi Gold Pro - Sprint
WM 1990 Maebashi Gold Pro - Keirin
WM 1991 Stuttgart Gold Pro - Keirin
WM 1992 Valencia Gold Pro - Sprint
WM 1992 Valencia Gold Pro - Keirin
WM 1993 Hamar Silber Elite - Sprint
WM 1994 Palermo Bronze Elite - Sprint
WM 1994 Palermo Silber Elite - Keirin
WM 1995 Bogota Gold Elite - Olympischer Sprint
WM 1995 Bogota Silber Elite - Keirin
WM 1996 Manchester Silber Elite - Olympischer Sprint

HUCK, Bill (Berlin)
JWM 1982 Florenz Silber Jun - Sprint
WM 1987 Wien Bronze Am - Sprint
WM 1989 Lyon Gold Am - Sprint
WM 1990 Maebashi Gold Am - Sprint
WM 1991 Stuttgart Silber Am - Sprint

HUNDERTMARCK, Kai (Rüsselsheim)
WM 1990 Utsonomiya Bronze Am - 100 km Straßenvierer

HUSCHKE, Thomas (Berlin)
WM 1970 Leicester Silber Am - 4000 m Bahnvierer
WM 1971 Varese Silber Am - 4000 m Bahnvierer
OS 1972 München Silber Am - 4000 m Bahnvierer
WM 1974 Montreal Bronze Am - 4000 m Einzel
WM 1974 Montreal Silber Am - 4000 m Bahnvierer
WM 1975 Rocourt Gold Am - 4000 m Einzel

WM 1975 Rocourt Bronze Am - 4000 m Bahnvierer
OS 1976 Montreal Bronze Am - 4000 m Einzel

I, J

JÄGER, Marco (Wittlich)
JWM 1999 Athen Silber Jun - Sprint
JWM 1999 Athen Bronze Jun - Olympischer Sprint

JAKOBSMEIER, Klaus (Gütersloh)
JWM 1993 Métabief Bronze Jun - MTB Cross Country

JANKE, Gustav (Berlin)
WM 1908 Leipzig Silber Am - Bahn, Steher

JESSE, Frank (Cottbus)
JWM 1981 Leipzig Gold Jun - 70 km Straßenvierer

IHBE, Ernst (Leipzig)
OS 1936 Berlin Gold Am - Tandem (C.Lorenz)

INTRA, Markus (Sossenheim)
JWM 1977 Wien Silber Jun - 4000 m Bahnvierer
JWM 1978 Trexlertown Silber Jun - 4000 m Bahnvierer

JAKSCHE, Jörg (Ansbach)
JWM 1993 Perth Silber Jun - 70 km Straßenvierer

JOHN, Matthias (Erfurt)
JWM 1996 Nove Mesto Silber Jun - Olympischer Sprint

K

KAISER, Robert (Gera)
JWM 1996 Nove Mesto Silber Jun - 4000 m Bahnvierer
JWM 1997 Kapstadt Silber Jun - 4000 m Bahnvierer

KAPPES, Andreas (Bremen, Köln)

JWM	1983	Wanganui	Gold	Jun	- Punktefahren
WM	1996	Manchester	Bronze	Elite	- Zw-Mann.(C. Wolf)
WM	1998	Bordeaux	Silber	Elite	- Punktefahren
WM	1998	Bordeaux	Bronze	Elite	- Zw-Mann. (S. Steinweg)
WM	1999	Berlin	Bronze	Elite	- Zw-Mann. (O.Pollack)

KAPUSTE, Thomas (Frankfurt/Oder)

WM	1998	Colorado Spr.	Silber	Am	- 4000 m Bahnvierer

KARSCH, Rudolf (Leipzig)

OS	1936	Berlin	Bronze	Am	- 1000 m Zeitfahren

KATZER, Richard (Berlin)

OS	1908	London	Silber	Am	- Mannschaft

KELLER, Willy (Breslau)

WM	1902	Berlin	Silber	Am	- Steher

KEMPER, Dieter (Dortmund)

WM	1965	S. Sebastian	Bronze	Pro	- 5000 m Einzel
WM	1966	Frankfurt/M	Bronze	Pro	- 5000 m Einzel
WM	1972	Marseille	Bronze	Pro	- Steher
WM	1975	Rocourt	Gold	Pro	- Steher

KESSLER, Matthias (Berlin)

WM	1999	Verona	Bronze	U 23	- Straße Einzel

KIJEWSKI, Emil (Dortmund)

WM	1937	Kopenhagen	Silber	Pro	- Straße Einzel

KIRCHHOF, Ronny (Cottbus)

JWM	1987	Dalmine	Gold	Jun	- 1000 m Zeitfahren

KIRN, Volker (Stuttgart)

JWM	1984	Caen	Silber	Jun	- 4000 m Bahnvierer

KISSNER, Jürgen (Köln)

WM	1966	Frankfurt/M	Silber	Am	- 4000 m Bahnvierer
WM	1967	Amsterdam	Bronze	Am	- 4000 m Bahnvierer
OS	1968	Mexiko-Stadt	Silber	Am	- 4000 m Bahnvierer

KLAUSMANN, Markus (Haßlach)

JWM	1993	Métabief	Silber	Jun	- MTB Down Hill

JWM	1995	Kirchzarten	Silber	Jun	- MTB Down Hill

KLIEME, Manfred (Berlin)

OS	1960	Rom	Silber	Am	- 4000 m Bahnvierer

KLÖDEN, Andreas (Berlin)

WM	1996	Lugano	Bronze	U 23	- Straße EZ

KLUGE, Andre (Frankfurt/Oder)

JWM	1977	Wien	Gold	Jun	- 70 km Straßenvierer

KLUGE, Mike (Berlin)

WM	1985	München	Gold	Am	- Querfeldein
WM	1987	Ml. Boleslav	Gold	Am	- Querfeldein
WM	1992	Leeds	Gold	Am	- Querfeldein
WM	1993	Pordenone	Silber	Am	- Querfeldein

KNEES, Christian (Meckenheim)

JWM	1999	Verona	Bronze	Jun	- Einzel-ZF

KNISPEL, Rüdiger (Berlin)

JWM	1992	Athen	Silber	Jun	- 4000 m Bahnvierer

KOBEK, Günter (Karlsruhe)

JWM	1979	Buenos Aires	Bronze	Jun	- 4000 m Bahnvierer

KOBUSCH, Klaus (Bocholt)

OS	1964	Tokio	Bronze	Am	- Tandem (W. Fuggerer)
WM	1966	Frankfurt/M	Silber	Am	- Tandem (M. Stenzel)

KÖCKNITZ, Markus (München)

JWM	1992	Athen	Silber	Jun	- 4000 m Bahnvierer

KÖHLER, Siegfried (Berlin)

WM	1960	Leipzig	Bronze	Am	- 4000 m Einzel
OS	1960	Rom	Silber	Am	- 4000 m Bahnvierer

KÖLLER, Michael (Berlin)

JWM	1978	Trexlertown	Bronze	Jun	- 4000 m Bahnvierer

KORFF, Andre (Berlin)

JWM	1991	Colorado Spr.	Silber	Jun	- 4000 m Bahnvierer

KÖTHER, Karl (Hannover)

OS   1928   Amsterdam   Bronze   Am - Tandem (H.Bernhardt)

KÖTTER, Michael (Herford)
JWM   1984   Caen   Silber   Jun - 4000 m Bahnvierer

KRANNIG, Maik (Cottbus)
JWM   1982   Florenz   Bronze   Jun - Sprint

KRATZER, Rupert (München)
WM   1973   S.Sebastian   Bronze   Am - 4000 m Einzel

KREUSCHER, Mark (Berlin)
JWM   1990   Mid.-borough   Silber   Jun - 4000 m Bahnvierer

KREWER, Paul „Indi" (Köln)
WM   1927   Elberfeld   Silber   Pro - Steher
WM   1929   Zürich   Bronze   Pro - Steher
WM   1934   Leipzig   Silber   Pro - Steher

KRISTEN, Josef (Köln)
WM   1980   Besancon   Bronze   Am - Punktefahren

KÜHN, Frank (Berlin)
JWM   1980   Mexiko-Stadt   Silber   Jun - 4000 m Bahnvierer

KÜHNERT, Jan (Karl-Marx-Stadt)
JWM   1989   Moskau   Bronze   Jun - 4000 m Bahnvierer

KUMMER, Jürgen (Cottbus)
JWM   1977   Wien   Gold   Jun - 4000 m Bahnvierer

KUMMER, Mario (Erfurt)
JWM   1980   Mexiko-Stadt   Silber   Jun - 3000 m Einzel
JWM   1980   Mexiko-Stadt   Silber   Jun - 4000 m Bahnvierer
WM   1981   Prag   Gold   Am - 100 km Straßenvierer
WM   1986   Colorado Spr. Bronze   Am - 100 km Straßenvierer
OS   1988   Seoul   Gold   Am - 100 km Straßenvierer
WM   1989   Chambery   Gold   Am - 100 km Straßenvierer

KUSCHY, Ralf-Gudo (Berlin)
JWM   1975   Lausanne   Bronze   Jun - Sprint
JWM   1976   Rocourt   Silber   Jun - Sprint
WM   1985   Bassano   Bronze   Am - Sprint
WM   1986   Colorado Spr. Bronze   Am - Sprint

L

LADEMANN, Christian (Berlin)
WM   1998   Bordeaux   Silber   Elite - 4000 m Bahnvierer
WM   1999   Berlin   Gold   Elite - 4000 m Bahnvierer

LANGE, Mathias (Nienburg, Berlin)
JWM   1980   Mexiko-Stadt   Silber   Jun - Punktefahren
JWM   1981   Leipzig   Silber   Jun - Punktefahren

LANDSMANN, Maik (Erfurt)
OS   1988   Seoul   Gold   Am - 100 km Straßenvierer
WM   1989   Chambery   Gold   Am - 100 km Straßenvierer
WM   1990   Utsonomiya   Silber   Am - 100 km Straßenvierer

LANDWEHRKAMP, Sven (Berlin)
JWM   1990   Mid-borough   Silber   Jun - 4000 m Bahnvierer

LAUKE, Gerhard (Frankfurt/Oder)
WM   1974   Montreal   Bronze   Am - 100 km Straßenvierer

LAUKE, Ronny (Dortmund)
JWM   1993   Perth   Gold   Jun - 4000 m Bahnvierer
JWM   1994   Quito   Silber   Jun - 4000 m Bahnvierer
JWM   1994   Quito   Bronze   Jun - Punktefahren

LAUSBERG, Sören (Frankfurt/Oder, Berlin)
WM   1995   Bogota   Gold   Elite - Olympischer Sprint
WM   1996   Manchester   Silber   Elite - 1000 m Zeitfahren
WM   1996   Manchester   Silber   Elite - Olympischer Sprint
WM   1997   Perth   Silber   Elite - 1000 m Zeitfahren
WM   1997   Perth   Silber   Elite - Olympischer Sprint
WM   1998   Bordeaux   Bronze   Elite - Olympischer Sprint
WM   1999   Berlin   Bronze   Elite - Olympischer Sprint

LECHNER, Robert (München)
OS   1988   Seoul   Bronze   Am - 1000 m Zeitfahren

LEHMANN, Jens (Leipzig, Engelsdorf)
WM   1989   Lyon   Silber   Am - 4000 m Einzel
WM   1991   Stuttgart   Gold   Am - 4000 m Einzel

Deutsche Medaillengewinner bei den Weltmeisterschaften im Rennsport

WM	1991	Stuttgart	Gold	Am	- 4000 m Bahnvierer
OS	1992	Barcelona	Gold	Am	- 4000 m Bahnvierer
OS	1992	Barcelona	Silber	Am	- 4000 m Einzel
WM	1993	Hamar	Silber	Elite	- 4000 m Bahnvierer
WM	1994	Palermo	Gold	Elite	- 4000 m Bahnvierer
WM	1994	Palermo	Bronze	Elite	- 4000 m Einzel
WM	1999	Berlin	Gold	Elite	- 4000 m Bahnvierer
WM	1999	Berlin	Silber	Elite	- 4000 m Einzel

LEHNERT, Rajmund (Dortmund)

WM	1990	Utsonomiya	Bronze	Am	- 100 km Straßenvierer

LEHR, August (Frankfurt/Main)

WM	1894	Antwerpen	Gold	Am	- Sprint

LEITLOFF, Rüdiger (Hannover)

JWM	1976	Rocourt	Gold	Jun	- Punktefahren
JWM	1977	Wien	Silber	Jun	- Punktefahren

LIESE, Thomas (Leipzig)

JWM	1985	Stuttgart	Gold	Jun	- 4000 m Bahnvierer
JWM	1986	Casablanca	Silber	Jun	- 4000 m Bahnvierer
WM	1989	Lyon	Gold	Am	- 4000 m Bahnvierer

LINK, Karl (Stuttgart)

WM	1964	Paris	Gold	Am	- 4000 m Bahnvierer
OS	1964	Tokio	Gold	Am	- 4000 m Bahnvierer
WM	1966	Frankfurt/M	Silber	Am	- 4000 m Bahnvierer
WM	1967	Amsterdam	Bronze	Am	- 4000 m Bahnvierer
OS	1968	Mexiko-Stadt	Silber	Am	- 4000 m Bahnvierer

LIPPOLD, Jürgen (Gera)

JWM	1975	Lausanne	Silber	Jun	- 4000 m Bahnvierer
JWM	1976	Rocourt	Gold	Jun	- 4000 m Bahnvierer

LOEW, Holger (Sossenheim)

JWM	1996	Nove Mesto	Gold	Jun	- Straße Einzel

LOHMANN, Walter (Bochum)

WM	1937	Kopenhagen	Gold	Pro	- Steher
WM	1938	Amsterdam	Silber	Pro	- Steher
WM	1952	Paris	Silber	Pro	- Steher

LORENZ, Carl (Chemnitz)

OS	1936	Berlin	Gold	Am	- Tandem (E. Ihbe)

LÖRKE, Günter (Leipzig)

OS	1960	Rom	Silber	Am	- 100 km Straßenvierer

LUDEWIG, Jörg (Dortmund)

JWM	1993	Perth	Silber	Jun	- 70 km Straßenvierer

LUDWIG, Olaf (Gera, Aachen)

JWM	1977	Wien	Gold	Jun	- 70 km Straßenvierer
JWM	1978	Washington	Gold	Jun	- 70 km Straßenvierer
OS	1980	Moskau	Silber	Am	- 100 km Straßenvierer
WM	1981	Prag	Gold	Am	- 100 km Straßenvierer
WM	1986	Colorado Spr.	Silber	Am	- Punktefahren
OS	1988	Seoul	Gold	Am	- Straße Einzel
WM	1993	Oslo	Bronze	Pro	- Straße Einzel

LUTZ, Hans (Böblingen, Stuttgart)

OS	1972	München	Bronze	Am	- 4000 m Einzel
WM	1973	S. Sebastian	Gold	Am	- 4000 m Bahnvierer
WM	1974	Montreal	Gold	Am	- 4000 m Einzel
WM	1974	Montreal	Gold	Am	- 4000 m Bahnvierer
WM	1975	Rocourt	Gold	Am	- 4000 m Bahnvierer
OS	1976	Montreal	Gold	Am	- 4000 m Bahnvierer
WM	1977	San Cristobal	Silber	Am	- 4000 m Bahnvierer

LUX, Andreas (Leipzig)

JWM	1982	Deruta/Ita	Gold	Jun	- 70 km Straßenvierer
JWM	1982	Marciano/Ita	Silber	Jun	- Straße Einzel

M

MACHA, Detlef (Erfurt)

JWM	1975	Lausanne	Bronze	Jun	- 70 km Straßenvierer
JWM	1976	Rocourt	Gold	Jun	- 4000 m Bahnvierer
WM	1978	München	Gold	Am	- 4000 m Einzel
WM	1981	Brno	Gold	Am	- 4000 m Einzel
WM	1981	Brno	Gold	Am	- 4000 m Bahnvierer
WM	1982	Leicester	Gold	Am	- 4000 m Einzel
WM	1982	Leicester	Bronze	Am	- 4000 m Bahnvierer

MALCHOW, Maic (Leipzig)
JWM	1980	Mexiko-Stadt	Gold	Jun	- 1000 m Zeitfahren
JWM	1980	Mexiko-Stadt	Gold	Jun	- Sprint
WM	1986	Colorado Spr.	Gold	Am	- 1000 m Zeitfahren

MATTHES, Karl-Heinz (Frankfurt/Main)
WM	1963	Rocourt	Silber	Am	- Steher

MAY, Klaus (Mannheim)
WM	1962	Mailand	Gold	Am	- 4000 m Bahnvierer

MAYER, Henri (Hannover)
WM	1904	London	Bronze	Pro	- Sprint
WM	1905	Antwerpen	Bronze	Pro	- Sprint
WM	1907	Paris	Silber	Pro	- Sprint

MARSELL, Karl-Heinz (Dortmund)
WM	1961	Zürich	Gold	Pro	- Steher
WM	1964	Paris	Bronze	Pro	- Steher

MARTENS, Hermann (Berlin)
OS	1908	London	Silber	Am	- Mannschaft

MARX, Michael (Hamburg, Berlin)
JWM	1978	Trexlertown	Bronze	Jun	- Punktefahren
WM	1982	Leicester	Silber	Am	- 4000 m Bahnvierer
WM	1983	Zürich	Gold	Am	- 4000 m Bahnvierer
OS	1984	Los Angeles	Bronze	Am	- 4000 m Bahnvierer

MATT, Rigobert (Niederhof)
JWM	1981	Tolosa	Gold	Jun	- Querfeldein

MAUE, Michael (Böblingen)
JWM	1978	Trexlertown	Silber	Jun	- 4000 m Bahnvierer

MEIER, Dirk (Cottbus)
WM	1986	Colorado Spr.	Silber	Am	- 4000 m Bahnvierer
WM	1987	Wien	Silber	Am	- 4000 m Bahnvierer
OS	1988	Seoul	Silber	Am	- 4000 m Bahnvierer
WM	1989	Lyon	Gold	Am	- 4000 m Bahnvierer

MEISCH, Hans-Joachim (Erfurt)
JWM	1975	Lausanne	Silber	Jun	- 4000 m Bahnvierer

MEISTER, Lothar (Chemnitz/Karl-Marx-Stadt) "Meister I"
WM	1958	Leipzig	Gold	Am	- Steher
WM	1959	Amsterdam	Bronze	Am	- Steher

MELCHER, Kai (Berlin)
JWM	1988	Odense	Gold	Jun	- 1000 m Zeitfahren
JWM	1989	Moskau	Bronze	Jun	- 1000 m Zeitfahren

MENDE, Mathias (Altenberg)
JWM	1997	Chat. d'Oex	Silber	Jun	- MTB Cross Country

MERKENS, Toni (Köln)
WM	1935	Brüssel	Gold	Am	- Sprint
OS	1936	Berlin	Gold	Am	- Sprint

MESSERSCHMIDT, Uwe (Heilbronn, Stuttgart)
JWM	1980	Mexiko-Stadt	Gold	Jun	- Punktefahren
OS	1984	Los Angeles	Silber	Am	- Punktefahren
WM	1987	Wien	Silber	Am	- Punktefahren

MEST, Willy (Berlin)
WM	1905	Antwerpen	Silber	Am	- Steher

METZE, Erich (Dortmund)
WM	1933	Paris	Bronze	Pro	- Steher
WM	1934	Leipzig	Gold	Pro	- Steher
WM	1935	Brüssel	Silber	Pro	- Steher
WM	1938	Amsterdam	Gold	Pro	- Steher

MEYER, Christian (Stuttgart, Hannover)
OS	1992	Barcelona	Gold	Am	- 100 km Straßenvierer
WM	1993	Oslo	Silber	Am	- 100 km Straßenvierer

MICKE, Frank (Berlin)
JWM	1978	Trexlertown	Gold	Jun	- 1000 m Zeitfahren
JWM	1978	Trexlertown	Bronze	Jun	- Sprint

MÖLLER, Erich (Hannover)
WM	1930	Brüssel	Gold	Pro	- Steher
WM	1931	Kopenhagen	Silber	Pro	- Steher
WM	1932	Rom	Bronze	Pro	- Steher

MORTAG, Gerald (Gera)
JWM	1975	Lausanne	Silber	Jun	- 4000 m Bahnvierer
JWM	1976	Rocourt	Silber	Jun	- 3000 m Einzel

JWM	1976	Rocourt	Gold	Jun - 4000 m Bahnvierer
WM	1977	San Cristobal	Gold	Am - 4000 m Bahnvierer
WM	1978	München	Gold	Am - 4000 m Bahnvierer
WM	1979	Amsterdam	Gold	Am - 4000 m Bahnvierer
OS	1980	Moskau	Silber	Am - 4000 m Bahnvierer
WM	1982	Leicester	Bronze	Am - 4000 m Bahnvierer

MÜLLER, Christian (Erfurt)

JWM	1999	Athen	Silber	Jun - 4000 m Bahnvierer

MÜLLER, Heinz (Schwenningen)

WM	1952	Luxemburg	Gold	Pro - Straße Einzel

MÜLLER, Rainer (Berlin)

WM	1969	Brno	Silber	Am - Tandem (J. Barth)
WM	1970	Leicester	Gold	Am - Tandem (J. Barth)
WM	1971	Varese	Silber	Am - Tandem (J. Barth)

MÜLLER, Siegurt (Berlin)

JWM	1982	Florenz	Silber	Jun - 4000 m Bahnvierer

MÜLLER, Jörg (Melle)

JWM	1984	Caen	Silber	Jun - 4000 m Bahnvierer

MÜLLER, Maik (Reute)

JWM	1988	Hägendorf	Silber	Jun - Querfeldein

MUTSCHLER, Klaus (Homburg)

JWM	1995	Forli	Silber	Jun - 4000 m Bahnvierer

NAGEL, Markus (Oberhausen)

WM	1990	Maebashi	Bronze	Am - Tandem (U.Buchtmann)

NEBE, Herbert (Leipzig)

WM	1928	Budapest	Silber	Pro - Straße Einzel

NEUMANN, Andreas (Gera)

JWM	1989	Moskau	Bronze	Jun - 4000 m Bahnvierer

NEUMER, Karl (Dresden)

OS	1908	London	Bronze	Am - Runden-Zeitfahren
OS	1908	London	Silber	Am - Mannschaft
WM	1909	Kopenhagen	Silber	Am - Sprint
WM	1910	Brüssel	Silber	Am - Sprint

NIMKE, Stefan (Schwerin)

JWM	1995	Forli	Silber	Jun - Olympischer Sprint
WM	1997	Perth	Bronze	Elite - 1000 m Zeitfahren
WM	1998	Bordeaux	Bronze	Elite - Olympischer Sprint
WM	1999	Berlin	Bronze	Elite - 1000 m Zeitfahren
WM	1999	Berlin	Bronze	Elite - Olympischer Sprint

NITSCHE, Thorsten (Cottbus)

JWM	1995	Forli	Silber	Jun - 4000 m Bahnvierer
JWM	1995	Forli	Bronze	Jun - Punktefahren

NORDEN, Jan (Berlin)

JWM	1989	Moskau	Bronze	Jun - 4000 m Bahnvierer

OBERMANN, Marc (München)

JWM	1992	Athen	Silber	Jun - 4000 m Bahnvierer

OPEL, Ludwig (Rüsselsheim)

WM	1898	Wien	Silber	Am - Sprint

OTTO, Werner (Berlin)

WM	1969	Brno	Gold	Am - Tandem (J.Geschke)
WM	1970	Leicester	Silber	Am - Tandem (J.Geschke)
WM	1971	Varese	Gold	Am - Tandem (J.Geschke)
OS	1972	München	Silber	Am - Tandem (J.Geschke)
WM	1973	S.Sebastian	Bronze	Am - Tandem (J.Geschke)

P

PALICKI, Daniel (Langhurst)

JWM	1997	Kapstadt	Silber	Jun	- 4000 m Bahnvierer
JWM	1998	Havanna	Gold	Jun	- 4000 m Bahnvierer
JWM	1998	Havanna	Silber	Jun	- 3000 m Einzel

PAWELCZYK, Jörg (Cottbus)

JWM	1986	Casablanca	Silber	Jun	- 4000 m Bahnvierer
JWM	1987	Dalmine	Bronze	Jun	- 4000 m Bahnvierer

PEFFGEN, Wilfried (Köln)

WM	1976	Monteroni	Gold	Pro	- Steher
WM	1977	San Cristobal	Silber	Pro	- Steher
WM	1978	München	Gold	Pro	- Steher
WM	1979	Amsterdam	Silber	Pro	- Steher
WM	1980	Besancon	Gold	Pro	- Steher
WM	1981	Brno	Bronze	Pro	- Steher
WM	1982	Leicester	Silber	Pro	- Steher

PEHLEMANN, Rainer (Frankfurt/Oder)

JWM	1996	Nove Mesto	Silber	Jun	- Olympischer Sprint

PESCHEL, Uwe (Erfurt, Öschelbronn)

WM	1990	Utsonomiya	Silber	Am	- 100 km Straßenvierer
WM	1991	Stuttgart	Silber	Am	- 100 km Straßenvierer
OS	1992	Barcelona	Gold	Am	- 100 km Straßenvierer
WM	1993	Oslo	Silber	Am	- 100 km Straßenvierer
WM	1994	Palermo	Bronze	Am	- 100 km Straßenvierer
WM	1995	Paipa-Tunja	Bronze	Elite	- Straße Einzel-ZF

PETERMANN, Andreas (Leipzig)

JWM	1975	Lausanne	Bronze	Jun	- 70 km Straßenvierer
WM	1979	Valkenburg	Gold	Am	- 100 km Straßenvierer

PLANITZER, Steven (Karl-Marx-Stadt)

JWM	1981	Leipzig	Silber	Jun	- 4000 m Bahnvierer

PODLESCH, Carsten (Berlin)

WM	1991	Stuttgart	Bronze	Am	- Steher

WM	1992	Valencia	Gold	Am	- Steher
WM	1993	Hamar	Bronze	Elite	- Steher
WM	1994	Palermo	Gold	Elite	- Steher

PODLESCH, Rainer (Berlin)

WM	1967	Amsterdam	Bronze	Am	- 4000 m Bahnvierer
WM	1971	Varese	Silber	Am	- Steher
WM	1973	S.Sebastian	Silber	Am	- Steher
WM	1976	Monteroni	Bronze	Am	- Steher
WM	1977	San Cristobal	Bronze	Am	- Steher
WM	1978	München	Gold	Am	- Steher
WM	1981	Brno	Silber	Am	- Steher
WM	1982	Leicester	Bronze	Am	- Steher
WM	1983	Zürich	Gold	Am	- Steher

POHL, Hans-Joachim (Frankfurt/Oder)

JWM	1977	Wien	Gold	Jun	- 3000 m Einzel
JWM	1977	Wien	Gold	Jun	- 4000 m Bahnvierer
WM	1982	Leicester	Gold	Am	- Punktefahren
WM	1983	Zürich	Silber	Am	- Punktefahren
WM	1983	Zürich	Silber	Am	- 4000 m Bahnvierer

POKORNY, Eyk (Berlin)

JWM	1986	Casablanca	Bronze	Jun	- Sprint
JWM	1987	Dalmine	Gold	Jun	- Sprint
WM	1991	Stuttgart	Gold	Am	- Tandem (E.Raasch)
WM	1993	Hamar	Bronze	Elite	- Sprint
WM	1997	Perth	Silber	Elite	- Olympischer Sprint
WM	1998	Bordeaux	Bronze	Elite	- Olympischer Sprint
WM	1999	Berlin	Bronze	Elite	- Olympischer Sprint

POLLACK, Olaf (Cottbus)

JWM	1990	Mid.-borough	Silber	Jun	- 4000 m Bahnvierer
JWM	1991	Colorado Spr.	Silber	Jun	- 4000 m Bahnvierer
WM	1999	Berlin	Gold	Elite	- 4000 m Bahnvierer
WM	1999	Berlin	Bronze	Elite	- Zw-Mann.(A.Kappes)

POMMER, Reinhold (Schweinfurt)

OS	1956	Melbourne	Bronze	Am	- Straße Mannsch.-wtg

POTZERNHEIM, Werner (Hannover)

OS	1952	Helsinki	Bronze	Am	- Sprint
WM	1953	Zürich	Bronze	Am	- Sprint

Deutsche Medaillengewinner bei den Weltmeisterschaften im Rennsport

PREISSLER, Uwe (Erfurt)
JWM	1985	Stuttgart	Gold	Jun	- 4000 m Bahnvierer

PURANN, Gerhard (Berlin)
WM	1939	Mailand	Bronze	Am	- Sprint

R

RAAB, Uwe (Leipzig)
WM	1983	Altenrhein	Gold	Am	- Straße Einzel
WM	1986	Colorado Spr.	Bronze	Am	- 100 km Straßenvierer

RAASCH, Emanuel (Berlin)
WM	1975	Rocourt	Bronze	Am	- Sprint
WM	1977	San Cristobal	Silber	Am	- Sprint
WM	1978	München	Silber	Am	- Sprint
WM	1979	Amsterdam	Silber	Am	- Sprint
WM	1982	Leicester	Bronze	Am	- 1000 m Zeitfahren
WM	1991	Stuttgart	Gold	Am	- Tandem (E.Pokorny)
WM	1994	Palermo	Silber	Elite	- Tandem (J.Glücklich)

RADDATZ, Thomas (Berlin)
JWM	1981	Leipzig	Silber	Jun	- 4000 m Bahnvierer
JWM	1982	Florenz	Silber	Jun	- 4000 m Bahnvierer

RADTKE, Dan (Frankfurt/Oder)
JWM	1981	Leipzig	Gold	Jun	- 70 km Straßenvierer
WM	1986	Colorado Spr.	Bronze	Am	- 100 km Straßenvierer

RAUCH, Ronald (Erfurt)
JWM	1986	Casablanca	Bronze	Jun	- 70 km Straßenvierer

REIMANN, Hans-Peter (Berlin)
WM	1979	Amsterdam	Silber	Am	- Tandem (D. Giebken)

REIN, Steffen (Leipzig)
JWM	1986	Casablanca	Bronze	Jun	- 70 km Straßenvierer

RELLENSMANN, Torsten (Dortmund)
WM	1989	Lyon	Bronze	Pro	- Steher

RENNER, Wolfgang (Magstadt)
WM	1972	Prag	Bronze	Am	- Querfeldein

RICH, Michael (Reute, Öschelbronn)
JWM	1987	Dalmine	Bronze	Jun	- 3000 m Einzel
WM	1990	Utsonomiya	Bronze	Am	- 100 km Straßenvierer
WM	1991	Stuttgart	Silber	Am	- 100 km Straßenvierer
OS	1992	Barcelona	Gold	Am	- 100 km Straßenvierer
WM	1993	Oslo	Silber	Am	- 100 km Straßenvierer
WM	1994	Palermo	Bronze	Am	- 100 km Straßenvierer

RICHTER, Albert (Köln)
WM	1932	Rom	Gold	Am	- Sprint
WM	1933	Paris	Bronze	Pro	- Sprint
WM	1934	Leipzig	Silber	Pro	- Sprint
WM	1935	Brüssel	Silber	Pro	- Sprint
WM	1936	Zürich	Bronze	Pro	- Sprint
WM	1937	Kopenhagen	Bronze	Pro	- Sprint
WM	1938	Amsterdam	Bronze	Pro	- Sprint
WM	1939	Mailand	Bronze	Pro	- Sprint

RICHTER, Heinz (Berlin)
WM	1970	Leicester	Silber	Am	- 4000 m Bahnvierer
WM	1971	Varese	Silber	Am	- 4000 m Bahnvierer
OS	1972	München	Silber	Am	- 4000 m Bahnvierer

RICHTER, Herbert (Karl-Marx-Stadt)
WM	1970	Leicester	Silber	Am	- 4000 m Bahnvierer
WM	1971	Varese	Silber	Am	- 4000 m Bahnvierer
OS	1972	München	Silber	Am	- 4000 m Bahnvierer
WM	1974	Montreal	Silber	Am	- 4000 m Bahnvierer

RINKLIN, Henri (Singen)
JWM	1975	Lausanne	Gold	Jun	- Punktefahren
WM	1977	San Cristobal	Silber	Am	- 4000 m Bahnvierer
WM	1984	Barcelona	Bronze	Pro	- Punktefahren

RISCH, Rudolf (Berlin)
WM	1930	Lüttich	Bronze	Am	- Straße Einzel

ROBL, Thaddäus (München)
WM	1901	Berlin	Gold	Pro	- Steher
WM	1902	Berlin	Gold	Pro	- Steher
WM	1903	Kopenhagen	Silber	Pro	- Steher

RODE, Christel (Hamburg/Mainz)
WM   1913 Berlin   Bronze Am - Sprint

RÖHLER, David (Chemnitz)
JWM   1999 Athen   Bronze Jun - Olympischer Sprint

ROHR, Bernd (Mannheim)
WM   1962 Mailand   Gold   Am - 4000 m Bahnvierer

RONELLENFITSCH, Dirk (Oberhausen)
JWM   1993 Perth   Gold   Jun - 4000 m Bahnvierer

ROSEN, Heiko (Berlin)
JWM   1985 Stuttgart   Silber Jun - Sprint

ROTH, Holger (Leipzig)
JWM   1993 Perth   Gold   Jun - 4000 m Bahnvierer

RÜCHEL, Heiko (Berlin)
JWM   1989 Moskau   Bronze Jun - 4000 m Bahnvierer

RUDOLPH, Ehrenfried (Dortmund)
WM   1962 Mailand   Gold   Am - 4000 m Bahnvierer
WM   1966 Frankfurt/M   Silber Pro - Steher
WM   1968 Rom   Bronze Pro - Steher
WM   1970 Leicester   Gold   Pro - Steher

RÜTT, Walter (Aachen/Berlin)
WM   1907 Paris   Bronze Pro - Sprint
WM   1909 Kopenhagen   Bronze Pro - Sprint
WM   1913 Leipzig   Gold   Pro - Sprint

RUND, Thorsten (Cottbus)
JWM   1993 Perth   Gold   Jun - Punktefahren
JWM   1993 Perth   Gold   Jun - 4000 m Bahnvierer
JWM   1993 Perth   Bronze Jun - 3000 m Einzel
JWM   1994 Quito   Silber Jun - 4000 m Bahnvierer
JWM   1994 Quito   Silber Jun - 3000 m Einzel
WM   1996 Manchester   Bronze Elite - 4000 m Bahnvierer
WM   1998 Bordeaux   Silber Elite - 4000 m Bahnvierer

S

SALZMANN, Bruno (Heidelberg)
WM   1901 Berlin   Silber Am - Steher

SAWALL, Walter (Berlin)
WM   1927 Elberfeld   Bronze Pro - Steher
WM   1928 Budapest   Gold   Pro - Steher
WM   1931 Kopenhagen   Gold   Pro - Steher
WM   1932 Rom   Silber Pro - Steher

SCHAAF, Jean (Köln)
WM   1895 Köln   Bronze Am - Sprint

SCHÄFFER, Wolfgang (Berlin)
WM   1977 San Cristobal   Bronze Am - Tandem (H.Gewiß)

SCHAFFRATH, Jan (Berlin)
WM   1994 Palermo   Bronze Am - 100 km Straßenvierer

SCHARDT, Holger (Karl-Marx-Stadt)
JWM   1990 Mid.-borough   Bronze Jun - Punktefahren

SCHELLER, Fritz (Nürnberg)
WM   1937 Kopenhagen   Bronze Am - Straße Einzel

SCHELLER, Gerhard (Herpersdorf)
JWM   1975 Lausanne   Silber Jun - Sprint
WM   1983 Zürich   Silber Am - 1000 m Zeitfahren

SCHEUERMANN, Richard (Breslau)
WM   1913 Leipzig   Bronze Pro - Steher

SCHEURER, Michael (Dudenhofen)
JWM   1992 Athen   Bronze Jun - 1000 m Zeitfahren
JWM   1993 Perth   Gold   Jun - Sprint
JWM   1993 Perth   Gold   Jun - 1000 m Zeitfahren

SCHLEGEL, Daniel (Ellmendingen)
JWM   1998 Havanna   Gold   Jun - 4000 m Bahnvierer
JWM   1999 Athen   Bronze Jun - 3000 m Einzel

SCHMEISSER, Siegbert (Berlin)
JWM   1975 Lausanne   Bronze Jun - 70 km Straßenvierer

Deutsche Medaillengewinner bei den Weltmeisterschaften im Rennsport

SCHMIDT, Torsten (Dortmund-Brackel)

WM	1993	Hamar	Silber	Elite	- 4000 m Bahnvierer

SCHMIDTKE, Fredy (Köln)

JWM	1979	Buenos Aires	Gold	Jun	- Sprint
JWM	1979	Buenos Aires	Gold	Jun	- 1000 m Zeitfahren
JWM	1979	Buenos Aires	Bronze	Jun	- 4000 m Bahnvierer
WM	1981	Brno	Silber	Am	- 1000 m Zeitfahren
WM	1981	Brno	Silber	Am	- Tandem (D.Giebken)
WM	1982	Leicester	Gold	Am	- 1000 m Zeitfahren
WM	1982	Leicester	Silber	Am	- Tandem (D.Giebken)
WM	1983	Zürich	Bronze	Am	- Tandem (D.Giebken)
OS	1984	Los Angeles	Gold	Am	- 1000 m Zeitfahren

SCHNEIDER, Mark (Freiburg)

JWM	1998	Havanna	Gold	Jun	- 4000 m Bahnvierer

SCHNELLE, Thomas (Frankfurt/Oder)

JWM	1977	Wien	Silber	Jun	- 3000 m Einzel
JWM	1977	Wien	Gold	Jun	- 4000 m Bahnvierer
JWM	1978	Trexlertown	Bronze	Jun	- 3000 m Einzel
JWM	1978	Trexlertown	Bronze	Jun	- 4000 m Bahnvierer

SCHÖN, Adolf (Wiesbaden)

WM	1937	Kopenhagen	Bronze	Pro	- Steher

SCHRECK, Stephan (Erfurt)

JWM	1995	Forli	Silber	Jun	- 4000 m Bahnvierer
JWM	1996	Nove Mesto	Silber	Jun	- 4000 m Bahnvierer

SCHULZE, Michael (Cottbus)

JWM	1984	Caen	Gold	Jun	- Sprint

SCHUMACHER,Günther (Büttgen)

WM	1971	Varese	Bronze	Am	- 4000 m Bahnvierer
OS	1972	München	Gold	Am	- 4000 m Bahnvierer
WM	1973	S. Sebastian	Gold	Am	- 4000 m Bahnvierer
WM	1974	Montreal	Gold	Am	- 4000 m Bahnvierer
WM	1975	Rocourt	Gold	Am	- 4000 m Bahnvierer
OS	1976	Montreal	Gold	Am	- 4000 m Bahnvierer
WM	1977	San Cristobal	Silber	Am	- 1000 m Zeitfahren
WM	1977	San Cristobal	Silber	Am	- 4000 m Bahnvierer

SCHUR, Gustav Adolf (Magdeburg, Leipzig)

OS	1956	Melbourne	Bronze	Am	- Straße Mannsch.-wtg
WM	1958	Reims	Gold	Am	- Straße Einzel
WM	1959	Zandvoort	Gold	Am	- Straße Einzel
WM	1960	Sachsenring	Silber	Am	- Straße Einzel
OS	1960	Rom	Silber	Am	- 100 km Straßenvierer

SCHUR, Jan (Leipzig)

OS	1988	Seoul	Gold	Am	- 100 km Straßenvierer
WM	1989	Chambery	Gold	Am	- 100 km Straßenvierer

SCHÜTZ, Horst (Nürnberg)

WM	1984	Barcelona	Gold	Pro	- Steher

SCHÜTZE, Jürgen (Berlin)

OS	1972	München	Bronze	Am	- 1000 m Zeitfahren

SEIDEL, Marco (Chemnitz, Gera)

JWM	1996	Nove Mesto	Silber	Jun	- 4000 m Bahnvierer

SIEDLER, Sebastian (Gera)

JWM	1995	Forli	Silber	Jun	- 4000 m Bahnvierer
JWM	1996	Nove Mesto	Silber	Jun	- 4000 m Bahnvierer

SIEVERS, Heinrich (Berlin)

WM	1901	Berlin	Gold	Am	- Steher

SIGGELKOW, Frank (Berlin)

JWM	1981	Leipzig	Silber	Jun	- 4000 m Bahnvierer

SIMON, Jürgen (Berlin)

OS	1960	Rom	Silber	Am	- Tandem (L.Stäber)

SMEKTALLA, Udo (Gera)

JWM	1978	Washington	Gold	Jun	- 70 km Straßenvierer

SPRICH, Jürgen (Kirchzarten)

JWM	1985	München	Silber	Jun	- Querfeldein

STÄBER, Lothar (Erfurt)

OS	1960	Rom	Silber	Am	- Tandem (J.Simon)

STALLA, Peter (Stuttgart)
JWM   1978   Trexlertown   Silber   Jun - 4000 m Bahnvierer

STAMBULA, Ralf (Solingen)
WM   1984   Barcelona   Bronze   Am - Steher

STEFFES, Peter (Köln)
WM   1927   Köln   Bronze   Am - Sprint

STEINWEG, Stefan (Dortmund, Böhl-Iggelheim)
JWM   1986   Casablanca   Gold   Jun - Punktefahren
JWM   1987   Dalmine   Silber   Jun - Punktefahren
WM   1990   Maebashi   Silber   Am - 4000 m Bahnvierer
WM   1991   Stuttgart   Gold   Am - 4000 m Bahnvierer
OS   1992   Barcelona   Gold   Am - 4000 m Bahnvierer
WM   1993   Oslo   Silber   Elite - 4000 m Bahnvierer
WM   1998   Bordeaux   Bronze   Elite - Zw-Mann. (A.Kappes)

STELZER, Walter (Berlin)
WM   1914   Kopenhagen   Bronze   Am - Steher

STENZEL, Martin (Köln)
WM   1966   Frankfurt/M   Silber   Am - Tandem (K.Kobusch)

STOLTZE, Georg (Berlin)
WM   1960   Leipzig   Gold   Am - Steher
WM   1961   Zürich   Bronze   Am - Steher

STREICHER, Dirk (Frankfurt/Oder)
JWM   1981   Leipzig   Silber   Jun - 1000 m Zeitfahren

STRENG, Ernst (Köln)
WM   1963   Rocourt   Silber   Am - 4000 m Bahnvierer
WM   1964   Paris   Gold   Am - 4000 m Bahnvierer
OS   1964   Tokio   Gold   Am - 4000 m Bahnvierer

STRITTMATTER, Gerhard (Böblingen)
JWM   1979   Buenos Aires   Bronze   Jun - 4000 m Bahnvierer
WM   1982   Leicester   Silber   Am - 4000 m Bahnvierer
WM   1983   Zürich   Gold   Am - 4000 m Bahnvierer

STRUTH, Heinrich (Mainz)
WM   1901   Berlin   Bronze   Am - Sprint

SUCKERT, Andreas (Mannheim)
JWM   1979   Buenos Aires   Bronze   Jun - 4000 m Bahnvierer

SZONN, Heiko (Berlin)
JWM   1994   Quito   Silber   Jun - 4000 m Bahnvierer
WM   1996   Manchester   Bronze   Elite - 4000 m Bahnvierer

T

TEICHREBER, Ekkehard (Bremen)
WM   1973   London   Bronze   Am - Querfeldein
WM   1974   Bidasoa   Bronze   Am - Querfeldein
WM   1976   Chazay d'A.   Bronze   Am - Querfeldein
WM   1977   Hannover   Silber   Am - Querfeldein

TISCHOFF, Horst (Leipzig)
WM   1974   Montreal   Bronze   Am - 100 km Straßenvierer

THALER, Klaus-Peter (Gevelsberg)
WM   1973   London   Gold   Am - Querfeldein
WM   1974   Bidasoa   Silber   Am - Querfeldein
WM   1975   Melchnau   Silber   Am - Querfeldein
WM   1976   Chazay d'A.   Gold   Am - Querfeldein
WM   1978   Amorebieta   Bronze   Pro - Querfeldein
WM   1980   Wetzikon   Silber   Pro - Querfeldein
WM   1983   Birmingham   Bronze   Pro - Querfeldein
WM   1985   München   Gold   Pro - Querfeldein
WM   1987   Ml. Boleslav   Gold   Pro - Querfeldein

THELEN, Andreas (Erfurt)
JWM   1995   Forli   Silber   Jun - 1000 m Zeitfahren
JWM   1995   Forli   Silber   Jun - Olympischer Sprint

THOMS, Lothar (Cottbus)
WM   1977   San Cristobal   Gold   Am - 1000 m Zeitfahren
WM   1978   München   Gold   Am - 1000 m Zeitfahren
WM   1979   Amsterdam   Gold   Am - 1000 m Zeitfahren
OS   1980   Moskau   Gold   Am - 1000 m Zeitfahren
WM   1981   Brno   Gold   Am - 1000 m Zeitfahren

WM	1982	Leicester	Silber	Am	- 1000 m Zeitfahren
WM	1983	Zürich	Bronze	Am	- 1000 m Zeitfahren

THURAU, Dietrich (Frankfurt/Main)

WM	1974	Montreal	Gold	Am	- 4000 m Bahnvierer
WM	1977	San Cristobal	Silber	Pro	- Straße Einzel
WM	1979	Valkenburg	Silber	Pro	- Straße Einzel

TRÖMER, Uwe (Erfurt)

JWM	1980	Mexiko-Stadt	Bronze	Jun	- 3000 m Einzel
JWM	1980	Mexiko-Stadt	Silber	Jun	- 4000 m Bahnvierer

TSCHÄGE, Thomas (Cottbus)

JWM	1987	Dalmine	Silber	Jun	- Sprint

TÜLLER, Horst (Berlin)

OS	1956	Melbourne	Bronze	Am	- Straße Mannsch.-wtg.

UEBING, Dieter (Dortmund)

WM	1971	Apeldoorn	Silber	Am	- Querfeldein

UIBEL, Detlef (Cottbus)

JWM	1977	Wien	Bronze	Jun	- Sprint
WM	1981	Brno	Bronze	Am	- Sprint

ULBRICHT, Manfred (Karl-Marx-Stadt)

WM	1970	Leicester	Silber	Am	- 4000 m Bahnvierer

ULLRICH, Jan (Hamburg, Merdingen)

WM	1993	Oslo	Gold	Am	- Straße Einzel
WM	1994	Catania	Bronze	OPEN	- Straße Einzel-ZF
WM	1999	Treviso	Gold	Elite	- Einzel- ZF

UNTERWALDER, Uwe (Berlin)

WM	1971	Varese	Silber	Am	- 4000 m Bahnvierer
OS	1972	München	Silber	Am	- 4000 m Bahnvierer
WM	1974	Montreal	Silber	Am	- 4000 m Bahnvierer
WM	1975	Rocourt	Bronze	Am	- 4000 m Bahnvierer
WM	1977	San Cristobal	Silber	Am	- 4000 m Einzel

WM	1978	München	Bronze	Am	- 4000 m Einzel
WM	1978	München	Gold	Am	- 4000 m Bahnvierer
OS	1980	Moskau	Silber	Am	- 4000 m Bahnvierer

VAN EIJDEN, Jan (Kaiserslautern)

JWM	1994	Quito	Gold	Jun	- 1000 m Zeitfahren
WM	1995	Bogota	Gold	Elite	- Olympischer Sprint
WM	1996	Manchester	Bronze	Elite	- 1000 m Zeitfahren
WM	1997	Perth	Silber	Elite	- Olympischer Sprint

VERHEYEN, Frans (Frankfurt/Main)

WM	1898	Wien	Silber	Pro	- Sprint

VOGEL, Dirk (Karl-Marx-Stadt)

JWM	1986	Casablanca	Silber	Jun	- 4000 m Bahnvierer

VONHOF, Peter (Berlin)

WM	1970	Leicester	Gold	Am	- 4000 m Bahnvierer
WM	1971	Varese	Bronze	Am	- 4000 m Bahnvierer
WM	1973	S.Sebastian	Gold	Am	- 4000 m Bahnvierer
WM	1974	Montreal	Gold	Am	- 4000 m Bahnvierer
WM	1975	Rocourt	Gold	Am	- 4000 m Bahnvierer
OS	1976	Montreal	Gold	Am	- 4000 m Bahnvierer
WM	1977	San Cristobal	Silber	Am	- 4000 m Bahnvierer

W

WAHL, Heinz (Berlin)

WM	1958	Leipzig	Silber	Am	- Steher

WALLSCHEID, Sascha (Hochwald)

WM	1985	Bassano	Bronze	Am	- Tandem (F.Weber)

WALZER, Andreas (Stuttgart)

WM	1990	Maebashi	Silber	Am	- 4000 m Bahnvierer

WM	1991	Stuttgart	Gold	Am	- 4000 m Bahnvierer
OS	1992	Barcelona	Gold	Am	- 4000 m Bahnvierer
WM	1993	Oslo	Silber	Am	- 100 km Straßenvierer

WEBER, Frank (Köln-Worringen)

WM	1984	Barcelona	Gold	Am	- Tandem (H.-J.Greil)
WM	1985	Bassano	Bronze	Am	- Tandem (S. Wallscheid)

WEIGOLD, Steffen (Alpirsbach)

JWM	1997	München	Bronze	Jun	- Querfeldein

WEISPFENNIG, Erik (Oberhausen)

WM	1990	Maebashi	Silber	Am	- 4000 m Bahnvierer

WERNER, Michael (Hamburg)

JWM	1994	Quito	Silber	Jun	- 4000 m Bahnvierer

WERNER, Robert (Frankfurt/Main)

JWM	1980	Mexiko-Stadt	Bronze	Jun	- 1000 m Zeitfahren

WERNER, Jürgen (Karl-Marx-Stadt)

JWM	1987	Dalmine	Bronze	Jun	- 4000 m Bahnvierer
JWM	1988	Odense	Bronze	Jun	- 4000 m Bahnvierer

WESEMANN, Steffen (Frankfurt/Oder)

JWM	1989	Moskau	Bronze	Jun	- Straße Einzel

WICKE, Ralf (Gießen)

JWM	1977	Wien	Silber	Jun	- 4000 m Bahnvierer

WIEGAND, Mathias (Karl-Marx-Stadt)

WM	1977	San Cristobal	Gold	Am	- 4000 m Bahnvierer
WM	1978	München	Gold	Am	- 4000 m Bahnvierer
OS	1980	Moskau	Silber	Am	- 4000 m Bahnvierer

WINDORF, Jörg (Erfurt)

JWM	1982	Florenz	Silber	Jun	- 4000 m Bahnvierer

WINKELMANN, Martin (Rostock)

JWM	1999	Athen	Silber	Jun	- 4000 m Bahnvierer

WINKLER, Volker (Cottbus)

JWM	1975	Lausanne	Bronze	Jun	- 70 km Straßenvierer

WM	1977	San Cristobal	Gold	Am	- 4000 m Bahnvierer
WM	1978	München	Gold	Am	- 4000 m Bahnvierer
WM	1979	Amsterdam	Gold	Am	- 4000 m Bahnvierer
OS	1980	Moskau	Silber	Am	- 4000 m Bahnvierer
WM	1981	Brno	Gold	Am	- 4000 m Bahnvierer
WM	1982	Leicester	Bronze	Am	- 4000 m Bahnvierer

WITTIG, Carl (Berlin)

WM	1923	Zürich	Bronze	Pro	- Steher

WITZLACK, Jan (Erfurt)

JWM	1995	Forli	Silber	Jun	- Olympischer Sprint

WODYNSKI, Ralf (Berlin)

JWM	1981	Leipzig	Gold	Jun	- 70 km Straßenvierer

WOHLLAUB, Jörg (Cottbus)

JWM	1991	Colorado Spr.	Silber	Jun	- 4000 m Bahnvierer

WOLF, Carsten (Berlin, Delmenhorst)

JWM	1981	Leipzig	Silber	Jun	- 4000 m Bahnvierer
JWM	1982	Florenz	Gold	Jun	- 3000 m Einzel
JWM	1982	Florenz	Silber	Jun	- 4000 m Bahnvierer
WM	1983	Zürich	Silber	Am	- 4000 m Bahnvierer
WM	1987	Wien	Silber	Am	- 4000 m Bahnvierer
OS	1988	Seoul	Silber	Am	- 4000 m Bahnvierer
WM	1989	Lyon	Gold	Am	- 4000 m Bahnvierer
WM	1996	Manchester	Bronze	Elite	- Zw-Mann. (A. Kappes)

WOLFF, Rene (Erfurt)

JWM	1995	Forli	Gold	Jun	- Sprint
JWM	1996	Nove Mesto	Gold	Jun	- Sprint
JWM	1996	Nove Mesto	Silber	Jun	- Olympischer Sprint

WOLFSHOHL, Rolf (Köln)

WM	1958	Limoges	Bronze	Pro	- Querfeldein
WM	1959	Genf	Silber	Pro	- Querfeldein
WM	1960	Tolosa	Gold	Pro	- Querfeldein
WM	1961	Hannover	Gold	Pro	- Querfeldein
WM	1963	Calais	Gold	Pro	- Querfeldein
WM	1965	Cavaria	Silber	Pro	- Querfeldein
WM	1966	Beasain	Bronze	Pro	- Querfeldein
WM	1967	Zürich	Silber	Pro	- Querfeldein

WM	1969	Magstadt	Silber	Pro	- Querfeldein
WM	1970	Zolder	Bronze	Pro	- Querfeldein
WM	1972	Prag	Silber	Pro	- Querfeldein
WM	1973	London	Bronze	Pro	- Querfeldein

WOLKE, Bruno (Berlin)

WM	1928	Budapest	Bronze	Am	- Straße Einzel

WOLKE, Rudolf (Berlin)

WM	1927	Nürburgring	Silber	Pro	- Straße Einzel

WULF, Tim (Erfurt)

JWM	1997	Kapstadt	Gold	Jun	- Sprint

WUSTROW, Siegfried (Leipzig)

WM	1960	Leipzig	Silber	Am	- Steher
WM	1961	Zürich	Silber	Am	- Steher

Z

ZEHNER, Bodo (Wiesbaden)

JWM	1977	Wien	Silber	Jun	- 4000 m Bahnvierer

ZIEGLER, Edi (Schweinfurt)

OS	1952	Helsinki	Bronze	Am	- Straße Einzel

ZÜHLKE, Tim (Erfurt)

JWM	1997	Kapstadt	Silber	Jun	- 1000 m Zeitfahren

Die Besten im Frauenradsport

A

ARNDT, Judith (Frankfurt/Oder)

JWM	1994	Quito	Silber	Jun	- 2000 m Einzel
OS	1996	Atlanta	Bronze	Frauen	- 3000 m Einzel
WM	1997	Perth	Gold	Frauen	- 3000 m Einzel
WM	1997	S.Sebastian	Bronze	Frauen	- Straße Einzel-Zeitf.
WM	1998	Bordeaux	Bronze	Frauen	- 3000 m Einzel
WM	1999	Berlin	Silber	Frauen	- 3000 m Einzel
WM	1999	Berlin	Silber	Frauen	- Punktefahren

B

BLOBNER, Heidi (Berlin)

WM	1966	Frankfurt/M	Bronze	Frauen	- Sprint

C

CLAUSNITZER, Daniela (Frankfurt/Oder)

JWM	1998	Havanna	Silber	Jun	- 500 m Zeitfahren
JWM	1998	Havanna	Bronze	Jun	- Sprint
JWM	1999	Athen	Gold	Jun	- 500 m Zeitfahren

CYRUS, Cornelia (Leipzig)

JWM	1996	Nove Mesto	Gold	Jun	- Punktefahren

E

EICHHOLZ, Elisabeth (Leipzig; geb. Kleinhans)

WM	1960	Sachsenring	Bronze	Frauen	- Straße Einzel
WM	1965	Lasarte	Gold	Frauen	- Straße Einzel

ENZENAUER, Ute (Friesenheim)

WM	1981	Prag	Gold	Frauen - Straße Einzel	

F

FIESELER, Anja (Cottbus)

JWM	1987	Dalmine	Bronze	Jun	- 2000 m Einzel

FREITAG, Kathrin (Frankfurt/Oder)

JWM	1990	Mid.-borough	Gold	Jun	- Sprint
JWM	1991	Colorado Spr.	Gold	Jun	- Sprint
JWM	1992	Athen	Gold	Jun	- Sprint

G

GENSHEIMER, Evi (Mölsheim)

JWM	1994	Quito	Silber	Jun	- Straße Einzel-ZF
JWM	1994	Quito	Bronze	Jun	- Straße Einzel
JWM	1994	Quito	Bronze	Jun	- Punktefahren

H

HABETZ, Beate (Köln)

WM	1978	Brauweiler	Gold	Frauen - Straße Einzel	
WM	1979	Valkenburg	Bronze	Frauen - Straße Einzel	

HEINEMANN, Ina (Cottbus)

JWM	1993	Perth	Gold	Jun	- Sprint
JWM	1994	Quito	Gold	Jun	- Sprint

HÜBSCHER, Sylvia (Gera)

JWM	1997	S. Sebastian	Silber	Jun	- Straße Einzel-ZF

K

KLEWITZ, Natascha (Ludwigsburg)

JWM	1996	Nove Mesto	Silber	Jun	- Straße Einzel-ZF

KUPFERNAGEL, Hanka (Neustadt/Orla, Gera)

JWM	1991	Colorado Spr.	Gold	Jun	- Punktefahren
JWM	1991	Colorado Spr.	Silber	Jun	- 2000 m Einzel
JWM	1992	Athen	Gold	Jun	- Straße Einzel
JWM	1992	Athen	Gold	Jun	- 2000 m Einzel

JWM	1992	Athen	Silber	Jun	- Punktefahren
WM	1998	Valkenburg	Bronze	Frauen - Straße Einzel	
WM	1998	Valkenburg	Bronze	Frauen - Straße Einzel-ZF	

L

LIEBIG, Tina (Gera)

JWM	1998	Valkenburg	Gold	Jun	- Straße Einzel

LOMMATZSCH, Claudia (Mühlheim)

WM	1980	Besancon	Bronze	Frauen - Sprint	
WM	1981	Brno	Bronze	Frauen - Sprint	
WM	1982	Leicester	Bronze	Frauen - Sprint	
WM	1983	Zürich	Silber	Frauen - Sprint	

M

MATTIG, Hannelore (Berlin)

WM	1965	S.Sebastian	Silber	Frauen - 3000 m Einzel	
WM	1966	Frankfurt/M	Bronze	Frauen - 3000 m Einzel	

MEINKE, Katrin (Cottbus)

JWM	1996	Nove Mesto	Silber	Jun	- Sprint
JWM	1997	Kapstadt	Gold	Jun	- Sprint
JWM	1997	Kapstadt	Silber	Jun	- 500 m Zeitfahren

MEYER, Sabine (Köln)

JWM	1996	Nove Mesto	Silber	Jun - 2000 m Einzel	

N

NEUMANN, Annett (Cottbus)

WM	1991	Stuttgart	Silber	Frauen - Sprint	
OS	1992	Barcelona	Silber	Frauen - Sprint	
WM	1996	Manchester	Silber	Frauen - Sprint	
WM	1996	Manchester	Silber	Frauen - 500 m Zeitfahren	

NIEHAUS, Jutta (Bocholt)

OS	1988	Seoul	Silber	Frauen - Straße Einzel	

P

PEITZMEIER, Nicole (Stuttgart)

JWM	1994	Vail	Bronze	Jun	- MTB Cross Country

A bis Z

Als Eisschnelläuferin holte sich Christa Rothenburger (Foto oben) WM-Titel und olympisches Gold. Auch im Radsport gehörte sie zur Weltelite: 1986 in Colorado Springs wurde sie Sprint-Weltmeisterin, 1988 in Seoul Olympia-Zweite.

Ute Enzenauer (oben Mitte) überraschte 1981 in Prag mit ihrem tollen WM-Sieg im Straßenrennen.

Judith Arndt (oben rechts) erwies sich 1997 als weltbeste Verfolgerin. Weitere Medaillen waren schon Meilensteine auf ihrem Weg nach Sydney.

Nach dem WM-Titel 1991 holte sich Petra Roßner (rechts) in der Verfolgung auch Olympia-Gold '92.

R

RAETSCH, Juliette (Cottbus)

JWM	1990	Mid.-borough	Silber	Jun	- Sprint
JWM	1991	Colorado Spr.	Bronze	Jun	- Sprint

RETTKE, Regina (Büttgen)

JWM	1998	Havanna	Silber	Jun - 2000 m Einzel

ROMER, Karin (Villingen)

JWM	1991	Lucca	Gold	Jun	- MTB Cross Country
JWM	1992	Bromont	Silber	Jun	- MTB Cross Country
JWM	1993	Métabief	Gold	Jun	- MTB Cross Country
JWM	1994	Vail	Gold	Jun	- MTB Cross Country

ROSSNER, Petra (Leipzig, Köln-Worringen)

WM	1989	Lyon	Silber	Frauen - 3000 m Einzel
WM	1991	Stuttgart	Gold	Frauen - 3000 m Einzel
OS	1992	Barcelona	Gold	Frauen - 3000 m Einzel

ROTHENBURGER, Christa (Dresden)

WM	1986	Colorado Spr.	Gold	Frauen - Sprint
WM	1987	Wien	Silber	Frauen - Sprint
OS	1988	Seoul	Silber	Frauen - Sprint

RÜBEL-TODT, Johanna (Luberon)

JWM	1998	Mont St.Anne	Bronze	Jun	- MTB Downhill

S

SCHUMACHER, Sandra (Stuttgart)

OS	1984	Mission Viejo	Bronze	Frauen - Straße Einzel
WM	1985	Giavera d.M.	Bronze	Frauen - Straße Einzel

STÜWE, Karin (Berlin)

WM	1965	San Sebastian	Bronze	Frauen - Sprint

T

TEUTENBERG, Ina-Yoko (Mettmann)

JWM	1990	Mid.-borough	Gold	Jun	- Straße Einzel
JWM	1990	Mid.-borough	Gold	Jun	- Punktefahren
JWM	1992	Athen	Gold	Jun	- Punktefahren

W

WEICHELT, Ulrike (Erfurt)

WM	1999	Berlin	Bronze	Frauen - 500 m Zeitfahren

WICHMANN, Anke (Cottbus)

JWM	1992	Athen	Bronze	Jun	- 2000 m Einzel
JWM	1993	Perth	Bronze	Jun	- Punktefahren
JWM	1993	Perth	Bronze	Jun	- 2000 m Einzel

WORRACK, Trixi (Cottbus)

JWM	1998	Valkenburg	Gold	Jun	- Straße Einzel-Zeitf.
JWM	1999	Verona	Silber	Jun	- Straße Einzel
JWM	1999	Verona	Bronze	Jun	- Straße Einzel-Zeitf.

53. INTERNATIONALE FRIEDENSFAHRT

Bundesrepublik Deutschland · Polen · Tschechische Republik

5. bis 13. Mai 2000

Hannover–
Zgorzelec–
Prag

Course de la Paix 99

10 Etappen
22 Mannschaften
UCI-Kategorie 2.4

Course de la Paix

Club »Course de la Paix«

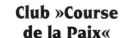

QUELLEN-VERZEICHNIS

Die Offiziellen Organe des Deutschen Radfahrer-Bundes bzw. des Bundes Deutscher Radfahrer
Bundes-Zeitung
Illustrierter Radrennsport
Der Deutsche Radfahrer
Rad-Welt
Taschen-Radwelt 1907/1920
Sportalmanach der Rad-Welt, diverse Jahrgänge
RADSPORT
jeweils diverse Jahrgänge

Die Offiziellen Organe der Sektion Radsport bzw. des Deutschen Radsport-Verbandes der DDR
Illustrierter Radrennsport
Radsport-Woche
Der Radsportler
jeweils diverse Jahrgänge

VELO, Radsportjahrbuch (Belgien), diverse Jahrgänge (1956 bis zur Gegenwart)
Almanacco Ciclismo, diverse Jahrgänge
Pagine di Gloria del Ciclismo Italiano, 1956
Stoleti Cyclistiky (tschech.), 1969
Die Olympischen Spiele von 1896 - 1976, Berlin 1977
Een Eeuw Nederlandse Wielersport, 1980
VELO-Gotha, 1984
100 Jahre Bund Deutscher Radfahrer, 1984
100 LAT Kolarstwo Polskiego, 1986
Geschichte des Radsports & des Fahrrades, 1987
Menschen, Jahre, Fakten (russ.), 1987
Dictionnaire International du Cyclisme, 1998
Deutscher Radfahrer-Kalender, 1925 - 1929
Programmhefte der Weltmeisterschaften

Radsportarchiv Udo Schmidt-Arndt, Köln
Radsportarchiv Wolfgang Schoppe, Leipzig

FOTOS

Hans-Alfred Roth, Regina Hoffmann-Schon, Volker Brix, Archiv Udo Schmidt-Arndt, Archiv Wolfgang Schoppe, Privat, Auslandsdienst.

Im Glanz und Schatten des Regenbogens

Zum Umschlag - Titelfotos
Obere Reihe, von links:
Siegerehrung1960 auf dem Sachsenring - Täve Schur, Bernhard Eckstein, Willy Vanden Berghen
Rudi Altig, Weltmeister 1960 in der Einzelverfolgung
Jens Fiedler, Weltmeister 1999 im Keirin
Mittlere Reihe:
Rainer Podlesch, Steher-Weltmeister 1978 (Schrittmacher Dieter Durst)
Robert Bartko, Weltmeister 1999 Einzelverfolgung (großes Foto)
Jef Scherens, Weltmeister 1934 im Sprint
Vorletzte Reihe:
Andreas Kappes/Olaf Pollack (oben), WM-Dritte 1999 Zweier-Mannschaft
Robert Protin, Weltmeister 1895 im Sprint
Untere Reihe:
Start zur Sprint-Weltmeisterschaft 1908 in Berlin
Beate Habetz, Weltmeisterin 1978 im Straßen-Einzelrennen

Herausgegeben von Werner Ruttkus und Wolfgang Schoppe
Eigenverlag Werner Ruttkus, D - 15838 Wünsdorf, Mühlenweg 1
Alle Rechte vorbehalten

Mit freundlicher Unterstützung

der Berliner 6-Tage-Rennen GmbH,
des Druckhauses Berlin-Mitte GmbH,
der Velomax Berlin Hallenbetriebs GbR,
der Agentur Contruct, Leipzig
von Ralph Schürmann, Architekt/Diplom-Ingenieur, Münster,
der Firma Jahn Baumanagement GmbH,
des Verbandes Deutscher Radrennveranstalter (VDR),
der Schnorfeil Sport- & Event-Marketing, Delmenhorst
der Firma Schneidersöhne Papier, Berlin.

Gesamtredaktion (Idee, Text, Gestaltung): Werner Ruttkus, Wünsdorf
Redaktion (Fotos, Recherchen): Wolfgang Schoppe, Leipzig

Gesamtherstellung: Druckhaus Berlin Mitte
Printet in Germany
ISBN-Nummer 3-00-005315-8

Gedruckt auf Luxo Art matt, geliefert durch die Firma Schneidersöhne Papier GmbH & Co. KG Berlin,
14974 Genshagen, Eichenweg 4.